HEYNE <

CONN IGGULDEN

SPARTA

Roman

Aus dem Englischen
von Sven-Eric Wehmeyer

WILHELM HEYNE VERLAG
MÜNCHEN

Die englische Originalausgabe
The Falcon of Sparta
erschien 2018 bei Michael Joseph, part of the
Penguin Random House group of companies.

FSC
www.fsc.org
MIX
Papier aus verantwortungsvollen Quellen
FSC® C014496

Verlagsgruppe Random House FSC® N001967

Vollständige deutsche Erstausgabe 01/2020

Printed in Germany
Redaktion: Barbara Häusler
Umschlaggestaltung: DAS ILLUSTRAT, München,
unter Verwendung von Motiven von © Shutterstock
Satz: Schaber Datentechnik, Austria
Druck und Bindung: GGP Media GmbH, Pößneck

ISBN: 978-3-453-47175-7

www.heyne.de

Für meinen Sohn Cameron,
der mich nach Sparta begleitete.

Im Jahre 401 vor Christus herrschte der Perserkönig über ein Reich, das sich von der Ägäis bis Nordindien erstreckte. Die Zahl seiner Untertanen betrug mindestens fünfzig Millionen – und seine Heere waren gewaltig.

Mit vereinten Kräften an Land und auf See waren nur Sparta und Athen je in der Lage, sie zurückzudrängen.

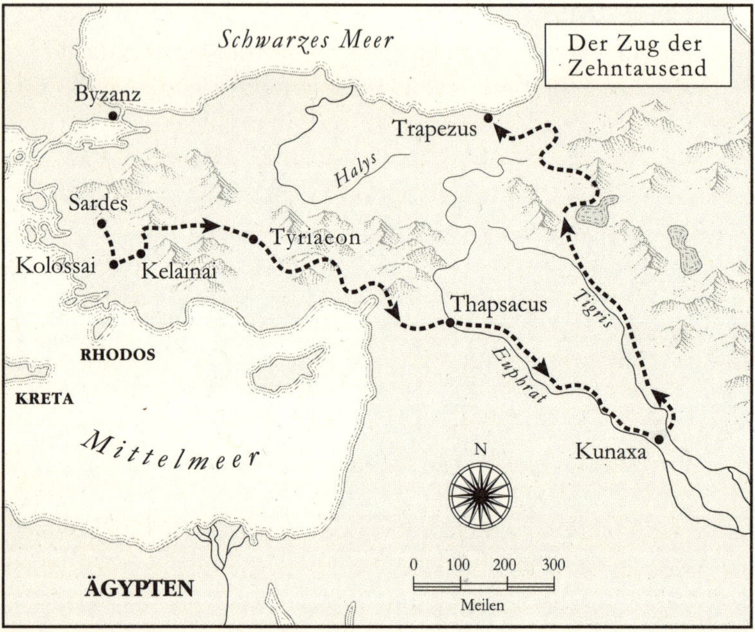

Der Zug der Zehntausend
Schwarzes Meer
Byzanz
Trapezus
Halys
Sardes
Tyriaeon
Kolossai
Kelainai
Thapsacus
Tigris
Euphrat
RHODOS
KRETA
Mittelmeer
Kunaxa
N
0
100
200
300
Meilen
ÄGYPTEN

PROLOG

In der Hitze Babylons rissen die Stare ihre Schnäbel auf und zeigten ihre schwarzen Zungen. Wer jenseits der gigantischen Stadtmauern die Äcker bestellte, litt unter der niederdrückenden Sonne.

Als der Große König in der Mitte der Straße entlangschritt, lag ein feuchter Schimmer auf seiner Haut, und sein Sohn hätte nicht sagen können, ob er von Öl oder Schweiß herrührte. Der Bart seines Vaters glänzte in dichten schwarzen Locken, ein ebenso unverkennbares Merkmal wie der Duft nach Rosen oder der lange und mit einem Panzer aus miteinander verbundenen und einander überlappenden Metallplättchen versehene Mantel, der ihn einhüllte.

Die Luft roch nach heißem Stein und Zypressen, die wie Speerspitzen gen Himmel ragten. Die umliegenden Straßen waren von ihren Anwohnern geräumt worden. Kein einziges Kind, keine einzige alte Frau war zurückgeblieben, nicht einmal ein Huhn, das im Staub hätte scharren können, während die Reichssoldaten ihrem König den Weg frei machten. Die Stille lastete so schwer, dass der Junge den Gesang der Vögel hören konnte.

Die Straße von Ningal war mit weichen Palmenzweigen ausgelegt worden, sie bildeten einen dichten Teppich und waren noch immer grün. Keinerlei Moder- und Fäulnisdünste sollten ihre Unterredung stören oder den Älteren von seiner Unterweisung ablenken. Sein Ziel bestand in nichts weniger als darin, das Überleben seines Hauses zu gewährleisten, und er hatte weder Kurtisanen noch Spionen gestattet, sich nahe genug bei ihnen aufzuhalten, um mithören zu können. Seine Hauptmänner glaubten, eine königliche Laune hätte sie an jenem Morgen weit vor Sonnenaufgang ausgeschickt, um die Stadtviertel auf beiden Seiten der Straße zu räumen. Die Wahrheit war jedoch, dass gewisse Worte nicht zufällig mitgehört werden sollten. Dem König war bewusst, wie viele Lauscher sich an seinem Hof tummelten. Es gab einfach zu viele kleine Satrapien, zu viele Königreiche, deren Kronen er unter seinen Sandalen zermalmt hatte. Neunzig Herrscher und Fürsten zahlten ihren Spionen den Sold allein fürs Lauschen, während tausend Höflinge sich um die besten Plätze und Posten rangelten. Das schlichte Vergnügen, ganz allein mit seinem Sohn umherzugehen, wie jeder einfache Schafhirte es vermochte, hatte sich in einen Luxus verwandelt, dessen Kostbarkeit dem Besitz funkelnder Rubine in nichts nachstand, genauso wertvoll wie die »Bogenschützen« genannten dicken Goldmünzen, welche das Abbild von König Dareios quer durch das Großreich trugen.

Während sie dahinschritten, warf der kleine Junge seinem Vater verstohlene Seitenblicke zu, voller Bewunderung und vollkommenem Vertrauen. Der junge Artaxerxes passte seinen Gang dem des Königs an, was allerdings ab und an einen zusätzlichen halben Schritt erforderlich machte, einen Hüpfer, um mithalten zu können. Dareios schien es nicht zu bemerken, doch Artaxerxes wusste, dass seinem Vater nur sehr wenig entging. Das Geheimnis seiner langen Regentschaft lag in seiner Weisheit. Wäre der kleine Junge jemals nach seiner

Meinung gefragt worden, hätte er gesagt, dass sich sein Vater noch nie geirrt hatte.

An Verhandlungstagen saß der König über seine mächtigsten Lords zu Gericht, über Männer, deren Heere Zehntausende von Kämpfern stark waren, die Länder aus Jade und Elfenbein regierten, so weit entfernt wie der Mond. Dareios pflegte dabei einfach zuzuhören und sich mit der Hand durch den Bart zu streichen, was einen leichten Glanz auf seinen Fingern hinterließ. Er rieb dann Daumen und Zeigefinger aneinander oder nahm sich eine Weintraube aus einer goldenen Schale, die ein zu seinen Füßen kniender Sklave hielt. Auf diese Weise durchdrang Dareios das jeweilige Problem bis in seinen Kern, während seine Berater noch damit beschäftigt waren, abzuwägen und Argumente auszutauschen. Artaxerxes wünschte sich dieses außergewöhnliche Verständnis ebenfalls, weshalb er aufmerksam zuhörte und schnell lernte.

Die Stille, die über der Stadt lag, war von der Art, wie nur Tausende von Soldaten mit an Kehlen gedrückten Dolchklingen sie erzeugen konnten. Die Feldherren des Königs wussten, dass sein Zorn über sie käme, wenn sie ihn störten – und so spazierten Vater und Sohn dahin, als wären sie die beiden letzten lebenden Menschen auf der Welt, in Staub und Wärme und der untergehenden Sonne, die ihnen nach der Hitze des Tages Linderung verschaffte.

»Babylon war einst das Herz eines Großreiches, eines sehr mächtigen«, sagte König Dareios. Seine Stimme klang sanft, eher wie die eines Lehrmeisters als die eines Kriegers.

Sein Sohn schaute mit strahlenden Augen zu ihm auf.

»Aber Persien ist mächtiger«, erwiderte Artaxerxes.

Sein Vater lächelte über seinen Stolz.

»Natürlich! In jeder Hinsicht. Persien ist ein Dutzend Mal größer, als das alte Babylon je sein wollte und konnte. Ein Leben reicht nicht aus, um die Grenzen meines Reiches abzugehen – nicht einmal zwei oder drei Leben. Doch das wurde mir nicht in den Schoß gelegt, mein Junge. Als mein Vater getötet wurde, fiel die Krone meinem Bruder zu. Er nahm sie an sich, noch bevor die Tränen auf seinen Wangen getrocknet waren – und herrschte nur einen Monat lang, bevor man ihn ermordete.«

»Und Ihr habt Rache genommen an dem, der ihn umbrachte«, sagte Artaxerxes, weil er seinem Vater gefallen wollte.

Der König blieb stehen und wandte das Gesicht mit geschlossenen Augen der Sonne zu, um ein deutlicheres Bild seiner Erinnerungen zu gewinnen.

»Das tat ich. Als an jenem Tag die Sonne aufging, waren wir zu dritt, drei Brüder. Am Abend gab es nur noch mich allein. Ich war von oben bis unten blutbespritzt – aber ich war König.«

Dareios holte tief Luft, und sein sich hebender Brustkorb ließ die Metallplatten seines Mantels über der darunterliegenden feinen Seide leise klirren. Sein Sohn reckte sich, ihn bewusst nachahmend. Artaxerxes war weder klar, warum sein Vater ihn an diesem Tag an seine Seite beordert hatte, noch kannte er den Grund, warum sogar die berühmte Leibwache der Unsterblichen nirgendwo in Sicht war. Es hieß, sein Vater vertraue niemandem, und dennoch ging er hier allein mit seinem ältesten Sohn und Erben. Mit seinen vierzehn Jahren ließ dies Artaxerxes vor Stolz und Glückseligkeit förmlich schweben.

»Ein König braucht mehr als einen Sohn«, fuhr sein Vater fort. »Der Tod kommt allzu rasch, wie ein Wüstenwind, der ohne warnendes Vorzeichen plötzlich aufkommt. Er kann als strauchelndes Pferd oder ihr eigentliches Ziel verfehlende Messerklinge die Klaue nach einem ausstrecken. Er kann durch Gift oder Verrat kommen, durch verdorbenes Fleisch, durch Fieber oder von Dschinns aus den Lüften. In einer solchen Welt stellt ein König mit nur einem einzigen Sohn nicht nur eine Herausforderung der Götter dar, sondern auch all seiner Feinde und Widersacher.«

Dareios schritt voran und verschränkte dabei die Hände hinter dem Rücken. Der Junge hatte erhebliche Mühe mitzuhalten. Als Artaxerxes wieder aufgeschlossen hatte, sprach sein Vater weiter.

»Sollte dieser Erstgeborene, dieser mehr als alles geliebte Junge jedoch lange genug überleben, um zum Mann zu reifen, beginnt ein anderes Spiel. Hat er Brüder, so sind sie – so wichtig sie ihm in den Jahren zuvor auch gewesen sein mochten – die einzigen Menschen auf Erden, die ihm alles nehmen können.«

»Kyros?«, entfuhr es Artaxerxes. Entgegen seiner Vorsicht, entgegen der Ehrfurcht vor seinem Vater ließ die Vorstellung, sein kleiner Bruder könnte jemals sein Feind sein, seine Augen vor Belustigung funkeln. »Vater, Kyros würde mir niemals etwas antun.«

Sein Vater fuhr abrupt herum. Die Schutzplatten seines schweren Mantels hoben sich wie der Panzer eines Käfers, der zum Flug ansetzt.

»Du bist mein Sohn und Thronfolger. Sollte man dir das Leben nehmen, wird Kyros König sein. Das ist seine … Bestimmung.« Der König ließ sich auf ein Knie nieder und umschloss die Hände des Jungen mit seinen. »Du wirst meine Krone tragen, das verspreche ich dir. Kyros jedoch … ist ein geborener Krieger. Obwohl er erst dreizehn Jahre alt ist, reitet er so gut wie meine eigene Leibwache. Hast du gesehen, wie sie zu ihm aufsehen? Erst letzten Monat trugen sie ihn auf ihren Schultern durch den Hof des Palastes, nachdem der Pfeil seines Bogens einen Vogel im Flug getroffen hatte.« Wieder holte der König tief Luft, er wollte, dass Artaxerxes verstand. »Mein Sohn, ich liebe euch beide, aber wenn ich auf meinem letzten Lager ruhe, wenn das Großreich still und in Trauer daliegt, an jenem letzten Tag werde ich ihn heimrufen – und du wirst ihn töten müssen. Denn solltest du ihn am Leben lassen, wird er gewiss dich töten.«

Artaxerxes bemerkte, wie Tränen in die Augen seines Vaters traten und dort glitzerten. Eine derartige Gefühlsaufwallung sah er zum allerersten Mal, und sie erschütterte ihn.

»Ich glaube, Ihr irrt Euch, Vater, doch ich werde das, was Ihr gesagt habt, im Gedächtnis behalten.«

Der König erhob sich mit klirrendem Mantel. Sein Gesicht hatte sich gerötet, wobei schwer zu sagen war, ob aus Groll oder irgendeiner anderen Gemütsregung.

»Dann behalte auch Folgendes im Sinn«, sagte er barsch. »Ich habe mir beträchtliche Mühe gegeben, dir klarzumachen, dass dies unter uns bleiben muss. Sollte Kyros auch nur ein einziges Wort aus deinem Mund darüber erfahren, schneidest du dir damit selbst die Kehle durch. Natürlich nicht heute oder in diesem Jahr, wenn ihr zusammen lacht und spielt. Er wird dir seine Treue und Gefolgschaft geloben, und ich zweifle nicht daran, dass er dies von ganzem Herzen meint. Dann wird ein Tag kommen, an dem ihr in Streit geratet oder an dem er erkennt, dass er nur ein Prinz ist und ihm die Macht, nach der er verlangt, auf immer verwehrt ist. An diesem Tag wird er zu dir kommen und sich den Thron nehmen. Und falls ich an diesem Tag noch lebe, falls er danach zu mir kommt und vielleicht sogar dein Blut an seinen Händen klebt … sogar dann werde ich ihn in die Arme schließen, denn es wird keinen weiteren Sohn mehr für mich geben. Begreifst du, Artaxerxes?«

»Ja«, gab sein Sohn zurück, dessen eigener Zorn nun anschwoll. »Doch wenn Eure Bewunderung für Kyros so groß ist, Vater, warum bringt Ihr mich dann nicht gleich hier auf der Straße um und überlasst ihm den Thron?« Bevor sein Vater antworten konnte, sprach Artaxerxes weiter. »Weil Ihr keine weiteren Söhne habt und Eure Nachfolge auf dem Spiel stünde. Seid Ihr wirklich so kaltherzig? Es kümmert Euch nicht, wer von uns König ist?«

»Wenn es mich nicht kümmern würde, hätte ich keine halbe Stadt räumen lassen, um unter vier Augen mit dir zu reden. Siehst du Kyros hier irgendwo? Du, mein tapferer Junge, bist das Kind, das wir ersehnten. Ich hege keinerlei Zweifel an deinem Verstand und deiner Weisheit, Artaxerxes. In deinen Adern fließt mein Blut, und du wirst einen großen König abgeben.«

Dareios streckte die Hand aus und legte sie seinem Sohn auf die Wange.

»Ich sah meinen Vater als gebrochenen Mann, als er aus Griechenland heimkehrte. König Xerxes hatte die Spartaner in der Schlacht bei den Thermopylen besiegt, doch dann wurden seine Armeen bei Plataiai geschlagen. Genau wie sein Vater zehn Jahre zuvor bei Marathon vernichtet wurde. Nun, nie wieder! Das schwor ich, als ich König wurde. In Griechenland ist genug von unserem Blut geflossen, genug für ein ganzes Jahrtausend. Statt Krieg zu führen, wurde unter meiner Herrschaft der Frieden erhalten – und sie brachte uns Gärten und Wein und Gold und außergewöhnliches Wissen. Vieles, was zu anderen Zeiten als Hexerei gegolten hätte, ist uns heutzutage selbstverständlich. Mit dir werden wir weiter voranschreiten – zum prächtigsten Großreich, das die Welt je gesehen hat. Wenn du es bist. Wenn die Götter Kyros auf diesen Thron setzen, wird er erneut Krieg führen, das steht für mich außer Frage. Er hat zu viel von meinem Vater, zu viel von *dessen* Vater.«

»Ich kann kämpfen, wisst Ihr«, sagte Artaxerxes getroffen. »Ich weiß, dass Ihr es mir nicht zutraut, aber ich kann es.«

Der König lachte und gab ihm einen Klaps auf den Rücken. Er liebte seinen Sohn zu sehr, um ihn durch Widerspruch zu verletzen.

»Natürlich. Kämpfen kann allerdings jeder gewöhnliche Leibwächter eines Geldverleihers. Du hingegen bist ein Prinz, Artaxerxes! Du wirst ein König sein. Also brauchst du mehr als ein schnell aufgesetztes Lächeln und ein noch schneller gezogenes Schwert. Was du brauchst, ist eine andere Art von Stärke. Die Lektionen beginnen heute. Du bist nicht zu jung dafür.«

Der König schaute sich auf der leeren Straße um. Kein einziges Gesicht lugte aus irgendeinem Fenster.

»Denke daran. Am Tag deiner Krönung musst du einen Strich ziehen. Bis dahin rate ich dir, von deinen Lehrern zu lernen, zu reiten und dich der Genüsse zu erfreuen, die Frauen, Jünglinge und Rotwein dir bieten. Sprich zu niemandem von diesem Tag. Hast du mich verstanden?«

»Ja, Vater«, sagte Artaxerxes.

Seine ernste Miene ließ den König lächeln, und seine gesamte Haltung und sein Gebaren änderten sich. Er streckte den Arm aus und zerzauste seinem Sohn das Haar.

»Ich bin tausendfach gesegnet.«

ERSTER TEIL

1

Die Stadt schmiegte sich geschützt an den Berg wie ein Kind in den Schoß der Mutter. Bevor Kyros die Stufen zum großen Plateau erklomm, entschied er, seine Leibgarde zum Fluss zu führen. Die Spartaner ließen ihre Rüstungen und Waffen am Ufer zurück, stürmten ins Wasser und wuschen sich vergnügt vierhundert Meilen Staub und Schweiß von den Leibern.

Der Prinz lächelte von der Höhe seines Schlachtrosses zu ihnen hinab, amüsiert darüber, wie sie herumplanschten und sich mit den Fingern durch die nassen Haare und Bärte fuhren. Der Marsch gen Osten hatte seine Männer ausgelaugt und dürr wie Jagdhunde gemacht, ihre Haut dunkler werden und ihre Sehnen- und Muskelstränge straff hervortreten lassen. Sie waren nicht ins Stocken geraten, obwohl einige von ihnen blutige Fußspuren auf ihrem Weg hinterlassen hatten.

»Herr, wollt Ihr Euch es nicht doch anders überlegen?«, fragte Tissaphernes leise.

Kyros sah seinen alten Freund und Lehrmeister flüchtig an. Tissaphernes ritt einen kastanienfarbenen Wallach aus edelster persischer Blutlinie. Das Tier schnaubte und warf den Kopf hin und her. Der Edelmann zog ein verdrießliches Gesicht und hielt seinen starren Blick auf die Spartaner gerichtet.

»Soll ich die Stufen etwa allein emporsteigen?«, erwiderte Kyros. »Soll ich etwa wie ein Bettler heimkehren? Wer bin ich, wenn nicht der Sohn meines Vaters und ein Prinz? Dies sind meine Wachen. Sie sind die Besten.«

Tissaphernes' Mund arbeitete, als quälte ihn ein kranker Zahn. Prinz Kyros war über zwanzig Jahre alt und nicht mehr jung und töricht. Der Lehrmeister hatte seine Bedenken unmissverständlich zum Ausdruck gebracht, und trotzdem befanden sie sich jetzt am Ufer des Pulvar, in der Gesellschaft von Spartiaten, die wie wilde Gäule im Wasser herumpflügten. Der Prinz hatte einen alten Feind mitten ins persische Reich geführt. Der Gedanke ließ Tissaphernes' Miene noch tiefer verfinstern. Er hatte griechische Weltkarten eingesehen, die kaum etwas vom Großreich des Ostens wussten. Er verspürte keinerlei Verlangen danach, den Spartanern dabei zu helfen, die Lücke der genauen Lage von Persepolis zu füllen, geschweige denn die der königlichen Grabmäler entlang des Flusses, welche nur einen halben Tagesmarsch entfernt waren.

»Hoheit, so mancher könnte es als Kränkung empfinden, eben jene Männer herzubringen, denen sich Eure Ahnen gegenübersahen, die sie an Land und zu Wasser bekämpften. Spartaner! Bei allen Göttern! Hier, mitten im Herzen der Welt! Wäre Euer Vater jünger an Jahren und gut bei …«

»Er würde mich beglückwünschen, Tissaphernes«, blaffte Kyros, des Klangs seiner eigenen Stimme überdrüssig. »Diese Männer sind an meiner Seite marschiert. Weder zauderten sie, noch baten sie um Rast. Sie sind mir treu ergeben.«

»Treu ergeben sind sie Gold und Silber«, fluchte Tissaphernes im Flüsterton.

Kyros presste den Kiefer zusammen, sodass die Muskeln hervortraten.

»Sie besitzen nichts. Sogar ihre Waffen gehörten ursprünglich ihren Vätern und Onkeln oder wurden ihnen als Lohn für Tapferkeit überreicht. Schluss jetzt damit. Kein weiteres Wort mehr, alter Löwe.«

Demütig neigte Tissaphernes den Kopf als Zeichen, dass er die Zurechtweisung akzeptierte.

Die Griechen hatten ihr Bad rasch hinter sich gebracht, kamen eilig aus dem Wasser gelaufen und stellten sich ans Ufer, um in der Abendsonne zu trocknen. Der Anblick so zahlreicher nackter Männer ließ die einheimischen Wäscherinnen in Gejohle und Pfiffe ausbrechen. Ein oder zwei der Krieger lächelten zur Erwiderung, während sich andere mit Dehnübungen lockerten. Für Gelächter und seichte Unterhaltungen waren sie nicht geschaffen.

Kyros, noch immer wegen des Verhaltens seines Gefährten verärgert, saß unvermittelt ab, entledigte sich seines Helms, seiner Tunika, seines gepanzerten Übermantels, seiner Beinkleider und seines Umhangs und zog dann seine Sandalen aus, alles in einem einzigen eleganten Fluss sparsamer Bewegungen. Körperliche Blöße war nichts, worum sich der Prinz Gedanken machte, und er spazierte gemächlichen Schrittes ins Wasser, wobei er Anaxis, den Hauptmann der Spartaner, der ihn vom Ufer aus beobachtete, mit einem knappen Nicken bedachte.

Der Anblick eines jungen Mannes, der seinen Bart gelockt wie ein Perser trug und auf seinem Umhang einen Helm mit goldenen Federn zurückgelassen hatte, brachte die Stimmen der Waschfrauen zum Verstummen. Sie mochten seinen Namen nicht kennen, doch sie wagten es nicht, ihm etwas zuzurufen. Kyros säuberte sich im Wasser mit bedächtiger Sorgfalt, beinahe so, als wäre es eine rituelle Handlung, die Reinigung von mehr als nur Schweiß und dem Geruch von Pferden. Die Spartiaten am Ufer erwiesen ihren Respekt, indem sie schwiegen. Immerhin war der Prinz nach Hause zurückgekehrt, um seinen Vater zu betrauern.

Die Nachricht hatte Kyros vierzehn Tage zuvor erreicht, und um rechtzeitig anzukommen, hatte er die Spartaner beinahe bis über die Grenzen ihrer Belastbarkeit hinaus angetrieben. Die Pferde hatte der Prinz bei Tavernen entlang des großen Königsweges wechseln lassen oder sie querfeldein durch mit Weizen und Gerste bestelltes Ackergebiet laufen lassen, und doch war es ihnen gelungen, Schritt zu halten und Tag um Tag an seiner Seite zu marschieren, als wäre nichts dabei. Sie waren außergewöhnlich, und er empfand Stolz über ihre roten Umhänge und die Reaktionen anderer Menschen, wenn diese herausfanden, wer sie waren. Ihren Ruf hatten sie sich redlich verdient, immer und immer wieder.

An jenem Ort, als die Kühle des Abends sich auf sie zu legen begann, fasste sich Kyros ein Herz. Die Atmosphäre in der Innenstadt von Persepolis schien gedämpft, allerdings nicht als Folge einer allgemeinen Agonie des Grams. Die Straßen wurden weder von Soldaten gesäumt, noch waren sie mit Trauertüchern verhängt, unter denen Schalen mit Sandelholz brannten. Doch bevor er nicht die Tore des Plateaus hoch über der Stadt passiert hatte, konnte er nicht sicher sein, dass der alte Mann noch am Leben war. Bei diesem Gedanken wandte er sich um und sah zum Berg hinauf, den sein Vater und Großvater buchstäblich erneuert hatten, und weiter bis zur imperialen Ebene, die aus dieser Entfernung nur eine schmale Linie aus Grün und Grau war. Wilde Falken zogen darüber in der warmen Luft träge ihre Kreise und hielten nach fetten Tauben in den Obstbäumen Ausschau. Dieser königliche Freisitz umfasste Paläste, Kasernen, Theater und Büchereien. Der Pavillon seines Vaters befand sich im Zentrum des üppigen Gartens, den sie ein »Paradies« nannten, das geheime grüne Herz eines Großreiches.

Niedrig gewachsene Büsche, deren Wurzelwerk zu glatten Holzskulpturen freigespült war, schmiegten sich ans Flussufer. Weiße Jasminblüten prangten stolz über hängenden Weinreben und schwängerten die Luft mit ihrem Wohlgeruch. Der Prinz, der mit geschlossenen Augen bis zur Taille im Wasser stand, atmete tief ein. Er war zu Hause.

Die Spartaner trockneten zügig, indem sie sich mit ihren Umhängen abrieben und mit den Fingern durch die Haare fuhren, trotz der Sonne kühl erfrischt. Auch der Prinz fühlte sich erquickt und belebt und kleidete sich ebenso sorgfältig wieder an, wie er sich ausgezogen hatte. Er schnallte den Panzermantel über seiner Tunika fest und legte außerdem spartanische Schienbeinschützer aus Bronze an, die ihm perfekt angepasst worden waren, sodass sich die Muskeln und die Rundungen seiner Kniescheiben in dem polierten Metall abgezeichnet hatten. Die Beinschienen waren für jene, die zu Fuß mit Schilden unterwegs waren, von größerem Nutzen als für jene, die zu Pferd saßen, aber Kyros gefiel es, seinen Männern auf diese Art die Ehre zu erweisen. Tissaphernes hielt das Ganze für eine affektierte fremdländische Unsitte und dementsprechend natürlich für unter seiner Würde.

Wäre nicht sein im Sterben liegender Vater der Grund für seine Heimkehr gewesen, hätte es Kyros belustigt, wie die Stadtbewohner sich zusammenrotteten, um einen Blick auf die Fremden zu erhaschen. Händler vom Obstmarkt waren herübergeschlendert, während ihre besoldeten Bewacher mit düsteren Mienen die stummen Beobachter gaben. Die Griechen mit den roten Umhängen waren sogar hierzulande berühmt, obwohl zwischen Persepolis und dem Eurotastal ganze Staaten und ein gutes Stück offenes Meer lagen – drei Monate und eine Welt voneinander entfernt. Zu den legendären Umhängen trugen die Spartaner ihre eigenen Bronze-Beinschienen, welche beide Beine vom Knöchel bis zum Knie bedeckten. Auch wenn sie einen Prinzen nach Hause eskortierten, waren sie in voller Ausrüstung in jedem Augenblick zum kriegerischen Kampf gerüstet.

Ihre Schilde hatten sie zu akkuraten Haufen gestapelt, bevor sie ins Wasser gesprungen waren. Sie ließen sie unbewacht, als hielten sie es für absolut unvorstellbar, irgendein anderer Mensch könne sie bestehlen. Jeder Schild war auf der Innenseite mit dem Namen seines Trägers markiert, während ein einzelnes Zeichen dem Feind zeigte, wo in Griechenland Sparta lag – das Lambda, der erste Buchstabe der Region Lakedaimon, was wiederum der offizielle Name des spartanischen Staates war. Und jeder Schild war glänzend poliert und wurde gepflegt und umsorgt wie ein geliebtes Wesen.

Als Kyros aufsaß, fragte er sich, ob irgendeiner der Gaffer Sparta jemals so gut verstehen könnte, wie er es tat. Für die Mütter, die ihre Kinder auf die fremden Krieger aufmerksam machten, waren es genau diejenigen, welche die persischen Unsterblichen wieder und wieder gedemütigt hatten und dadurch zur Legende wurden. Solche Männer Griechenlands hatten bei Marathon das Heer von Dareios dem Großen zerschlagen. Es waren Spartiaten gewesen, die griechische Soldaten in den Schlachten bei den Thermopylen, bei Plataiai und bei Mykale gegen den Perserkönig Xerxes anführten. Persien hatte fast dreißig Völker unterworfen, war aber von Griechenland zur Umkehr gezwungen worden – und von den Kriegern, die rote Umhänge trugen.

Diese dunklen Zeiten lagen in weit entfernter Vergangenheit, wenngleich die Erinnerung an sie höchst lebendig war. Kyros schaute zur Seite, als seine Männer sich in perfekter Doppelreihe formierten, bereit für sein Kommando. Spartaner hatten schließlich die Macht Athens brechen und über ganz Griechenland herrschen wollen, doch sie kämpften für ihn, weil er sie dafür entlohnte – und weil er genau verstand, welchen Begriff von Ehre sie hegten. Die von ihm gezahlten Silber- und Goldstücke wurden in die Heimat geschickt, um Tempel, Kasernen und Waffenkammern zu bauen. Nichts von dem, was sie verdienten, floss in ihre eigenen Taschen, und er bewunderte sie mehr als alle anderen Menschen – mit Ausnahme von seinem Vater und seinem Bruder.

»Komm schon, alter Löwe«, sagte er zu Tissaphernes. »Ich habe es schon lange genug hinausgezögert. Ich darf davor nicht schwach werden, obwohl ich kaum glauben mag, dass es sich nicht um einen Fehler handelt, nicht einmal jetzt. Mein Vater ist zu stark, als dass er je sterben könnte, nicht wahr?«

Er lächelte, doch sein Kummer war offenkundig. Zur Antwort streckte Tissaphernes den Arm aus und ergriff seine Schulter, die Trost spendende Geste eines alten Mannes gegenüber einem Jüngeren.

»Vor dreißig Jahren, bevor Ihr geboren wart, war ich der Diener Eures Vaters. Damals lag die ganze Welt in seiner Hand. Aber selbst für Könige ist die Zeit im Licht der Sonne nur kurz bemessen. Es trifft uns alle irgendwann, mögen Eure Philosophen-Freunde auch sogar das infrage stellen, woran ich kaum zweifle.«

»Ich wünschte, du hättest genug Griechisch gelernt, um sie zu verstehen.«

Tissaphernes gab ein verächtliches Geräusch von sich.

»Es ist die Sprache von Schafhirten. Was kümmert mich das Geschwätz von Sklaven? Ich bin Perser.«

Er sprach bewusst unbefangen in Hörweite der Spartaner, die allerdings nicht erkennen ließen, ob sie seine Worte verstanden hatten. Kyros sah zu ihrem befehlshabenden Offizier hinüber, jenem, der Anaxis hieß. Anaxis beherrschte beide Sprachen fließend, weshalb ihm nichts entgangen war, doch er hatte Tissaphernes längst als persischen Windbeutel abgeschrieben. Einen winzigen Moment lang erwiderte Anaxis Kyros' Blick und zwinkerte ihm zu.

Tissaphernes bemerkte, wie die Miene des Prinzen sich aufhellte. Er fuhr im Sattel herum, um den Grund für diesen Stimmungswandel in Erfahrung zu bringen und den zu identifizieren, der es gewagt hatte, seine Würde zu verspotten. Doch das Einzige, was er sah, war die neuerliche Abmarschbereitschaft der Spartaner, und er schüttelte den Kopf und brummte etwas über Bauern und Fremde.

Auf langen Märschen trugen die Spartiaten ihre Schilde für gewöhnlich auf dem Rücken. Obwohl ihnen keine unmittelbare Gefahr drohte, gab Kyros den Befehl, sich in Paradeformation aufzustellen. Beim Marsch durch eine von drei Hauptstädten des persischen Imperiums sollten die Kämpfer die Scheiben aus Bronze und Holz am linken Arm tragen, während sie in der rechten Hand lange und einsatzbereite Speere hielten. An ihrer Hüfte baumelten Kurzschwerter, und die Kopis, die berüchtigte Hiebwaffe mit der sichelförmigen Klinge, hing ihnen im Kreuz. Diese schweren Krummschwerter waren furchterregende Dinger und wurden von den Feinden der Spartaner für grob unsportlich gehalten. Für derartige Beschwerden hatten Letztere nur Gelächter übrig.

Die bronzenen Helme auf ihren Köpfen bedeckten ihre Bärte ebenso wie die dicken Haarflechten, die ihnen bis auf die Schultern hingen. Die Helme verbargen sowohl Erschöpfung als auch menschliche Schwäche und hinterließen die kalte Anmutung von Statuen. Ihre im Schatten liegenden Gesichtszüge waren lediglich einer der Gründe dafür, warum sie derart gefürchtet wurden. Ihr Ruf verdankte sich mehr. Dass sie die Waffen und Schilde ihrer Väter und Großväter trugen, war nach wie vor noch bedeutsamer.

Nachdem sie den Fluss hinter sich gelassen hatten, lenkten Kyros und Tissaphernes ihre Pferde durch die Straßen. Die Menge vor ihnen teilte sich, um ihnen Platz zu machen. Eine unheimliche Stille senkte sich herab, auf die Stadtmenschen wie auf die Männer, welche die Stadt durchschritten.

»Ich bin nach wie vor der Ansicht, Ihr hättet Eure Söldner zurücklassen sollen, Hoheit«, wisperte Tissaphernes. »Was wird Euer Bruder sagen, wenn er sieht, dass Griechen gegenüber Persern bevorzugt wurden?«

»Ich bin ein Prinz und habe den Oberbefehl über die Heere meines Vaters. Wenn mein Bruder überhaupt irgendetwas sagt, dann, dass mein Rang und meine Würde unserem Haus zur Ehre gereichen. Die Spartaner sind die Besten auf der ganzen Welt. Wer sonst hätte in diesen letzten Wochen mit uns den Frieden wahren können? Siehst du irgendwelche Unsterblichen hier? Meine Diener? Einer meiner Sklaven *starb* auf dem Weg, weil er an meiner Seite verharren wollte. Der Rest ist hinter uns zurückgefallen. Nein, diese Männer haben sich ihren Platz an meiner Seite dadurch verdient, indem sie an meiner Seite blieben.«

Wie zur Zustimmung neigte Tissaphernes den Kopf, obwohl er in Wahrheit wütend war. Kyros behandelte die Spartaner wie echte Menschen, nicht wie die tollwütigen Hunde, die sie waren. Der persische General wusste, ohne sich umzuwenden, dass einige von ihnen ihn beobachteten, während sie dahinmarschierten. Sie trauten niemandem, der ihrem Meister nahestand, genauso wie treue Köter, die drohend knurrten und geiferten. Immerhin würde es nicht mehr lange dauern. Die beiden Reiter führten die Spartiaten hügelaufwärts. Sie folgten dem Weg zu den gewaltigen Stufen, die sie höher hinaufbringen würden, zum Plateau des Perserkönigs.

Die Stufen der großen Treppe waren breit und flach gehauen worden, um es dem König zu gestatten, auf dem Pferderücken zu verbleiben, wenn er von einer Jagd zurückkehrte. Kyros und Tissaphernes ritten mit ihren Pferden voran, und die Spartiaten folgten ihnen in klirrenden Reihen hinauf. Kyros spürte die Augen der seinem Vater ergebenen Unsterblichen auf sich ruhen, als er sich dem schmalen Tor der Außenmauer näherte. Sein Vater hatte die Schatzkammern ganzer Völker in sein Plateau investiert, sowohl dafür, den Schnitt in der Flanke des Berges zu vertiefen als auch für all den verschwenderischen Luxus, der sich in dessen Innerem verbarg. Es war der Garten eines Großreiches, darüber hinaus jedoch auch eine Festung, die durchgehend von zweitausend Männern bewacht wurde.

Die allerletzte Stufe endete vor der Pforte, weshalb es für einen feindlichen Angreifer keinen Raum gab, sich zu sammeln und anzugreifen. Kyros spürte die leichte Veränderung, als persische Soldaten die Sonne über ihren Häuptern verdunkelten und auf seine Mannschaft herabblickten – insbesondere auf die Spartiaten auf den Stufen unter ihm, jeder einzelne von ihnen vor vier Waffen starrend. Kyros, golden erleuchtet von der untergehenden Sonne, setzte eine ausdruckslose Miene auf und blickte die Mauern empor.

»Ich bin Prinz Kyros, Sohn des Königs Dareios, Bruder von Prinz Artaxerxes, Befehlshaber der Armeen von Persien. Beim Namen meines Vaters, öffnet dieses Tor, damit ich ihn sehen kann.«

Sie ließen Kyros einige Pulsschläge länger stehen, als er erwartet hatte, weshalb sich sein Gesicht zu verfärben begann. Sein anschwellender Zorn legte sich, als er vernahm, wie Ketten und Riegel entfernt wurden, das Tor aufschwang und den Blick auf einen lang gestreckten Hof dahinter preisgab. Er schluckte, fest entschlossen, keinerlei Furcht zu zeigen. In dieser Hinsicht erwiesen sich er und seine Spartiaten als ebenbürtig und gut zueinanderpassend.

Kyros und Tissaphernes saßen nicht ab, sondern ritten in den sonnenbestrahlten Innenhof. Das Licht wurde zu dieser Stunde bereits milder und verdunkelte sich langsam zur Sommerabenddämmerung. Kyros war bewusst, dass er endlich zu Hause war, dass er sich entspannen und darauf freuen sollte, seinen Vater zu treffen. Er hatte keine klare Vorstellung davon, wie der alte Mann auf sein Erscheinen reagierte, und genauso wenig wusste er, mit welchen Gefühlen er selbst dem Großen König gegenübertreten würde. Angesichts des ihm bevorstehenden Verlustes war er verunsichert. Nicht einmal die Kraft sämtlicher Waffen, die es in der Welt gab, konnte seinen Vater vor dem Ende bewahren, wenn dessen Stunde geschlagen hatte. Diese Hilflosigkeit war es, die Kyros erschauern ließ – nicht der blutgetränkte Mordboden, den er soeben betreten hatte.

Die Verteidigung des Plateaus bestand nicht allein aus den auf den Außenwällen postierten Männern, sondern auch in den trichterartigen Zugängen, durch welche Angreifer hindurch mussten. Wenn es ihnen irgendwie gelungen war, über die Stufen und durch die Tore zu stürmen, waren diese Durchgänge zur Festung voneinander durch eine Mauer getrennt. Feindliche Kräfte konnten sich nicht vereinen, bevor sie zwei lange und schmale Höfe passiert hatten, die unter freiem Himmel lagen.

Kyros und Tissaphernes zögerten keinen Augenblick und trabten hindurch, bis zum Ende des Mordbodens. Fünfzig Reihen von je sechs Spartiaten folgten in perfekter Aufstellung. Die Griffenden der Speere drückten sich ins staubige Erdreich, als sie vor einem noch gewaltigeren Tor zum Stillstand kamen.

Das äußere Tor hinter ihnen war bereits geschlossen und verriegelt. An einem Ort festgehalten zu werden, der kaum ein Bewegungsmanöver ihrerseits gestattete, trieb mehr als einem Spartaner ein Runzeln auf die Stirn. Der gesamte Hof war rundum von zwei Mann hohen Steinmauern gesäumt. Ihr Zweck war nicht klar ersichtlich, und der Spartaner-Hauptmann Anaxis umklammerte seinen Speer fester. Er spürte das feindselige Starren der persischen Wachen, die es eher gewohnt waren, in ihren hübsch aufpolierten Rüstungen eine gute Figur zu machen, als tatsächlich zu kämpfen.

Ganz vorne tauschten Kyros und Tissaphernes einen schnellen Blick und stiegen ab. Anaxis hätte den Hals verrenken müssen, um zu sehen, wer da zu ihrem Empfang herausgekommen war, da ihm die Pferde die Sicht auf das Gespräch verstellten. Doch er tat nichts dergleichen. Es war seine Pflicht, Kyros zu beschützen, und vielleicht auch den fetten, älteren Kerl. Aber es waren keine Befehle gegeben worden, in Alarmbereitschaft zu bleiben oder nach Gefahren Ausschau zu halten. Anaxis wusste, dass er sich in der Hochburg uralter Feinde befand, er war jedoch außerdem die persönliche Leibwache eines ihrer Prinzen, eines Mannes, dessen aufrichtige und ungezierte Art ihm einiges an Bewunderung abnötigte. Für einen Perser war der Prinz jedenfalls sehr ordentlich geraten. Wenn es um seinen Vater ging, hatte Kyros keine Spur von Ängstlichkeit, Zaudern oder ähnliche Schwächen, sondern ausschließlich Besorgnis gezeigt. Und doch sah sich Anaxis in diesem Moment gezwungen, seinen Blick die sie umgebenden, stufenförmig angeordneten Steinmauern emporwandern zu lassen. Sie erinnerten ihn an die langen Sitzplatzreihen der Ränge eines athenischen Freilufttheaters. Ihm war bekannt, dass die Perser halbwegs ordentliche Bogenschützen waren. Der Gedanke, aus der Höhe beobachtet zu werden, gefiel dem Spartiaten ganz und gar nicht – noch dazu an diesem Ort.

Seine Züge, verborgen im Schatten seines Helmes, ließen nichts von dem erkennen, was in ihm vorging. Anaxis stand wie ein aus Bronze gegossenes Standbild da, während vor ihm Kyros und Tissaphernes mit gedämpften Stimmen sprachen. Dennoch war Anaxis erleichtert, als eines der Pferde sich bewegte und ihm die Sicht auf den Prinzen freigab.

Kyros wandte sich den Spartanern in seinem Rücken zu. Seine Miene wirkte ernst und entschlossen.

»Mein Bruder hat mir die Anweisung erteilt, die königlichen Gärten ohne Wachen zu betreten«, sagte er. Kyros schien weitersprechen zu wollen, schüttelte dann jedoch den Kopf. Es war kaum als Zeichen zu deuten, aber Anaxis spürte, wie sich sein Herz zusammenkrampfte.

»Vielleicht hätte Euer Bruder nichts dagegen, wenn ich Euch begleite«, sagte Anaxis.

Kyros lächelte ihn an.

»Sollte es zu einem Verrat kommen, macht ein Mann mehr keinen Unterschied, mein Freund.«

»Ich mache immer einen Unterschied«, erwiderte Anaxis in ernstem Ton.

»Das ist wahr, aber ich muss auf die Ehre meines Bruders vertrauen. Er ist der Thronfolger, und ich habe ihm keinerlei Anlass gegeben, an mir zu zweifeln.«

»Wir werden hier warten, bis Ihr zurückkehrt«, sagte Anaxis und sank auf ein Knie nieder. Er sprach es wie einen Eid, und Kyros neigte den Kopf, bevor er den Mann wieder auf beide Beine zog.

»Ich danke dir. Deine Dienste gereichen mir wahrlich zur Ehre.«

Kyros drehte sich um und sah, wie Tissaphernes mit verächtlicher Miene eine Geste in Richtung des Tores machte, das tiefer ins königliche Plateau hineinführte. Jenseits des lang gestreckten Hofes lagen die ersten Gartenanlagen. Den Boden, auf dem sie wuchsen, hatte man von den Ebenen heraufgeschafft, und sie wurden von eintausend Sklaven gepflegt. Es waren dort Bäume gepflanzt worden, die schattige Alleen bildeten und in deren Kronen winzige Äffchen auf der Jagd nach Vögeln von Ast zu Ast sprangen. Die Luft war vom intensiven Duft üppigen Grüns und Jasmins erfüllt.

Kyros ignorierte den kleinen Truchsess, der zu seiner Begrüßung gekommen war, da er sich noch nicht sicher war, ob der Status des Mannes eine Beleidigung darstellte oder nicht. Sein Bruder Artaxerxes würde natürlich nicht von der Seite seines Vaters weichen. Es musste nichts bedeuten, dass er einen reinen Knecht geschickt hatte, um Kyros durch die Gärten zu begleiten.

Tissaphernes schien die Last der Strapazen, Sorgen und Anspannungen ihres langen Marsches hierher abzustreifen, während er entspannt, erhobenen Hauptes und mit durchgestrecktem Kreuz voranmarschierte. Er sog die ihm so vertrauten Wohlgerüche ein und erweckte beinahe den Eindruck, ein Stück zu wachsen. Kyros kannte ihn seit seiner Geburt und hatte ihn den allergrößten Teil seines Lebens als Mentor und väterlichen Freund erlebt. Nichtsdestotrotz hätten ihre Anschauungen kaum unterschiedlicher sein können. Kyros liebte die Menschen, anders konnte man es nicht beschreiben. Menschen waren seine Leidenschaft, und er sammelte Freundschaften wie andere Männer Goldmünzen. Tissaphernes hingegen konnte im Vergleich zum Prinzen seine Abneigung gegenüber Menschenmengen und verschwitzten Soldaten kaum verbergen.

Eine Stunde lang gingen sie über Pfade, die so verschlungen waren, dass ein Fremder sich auf ihnen wahrscheinlich ein Dutzend Mal verirrt hätte. Kyros kannte sie alle aus Kindertagen und folgte dem Truchsess, ohne ihrem Weg besondere Aufmerksamkeit zu widmen. Der väterliche Pavillon lag auf der anderen Seite des Plateaus, umgeben von Palmen und Sklaven, die allesamt auf seine letzten Atemzüge warteten. Kyros spürte, wie sich seine Kehle zusammenzog, während er weiterlief und auf die wehklagenden Stimmen der Frauen seines Vaters lauschte.

Anaxis hob ruckartig den Kopf, als oberhalb von ihnen die erste Sandalensohle über Stein scharrte. Die Spartiaten hatten, ganz nach dem Vorbild ihres Anführers, etwa eine Stunde lang reglos und schweigend verharrt. Ein unterdrückter Fluch entfuhr Anaxis, als er den Trupp persischer Soldaten herauseilen und zu beiden Seiten Aufstellung nehmen sah. Sie trugen kunstvoll verzierten schwarzen Harnisch sowie Bögen, in die kostbare Edelsteine eingefasst waren, wie die Wachen in einem Theaterstück oder vielleicht vor der Tür eines Bordells. In seinen Augen hatten sie etwas von Kindern, die in der Schatzkammer eines Königs Amok gelaufen waren.

Der Hauptmann der Perser trug einen schwarz-weißen Federschmuck, der im Wind zuckte und weitaus größer war als alles, was Anaxis aus seiner Heimat bekannt war. Die Haut des Mannes glänzte vor Öl, und an seinen Fingern funkelten Juwelen. Er führte keinen Bogen bei sich, sondern nur ein Kurzschwert in goldener Scheide, die allein eine komplette Kleinstadt wert gewesen sein musste. Bei diesem Gedanken runzelte Anaxis die Stirn. Hier war wertvolles Beutegut zu holen. Solche Dinge musste man unbedingt im Kopf behalten.

»Schilde bereit«, sprach Anaxis mit klarer Stimme.

Viele der Männer hatten ihre Schilde über die Schulter gehängt oder an ihre Beine gelehnt. Sie nahmen sie wieder auf, vom gleichen grimmigen Widerwillen erfüllt wie ihr Anführer. Keiner von ihnen fühlte sich wohl dabei, von Bogenschützen in höher gelegener Position umzingelt zu sein, während sie selbst unmittelbar darunter dicht zusammengedrängt in einer Todesfalle festsaßen.

Anaxis betrachtete die Steinwälle mit neuen Augen. Jetzt bemerkte er, wie glatt sie waren. Über seinem Kopf gingen jeweils drei Reihen persischer Bogenschützen links und rechts in Stellung. Ihre Anzahl entsprach in etwa der jener Männer, die ihnen von unten finstere Blicke zuwarfen.

Der gefiederte Hauptmann näherte sich ihnen über einen schmalen Pfad, der an einer Ecke herabführte. Als er stehen blieb, ragte die Hälfte seiner Sandale über den Rand des

Felsens, sodass Anaxis die mit Nägeln beschlagene Sohle sehen konnte. Eine Weile rührte sich niemand. Selbst die Luft schien zu stehen, kein noch so leiser Hauch brachte Linderung. Seit dem Aufbruch von Kyros und Tissaphernes waren die Schatten weiter vorangekrochen, doch das Abendlicht schien unverändert. Trotz der milden Wärme spürte Anaxis, wie sich sein Hodensack zusammenzog. Die Männer, die auf die Spartaner hinabsahen, lächelten, während sie an ihren Waffen herumhantierten. Sie hatten Sehnen auf ihre Bogen gespannt, wie er feststellte. Obwohl sie die zeremonielle Rüstung des Königshofes angelegt hatten, waren sie für ein Gemetzel aufgestellt. Er kratzte sich den Bart.

»Was meinst du, wie schwierig es wäre, auf diesen Felsvorsprung zu gelangen?«, fragte er seinen Freund Cinnis. Für gewöhnlich war Cinnis ein massiger Mann, mit vollem Recht stolz auf seine Stärke. Vierzehn Tage Fußweg auf sandigen Straßen hatten ihn hagerer und mürrischer werden lassen. Er zuckte die Achseln.

»Wenn zwei Mann einen Schild waagerecht halten, ungefähr so …«, er demonstrierte es mit seinem eigenen, »könnte ein dritter mit Leichtigkeit hinaufgehoben werden. Glaubst du, dass sie angreifen werden?«

»Allerdings«, gab Anaxis zurück. Er erhob die Stimme, damit der Rest ihn hören konnte, da er davon ausging, dass von den Leuten über ihnen niemand auch nur ein einziges Wort Griechisch verstand. »Irgendwer hat offenbar entschieden, uns niederzustrecken. Also gut. Macht euch bereit, die Schilde über den Kopf zu heben. Steht in Dreierreihen. Unternehmt nichts, solange wir nicht angegriffen werden, aber wenn der Angriff erfolgt, will ich, dass Männer zu ihnen hinaufkatapultiert werden. Dieser Ort gefällt mir. Ich denke, wir sollten ihn einnehmen und halten, bis Prinz Kyros zurückkehrt.«

»Oder uns bis zum Fluss durchkämpfen und abhauen«, raunte Cinnis.

Anaxis schüttelte den Kopf, wie sein Freund erwartet hatte. Anaxis hatte sein Wort gegeben. Würde Kyros wiederkommen und feststellen, dass er seinen Posten verlassen hatte, könnte er eine solche Schande keinesfalls ertragen. Cinnis krümmte in anschwellendem Zorn die Schultern, als er sah, wie die ersten Bogen sich spannten.

Über ihren Köpfen holte der persische Hauptmann tief Luft, um einen Befehl zu bellen. Cinnis streckte seinen Schild vor, dessen gegenüberliegender Rand unverzüglich von einer anderen Hand gepackt wurde. Sein Blick kreuzte den von Anaxis, und ihre Augen glühten vor Wut über diesen schändlichen Verrat.

Der gefiederte Hauptmann schrie gellend auf, jetzt spannten sich alle Bogen vollends, und mit einem Geräusch wie von einer Unzahl schlagender Flügel traf sie die erste Welle von Pfeilen. Als sie aufgeschlagen hatten, sprang Anaxis zusammen mit einem Dutzend anderer Männer die gesamte Breite des Hofes entlang auf die Schilde. Jeder Krieger wurde emporgeschleudert und krachte in überraschte Bogenschützen. Anaxis schlug mit seinem Speer und der grausamen Kopis im Anschlag mitten zwischen ihnen auf und lachte angesichts ihrer panischen Angst.

2

Auf einem breiten Pfad zwischen Limettenbäumen verharrte Kyros. Tissaphernes ging einige Schritte weiter, bevor er an die Seite seines Herrn zurückkehrte.

»Was ist los?«, fragte der Ältere.

»Ich dachte ... Ach, ich bin eine lange Zeit von zu Hause weg gewesen. Es waren Vogelschreie oder die Totenklagen der Sklaven. Das Großreich trauert, alter Löwe. Mein Herz weint in meiner Brust, und ich glaubte, es gehört zu haben. Mein Vater hat sich diese Welt um ihn geschaffen. Allein diese Stätte! Es kommt einem Wunder gleich, so hoch über der Ebene zu stehen, diese Brise zu spüren und mit den Farben und Schatten dieser Bäume vertraut zu sein – bevor man sich entsinnt, dass dieses Plateau zur Gänze aus den Flanken eines Berges geschnitten wurde. Könige vollbringen so vieles mehr als andere Menschen, wenn sie einer Vision folgen.«

»Euer Vater war seit jeher ein Mann des Willens«, antwortete Tissaphernes. »Obwohl er nicht immer richtig lag, fällte er seine Entscheidung und handelte dann danach. Für die meisten Männer wäre ein derartiger Akt anstrengend und ermüdend, wohingegen Euer Vater mit jedem neuen Jahr, das verstrich, immer stärker und sicherer wurde.«

»Und mit immer weniger Skrupeln und Zweifeln.«

»Skrupel und Zweifel sind etwas für Kinder und Alte. Heutzutage sind unsere Wahlmöglichkeiten zu zahlreich, da ist es schwerer, sie auf eine einzelne Handlung zu reduzieren. Wir Männer in den besten Jahren sondern die schwachen Möglichkeiten aus und greifen stattdessen nach dem Schwert, dem Scheit oder der Frau.«

Kyros' Blick streifte den Mann, den er sein ganzes Leben lang gekannt hatte, und er sah einen Mann, der sich in Erinnerungen verlor.

»Du warst natürlich dabei, als er König wurde«, sagte Kyros trocken.

Tissaphernes schaute für einen Augenblick zum abendlichen Himmel empor.

»Ihr macht Euch über mich lustig. Ja, ich habe es Euch bereits ein Dutzend Male erzählt, aber sogar damals sah ich Großmut in ihm. Sein Bruder war König – und Euer Vater nahm dies hin und schwor seinen Treueeid. Er warf sich zu Boden, und alle Männer wussten, dass er sich an seinen Schwur halten würde.«

»Die Geschichte ist mir bekannt«, sagte Kyros, mit einem Mal sehr müde. Tissaphernes fuhr fort, als hätte er es nicht gehört.

»Ein anderer Bruder war jedoch weitaus weniger edlen Geistes. Nein, Prinz Sogdianos war unfähig, Ehre über das eigene Verlangen nach Herrschaft zu stellen. Nur sechs Wochen nach jener Krönung schlich sich Sogdianos mit einem Kupferdolch ins königliche Schlafgemach. Als die Sonne aufging, trat er vor den Hofstaat, obschon rot verschmiert von Königsblut, obschon er Spuren und Schlieren auf der Erde hinterließ, als wäre er stolz darauf. Er teilte allen mit, dass er nun König war, und keine einzige Stimme erhob sich im Widerspruch. In diesem Moment löste sich Euer Vater aus der Menge und trat vor.«

»Ich weiß, alter Löwe. Er war dem ersten Bruder treu ergeben, nahm aber Rache am zweiten. Der Hof applaudierte seinem Mut und begrüßte seinen Anspruch. Er gewann den Thron für sich.«

»Er liebte sie beide, doch er war ein Mann von eiserner Loyalität«, erwiderte Tissaphernes mit einem Nicken.

»Ganz so wie ich.«

»Ganz so wie Ihr«, bekräftigte Tissaphernes unverzüglich. »Mir scheint, Ihr habt das Herz Eures Vaters. Wenngleich seine Toleranz den Griechen gegenüber deutlich geringer ausfiel.«

»Ich habe mir ihre Ergebenheit hart erkämpft.«

»Ihr habt Euch ihre Ergebenheit *erkauft*«, schnaubte Tissaphernes.

»Nein. Du kennst sie nicht. Alles Gold auf der Welt würde nicht ausreichen, die Dienste von Spartiaten zu erkaufen, falls sie entscheiden, sich ihnen zu verweigern.«

Tissaphernes gab ein zischendes Geräusch von sich.

»Kyros, mein lieber Junge, es gibt genug Gold auf der Welt, um alles zu kaufen.«

Der Jüngere schüttelte den Kopf, doch inzwischen hatten beide den großen Pavillon zwischen den Bäumen ausgemacht. Wachleute beobachteten sie vom Wegesrand aus, und die Aussicht, in Kürze auf einen sterbenden König zu treffen, ließ sie in Schweigen verfallen.

Kyros spürte, wie sich etwas in ihm entkrampfte, als sein Bruder Artaxerxes heraustrat, um ihn zu begrüßen. Sie lagen nur ein Jahr auseinander und waren doch so verschieden, wie es gerade noch möglich ist, wenn man vom selben Fleisch und Blut ist. Artaxerxes war seit jeher der Gelehrte. Unter den strengen Augen ihres Vaters hatten beide zusammen trainiert, aber es war Artaxerxes gewesen, der über seinen eigenen Speer gestolpert war. Kyros war derjenige gewesen, der mit den Waffenmeistern getanzt hatte und mit jauchzenden Freudenschreien wie ein Wildlachs zwischen ihnen herumgesprungen war. Der jüngere Bruder hatte die dunklen Blicke und den Groll, die ihm entgegenschlugen, zunächst gar nicht verstanden. Auch als Kyros alt genug war, um die Feindseligkeit seines Bruders zu begreifen, hatte er sich keine Sorgen darüber gemacht. Kyros wusste, dass er in eine Königsfamilie hineingeboren worden war, und genauso wusste er, dass er niemals König sein würde. All die Befähigungen, die er sich angeeignet hatte, warfen lediglich ein wenig Ruhm auf den Thron ihres Vaters zurück. Auch dann, als der König Kyros auserkoren hatte, die Heere zu befehligen und seinen Sohn bei den größten und berühmtesten Feldherren in die Lehre schickte, bedeutete dies für den jungen Prinzen lediglich, dass dies seinen Nutzen und seinen Wert für seinen Vater steigern würde.

Artaxerxes war durch die Erfolge seines Bruders und seinen eigenen Ehrgeiz angestachelt worden. Er hatte weiter an der Verfeinerung seiner Schwertkampfkunst gearbeitet, was nicht nur die breiten Schultern belegten, sondern auch die feste Umarmung zeigte, in die er seinen Bruder schloss, bevor er ihn auf beide Wangen und die Lippen küsste. Artaxerxes hielt Kyros' Kopf zwischen beiden Händen, und der feuchte Schimmer in den Augen des älteren Prinzen ließ auch dem Jüngeren die Tränen in die Augen steigen. Furcht überrollte Kyros, sodass seine Worte nur ein raues Flüstern waren.

»Ist er …?« Kyros konnte nicht weitersprechen. Die Frage, ob sein Vater noch am Leben sei, hieß anzudeuten, dass er tot sein könnte. Ebenso gut hätte er fragen können, ob die Berge eingestürzt oder die Flüsse ausgetrocknet wären.

»Nein, aber es geht jetzt eindeutig zu Ende. Er hat nach dir verlangt, Bruder. Ich dachte, du würdest nie mehr kommen.«

»Dann tritt zur Seite. Lass mich ihn sehen«, forderte Kyros und schaute seinem Bruder über die Schulter.

»In deinem jetzigen Zustand? Deine Kleidung ist voller Schweißflecke. Willst du ihn beleidigen?«

»Dann bring mir neue Kleider, wenn dich das stört! Ich habe mich im Fluss gewaschen und bin sauber. Nun, Bruder, will ich eintreten. Lass mich nicht ein weiteres Mal darum bitten müssen.«

Ein eiserner, kalter Unterton hatte sich in die Stimme des jüngeren Prinzen geschlichen. Artaxerxes zögerte, trat schließlich einen Schritt zurück und wies einladend auf den offenen Zugang. Kyros ging hindurch, ohne sich umzusehen, was Tissaphernes tat.

Der Pavillon war gewaltig und erstreckte sich von der Eingangspforte aus über Hunderte von Schritten hinweg in sämtliche Richtungen. Im Inneren gab es Schwimmbecken und Gärten, Speisesäle und unzählige der persönlichen Sklaven seines Vaters, welche ihn pflegten und umsorgten. Schweigende junge Männer in hübschen und reinlichen Tuniken boten an, ihm den Mantel abzunehmen, bevor er einen Fuß über die Türschwelle gesetzt hatte. Dennoch blieb er nicht stehen. Er war wieder ein kleiner Junge, der seinem Vater entgegenrannte.

Hinter ihm stand Artaxerxes am Eingang des riesigen Pavillons und bot dem sich nähernden Tissaphernes die Hand. Der Ältere sank auf die Knie und legte sich dann vor seinem Prinzen flach auf den Bauch. Der Erbfolger des Großreiches half Tissaphernes wieder auf die Beine und beugte dabei den Kopf, um ihm etwas ins Ohr zu flüstern.

»Hat er seine Stimme gegen den Thron erhoben, gegen mich?«

Tissaphernes schüttelte den Kopf.

»Kein einziges Wort, Hoheit. Ich schwöre es bei der Ehre meiner Familie.«

Artaxeres wurde still, während er nachdachte.

»Du warst der Freund meines Vaters. Du bist dem König deiner jungen Jahre treu ergeben gewesen. Wirst du auch mir treu ergeben sein?«

Als Antwort ließ sich Tissaphernes abermals auf Knie und Bauch sinken. Er presste seine Stirn und die Lippen gegen den Boden. Er verharrte so und wartete, bis Artaxerxes ihm sanft über die Wange strich und ihm so die Erlaubnis gab, sich zu erheben. Seine Haut war von kleinen Steinchen gezeichnet, die an seinem Schweiß klebten.

»Meine treue Ergebenheit gilt Eurer Familie, Hoheit«, sagte Tissaphernes, »dem Throne Persiens, der Blutlinie von Dareios dem Großen über Xerxes bis zu Eurem Vater – und schließlich zu Euch. Ich bin treu bis zum Tod und darüber hinaus. Ruft im Jenseits nach mir, und ich werde zu Euch eilen.«

Artaxerxes nickte zufrieden. Er wurde der ihm entgegengebrachten Achtung, gar Vergötterung niemals müde. Die Bereitschaft, ihre Ehre in seine Obhut zu geben, war das Wichtigste, was er von seinen Männern erwartete.

»Und mein Bruder? Ihn kennst du ebenso gut, schon sein ganzes Leben lang.«

Zum ersten Mal zögerte Tissaphernes.

»Kyros ist der Verehrung wert, Hoheit. Ich liebe ihn so, wie ich meine eigenen Söhne liebe. Dennoch wird er nicht das Imperium erben, in dessen ruhmreicher Größe wir gedeihen. Darauf kommt es an, viel mehr als auf mein Leben oder seines.«

Artaxerxes entspannte sich ein wenig, ergriffen von dem, was er vernommen hatte.

»So tritt denn ein, alter Freund. Nimm ein Bad und kleide dich in frische Seide. Mein Vater verbringt den größten Teil seiner Tage jetzt schlafend, aber er wird wissen wollen, dass du endlich gekommen bist. Ich glaubte bereits, du kämst zu spät. Ich bin dankbar dafür, dass dies nicht der Fall ist.«

»Euer Bruder … hat eine dreihundert Mann starke Leibwache mitgebracht«, sagte Tissaphernes. »Männer von Sparta und außergewöhnliche Krieger.«

Artaxerxes' Blick verfinsterte sich, als er den Pfad entlang zurückschaute, über den Tissaphernes gekommen war.

»Ich weiß, dass er sie bewundert.«

»Mir kam zu Ohren, die legendären Geschichten über sie seien stark übertrieben, Hoheit. Mir scheint, dass … dies nicht der Wahrheit entspricht. Sie sind außerordentlich befähigt. Euer Bruder bestand darauf, sie an seiner Seite herzuführen, trotz der Schwierigkeiten, die dies nach sich ziehen könnte.« Er stockte, wählte sorgsam seine weiteren Worte und ließ seine Bedenken in ihnen mitschwingen, als er sie aussprach. »Eure Hoheit, ich würde es ihnen nicht erlauben, frei in unserem Land umherzustreifen.«

Mit einem schmalen Lächeln verpasste Artaxerxes ihm einen Klaps auf die Schulter.

»Das werden sie nicht. Dafür habe ich gesorgt.«

Anaxis lief quer über die unterste Stufe, und sein Wegbegleiter war der Tod. Der Spartiat zog den Kopf ein und hielt sich geduckt, doch seine Beine waren kräftig, und er bewegte sich in vollkommener Balance. Angesichts des Verrates sprühten seine Augen vor wildem Furor, sodass er wie ein Todesengel unter die Perser kam, die fortfuhren, in höchstmöglicher Frequenz ihre Pfeile in die Reihen des Feindes zu schicken. In den ersten Sekunden stieß Anaxis ein Dutzend Männer über die Kante der Felsplatte, da er wusste, dass die anderen dort unten sie rascher töten würden, als er selbst es vermochte. Sein Speer blieb in der Achselhöhle eines Fallenden stecken, wurde seinem Griff entrissen und mit hinabgezogen. Dem nächsten entsetzten Perser, der seinen Vernichtungspfad kreuzte, präsentierte der spartanische Hauptmann mit breitem Grinsen die Klinge seiner Kopis, auf Augenhöhe, nachdem er sie in geradezu unmenschlicher Behändigkeit nach einem Gegner auf der nächsthöher gelegenen Stufe geschwungen hatte. Einen von oben geführten Hieb parierte Anaxis souverän und ließ die Wucht des Schlages in die Abwehr der unmittelbar darauffolgenden Attacke fließen. Einem weiteren Mann, welcher dem verrückten Spartaner, der auf einmal durch die Luft in ihre Mitte gesprungen war, einen Pfeil in den Leib zu jagen versuchte, spaltete er den Knöchel. In solchen Augenblicken verspürte Anaxis keinerlei Panik oder gar Todesangst, höchstens ein gewisses Bedauern. Ihm war bewusst, dass er an diesem Tag sein letztes Gefecht kämpfte, und das versetzte ihn in eine vollkommene innere Ruhe. Die Perser hatten sich ein Massaker gewünscht – und sie bekamen eines, obwohl sie es nicht ganz so sehr genießen würden, wie sie erwartet hatten.

Unten im Hof stemmten die Griechen ihre Schilde über die Köpfe und standen wie festgenagelt am Fleck, keines Manövers fähig. Dutzende von ihnen hatten ihre Speere geworfen oder deren Spitzen in die Waden der Bogenschützen gerammt. Leichen in dunklen Tüchern bildeten dicke Schichten auf dem Erdboden, unter ihnen auch einige wenige reglose Spartiaten. Die griechischen Krieger standen in dicht gedrängten Einheiten zusammen. Die Ränder ihrer Schilde überlappten sich, und sie lugten durch die schmalen Ritzen dazwischen, befanden sich jedoch nicht in Kauerstellung. Die flüchtigen Blicke, die Anaxis auffangen konnte, zeigten ihm, dass Cinnis seine Leute hinsichtlich Geschlossenheit und Kampfmoral bestens im Griff hatte, während er fortwährend neue Vorgaben rief.

Anaxis konnte sich ein Lächeln nicht verkneifen, als er den Kerl vor sich, einen wütend fauchenden Bogenträger mit Rauschebart und breiten Schultern, durch ein Täuschungsmanöver aus dem Gleichgewicht zu bringen versuchte. Der Hieb, dem der Mann durch eine hektische Seitwärtsbewegung auswich, kam gar nicht, und exakt im Augenblick höchster taumelnder Schwäche sah er sich von Anaxis blitzschnell am Ärmel gepackt, wurde über die Felskante gerissen und krachte auf die Spartiaten darunter. Diese stießen daraufhin wütende Flüche aus und forderten von Anaxis, gefälligst besser achtzugeben. Die Antwort des Hauptmannes bestand in einem Kichern, während er sich hackend und schlitzend den Weg durch seine Feinde bahnte, ein Fontänen aus Blut und persischen Panzerschuppen um sich versprühender Derwisch.

Inzwischen waren so viele Bogenschützen in den lang gestreckten Hof hinabgestürzt, dass einige Griechen damit begonnen hatten, ihre Waffen und Köcher einzusammeln. Die meisten hatten als kleine Jungen bei der Jagd auf diese Weise Hasen geschossen und konnten Ziele wie die Perser kaum verfehlen, welche keine Schilde trugen und lediglich zwei

Manneslängen weit entfernt von ihnen standen. Sechs oder acht von ihnen fingen an, die langen Pfeile zurückzusenden. Die Perser gerieten gehörig ins Wanken, als sie von ihren eigenen Waffen attackiert wurden, und wichen in wirren Knäueln aus Leibern panisch zurück, statt das Gemetzel in Reih und Glied fortzusetzen.

Anaxis versammelte drei seiner Männer an seiner Seite. Von unten hatte man Schilde heraufgeworfen, und es war eine Erleichterung, hinter ihnen zu stehen, als Pfeil um Pfeil in goldene Bronze und Holz einschlug. Sie waren allesamt verwundet, wie Anaxis bemerkte. Zweien ragten die schwarzen Stümpfe von Pfeilen aus der Brust, die sie dort abgebrochen hatten. Sie zeigten keinerlei Anzeichen von Schmerz, obwohl sie schwer nach Atem rangen und ihr Blut zu Boden tropfte, während ihre Kräfte allmählich nachließen. Bei einem der Männer schimmerte ein weißer Rippenknochen durch das Fleisch. Als Anaxis auf die Stelle deutete, zuckte er mit den Schultern.

»Ich lasse es mir danach verbinden«, sagte er.

»Ich werde dir die Wunde vernähen«, gab Anaxis zurück. »Vergiss das nicht. Siehe bloß zu, dass Cinnis sich davon fernhält.«

»Das behalte ich im Kopf«, sagte der Mann. Sie waren alte Freunde und hatten es nicht nötig, mehr zu sagen.

Anaxis grunzte gequält, als ein Pfeil zwischen den Schilden hindurch in seine Flanke schoss und sich direkt in die dort hervortretenden Muskelstränge bohrte. Er konnte die Federn sehen, wagte es aber nicht, ihn herauszuziehen. Die Verletzung ließ eine Welle der Übelkeit über ihn hinwegschwappen, sodass für einen Augenblick alles verschwamm.

»Es wäre mir lieb, wenn sie sich an uns erinnern würden«, sagte Anaxis. »Sobald ihr euch ausgeruht habt, meine ich.«

»Ich dachte, *Ihr* ruht Euch aus«, erwiderte einer der Spartiaten ungehalten.

Anaxis grinste. Die Schneide seiner Kopis sägte sich widerstandslos durch den schwarzen Schaft des Pfeils. Er ächzte, als sich etwas in seinem Innern drehte.

Durch ihren hektischen Rückzug hatten die Bogenschützen einen gewissen Abstand zwischen sich und ihre Gegner gebracht, der ihnen gut zupasskam. Sie versuchten mit aller Macht zu verhindern, dass die wenigen Spartaner, denen es gelungen war, die Stufen zu erklimmen, ihnen näher zu Leibe rückten und weitere heraufkletterten oder -sprangen, um sich mit ihren Waffenbrüdern zu vereinen.

Anaxis und die anderen stürmten mit erhobenen Schilden auf sie zu. Der Pfeilhagel der Perser brach auch dann nicht ab, als der kleine Trupp von Spartanern unter lautem Heulen vorstieß und sich abermals direkt in ihre Mitte stürzte. Die Schilde wurden zu Nahkampfwaffen, deren Kanten für jemanden, der im Umgang mit ihnen geübt war, ebenso nützlich war wie ein Speer. In den persischen Reihen brach Panik aus, und sie wichen in kopfloser Furcht zurück. Unten im Hof stimmten die Spartiaten, die noch am Leben waren, den Päan an, die Schlachthymne des Todes.

Anaxis schaffte es bis zur obersten Stufe, bevor ihm seine Kopis schließlich aus der Hand geschlagen wurde. Er sah lange Schlangen frischer persischer Krieger aus Türen zu beiden Seiten eilen, ein schier endloser Strom von ihnen, bewaffnet mit Bögen oder Schwertern und Speeren. Speere taugten besser zum Töten derjenigen, die der Falle nicht entkommen konnten, dachte er. So hätte auch sein Befehl gelautet, wäre er der persische Hauptmann gewesen. Ein Gemetzel mit Pfeil und Bogen stellte eine Beleidigung dar, und zwischen Männern gab es keinen Bedarf an solchen Belanglosigkeiten. Er fühlte, wie sein Sehvermögen nachließ, und bot seine Seele Hades und Hermes dar. Es würde eine Freude sein, König Leonidas zu treffen, der bei den Thermopylen gekämpft hatte. Der Mann hatte nicht gerade wenig Erfahrung gesammelt, was persischen Verrat anging. Anaxis hoffte darauf, an ebendiesem Abend gemeinsam mit ihm einen Becher guten Rotweins leeren zu können, vorausgesetzt, er schaffte es, rechtzeitig den Fluss zu überqueren.

Im Hof sah Cinnis jene Männer, die man die Stufen emporgeschleudert hatte, einen nach dem anderen fallen, und mit ihnen schwanden die letzten Hoffnungen. Die Speere waren weg, alle Köcher waren leer, obgleich überall zwischen den Toten zerbrochene Schäfte lagen.

Den persischen Bogenschützen war ihr höhnisches Grinsen vergangen. Viele Männer in schwarzen Gewändern lagen leblos im Hof, und das Blut von noch mehr Männern befleckte die Treppenstufen zu beiden Seiten. Dennoch hatte sich die Zahl der Spartaner halbiert und die beste Möglichkeit zum Ausbruch in Nichts aufgelöst. Ein oder zwei versuchten nach wie vor, ihre Mitstreiter in die Höhe zu wuchten, aber die Bogenschützen wussten, dass sie leichtes Spiel hatten. Sie konzentrierten ihre Schüsse auf jeden entsprechenden Versuch, sodass die Männer von Pfeilen durchbohrt wieder zurückfielen.

Cinnis brüllte Befehle, die Waffen der Toten aufzuheben und sie zu werfen. Die Spartiaten, vom Dauerbeschuss der Pfeile auf die Knie gezwungen, taten mit umsichtiger Zielstrebigkeit wie ihnen geheißen. Die Kopis durchschnitten kräftig pfeifend die Luft, ebenso die Kurzschwerter. Ein oder zwei Schilde wirbelten in die Richtung, aus der das Pfeifen erklang, und die Männer, die davon erwischt wurden, sackten krachend zu Boden. Einige stürzten in die Grube unter ihnen und wurden im Nu in Stücke gehackt, obwohl sich der Dauerregen von Pfeilen noch verstärkte.

Cinnis hielt sie in immer kleiner werdenden Trüppchen zusammen, die ihre Schilde bündelten, damit sie über das Schlachtfeld kriechen und zu Boden gefallene Waffen einsammeln konnten, die sie dann ihrerseits durch die Luft sausen ließen, um ein paar weitere mit sich ins Jenseits zu nehmen. Auf den Treppen wollte der Nachschub des Perser-Regimentes nicht abebben. Die Neuankömmlinge reagierten mit Entsetzen auf die Unzahl der aus ihren Reihen Gefallenen. Sie zogen Schwerter oder spannten Bögen, und das Letzte, was einige von ihnen erblickten, war eine Kopis, deren Klinge ihnen entgegenzischte.

Die Spartaner kämpften, bis die letzten vier von ihnen Seite an Seite standen. Jeder Krieger war über und über mit Blut beschmiert und schwer verwundet. Sie waren alle derart geschwächt, dass sie kaum noch die Schilde zu halten vermochten, in die nach wie vor ununterbrochen Pfeile einschlugen. Die bronzenen Oberflächen ähnelten inzwischen dem Fleisch von gerupftem Federvieh – voller Pockennarben und geborstener Kiele, Letztere in solch dicken Schichten, dass sie nur noch mit großer Mühsal anzuheben waren.

»Haltet ein!«, ertönte von oben ein Befehl.

Einige der Spartaner verstanden persische Kommandos, schenkten ihnen jedoch keine Beachtung. Doch die Bogenschützen über ihren Köpfen stellten das Feuer ein und traten erschöpft keuchend zurück. Der erste Hauptmann der Perser lag tot am Boden. Sein Nachfolger schritt bis zum Rand des Vorsprunges, spähte vorsichtig zu ihnen herab und schüttelte angesichts der blanken Brutalität, die der Schauplatz des Geschehens bot, fassungslos den Kopf.

»Ich bin Hazar Zaosha«, sprach er in holprigem Griechisch. »Ein … Offizier der Zhayedan. Versteht ihr mich? Die Unsterblichen. Ihr könnt nicht mehr siegen. Werdet ihr euch ergeben, Männer von Sparta? Ihr seid wenige, und wir sind viele. Ich frage mich …«

Cinnis warf ein Schwert nach ihm, und der Krieger wich ihm taumelnd aus. Mit einem Aufschrei des Entsetzens trat Zaosha ins Leere und fiel nach unten in den Hof. Als er aufsah, schaute er in vier blutrote spartanische Gesichter, die über ihm aufragten und ihn mit lebhaftem Interesse betrachteten.

»Tötet sie!«, brüllte Zaosha. »Tötet …«

Cinnis schnitt ihm mit einem knappen Hieb der Kopis das Wort ab, bevor er mit einem Grunzen über ihm zusammenbrach. Pfeile ragten aus seinem Rücken. Cinnis hauchte dem persischen Hauptmann seinen Atem ins Gesicht, als beide starben, wobei Cinnis ihn anlächelte, um seine Wut zu verbergen. Es war schlimm genug, dass sie von einem uralten Erzfeind verraten und in die Falle gelockt worden waren. Schlimmer jedoch war, dass niemand die Kunde davon nach Hause bringen würde, um die Ephoren, die obersten Aufsichtsbeamten, wissen zu lassen, dass sie einen würdigen Tod gestorben waren und keine Schande über Sparta gebracht hatten.

Der Pavillon wurde von der Brise gekühlt, die Abend für Abend vom Berghang herabwehte, ein Naturwunder, an dem sich der König und der gesamte Hof – die als Sklaven Geborenen ebenso wie jene von edelstem Blut – immer wieder aufs Neue erfreuten. Wenn die Sommerhitze in den Ebenen die Grenze des Erträglichen überstieg, gab es keinen zweiten Ort wie diesen. Kyros spürte den Schweiß auf seinem Gesicht trocknen und atmete ein. Trauer erfasste ihn. Ihm war, als könne er Zimt in der Luft riechen, doch mit Bestimmtheit konnte er es nicht sagen. Seit Jahren hatte er seinen Vater nicht mehr zu Gesicht bekommen. Für ihn bedeutete der kühle Hauch Kindheit und Heimat.

Er musste nicht danach fragen, wo sein Vater lag. Die Zahl der Sklaven nahm zu, je tiefer er in den Pavillon eindrang. Sie umschwirrten das Bett seines Vaters wie Bienen, allzeit bereit, unverzüglich auf jede noch so geringe Regung und Laune zu reagieren. Massige Wachen standen in jeder Himmelsrichtung reglos um den sterbenden König herum, den Blick stur nach außen auf jede nur mögliche Bedrohung oder Gefahr gerichtet. Nun konnte Kyros den Mann sehen, der dort mit hochgelagertem Kopf auf Kissen lag und von einer Frau, die ein Leinentuch in eine Wasserschale tunkte, in welcher Blütenblätter schwammen, die Stirn befeuchtet bekam. Im ekelhaft süßlichen Rosenduft sank Kyros auf ein Knie.

Der Große König drehte den Kopf, als einer der männlichen Sklaven ihm etwas zuflüsterte. Dareios' Augen suchten seinen Sohn. Kyros trat vor, hielt jedoch inne, als ein Bediensteter ihm eine Hand entgegenstreckte.

»Euer Schwert, Hoheit. Bitte.«

Kyros schnallte seinen Gurt ab und übergab ihn. Danach traten die Wachen beiseite, und er näherte sich bis auf eine Armeslänge dem Mann, der von den allerfrühesten Jahren an sein Leben bestimmt hatte.

Kyros lächelte, wenngleich eher vor Qual als vor Freude. Irgendeine schreckliche Plage hatte am Leib des alten Mannes gefressen. Jene Arme, die einst ein königliches Schwert geschwungen hatten, waren entsetzlich dünn, und die von seltsamen Geschwüren, Blutergüssen und schwarzen Flecken bedeckte Haut spannte sich stramm über den Knochen.

»Ich bin hier, Vater«, sagte Kyros und setzte sich in den Stuhl, der an seine Seite gestellt wurde. »Ich brach unverzüglich auf, nachdem ich die Kunde vernommen hatte, und kam so rasch, wie es mir möglich war.«

»Ich habe auf dich gewartet und gewartet, Kyros«, sagte sein Vater. Die Stimme war kaum mehr als ein Flüstern, und der Prinz beugte sich vor, um die Worte verstehen zu können. »Ich hätte nicht sterben können, ohne zu wissen, dass du gekommen bist. Endlich.«

Kyros sah einen merkwürdigen Ausdruck über die Miene seines Vaters huschen, etwas, das vielleicht Bosheit oder auch Triumph war, er hätte es nicht genau sagen können. Die Lider des Königs flatterten, sein Blick wanderte in eine unbestimmte Ferne, und die Furchen auf seiner Stirn glätteten sich entspannt. Kyros streckte, einer plötzlichen Regung folgend, den Arm aus und ergriff die Hand, die ihn Tausende Male geohrfeigt hatte, als er ein kleiner Junge gewesen war, und fühlte deren Wärme in seiner eigenen. Er fühlte sich hilflos, als er um Worte rang.

»Danke, Vater, für alles. Ich wollte, dass Ihr stolz auf mich seid.«

Er bekam keine Antwort, und Kyros legte die Hand auf das Laken und streichelte eine Zeit lang über die Knöchel, bevor er sich zurücklehnte. Der Sklave mit der Rosenwasserschüssel beugte sich vor, um seinem Vater abermals das Gesicht abzuwischen. Der kühle Lufthauch durchwehte diesen Teil des Pavillons, obgleich er hier weniger mild und sanft schien, sondern eher an die reinigenden Winde des Herbstes erinnerte, deren heißes, unablässiges Stürmen aufrechte Männer in den Wahnsinn trieb.

»Vater?«, sagte Kyros erneut, dieses Mal lauter. Er erhob sich und schaute hilflos zu, wie ein Fremder herbeitrat, auf den Atem und Herzschlag des Königs horchte und schließlich nickte.

»Es wird nicht mehr lange dauern, Hoheit. Möglicherweise kann er uns hören. Möglicherweise erwacht er abermals – oder auch nicht. Er hat viele Male nach Euch verlangt. Ich bin froh, dass Ihr doch noch gekommen seid, zu guter Letzt.«

Da war er wieder, dieser latente beißende Spott – noch dazu von jemandem, der so etwas zu gewöhnlichen Zeiten niemals gewagt hätte. Dem Sohn des Königs schlug in diesem Pavillon etwas wie Feindseligkeit entgegen. Kyros konnte sie überall um sich herum spüren.

In diesem Augenblick war er es leid. Zwei Wochen lang hatte er jeden Tag ein Dutzend Parasangen Weg hinter sich gelassen, um zu dem alten Mann zu gelangen. Nur die Spartaner hatten bei seinem Tempo mithalten können, und es hatte heftige Spuren von Verletzungen und Entkräftung bei ihnen hinterlassen. Er versuchte sich mit dem Gedanken zu trösten und zu beschwichtigen, dass er nicht zu spät gekommen war, doch es fiel ihm schwer. Nicht ein einziges Wort des Dankes oder der Freude war dem Mund des Alten entwichen, nur dieser eigenartige Ton von Verbitterung, als hätten sie alle nur zu ungeduldig auf seine Ankunft gewartet.

Kyros fühlte sich sonderbar ernüchtert, ratlos und unsicher, als er ein Stück vom Krankenbett zurücktrat. Tagelang hatte er befürchtet, sich zu verspäten. Während dieser Phase verzehrender Ungeduld hatte er an das Lächeln seines Vaters gedacht und an eine Umarmung, wie er sie nie gekannt hatte. Auf einmal war all das unbedeutend, die Juwelen seiner Vorstellung waren in Glasperlen verwandelt worden. Er hatte diesen Mann noch nie stolz gemacht. Was immer Kyros auch erreicht und geleistet hatte, für seinen Vater schien allein Artaxerxes eine Rolle zu spielen.

Kyros streckte die Hand aus, um sein Schwert wieder in Empfang zu nehmen. Der Bedienstete, dem es anvertraut war, glotzte mit aufgerissenen Augen und hielt die juwelenbesetzte Scheide und den Gurt fest vor seiner Brust umklammert.

»Haushofmeister. Gib mir, was meines ist«, sagte Kyros langsam.

Er ging davon aus, der Tag könne sich nicht noch merkwürdiger entwickeln, doch dann hörte er, wie sich sein Bruder näherte, zusammen mit Tissaphernes. Wie Kyros gleich erkannte, sahen beide Männer entspannt und erfrischt aus. Tissaphernes hatte seine ursprünglichen Gewänder gegen weich fließende Seide eingetauscht und Zeit gefunden, ein Bad zu nehmen, denn sein Haar war noch nass. Weitaus überraschender war die Anwesenheit bewaffneter Wachleute an ihrer Seite, die zu sämtlichen Seiten ausschwärmten, während sie sich durch die Gärten näherten. Ihre Absicht war unverkennbar. Kyros senkte den Kopf und überdachte die Lage.

Bevor der Hofmeister mehr als ein Jaulen von sich geben konnte, hatte der Prinz das Schwert seinem Griff entrissen und schnallte es um.

»Na bitte, so ist es schon viel besser«, sagte er. »Also, Bruder. Welche gefährliche Bedrohung führt zu einer solchen Zeit Schwertkämpfer in den Pavillon?«

»Du«, antwortete Artaxerxes. Er lächelte, als die Wachen vorrückten und den jüngeren Prinzen umzingelten. Er bemerkte, dass Kyros in Betracht zog, ihnen Widerstand zu leisten, doch ihr Vater lag nur wenige Schritte von ihnen entfernt im Sterben, und er war von den Ereignissen überholt worden. Artaxerxes sah das Haupt seines Bruders sich neigen und seine Zähne weiß aufblitzen.

»Du stehst ab sofort unter Arrest, Kyros. Auf Befehl deines Vaters. In der Zelle wirst du auf deine Hinrichtung warten.«

Kyros hatte kurz vor einem Angriff gestanden und bereits den Mann auserkoren, welchen er hätte niederstrecken müssen, um den Kreis zu durchbrechen. Er hätte sich längst in Bewegung gesetzt, wären diese Worte nicht gefallen. Stattdessen fuhr er in sprachlosem Erstaunen herum. Er erkannte, dass sein Vater ihn beobachtete, einen friedvollen Ausdruck im Gesicht. Gerade als Kyros dämmerte, dass sein Vater Bescheid wusste, schlossen sich dessen Augen wieder.

Man hielt seine Arme fest und nahm ihm sein Schwert ab. Die persönliche Leibwache seines Bruders marschierte mit ihm zurück durch den Pavillon und wieder hinaus in das Paradies der Gärten und Pfade. Artaxerxes und Tissaphernes gingen hinter ihm, und Kyros reckte den Hals, um etwas sagen zu können, obwohl die Wachmänner ihn vorwärtsstießen.

»Warum tust du das, Bruder? Ich bin dir immer treu ergeben gewesen. Nicht *einmal* habe ich dir einen Anlass gegeben, an mir zu zweifeln. Ein ganzes Leben lang kein einziges Mal!«

Er konnte es nicht genau erkennen, doch ihm schien, als würde Artaxerxes die Lippen zusammenpressen, verschlossen wie ein Tresor. Als Kyros sich Tissaphernes zuwandte, schüttelte der Ältere den Kopf und senkte den Blick auf die Pflastersteine, außerstande, ihm in die Augen zu sehen.

3

Kyros saß auf einer Soldatenpritsche. Die Tür war verschlossen, doch immerhin handelte es sich nur um das überschaubare Gemach eines Hauptmannes aus der Wache seines Vaters, das von einer Gefängniszelle weit entfernt war. Wer auch immer der vorherige Bewohner gewesen sein mochte – der Mann hatte offenbar großen Wert auf Körperpflege gelegt, lagen doch auf einem Waschtisch in der Ecke ordentlich nebeneinander eine Auswahl an Ölen und Pudern, zwei Paar ägyptische Scheren, Schmutzbürsten für Nägel und Bart sowie fein geschnitzte Elfenbeinstäbchen zur Reinigung der Nasenlöcher und Ohrmuscheln.

Überall um Kyros herum erscholl Kasernenlärm, vornehmlich gebrüllte Befehle und bellendes Gelächter. Er richtete seinen Blick fest auf die Tür und wartete. Noch hatte er nicht wirklich erfasst, was eigentlich geschehen war, doch er kannte Artaxerxes gut genug, als dass er befürchtet hätte, hinausgezerrt und geköpft zu werden, ohne die Möglichkeit, für sich zu sprechen. Sein Bruder war unter Garantie darauf aus, sich an der Sache zu weiden oder ihn offiziell anzuklagen – wessen auch immer. Kyros wusste es mit jener Bestimmtheit, die auf zwei miteinander aufgewachsenen Knaben beruhte. Er kannte Artaxerxes. Jedenfalls hoffte er das. Er war lange von zu Hause weg gewesen.

Als die Nacht anbrach, erhob sich der Mond als Sichel im klaren Himmel und leuchtete hell über dem Plateau. Kyros hielt es für ausgeschlossen, Schlaf zu finden, drehte sich jedoch trotzdem zur Wand um, schloss die Augen und ließ sich vom Strudel seiner Gedanken treiben.

Ohne jegliches Gefühl dafür, wie viel Zeit vergangen sein mochte, erwachte er plötzlich. Einen Augenblick später war er aus dem Feldbett gesprungen, stand auf den Beinen und blinzelte benommen ins Morgenlicht. Er war zutiefst erschöpft gewesen, sowohl von den Tagen langen Marsches als auch von den Strapazen seiner Inhaftierung und der Trauer um seinen Vater. Zu seiner Beschämung hatte er wie ein Säugling geschlafen und war belebt, erfrischt und geistig deutlich reger erwacht. Im klaren Bewusstsein, dass sein Leben auf dem Spiel stand! Er strich sich mit einer Hand übers Gesicht und schnitt eine Grimasse, als er die dichten Bartlocken betastete. Er bevorzugte es, glatt rasiert zu sein, aber dies verlangte nach Arbeit und den allerschärfsten Klingen. Ein Rasiermesser hatte der Waschtisch des Offiziers nicht zu bieten. Vermutlich hatte der Mann seinen Bart mit der Schere gestutzt oder mithilfe von Zwirn zu Zöpfen geflochten.

Kyros kniff die Augen halb zu, als die Türriegel zur Seite gezogen wurden und Tissaphernes sich umständlich in den winzigen Raum hereinschob, womit dieser mehr oder weniger gefüllt war. Wachleute spähten von außen hinein, doch es gab keinerlei Möglichkeit für sie, sich Tissaphernes anzuschließen, nicht einmal, um ihm Schutz zu gewähren. Sie begnügten sich damit, finster dreinzuschauen, während Kyros darauf wartete, dass sein Freund ihm erklärte, was vor sich ging.

Der Ältere entschied sich, auf der Pritsche Platz zu nehmen. Sie knarrte, als er sich niederließ. Kyros blieb gegen eine Wand gelehnt stehen. Ein Wachmann tauchte im Türrahmen auf und nahm seinen Beobachtungsposten ein.

Kyros runzelte lediglich die Stirn, als Tissaphernes den Blick auf ihn richtete. Er hielt sich für die geschädigte Partei und ahnte, dass er seinen Vorteil einbüßen würde, wenn er als Erster spräche.

Nach einer schieren Unendlichkeit stieß Tissaphernes einen Seufzer aus.

»Ich bedauere zutiefst, dass es so weit kommen musste, Hoheit. Jedem anderen hätte ich mich natürlich verweigern können. Eurem Vater nicht.« Tissaphernes wirkte ausgelaugt, als hätte er keine Sekunde lang geschlafen. »Kyros, ich bin angehalten, Euch mitzuteilen, dass der König in der vergangenen Nacht seinen letzten Atemzug tat. Es tut mir leid. Seit diesem Morgen ist Euer Bruder der Große König, Gottkaiser Persiens, mögen Mithra, Ahura Mazda und alle guten Geister ihn segnen. Möge er von seinen Ahnen und Vorgängern willkommen geheißen werden.«

Trotz der schockierenden Neuigkeiten fühlte Kyros Hoffnung in seiner Brust aufkeimen.

»Sollte ich mich, wie auch immer es dazu kam, auf Befehl meines Vaters an diesem Ort befinden, wird Artaxerxes mich befreien«, sagte er mit Erleichterung. »Ich dachte, ein böser Geist oder Dämon hätte sich am Ende meines Vaters bemächtigt, sich vielleicht in seine Seele geschlichen, als er am schwächsten oder vor Schmerzen wahnsinnig war. Wenigstens befindet er sich jetzt jenseits ihres Einflusses. Ich kann …«

Tissaphernes schüttelte den Kopf.

»Hoheit, Euer Bruder hat den Befehl letzte Nacht bekräftigt. Es bereitet mir Kummer, wie Ihr Euch vorstellen könnt, doch Ihr sollt noch an diesem Morgen hingerichtet werden.« Der Mann, der in Kindertagen sein Mentor und Ziehvater gewesen war, strich sich mit der Hand durch den kegelförmigen Bart. Kyros erkannte, wie nervös er war. »Mir wurde befohlen … Euch unverzüglich in den Kasernenhof zu bringen. Es wird keine Zeremonie und keine Zeugen geben, von ein paar Wachen abgesehen. Nehmt all Eure Würde zusammen, mein Junge. Stellt Eure Seele Gott anheim und bereitet Euch auf die Urteilsvollstreckung vor.«

Kyros blickte starr vor sich hin. Er fragte nicht nach den Spartanern, die er an diesen Ort geleitet hatte. Das Wissen um ihr Schicksal wäre von keinerlei Nutzen, und er könnte ohnehin nicht den geringsten Einfluss darauf nehmen. Doch von ihnen hatte er gelernt, in den entscheidenden Momenten, in denen es wirklich darauf ankam, die Ruhe zu bewahren. Beim Nachdenken entspannte sich sein ganzer Körper. Er hatte keine Waffen, eventuell aber die Chance, dem Wachpersonal eine zu entreißen. Dies würde bedeuten, dass er sich den Spaziergang zum Hof und den Kniefall vor dem Henker sparen konnte und sein Leben einige Schritte früher endete. Bei Tissaphernes konnte er zwar kein Anzeichen von Unterstützung erkennen, doch der alte Lehrer war nicht sein einziger Verbündeter.

»Zuvor würde ich gerne meine Mutter sehen«, sagte Kyros. »Um mich zu verabschieden.« Er betrachtete Tissaphernes aufmerksam und musste ein Grinsen unterdrücken, als er sah, wie sich die Brauen des Mannes zusammenzogen. »Hat man sie nicht in Kenntnis gesetzt? Ich bin schließlich ihr Sohn.«

»Ich denke, dergleichen obliegt der Zuständigkeit des Großen Königs«, erwiderte Tissaphernes steif.

Ein plötzliches Getrampel und Alarmrufe draußen vor dem Zellenblock ließ ihre Köpfe in die Höhe schnellen. Verschiedenartige Empfindungen durchfluteten die beiden Männer, als sie eine Frauenstimme, deren Ton keinen Zweifel an ihrer Autorität aufkommen ließ, Befehle fauchen hörten.

Kyros stieß sich von der Wand ab. In seinen Augen funkelte es.

»Ich werde deine Rolle in diesem Spiel nicht vergessen, Tissaphernes«, sagte er.

Tissaphernes erhob sich vom Bett, als würden unsichtbare Fäden ihn in die Höhe ziehen.

»Hoheit, ich habe lediglich den Befehlen Eures Vaters und Eures Bruders gehorcht«, sagte der Alte, während er aufgeregt versuchte, einen ersten Blick auf Königin Parysatis zu erhaschen.

»Geht mir aus dem Weg!«, erklang eine Stimme, die ihnen allesamt vertraut war, ein Sturm, der auf sie niederging. Tissaphernes zuckte in ängstlicher Vorahnung zusammen, als die Stimme abermals erscholl. »Bringt meinen Sohn her, wo auch immer ihr ihn versteckt habt! Kyros? Wo ist mein *Sohn*?«

Die Wache im Türrahmen drehte sich zu ihr herum. Kyros überlegte, den Mann hinterrücks zu erdrosseln oder vielleicht Tissaphernes das Genick zu brechen, sobald der Ältere sich in dem engen Raum zum Gruß verbeugte.

Königin Parysatis trug zum Zeichen ihrer Trauer dunkelblaue Gewänder, war allerdings nicht zu den Kasernen geeilt, ohne zuvor eine Auswahl goldener Armreife angelegt zu haben, die bei jeder Bewegung klimperten und klirrten.

Ihr Haar war streng zurückgebunden und wurde mit einem gleichfalls goldenen Netz im Nacken zusammengehalten. Obwohl sie bereits die vierzig überschritten hatte, war sie eine beeindruckende Schönheit und bewegte sich leichtfüßig und mit natürlicher Eleganz wie ein junges Mädchen. Ihr Duft eilte ihr voraus und hüllte Männer, die wie gelähmte Kälber dastanden, in eine Wolke aus Rosenöl.

»Kyros? Bist du dort drin? Ist das Tissaphernes da bei dir? Kommt her zu mir, beide. Ich werde auf keinen Fall einen Fuß in irgendeine verschwitzte Soldatenbude setzen! *Sofort*, Kyros!«

Nach all der Furcht fand sich der Prinz nun erleichtert kichernd wieder. Tissaphernes folgte dem Wachmann mit verzerrter Miene durch die Türöffnung auf den Gang davor hinaus.

»Herrin, Euer Sohn, König Artaxerxes, hat Befehl gegeben …«, hob Tissaphernes an.

Königin Parysatis wandte sich dem Wachsoldaten zu und legte eine Hand auf die nackte Haut seines Armes.

»Falls dieser Mann noch einmal zu mir spricht, ohne mir zuvor seine Ehrerbietung zu erweisen, darfst du ihm den Kopf abschneiden.«

Dem Wachmann war nicht anzusehen, ob er die Worte verstanden hatte, doch Tissaphernes entschied sich für Zurückhaltung statt für die Aussicht auf einen plötzlichen Tod. Steif ließ er sich auf ein Knie sinken, danach auf das andere, bevor er sich langsam und tief vorbeugte, bis seine Stirn den Boden berührte. Letzterer war nicht gerade besonders sauber, wie Kyros mit Befriedigung registrierte. Als der Mann sich aufrichtete, klebte Mäusekot an seiner Stirn.

»Habe ich dir erlaubt, dich zu erheben?«, sagte Königin Parysatis mit honigsüßer Stimme.

Die Demütigung sorgte dafür, dass Tissaphernes' Gesicht eine dunklere Rotschattierung annahm. Wiederum entschied er sich dagegen, die Macht der Frau herauszufordern, die wenige Schritte vor ihm stand. Er hatte genügend Jahre am königlichen Hof verbracht, um zu wissen, dass es Probleme gab, die mit Blut gelöst wurden – Entschuldigungen und Buße folgten erst später. Er drückte seine Stirn erneut gegen den Boden und lag da wie tot.

»Kyros«, sagte die Königin zum Gruß.

Der Prinz ergriff ihre Hand und vollführte seinerseits einen Kniefall.

»Mutter«, gab er zurück. »Ich bin voller Dank. Unser Tissaphernes hier scheint dem Glauben anzuhängen, mein Tod sei befohlen worden.«

Die Königin wedelte mit der Hand, als würde sie Staub wegwischen.

»Ich werde die Wahrheit ans Licht bringen, darauf kannst du dich verlassen. Aber nicht hier, zwischen all den gewöhnlichen Männern. Wir werden keine *privaten* Angelegenheiten besprechen, solange Diener und Soldaten zuhören. Folge mir nun. Deine Gewänder starren vor Schweiß und Dreck. Sie haben dich gehalten wie ein Tier.«

Bevor Kyros etwas erwidern konnte, streckte seine Mutter ihr Bein aus und setzte ihren Fuß fest auf Tissaphernes' Rücken, was diesen schmerzvoll aufstöhnen ließ.

»Diese Männer haben es in ihrer Anmaßung und ihrem Hochmut zu weit getrieben«, sagte sie. »Aber ich bringe das schon in Ordnung. Ich werde es wiedergutmachen. Komm.«

Sie wandte sich zum Gehen, und Kyros sah kurz zum Hauptmann der Wachleute hinüber. Die Miene des Mannes stellte einen beachtlichen Versuch dar, den Eindruck ausdrucksloser Gehorsamkeit zu erwecken, seine Augen zeigten indes etwas anderes: Angst. Er wusste, dass es um nichts weniger als sein Leben ging, sollte der neu gekrönte König auftauchen und ihn fragen, warum seinem Gefangenen gestattet worden war, sich davonzumachen. Nichtsdestotrotz war es unmöglich, sich der Königin zu verweigern, die sich aufführte, als wäre ihr diese Möglichkeit nicht einmal in den Sinn gekommen. In den wenigen Augenblicken, welche dem Hauptmann für einen Einspruch geblieben wären, war Königin Parysatis jedenfalls schon an ihm vorbeigerauscht. Als Kyros ihr folgte, konnte er geradezu spüren, wie der Wille des Mannes schwankte und schließlich zur Gänze schwand. Nachdem er den Korridor hinter sich gelassen hatte, eilte er zwischen den Kasernengebäuden weiter. Er erhaschte flüchtige Blicke auf etliche der Leibgardisten seines Vaters – die Unsterblichen, zum Teil ihrer Rüstungen entledigt und ihm verwundert nachsehend – und fürchtete nach wie vor jenen Ruf, der ihn aufhalten würde.

Seine Mutter ging zügig, obgleich ihr Kleid ein volles Ausschreiten verhinderte. Ihre Gangart war vielmehr ein rasches, von heftig wiegenden Hüften begleitetes Schleichen. Viele der Männer, die ins Freie getreten waren, um nachzuschauen, was vor sich ging, waren von dem verführerischen Anblick, den die Königin bot, offenkundig in Bann geschlagen. Angesichts der Wirkung, die sie noch immer zu entfalten imstande war, lächelte Kyros still in sich hinein.

»Ich werde *keinesfalls* zulassen, dass mein Sohn wie ein Verbrecher eingesperrt wird«, verkündete seine Mutter in

Richtung der Kasernen. Ihre Stimme bebte vor Empörung, und einige in den Türrahmen senkten den Blick auf ihre Füße, als wären sie bei einer besonders schändlichen Tat ertappt worden.

Hätte Parysatis gezaudert oder um Erlaubnis gebeten, wäre der Bann gebrochen worden, und einer der Männer, vielleicht ein Rangältester, hätte seiner Flucht Einhalt geboten, dachte Kyros. Doch irgendwie behauptete sich ihre Macht unvermindert den ganzen Weg bis zum Tor.

Das Kasernengelände lag ein gutes Stück vom Rande des Plateaus entfernt. Obwohl sich die Königin an seiner Seite befand, war Kyros nervös und rechnete jederzeit mit einem Befehlsschrei oder einer Hand, die sich auf seine Schulter legte. Er horchte auf das klirrende Trampeln bewaffneter Männer in Rüstungen und fühlte kalten Schweiß über seine Rippen tropfen. Er war wie das Lamm unter die Wölfe gekommen, und ihm war klar, dass er noch nicht entkommen war. Seine Zeit in der Arrestzelle hatte ihm erlaubt, alles zu rekapitulieren, was ihm vor Augen und zu Ohren gekommen war. Die Schlussfolgerung war so zwangsläufig wie schmerzhaft. Die Befehle waren kein Irrtum gewesen.

Mit gesenktem Kopf folgte er seiner Mutter durch das Tor der Wachstube, hinter dem sich ihnen eine Schar von Sklaven anschloss, die dort auf sie gewartet hatten. Sie lagen ausgestreckt bäuchlings auf der Erde, und Kyros ging davon aus, dass sie sich seit der Ankunft der Königin nicht gerührt hatten. Als seine Mutter ihre offene Sänfte bestieg, sprangen sie auf und richteten die Kissen neben ihr. Kyros stieg ebenfalls ein. Unter seinem Gewicht knarrten die Stangen, welche das Gerüst des Tragstuhles bildeten.

»Mutter«, hob er an.

Sie schüttelte den Kopf.

»Nicht jetzt, Kyros. Dein Vater war ein dickköpfiger und eigensinniger Mann, und ich werde ein ernstes Wörtchen mit deinem Bruder wechseln müssen, bevor diese lächerliche Angelegenheit aus der Welt geräumt ist. Sind wir etwa Ägypter, dass wir den Unseren nach dem Leben trachten? Noch bevor Artaxerxes überhaupt einen Erbfolger gezeugt hat? Allein dafür muss man deinen Vater als kopflos bezeichnen.«

Kyros schloss die Augen und demonstrierte damit, dass er ihr Urteil guthieß.

»Ich … hätte nie geglaubt, dass er Befehl geben würde, mich zu töten«, sagte er.

Seine Mutter hob den Kopf und legte ihm eine Hand aufs Knie, während die Sklaven sich schlingernd in Bewegung setzten.

»Dein Vater war ein König, Kyros. Er stellte das Wohl des Reiches über unser aller Wohl. Vorerst, da all dies noch so frisch ist, erwarte ich nicht von dir, dass du ihm vergibst, doch mit der Zeit wirst du einsehen, dass er ein außergewöhnlicher ehrwürdiger Mensch war. Er erkannte, wer du warst – zu wem du wurdest. Er traf die Wahl, dich zu beseitigen. Auf seine eigene Art hat er dir damit ein ziemlich großes Kompliment gemacht.«

»Er hat einen Fehler begangen«, protestierte Kyros. »Ich bin immer loyal gewesen. Diesen Zug schätze ich an meinen Leuten und halte ihn für mich selbst in Ehren. Ich bin ein Prinz, der nicht König sein wird. Das habe ich seit jeher gewusst. Ich war nie eine Bedrohung oder Gefahr für Artaxerxes!«

»Mein lieber Junge, ein König ist jemand, der eine Gefahr beseitigt, bevor diese Gefahr sich überhaupt ihrer selbst bewusst ist. Das Imperium bringt Millionen Menschen Frieden und Beistand. Was ist schon ein einzelnes Leben im Vergleich zu jener festen, kümmernden Hand? Ich will das Verhalten deines Vaters nicht entschuldigen, Kyros. Ich lasse es keineswegs zu, dass er mir in seinem Todeskampf meinen geliebten Jungen nimmt. Das verhindere ich. Wenn die angemessene Zeit verstrichen ist, wird es dir möglich sein, ihm zu verzeihen.«

Aufgrund ihrer Worte kam sich Kyros vor wie ein trotziges Kind. Er widerstand dem Drang, sich mit der Frau, die ihn an ebendiesem Morgen vor dem Tode bewahrt hatte, zu streiten. Während die Träger sich ihren Weg über das Plateau bahnten, vorbei an von Sklaven bewässerten und von dunklen dichten Netzen vor der Sonne geschützten Obstgärten, wurde ihm endgültig bewusst, dass er längst tot wäre, wäre seine Mutter nicht in die Kasernen gekommen. Sein Blut wäre bereits tief im Sandboden des Innenhofes versickert. Es war eine erschreckende Vorstellung. Dieser Morgen stellte gewissermaßen den ersten eines neuen Lebens, eines neuen Abschnitts, einer getroffenen Entscheidung dar. Eine Weile verharrte er in Schweigen und ließ sich vom leichten Schaukeln der Sänfte Trost spenden.

»Wo sind meine Männer, Mutter?«, fragte er schließlich.

»Alle tot. Dein Bruder ließ sie abschlachten.«

Die Mutter betrachtete den Sohn aufmerksam. Das plötzliche Aufblitzen unbändigen Zorns, den er nicht verhehlen konnte, entging ihr nicht.

»Kannst du es ihm verübeln, Kyros? Du hast Spartaner ins Herz der Hauptstadt deines Vaters geführt. Hätte er sie höflich bitten sollen, nach Hause zurückzukehren? Wer weiß schon, was in den Köpfen dieser Barbaren vor sich geht?

Nein, diesbezüglich hat er richtig gehandelt, trotz des furchtbaren Preises, der dafür gezahlt werden musste. Dein Bruder hat nicht einmal dies bewerkstelligen können, ohne … nun, es spielt keine Rolle mehr. Artaxerxes ist König, mag er auch einen schlechten Start hingelegt haben. Er erteilt den Befehl, dich zu töten, und er versagt. Er schickt Bogenschützen aus, um deine Männer zu töten, und als Folge liegt ein halbes Regiment niedergeschlachtet darnieder, einschließlich eines königlichen Vetters und zweier Älterer.«

Kyros lächelte grimmig, denn er wusste, dass die Spartiaten höchsten Wert auf die Verbreitung der Umstände ihres Todes legen würden. Denn die Art und Weise zu sterben war für sie von ebenso großer Bedeutung wie die Art und Weise zu leben. Er flüsterte für sie ein kurzes Gebet zu ihren griechischen Göttern und bat diese, sie im Hades willkommen zu heißen. Seine Mutter wandte den Kopf, um ihn anzuschauen.

»Wie ich deinen Bruder kenne, wird er willens sein, den gestrigen Tag zu vergessen. Es war nur ein einziger schlechter Tag – wer könnte schon im Nachhinein mit Sicherheit sagen, dass er stattfand? Wir sind am Leben, das allein zählt. Ich denke, ich werde ihn überzeugen können, den Befehl zu deiner Exekution zu annullieren und dich dadurch mit allen entsprechenden Befugnissen in deinen Stand als Heeresführer zurückzuversetzen. Artaxerxes braucht dich, Kyros! Wer sonst ist ihm je so treu ergeben gewesen? Wer sonst kennt unsere Armeen auch nur halb so gut? Unsere Feinde fürchten uns wegen dir. Er wäre ein Narr, dich aus freien Stücken zu verlieren – und genau das werde ich ihm auch sagen.«

Kyros wurde aus seinen Gedanken gerissen, als er sah, dass die Sklaven ihn zu den Außenkasernen gebracht hatten, wohin er just am Tag zuvor mit seinem Pferd geritten war. Er warf seiner Mutter mit erhobener Braue einen Blick zu, und sie seufzte.

»Lass mich für dich sprechen, Kyros. Ich will deinen Bruder nicht in die Lage versetzen, an seinem ersten Tag als Herrscher einen Fehler eingestehen zu müssen. Falls ich ihn dazu zwinge, seinen Stolz dir gegenüber hinunterzuschlucken, wird er das übel nehmen und monatelang grollen. Ich bezweifle nicht, dass Tissaphernes bereits auf ihn eingeflüstert hat.«

»Tissaphernes wird ihm versichern, dass ich loyal bin«, erwiderte Kyros, obgleich ihm, noch als er es aussprach, klar wurde, dass er kein großes Vertrauen in seine eigenen Worte setzte. Seine Mutter schüttelte den Kopf.

»Tissaphernes ist auf seiner Seite, Kyros. Das war er seit jeher. Er ist nicht dein Freund.«

Kyros verzog das Gesicht. Der Schmerz über den Treuebruch fühlte sich an, als risse ein Muskel in ihm. Er war ein Kronprinz. Der Glaube, er hätte Freunde am Hof, war lächerlich – dort gab es ausschließlich Männer, die intrigierten und Pläne schmiedeten, um zu Einfluss und Macht zu gelangen. Abermals vermisste er seine Spartiaten. Anaxis war ihm ein Freund gewesen, genau wie Cinnis. Es war schwer zu glauben, dass irgendwer diese beiden Männer niedergerungen hatte, vom Rest der Krieger ganz zu schweigen. Der hohe Preis, den sie dafür eingefordert hatten, ließ ihn eine wilde und grausame Freude empfinden. Seine Spartiaten trugen die Last der Legende auf ihren Schultern. Es wäre ganz in ihrem Sinne, dieser Legende einige Zeilen hinzuzufügen. Darüber hinaus war Loyalität alles andere als ein leeres Wort für sie gewesen. Bisweilen schien es, als sei dies bei niemand sonst der Fall.

Er entstieg der Sänfte und bot seiner Mutter die Hand, bevor die Sklaven zur Stelle waren. Parysatis' Finger umschlangen die seinen, und sie ging mit ihrem Sohn zum Tor. Kyros dachte daran, dass er Anaxis und die Spartaner im dahinterliegenden Hof zurückgelassen hatte. Als ein Spalt von Helligkeit aufblitzte, war er unsicher, was ihn erwartete, doch er befürchtete Schlimmes. Seine Hand entglitt der seiner Mutter. Sein Blick fiel auf blutbeflecktes Mauerwerk, das sich über sechzig Schritte vor ihm erstreckte. Die Leichen waren verschwunden, doch die Luft war noch immer schwer verseucht von Fliegenschwärmen und dem Gestank des Todes, der ihm in den Augen brannte. Als kleiner Junge hatte Kyros zusammen mit seinem Vater Schlachthäuser besucht, um zuzuschauen, wie das Vieh getötet wurde und ausblutete. Er spürte, wie die nun wiederkehrend aufkeimende Erinnerung an jene Mischung aus Angstschweiß, Blut und Eingeweiden ihm den Magen umdrehte.

»Weiter werde ich dich nicht begleiten, mein Sohn«, sagte seine Mutter. »Lass mich mit Artaxerxes reden.«

Der Gestank, den dieser Ort ausdünstete, hatte sie erbleichen lassen. Kyros bemerkte, wie ihr hektischer Blick von einer bräunlichen Schmierspur zur nächsten huschte, sich nirgends festsetzte, um einer allzu konkreten Vorstellung dessen, was nur wenige Stunden zuvor als ein Orkan aus Gewalt und Grausamkeit über ebendiese Stelle hinweggefegt war, aus dem Weg zu gehen.

»Versichere ihm, dass ich absolut loyal, seit jeher loyal ihm gegenüber gewesen bin, Mutter. Ich habe ihm nie einen Grund geliefert, an meiner Vertrauenswürdigkeit zu zweifeln. Sage das auch Tissaphernes.«

»Natürlich, das werde ich tun.« Seine Mutter hob die Arme und zog ihn in fester Umarmung an sich. »Er weiß dich zu schätzen, mein Sohn. Ich werde ihn an all das erinnern, was du getan hast. Widme dich jetzt wieder deinen Aufgaben und fürchte keine Meuchelmörder. Sobald ich mir über alles gewiss bin, lasse ich dir eine Nachricht zukommen.«

Kyros nickte, drückte ihr einen Kuss auf die Lippen und lief dann mit großen Schritten über den Sand, der bereits heiß unter seinen Sandalen brannte. Gekommen war er mit einer Garde von dreihundert Mann, Tissaphernes an seiner Seite und seinem Lieblingspferd unter dem Hintern. Gehen würde er mit nichts als seinem Leben.

Er warf keinen Blick zurück zu seiner Mutter oder zu den Männern, die ein Tor hinter ihm schlossen, während andere das nächste vor ihm öffneten. Ihm blieb nichts als die Hoffnung darauf, dass ihre Macht und ihr Einfluss seinen Schutz gewährleisteten, obwohl er bei jedem Schritt über den vor Blut dampfenden Innenhof fürchtete, einen Pfeil in den Rücken zu bekommen. Im Sand glitzerten Pfeilspitzen, zerbrochene Speere und Bronzesplitter, die wie Goldmünzen aussahen. Er betrauerte diejenigen, die seinen Versprechen vertraut hatten. Als die letzte Pforte aufschwang und sich Kyros der Ausblick auf die gewaltige Steintreppe eröffnete, die auf die darunterliegenden Ebenen führte, wusste er eines mit Bestimmtheit. Er hatte sich loyal und untadelig verhalten – gegenüber seinem Vater wie auch gegenüber seinem Bruder. Zum Dank dafür hatten sie ihn angegriffen. Und waren damit gescheitert, wenn auch als Folge davon am Ende doch etwas in ihm gestorben war.

Er begann, die Stufen hinabzusteigen, die zu erklimmen es ihm zu Pferde so leicht gefallen war. Über die gesamte Breite der Tiefebene erstreckte sich die Stadt Persepolis, doch die ganze restliche Welt lag jenseits davon. Überall im Großreich kannte man ihn als den Befehlshaber sämtlicher Heere seines Vaters. Demgemäß würde er der Hauptstadt seines Vaters für eine Weile den Rücken kehren, um entlegen stationierten Regimentern und deren kommandierenden Offizieren Besuche abzustatten – Offiziere, die vor Kyros gekniet und ihm ihren Eid geleistet hatten.

Er bleckte die Zähne, während er schneller, immer schneller die Stufen hinuntereilte und sowohl die stieren Blicke der Wachen als auch den Gestank von Blut und Verrat hinter sich ließ. Er würde wiederkommen. Er würde Tissaphernes und seinen lieben Bruder wiedersehen, das schwor er sich. Wenn er dazu eine Armee aufstellen müsste, würde er das tun. Der Bote des Königs war bei Susa zu ihm gestoßen, dort, wo die Königsstraße begann und Richtung Westen nach Sardes führte. Was wie ein Ende erschienen war, konnte möglicherweise ebenso gut ein Anfang sein. Immerhin brach ein neuer Morgen an.

4

Kyros schwankte, als er sich der in einiger Entfernung vom westlich führenden Pfad gelegenen Feste näherte. Er war von oben bis unten mit Staub bedeckt, und seine Augen waren stark gerötet, da er sich ständig Sandkörner und den von seiner Stirn tropfenden Schweiß hatte herauswischen müssen. Seit zwei Tagen war er unterwegs, ohne Nahrung, mit nichts als einer kleinen Feldflasche voll Wasser. Entbehrung und Durchhaltevermögen hatten ihn die Spartiaten gelehrt – wie weit schierer Wille einen Mann bringen konnte, wenn er zielstrebig und entschlossen genug war – und niemand ihm einredete, es sei in Ordnung, sich niederzulegen und zu sterben.

In jenem aus braunen Hügeln und vertrocknetem Erdreich bestehenden Landstrich gab es keine Flüsse. Die Festung selbst bestand aus gebranntem Lehm, den man um einen Brunnen herum errichtet hatte, und das gesamte Bauwerk schien wie ein alter Knochen aus dem Boden emporzuwachsen. Kyros meinte sich dunkel zu erinnern, dass dies einer der Orte gewesen war, an denen er mit den Spartanern eine Rast eingelegt hatte, war sich allerdings nicht sicher. Er befürchtete, ihn verlassen vorzufinden, den Quell innerhalb seiner Mauern versiegt, die Soldaten zurück zu ihren Stämmen in den Hügeln verschwunden. Beinahe wären ihm die Tränen gekommen, als er sah, wie sich auf der hohen Mauer am Tor etwas bewegte, aber er hatte sämtliche Körperflüssigkeit verloren und konnte nicht weinen.

»Öffnet das Tor«, sagte er. Seine Stimme war ein Flüstern, und er erinnerte sich daran, für eben diesen Moment einen Mundvoll Wasser aufgespart zu haben, um seine Zunge zu befeuchten. Er entkorkte die Flasche und kippte sie auf den Kopf, aber da war nichts mehr. Irgendwo unterwegs hatte er selbst diese letzten Tropfen getrunken.

Er richtete sich auf und blickte in das Antlitz eines Soldaten, der finster auf ihn herabschaute.

»Verschwinde, Bettler«, knurrte der Mann. »Wenn ich zu dir runterkomme, verpasse ich dir eine Tracht Prügel. Zwinge mich bloß nicht dazu, mich bei dieser Hitze zu bewegen. Weg mit dir!«

»Gib mir Wasser«, krächzte Kyros zu ihm hoch.

Der Soldat wandte den Blick ab, doch jeder Mensch wusste, was es bedeutete, in dieser Gegend an Durst zu leiden – und um den Wert kostbaren Wassers, wo es so wenig davon gab. Die Flüsse waren Lebensadern, und alle Menschen lebten zwischen ihnen. Trockneten sie während einer heißen Dürreperiode aus, waren die Ernten verloren, und ganze Dörfer verwandelten sich in totenstille Haufen aus bleichen Knochen und dreckstarrender Pergamenthaut. Oben auf dem Befestigungswall schluckte der Soldat und sah über seine Schulter. Ohne ein weiteres Wort verschwand er außer Sicht.

Wenige Augenblicke später schwang eine kleinere Pforte auf, die in das Tor eingelassen war. Der Wachmann trat heraus, mit misstrauischem Blick und gezogenem Schwert. Er warf Kyros einen halb vollen Schlauch zu, warm wie frisches Blut, während er aufmerksam die umliegenden Hügel betrachtete.

Kyros schluckte gierig. Das heilige Nass ließ den Lebensgeist in seine Glieder zurückfließen. Er spürte, wie sein Wille erstarkte, und er dachte daran, wie er einmal so gut wie verwelkte Blumen gesehen hatte, welche sich direkt vor seinen Augen wieder in die Höhe reckten, als man sie wässerte. Wasser war Leben, und er war unendlich dankbar.

»Habt Dank«, sagte er. »Eure Güte gegenüber einem Fremden soll belohnt werden.«

»Das ist nicht nötig«, gab der Mann zurück und streckte die Hand nach seinem Wasserschlauch aus. Es fiel Kyros schwer, ihn zurückzugeben, er ließ sich sein Ringen jedoch nicht anmerken.

»Ich bin Prinz Kyros vom Hause der Achämeniden, Sohn des Königs Dareios. Ich sage, dass es durchaus nötig ist. Ihr habt mir das Leben gerettet. Wie lautet Euer Name? Welches Amt bekleidet Ihr hier?«

Der Mann stand in Schockstarre wie angewurzelt da, Wiedererkennen zeichnete sich auf seiner Miene ab.

»Ich … ich habe Euch schon einmal gesehen«, sagte er voller Staunen. »Als Ihr mit diesen Männern vorbeikamt, die rannten wie eine Meute von Jagdhunden. Ich sah Euch!« Er sank auf die Knie und verneigte sich, bis sein Kopf den sandigen Boden berührte. »Mein Herr und Prinz«, sagte er. »Vergebt mir. Ich habe Euch nicht gleich erkannt.«

»Erhebt Euch, Spender von Wasser«, sagte Kyros. »Ihr habt mir noch immer nicht Euren Namen mitgeteilt.«

»Parviz, Hoheit. Doch welch Unglück mag über Euch gekommen sein, dass Ihr hier allein vor mir steht? Sogar ohne ein Schwert? Waren es Banditen? Wir haben hier nur vierzig Männer, und der Kommandant ist oft weg, unterwegs in der

Stadt. Seid Ihr gekommen, ihn von seinen Pflichten zu entbinden, Hoheit? Er ist ein fauler, eselsdummer Sack, weshalb das keine schlechte Entscheidung wäre.«

Kyros musste kichern angesichts der Schnelligkeit, mit welcher der Mann dazu übergegangen war, seine Anliegen vorzubringen.

»Wenn Ihr wisst, wer ich bin, dann wisst Ihr auch, dass Ihr meinem Befehl untersteht, Parviz.«

Der Mann warf sich abermals in den Staub, woraufhin Kyros ihn am Arm ergriff, bis er zitternd wieder auf den Beinen stand.

»Natürlich weiß ich das, Hoheit.«

»Besitzt Ihr Pferde?«

»Sechs edle Rösser, wenngleich eines davon lahmt, Herr. Es tut mir leid. Hätten wir gewusst, dass Ihr …«

»Ich werde mich mit den fünf, die geritten werden können, begnügen. Ich muss zur Stadt Susa, wo die Königsstraße beginnt, Parviz. Eure Pflicht ist es, mich zu unterstützen, verstanden? Kennt Ihr Susa?«

Der Mann schüttelte den Kopf, und Kyros unterdrückte ein Seufzen. Er war daran gewöhnt, auf schnellen Pferden durch die Nacht zu fliegen, doch so gut wie alle Untertanen seines Vaters lebten und starben, ohne sich je weiter als einen Tagesmarsch vom Ort ihrer Geburt entfernt zu haben. Ferne Kolonien wie Indien, Ägypten und Thrakien waren bloße Namen für sie.

»Die Stadt liegt in westlicher Richtung – zu Pferd benötigt man von hier bis dorthin ein gutes Dutzend Tage. Nehmt Euch also drei Eurer besten Männer und bewaffnet sie. Ihr werdet der vierte sein und an meiner Seite reiten. Treibe ein Schwert und einen Speer für mich auf, Parviz.«

»Wir haben nichts, was auch nur im Entferntesten eines Prinzen würdig wäre, mein Gebieter. Diese Feste ist ein armer Ort.«

»Juwelen sind mir gleichgültig«, antwortete Kyros. »Bringt mir den Speer eines Jägers und das Messer eines einfachen Soldaten. Ich verspüre die Notwendigkeit, zu jagen, schnell voranzukommen und diesen Staub hinter mir zu lassen. Ich will einmal wieder Flüsse und grünen Wald sehen.«

»Ich werde Euren Befehl ausführen, Hoheit«, sagte Parviz. Er riss die kleine Pforte auf, deren Blatt vor und zurück schwang, als er davonhastete. Kyros schloss die Augen und hob sein Gesicht zur Sonne.

In Susa trennte Kyros sich kurz von Parviz, den Wachen und den Pferden, um bei einem in der Straße der Könige ansässigen Geldverleiher der Legion einzukehren. Überall sah man Zierhöfe mit Springbrunnen, errichtet zum Ruhme seines Vaters und Großvaters, deren in weißen Stein gemeißelte Bildnisse Kyros stumm betrachteten. Drinnen setzte er seinen Namen und das königliche Siegel unter eine Auszahlungsanweisung über einhundert goldene Bogenschützen, trat aus dem Laden wieder hinaus ins Freie und warf Parviz den Geldbeutel zu. Sein neuer Diener starrte mit weit aufgerissenen Augen auf das ungeheure Vermögen in seinen Händen und konnte der Versuchung nicht widerstehen, einen raschen Blick in den Beutel zu werfen und die Münzen durch seine Finger gleiten zu lassen. Während Parviz sich aufmachte, um die Hälfte davon in Silber umzuwechseln, nutzte Kyros den Rest des Tages, um zu baden und sich massieren zu lassen. In einer der königlichen Residenzen nahmen Schneider seine Maße zwecks Anfertigung neuer Gewänder, und der Statthalter ließ ihm die besten Pferde bringen, die aufzutreiben waren. Der Prinz speiste edel und reichlich und sorgte dafür, dass seine Männer Quartiere in der Nähe der Stadtmauern fanden. Nachdem er sämtlichen Verpflichtungen ihnen gegenüber nachgekommen war, ritt Kyros zu den Reichskasernen und Übungsgeländen.

Sein Auftritt in Gold und Seide sorgte dafür, dass Offiziere, die er selbst gefördert und ausgebildet hatte, ihn sofort erkannten und herbeieilten, um seine Befehle entgegenzunehmen. Der verdreckte Bettelmann der Wüstenpfade war verschwunden, und dies löste Dankbarkeit in ihm aus. Über die Jahre hatte Kyros sich der Tatsache rühmen können, kaum jemals eine zweite Nacht im selben Bett verbracht zu haben. Er hatte schließlich jeden einzelnen Kommandanten und Hauptmann im Westreich persönlich in Augenschein genommen, von denen, welche die Stadtmauern von Sardes bemannten, bis hin zu weit entfernt stationierten Truppen, die einen heiligen Schrein beschützten. Man kannte sein Gesicht.

Die Kasernen von Susa lagen am Rande der Stadt, wo sich einst nichts als nutzloses Brachland befunden hatte. Persisches Gold hatte es in eine weitläufige grüne Grasfläche mit weißen Gebäuden darauf verwandelt, die von Sklaven bewässert und unterhalten wurde und auf der zu jedem beliebigen Zeitpunkt tausend Männer ihrer Ausbildung nachgingen. Kyros ließ sie in Reihen vor sich antreten und schritt die Truppe mit Parviz an seiner Seite ab.

Als er mit den Offizieren des Regimentes allein war, bot man ihm einen schattigen Platz an, servierte ihm kalte Getränke und kühlte sein Gesicht mit einem Fächer. Beim Abendessen waren alle Anwesenden in zwanglose Plaudereien verwickelt, doch sie alle beobachteten ihn aufmerksam, warteten auf Anweisungen von ihm und fragten sich, was ihn an diesen Ort verschlagen haben mochte.

Die Züge des Prinzen wirkten entspannt, als er sich den Mund abwischte und zurücklehnte. Er richtete das Wort an den Polemarch, den ranghöchsten Kommandanten.

»Polemarch Behrouz, ich werde selbstverständlich eine Leibgarde brauchen. Meinem Eindruck nach sind Eure Männer dazu überaus geeignet. Man kann Euch bezüglich ihres Formates nur beglückwünschen. Wählt … sagen wir dreihundert der besten aus. Sie werden mich morgen begleiten.« Er beugte sich vor, während der Mann über seinen Lammkoteletts nickte. »Noch etwas, Wertester: Einige mögen, vor eine solche Aufgabe gestellt, versucht sein, jene loszuschicken, an denen sie Missfallen finden. Die Faulen, die Nörgler, Männer von schlechtem oder armseligem Charakter. Sollte das passieren, werde ich es merken.«

»Ihr werdet nur die Allerbesten bekommen, das schwöre ich, Hoheit. Weniger kommt für den Sohn Eures Vaters nicht infrage für mich.«

Kyros sah den Mann eindringlich an. Ihm war unklar, ob die Kunde vom Tod seines Vaters es bereits bis an diesen Ort geschafft hatte. Das war unwahrscheinlich, doch sie würde ihm sehr bald nachfolgen. Einstmals hatte er der Schilderung einer Verfinsterung gelauscht, bei der die Sonne von einem riesenhaften Schatten bedeckt worden war. Der alte Mann, welcher den jungen Prinzen den Vorgang beschrieben hatte, war ein Astrologe gewesen, den man über Hunderte von Meilen hergeholt hatte, damit er sie unterrichtete. Ein Detail hatte sich besonders in Kyros' Gedächtnis gebrannt – die zutiefst überwältigte Erinnerung des Greises an einen Schatten, der über dem Horizont aufstieg und in seine Richtung raste, schneller als ein Pferd im Galopp, bis er die ganze Welt bedeckte. Die Kunde vom Dahinscheiden seines Vaters war wie diese Schattenlinie. Sie konnte nicht aufgehalten oder eingeholt werden. Sie würde über sie alle hinwegfegen und ein verändertes Großreich hinterlassen.

Polemarch Behrouz, General der königlichen Kasernen, schien sich angesichts der Stille am Tisch unwohl zu fühlen, weshalb er drauflosplapperte, als Kyros an seinem Rotwein nippte.

»Um die Wahrheit zu sagen, Hoheit, ich hatte gedacht, Ihr würdet auf diese Sache mit dem abtrünnigen Spartaner zu sprechen kommen. Ich schwöre, dass wir ihn aus dem Reich jagen werden, sobald Verstärkung eingetroffen ist.«

Kyros nahm einen tiefen Schluck, bevor er antwortete. Sein Vater hatte seine Verhandlungen bevorzugt während einer Mahlzeit geführt, aufgrund der Ablenkungsmöglichkeiten, die sich dabei boten.

»Erzählt mir Eure Version der Wahrheit«, sagte er schließlich.

Behrouz errötete, riss sich aber gleich wieder zusammen.

»Der Kerl kommandiert um die zweitausend Griechen, Herr. Mir wurde berichtet, sie seien ein spartanisches Heer, entsandt, um griechische Städte in Thrakien nach Norden vor irgendeinem belanglosen Aufstand zu schützen. Dieser General schickte nach jenen Männern, und sie begaben sich auf den Marsch zu ihm und unterstellten sich seinem Kommando. Doch wisset, Hoheit, bei dem Spartaner handelt es sich um einen skrupellosen Tyrannen, das ist wohlbekannt. Gerade heute habe ich Schreiben vorbereitet, in denen ich um zusätzliche Männer bitte.«

»Wie lautet sein Name?«, fragte Kyros.

»Klearchos, Herr. Die Thraker haben ihrerseits Briefe nach Griechenland geschickt und wollen wissen, warum diesem Mann, der grundlos ein ganzes Dorf abschlachtete, eine Armee gegeben wurde, mit der er noch Schlimmeres anzurichten imstande ist.«

»Ich habe von ihm gehört«, gab Kyros zurück.

Klearchos war ein berühmter Statthalter von Byzantion gewesen, ernannt während der Herrschaft der Dreißig in Athen. Nachdem sie gefallen waren, wurde auch er verstoßen. Es stimmte, dass ihm der Ruf von Skrupellosigkeit vorauseilte, in dem Sinne, dass er Gnade oder Mitgefühl für überflüssig hielt. Im gegenwärtigen Moment wünschte Kyros sich, er hätte ein Dutzend Männer von diesem Schlage bei sich. Er spürte wachsende Erregung in seiner Brust und seinem Magen rumoren, als wäre der Wein weitaus stärker gewesen, als er dachte.

»Was meinst du, Behrouz, wo hält er sich augenblicklich auf, dieser spartanische Despot? Marschiert er Richtung Heimat?«

»Ich ging davon aus, das wäre der Grund für Eure Visite, Hoheit. Er hat keine drei Tagesmärsche von dieser Stadt entfernt in den Hügeln sein Lager aufgeschlagen. Falls er kommt, sind wir bereit, unsere Mauern zu verteidigen, dessen könnt Ihr gewiss sein.«

»Und er hat zweitausend Spartiaten dabei?«, fragte Kyros.

»Wir konnten einen seiner Kundschafter gefangen nehmen, der um die Wälle von Susa herumschlich, Hoheit. Seiner Auskunft zufolge sind es noch mehr. Aber schließlich lügen die Griechen ständig.«

Kyros musste lächeln.

»Ja. Ich kenne kein anderes Volk, das daran derart viel Vergnügen findet wie sie. Ist der Kundschafter noch am Leben?«

Der Offizier nickte. Kyros erhob sich und wischte sich den Mund mit einem Tuch ab, das er dann auf den Teller vor ihm warf.

»Gut. Zeigt mir, wo Ihr ihn festhaltet – und treibt ein schnelles Pferd für mich auf.«

Kyros atmete tief durch und zwang sich zur Ruhe, indem er Erinnerungen an Spartaner aufrief, die er gekannt hatte und sie stumm um ihren Segen und ihre Unterstützung bat. Anaxis hätte ihn seiner zitternden Hände wegen gerügt, obgleich dies ebenso sehr am Schlafmangel wie an seiner Besorgnis lag.

Während des tagelangen Wartens darauf, dass der spartanische General unter der vereinbarten Waffenruhe in Susa einritt, hatte sich Kyros ganz dem herrschaftsgemäßen Lebensstil hingegeben. Er war in die Tempel zum Beten gegangen, hatte zweimal täglich ein Bad genossen und sein Haar mit der Brennschere stutzen und parfümieren lassen. Wie ein einfacher Soldat hatte er mit Schwert und Schild trainiert, obgleich ihm nur wenige Männer über den Weg gelaufen waren, die ihm einigermaßen das Wasser reichen konnten. Die anderen waren entweder zu sehr von seinem Namen und Ruf eingeschüchtert oder sich zu fein für harte körperliche Arbeit. Der permanente Drill und die eiserne Disziplin, wie er sie bei den Spartiaten erlebt hatte, sorgten dafür, dass sich seine Nachsicht gegenüber den Kriegern von Susa zunehmend in Grenzen hielt. Sie schienen einen erheblichen Teil ihrer Zeit damit zu verbringen, in hübschen Uniformen herumzustolzieren – auf das Training mit Waffen entfiel dagegen nur ein sehr geringer Teil. Abends las Kyros in der Bibliothek des Palastes, konnte sich jedoch nicht wirklich entspannen. Der Schlaf übermannte ihn oder kam gar nicht. Sein Vater war tot. Sein Bruder beherrschte das Reich. Die Welt hatte sich verändert. Es gab Momente, in denen Kyros dachte, er wäre der einzige Mensch, der sich überhaupt noch daran erinnern konnte, wie sie einmal gewesen war.

Die Schattenlinie, die der Tod seines Vaters warf, hatte mittlerweile Susa erreicht. Kyros hatte Reiter aus der Wüste ankommen sehen. Die Stadt trat in eine Trauerphase ein, und sämtliche Menschen hüteten sich, ihm in die Augen zu schauen. Vielleicht war es seiner Mutter gelungen, Artaxerxes zu überzeugen; es gab keine Möglichkeit für ihn, dies in Erfahrung zu bringen. Kyros hielt den Perlmuttgriff eines Dolches fest umklammert, wenn er schlief, für den Fall, dass sie ohne Erfolg geblieben war – obwohl er bezweifelte, dass er einen potenziellen Attentäter auch nur hören würde, bevor es zu spät war. Diese Vorstellung ließ saure Säfte in seinem Magen ansteigen, sodass er aufstieß. An diesem Abend fühlte er sich unwohl, im Angesicht des Spartiaten weniger selbstgewiss als gewöhnlich.

General Klearchos lag da, als könnte er in jeder Sekunde kampfbereit in die Höhe schnellen. Breiter Brustkasten, narbenbedeckte Arme, roter Umhang über dem bronzenen Brustharnisch, kurzer Chiton aus Leder und Beinschienen. Die Oberschenkel lagen frei und waren wie diejenigen eines Ringkämpfers mit dicken Muskeln bepackt. Er glich einer in der Sonne dosenden Katze, scheinbar entspannt, sich jedoch in höchstem Maße der eigenen Stärke und Gefährlichkeit bewusst. Klearchos hatte nicht über die Bedingungen eines Waffenstillstandes verhandeln wollen, sondern war ohne Umstände mit lediglich zwei Begleitern in Susa einmarschiert, um den Prinzen zu treffen. Seine Männer durften draußen warten. Sie lagen schließlich nicht im Krieg miteinander.

Kyros stand unter quälender Anspannung, was wahrscheinlich damit zu tun hatte, dass einem Teil seines Hirnes bewusst war, welche potenzielle Bedrohung der General darstellte. Und dieser Teil befahl ihm, sein Gegenüber für keinen noch so winzigen Moment aus den Augen zu lassen. Diese bedrohliche Aura war jedoch auf ihre Art sehr ehrlicher Natur. Es gehörte zu den Dingen, die Kyros an den Soldaten jener besonderen Stadt so schätzte. Die Athener debattierten und stritten mit ausnahmslos jedermann, einfach grundsätzlich und aus Prinzip. Sie schienen Vergnügen an verwickelten Argumentationssträngen und schwierigen moralischen Entscheidungen zu finden. Die Perser waren ihnen darin ähnlicher, als die meisten von ihnen zugeben mochten. Kyros hatte mit eigenen Augen gesehen, wie Markthändler eine ganze Schlange williger Kaufinteressenten ignorierten, nur um ein Geschäft mit dem einen Kunden abzuschließen, der versuchte, um den Preis zu feilschen.

Demgegenüber trugen die Spartaner ihren Stolz offen zur Schau, wenngleich ihre Feinde dies als Arroganz bezeichneten. Sie wählten unter allen Umständen den schlichten und direkten Weg, was bedeutete, dass es aus Gründen persönlicher Ehre für sie ausgeschlossen war, zu lügen oder zu betrügen, mochte es darum gehen, die Gefühle von Freunden zu schonen, oder darum, Schwächeren ein anspornendes Vorbild zu sein. Wenn ein Mann keine ehrliche Antwort von einem Spartiaten wollte, war es das Beste, die Frage gar nicht erst zu stellen. Kyros lächelte bei dem Gedanken in sich hinein, obwohl ihm bewusst war, dass seine Mimik beobachtet und beurteilt wurde.

»Ihr verlangt viel von mir«, sagte Klearchos. »Für einen Mann, der bereits dreihundert meiner Leute verloren hat.«

Die Worte ließen Wut in Kyros hochkochen, deuteten sie doch an, das wäre irgendwie sein Fehler gewesen. Dennoch lehnte er sich in seinem Stuhl zurück und zwang sich zur Ruhe.

»Das habe ich schon erklärt. Darüber hinaus habe ich ihren Sold den Ephoren Spartas geschickt, berechnet bis zu jenem Tag, an dem sie getötet wurden.«

»Demnach habt Ihr Anaxis als einen Söldner betrachtet«, sagte Klearchos leise.

»Er war ein Söldner«, gab Kyros zurück. »Wann immer er mich einen Freund nannte oder ich ihn, war das eine Sache zwischen uns. Ich bin meinen Verantwortlichkeiten vollauf nachgekommen – und ich erinnere Euch daran, Klearchos, dass es die Unterstützung meines Vaters, das Gold meiner Familie waren, welche Euch bei all Euren Feldzügen unterstützten. Hätte Sparta seinen Rat der Dreißig ohne mich einsetzen können, um in Athen zu herrschen?«

»Ich spreche nicht für Sparta, besonders nicht in diesem Jahr, da mich irgendwelche Narren daheim einen Despoten nennen. Nein. Alles hat seine Zeit«, erwiderte Klearchos. »Sogar jetzt schreien die Athener wieder auf ihrer Agora herum und behaupten, die Demokratie unseren unwilligen Klauen entrissen zu haben. Treue Generäle werden von Sklaven gemeuchelt – und aufrechte Männer stehen ehrlos da, ihrer Autorität beraubt von jenen, die nicht einmal den Hauch einer Ahnung besitzen, was Herrschaft und Führung bedeuten.« Er seufzte und massierte seinen Nasenrücken. »Wenn die Athener abermals in Athen herrschen, wofür sollten wir dann kämpfen? Was hat sich verändert?«

»Das ist ein Argument dafür, gar nichts zu unternehmen«, erwiderte Kyros, der den Verdacht hatte, von dem Mann auf die Probe gestellt zu werden. Na schön. Er konnte ebenso unverblümt sein. »Das Leben ist kurz. Jedermanns Leben. Warum also sollte man überhaupt irgendetwas tun, statt einfach in der Sonne zu dösen? Unser aller Weg endet am selben Ort. Doch unser Stolz – so wir denn welchen haben – treibt uns an, bis zum letzten Atemzug zu kämpfen. Ich durchschaue Euch, Klearchos. So wie Ihr mich durchschaut. Es spielt eine gewichtige Rolle, dass spartanische Waffen und spartanische Gesetze für eine gewisse Zeit über ganz Griechenland herrschten. Lassen wir die kleinen Kläffer für den Augenblick bellen und ihnen ihren Kinderglauben, sie wären die Siegreichen. Einige unter uns erinnern sich, wie es war. Dreißig Spartiaten regierten in Athen, und dreitausend Athener leisteten Eurem Willen Folge. Ihnen allen schenktet Ihr eine flüchtige Ahnung wahrer Größe. Das werden sie nicht so einfach vergessen haben.«

Klearchos kicherte und lehnte sich in seinem Stuhl zurück.

»Wie ich sehe, habt Ihr nach wie vor etwas für einen guten Streit übrig. Darin seid Ihr fast ein Grieche.« Er grinste, als sich der Gesichtsausdruck des Prinzen veränderte. »Glaubt mir, das sollte ein Kompliment sein. Also, ich habe keinerlei Absicht, mich unserer Ehrenschuld zu verweigern, Hoheit. Ich leugne sie nicht. Ihr seid mir ein Freund gewesen, ein Freund Spartas – und ein Freund Griechenlands. Ich hatte lediglich nachgefragt, um sicherzugehen, dass Ihr das Leben der Männer, die mit Euch gingen, nicht vergeudet habt. Ich kannte Anaxis gut. Ich trauere um seinen Verlust.«

»Ihr werdet ihn wiedersehen«, sagte Kyros.

Der Spartiat nickte.

»Das werde ich«, sprach er mit absoluter Gewissheit. Seine Augen glänzten finster in seinem sonnenverbrannten Gesicht. »Er wird sich nicht weit vom Ufer des Flusses entfernen, ganz gleich, wie lange ich ihn warten lasse. Ich werde ihm berichten, dass Ihr die Neuigkeiten nach Sparta überbringen ließet, damit sein Name an der weißen Mauer verzeichnet werden konnte – und auch davon, dass sein Todessold ankam und dem Zwecke dienen soll, Spartas aufwachsende Söhne und Töchter zu ernähren. Und selbstverständlich werde ich ihm erzählen, dass Ihr mich aufsuchtet, um Euch Hilfe bei Eurem Rachefeldzug an die Seite zu holen – und ich Euch nicht abwies.«

»Viele von denen, die kommen werden, um mir beizustehen, werde ich belügen müssen«, sagte Kyros ernst. »Versteht Ihr? Ich wollte Euch die Wahrheit bezüglich dessen wissen lassen, was mich antreibt.«

»Euer Urteil war tadellos. Eine Lüge aus Eurem Munde hätte ich nicht verziehen, Hoheit«, erwiderte Klearchos. »Ihr kauft meine Dienste und verdient Euch meine Freundschaft. Ich werde Euch nicht enttäuschen, doch ich werde auch nicht für Euch lügen. Falls die anderen Offiziere mich fragen, warum Ihr ein Dutzend kleiner Heere rekrutiert, um in die Wüsten Eures persischen Imperiums einzumarschieren, dann werde ich ihnen sagen, sich mit dieser Frage an Euch zu wenden, dass ich ein einfacher Soldat bin, der steht, wo zu stehen ihm befohlen wurde, und der tötet, wenn zu töten man ihm befiehlt.«

Die Intensität, die Kraft, die Eindringlichkeit der Erscheinung und der Worte des Mannes, der da vor ihm saß, ließen Kyros die Augen schließen. Klearchos war wie ein Löwe mit eingezogenen Krallen, der sich nichtsdestotrotz bewusst war, ein Löwe zu sein.

»Ihr solltet mir erlauben, ein Pferd für Euch zu erwerben«, sagte Kyros, um sich ein wenig Zeit zu verschaffen, seine Gedanken zu sammeln. »Es ist eines Generals nicht würdig, an der Seite seiner Männer zu laufen.«

»In Sparta ist es das sehr wohl«, sagte Klearchos. »Ich laufe.« Er schob sich unbehaglich im Stuhl herum. »In Wahrheit mag ich keine Pferde. Sie starren mich unentwegt an.«

»Ihr habt Angst vor Pferden?«, sagte Kyros höchst erstaunt und ohne nachzudenken. Der Spartiaten-General wurde sehr ruhig, als würde die Zeit stillstehen. Kyros schluckte.

»*Angst* habe ich vor gar nichts«, sagte Klearchos. »Ich *mag* Pferde nicht. Das ist ein ziemlich großer Unterschied.«

Kyros fiel auf, dass er den Atem angehalten hatte, und stieß langsam die Luft aus.

»Ja, natürlich. Das ist nicht das Gleiche.«

Klearchos betrachtete ihn eine Weile stumm. Was er sah, schien ihn zufriedenzustellen.

»Vielleicht sollten wir über die Besoldung sprechen«, sagte er.

Kyros schaute auf.

»Ihr werdet in meine Dienste treten?«

»Für einen Gold-Dareikos im Monat, pro Mann, oder sechsundzwanzig Silber-Drachmen, ja. Zu erhöhen auf anderthalb Dareiken, wenn es um Schlachten oder Phasen ungewöhnlich beschwerlicher Dienste geht. Ich habe zweitausend Spartiaten, um die achthundert Heloten-Sklaven und einige Periöken – Krieger von geringerer Klasse. Für die

Periöken schlage ich den halben Sold vor. Die Heloten benötigen selbstverständlich nichts weiter als Nahrung und Ausrüstung.«

»Natürlich«, stimmte Kyros zu. Das waren faire Bedingungen. Mehr hatte er auch zuvor nicht gezahlt, wenngleich er spürte, dass derlei für den General nicht die geringste Rolle spielte.

»Ich werde mein Siegel unter die Summe von zehntausend Dareiken setzen, General. Genügt das?«

Das war ein gewaltiger Betrag, und Klearchos konnte es nicht vermeiden, sich an seinem Wein zu verschlucken. Er wischte sein Kinn sauber.

»O ja, Hoheit, das genügt. Für derart viel wird man Euch daheim die Ehre erweisen – und Eure Feinde werden Euch fürchten.«

»Was Ihr da beschreibt, sind die einzigen Dinge von wahrem Wert in der Welt, General«, sagte Kyros und fixierte sein Gegenüber mit bohrendem Blick. »Sind Gold und Silber im Vergleich dazu wirklich so wichtig?«

Zu seiner Überraschung brach Klearchos in leises Lachen aus.

»Aus Euch spricht einer, der niemals im Winter ein Kind ausgesetzt hat, weil es nichts zu essen gab. Natürlich ist es wichtig. Euer Gold wird die Ausbildung von Spartanern bezahlen, die Existenz und den Fortbestand unseres Volkes sichern und dafür sorgen, dass sie im Eurotastal in Frieden leben können. Keine fremde Armee hat je den Fuß in unser Land Lakedaimon gesetzt, seit wir unseren Weg, unsere Bestimmung fanden, nicht seit sechshundert Jahren.« Er hielt inne und musterte seinen Zuhörer. »Obgleich die Perser dem näher als alle anderen kamen.«

Kyros neigte den Kopf und nahm die Ehrenbezeigung im gedachten Sinne an.

»Und aus Eurer Sicht? Das war es, was ich meinte. Ihr dient für Gold?«

Klearchos beugte sich vor und stützte die Unterarme auf die Knie.

»Jeder meiner Männer ist zwischen zwanzig und sechzig Jahre alt. Seit vierzig Jahren marschieren und kämpfen wir für Lakedaimon, denn unsere Heimat ist … Wasser, das auf einen heißen Stein spritzt. Sie muss wieder und immer wieder erneuert werden, sonst wird sie verschwinden, als hätte es sie nie gegeben.«

»Und wenn Ihr dorthin zurückkehrt, sobald Euer Dienst beendet ist, was dann?«

»Wenn wir zurückkehren, wird man uns speisen und erlauben, in Frieden zu leben, mögen die jungen Männer auch spotten über alte Soldaten, die ihren Ruhestand genießen. So war es seit jeher – alle Jungen sind Narren.« Er lächelte und rieb sich mit einer Hand über das Gesicht. »Bislang bin ich auf keine bessere Art und Weise gestoßen, ein Leben zu führen, als die unsere, Hoheit. Euer Gold erkauft meine Dienste, das mag sein, doch darüber hinaus werdet Ihr in den Genuss gelangen, Spartiaten im Gefecht zu sehen. Das ist ein höchst rares Geschenk und viel wertvoller als bloße Münzen. Schließlich sehen die meisten Männer es nur ein einziges Mal und dann nie wieder.«

Er lehnte sich wieder zurück, und Kyros erwiderte sein Lächeln. Der Bann war endgültig gebrochen.

»Bringt Wein«, forderte Kyros seine Diener auf. »Auf dieses rare Geschenk müssen wir die Becher erheben.«

Als er sich wieder dem Spartaner zuwandte, wurde seine Miene ernst.

»Habt Dank, General. Wenn ich Euch sprechen höre, vermisse ich Anaxis umso mehr.«

»Kämpft tapfer, und Ihr könnt ihm das eines Tages möglicherweise selbst ins Angesicht sagen«, sagte Klearchos.

»Ich bin ein Königssohn Persiens, obwohl mein Stand in diesem Jahr nicht wirklich gesichert scheint.«

»Es gibt Prinzen im Hades, Herr. Ich selbst habe einen oder zwei dorthin geschickt.«

»Jetzt macht Ihr Euch auf meine Kosten lustig«, gab Kyros zurück.

»Stimmt, Hoheit, das tue ich.« Der Spartaner nahm einen Schluck aus seinem Becher und schmatzte genüsslich. »Ich kenne diesen Wein. Er stammt von zu Hause.«

Kyros lächelte, hocherfreut darüber, dass seine kleine Geste nicht verschwendet gewesen war.

»Ein Kind der Sonne und der Erde und der Reben.« Er hob den Becher, und der Spartaner tat es ihm nach. »Auf jene, die dahin sind. Mögen wir sie wiedersehen«, sagte Klearchos.

Ohne ein weiteres Wort stießen sie an und leerten die Becher bis auf den Grund.

5

Xenophon öffnete die Haustür, trat hindurch und drückte sich mit dem Rücken dagegen, als sie wieder ins Schloss fiel. Der junge Mann war rot angelaufen und schien erzürnt. Dunkle Flecken zeichneten sich auf seinem Unterkleid, einer Chiton-Tunika, und seinem Umhang ab. Während er schwer atmete, fiel etwas Feuchtes und Übelriechendes vom Saum und klatschte auf den steinernen Fußboden.

Der Athener, dem das winzige Häuschen gehörte, schaute von einem Tisch auf, der von Dutzenden Sorten grüner Halme und Blätter bedeckt war. Außerdem lagen einige Makrelen darauf, die er mit einem Messer entgrätete und filetierte. Der Mann war klein und stämmig, mit einem Ring aus weißem Haar und einer Halbglatze darüber, die so braun und fleckig war wie altes Leder. Trotz seines fortgeschrittenen Alters strahlte er Kraft und Stärke aus, mit muskulösen Armen, breiter Brust und leicht gekrümmten Beinen, die nackt unter dem Tisch hervorragten.

»Xenophon!«, rief Sokrates verzückt, kam um den Tisch herum und wischte sich die Hände an einer Schürze ab, bevor er sie seinem Besucher entgegenstreckte. »Bist du gekommen, um mit uns zu Abend zu essen? Ich koche nach einem kretischen Rezept mit Lorbeerblättern – und zum Nachtisch gibt es reife Feigen.«

Bevor der Jüngling etwas erwidern konnte, zog Sokrates ihn mit großem Überschwang in eine Umarmung, wobei er ihn fast vom Boden hob. Entgegen seinem Willen spürte Xenophon, wie seine Laune sich zu bessern begann.

»Xanthippe!«, dröhnte Sokrates über die Schulter. »Wir haben einen Gast zum Essen!« Für einen Augenblick stand er still da und lauschte. »Wo *steckt* dieses Mädchen nur? Ist es zu viel verlangt, dass sie meine Gäste begrüßt? Ich stecke bis zu den Ellenbogen in Fisch. Dein Mantel ist durchnässt da. Regnet es? Nein, das hätte ich gehört. Ich hätte es gespürt – das Dach leckt nämlich schon wieder, woran man ebenfalls mir die Schuld gibt. Also, kein Regen. Jetzt erkenne ich ein Lächeln auf deinen Lippen, während ich versuche, deine Geheimnisse zu ergründen, doch davor hast du nicht gelächelt. Es hängt natürlich mit diesen Banden von Politischen, diesen Kindern zusammen.«

»Sie sind keine Kinder, Sokrates. Sie werden immer frecher und dreister und grausamer, je öfter ich sie auf der Straße antreffe. Sie leben und vermehren sich wie die Ratten.«

»Schlimmer wäre es für sie, wenn sie Steine statt Früchte werfen würden, alter Freund.«

»Es waren sowohl Früchte als auch Steine«, entgegnete Xenophon. Mit geballter Faust zog er den besudelten Umhang zur Seite und enthüllte eine spartanische Kopis, die an seiner Hüfte baumelte. Sokrates pfiff leise durch die Zähne.

»Dies ist keine Waffe, die man auf den Straßen Athens trägt. Wenn du im Schatten der Akropolis eine Spartaner-Klinge ziehst, was wirst du dann damit anstellen?«

»Sie sind eine gewalttätige Horde! Sie spionieren mir nach, lauern mir auf, benachrichtigen sich gegenseitig darüber, wo ich mich gerade aufhalte, und rotten sich dann dort zusammen. Ich höre ihre Schritte in den Gassen trappeln, bevor sie plötzlich vor mir auftauchen, mich anbrüllen und mir ihre roten Mäuler präsentieren! Sie spucken mich an! Willst du etwa, dass ich mich unbewaffnet durch Hagelschauer von Steinen und kreischende Jugendbanden bewege?«, wollte Xenophon wissen. Er senkte den Kopf. Sein Sinn für Humor hatte sich wieder verflüchtigt, sodass er aufs Neue aus der Fassung gebracht schien und störrisch dreinschaute. »Als ich Mitglied des Rates war, besaß ich das Recht, Waffen zu tragen. Dieses Recht wurde mir nicht genommen, wie auch einiges andere nicht. Soll ich vollkommen wehrlos dastehen?«

Wortlos nahm Sokrates ihn beim Arm und zog ihn weiter in den einzelnen Raum hinein, der das Herz des Hauses bildete und von welchem eine Stiege klappriger Stufen ins darübergelegene Schlafgemach führte. Instinktiv duckte sich Xenophon plötzlich und schaffte es gerade noch, einem niedrigen Balken auszuweichen, an dem er sich schon etliche Male den Kopf gestoßen hatte. Seine Miene verdüsterte sich, und sein Freund gluckste.

»Siehst du, welchen Vorteil es bringt, von kleinem Wuchs zu sein?«

»In deinem alten Haus hatte ich solche Probleme nicht«, sagte Xenophon. »Dort konnte ich wenigstens aufrecht stehen.«

»Aber die Mietkosten! Die alte Schachtel, der es gehörte, hat mich ausgequetscht wie eine reife Pflaume.«

Er grabschte sich ein paar Feigen vom Tisch und wedelte mit ihnen herum, was Xenophon zusammenzucken ließ. Sokrates seufzte.

»Als ich noch Steinmetz war, aß und ruhte ich wie ein König. Als ich Soldat war auch. Zu jener Zeit kanntest du mich noch nicht, damals, als Stärke und Schwertkunst alles waren, was ich hatte. Drei Feldzüge, Xenophon. Drei Male betrat ich im Auftrag meiner Herren die Tanzfläche des Ares – und ich rettete das Leben des Alkibiades!«

»Was du nicht sagst. Davon hast du ja noch nie erzählt«, gab Xenophon trocken zurück.

Mit einem Schlag auf die Schulter brachte Sokrates Xenophon ins Wanken.

»Ich weiß, dass ich die Geschichte viel zu oft erzählt habe, doch eine gute Erzählung ist ein Kunstwerk, einer Statue nicht unähnlich. Der Schliff ist das, was zählt, ebenso sehr wie der Stein.«

»Du meinst die Lügen.«

»Nein, das ist keineswegs das Gleiche. Der Feinschliff. Die Politur. Doch kehren wir zu deinen Schwierigkeiten zurück, werter Freund. Tag für Tag siehst du dich gezwungen, all diesen Spott und die Ehrverletzungen erdulden zu müssen. Du sagst, es würde immer schlimmer. Du zeigst mir eine spartanische Kopis, als wolltest du mir damit demonstrieren, dass du sie benutzen könntest, obwohl deine Feinde viel zu jung sind, um sie ehrenhafterweise angreifen zu können. Hast du vor, mitten unter sie zu stürmen und Kinder zu töten?«

»Es sind keine Kinder«, gab Xenophon zurück.

»Was dann? Erwachsene Männer? Bärtig und trainiert? Für den Krieg gerüstet?«

Xenophon schüttelte den Kopf, als er sich die wilden und zerlumpten Bandenmitglieder ins Gedächtnis rief, die ihn attackiert hatten. Er bemerkte, dass Sokrates auf eine laut ausgesprochene Antwort wartete, und seufzte.

»Nein, Männer waren sie nicht.«

Sokrates nickte und streckte einen Finger in die Höhe, um seinen Ausführungen Nachdruck zu verleihen.

»Nur ein schwacher Mann droht mit einer Klinge, die zu ziehen er gar nicht vorhat – und du, mein Freund, bist kein schwacher Mann. Ist das dein Plan? Mit einem Stück scharf geschliffenem Eisen vor ihrer Nase herumzufuchteln, damit sie sich verängstigt die Hände vor die Augen halten und sich anschließend vor dir verbeugen?«

»Nein«, sagte Xenophon widerstrebend. »Wenngleich ich darüber nachgedacht habe.«

»Ich war schon immer überzeugt davon, dass es eine gute Idee ist, Dinge gründlich zu durchdenken, bevor man wegen eines tätlichen Angriffs oder Mordes ins Gefängnis gesperrt wird. Hier, hack die für mich, so klein und fein, wie du kannst. Nicht die Lorbeerblätter, die sind bloß ein Gewürzkraut. Ah, gesegnetes Grünzeug – das pure Leben! Die vitalisierende Durchschlagskraft von Sauerampfer und Brennnessel, Tausendschön und Wicke und Zichorie und Schwarzem Nachtschatten.«

»Ist das Letzte nicht ein Gift?«, fragte Xenophon, als er sich ein Messer nahm und zu hacken anfing.

»Der Nachtschatten? Nicht wenn er reif gepflückt und gekocht wird, so wie ich es gemacht habe. Denkst du, ich würde das Leben meiner Jungen aufs Spiel setzen? Das meines noblen Gastes? Nein. Für einen Mann, der Augen hat zu sehen und über Hände verfügt, die geschickt genug sind, die guten Kräuter von schlichtem Gras zu trennen, ist die ganze Welt eine Speisekammer. Frage mich, was diese Mahlzeit kostet, Xenophon, diese Mahlzeit, die meine Ehefrau, meine Söhne, meinen Gast und meinen eigenen Appetit – der allzu oft mein Meister und niemals mein Slave ist – stillen wird?«

Xenophon beäugte das Aufgebot an Makrelen. Mehr als ein Dutzend lagen auf der Arbeitsfläche. Allerdings kannte er den Philosophen nur zu gut.

»Keine einzige Münze«, sagte er.

»Keine einzige Münze!«, wiederholte Sokrates. »Ah, du bist ein wahres Orakel! Der alte Anatoli unten im Hafen hat mir den Fisch als Gegenleistung dafür gegeben, dass ich ihm half, sein Netz zu flicken. Diese Knoten sind hochinteressant, und ich habe ganz nebenbei eine neue Fertigkeit dazugewonnen – die von deutlich größerem Wert ist als ein paar Fische. Und er dachte, er hätte mich für meine Arbeit bezahlt.« Er beugte sich näher heran und senkte seine Stimme zu einem verschwörerischen Flüstern. »Dabei hätte in Wahrheit ich ihn entlohnen müssen. Oder?« Vergnügt ließ er eine seiner mächtigen Pranken auf den Holztisch sausen und ließ damit den gesamten Raum erzittern.

Ein Poltern über ihnen lenkte Xenophons Blick nach oben. Er wünschte, sein alter Herr und Meister hätte eine Schenkung oder wenigstens ein Darlehen angenommen, um in einem besseren Viertel von Athen unterkommen zu können, doch davon wollte Sokrates nichts hören. Auf der anderen Seite der Wand entbrannte gerade ein Nachbarschaftsstreit, den man gut verfolgen konnte, während Sokrates weitersprach.

»Aber du lenkst mich ab, Xenophon. Mit deinem Gerede von Kräutern und Fischern. Kehren wir zu deinem Problem zurück. Mir gefällt es nicht, dich verärgert zu sehen. Also … wenn du nicht vorhast, diese bartlosen Jungspunde anzugreifen oder ihnen wie eine alte Frau mit Strafe zu drohen, wirst du sie dann um dich versammeln und ihnen erklären, dass es sich nicht gehört, zu spotten und Steine zu werfen?«

»Ich glaube nicht, dass ich das tun werde, nein. Das verbietet mir meine Würde.«

»Das ist wahr. Jungs können ganz schön grob sein, daran kann ich mich noch gut erinnern. Für eine sanfte Hand hätten sie nichts als Hohn übrig. Und doch … Du wirst es nicht übertrieben brutal angehen. Willst du einen Knüppel nehmen? Oder ihnen in den Hintern treten? Besser als ein Kopis-Schwert, wie mir scheint.«

»Das wäre eine Möglichkeit«, sagte Xenophon mit Genugtuung in der Stimme, während er sich es ausmalte und fortfuhr, die Wildkräuter zu hacken. Seine Bewegungen waren rasch und sicher. Jede neue Handvoll wanderte in eine riesige Schüssel, die für die Familie bereitstand.

»Hast du Wein mitgebracht?«, fragte Sokrates. Xenophon schüttelte beschämt den Kopf. Der Philosoph zuckte mit den Achseln, griff unter dem Tisch nach einem alten Weinschlauch und entstöpselte ihn. »Macht nichts, ein bisschen haben wir noch hier drin. Männer des Wortes können nicht trocken debattieren. Bin ich etwa ein Wildesel oder ein Ziegenbock, dass ich Wasser tränke? Nein, ein Mann trinkt Wein, um sein Blut zu wärmen, aus sich selbst herauszutreten und die Lage aus der Beurteilung und Perspektive eines anderen zu betrachten. Diese *ekstasis*, dieses Aus-sich-Heraustreten ist eines der Geheimnisse rechten Lebens, mein Freund. Wir vermögen nicht immer wir selbst zu sein. Es ist zu ermüdend.«

Xenophon ertappte sich bei einem Lächeln, als der Ältere zwei grobe Becher vor sich hinstellte und beide füllte.

»Anders als ich verkennt meine geliebte Xanthippe den Wert dessen, was sich im Inneren eines Weinschlauches befindet. Sie …« Sokrates brach ab und besann sich besserer Worte, da seine Frau die Treppe herabkam. »Meine liebste

Blumenblüte, Xenophon hat eingewilligt, uns am heutigen Abend bei unserem Mahl Gesellschaft zu leisten. Hast du mich nicht rufen hören?«

»Ich habe es gehört«, sagte Xanthippe barsch. Sie schien irritiert, und Xenophon sah diskret zur Seite, um ihren vertraulichen Wortwechsel nicht zu stören. »Weißt du eigentlich, dass die Jungs sich schon wieder auf dem Dach unseres Nachbarn rumgetrieben haben?«

»Liebste, wir haben einen Gast. Und Jungs neigen in der Tat hin und wieder zum Klettern. Es liegt in ihrer Natur.«

»Hm. Wenn jemand sie dazu ermuntert, ganz bestimmt. Ihr seid in unserem Haus willkommen, Herr Stadtrat, es gibt aber nichts Besonderes«, sagte Xanthippe.

Xenophon verneigte sich tief vor ihr und berührte mit seinen Wangen die ihren, obgleich seine Hände voller grüner Krümel und Fasern waren.

»Ich danke Euch«, sagte er. »Obwohl es bedauerlicherweise keinen Rat mehr gibt. Euer Gemahl half mir dabei, ein Problem zu lösen.«

»O ja, er ist sehr gut darin, die Probleme anderer zu lösen«, sagte sie.

»Meine geliebte zuckersüße Feige, ich habe das letzte Fläschchen Wein geöffnet«, sagte Sokrates. »Wärest du so freundlich, mir zwei weitere aus dem kleinen Laden des alten Delios zu holen?«

»Das wäre ich, sofern du Geld hast, ihn zu bezahlen«, gab sie zurück.

»Er ist ein Freund, Liebste. Sage ihm, ich bezahle ihn nächste Woche.«

»Er hat gesagt, du müsstest für den letzten Monat bezahlen, bevor er dir noch etwas gibt.«

»Gleichwohl«, beharrte Sokrates. »Berichte ihm, dass ich einen alten Freund zum Abendessen eingeladen habe. Er wird Verständnis zeigen.«

Xenophon langte nach seinem Geldbeutel, fand seinen Arm jedoch in einem schraubstockartigen Griff wieder, dem Griff von Fingern, die seit ihrer frühesten Jugend mit Hammer und Meißel gearbeitet hatten.

»Du bist mein Gast«, sagte Sokrates leise, aber bestimmt. »In diesem Haus lässt du die Hände von deinen Münzen.«

»Es wäre bloß für das, was ich mitzubringen vergaß.«

»Wir sind, wo wir sind«, sagte Sokrates mit einem Achselzucken. »Lass mir meinen Stolz, meine närrische Eitelkeit. Letzte Woche sind drei neue Schüler zu mir gestoßen.«

»Du solltest sie lehren, wie man Stein formt«, sagte Xanthippe. »Dafür würden sie dich wenigstens bezahlen. Oder sie darin unterrichten, wie man einen Speer und einen Schild hält. Nicht in deiner ewigen Fragerei. Sie zahlen nichts für das, was du so freigebig verschenkst.«

»Wirst du bitte den Wein herbeischaffen, mein Granatäpfelchen?«, bat Sokrates in etwas steiferem Ton.

Xanthippe entschied, ihn weit genug getrieben zu haben, ging auf die Straße hinaus und schlug die Tür lautstark hinter sich zu.

»Sie ist … ein feuriges Weib«, sagte Sokrates mit einem Blick voller Bewunderung Richtung Tür. »Ich habe sie nicht verdient.«

»Bringt die Philosophie wahrhaftig so wenig ein?«, wollte Xenophon wissen. »Ich kann bezahlen, wenn du mich lassen würdest, schließlich bin auch ich dein Schüler. Das habe ich dir schon gesagt, als du aus deinem letzten Haus ausziehen musstest.«

»Ich bin ein stolzer Mann«, erklärte Sokrates. »So wie alle Athener. Ich mag es nicht, mit ausgestreckten Händen auf andere Menschen zuzutreten und sie mit ›Speist mich‹ und ›Gebt mir Kleider‹ anzubetteln. Nein. Ich gehe meinen *eigenen* Weg. Ich lebe von meinem Verstand. Ich ernähre die Jungen und meine Frau, und wenn es zwischendurch einmal Schulden und schwierige Monate gibt, was soll's? Unsere Zeit auf Erden ist so kurz, Xenophon! Sollte ich auch nur einen einzigen Tag mit Sorgen vergeuden? Wenn ich heute zu Bett gehe, wache ich vielleicht nie wieder auf. Meine liebe Xanthippe könnte mich morgen kalt und steif vorfinden, meine weinende Ehefrau wäre allen Glückes beraubt, meine Söhne würden möglicherweise in die Sklaverei gezwungen oder müssten hungern. Ebenso gut könnte ich als Steinmetz im Schlafe sterben, und das Ergebnis wäre dasselbe. Ich könnte auf dem Schlachtfeld fallen, und sie würden nicht weniger leiden. Stattdessen stelle ich meine Fragen, und hin und wieder offenbaren sich den Menschen Wahrheiten, die sie vorher nicht erkannt haben. Das kann sich selbst der Preis sein, Xenophon …«

»Dann frage mich«, sagte Xenophon grimmig.

»Du kennst die Wahrheit bereits. Mich verlangt lediglich danach, sie zu fassen zu bekommen, ihr Kontur zu verleihen, sie dir vor Augen zu halten, damit du sie wirklich erkennst. Es gibt Männer, die außerstande sind, dieses grelle Licht zu ertragen, sie werden auf seltsame Weise zornig, wenn sie sich einem solchen Blick aussetzen. Kritias war einer von ihnen – und sein Zorn war am Ende sein Verderben. Möge seine Seele Frieden finden.«

Xenophon neigte in stillem Gedenken sein Haupt. Sokrates nickte, als wollte er sich selbst beipflichten.

»Du bist aus edlerem Holz geschnitzt als er, denke ich. Nun gut.«

Die beiden Männer sahen sich über den Tisch hinweg an. Die Fische und das klein geschnittene Gemüse waren vergessen.

»Warum werfen die jungen Männer von der Straße mit Steinen und verfaulten Früchten nach dir?«

»Weil man ihnen erlaubt, Amok zu laufen und zu verwahrlosen. Weil dies kein wohlhabender Teil der Stadt ist. Hier herrscht keinerlei Ordnung.«

»Bewerfen sie jeden mit Steinen, der diese Straße entlanggeht?«

Ein Moment der Stille folgte, bis Xenophon den Kopf schüttelte.

»Warum also ausgerechnet du, mein Freund?«

»Du weißt sehr gut, warum.«

»Dennoch wünsche ich es aus deinem Mund zu hören.«

»Sie haben mich oft an diesem Ort gesehen. Sie kennen meinen Namen.«

»Hassen sie deinen Namen denn? Das müssen sie wohl, sonst würden sie dich nicht mit Steinen bewerfen.«

»Sie betrachten mich als einen Verräter«, murmelte Xenophon und errötete.

»Demnach liegt es nicht an deinem Namen, sondern an dem, was du getan hast?«

»Ich habe nichts Falsches getan. Nichts!«

»Warum halten sie dich dann für einen Verräter?«

Xenophon warf die Hände in die Luft.

»Ich bin als Freund zu dir gekommen, nicht als Schüler. Ich bin heute Abend nicht in der Stimmung für so etwas. Schenk doch einfach den Rest des Weines ein, oder lass mich neuen kaufen. Wir können über alle möglichen anderen Dinge reden. Erlaube mir, diese Angelegenheit draußen auf der Straße zurückzulassen, dort in den Gossen, wo sie hingehört.«

Sokrates schob die gehackten Kräuter und Gemüsestückchen zusammen mit dem Fisch zu einem Haufen zusammen, schaufelte das Ganze in die Schüssel und legte eine dicke Scheibe Weißkäse darauf. Er goss Olivenöl ein, bis alle Zutaten davon glänzten, und zerbröselte dann großzügig bemessene Prisen von grobem Salz zwischen seinen Fingern.

»Das mache ich besser, solange meine Liebste außer Haus ist. Sie sagt, ich würde zu stark salzen, was auch stimmt, doch was ist das Leben ohne Salz? Und du, mein Freund, hast mich seit einem Monat nicht mehr besucht, obwohl in der gesamten Stadt eine gärende Unruhe herrscht. Heute bist du gekommen, um Antworten, vielleicht auch Ratschläge zu erhalten. Nun lass uns denn wie die Schneckenverkäufer mit ihren kleinen Knochenstäbchen nach dem begehrten Fleisch im Inneren bohren.«

Die Tür ging wieder auf, und die Gattin des Philosophen trat ein. Sie bedachte die gigantische Schüssel und die beiden Männer mit einem stechenden Blick, während sie zwei tönerne Amphoren mit Wein zwischen ihnen auf der Tischplatte abstellte.

»Delios lässt ausrichten, er müsse bezahlt werden, sonst gibt es nichts mehr, er wäre schließlich kein Geldverleiher. Er hat gesagt, du würdest ihn in die Armut trinken, wenn er dich ließe.«

»Er ist ein lieber und treuer Freund, ein wahrer Held unter den Menschen«, sagte Sokrates beseelt. Er befreite beide Amphoren-Hälse von ihren Stöpseln. Sie waren aus Ton und Leder gefertigt, und er schnupperte genüsslich an ihnen.

»Diese hier sind neu und frisch und jung, Geliebte. Sie sind die ersten Wochen einer Ehe, neu gewonnene Freunde, neue Liebschaften, neue Siegesfreuden!«

Seine Frau schnaubte, zeigte allerdings keinen Widerstand, als er sie in seine Arme zog. Xenophon hatte seit jeher Missfallen an ihrem Verhalten gegenüber Sokrates gefunden. Xanthippe schien sich über ihren Gemahl zu ärgern und für ihn zu schämen. Andererseits hatten sie drei Söhne zusammen großgezogen. Obgleich sich eine Spur echter Verbitterung durch ihre Manier zog, wurde diese so gut wie vollständig zurückgedrängt durch ihre aufrichtige Liebe zu dem korpulenten Mann, der sie in dieser Küche nun so lautstark küsste.

»Ruf die Jungs, meine Liebste«, sagte Sokrates. »Der Ratsherr hat mir soeben dargelegt, was ihn verärgert.«

»Der Rat wurde aufgelöst«, sagte Xenophon argwöhnisch. »Ich bekleide jetzt kein Amt mehr.« Die bohrenden Fragen waren ihm vertraut, und dennoch war er nicht gewillt, weitere Erklärungen abzugeben, wenngleich Sokrates seinen entsprechenden Einwand offenbar vergessen hatte.

»Hat eine Stadt etwa keinen Rat nötig? Gibt es in Athen keine anständigen Männer mehr, die bereit sind, öffentliche Aufgaben zu übernehmen?«

Sokrates reichte ihm einen Becher des jungen Weines, und Xenophon nahm einen Schluck davon, bevor er sich zu Tisch setzte, während Xanthippe lautstark ihre Söhne herbeirief und mit Essschalen, Löffeln und Messern für alle eindeckte. Sie entzündete eine Öllampe, und der Raum erstrahlte in einem goldenen Schimmer.

»Warum muss ich aussprechen, was du bereits weißt?«, fragte Xenophon.

»Warum musst du dich so hartnäckig weigern? Merkst du eigentlich, wie sehr du dich dagegen wehrst?«

Xenophons Kiefer mahlten. Der Raum hatte sich erhellt, seine Stimmung dagegen verfinstert.

»Also schön. Der Rat wurde aufgelöst, als die Spartaner gestürzt wurden. Ist es das, was du hören wolltest? Die Dreißig wurden gefangen genommen und die meisten von ihnen auf der Straße vom Pöbel ermordet. Dein eigener spartanischer Schüler Kritias wurde gehängt. Das ist der Grund dafür, dass es keinen Rat mehr gibt.«

»Und du, mein Freund?«, fragte Sokrates mit sanfter Stimme. Bei seinen Worten kamen seine drei Söhne verschrammt und lachend die Treppe herabgepoltert. Als sie ihren Vater und dessen Gast erblickten, nahmen sie jedoch schweigend Platz.

»Was soll mit mir sein?«

»Wie kommt es, dass du am Leben bist? Wie ist es dir gelungen, den Aufstand zu überstehen, der die Banner der Spartaner von den Fahnenstangen riss?«

»Ich wurde begnadigt, zusammen mit weiteren dreitausend Männern.«

Xenophon ballte eine Hand zur Faust, während er sprach, und Sokrates tätschelte beruhigend die andere, die zitternd auf dem Tisch ruhte. Das Essen wurde aufgetragen. Xanthippe dankte der Göttin Demeter und den Nymphen der Meere dafür, sie mit Speisen versorgt zu haben. Zwei der Jungen waren groß gewachsen und gertenschlank, wohingegen der letzte als eine jüngere Version ihres Vaters durchgegangen wäre, abgesehen von seinem dichten schwarzen Haarschopf. Alle drei Jungs machten sich wie ausgehungerte Hunde über das Essen her, wobei sie sorgsam jeden Tropfen Öl mit den Rinden des trockenen Brotes aufwischten.

»Wenn man dich begnadigt hat, warum schreien sie dir dann auf der Straße Unflätigkeiten entgegen?«, wollte Sokrates wissen. »Warum werfen sie Steine und Früchte?«

Xenophon ließ den Kopf hängen.

»Einige von ihnen hatten Väter, die auf Befehl der Dreißig sterben mussten. Sie schreiben die Schuld daran denjenigen unter uns zu, die sie in ihrem Vorgehen unterstützten, wenngleich wir nichts anderes wollten, als Ruhe und Ordnung und die Bedingungen für ein bestmögliches Leben zu schaffen. Was außer Zerstörung hat die Demokratie uns je gebracht? Wie viele Männer Athens haben wir bei Syrakus verloren? Wie viele mehr verrotteten in ihren Gefängniszellen? Dreimal trat Sparta auf uns zu und sprach: ›Wir alle sind Griechen. Lasst uns den Krieg zwischen uns beenden.‹ Dreimal verschmähte das demokratisch gewählte Votum Athens diese noble Geste. Sogar im unmittelbaren Angesicht unserer Niederlage kamen sie uns entgegen und boten Frieden an – und wir lehnten ab.«

»Und du zürntest ihnen? Du hieltest die Spartaner für nobler?«

»Das tat ich, denn es entsprach der Wahrheit. Es ist keine Frage des Empfindens oder der Ansicht. Athen gab dem Pöbel eine Stimme – und auf was kann es der Pöbel schon abgesehen haben, außer ein Leben ohne Arbeit, faul in der Sonne zu liegen und umsonst zu erhalten, was sie sich nicht verdienen wollen! Natürlich stand ich den Dreißig bei ihren Bemühungen bei. Und ich tat es mit vollem Recht.«

»Und nun? Hat das Volk von Athen dir vergeben?«

»Nein. Sie schikanieren mich. Nach allem, was ich für sie getan habe, betrachten sie mich als einen Feind! In der langen Geschichte Athens hielten wir für ein einziges Jahr die

Macht in Händen, Sokrates. Und in dieser Zeitspanne gab es Brot. Die großen Theaterstücke kamen zur Aufführung. Über Monate hinweg gab es keine Aufstände oder Krawalle in der Stadt. Keinem Verbrecher war es gestattet, sich seine Todesart selbst auszusuchen! Solche, die den Frieden bedrohten, wurden getötet – und anhaltender Frieden war das Resultat.«

»Demnach endete die Gewalt?«, fragte Sokrates fast im Flüsterton. »Als diese Straftäter hingerichtet wurden?«

Xenophon stieß die Luft aus. Sein Kinn sank auf die Brust. Sogar die Jungs hatten das Essen eingestellt, um zuzuhören.

»Es wurde schlimmer. Tag für Tag, Monat für Monat. Wir dachten, wenn wir die Anführer töten, würde der Rest sich beruhigen und sich an das Gesetz halten, doch sie hörten nicht auf, Unruhe zu stiften. Zunächst waren es die Söhne und Onkel der Aufwiegler, und dann schienen sie nachzuwachsen wie die Köpfe der Hydra. Auf jeder Straße stellten sich Männer, die uns unbekannt waren, vor die Mengen und sprachen zu ihnen. Wir befahlen ihnen auseinanderzugehen – und dies nicht in Form einer freundlichen Bitte. Wir verhängten über die gesamte Stadt eine nächtliche Ausgangssperre und knüpften mehr und mehr von ihnen am Galgen auf.«

»Und am Ende herrschte dann wohl Friede?«, warf Sokrates ein.

»Nein. Sie probten den Aufstand, mit Fackeln und Eisen. In sämtlichen Straßen und Gassen. Sie töteten die Dreißig in deren Betten, mordeten und plünderten und …« Er schüttelte sich, um seine Erinnerungen loszuwerden.

»Aber sie haben dir seither vergeben? All das liegt wie lange zurück – beinahe ein weiteres Jahr? Sie haben diese dunklen Tage doch sicher hinter sich gelassen? Ganz bestimmt haben sie die Mauern, die von den Spartanern eingerissen wurden, neu errichtet, um ganz Griechenland unsere Unterwerfung offen vor Augen zu führen?«

Xenophon ließ seinen Blick schweifen, über die strenge Miene der Frau bis zu den drei Söhnen, die ihn fasziniert betrachteten, während sie mit dem Finger durch die geleerten Schüsselchen fuhren, um ja kein Bröckchen übrig zu lassen. Er schüttelte den Kopf.

»Von den Mauern waren nur noch Trümmer übrig, deren Steine für den Bau neuer Häuser verwendet wurden. Und nein, sie haben mir nicht vergeben. Inzwischen fordern einige Oratoren neue Strafen für diejenigen, die den Dreißig beistanden, sowie die Aufhebung sämtlicher Begnadigungen. Sie sagen, sie hätten zuvor viel zu milde agiert.«

Die darauffolgende Stille wurde von niemandem unterbrochen, bis Xenophon erneut das Wort ergriff.

»Ich weiß nicht, was ich tun soll. Ich kann nicht davonlaufen, aber wenn ich bleibe, fürchte ich, dass es nicht gut enden wird.«

»Du hast weder Frau noch Kinder, Xenophon. Dein Leben gehört allein dir. Wie alt bist du doch gleich, dreißig?«

»Sechsundzwanzig!«, erwiderte dieser. Sokrates kicherte.

»Eines Tages sollten wir das Thema Eitelkeit erörtern, mein Freund. Bis dahin betrachte dein Leben, wie es gegenwärtig ist. Was willst du? Weitermachen wie bisher? Welche Veränderung kannst du bewirken?«

Xenophon drückte den Rücken durch und nahm einen weiteren Becher Wein entgegen, obwohl dieser seinen Verstand benebelte. Er versuchte, aus sich herauszutreten und seine derzeitige Lage so zu betrachten, als richtete er den Blick auf einen Fremden. Die Wirkmacht des Weines war genau das, was Sokrates beabsichtigt hatte, da sie diejenigen, die den Mut aufbrachten, offen und ehrlich zu antworten, darin unterstützte, zu bedeutenden Einsichten zu gelangen.

»Ich muss Athen verlassen«, sagte er. »Obwohl es meine Heimat ist, muss ich fort von hier.«

Er sprach die Worte wie betäubt. Sokrates lächelte ihn an und ergriff über den Tisch hinweg seinen Unterarm.

»Nicht für immer. Selbst Athener vergessen und vergeben letzten Endes. Du bist ein junger Mann, Xenophon, dessen Weg und Schultern momentan von Sorgen, Kummer und Furcht belastet werden. Wirf diese Lasten von dir! Erkunde die Welt. Irgendwann wirst du zurückkehren. Sie werden all diese Turbulenzen vergessen haben, das verspreche ich dir. Das liegt in der Natur des Menschen. Mach dich auf und davon und lass es dir gut gehen. Bring Geschichten mit nach Hause, um meine geliebte Gemahlin zu unterhalten.«

Xenophon stand auf und umarmte den Älteren.

»Alles, was ich je verlangt habe, ist zu lernen, wie man ein richtiges Leben führt«, sagte er. »Du hast schon immer gewusst, worauf ich nur einen flüchtigen Blick erhaschen kann. Du solltest derjenige sein, der sie führt, Sokrates. Dann wäre Athen wahrhaftig groß.«

»Ach was, mein Junge, das ist es doch schon! Ich wünschte, du könntest das erkennen. Wenn du meinem Urteil so weit vertraust, kannst du vielleicht auch die Stimme des Volkes ein klein bisschen mehr wertschätzen. Kritias war auch so. Morgen unterweise ich einen jungen Mann, der mir erzählt, der Mensch bräuchte Beschützer, eine starke Hand, so wie Schafe Hirten brauchen. Wie kommt es, dass all meine besten Schüler keinen Wert in unserer Athener Art des argumentierenden Streites, unserem typischen Infragestellen sehen mögen? Der Rest der Welt quillt über vor Tyrannen und Beschützern des Volkes. Könige sind wie Bienen, sie schwärmen in großer Zahl herum! Nur in Athen geben wir den Jungen, den Armen, den Klugen eine Stimme. Einem hässlichen Mann wie mir, der ohne Wohlstand oder mächtige Gönner dasteht. Was wir hier Kostbares besitzen, mein Lieber, das ist eine Blüte in der Mittagssonne, zerbrechlicher als Glas.«

»Die Götter bestimmen, herrschen und richten über uns«, erwiderte Xenophon ernst. »Gleich einem Vater, der seinen Sohn anweist und belehrt. Könige und Anführer sind nichts weiter als Repräsentanten der Natur des Menschen, in denen sich diese Ordnung spiegelt und wiederholt. Würdest du etwa denjenigen Autorität und Macht zusprechen, die am lautesten schreien? Würde es dir gefallen, wenn die mit den meisten Stimmen die Weisen und Heiligen niederbrüllen?«

»Ich habe die Götter schon einmal herausgefordert, mich niederzustrecken«, sagte Sokrates. »Sie …«

Seine Ehefrau griff vor ihm nach den Schalen, um sie einzusammeln, und verdeckte dabei Xenophon die Sicht auf ihren Gatten. Xenophon vernahm die gezischten Worte, die zwischen den beiden hin- und hergingen, obgleich er so tat, als hörte er nichts. Manche Dinge waren nicht für die Ohren von Kindern oder von Vermittlern der öffentlichen Sittlichkeit bestimmt. Nicht jeder in Athen wusste Sokrates' Leidenschaft zu würdigen, alles zu debattieren und infrage zu stellen, selbst bis hin zu seinem eigenen Verderben. Xenophon kam dieser Gedanke seltsam vor, und er ließ ihn sich durch den Kopf gehen, während abermals Wein nachgeschenkt und ein Brettchen mit verschiedenen Käsen, Brot und Trauben aufgetragen wurde. Die Jungen baten um Erlaubnis, aufstehen zu dürfen, und stürmten davon, sobald sie erteilt war.

»Ich frage mich Folgendes, Sokrates – du gabst dem Spartaner Kritias Unterricht, der sich mit den Dreißig zusammentat und in Athen regierte, bis der Pöbel ihn sich holte. Wie kommt es, dass ich für meine Rolle durch die Straßen gejagt und bedroht werde, während du vollkommen in Ruhe gelassen wirst?«

»Ich bin zu beliebt«, antwortete Sokrates. Seine Frau schnaubte, während sie die Essschalen säuberte, und er grinste sie an. »Die Wahrheit ist, dass sie wissen, wie sehr ich sie liebe. Sie erkennen, dass ich mich nicht für etwas Besseres als die gewöhnlichen Leute halte. Wie verrückt wäre es, das zu tun! Ich bin ein Mann Athens. Ich bin Grieche. Ich bin ein Steinmetz und ein Soldat und ein Fragensteller. Ich wandle barfuß mitten unter ihnen, und sie sehen, wie sich die jungen Burschen um mich sammeln und mir zuhören. Ich stelle keine Bedrohung für sie dar.«

»Sie nennen dich den weisesten Mann Athens«, bemerkte Xenophon lakonisch.

»Was habe ich getan oder geleistet, das so viel wert wäre wie ein Becher guten Rotweins? Als ich Steine behaute, schuf ich durchaus etwas, einen neuen Gegenstand, der plötzlich in der Welt war. Als ich an der Seite meiner Freunde in Reih und Glied stand, erfuhr, was Schmerzen sind, und Blut sah, verspürte ich schreckliche Furcht. Jetzt mache ich nichts weiter, als auf dem Marktplatz Fragen zu stellen.«

»Alkibiades meinte, du ließest ihn begreifen, dass sein gesamtes Leben das eines Sklaven war«, sagte Xenophon leise. »Einige finden wenig Gefallen an Einsichten dieser Art.«

»Er ist ein großer Mann. Ich bin glücklich darüber, sein Leben gerettet zu haben, auch wenn es ihm danach nicht länger möglich war, in den Krieg zu ziehen. Und was den

Rest angeht – ich bin fast siebzig Jahre alt. Wenn ich über die Märkte gehe, trage ich eine geflickte Robe und den Stab eines Hirten. Keiner hat Angst vor mir. Aber vor dir, Xenophon. Wenn du in ihrer Gegenwart die Stirn in Falten legst, wenn dein Verhalten ganz der Manier deines Vaters folgt und dem Gebaren jener, die glauben, alles am besten zu wissen, dann tust du dir damit möglicherweise keinen Gefallen.«

Xenophon schwieg eine Weile. In dieser Stille leerten sie die erste Amphore und begannen mit der zweiten. Schließlich nickte der Jüngere.

»Ich werde nachdenken über das, was du gesagt hast. Ich werde zum Marktplatz gehen und die Anwerber dort aufsuchen. Noch während dein Wein durch meine Adern strömt. Und ich werde meinen Weg dem Willen der Götter überantworten.«

»Du bist ein guter Mann, Sohn Athens«, sagte Sokrates. »Könnte ich noch einmal jung sein, würde ich dich begleiten.« Er schaute hinter sich, wo seine Frau wartete. »Da meine Jugend weit hinter mir liegt und ich ein verheirateter Mann bin, bin ich jedoch leider nicht immer der Einzige, der über meine Zeit verfügt. Ich wünsche dir viel Glück.«

Sie umarmten sich noch einmal, bevor Xenophon durch die Tür nach draußen schlüpfte, leicht wackelig auf den Beinen, doch mit fest in die Ferne gerichtetem Blick. Als Sokrates an seinen Tisch zurückkehrte, entdeckte er den Beutel mit Silbermünzen, den Xenophon dort unter einer umgedrehten Schüssel hinterlassen hatte. Er spielte eine Zeit lang damit herum, tief in Gedanken versunken, zuckte dann die Achseln und ließ sich weiteren Wein kommen, um sein unerwartetes Glück zu feiern.

6

Die Stadt Sardes lag am westlichen Rand des Großreiches, südlich von Byzantion. Die Menschen von Sardes glaubten, Susa sei die Hauptstadt Persiens. Persepolis, wo ein Berg zu einem Plateau gehauen worden war, galt nicht einmal als mythischer Ort.

Wohlhabende Griechen flanierten mit ihren Leibwachen über die Marktplätze von Sardes, auf der Suche nach erlesenen Waren und Gewürzen, die entweder auf den heimischen Märkten weiterverkauft werden oder dem privaten Genuss dienen sollten. Für enorme Summen konnte man in der Stadt hellhaarige Sklaven aus Gallien oder Seide aus China erwerben, obgleich der wahre Reichtum dem gewöhnlichen Blick vorenthalten blieb. Hohe Mauern verbargen die Anwesen der Prinzen und Könige, weshalb kein Passant ahnte, dass die dahinterliegenden Gärten es an Pracht und Größe mit jedem anderen im Westen befindlichen Park aufnehmen konnten.

Im Herzen der Stadt wurden der kaiserliche Palast und dessen Außenanlagen in perfektem Bereitschaftszustand gehalten, obwohl seit einem Dutzend Jahren kein Mitglied der Familie einen Fuß dort hineingesetzt hatte. Ein Heer von Bediensteten und Sklaven war dennoch permanent damit beschäftigt zu kehren, zu malern und Hecken zu trimmen. Sie hielten angemessenen Abstand zu dem Prinzen, wodurch er und seine drei Gefährten leere Gärten zu durchschreiten schienen. Wie so vieles andere war diese Ungestörtheit lediglich eine Illusion.

Aufgrund der hohen Temperaturen trug Kyros leichte Gewänder und an der Hüfte ein Sichelmesser, dessen Griff mit Rubinen besetzt war. Das einzige andere Zeichen seines Reichtums und seiner Macht bildete ein einsamer Goldring, der seine linke Hand zierte. Der Spartaner Klearchos stapfte an seiner Seite daher, mit nackten Beinen und einem roten Umhang, der sich in der Brise bauschte, während er zuhörte.

»Ich dachte, dieser Teil von Anatolien wäre mir bekannt, Herr«, sagte einer der Männer.

General Proxenos hätte es nicht gewagt, den Prinzen an ausgerechnet diesem Ort als Lügner zu bezeichnen, doch jede Pore seiner mächtigen Erscheinung schwitzte Zweifel aus. Alle griechischen Offiziere waren schlank, muskulös und sonnengebräunt, geformt von den Anforderungen ihres Gewerbes. Proxenos der Böotier hingegen sah aus, als bestünde er zur Gänze aus Knochen. Seine Stirn warf einen langen Schatten über seine Augen, und die gewaltig vorragende Nase durchschnitt die Luft vor seinem Antlitz wie ein Schiffsbug. Klearchos mochte ihn, doch dem Spartaner war bewusst, dem Spiel der Könige beizuwohnen, in welchem Aufrichtigkeit einen Mann zum Tode befördern konnte, bevor er überhaupt eine Bedrohung darstellte.

»Ihr könnt wohl kaum jedes einzelne Bergvolk kennen, oder, Proxenos?«, sagte Kyros und klopfte ihm auf den Rücken. »Ganz Anatolien ist ein Teil des Großreiches meines Bruders, sogar der rebellische Süden – und ich befehlige seine Armeen. Wie wäre es, wenn ich mit ein paar Tausend Ostpersern in jene Anhöhen einmarschierte? Mit Männern, die nie zuvor einen Fuß in diese Gebiete setzten? Nein, mir scheint, für diese Aufgabe benötige ich griechische Soldaten. Klearchos hat Euch mir empfohlen – und ich hörte von Eurem Ruf als großartige Führungspersönlichkeit.«

»Ihr schmeichelt mir, Herr«, sagte Proxenos und ließ sich auf ein Knie nieder, bevor er sich wieder erhob.

»Nicht über das verdiente Maß hinaus. Seid Ihr demnach willens, Proxenos? Könnt Ihr mir zweitausend Hopliten von guter Qualität auftreiben? Geübte und erfahrene Männer, die vor wilden Stämmen nicht die Flucht ergreifen?«

»Ja, ich glaube, das kann ich. Ich kenne ein Dutzend Hauptmänner, und diese haben über die Krieger, die sie ausbildeten, zweifellos Buch geführt. Natürlich werden sich einige von ihnen im Kampfeinsatz oder Ruhestand befinden. Zweitausend sind nicht allzu viel.«

Der griechische General sah zum Prinzen und dann zu Klearchos hinüber. Irgendetwas war faul, wenngleich Proxenos nicht hätte sagen können, was es war. Griechische Kämpfer wurden überall auf der Welt für ihre Fähigkeiten hochgeschätzt. Sie verdingten sich als Söldner und verlangten die höchsten Preise dafür. Dennoch spürte Proxenos, dass etwas nicht ganz stimmte. Sein Instinkt sagte ihm, den Auftrag abzulehnen, doch andererseits hatte ihm der Prinz ein Vermögen geboten.

»Ihr wollt meine Leute nur für ein einziges Jahr? Um in die Berge zu gehen und sie von den dort ansässigen Stämmen zu säubern?«

»Als hätten sie niemals existiert«, gab Kyros zurück.

Klearchos fiel auf, wie groß seine Augen waren. Der Prinz schien unbedingt bemüht, den anderen Mann zu einer Zusage zu bewegen. Die beiden schauten zu, wie sich Proxenos die Stoppeln auf seinem Schaufelkinn rieb.

»Ich werde ihnen selbstverständlich einen Teil des Soldes als Vorschuss auszahlen müssen, um unseren guten Willen zu demonstrieren.«

»Wie Ihr wünscht«, sagte Kyros achselzuckend. »Ich werde Euch meinem Berater Parviz vorstellen. Er wird die erste Vergütung und alles andere, was Ihr braucht, veranlassen. Schleift und vervollkommnet Eure Männer, General. Verpasst ihnen einen solchen Schliff, dass sie die Haare von meinem Unterarm rasieren können, und mein Dank ist Euch gewiss.«

»Und dann werden wir gegen diese Pisidier ausrücken? Im Süden?«, wollte Proxenos wissen.

»Zunächst werdet Ihr mir berichten, dass Ihr bereit seid! Ich könnte den Wunsch haben, Euren Männern die Parade abzunehmen, bevor ich sie tausend Meilen in die Ferne marschieren lasse.«

»Ich verstehe. Das Vertrauen, das Ihr in mich setzt, ehrt mich, Hoheit. Und auch, dass Klearchos sich für mich verwendete, obgleich er mich seit zehn Jahren nicht gesehen hat. Ich werde Euch nicht enttäuschen, weder den einen noch den anderen. Von diesem Augenblick an diene ich dem Throne Persiens.«

»Ihr dient Prinz Kyros«, korrigierte Klearchos.

Der griechische General erstarrte in seiner Verbeugung.

»Bedeuten beide nicht das Gleiche?«, fragte er.

Kyros lachte, obwohl ihm gerade sehr danach war, den Spartaner zu erwürgen.

»Mein Bruder ist der Herrscher!«, sagte er. »Seit acht Jahren stehen die Streitkräfte und die Pflichttreue sämtlicher kampfbereiter Männer von Sardes bis Indien unter meinem Kommando. Natürlich bedeutet es das Gleiche.«

Er sah zu, wie der Mann sich niedersinken ließ und wieder erhob, bevor Kyros es ihm gestattet hatte. Kyros runzelte die Stirn. Zu einer gebührenden Ehrerbietung waren die Griechen einfach nicht imstande, ausgestreckt auf ihren Wänsten vor ihm zu liegen. Ihm war bewusst, dass dies schlicht ihre Art war, aber jemandem wie ihm, der in den Palästen von Persien aufgewachsen war, stach es als ein Dorn leisen Unbehagens ins Fleisch.

Nachdem Proxenos gegangen war, wandte Kyros sich dem anderen Mann zu, der nur schweigend zugesehen hatte, während sie durch die Gärten geschritten waren.

»Ich fühle mich erschöpft«, verkündete Kyros dem freien Himmel.

Noch bevor er ausgesprochen hatte, erschien eine Kolonne von Sklaven, die Stühle und Tische trugen und Letztere mit edlen blauen Gläsern eindeckten. Kleine Schüsseln mit Leckereien wurden hinzugefügt, um den quälendsten Hunger zu lindern, sodass Kyros, als er Platz nahm, nach Oliven und geröstetem Knoblauch griff, ohne von dem Sklaven, der ihm den Stuhl untergeschoben hatte, überhaupt Notiz zu nehmen.

Sophaenetos von Stymphalos konnte es sich nicht verkneifen, skeptisch über seine Schulter zu äugen, um sicherzugehen, dass auch hinter ihm ein Sklave wartete. Ihm wurde ein Glas gereicht, und er nippte am kühlen Fruchtsaft darin.

»Herr, solche Dinge sind mir nicht vertraut«, sagte Sophaenetos.

»Vielleicht gewöhnt Ihr Euch daran, Netos, wenn Ihr gute Dienste leistet«, sagte Klearchos, bevor der Prinz antworten konnte.

»General Netos, richtig?«, fragte Kyros.

Zur Erwiderung neigte der Mann sein Haupt und nahm die Vertraulichkeit hin, als hätte er eine Wahl gehabt.

»Ihr habt gehört, was ich zu Proxenos sagte«, fuhr Kyros fort. »Ich vermute, Ihr wisst, dass ich im Laufe der letzten Wochen mit etlichen solcher Männer zusammengetroffen bin.«

»Ihr müsst diese Pisidier mit ungewöhnlicher Inbrunst hassen«, sagte Netos.

Er ließ seinen Blick in die Ferne wandern, als er einen Schluck von seinem Traubensaft nahm, und genoss die Brise, die durch die Gärten wehte. Er stellte sich vor, wie Klearchos sich über eine derartige Zurschaustellung von Behaglichkeit ärgerte. Der Spartaner würde natürlich nach einem Nesselbeet oder einem Dornbusch Ausschau halten, um sein gewohntes Leid wiederherzustellen. Netos hatte noch nie Verständnis für diese Haltung aufbringen können, nicht angesichts einer Welt voller sanfter Lüfte und Bergkuppen, voller prallem Fleisch und funkelnder Augen. Er betrachtete die beiden Männer eingehend, insbesondere aber den Prinzen. In der Stadt raunte man, Kyros würde bei all seiner Arbeit kaum schlafen und hätte im Umkreis von tausend Stadien jeden einzelnen Soldaten persönlich herbeordert. Auf jeden Fall gab er das Gold mit vollen Händen aus, als bedeutete es ihm nicht das Geringste.

Netos wartete auf eine Erwiderung, doch keiner der Männer erwiderte etwas. Er bemerkte, dass die Miene des Spartaners einen hölzernen Ausdruck angenommen hatte und sein Blick distanziert war. Er seufzte.

»Eure Hoheit, seit zwanzig Jahren diene ich an der Seite von Spartanern, Korinthern, Thebanern und Athenern. Ich habe mich bis zu einem Rang emporgearbeitet, mit welchem Macht und Vertrauen verbunden sind, sodass es Tage gab, an denen Männer auf meine Befehle warteten, die darüber entschieden, ob sie lebten oder starben. Ich habe in drei großen Feldzügen und ungefähr einem Dutzend unbedeutenderer Auseinandersetzungen gekämpft. Sie alle überlebte ich ohne einen Kratzer oder eine schwerwiegende Verletzung. An meinem vierzigsten Geburtstag trampelte mir ein Pferd auf den Fuß und brach mir die Hälfte der Knochen darin. Sechs Monate lang konnte ich meinem Dienst nicht nachgehen und … nun ja, die Geldmittel sind auf einem Tiefpunkt. Daher kann ich keineswegs behaupten, Münzen kümmerten mich nicht, schon gar nicht angesichts des großzügigen Preises, den Ihr anbietet. Ihr erwerbt meine Dienste – und meinen Gehorsam. Wenn Ihr sagt: ›Netos, meine wahren Ziele wünsche ich nicht zu diskutieren‹, habe ich vollstes Verständnis dafür. Mir sind um die zwölfhundert Männer bekannt, die gegen anständige Bezahlung aus dem Ehebett springen und bis nach Korinth marschieren würden. Euer Name gebietet Respekt – und Euer Ruf ist tadellos. Ich kann zwölfhundert Mann zusammenstellen, die es allesamt mit jedem Spartiaten aufnehmen können.«

Klearchos schnaubte, und Netos warf ihm einen sarkastischen Blick zu.

»Klearchos kenne ich mein halbes Leben. Gut genug, um sagen zu können, dass er kein Mann für Heucheleien und Halbwahrheiten ist, Hoheit. Was, wie ich glaube, auch auf Euch zutrifft. Ich vermute, Ihr verfolgt beide bestimmte Absichten, und die gehen mich nichts an. Nichtsdestotrotz sind wir alte Hasen, nicht wahr? Lassen wir also das Gerede von gefährlichen Bergvölkern. Das können wir drei uns sparen.« Er kicherte und trank von seinem Most. »Klearchos hat ein paar Tausend Spartaner unter seinem Kommando, wie ich hörte. So sicher, wie er guten Wein von Essig unterscheiden kann, ist es, dass es keinen einzigen wilden Stamm auf der Welt gibt, der ihm nennenswerten Ärger bereiten könnte, mag er auch noch so entwickelt sein oder auf noch so steilen Felsklippen hausen.«

Netos' Augen huschten zum Prinzen hinüber, um die Wirkung seiner Worte zu sehen. Der Stymphalier kniff die Augen zusammen, als er sah, wie Kyros mit leuchtendem Blick in Gelächter ausbrach.

»Habe ich Euch erheitert?«, wollte Netos wissen.

»Ganz und gar nicht, General«, erwiderte Kyros. »Klearchos hat mir prophezeit, dass Ihr die Geschichte, die wir Euch auftischen, nicht schlucken würdet. Ihr liegt richtig, ich habe andere Gründe dafür, ein Heer auszuheben. Sollten diese Gründe sich auf dem Marktplatz herumsprechen, wird es schwierig für mich werden.« Er schlürfte an seinem Getränk und versuchte den Mann, den er vor sich hatte, einzuschätzen, als General Netos den Kopf neigte.

»Gewiss verstehe ich das. Wie ich schon sagte: Euer Gold erkauft meine Dienste. Ich bin nichts als ein bescheidenes Werkzeug. Die Axt des Holzfällers fragt nicht danach, welchen Baum sie umzuhauen hat.«

Klearchos stieß ein heiseres Lachen aus, woraufhin beide Männer sich ihm zuwandten.

»Netos ist keineswegs ein bescheidener Mensch, Hoheit. Dennoch habe ich ihn niemals als Klatschmaul erlebt.«

Netos setzte ein schmales Lächeln auf. »Möglicherweise fragt sich eine solche bescheidene Axt, ob sie es mit Reitern oder Schleuderern zu tun bekommt. Oder auch, ob sie auf offener See oder zu Lande zu streiten hat. Die Entscheidung liegt natürlich bei Euch, Hoheit.«

Der Prinz wandte sich ab, seine Miene war plötzlich ernst. Er schaute sich um und witterte die Blicke und das Lauschen von in der Nähe befindlichen Sklaven. Er gab dem Stymphalier ein Zeichen, und General Netos beugte sich vor, bis der Prinz ihm seinen Atem ins Ohr hauchen konnte. Klearchos lehnte sich zurück, um zu beobachten, wie sich der Gesichtsausdruck des Mannes veränderte.

Netos schlug sich tapfer und zeigte kaum eine Reaktion, als der Prinz sich wieder von ihm entfernte.

»Ich verstehe. Es geht also um die Pisidier. Ich bewundere einen Mann, der seinen Ratschluss für sich behalten kann.«

Zusammen erhoben sie sich, und Klearchos gab dem stymphalischen General einen freundlichen Schlag auf den Rücken. Auf einen Wink hin erschienen Sklaven, um den Griechen zum Tor zu geleiten. Kyros und Klearchos blieben allein zurück.

»Habt Ihr es ihm erzählt?«, fragte Klearchos, der sich ausnahmsweise nicht sicher war, wie die Antwort ausfallen würde.

»Das habe ich«, sagte Kyros. »Ich muss unter allen Umständen die besten Männer an meiner Seite haben, wenn ich mir überhaupt irgendwelche Hoffnungen machen will, General. Wenn es ein Talent gibt, das ich besitze, dann besteht es in der Fähigkeit, genau diese Männer ausfindig zu machen.«

»Ihr ehrt mich, Hoheit, und zugleich schmeichelt Ihr Euch selbst«, sagte Klearchos.

»Das war meine Absicht.«

Xenophon zuckte zusammen, als er hörte, wie hinter ihm in der belebten Straße sein Name gerufen wurde. Athen war jahrhundertelang die reichste Stadt Griechenlands gewesen. Schon immer waren arme Menschen hierhergekommen, um an diesem Ort ihr Glück zu suchen und sich ein Vermögen zu erarbeiten, während andere die Kriegsschiffe der athenischen Flotte warteten und ihren Lohn in Hafentavernen verprassten. Manche zogen es vor zu stehlen und riskierten damit, öffentlich ausgepeitscht oder verbannt zu werden. Es widerte Xenophon an, junge Männer zu sehen, die jeder Söldnerkompanie hätten beitreten können, es jedoch vorzogen, ihr Leben mit Herumlungern und Faulenzen zu verschwenden, betrunken von billigem Wein und hin und wieder sogar die schnorrenden Hände Passanten entgegenstreckend.

Er hatte einige von ihnen kennengelernt, als er und Sokrates ins Gespräch vertieft durch die Gassen flaniert waren. Der Anblick des hässlichen Mannes, der barfuß umherzog und ein Gewand trug, das so zusammengeflickt und ausgewaschen war wie das des ärmsten Bettelmannes, hatte natürlich für Aufmerksamkeit gesorgt. Xenophon rief sich in Erinnerung, wie er auf der Agora zum ersten Male zu Füßen des Philosophen gesessen und Sokrates einen Jüngling namens Hephaistos aufgefordert hatte, sich zu ihm zu setzen. Der Bursche war eine Art Anführer irgendeiner in jenem Viertel aktiven Bande gewesen. Großspurig hatte er sich in die Brust geworfen, während seine Freunde lautstark kundtaten, der alte Bock würde ihn nehmen wie eine Frau. Xenophon war verärgert gewesen, doch Sokrates hatte Hephaistos mit einer wahren Sturzflut von Fragen überspült. Dem alten Mann war es gelungen, sich unter die Oberfläche der anfänglichen Scherze und vulgären Antworten zu arbeiten, auf der Suche nach dem wahren Selbst des jungen Mannes. Während er dies tat, erwachte in dem Bandenführer etwas zum Leben. Einer seiner Kumpane drängelte sich vor, um irgendeinen höhnischen Kommentar abzugeben, woraufhin Hephaistos ihm so hart gegen den Kopf schlug, dass der Junge zu Boden stürzte und beleidigt davonschlich.

Derartiges hatte Xenophon seither Hunderte Male mit angesehen. Dennoch gab Sokrates konsequent den völlig Ahnungslosen und behauptete, er täte nichts anderes, als Fragen zu stellen, so lange, bis die Menschen verstanden, was sie wirklich glaubten. Für manche war dies eine Offenbarung, eine Epiphanie ähnlich der über den Hügeln aufgehenden Sonne. Andere konnten mit diesem Zuwachs an Wissen und Erkenntnis nicht umgehen und hassten sich – beziehungsweise weitaus häufiger jenen Mann, der sie dazu gebracht hatte, ihr innerstes Wesen und ihren wahren Glauben zu erkennen.

Xenophon spähte über die Schulter und ballte die Fäuste, als er den rasierten Schädel von Hephaistos in der Menge auf und ab wippen sah. Der junge Mann war ebenso sehr ein Dieb wie ein Raufbold, und die Menschenmassen um ihn herum bestanden aus Leuten, die aus dem Dionysos-Theater strömten. Im Gehen unterhielten sie sich über das, was sie gerade dort drinnen gesehen hatten, noch ganz in einer Art von Benommenheit gefangen, während Kerle wie Hephaistos sich zwischen ihnen hindurchschlängelten und ihnen Goldketten und Geldbeutel abschnitten, einfach alles, was sie kriegen konnten. Die Banden suchten sich jene Menschen als Opfer aus, die zu schwach waren, um sich verteidigen zu können, und Xenophon verabscheute diese Halunken allesamt zutiefst.

Vielleicht war es diese Abneigung, die Hephaistos bei ihm gespürt hatte. Wenngleich die Wanderratte Sokrates wie ein Leibwächter folgte, wann immer sich dieser außer Hauses bewegte, hatte Hephaistos eine außerordentliche Antipathie gegenüber Xenophon entwickelt. Mit seinen kaum achtzehn Jahren war er mehr Haut und Knochen als Fleisch und nicht närrisch genug, Xenophon direkt herauszufordern. Stattdessen spornte Hephaistos seine spindeldürren Brüder dazu an, Steine und Eier und Obst zu werfen, wann immer sie den Athener Edelmann erblickten.

Anfänglich hatte sich Xenophons Zorn wie eine Panzerung angefühlt, sodass er auf sie zugestürmt war, wenn sie sich zu weit in seine Nähe wagten oder ihn irgendeine verfaulte Frucht im Gesicht oder im Nacken traf. Sie hatten gejohlt und gekreischt, waren auseinandergestoben und hatten Beleidigungen gerufen. Wenn er mit Sokrates unterwegs war, beschränkten sie sich darauf, ihn anzustarren und zu grinsen, doch trafen sie ihn allein an, machten sie sich in ihren hohen Stimmen über den »vornehmen Herrn« oder den »Zentauren« lustig.

An diesem Tag schrien sie seinen Namen aus reiner Gewohnheit – in der Menge fand sich reichere Beute für sie. Xenophon war um die Ecke des großen Stadttheaters gebogen, in das es jedes Jahr Tausende von Menschen zog, wenn die Dionysien stattfanden und man sich bei diesen Festspielen dem Sog der Tragödien und Komödien hingab. Sogar Sokrates war in dortigen Satiren dem Spott ausgesetzt worden. Allerdings war der alte Mann beim Anblick des Schauspielers, der ihn darstellte, in derart schallendes Gelächter ausgebrochen, dass er den beabsichtigten Effekt ziemlich versaut hatte.

Xenophon stellte fest, dass seine Beine ihn weit von den öffentlichen Stallungen fortgetragen hatten, wo sein Pferd auf ihn wartete. Sein Familienanwesen lag außerhalb der Stadt, und er besuchte sie dieser Tage so selten, wie es ihm möglich war. Er hatte keine Ehefrau, niemanden, der auf ihn angewiesen war. Seine Eltern hatten ihm ein solches Vermögen hinterlassen, sodass er sich niemals eine Arbeit würde suchen müssen, doch dank dieser Aussicht schienen sich die Jahre freudlos vor ihm auszudehnen. Er betrachtete die Reihe von militärischen Anwerbern, die sich vor ihm erstreckte. Sie standen unter Schatten spendenden Markisen, an die sie Krüge mit kaltem Wasser oder Wein gehängt hatten. Mit dem sicheren Gespür von Habichten witterten sie sein Interesse und bedachten ihn mit strahlenden Blicken, hatten sie doch einen groß gewachsenen jungen Mann auf dem Höhepunkt seiner Kraft vor sich.

Er überlegte eine Weile, ohne auf ihr drängendes Glotzen zu reagieren, während sich die Theaterbesuchermenge zerstreute und Hephaistos und seine dreckigen Straßenräuber ihnen oder vielmehr einer neuen Schandtat nachgingen. Athen hatte ihm nichts zu bieten, nicht in diesem Jahr. Als einer der Verwaltungsbeamten unter der Herrschaft der Dreißig hatte Xenophon kennengelernt, was Macht bedeutete. Seinerzeit hatte man sie die Dreißig Despoten genannt, wenngleich Xenophon sie als anständige, wenn auch skrupel- und gnadenlose Männer erlebt hatte. Sie hätten es unter Garantie nicht zugelassen, dass Straßenbanden ungehindert blühen und gedeihen konnten! Dennoch hatten die öffentlichen Hinrichtungen irgendwie ein Feuer unter der Stadt entzündet, bis dessen Flammen in einer legendären Nacht der Gewalt ausbrachen und sich in sämtliche Richtungen fraßen. Damals hatte sich sein Leben entscheidend verändert, und er konnte sich nicht vorstellen, je wieder friedliche Zeiten erleben zu dürfen.

Xenophon ging zum ersten Anwerber hinüber, der Kleidung nach ein Spartaner. Der Mann betrachtete ihn kurz und nickte zufrieden. Diesen Gesichtsausdruck hatte er schon unzählige Male zuvor gesehen.

»Setze dort dein Zeichen hin, mein Sohn«, sagte er. »Im Gegenzug werden wir einen Mann aus dir machen. Deine eigene Mutter wird dich nicht wiedererkennen, wenn du nach Hause zurückkehrst – und die Mädchen werden sich Blumen ins Haar stecken, wenn sie dich erblicken. Sie lieben einen stattlichen Krieger, Söhnchen.«

»Na schön«, sagte Xenophon. Er spürte die Überraschung des Mannes, als er seinen Namen auf die Schiefertafel schrieb, statt einen einzelnen Buchstaben oder einen Wachsstempel zu benutzen.

»Irgendwelche besonderen Fähigkeiten, Bursche? Außer dem Schreiben?«

»Pferde«, antwortete Xenophon. Er fühlte sich irgendwie benommen, als würde all das jemand anderem passieren. »Ich bin mit Pferden vertraut.«

Die Augenbrauen des Spartaners schossen in die Höhe.

»Ein adliger Athener, oder? Läufst du vor ihrem Vater davon? Oder vor Schulden?«

»Ich … ich diente den Dreißig«, erklärte Xenophon. »Ich muss von vorne anfangen.«

Die Miene des Musterungsoffiziers hellte sich auf, in seinem Blick lag eine Andeutung von Sympathie und Mitgefühl. Als Spartaner wusste er ein bisschen mehr als die meisten von der Feindseligkeit der Athener.

»Ah«, sagte er. »Dann ist es an mir, dir für deine Dienste zu danken, mein Sohn. Sie vergessen immer, dass wir ihnen drei Mal die Chance gaben, Frieden zu schließen.

Sie weigerten sich jedes Mal, also rissen wir ihre Mauern nieder.«

»Das Gleiche habe ich auch gesagt«, gestand Xenophon. Seine Gedanken begannen sich zu klären, und seine alten Sorgen und Bedenken fielen von ihm ab, als er darüber nachdachte, was seine Zukunft ihm bringen mochte.

»Wohin wird man mich schicken?«, fragte er.

»Die meisten Männer erkundigen sich zuerst nach dem Sold, aber wenn du ein Edelmann bist, gehe ich davon aus, dass du nicht knapp bei Kasse bist. Uns zieht es nach Südanatolien, um gegen die Pisidier zu kämpfen. Garstige, brutale Scheißkerle, mit Speeren. Wir werden ihnen zeigen, was griechisches Kampftraining bedeutet, ein paar Barbarenköpfe heimbringen, uns ihre Frauen gefügig machen und bis zum nächsten Frühling wieder zu Hause sein. Du wirst den Damen dann einige Narben präsentieren und deinen Söhnen eine Handvoll spannender Geschichten erzählen können. Offen gesprochen, wenn ich recht darüber nachdenke, dann solltest eigentlich du mich entlohnen.«

Er überreichte Xenophon eine steinerne Marke und deutete die Reihe hinunter, wo ein Schreiber an einem Tisch saß, umringt von einem halben Dutzend Männer.

»Siehst du den kleinen Kerl dort drüben, den Schreiber? Er wird deinen Namen und sonstige Informationen aufnehmen – und deine Besoldung beginnt von heute an, auch wenn das einen Vertrauensvorschuss für dich bedeutet.«

»Wie lange dauert es, bis wir ausrücken?«, fragte Xenophon.

»Das ist die richtige Einstellung, mein Freund. Eifrig. Begeistert. Sehr gut. Nicht länger als einen oder zwei Tage, würde ich meinen. Wir schiffen uns gen Osten ein und sammeln uns in Sardes. Du hast die richtige Entscheidung getroffen, mein Sohn. Du gehst als ein Junge und kommst als Mann wieder, dafür verbürge ich mich.«

Ein weiterer potenzieller Rekrut war aufgetaucht, um zuzuhören, und Xenophon sah, wie die Aufmerksamkeit des Spartaners sich dem Neuankömmling zuwandte. Er konnte kaum glauben, was er getan hatte, aber es fühlte sich richtig an.

Er kannte sich mit Pferden aus und mit Menschen ebenfalls. Was auch immer darüber hinaus vonnöten war, würde er sich mit Sicherheit auf dem Marsch nach Sardes aneignen. Jawohl. Er fühlte sich leichter, als er in die Stadt zurückging, dorthin, wo er sein Reittier untergestellt hatte. Es war die richtige Entscheidung. Er fragte sich lediglich, ob er vor seiner Abreise noch in ein paar Stunden Schwertkampfunterricht investieren sollte.

7

In der Halle der Könige von Persepolis kniete Tissaphernes auf schwarzem Marmorboden. Er hatte inzwischen verinnerlicht, sich nicht zu erheben, bis man ihn dazu aufforderte – frische Striemen auf seinem Rücken legten Zeugnis davon ab. Artaxerxes verzieh keine Respektlosigkeit, keine Beleidigung. Der junge König saß auf seinem Thron und nahm die Ehrbekundungen von Herrschern und Vasallen unterschiedslos entgegen, als wären alle Menschen Sklaven für ihn. Tissaphernes hatte nicht selten die finsteren Blicke von Edelmännern bemerkt, wenn diese aus einer königlichen Audienz entlassen wurden und dabei erzwungenermaßen auch ihre Würde hinter sich zurückließen. Sämtliche achtundzwanzig Völker des Großreiches hatten Söhne und hochrangige Dienstherren zur Bestattung von Dareios entsandt. Vierzig Tage lang hatte das Imperium seinen Verlust betrauert. Tausende von Sklaven skandierten zu jeder vollen Stunde an Ahura Mazda gerichtete Gebete, um den Aufstieg seiner Seele zum Himmel zu beschleunigen. Die große Grabstätte war mit Gold ausgekleidet, das sich nicht zersetzen würde, und deren Wachen hatte man gleichermaßen nach ihrer Schönheit als auch ihren kriegerischen Qualitäten ausgewählt. Jeder Einzelne hatte mit williger Hingabe den tödlichen Hieb in die Brust empfangen. Die Leichen waren in strengem Arrangement auf goldene Throne verteilt, welche auf die Außenpforte gerichtet waren. Ihnen war die ewige Aufgabe auferlegt worden, das Reich des Toten zu beschützen. An ihre Namen würde man sich zusammen mit dem des Königs erinnern, und ihre Familien stiegen auf der Ehrenleiter eine Stufe nach oben.

An jenem letzten Tag in der Gruft, erinnerte sich Tissaphernes, hatte er ein Gefühl, als würden alle Berge um sie herum still werden, nur noch das zuckende Knistern der Fackeln zu beiden Seiten war vernehmbar. Artaxerxes war hinter der Hauptpforte im Inneren verschwunden, um sich mit seinem Vater zu beratschlagen. Klagendes Weinen und geraunte Geheimnisse drangen ins tote Ohr des Leichnams. Nachdem sie den Ort verlassen hatten, waren die von den Steinmetzen und Arbeitern genutzten hölzernen Treppen niedergerissen worden. Ab diesem Moment lag die Grabstätte unerreichbar da, hoch in der jähen Stirnseite der königlichen Klippen, wie ein in den Stein gehauenes Fenster.

Tissaphernes spürte, wie sich einer seiner Rückenmuskeln unangenehm verspannte, während er darauf wartete, dass sein ehemaliger Schüler seine Anwesenheit registrierte. Er war über sechzig Jahre alt, und diese Haltung war für ihn höchst unbehaglich, mochte er auch Verständnis aufbringen für das Bedürfnis eines jungen Mannes, am Hofe eindrücklich seine Macht zu demonstrieren. Die gesamte Dienerschaft lief in Filzpantoffeln umher, wie es hieß, wohl gewahr, dass seine Missgunst ihre Köpfe auf dem glänzenden Fußboden landen ließe. Ein neuer König achtete bei seinen Untergebenen auf das geringste Anzeichen von Faulheit oder Nachlässigkeit – und er bestrafte die leiseste Verfehlung unverzüglich mit größter Härte.

Eine Berührung ließ Tissaphernes aufblicken. Er nahm den Arm des Dieners an, der ihm auf die Beine half, und folgte diesem dann die gesamte Länge des Thronsaales hinab. Wachen säumten die Laufstrecke, so breit wie eine Stadtstraße. Der Saal war bestückt mit Säulen aus poliertem Granit, welcher mehr als ein Jahrhundert zuvor über das Meer aus Ägypten herbeigeschafft worden war. Kopf und Sockel jeder Säule waren mit Blattgold überzogen, Embleme des Reichtums eines Imperiums, der bis in die letzten Ritzen der Paläste und Tempel seiner Herrscher sickerte.

Am hinteren Ende fläzte sich Artaxerxes und süffelte aus einer goldenen Schale etwas, das seine Augen groß und glasig hatte werden lassen. Er kippte das Gebräu mit einer hastigen Bewegung hinunter, sodass es rote Spuren in seinen Mundwinkeln hinterließ. Als Tissaphernes näher kam und dazu ansetzte, sich ein weiteres Mal auf den Boden zu werfen, schleuderte der König sein Trinkgefäß einem Sklaven entgegen und erhob sich. Zwei Sklavenmädchen machten ihm eilends den Weg frei, als er vortrat. Tissaphernes beobachtete, wie eine der jungen Frauen die andere aus einer Laune heraus in den Arm kniff, doch Artaxerxes bemerkte es nicht. Unter gesenkten Brauen hinweg sah Tissaphernes sie sich mit dem Urteilsvermögen eines Fachkundigen an. Wenn aus Scharen junger Frauen zwei ausgewählt, unterwiesen und gespeist wurden, um einem Imperator Vergnügen zu bereiten, waren sie vorhersehbarerweise von fesselnder Anmut. Diejenige, welche die andere gekniffen hatte, trug ihr schwarzes Haar kurz, wodurch ihr Nacken frei lag. Sie sprang ihm besonders ins Auge, denn ihr Gesicht war lebhaft und ausdrucksstark. Die andere war eher eine puppenhafte Verkörperung schierer Perfektion.

»Mein alter Freund«, grüßte Artaxerxes freundlich. »Du darfst dich verbeugen, denke ich. Vielleicht sollte ich dir das Recht gewähren, dich immer zu verbeugen, wenn du mir zu Diensten stehst. Als Zeichen meines Respektes vor deinem Alter und deiner Lebenserfahrung.«

Tissaphernes war hocherfreut über diese Idee, doch seine Antwort diktierten Ehrfurcht und Etikette.

»Wenn ich das Privileg genießen darf, Euch die Ehre zu erweisen, bedeutet mein Alter gar nichts, Majestät.«

Artaxerxes runzelte gedankenverloren die Stirn, bevor er zurücktrat und seine ausgestreckte Hand sinken ließ.

»Also gut, alter Freund. Dann darfst du dich mir auch künftig zu Füßen werfen. Wie mir scheint, hat die Tradition uns alle in Ketten gelegt. Sogar ich bin daran gebunden.«

»Natürlich, Majestät«, sagte Tissaphernes und sank unverzüglich nieder. Wenigstens war es hier sauber.

Er stand auf, um festzustellen, dass die trotzig dreinschauende Sklavin ihn fixierte. Ihre Lippen waren dunkel und voll, wie ihm auffiel. Ihm war klar, dass es mehr als nur sein Leben kostete, wenn man ihn dabei ertappte, sie anzustarren, daher schaute er weg. Nachdem er sich vollends aufgerichtet hatte, sah er, dass sie ihre Aufmerksamkeit nun einem Schmuckanhänger widmete, den sie trug. Er verdrängte sie aus seinen Gedanken. Artaxerxes nahm seinen Platz wieder ein und schien abermals den typisch strengen Blick seines Vaters kopieren zu wollen, allerdings mit weniger Überzeugungskraft.

»Majestät, mir liegen Berichte über Euren Bruder Kyros vor. Ich kann sie nicht restlos deuten.«

Tissaphernes unterbrach sich. Er kannte den König gut genug, um den Köder ins Wasser auszuwerfen und zu warten, dass der Mann ihn im Ganzen schluckte. Tatsächlich löste sich die träge Atmosphäre mit einem Schlage auf, als der Name Kyros fiel. Artaxerxes hatte seit der durch die Einmischung seiner Mutter herbeigeführten Demütigung nicht mehr von seinem Bruder gesprochen. Eine Zeit lang war es, als wäre Kyros niemals heimgekehrt. Die Geschicke des Reiches nahmen weiterhin ihren Lauf, und Meldungen aus allen achtundzwanzig Ländern gingen ein. Aus Westen, bis hin zum Rande Griechenlands, wurden Kyros' Aktivitäten wie gewohnt rapportiert, ohne besondere Hervorhebungen. Die Oberfläche des Sees schien sich geglättet zu haben, doch Tissaphernes kannte die Söhne des Dareios zu gut, um daran hätte glauben zu können.

»Was genau beunruhigt dich?«, fragte Artaxerxes. Er musterte die zahlreichen Sklaven und Diener, die den Austausch privater Familienangelegenheiten mit anhörten, mit unbehaglichem Blick, doch andererseits war er König, hier im Thronsaal seiner Hauptstadt. Er winkte mit der Hand, um derlei kleinliche Überlegungen zu verscheuchen.

»Wie Ihr wisst, Majestät, unterrichtete ich Kyros, als er ein kleiner Junge war. Diese meine Hände verabreichten ihm eine Tracht Prügel, als er eine Waldkobra in meinem Gemach versteckte.«

»Und einen Vogel Strauß«, ergänzte Artaxerxes mit einem Kichern. »Ja, ich erinnere mich.«

Tissaphernes konnte die Belustigung, die den König aufgrund der Erinnerung überkam, nicht teilen.

»Ich kenne ihn gut, Majestät. Gut genug, um zu vermuten, dass er weder den Verlust seiner spartanischen Leibgarde noch die Tatsache, dass er knapp davorstand, seinen Kopf zu verlieren, mit Leichtigkeit verzeihen wird. Ohne das Eingreifen Eurer Mutter …«

»Ja«, unterbrach der König. »Wenngleich sein Tod uns geschwächt zurückgelassen hätte. Die Länder erwarten eine stabile Herrschaft von uns, Tissaphernes. Kyros kennt unsere Heere besser als jeder andere lebende Mensch. Möglicherweise werde ich ihn im Laufe der Zeit ersetzen, aber diesen Schnitt so bald nach dem Tod unseres Vaters zu ziehen hätte, wie Mutter sagte, das Chaos geradezu heraufbeschworen.« Dieses Eingeständnis schien ihm fast die Luft abzuschnüren, als er gepresst hinzufügte: »Es war eine weise Entscheidung, das Leben meines Bruders zu schonen.«

Artaxerxes beugte sich vor. Das Sklavenmädchen hielt ihren Schenkel gegen sein nacktes Bein gedrückt. Tissaphernes war, als könnte er hören, wie ihre Haut über die des Königs strich. Er wagte es nicht, seinen Blick zu senken, um keinen Preis, während ihn Artaxerxes so angespannt beäugte wie die Kobra, welche die beiden Jungen so viele Jahre zuvor in sein Zimmer geschmuggelt hatten. Tissaphernes hatte sich seit jeher vor Schlangen gefürchtet. Damals hatte er geschrien wie ein Weib, nur um dann hören zu müssen, wie zwei Prinzen, die sich mit knallroten Köpfen in den Armen hingen, an ihrem hysterischen Gelächter fast erstickten.

»Sofern Ihr nicht neue Nachrichten bringt, Tissaphernes …? Was melden Eure Spione? Ist mein Bruder mir treu ergeben?«

»Wer kann einem Manne schon in die Geheimnisse seines Herzens schauen, Majestät? Ich erhielt jedoch Meldung von enormen Summen, die der königlichen Schatzkammer entnommen wurden. Sechzig- oder achtzigtausend Dareiken oder noch mehr.«

»Was soll damit sein? Vielleicht baut er neue Kasernen oder bildet neue Kämpfer aus. Die Armee ist der starke rechte

Arm des Reiches, Tissaphernes. Du kannst offenbar nicht ermessen, welche Kosten daran hängen. Ich glaube, die Hälfte meiner Staatskasse fließt jährlich in die Verpflegung unserer Soldaten, wahrscheinlich sogar mehr. Allein die Pferde, Rüstungen und Pfeile! Ich weiß noch genau, welchen Stolz mein Vater angesichts der schieren Anzahl an einsatzbereiten Kriegern empfand. Verstehst du? Mein Vater hat die Kosten nicht bejammert, sondern erfreute sich daran! Wer sonst könnte sich eine solche Heerschar aller Heerscharen leisten? Wer, wenn nicht meine Familie? Wenn das alles ist, was du vorzubringen hast, dann bin ich enttäuscht von dir, Tissaphernes.«

Tissaphernes nickte. Der König hörte ihm jetzt aufmerksam zu und hatte seine Sklavenmädchen vergessen. Es wurde Zeit, den Haken einzuholen und den Fisch einzusacken.

»Ihr mögt recht haben, Majestät, wenngleich ich zu bedenken gebe, dass die Summen, die der Prinz beansprucht, diejenigen des Vorjahres um das Doppelte übersteigen. Was mir außerdem Sorge bereitet, ist die hohe Anzahl griechischer Soldaten, die er rekrutiert hat.«

»Als Hilfstruppen? Wir kennen seine Vorliebe für diese Söldner, vor allem für die Spartaner. Was soll's? Ein paar Tausend hier und da, um unsere Unsterblichen zu trainieren und zu inspirieren. Mein Bruder hat sich viele Jahre lang um die Organisation und Führung der Heere gekümmert. So sehr wir auch … bezüglich bestimmter Dinge in Widerspruch gestanden haben mögen, ist es ausgeschlossen, dass er das Imperium in Gefahr bringt, nicht einmal für eine Million Spartaner.«

»Majestät, mir ist von etlichen Tausend berichtet worden. Er schickt sie gen Norden und Osten. Manche bildet er in

Thrakien, manche auf Kreta aus. Dennoch befinden sie sich alle in seiner Reichweite. Einem argwöhnischen Mann könnte die Idee kommen, das Ganze beginne einer Eroberungsarmee zu ähneln, Majestät. Ich weiß nicht, wie viele Griechen er verdingt hat, aber er hat dreißig- oder vierzig*tausend* persische Krieger abgestellt, welche seinem direkten Kommando unterstellt sind, verteilt über sämtliche westlichen Städte. Inzwischen sind es unter Umständen noch mehr.«

Artaxerxes hob zu einer Erwiderung an, besann sich jedoch eines Besseren und verfiel in nachdenkliches Schweigen. Tissaphernes störte ihn nicht darin, sondern wartete mit hochgezogenen Brauen ab. Er hatte nur noch einen einzigen, seinen allerletzten Trumpf auszuspielen.

»Ihr wisst, Majestät, dass ich Euch nicht mit leichtfertigen Spekulationen oder allein gehässigen Gerüchten belästigen würde. Über die Jahre hinweg haben ein paar Männer für mich die Augen offen gehalten, einige Schreiber mir Berichte zukommen lassen, an zahlreichen Orten überall im Großreich. Manche dieser Männer stehen Kyros nahe. Niemals habe ich eine Andeutung von Zweifel bezüglich seiner Absichten vernommen. Kein einziges Mal.«

»Und ist es jetzt anders?«, fragte Artaxerxes, dessen Züge sich zunehmend verhärteten.

»Nein, Majestät. Inzwischen sagen sie überhaupt nichts mehr. Die Vögel fliegen nicht länger zu mir – und ich frage mich, was drüben an unseren westlichen Grenzen vor sich gehen mag.«

Artaxerxes streichelte das Haar der Sklavin, die zu seinen Knien saß, als liebkoste er einen seiner favorisierten Jagdhunde. Tissaphernes riskierte einen flüchtigen Blick auf sie und sah, dass ihre Augen vorwurfsvoll zu ihrem König hinauffunkelten, mit beinahe verächtlicher Miene. Er errötete und schaute weg.

»Wohlan, Tissaphernes. Ich kenne dich gut genug, um deine instinktiven Eingebungen zu respektieren. Wenn du sagst, dass etwas in der Luft liege, wäre ich ein Esel, dies einfach zu ignorieren. Mache dir selbst ein Bild. Brich nach Westen auf. Nimm nur wenige Männer mit, aber triff dich mit meinem Bruder. Beurteile, ob er nach wie vor loyal ist.«

Tissaphernes dachte an die Monate auf der Straße, die er würde erdulden müssen, und trat unbehaglich von einem Fuß auf den anderen.

»Majestät, die letzte Gelegenheit, bei der ich Euren Bruder sah, war, als ich ihn zu seiner Hinrichtung geleitete. Er wird mich nicht gerade mit offenen Armen empfangen, ganz gleich, wie es um seine anderen Pflichten und Bindungen bestellt ist. Möglicherweise könnte ich …«

»Tu, was ich dir befohlen habe«, sagte Artaxerxes. »Ich habe meinem Bruder erlaubt, seine alten Titel und Befugnisse wiederzuerlangen. Ich habe Befehle aufgehoben, die ich in Trauer über den Tod meines Vaters gab. Falls er dich tötet, beweist mir das, dass er noch immer erzürnt ist. Siehst du?« Artaxerxes lächelte und präsentierte weiße Zähne. »Selbst im Tod kannst du mir von Nutzen sein.«

Tissaphernes hütete sich, weitere Einwände zu erheben. Er warf sich dem König zu Füßen.

»Ihr ehrt mich, Majestät. Ich werde gehen und mit der Wahrheit zu Euch zurückkehren. Oder ich werde sterben. So oder so, ich diene dem Imperium.«

Xenophon stand in der Sonne und sah zu, wie ein aufgebrachter griechischer Matrose seine Kräfte an einem verängstigten

Pferd maß. Auf See hatte der Mann einen einigermaßen befähigten Eindruck erweckt, doch als die restlichen Rekruten auf den Docks aufgereiht wurden, konnte Xenophon nur fassungslos mit ansehen, wie er das wiehernde Tier schikanierte. Das Weiß in den Augen des Seemannes trat hervor, und er fluchte und peitschte das Pferd mit einem Lederriemen – als würden Wut und Schmerzen es dazu bringen, zu ihm zu kommen! Das Pferd hatte seine Beine auf den Laufsteg zwischen Schiffsdeck und Kai gestemmt und wehrte sich mit all seinem Gewicht gegen die Zügel. Dank des einsamen zornigen Matrosen, der es in die entgegengesetzte Richtung zu ziehen versuchte, sah es aus, als würde das Tier bis zum Einbruch der Dunkelheit dort verharren.

Zweihundert junge Männer aus den Städten Griechenlands trudelten eine zweite Landungsbrücke herab auf die Docks, und kaum mehr als ein paar Dutzend standen auf dem Boden eines fremden Hafens, darauf wartend, dass irgendjemand ihnen sagte, was sie zu tun hatten. Xenophons Kiefer verkrampfte sich, als er nach den Offizieren Ausschau hielt, die vor Ort hätten sein müssen. Sie waren nicht von jener Sorte wie der, bei dem er sich eingeschrieben hatte. Xenophon war enttäuscht gewesen, diesen Mann nicht wiedergesehen zu haben. Stattdessen hatte man ihn der Obhut zweier alter Säufer übergeben, Kerle mit dreißig Jahren unter dem Riemen und mit Landkarten ihrer Reisen, die sich im Geäder ihrer Wangen und Knollennasen abzeichneten. Sobald das Schiff am Anleger vertäut worden war, hatte es sie ohne einen Blick über die Schulter auf festen Boden zweifellos in ihre bevorzugte Hafenschenke gezogen. Die jungen Griechen, die gekommen waren, um für Prinz Kyros zu kämpfen, hatte man sich selbst überlassen.

Auf den Docks herrschte reges Treiben. Schiffe wurden beladen und ausgefrachtet, so weit Xenophons Augen reichten. Er stand da und griff im Versuch, sich zu kratzen, unter seinen neuen ledernen Brustharnisch. Er hatte einigen der anderen Männer dabei zugeschaut, wie sie die Innenseite mit Steinen abgerieben hatten, und nun, da das ständige Jucken ihn fast wahnsinnig machte, verstand er den Grund für diese Maßnahme. Erfahrene Männer wussten, wohin ein Tropfen Öl gehörte, wie man den Umhang von Flöhen ausräucherte oder auch um die Wichtigkeit, immer eine gut gefüllte Feldflasche Wasser bei sich zu tragen. Xenophon war vollkommen ahnungslos bezüglich der tausend kleinen Dinge, die den Unterschied zwischen Qual und Wohlbehagen bedeuteten. Er lernte dazu, so schnell er es vermochte, aber … Er stieß einen unterdrückten Fluch aus.

Der Seemann hatte endgültig die Beherrschung verloren und brüllte das Pferd an. Sein Gesicht war hochrot angelaufen vor Scham, da sich eine Zuschauerschar zu bilden begann. Mit großen Schritten stiefelte Xenophon zu ihm hinüber und kam gerade noch rechtzeitig, um zu sehen, wie das Pferd seinen Schädel emporriss und den Mann dadurch vor und zurück schleuderte, als wöge er nichts. Sobald der Matrose wieder Halt unter den Füßen fand, hob er abermals seine Peitsche.

Xenophon riss sie ihm mit einem Ruck aus der Hand und warf sie beiseite.

»Du verängstigst ein Tier, das weitaus stärker ist als du. Willst du mit ansehen, wie es sich hier auf dem Dock ein Bein bricht?«

Der Mann raste so sehr in seinem Zorn, dass er überlegte, dem jungen Mann, der da vor ihm stand, einen Schlag zu verpassen. Xenophon konnte es in seinen Augen lesen, sah das Verlangen dann jedoch schwinden. Der Matrose hatte keine Ahnung, wen er vor sich hatte, wusste aber sehr wohl, dass es eine schreckliche Strafe nach sich ziehen würde, einen ranghohen Soldaten zu ohrfeigen oder zu beleidigen. Jedenfalls sorgten seine Skrupel dafür, dass er zögerte, und Xenophon nutzte die Gelegenheit, ihm die Zügel aus den widerstandslosen Händen zu nehmen.

»Geben wir ihm Zeit, sich zu beruhigen, in Ordnung?«, sagte Xenophon in beschwichtigendem Ton, zum Wohle des Pferdes wie auch des Seemannes.

Der Mann brummte etwas Vulgäres vor sich hin, dem Xenophon keine Beachtung schenkte. In Wahrheit war der Matrose froh, auf Abstand gehen zu können, auch wenn er nur wenige Schritte entfernt mit vor der Brust verschränkten Armen und einem höhnischen Grinsen im Gesicht stehen blieb. Xenophon erkannte, dass er abwartete, ob der Mann, der ihn zurechtgewiesen hatte, es besser machen würde. Der Unterschied zwischen ihnen war, dass es Xenophon nicht im Geringsten kümmerte, was der Kerl von ihm dachte.

Das Pferd hatte das kurze Handgemenge um seine Zügel mit hervortretenden Augen verfolgt. Xenophon hatte sich schon viele Male gefragt, wie weit das Verständnis von Tieren reichte. Er vermutete, dass Pferde intelligent genug waren, um boshaft zu sein oder gar eine Schau abzuziehen.

»Ganz ruhig. Lass dich mal anschauen, in Ordnung?«, fragte er. »Was für ein schönes Fell du hast.«

Er hielt die Zügel fest im Griff, zog jedoch nicht daran und hütete sich außerdem, gegenüber einem Hengst, der einen erwachsenen Mann meilenweit hinter sich her schleifen konnte, seine bescheidene Körperkraft zu demonstrieren. Während er sprach, drehte er sich zur Seite, als wolle er davongehen.

Das Pferd blieb wie angewurzelt auf der Planke stehen. Aus dem Augenwinkel sah Xenophon den Matrosen feist grinsen. Der Mann beugte sich vor, um etwas zu der Person zu sagen, die neben ihm stand. Xenophon schaute flüchtig zu ihnen hinüber und runzelte die Stirn, als er Hephaistos erkannte.

Der junge Mann hatte sich am selben Tag wie er zum Militär gemeldet, beim selben Anwerber. Zweifellos hatte dieser Spartaner sich eine Sonderprämie verdient. Xenophon hatte Hephaistos im Hafen von Athen gesichtet, als sie alle sich dort sammelten, und war sich noch immer nicht sicher, was er von ihm und seiner Anwesenheit an diesem Ort halten sollte. Sie waren keine Freunde, so viel stand fest. Während der Überfahrt hatten sie kein einziges Wort gewechselt, wenngleich sich beide Männer der Anwesenheit des anderen durchaus bewusst waren.

Xenophon überlegte, ob Sokrates es gewesen war, der Hephaistos überzeugt hatte, Soldat zu werden, statt sein Leben auf den Straßen zu vergeuden. Der deutlich unangenehmere Gedanke lautete, Sokrates könnte Xenophon nur deswegen auf die Idee mit dem Militär gebracht haben, damit er ein Auge auf Hephaistos hielt. Jene Jahre, die Sokrates als Soldat verbracht hatte, waren weitgehend glückliche gewesen, wie er ständig erzählte. Es hätte zu ihm gepasst, den Jungspunden eine gewisse Zeit des Marschierens und Kämpfens anzuempfehlen, um einen frischen Blick auf den Rest ihres Lebens zu gewinnen und auf die Mühen, die noch vor ihnen lagen.

»Komm schon, Hippos«, wandte sich Xenophon an das Pferd. »Du willst doch nicht den ganzen Tag lang dort stehen, oder? Da warten noch andere hinter dir in der Reihe, falls es dir entgangen ist.«

Xenophon war ganz auf das Pferd konzentriert, als Hephaistos neben ihn trat.

»Sage mir, was zu tun ist«, verlangte der junge Mann.

Xenophon zog überrascht die Augenbrauen in die Höhe, doch dann nickte er.

»Nun denn. Wir werden ein Weilchen ganz ruhig und entspannt reden, um ihm klarzumachen, dass keine Gefahr droht. Ich könnte mir vorstellen, dass er sich immer noch unwohl wegen der Überfahrt fühlt. Pferde können nicht kotzen, Hephaistos. Sie werden einfach nur krank – und manchmal auch wütend. Klopfe ihm jetzt sanft den Hals, aber gib acht, falls er versucht, dich zu beißen. Er schaut nach wie vor ein bisschen ungestüm drein.«

Xenophon sah zu, wie der kahl rasierte Jüngling aus Athen die Hand ausstreckte und zum ersten Mal in seinem Leben ein Pferd berührte. Der Hals des Tieres erbebte, als hätte sich ein Schwarm Fliegen darauf niedergelassen, doch der Hengst schnappte nicht nach ihm. Das Betasten und Streicheln des Felles ließ Hephaistos vor reiner Wonne in ein Glucksen ausbrechen.

»Ich kann seine Adern erkennen«, sagte er erstaunt. Xenophon lächelte.

»Ja, obgleich mir scheint, dass der Schlag seines großen Herzens allmählich langsamer wird. Sie reagieren auf Berührung. Streichle ihn einfach weiter. Na bitte, alter Knabe. Schon besser, was? Magst du nun vielleicht von dieser dummen Planke herunterkommen? Es muss sich völlig verrückt für dich angefühlt haben, auf diesem wackeligen Ding zu laufen, oder? O ja, ich kann mir gut vorstellen, dass es das tat. Na los, komm schon.«

Xenophon drehte sich abermals um, woraufhin das Pferd ihm hinunterfolgte, mit kaum noch einer Spur der ungebärdigen Furcht, die es zuvor gezeigt hatte. Er führte es den Hafenkai auf und ab, wobei Hephaistos ihnen die ganze Zeit über nicht von der Seite wich, das Reittier tätschelte oder ihm eine Hand auf die Flanke legte. Unter seinen Fingern rannen große Tropfen über das glänzende Fell, doch Xenophon beobachtete, wie das Ross zunehmend ruhiger wurde und ermattet den Kopf sinken ließ.

»Du hast ein gutes Gespür dafür«, sagte er.

Hephaistos schaute ihn verwundert an, zutiefst verletzlich und wehrlos in jenem Augenblick, und wandte dann den Blick ab.

»Danke«, sagte er. »Ich wünschte, ich könnte reiten. Ich habe es immer lernen wollen.«

Der Seemann, der ihr Treiben verfolgt hatte, winkte ihnen verächtlich zu und lief zum Steg zurück, um ein neues Pferd zu holen. Quer über die Hafenanlagen kehrten gerade die beiden Offiziere zurück, erfrischt, angeheitert und bereit, aufs Neue das Kommando zu übernehmen. Sie sahen Xenophon und Hephaistos neben dem Pferd beieinanderstehen und riefen sie zu sich.

»Du bist also derjenige, der sich mit Pferden auskennt?«, fragte der Ältere der beiden.

Xenophon nickte. Er hatte keine Ahnung, ob sein Familienname mit irgendwelchen dunklen Flecken in Verbindung gebracht wurde, aber er wusste umso besser, dass Pferde Leuten, die nicht mit ihnen aufgewachsen waren, gehörige Angst einjagen konnten.

»Der bin ich. Mein Vater züchtete sie.«

»Gut. Ein paar Jungs, die wirklich wissen, was sie tun, werden hier draußen unter Umständen bald sehr gefragt sein, das könnt ihr mir glauben. Bis Sardes sind es hundert Meilen – ein vier- bis fünftägiger Marsch in praller Hitze. Wenn ihr zwei euch um sämtliche Pferde kümmert, fallen eventuell üppigere Verpflegungsrationen für euch ab. Obendrein werden wir in Sardes auf richtige Kavallerie stoßen, falls ihr euch schon gefragt habt. Anständige Tiere, nicht wie diese knochigen alten Schindmähren.«

Xenophon sah, wie Hephaistos dem Pferd das Ohr zuhielt, als wolle er es vor diesen Worten schützen. Die Geste war so drollig, dass Xenophon unweigerlich lächeln musste. Sokrates hatte ihm neue Erfahrungen versprochen. Der alte Mann, der behauptete, nichts zu wissen, war weiser, als er ahnte.

8

Der Wind unter der Sonne blies stetig, wenngleich Kyros kaum etwas davon spürte, als er auf einem edlen Hengst über den Rand einer Ebene trabte, die sich bis zu weit entfernt gelegenen blauen Bergen erstreckte. Er hatte die Ausbildung seit Sonnenaufgang überwacht, zusammen mit Parviz. Der Mann, welcher der Erste gewesen war, der dem Prinzen Wasser gereicht hatte, war zu seinem treuen Leibdiener geworden und konnte das Glück seines Aufstieges kaum fassen. Parviz war so gut wie ständig bei ihm. Kyros stellte fest, wie sehr ihm die forsche Haltung des Mannes und dessen Verachtung jeglicher Hürden und Hindernisse imponierten. Alle Mauern können erklommen werden, pflegte Parviz zu sagen – ein seltsames Motto für den Wachgardisten einer Festung.

Auf der Ebene bei Sardes stoppten sechshundert korinthische Hopliten ihren Marsch, teilten sich in eine Formation, deren Muster Kyros nicht identifizieren konnte, und griffen einander dann in ritualisiertem Chaos an. Man hätte es als Krieg in Theaterform bezeichnen können. Kyros hatte vernommen, dass die Griechen großen Gefallen am Spektakel der Aufführung großer Tragödien fanden, um dabei zu weinen oder zu lachen und in irgendeiner Weise erquickt und beseelt daraus hervorzugehen. Er pflegte kein Interesse für solche Dinge, fragte sich jedoch, ob sie nicht eine Rolle in der Ausbildung spielten. Solange kein Feind vorhanden war, konnte er kaum einen Unterschied zwischen den Streitkräften der griechischen Städte und den heimischen Legionen ausmachen. Auch Perser konnten in diversen Formationen marschieren und sich antreiben und aufstellen.

Doch wenn die Hörner erklangen, wenn die nach Blut und Grausamkeit dürstenden Schwerter gezogen wurden, fuhren die Griechen wie eine gigantische eherne Sichel durch die persischen Linien und mähten sie nieder. Es war ein Rätsel. Sogar die Regimenter der Unsterblichen schnitten nicht gut ab, vor allem, wenn es gegen die Spartaner ging. Kyros war bekannt, wie wichtig es den Griechen war, den Schild ihres Vaters zu halten, das Schwert eines Bruders zu zücken, den Bronzehelm eines Onkels zu tragen. Manchmal trugen sie Ehre und Ruf einer ganzen Familie mit in die Schlacht. Obwohl man sie töten konnte, waren sie nicht dazu zu bewegen, die Flucht zu ergreifen, nicht solange die Seelen mutigerer Männer über sie wachten.

General Netos der Stymphalier hielt, was er versprochen hatte, wie Kyros feststellen durfte. Der Bursche hatte neue Soldaten ausgebildet, ältere unter sie gemischt und so eine ausgezeichnete Truppe von insgesamt zwölfhundert Mann aufgestellt. Zusammen mit den Spartanern standen sie eine Stunde vor der Dämmerung auf und rannten sämtliche die Ebene säumenden Hügel hinauf und hinunter, bevor sie zurückkehrten, um ihr Fasten kurzfristig zu unterbrechen und anschließend das Waffentraining zu beginnen. Es fiel schwer, die vorbildlichen Krieger aus Griechenland nicht mit den persischen Offizieren zu vergleichen. Letztere führten konsequent das Leben jener Noblen, die sie nun einmal waren – sie standen spät auf, genossen die Pflege von Sklaven und vergossen kaum je einen eigenen Tropfen Schweiß. Netos, Klearchos, Proxenos und der gesamte Rest liefen an der Seite ihrer Männer und sahen darin nicht die geringste Schande. Davon galt es eine Menge zu lernen.

Auf der anderen Seite des Tieflandes sah Kyros zwei Reiter, die mit halsbrecherischer Geschwindigkeit dahingaloppierten. Der Anblick ließ ihn zusammenzucken. Es bestand kein Anlass dafür, dass sie ihr Leben aufs Spiel setzten, und sogar aus dieser Entfernung konnte er erkennen, von welch edlem Geblüt die Pferde waren. Zwar war die Ebene flach, doch es konnte immer einen losen Stein geben oder ein Loch, in dem sich ein Huf verfangen mochte. Beide Männer hatten den Reittieren Leopardenfelle über den Rücken gelegt und saßen hoch aufgerichtet darauf, wobei sie sich mit den Knien Halt an den Pferdeschultern verliehen, wenn sie sich nach vorne fallen ließen. Einer der beiden ritt besonders schön, ausbalanciert und symmetrisch wie ein Akrobat oder wie ein Kind, das über eine Mauer rennt. Der andere dagegen hatte keinerlei Talent. Dem kritischen Auge des Prinzen nach wirkte er steif und klammerte sich an der Mähne fest, als fürchtete er herunterzufallen.

Kyros liebte Pferde, und ein solches Spektakel bekam er nur selten geboten, wie verrückt es auch sein mochte. Er erkannte, dass die galoppierenden Pferde sich schnurstracks auf die Reihen der in einer Phalanx marschierenden Hopliten zubewegten. Diese hatten die sich ihnen rasant nähernden Reiter ebenfalls bemerkt und standen still, während man ihnen Befehle zubrüllte. Die Männer zogen sich zu dichten Linien zusammen und hoben ihre Schilde, die wie eine Wand aus Gold in der Sonne glänzten. Speere ragten wie dunkle Gitterstäbe hinter ihnen auf. Es war ein gut ausgeführtes Manöver, doch die beiden Reiter drosselten ihr Tempo nicht. Die Luft zerschneidenden Pfeilen gleich rasten sie auf die Reihen zu.

Während die Hopliten ihnen erstaunt entgegenblickten, trieb einer der Reiter sein Pferd bis zur Frontformation und beugte sich dann so tief hinab, dass er eindeutig fallen musste. Kyros beobachtete, wie der junge Kerl die Arme nach den frei umherflatternden Zügeln ausstreckte. Augenblicklich wurde ihm klar, dass das rasende Pferd durchgegangen und dessen Reiter vollkommen hilflos und außerstande war, die Zügel zu ergreifen.

Dem jungen Anführer gelang es, mit den fest um seine Hand gewickelten Lederriemen beide Pferde abdrehen und anhalten zu lassen. Kyros ließ sein eigenes Pferd vorwärtstraben, um das soeben Gesehene lautstark zu kommentieren. Seine Anwesenheit blieb nicht lange unbemerkt. General Netos ließ die komplette, sechshundert Mann starke Einheit wie zum Appell strammstehen. Sie taten jeweils einen krachenden Schritt aufeinander zu und präsentierten sich Schulter an Schulter.

Der junge Kunstreiter war abgesessen, um die Beine beider Pferde zu untersuchen. Er sah auf, als Netos die Männer zur Ordnung rief, doch als sein Gefährte versuchte, ihm eine Hand auf die Schulter zu legen, sah Kyros, wie er sie verärgert abschüttelte. Beide wandten sich um, als der Prinz sein Reittier anhielt und zu Boden sprang. Der Ausdruck ihrer Mienen verwandelte sich von Zorn und Scham in staunende Verblüffung, als sie ihn erkannten. Der Mann, dessen Pferd durchgegangen war, verbeugte sich nur. Derjenige, der ihn gerettet hatte, sank auf ein Knie nieder. Das Interesse des Prinzen war geweckt.

»Wie lautet dein Name?«, fragte er den Knienden.

»Xenophon, Hoheit.«

»Das war sehr mutig, Xenophon. Du hast dein Leben riskiert, um das dieses Mannes zu retten.«

»Das des Pferdes, Hoheit. Es ist eines unserer besten. Hephaistos hier hätte nicht versuchen sollen, den Hengst zu reiten, solange er noch nicht geübt darin ist.«

»Ich verstehe. Bitte erhebe dich. Mir sind viele Griechen begegnet, die sich lediglich vor mir verbeugen oder ein Theater daraus machen, sich so kurz wie möglich fallen zu lassen, als wäre der Erdboden zu heiß. Dir macht es nichts aus, Respekt zu zeigen?«

Xenophon richtete sich zu voller Größe auf. Er schwitzte, und sein Gesicht war von der Anstrengung heftig gerötet. Er zuckte mit der Achsel.

»Es setzt mich nicht herab, einen anderen Mann zu ehren, Hoheit. Wenn ich Euch die Ehre erweise, verliere ich nichts von meiner eigenen Würde. Schließlich verlange auch ich selbst Gefügigkeit von einem wie Hephaistos hier. Ich erwarte von ihm, dass er mein Können, meine Erfahrung, meinen Sachverstand und meinen Status respektiert. Natürlich hat er das nicht *getan*, nichtsdestotrotz fordere ich es von ihm ein.«

Kyros blickte von dem einen Mann zum anderen und sah, wie der Kahlgeschorene für den Bruchteil einer Sekunde den Kopf schüttelte. Offenbar war er mit seiner Charakterisierung ganz und gar nicht einverstanden.

»Ihr Griechen versetzt mich wieder und wieder in Erstaunen. Ihr scheint wirklich an restlos alles einen Gedanken zu verschwenden. Kommt es niemals vor, dass ihr schlicht handelt, ohne die Sache zuvor als großes Rätsel zu betrachten?«

»Ich habe mich gemeldet, um gegen Pisidier zu kämpfen, Hoheit«, gab Xenophon zurück. »Ich stellte mir Kameradschaftsgeist und Mutproben vor. Ich wünschte mir, mich auf die Probe gestellt zu sehen, wenn Ihr versteht. Stattdessen finde ich mich hier wieder, Monat um Monat, unterweise andere und werde meinerseits unterwiesen. Vielleicht hätte ich meine Entscheidung gründlicher überdenken sollen.«

Kyros fand Vergnügen an der sichtlich schlechten Laune des jüngeren Mannes, die mit einem grimmigen Humor einherging, den er aus dem sarkastischen Tonfall heraushören konnte.

»Ich vermute, dass deine Art zu reden dir wenige Freundschaften einbringt, Xenophon«, sagte er.

Als Ausdruck seiner Eigensinnigkeit trat das Kinn des Griechen hervor. Er reckte herausfordernd den Kopf, und Kyros lachte mit beschwichtigend erhobenen Händen.

»Bitte verzeih. Ich will dich nicht beleidigen, sondern verstehen. In den Städten meines Vaters …« Er hielt inne, und für einen Augenblick legte sich ein Schatten auf seine Züge. »In den Städten meines Bruders wissen die Männer ganz genau, wo ihr Platz ist. Sie wissen es dank ihrer Familien, ihrer Blutlinie, aus Erfahrung, durch Förderung und Aufstieg, durch ihre Freundschaften und ihre Beziehungen – aber sie wissen bis in die letzten Fasern ihrer Knochen, wo sie stehen. Wir verbringen unser Dasein nicht in dieser Leidenschaft für das Mögliche, für diese Unsicherheit. Ein Mann weiß, wie er sich einem Prinzen zu Füßen zu werfen und Unterwürfigkeit von jenen einzufordern hat, die unter ihm stehen.«

»Das klingt … friedlich und beruhigend«, sagte Xenophon. Seine Ehrlichkeit brachte ihn dazu fortzufahren. »Obwohl es mir in Wahrheit so vorkommt, als wäre es …« Unsicher werdend verstummte er.

Kyros bedeutete ihm mit einer Geste weiterzusprechen.

»Ich schwöre dir – solange du in meinen Diensten stehst, wird nichts, was du äußerst, mir Anlass zum Ärgernis geben. Ich will nichts weiter, als die Wahrheit hören.«

Xenophon gestattete sich ein schmales Lächeln. Der Prinz von Persien, der die halbe Welt nach Sardes gebracht hatte, um sie auszubilden, gefiel ihm.

»Hoheit, so Ihr denn eine Ordnung beschreibt, die aus Herren und Dienern besteht, bewundere ich diese – da ich mich selbst augenblicklich als Herren wähne. Und natürlich bewundert ein Herr ein System, das ihn begünstigt. Würde ich mich allerdings als jemanden ansehen, der gezwungen ist, in der brennenden Sonne zu arbeiten, womöglich für einen Mann, der es aus meiner Sicht nicht verdient hat, über mir zu stehen … würde dies meinen Unmut erregen. Wenn ich vor Euch niederknie, dann deshalb, weil ich die Tradition ehre und der Ansicht bin, ein Mann müsse um seine Stellung im Leben wissen. Doch Ihr seid mir freundlich begegnet. Hättet Ihr mir Geringschätzung entgegengebracht oder mich beleidigt, wäre ich weniger willens gewesen, mein Knie zu beugen. Wie auch immer, ich bin ein freier Grieche, ein Athener, Hoheit. Ich habe einen Eid geschworen, Euch zu dienen, und ich habe Euer Silber angenommen. Mein Schwur verpflichtet mich, doch wenn ich den Göttern gegenübertrete, werde ich immer noch sagen können, dass die Entscheidung bei mir lag.«

Kyros gluckste. Dieser ernst gestimmte junge Mann, der so freimütig mit ihm disputierte, amüsierte ihn. Er verspürte nicht den geringsten Anflug von Ärger, wie er es auch einem

Welpen kaum übel genommen hätte, an seinen Fingern zu knabbern. Es war eine Herausforderung ohne aggressiven Biss, und sie tat ihm keineswegs weh. Immerhin stellte er sich die Frage, ob er sich möglicherweise zu lange in der Gesellschaft von Griechen getummelt hatte.

Statt Einwände gegen die Ausführungen Xenophons zu erheben, fuhr Kyros mit der Hand das Bein des prächtigen unkastrierten Hengstes hinab, den der Grieche geritten hatte.

»Dies ist ein edles Tier«, sagte er. »Meinem Pasacas hier ebenbürtig, scheint mir.«

Xenophon warf einen fachmännischen Blick auf das Pferd des Prinzen und gab mit einem Nicken sein Einverständnis.

»Euer Pasacas ist eine Handbreit größer, Hoheit, aber Ihr habt absolut recht. Mein Vater züchtete vierzig Jahre lang Pferde. Er tauschte ein Vermögen für persische Tiere ein, entsinne ich mich.«

»Es sind die besten der Welt«, sagte Kyros mit sanfter Stimme, wohl wissend, dass es der Wahrheit entsprach. Xenophon reagierte darauf mit einem Lächeln. Seine Gesichtsröte war verblasst, und Kyros ging auf, dass er die beiden jungen Männer allmählich wegtreten und ihren Pflichten nachgehen lassen sollte. Er suchte nach einem Weg, das Gespräch fortzusetzen, wohl wissend, dass er dem spartanischen General beim Abendessen ausgiebig davon berichten würde.

»Du bist ein Athener, der wie ein Perser denkt, Xenophon. Manchmal kommt es mir vor, ich wäre ein Perser, der wie ein Athener denkt.«

Xenophon kicherte und griff nach den Zügeln der beiden Pferde. Er ignorierte den geknickten Hephaistos, der wartend dastand, ohne auch nur den Kopf zu beugen und von einem zum anderen schaute. Xenophon fragte sich nach wie vor, ob Sokrates es eingefädelt hatte, dass sie beide sich am selben Tag verpflichtet hatten. Der Gedanke hob seine Stimmung erneut.

»Ich wünschte bloß, mein Freund Sokrates könnte Euch reden hören, Hoheit«, sagte er. »Solltet Ihr je die Möglichkeit haben, müsst Ihr ihn in Athen aufsuchen und ihm diese Dinge darlegen. Er wird Euch dafür lieben.«

Kyros schüttelte den Kopf.

»Ich glaube nicht, dass ich Griechenland noch einmal betreten werde, jedenfalls für eine geraume Weile nicht. Meine Aufgaben führen mich gen Osten, weit in die Wüsten hinein.«

»Es tut mir leid, das zu vernehmen. Es war mir eine Ehre, Hoheit«, erwiderte Xenophon. Er ließ sich abermals auf ein Knie nieder, wenngleich er dieses Mal dabei lächelte. Spontan verbeugte Kyros sich vor ihm, woraufhin beide grinsten, als sie sich aufrichteten. Xenophon schritt mit beiden Pferden an langer Leine voran, während der blamierte Hephaistos in ihrer Staubspur hinter ihnen her trottete.

Kyros sah ihnen nach. Sein Grinsen erlosch. Fast ein ganzes Jahr war seit dem Tod seines Vaters vergangen. Er hatte sein altes Leben als Befehlshaber der persischen Armeen wiederaufgenommen, als hätte sich nichts verändert, dabei war tatsächlich alles anders geworden. Er hatte Griechen aufs Schlachtfeld geleitet und diese dann von den besten Generälen zu äußerster Härte ausbilden lassen. Alles in allem verfügte er über vielleicht zwölftausend Hopliten, doch das war nicht genug. Sein Bruder konnte sechshunderttausend Männer aufs Feld schicken – Kyros kannte die Zahlen besser als jeder andere lebende Mensch. Ihm war bewusst, dass er mehr persische Regimenter benötigte. Mit lediglich zwölftausend Griechen konnte er nicht gewinnen, nicht gegen so viele! Dennoch wuchs die Gefahr, je mehr persische Streitkräfte er ins Spiel und in die Reichweite von Sardes brachte. Einige griechische Generäle hatten die Schwachstelle bereits ausgemacht. Nur wenige Feinde in der Welt erforderten eine solche Heerschar. Während sie Monat für Monat größer wurde, würde es für alle offenkundig werden, dass es in Wirklichkeit nur einen einzigen Feind gab.

Kyros biss sich auf die Unterlippe und kaute auf einem Hautfetzen herum, während eine leichte Brise ihn umspielte. Er hatte ein Heer ausgehoben, doch dessen persischer Teil war gekommen, weil er ein Prinz und Kommandeur der Soldaten des Imperiums war. Er hatte die Offiziere sorgfältig ausgesucht, Männer, die er herangezogen hatte, Männer, die ihm vertrauten und ihn bewunderten. Dennoch würde der Moment kommen, in dem diese Regimenter realisierten, wohin sie marschierten. Sollten sie dann meutern, würde dies seinen Untergang bedeuten.

Gegen seinen Vater wäre es unvorstellbar gewesen – ein von Beginn an todgeweihtes Unterfangen. Gegen seinen Bruder Artaxerxes dagegen hoffte Kyros eine Chance zu haben. Für die Regimenter Persiens war Kyros der Prinz, den sie kannten, die rechte Hand des neuen Königs. Vielleicht würden sie zu ihm stehen. Er hatte sein Leben und die Existenz des gesamten Großreiches dafür riskiert, dass sie es taten, wenn der Augenblick gekommen war.

Er dachte an die jungen Athener, die geritten waren wie der Wind. Die beiden waren eindeutig keine Freunde gewesen, und trotzdem hatte einer von ihnen, Xenophon, sein Leben riskiert, um das des anderen zu retten. Es fiel schwer, solchen Männern die Bewunderung zu verweigern. Kyros hatte seit jeher um seine Stellung innerhalb der Sippen und des persischen Hofes gewusst. Und doch war ihm irgendwann gedämmert, dass darin auch eine Art Tod, ein ungelebtes Leben wohnen konnte. Nun, er hatte entschieden, die Karten neu zu mischen. Er würde erfolgreich sein oder scheitern, doch kein Mann würde je das Urteil fällen können, er habe seinen Platz gekannt und sich seinem Schicksal gefügt. Er lächelte in sich hinein. Es war ein tröstlicher Gedanke.

9

Kyros stand neben Proxenos dem Böotier. Der korpulente griechische General schien sich im strömenden Regen reichlich elend zu fühlen. Klearchos hatte sich die Arme und den spartanischen Umhang eng um den Leib geschlungen, obwohl er bereits bis auf die Knochen durchnässt war. Kyros hatte Proxenos die ganze Nacht hindurch in dessen Zelt schniefen und husten hören. Wie zu erwarten, hatte der General zu ihnen beiden kein Wort darüber verloren. Kyros war nicht entgangen, wie sehr die anderen Griechen darauf bedacht waren, sich das Jammern zu verkneifen, wenn die Spartaner sich in der Nähe aufhielten. Sie brachten ihnen einen außergewöhnlich hohen Grad an Respekt entgegen. Klearchos tat natürlich so, als wäre ihm dies gar nicht bewusst, wenngleich der Prinz vermutete, dass es ihm durchaus stille Befriedigung verschaffte.

Die Berge im Norden Phrygiens waren dicht bewaldet, sodass ganze Heere an einem solchen Ort Manöver und Kampftaktiken trainieren konnten, ohne neugierigen Blicken oder der Beobachtung ihrer Feinde ausgesetzt zu sein. Ein Sechstagemarsch von Sardes in nördlicher Richtung verschaffte ausreichend Ungestörtheit, um eine beträchtliche Anzahl persischer und griechischer Regimenter erstmals zusammenzubringen. Klearchos hatte darauf bestanden. Es war eine der Ironien, die Kyros' Stellung mit sich brachte – seine persischen Offiziere wussten noch nicht, weshalb eine derart riesige Heerschar versammelt worden war, während die Spartaner den Grund dafür kannten, wie auch einige der anderen griechischen Kommandeure zumindest den Verdacht hegten, dass sie es keineswegs auf Bergvölker abgesehen hatten.

Klearchos hatte verlangt, sich ein Bild vom Niveau der persischen Regimenter machen zu können, die er im Gefecht befehligen würde. Es entsprach einem Minimum an gesundem Menschenverstand, dieser Forderung entgegenzukommen, doch nach fast sechs Wochen simulierter Kriegskunst und Leibesübungen bereute Kyros es. An just jenem Morgen hatte er miterlebt, wie ein Perser-Regiment von mit nichts als Knüppeln und Stöcken bewaffneten Korinthern durch die Bäume gehetzt und bezwungen worden war. Der oberbefehlshabende Polemarch der Perser verharrte ein Dutzend Schritte entfernt bei seinem Pferd und verrenkte sich den Hals nach einem Zeichen des Prinzen, sich ihm nähern zu dürfen.

Kyros kochte innerlich. Schlimm genug, dass griechische Soldaten immer und immer wieder persische Linien durchbrachen. Männer wie Proxenos und Klearchos schienen imstande, aus dem Nichts neue Pläne improvisieren zu können, die ihre Hopliten dann in die Tat umsetzten – zügig und mühelos. Demgegenüber wirkten die persischen Regimenter ungeschickt und behäbig. Mehr als einmal befanden sie sich in der Situation, dass sie einen zuvor befohlenen Vorstoß weiterführten, während die zum »Feind« bestimmten Griechen längst zur Seite ausgewichen waren, ihnen zusahen und sie mit johlendem Hohngelächter bedachten. Solche Mängel konnten, wie Kyros hoffte, mit der Zeit sicher behoben werden, sofern die richtigen Offiziere zum Einsatz kamen. Er spähte zur Linken und seufzte beim Anblick des Persers, welcher ihn erwartungsvoll anstrahlte. Statt die Sache noch weiter aufzuschieben, gab Kyros ihm ein Handzeichen. Unverzüglich drängte sich der Mann durch die vorderen Reihen der Garden, wobei seine Brust anschwoll wie die eines Zwerghahns.

Klearchos und Proxenos schauten zu, wie der Perser sich in voller Länge auf den schlammigen Boden warf. Immerhin darin zeigte er perfektes Auftreten. Kyros hätte die Geste wahrscheinlich weitaus stärker zu würdigen gewusst, wäre Polemarch Eraz von Tirazis an diesem Morgen nicht dreimal für die vollkommene Schlappe seiner Soldaten verantwortlich gewesen.

»Ihr erweist mir große Ehre, Hoheit«, sagte der Offizier steif. »Ich bin es nicht wert, vom Glanze Eurer Anwesenheit beleuchtet zu werden. Gewährt mir nur einen Augenblick Eures Tages, und ich erfahre tausendfaches Glück und Segen in meiner Unwürdigkeit.«

Kyros stellte fest, wie sehr er die unverblümte Ausdrucksweise der Griechen vermisste.

»Du bittest um ein Wort, Polemarch. Wenn meine Zeit so wertvoll ist, solltest du vielleicht weniger Worte machen oder wenigstens schneller sprechen.«

»Natürlich, Hoheit. Ich wünschte lediglich zum Ausdruck zu bringen, wie enttäuscht ich heute Morgen von den Männern war.«

»Von den Männern«, wiederholte Kyros mit erhobener Braue.

»Eure Hoheit müssen wissen, dass die Regimenter, welche meinem Kommando unterstellt wurden, aus Bauern bestehen, die meisten von ihnen Meder. Sie sind keine besonders gesitteten Burschen, falls Ihr mir folgen könnt. Sie trotten daher wie Rinder, vorwärts, rückwärts. Sie halten an, wenn man ihnen zu halten befiehlt, stehen dann aber einfach nur gedankenlos herum. Hunderte von ihnen habe ich für diese Unverschämtheit auspeitschen lassen, mit dem einzigen Ergebnis, dass sie jeden Tag mürrischer und dümmer werden.«

»Was willst du, Polemarch Eraz? Wieder nach Hause zurück? Das lässt sich arrangieren.«

»Nein, Hoheit!« Der Perser schien aufrichtig gekränkt. »Ich bitte nur darum, einen der persischen Kampftrupps überstellt zu bekommen. Möglicherweise wären meine Meder glücklicher mit einem, der ihre Sprache ein wenig besser spricht.«

»Die Meder verstehen dich nicht?«, fragte Kyros leise.

In erneut aufsteigendem Ärger schüttelte der Perser den Kopf.

»Sie sind Esel und Landwirte, Hoheit. Bauerntrottel. Ich wurde in Persepolis ausgebildet, an der Seite kaiserlicher Offiziere. Der Stammbaum meiner Familie kann vierunddreißig Generationen weit zurückverfolgt werden. Bin ich etwa ein Hirte, solche Schafe hüten zu müssen?« Er kicherte über seinen eigenen Witz. »Ich glaube, Ihr versteht, Hoheit.«

»Das tue ich«, sagte Kyros. »Ein Problem zu verstehen bedeutet jedoch nicht, dessen Lösung zu kennen. Dich könnte ich auspeitschen lassen. Ich könnte dir die Ohren abschneiden oder deine rechte Hand als Zeichen des Versagens brandmarken lassen. Ich könnte dich heimschicken oder dir einfach einen Strick reichen und befehlen, dich aufzuhängen. Allerdings habe ich Hunderte von Offizieren wie dich, denen es nicht im Traum einfällt, es könnte auf sie zurückzuführen sein, wenn die Reihen ihrer Männer durchbrochen und sie in die Flucht geschlagen werden, wieder und wieder und *wieder*!«

Das letzte Wort brüllte Kyros Eraz von Tirazis entgegen. Als Reaktion darauf warf der Mann sich abermals zu Boden und bedeckte seinen Kopf mit den Händen.

»Wache! Führt diesen Idioten ab und entkleidet ihn. Verpasst ihm vor den Augen seiner Männer vierzig Peitschenhiebe auf den Rücken.«

Der Polemarch schrie vor Entsetzen und Bestürzung auf, als er hörte, was ihm blühte.

»Hoheit, womit habe ich diese Strafe verdient? Bitte! Erlaubt mir, mich aufzuknüpfen, bevor ich eine solche Schande erdulden muss. Was habe ich nur getan? Bitte, ich verstehe es nicht …« Er wurde fortgeschleift, wobei er unaufhörlich klagte und flehte.

Hinter ihm hob Kyros den Kopf dem Regen entgegen, der ihm mit eisigen Fingern über den Nacken zu streichen schien. Proxenos stieß ein heftiges Niesen aus, und Kyros, noch immer von seiner eigenen Hilflosigkeit in Rage, wirbelte zu ihm herum. Der General hob kapitulierend die Hände und vermochte in seinem Elend nichts anderes zu tun, als den Rotz aus seiner Nase in die Ecke seines Umhanges zu schnäuzen.

Auch der Spartiat räusperte sich, sodass Kyros zu ihm hinübersah.

»Ihr habt etwas hinzuzufügen, Klearchos?«

»So ich dies darf, ohne dass Ihr Befehl gebt, mich auszupeitschen, habe ich das vielleicht, ja.«

Kyros beherrschte sich nur mit Mühe. Er neigte den Kopf, und einer seiner Mundwinkel zuckte.

»Bitte. Ich würde keinen Griechen peitschen lassen, selbst wenn Ihr mir einen Anlass dazu gäbt. Ihr wisst es so gut wie ich – Eure Dienste sind keine Sklaverei. Ihr müsst verstehen, dass meine persischen Offiziere ein solches Durchgreifen von mir erwarten. Die anderen werden sehen, dass Eraz von Tirazis vor seinen Leuten ausgepeitscht wurde, und sie werden begreifen, dass er zumindest einen Teil der Schuld an der armseligen Vorführung dieses Vormittages trug. Er wird ein paar Tage in der Obhut und Pflege unserer Ärzte verbringen. Falls er Verstand und Kraft genug besitzt, die Peitschenhiebe gut wegzustecken, wird das seine Männer vielleicht dazu verleiten, ihn mehr zu respektieren, als sie es im Moment tun. Eventuell schicke ich ihm einen Lehrmeister, der ihm Befehle in der Meder-Sprache beibringt, während er sich erholt. Ja, das würde sich bestimmt lohnen.«

Klearchos nickte, obwohl er bemerkte, wie der Prinz während seiner Ansprache die rechte Hand wiederholt zur Faust ballte.

»Ich bin froh darüber, dass Ihr einen solchen Befehl nicht geben würdet. Ein Prinz, der um seine Grenzen weiß, ist selten.«

Kyros' Augen zuckten in die Richtung des Mannes, der ihm soeben mitgeteilt hatte, er würde es nicht dulden, bestraft zu werden – ein Mann, der ihm diente. Der Prinz fühlte Wut in sich aufbranden, und sein Gesicht rötete sich. Klearchos wiederum beobachtete den Versuch des Prinzen, seinen Zorn zu zügeln, mit reger Neugier.

»General«, begann Kyros, »verzeiht mein Verhalten. Heute sehe ich mich mit nichts als Schwierigkeiten konfrontiert. Eure Männer sind … vortrefflich. Ich dachte, mir sei bekannt, was die sagenhaften Spartaner zu leisten vermögen, doch wenn man Zeuge wird, wie Ihr unter Umständen trainiert, die einer wirklichen Schlacht nahekommen … die Wahrheit ist noch viel außergewöhnlicher. Jeder einzelne Spartiat scheint wie ein General zu denken, nimmt jedoch als Soldat Befehle entgegen. Wie funktioniert das, Klearchos? Hätte ich zehntausend von dieser Sorte, bräuchte ich den gesamten Rest nicht. Allein mit diesen könnte ich die Welt erobern.«

»Wir werden erzogen, für uns selbst zu denken«, erwiderte Klearchos. »Aber ohne Urteilsvermögen hat Freiheit wenig Sinn. All meine Männer trainieren und kämpfen seit Jahren zusammen, Hoheit, seit ihrer gemeinsamen Zeit in den heimischen Knabenkasernen. Natürlich folgen sie Befehlen, doch wenn sie eine Bresche oder Schwachstelle ausmachen, liegt es in ihrem Ermessen, sich aus der Ordnung zu lösen und anzugreifen. Kein Offizier ist in der Lage, das gesamte Gefecht zu überblicken, genauso wenig wie ein Soldat. Darum sitzt Ihr auf einem hohen Reittier, und darum schicken wir flankierende Späher und Aufklärer voraus. Und doch kommt, so sorgfältig und vorausschauend wir uns auch vorbereiten, irgendwann ein Augenblick, in dem ein Hoplit an zwei schwächeren Kämpfern vorbeimarschiert und sich plötzlich an der Spitze der Formation wiederfindet, möglicherweise in greifbarer Nähe zu einem Mauerloch oder einem feindlichen General. Wartet er nun auf Befehle, wird der Augenblick verstreichen. Stürmt er gedankenlos vorwärts, könnten die eigenen Reihen scheitern und vernichtet werden. Es ist eine Angelegenheit höchst anspruchsvollen Ermessens. Trifft er die richtige Entscheidung, gewähren wir ihm Beförderung und Aufstieg. Aus solchen Männern machen wir Offiziere. Wir ehren sie sogar mit Kränzen und geschenkten Häusern. Bringen sie jedoch Zerstörung über ihre Reihen, spuckt jeder aus, sobald ihm dieser Tag ins Gedächtnis gerufen wird, und kein Kind wird mehr einen jener Namen tragen, die für alle Ewigkeit befleckt und zur Erinnerung verdammt sind.« Der General zuckte mit den Schultern. »Wie gesagt, es ist eine Sache des Abwägens.«

Klearchos richtete seinen Blick kurz in die Ferne und dachte über seine Worte nach. Kyros bemerkte es und forderte ihn mit einer stummen Geste auf fortzufahren.

»Dieser Offizier, den Ihr zum Auspeitschen abführen ließet, war meiner Ansicht nach zu dumm zum Anführen. Er bringt seinen Männern keine Liebe entgegen, keinerlei Wertschätzung ihrer Fähigkeiten und ihres Mutes. Ich habe seine Meder gesehen – das sind robuste und zuverlässige Krieger, keineswegs leicht zu schlagen. Selbstverständlich passt es ihnen nicht, mit wie Wölfen heulenden Spartanern und Korinthern an ihren Flanken die Hügel rauf und runter zu marschieren! Ihnen ist kalt, sie sind nass bis auf die Knochen, übermüdet und dieses Lebens überdrüssig. Und sich obendrein von einem solchen Mann tadeln und niedermachen zu lassen – es wundert mich, dass sie ihn nicht getötet haben, um ehrlich zu sein. Ihre Moral muss wahrlich tief im Keller sein.«

»Was würden denn Spartaner mit einem Mann dieser Art anstellen?«, fragte Kyros verzweifelt. »Etliche Dutzend meiner Leute sind nicht besser. Und einige deutlich schlechter.«

»Wir würden damit anfangen, ein ruhiges Gespräch mit ihm zu führen«, antwortete Klearchos. »Fünf oder sechs von uns würden ihm erklären, was er falsch gemacht hat, sollte er es nicht wissen. Wir würden dafür sorgen, dass er es versteht. Wenn er dann wieder geht, würden wir überprüfen, ob ihm ein Stück Weisheit zuteilwurde. Manche Männer zerbrechen an dieser Erfahrung. Andere betrachten sie als Initiationsritus und wachsen daran, werden stärker. Wenn Letzteres nicht eintreten sollte, würden wir ihn, so fürchte ich, den

Wölfen zum Fraß vorwerfen. Wir dulden keine Schwäche, Prinz Kyros, aber … unser Weg ist nicht für jedermann der richtige. Tatsächlich würde unser Weg eines Eurer Regimenter zermürben und letztlich kaputtmachen. Wie auch das tägliche Durchprügeln eines Pferdes oder eines Hundes dieses Tier in eine furchtsame oder blutrünstige, keinesfalls jedoch bessere Kreatur verwandeln würde.«

Kyros fluchte und schlug sich mit der Faust so hart gegen eine seiner Harnischplatten, dass die Knöchel bluteten. Klearchos schaute gelassen zu.

»Mit Verlaub, Eure Hoheit – Ihr scheint ein Mann zu sein, der sich bisweilen von seinem Zorn verzehren lässt. Jede Armee braucht Zeit, um sich für den Kampf zu wappnen. Mir sind schon Pöbelhorden und niederes Geschmeiß vor Augen gekommen, aus denen ausgezeichnete Regimenter gemacht wurden. Eure Perser sind nicht weniger tauglich, nicht undisziplinierter als viele andere, die mir begegneten. Nichtsdestotrotz scheint Ihr Euch stärker anzuspannen, immer ungeduldiger zu werden und reine Schwarzseherei zu betreiben. Gibt es wirklich nichts anderes für Euch?«

Kyros' Antwort klang verbittert.

»So ist der Thron meines Vaters bloß eine lächerliche Spielerei? Ist er in Euren Augen all das Ringen nicht wert?«

»Ganz im Gegenteil! Ich kann mir nichts auf der Welt vorstellen, wonach es mehr zu streben lohnte.« Der Spartaner-General wand sich unbehaglich und warf Proxenos, der näher gekommen war, um zuzuhören, einen raschen Blick zu. »Aber … ein einzig und allein dem Krieg gewidmetes Leben ist kein glückliches. Wenn ein Mann monate- oder jahrelang an nichts anderes denkt, verliert er etwas Wesentliches, etwas Unverzichtbares. Mit der Rache, glaube ich, verhält es sich ebenso, sofern man es zulässt, dass sie sich zu einer lodernden Feuerstätte auswächst. Ein Mann kann von seinem eigenen Zorn zerfressen und vernichtet werden, Hoheit, dergleichen habe ich selbst gesehen. Sein Urteilsvermögen kann darunter leiden, wenn nicht gar ein heftiger Krampf ihn erfasst, sodass sein Herz zerspringt oder seine Gesichtszüge zerfließen wie geschmolzenes Wachs. Hätte ich zu Hause nicht meine Frau, meine Söhne und Töchter, würde ich nicht so hart arbeiten, scheint mir. Wenn ich daheim bin, bestelle und hege ich in Frieden ein schmales Stückchen Land. Ich ziehe Oliven und Zwiebeln. Wann immer ich vom Klirren der Klingen und dem Gestank des Todes taub und blind bin, denke ich an jenen kleinen Ort.«

Dem General fiel auf, wie erstaunt Proxenos ihn ansah, und er wurde rot. Klearchos war kein Mann, der zu langen Reden neigte, und doch hatte er dem Prinzen eine helfende Hand ausgestreckt. Es hatte den Anschein, dass Kyros ein Mensch war, dem man seine Sympathie schlecht verwehren konnte. Klearchos schob den Gedanken beiseite. Wenngleich er ganze Mannschaften in Reih und Glied marschieren ließ und Heere anführte, war er nicht immun gegen das Verlangen, das in all ihnen gor und flüsterte – die Sehnsucht, einem wahrhaft großen Mann folgen zu dürfen. Für einen würdigen Prinzen würden seine Armeen, wie Klearchos wusste, durchs Feuer gehen. Er selbst auch.

»Hoheit, es ist … manchmal schwierig, das hehre Ideal Spartas im Kopf zu behalten und zu erfüllen. Ich habe Sparta mein Leben gegeben, mein Blut, meinen Schweiß und all die Jahre meiner Jugend, aber hier im Regen, wenn meine Riemen scheuern und ich erschöpft bin, ist es schwer, meine

Heimat und das, wofür sie steht, nicht zu vergessen. An meine Kalandra zu denken ist leichter.«

»Ich hatte einst eine große Liebe«, gestand Kyros. »Nur ein einziges Mal. Doch sie heiratete einen anderen.«

»Vielleicht wird sie Euren Antrag erneut in Betracht ziehen, wenn Ihr mit Eurer Mission hier erfolgreich seid«, gab Klearchos zurück.

Proxenos prustete. Beide Männer drehten sich zu ihm um und sahen, wie er in sein Stofftuch hineinkicherte, als er sich damit die wunde Nase abwischte.

»Wenn es um Krieg geht, würde ich einen Spartaner um Rat bitten, Hoheit. In Fragen der Liebe würde ich davon absehen. Sie suchen sich ihre Frauen unter den Gewinnerinnen von Wettrennen aus.«

»Das ist nicht wahr«, widersprach Klearchos. Kyros starrte ihn mit weit aufgerissenen Augen an. Er zuckte mit den Achseln. »Hin und wieder, stimmt. Schnelle Frauen gebären kräftige Söhne.«

»Schnelle Frauen mit hübschen, zarten, seidigen Schnurrbärten«, sagte Proxenos.

Klearchos warf ihm einen ruhigen Blick zu, woraufhin Proxenos über die Angemessenheit seiner Äußerung nachdachte und auf seine Füße hinabsah. Dann stieß der Spartaner ein heiseres Lachen aus und schlug dem schniefenden General auf die Schulter, fest genug, um ihn ins Stolpern zu bringen.

»Prinz Kyros«, sprach Klearchos, »Ihr habt gute Männer um Euch versammelt. Gebt mir ein Jahr, und ich forme sie zu einer Armee, die in der Lage sein wird, die Welt erbeben zu lassen. Ich kann Eure persischen Regimenter nicht in Spartiaten verwandeln. Aber ich kann Korinther oder Athener aus ihnen machen. Vielleicht sogar Böotier. Das wird gut genug sein.«

Proxenos schlug spielerisch nach ihm, und Klearchos duckte sich glucksend unter dem Hieb weg. Der Regen wurde noch stärker, obgleich sich ihre Stimmung unter dem Wolkenbruch aufgehellt hatte. Alle drei Männer waren entspannt, als sie sich umwandten und einen Kundschafter über den schlammigen Grund und den Hang herauf schlittern sahen. Der Junge war Perser, und er entrollte eine Matte, auf der er sich auf den Bauch warf und Kyros einen Schriftrollenbehälter aus poliertem Stein entgegenstreckte. Der runzelte die Stirn, als er das Siegel brach und eine Pergamentrolle herausklopfte. Der Regen prasselte dagegen wie auf das Fell einer Trommel, verschmierte die Tinte und verwischte die Buchstaben. Kyros' Lippen wurden schmal.

»Ich glaube nicht, dass wir das Jahr bekommen, das Ihr bräuchtet, General«, sagte Kyros. »Anscheinend hat mein Bruder einen alten Freund ausgeschickt, um die Armeen des Westens zu inspizieren. Tissaphernes ist in Sardes angekommen und verlangt dringend nach meiner Anwesenheit.«

Kyros rollte die Botschaft zusammen, obwohl sie nun zu durchweicht war, um sie wieder in die Hülle zurückschieben zu können. Er zerbrach die Röhre über seinem Knie, pfiff nach seinem Pferd und bestieg es ohne Aufsitzblock mit einem Sprung. Als er die Zügel ergriff, legten sich Proxenos und Klearchos ihre rechte Hand auf die linke Schulter und senkten die Köpfe.

»General Klearchos, General Proxenos. Ich würde Euren beratenden Beistand in Sardes sehr schätzen. Es würde mich interessieren, wie Euer Eindruck bezüglich dieses persischen Edelmannes lautet. Soll ich Euch Reittiere satteln lassen?«

Bevor der Spartaner die Bitte abschlagen konnte, ergriff Proxenos das Wort.

»Wenn dies Euer Befehl ist, dann natürlich, Hoheit. Schließlich haben wir einen Diensteid geleistet.«

Klearchos bedachte den Böotier mit einem stechenden Blick, der Möglichkeit beraubt, auf einen Fußmarsch zu bestehen. Kyros zauderte keine Sekunde und war in Gedanken bereits bei dem Treffen mit einem Mann, den er lieber tot als frei herumlaufen sähe.

»Das ging schneller, Klearchos.«

»Ihr könnt hinter mir reiten, wenn Ihr mögt, General«, sagte Proxenos.

»Nein, das werde ich nicht tun«, gab Klearchos zurück. Er verbeugte sich und schlug sich abermals mit der rechten Hand gegen die linke Schulter. »Natürlich, Hoheit, wie Ihr befehlt.«

Als Kyros mit lediglich vierzig Männern in die Stadt einritt, hatte Tissaphernes bereits eine Woche im Palast von Sardes verbracht. Eine sechshundert Soldaten starke Leibwache eskortierte den persischen Adelsherrn. Kyros hielt es trotzdem für ziemlich mutig, nach dem, was sich auf dem Plateau zwischen ihnen ereignet hatte. Der Prinz galoppierte in den offenen Hof, sprang ab und sah sich stummen Reihen Unsterblicher gegenüber, deren schwarze Uniformen unmarkiert waren. Unweigerlich fragte er sich, ob welche unter ihnen in Persepolis dabei gewesen waren, als sein Leben an einem seidenen Faden gehangen hatte.

Die Reiter, die Kyros begleiteten, wirbelten eine Wolke auf, als sie ihrerseits schwungvoll absaßen und ihre Zügel an Sklavenjungen übergaben. Staubwolken stoben über die

Streitkräfte des Tissaphernes hinweg, gleich einem Schmutzfleck in der Luft.

Kyros konnte sein Herz schlagen spüren. Er konnte sich nicht darauf verlassen, dass sein Bruder nicht den Befehl gegeben hatte, ihn umzubringen. Er zog in Betracht, mit Tausenden von Männern herzukommen, doch mehr als alles andere hätte eine solche Machtdemonstration seine Stärke verraten. Stattdessen musste er so agieren, als wäre alles zwischen ihnen Vorgefallene vergeben, als betrachtete er Tissaphernes und Artaxerxes nicht als seine Feinde. Auch wenn es ihn sein Leben kosten sollte, musste er seine Rolle konsequent spielen.

Folglich trat er vor und gab keinerlei Hinweis darauf, dass er die steigende Anspannung in den Reihen der Unsterblichen registrierte. Kyros setzte ein Lächeln auf, streckte die Hände aus, umarmte den älteren Mann und küsste ihn gemäß der formellen Hofetikette auf Wangen und Lippen. Dabei erinnerte sich der Prinz an eine alte griechische Erzählung über einen, der eine steif gefrorene Giftschlange im Schnee gefunden hatte. Der Mann verspürte Mitleid mit der todgeweihten Kreatur und drückte sie an seine Brust, um dem Wesen Wärme zu spenden. Als die Lebensgeister der Schlange wiedererwachten, versenkte sie ihre Giftzähne in sein Fleisch und raubte ihm das Leben. Kyros hatte eine Viper an seiner Brust gesäugt, indem er Tissaphernes als einen Freund betrachtet hatte. Diesen Fehler würde er kein weiteres Mal begehen.

Neben Proxenos und Klearchos hatte auch General Netos der Stymphalier den Prinzen begleitet. Er trat ebenfalls vor, um den Perser zu begrüßen, obgleich Tissaphernes angesichts des Geruchs von Schweiß und Pferden, den die Männer wie Hitzewellen verströmten, als sie sich zur Vorstellung versammelten, die Nase rümpfte. Einer seiner Leibwächter streckte die Hand nach dem General aus, um ihn daran zu hindern, zu nahe zu kommen, doch Netos verdrehte dem Mann die Finger, was diesen erschrocken aufschreien ließ. Der Blick, den Tissaphernes daraufhin seinem Offizier zuwarf, war pures Gift.

»Vielleicht solltest du dich davonmachen und nachschauen, ob die Küchen für uns bereit sind, Hauptmann«, sagte Tissaphernes.

Der Mann lief rot an vor Wut, und seine Augen funkelten, als sie den Stymphalier taxierten. Netos schien gar nicht bemerkt zu haben, was er angerichtet hatte, wenngleich Kyros entzückt darüber war, die von Tissaphernes inszenierte Zurschaustellung durchkreuzt zu haben. Es war schlimm genug, auf einen erbitterten Gegner zu treffen – doch in einem königlichen Palast begrüßt zu werden, als sei Kyros der Gast und Tissaphernes der Hausherr, war eine Unverfrorenheit.

Der Prinz lächelte, legte Tissaphernes einen Arm um die Schultern und drehte ihn zu sich. Er wusste besser als die meisten anderen um dessen Abneigung gegenüber körperlicher Nähe, weshalb Kyros ihn auf ihrem Weg hinein besonders innig drückte.

»Ich bin so erfreut darüber, ein vertrautes Gesicht an diesem Ort zu erblicken, alter Löwe. Ich habe dich vermisst. Ich dachte, du wärst mir noch immer böse, wegen …«, er warf eine Hand in die Luft, »allem, was sich zuvor in Persepolis ereignet hat. Vielleicht war es ja nur eine Einbildung, aber ich hielt es für das Beste, mich fernzuhalten, weit westlich, zumindest für ein paar Jahre, während mein Bruder sich an sein Leben als Großkönig und Gottkaiser gewöhnt.«

»Ich verstehe«, sagte Tissaphernes. Er warf einen skeptischen Blick auf die drei griechischen Generäle, die ihnen unmittelbar folgten. Er fragte sich, ob irgendeiner von ihnen der königlichen Zunge mächtig war. »Obzwar ich mit Bedauern sehe, dass Ihr noch immer mit Griechen verkehrt, Hoheit.«

Zu seiner Überraschung drohte Kyros ihm mit dem Zeigefinger wie einem ungezogenen Kind.

»Tja, du hast mich meine Spartaner-Wache gekostet, alter Löwe. Ich hatte bei meiner Rückkehr einiges an Abbitten zu leisten. Und erst die Entschädigungszahlungen an ihre Familien! Mit dem Gold, das du mich an jenem Tag gekostet hast, hätte ich ein komplettes Regiment ausrüsten können – und wofür das Ganze? Ich bin immer loyal gewesen, das hast du selbst gesagt. Ich habe dem Thron und meinem Vater mein ganzes Leben lang gedient – und ich bin ebenso willens, den Rest meines Lebens im Dienst meines lieben Bruders zu verbringen. Du kennst mich, alter Freund. Ich habe mit unseren Unannehmlichkeiten abgeschlossen. Das ist Vergangenheit. Ich kann mich nur entschuldigen und das Vergangene dort ruhen lassen, wo es hingehört. Was also gibt es sonst noch?«

Tissaphernes spürte, wie er sich unter dem Wortschwall, in Verbindung mit dem auf seinen Schultern ruhenden Arm seines alten Schülers, allmählich entspannte. Dennoch konnte er nicht widerstehen, den Gastgeber zu spielen, als sie weiter in die Korridore des Palastes eindrangen und die Sonnenhitze endgültig hinter sich zurückließen.

Zusätzlich zu seinen Wachen hatte Tissaphernes einen ganzen Hausstand an Knechten mitgebracht, einschließlich Assassinen, Köchen, Giftmischern und Sattlern, kurz alle, deren Fähigkeiten ihm irgendwie brauchbar und dienlich schienen.

Für jeden Gefährten von Kyros wurde veranlasst, ihn vor dem Mahl, das Tissaphernes für sie hatte bereiten lassen, gründlich gebadet und abgeschrubbt zu werden. Er entdeckte immer noch nicht die geringste Spur von Groll oder Feindseligkeit beim Prinzen, nicht einmal das leise Aufflackern davon.

»Das Abendessen wird bei Sonnenuntergang serviert, Hoheit«, teilte Tissaphernes ihm mit. »Mein Küchenmeister ist schon seit Tagen mit der Zubereitung beschäftigt.«

Auch wenn er es nur widerstrebend zugab, sah es ganz so aus, als könne er König Artaxerxes gute Neuigkeiten überbringen. Tissaphernes hatte seine Woche in der Stadt nicht vergeudet. Seine drei besten Spione waren ausgeschwärmt, um alles an Informationen zu sammeln, was verfügbar war. In jeder Stadt existierte ein königliches Netzwerk, welches den Chefs des kaiserlichen Spionageringes Bericht erstattete. Es war nur eine Frage der Zeit, bis Tissaphernes über jeden Schritt Bescheid wusste, den Kyros in den vorangegangenen sechs Monaten getan hatte, über jede Unterredung, jede Maßnahme, jede einzelne Entscheidung. Die Spione schrieben alle eingehenden Meldungen nieder und schufen auf diese Weise ein Gesamtbild, das er selbst gründlich studieren würde. Entscheidender aber war, dass er mit dem Prinzen speisen würde und ihn mehrere Tage lang beobachten konnte. Tissaphernes kannte Kyros seit dessen frühester Jugend, weshalb er sich sicher war, dass ihm kein Täuschungsmanöver entging. Der alte Lehrmeister spürte, wie der Stolz auf sein neu gewonnenes Selbstvertrauen seine Schultern straffte und seine Brust anschwellen ließ. Von seinem Urteilsvermögen hingen buchstäblich Leben und Tod ab. Ganze Heere warteten auf sein Wort.

Tissaphernes winkte zwei junge Sklaven herbei, sich ihm anzuschließen. Er liebte es, gebadet zu werden, und er befand sich in einer gelösten, mitteilsamen Stimmung. Schließlich war er nichts weniger als die rechte Hand eines Großherrschers, der Dolch des Königshauses. Diese Vorstellung gefiel ihm.

Das Essen an jenem Abend war eine intime Angelegenheit. Wenngleich Tissaphernes an jeder Ecke und auf jedem Korridor des Palastes Männer postiert hatte, standen an den Wänden des Speisegemaches lediglich sechs Wachen. Er selbst war in dunkles, golddurchwirktes Tuch gekleidet, dessen großzügig bemessener Schnitt ihm Kühle verschaffte, zugleich aber auch die gepuderten Fettfalten verbarg, die er sich zugelegt hatte, seit Kyros ihn das letzte Mal gesehen hatte.

Die Fenster waren hoch in die Mauern jenes Raums eingelassen, hier, in dem König Dareios einst in Anwesenheit eines Satrapen aus Indien und zu dessen Unterhaltung Rubine unter eine Schüssel Pflaumen gemischt hatte, die er seinen Kindern wie Bonbons zuwarf. Eine kühle Brise durchwehte ihn, sie strömte durch eine Trichterkonstruktion zwischen den Ziegeln des äußeren Daches – ein Wunder an Raffinesse, verantwortet vom ursprünglichen Architekten.

Die Oberfläche der Tafel selbst bestand aus dunkelgrünem Marmor, der so glänzend poliert war, dass sich zwischen den Speisen die Deckenbalken und die Gesichter der Bediensteten spiegelten, wenn diese sich darüberbeugten. Prinz Kyros saß am Kopf des Tisches, mit Tissaphernes zu seiner Rechten. Klearchos saß links von ihm, während Proxenos und Netos der Stymphalier weiter entfernt an der Längsseite Platz genommen hatten.

Tissaphernes gab weiterhin den aufmerksamen Gastgeber und wies anpreisend auf besondere Gerichte hin. Er beobachtete genau, ob Kyros bei irgendeiner Schüssel zögerte, doch falls der Prinz eine Vergiftung fürchtete, so zeigte er es nicht. Dieser Mangel an Misstrauen war vielversprechend, gestand sich Tissaphernes im Stillen ein. Ein des Verrates schuldiger Mann erwartete von anderen dieselbe Untat. Doch Kyros brach genießerisch das Brot mit den Fingern und trank sichtlich entspannt in großen Schlucken vom roten Wein.

»Darf ich fragen, Hoheit, ob diese griechischen Burschen unsere Sprache sprechen?«, wollte Tissaphernes wissen.

Zu seinem Erstaunen nickten Proxenos und Klearchos der Spartaner, wenngleich Proxenos mit einer abwägenden Handbewegung andeutete, sie alles andere als perfekt zu beherrschen. General Netos folgte dem Geschehen mit komplett verständnislosem Blick und sah in die Runde, als säßen einander anbellende Hunde um ihn herum. Diese leichte Unhöflichkeit ließ Tissaphernes erkennen, dass seine Verwirrung nicht gespielt war. Für die Ohren des Griechen klangen die Töne nicht nach einer echten Sprache, weshalb er auf sie reagierte wie auf Vogelgezwitscher – Geräusche, denen man keine Beachtung schenken musste oder über die man gar einfach hinwegsprechen konnte.

»Wie du siehst, alter Löwe, ist das Persische sowohl die Sprache des Handels als auch des Krieges, wenigstens unter jenen, die mit Krieg Handel betreiben.« Kyros redete ungezwungen, als wären sie nach wie vor Freunde.

»Ich verstehe. Ich werde darauf achten, nicht taktlos zu sein, Hoheit. Doch Euer Bruder bat mich, ein Urteil über die Einsatzbereitschaft unserer Kräfte vor Ort zu fällen. Es ist meine Aufgabe zu ermitteln, wie es um unsere Stärke bestellt ist – bei jenen, die für uns unter Waffen stehen. Könnt Ihr mir Zahlen nennen?«

»Selbstverständlich«, sagte Kyros und verteilte eine Kelle winziger weißer Eier auf seinem Brot und Fisch. »Ich werde meinen Heeresverwalter anweisen, die entsprechenden Unterlagen zugänglich zu machen. Du brachtest mir Rechenoperationen bei, Tissaphernes. Es würde mich beschämen, solltest du nun Fehler in ihnen entdecken.«

Tissaphernes lachte, leerte seinen Weinbecher und ließ sich nachschenken. Der Wein sorgte dafür, dass eine warme Glut in ihm aufstieg, und er lächelte den Prinzen an. Möglicherweise war der jüngere Sohn des Dareios eine größere und versöhnlichere Seele, als er gewusst hatte.

»Das Essen ist sehr gut«, sagte Klearchos auf Griechisch.

Angesichts der schlechten Manieren des Mannes runzelte Tissaphernes die Stirn, obgleich Kyros rasch eine Übersetzung lieferte. Netos' Miene erhellte sich bei den ersten Worten, die er verstand.

»Ah. Ich habe meinen Koch mitgebracht«, erwiderte Tissaphernes. »In meinem Alter könnte ich gar nicht mehr ohne ihn reisen, um ehrlich zu sein. Nichts, was nicht von seiner Hand zubereitet wurde, ist mir verträglich.« Er tätschelte sich reumütig den Bauch. »Hütet Euch vor den Säuren des Alters, Kyros.«

Für einen kurzen Augenblick ertappte sich Kyros bei einem Lächeln, als wären sie tatsächlich die alten Freunde, die sie einst gewesen waren. Er rief sich in Erinnerung, dass der Mann, der mit ihm am Tisch saß, willens gewesen war, ihm den Kopf abschlagen zu lassen. An dem fetten alten Lehrmeister, der dort neben ihm einen Brei aus Fleisch und Orangen zerkaute, war nichts Freundschaftliches oder Liebenswürdiges. Man brauchte nur einen flüchtigen Blick auf die Wachen an den Wänden zu werfen, um zu erkennen, dass sie sprungbereit waren, ihren Herrn zu verteidigen. Sie betrachteten Kyros als Feind, womit sie ihn daran erinnerten, dass er wahrhaftig einer war. Dennoch genossen sie ein wirklich köstliches Mahl, und Proxenos ächzte, als sie sich erhoben. Sie hatten ein Dutzend Gänge samt Weinbegleitung hinter sich gebracht, während Tissaphernes zu allem Erklärungen abgegeben und ein nimmer endendes Loblied auf seinen Koch gesungen hatte, bis Kyros ihn am liebsten erwürgt hätte. Die Griechen aßen spärlich, fiel ihm auf, doch das mochte daran liegen, dass Klearchos als Vorbild fungierte. Indem er von jedem Gang lediglich kostete, prüfte er ihn auf Gift. Was er natürlich wahrscheinlich auch tat.

Im abendlichen Zwielicht nach einem langen Tag fiel es schwer, das Gähnen zu unterdrücken. Kyros warf den Kopf in den Nacken und bedeckte seinen aufgerissenen Mund mit der Hand.

»Morgen, alter Löwe, werde ich einige unserer besten Regimenter vor dir aufmarschieren lassen. Ich habe mehrere Vermögen in sie investiert, aber ich denke, du wirst zustimmen, dass sie nicht vergeudet worden sind.«

»Das will ich nicht hoffen, Hoheit«, gab Tissaphernes mit warnendem Unterton zurück.

Dann herrschte Schweigen, und Tissaphernes sah den Prinzen eine Augenbraue heben. Er begriff, dass Kyros von ihm erwartete, sich ihm zu Füßen zu werfen. Es fühlte sich irgendwie nicht richtig an, dies zu tun, nicht gegenüber einem Mann, den zu beurteilen er gekommen war. Tissaphernes verbeugte sich steif. Er errötete, und als er aufsah, begegnete ihm Kyros' starrer Blick.

Tissaphernes stieß ein mattes Kichern aus.

»Ein neues Zeitalter ist angebrochen, Hoheit …« Zu seiner Überraschung sah er, wie Kyros' Züge sich verhärteten.

»Nein, Tissaphernes. Ich bin der Sohn meines Vaters. Ich bin der Bruder des Großkönigs Artaxerxes. Ist es deine Absicht, dich respektlos gegenüber meiner Familie, gegenüber dem Königshaus zu zeigen?«

Vielleicht war es kleinlich, doch Kyros hatte immerhin einen Abend lang die Gesellschaft eines Mannes ertragen, den er verabscheute und der jedes geäußerte Wort daraufhin abgewogen hatte, was es ihm über Kyros enthüllen mochte. Er nutzte die Gunst des Augenblickes und wollte diesen nicht verstreichen lassen, weshalb er dem Blick des Älteren standhielt, bis Tissaphernes noch tiefer errötete und sich langsam auf die Knie niedersinken ließ, bis er schließlich der Länge nach auf dem Bauch lag.

»Es ist wichtig, sich daran zu erinnern, wer von uns der Hausherr und wer der Gast ist«, sagte Kyros leise. Dann änderte er seine Stimmlage und zwang sich zu einem milderen Ton, als er die Arme ausstreckte und Tissaphernes auf die Beine half.

»Na also. Diese Griechen scheinen kein Verständnis dafür zu haben, wie bedeutsam es ist, einem Prinzen den gebührenden Respekt zu erweisen. Es macht mich ganz krank vor Heimweh zu sehen, wie perfekt du das beherrschst, Tissaphernes.«

»Danke, Hoheit. Ihr ehrt mich«, sagte Tissaphernes, obwohl seine Worte auf eine Weise gepresst klangen, die Proxenos zum Prusten brachte und er sich die Nase putzte, um seine Belustigung zu verbergen.

10

Tissaphernes' genauer Status als ein Gast war nicht genau zu eruieren. In seinen Adern floss kein einziger Tropfen edlen Blutes, doch er trug Siegel von Rang, die ihm die Macht verliehen, im Namen des Königs zu handeln – und er war offensichtlich überzeugt davon, dass man ihn entsandt hatte, um die Geschicke des westlichen Teiles des Großreiches zu leiten. Sein Auftreten war weit von dem eines Bittstellers entfernt, wie er dort auf dem Exerziergelände von Sardes auf seinem Pferd thronte. Der Statthalter höchstpersönlich hatte ihn zu dem Ereignis gebeten, zusammen mit jedem anderen ortsansässigen, wohlhabenden Familienclan, der durch Feilscherei, Schmeichelei oder Drohungen an eine Einladung gelangt war.

Während das ausgedehnte grüne Übungsfeld in der Sonne briet, blickte Tissaphernes auf Regimenter, die vor ihm vorbeiparadierten oder -rollten. Ihm und Prinz Kyros wurde von aus Bambus und weißem Leinen geflochtenen, quadratischen Planen Schutz vor der Sonne gewährt, welche die Sklaven in Bewegung versetzten und ihnen so Luftzüge entlockten. Kyros versuchte sich zu entspannen und das Schauspiel zu genießen, doch der Gedanke daran, dass dies alles seinem Bruder berichtet werden würde, vergällte ihm den Tag.

In unschuldigeren Zeiten hätte Kyros sich daran erfreut, seinem alten Lehrer die besten seiner Männer und die schwierigsten Kampfmanöver vorführen zu lassen. Damals hätte er darauf hoffen können, dass die Kunde von seinem Erfolg bis nach Persepolis zu den Ohren seines Vaters drang. Jetzt, an diesem Nachmittag, hätte er nicht weiter von einer derartigen Hoffnung entfernt sein können, nicht, nachdem er eine gigantische Anzahl an Kriegern versammelt und monatelang trainiert hatte. Tausende griechischer und ebenso vieler persischer Regimenter marschierten in komplexen Formationen über das Feld, wobei sie gegeneinander antraten, um Finten und Kleingruppenattacken zu demonstrieren. Als Höhepunkt hatte Kyros einen inszenierten Großangriff geplant, um Tissaphernes zu beeindrucken, und früher wäre ihm dies auch problemlos gelungen. Jetzt erschien ihm das alles viel zu viel. Schweißgebadet lächelte er und rief nach kühlen Getränken.

Der Prinz und Tissaphernes waren die einzigen Berittenen auf diesem gigantischen Platz. Die anderen Gäste und Zuschauer hatte man in einem Rund weißer Bänke um sie herum platziert, als wären sie das Publikum in einem griechischen Theater. Die Stimmung war gelöst, Kaufleute und Adelige genossen die Sonne. Nicht wenige hatten unverheiratete Töchter mitgebracht und versuchten die Aufmerksamkeit eines Prinzen zu erregen, der Feste und Tanz zu verachten schien und selten in der Öffentlichkeit auftauchte.

Kyros fragte sich, ob es auch nur ein Quäntchen Klatsch gab, das seinen Weg nicht in die Ohren von Tissaphernes und durch diesen zu seinem Bruder fand. Er bezweifelte es. Bis Artaxerxes einen Erben zeugte, war Kyros der direkte Thronfolger. Seine Liebschaften oder auch der Mangel an ihnen waren für die Krone und das Königshaus von unmittelbarem Belang. Er verfluchte sich dafür, in den Monaten, die ihm gegeben worden waren, keine bessere Fassade vor sich errichtet zu haben. Seine gesamte Arbeit hatte dem Ausheben einer gewaltigen Heerschar gegolten, Regiment um Regiment. Ihm war nicht in den Sinn gekommen, sein Bruder könnte jemanden schicken, der sich in scheinbarer Unschuld danach erkundigte, ob der Prinz Theatervorstellungen besucht oder irgendwelchen Damen aus der höheren Gesellschaft den Hof gemacht hatte. Seine beiden griechischen Mätressen zählten nicht.

Kyros spürte, wie ihm ein Tropfen Schweiß die Wange hinabrann, und er wusste, wie verwickelt seine Lage war. Er hasste es zu lügen, und die Strapazen der andauernden Heucheleien setzten ihm schwer zu. Er erinnerte sich daran, wie seine Mutter ihm von einem heiligen Mann erzählt hatte, der sowohl für sein aufbrausendes Temperament als auch für seine Fähigkeit, dieses zu kontrollieren, bekannt war – weshalb kein Mensch ihn je in erzürntem Zustand erlebte. Als er starb, gab es den Verdacht, er wäre vergiftet worden, weshalb man seinen Leib aufschnitt, um die Todesursache zu ergründen. Nach all den Jahren, in denen er seine Wut in sich hineingefressen, zu bändigen und zu verbergen versucht hatte, waren seine Muskelstränge ineinander verknotet und verdreht.

Kyros fühlte sich wie dieser einsame Eremit, wann immer Tissaphernes sich umwandte und lautstark irgendein Detail der Vorführung kommentierte, das ihn begeisterte. Dem Prinzen blieb nichts anderes übrig, als den Kopf zu neigen und in die Sonne zu lächeln, während seine Befürchtungen wuchsen. Sein Vater hatte über das gesamte Imperium verteilt Spione beschäftigt, wie jedermann wusste – nicht einmal diesen Spionen waren die Ausmaße seines Netzwerkes bekannt. Kyros hatte versucht, sich so zu verhalten, als stünde er unter ständiger Beobachtung, als könnte jedes Wort von ihm von seinem schlimmsten Feind belauscht werden. Da er nicht wusste, wem er trauen konnte, schien dies der sicherste Weg zu sein. An milden Abenden, bei gutem Essen, gutem Wein und in der Gesellschaft von Freunden, war es jedoch leicht, seine Vorsicht zu vernachlässigen. Es bestand durchaus die Möglichkeit, mit ein paar wenigen Worten ein ganzes Leben wegzuwerfen.

Die Menge erhob sich von den Sitzen, als vierhundert Spartaner durch ein Tor aufs Feld traten. Sie bewegten sich mit schnellen, gleichmäßigen Schritten, um ein persisches Regiment abzufangen, das auf der anderen Seite strammstand. Die Frauen fächerten sich Luft zu, während sie zusahen, wie jene Männer in perfekten Linien und mit flatternden Umhängen dahintrabten. Was diese Umhänge anging, gab es verschiedene Denkschulen und Theorien unter den Spartanern selbst. Manche Kommandeure befahlen, sich ihrer vor der Schlacht zu entledigen, da sie diese zwar als passendes Gewand für eine Winternacht oder Parade ansahen, in einem Gefecht jedoch für untauglich hielten, da der Feind sie zu leicht packen und an ihnen reißen konnte. Andere wie etwa Klearchos setzten sie ein, um die Klinge eines Gegners abzufangen oder ihm mit dem Umhang die Sicht zu rauben und dann das eigene Schwert hindurchzustoßen. Für die Männer, deren Leben von ihrer Kampfkunst abhing, war es eine Frage der persönlichen Entscheidung, aber wie Kyros zugeben musste, machten sie auf dem Trainingsgelände definitiv eine gute Figur damit. Die Scheingefechte, die er und Klearchos ersonnen hatten, würden für die Perser beglückend anzuschauen sein, wenn nicht gar für die Griechen ebenfalls. Die Spartaner selbst hatten bei der Manöverprobe nur ungerührt die Schultern gezuckt. Sie wussten, dass sie die Besten waren, ungeachtet dessen, was irgendein persischer Prinz seinem alten Erzieher vorzuführen beabsichtigte.

Keine vierzig Schritte entfernt von dort, wo Tissaphernes und Kyros auf ihren Pferden hockten, zogen sich die Spartiaten die Schilder von den Rücken und zogen sich deren Griffe über die Unterarme. Gleichzeitig senkten sie langsam die langen Speerspitzen, sodass sie diese nicht mehr wie Stäbe, sondern wie Waffen trugen. In wenigen Herzschlägen waren sie bereit zum Angriff, und beim Gedanken daran, solchen Männern auf dem Schlachtfeld gegenüberzustehen, musste Kyros schlucken. Sämtliche anderen Reihen hatten angehalten, um diese letzte Aktion zu verfolgen. Sogar die Vögel und die Zuschauermenge verstummten.

Kyros begann still zu beten, das persische Regiment möge nicht einknicken und in alle Richtungen über den Exerzierplatz flüchten. Er hatte die stattliche Zahl von achthundert Bogenschützen aufstellen lassen und dafür gesorgt, dass keiner ihrer Pfeile eine Spitze trug. Für die Speere der Spartaner galt das hingegen nicht, da diese ansonsten völlig unbrauchbar gemacht worden wären. Klearchos hatte sich geweigert, nur für eine Vorführung die Waffen ihrer Väter zu zerstören. Sie würden den Pfeilregen über sich ergehen lassen und darauf verzichten, im Gegenzug die Perser in Stücke zu hacken.

Die beiden Truppen näherten sich einander in einem eher gemächlich wirkenden Laufschritt. Kyros merkte, dass er eine Faust ballte, als die persischen Linien in einer Entfernung von etwa zweihundert Schritten zum Stehen kamen.

Die Bogenschützen spannten die Sehnen und schossen ihre Pfeile mit einem Geräusch wie dem Flügelschlag von Tauben ab. Zunächst vernahm man das Schnalzen der Bogensehnen und die Rufe der Schützen, begleitet von den Befehlen, die auf der Seite der Spartaner gebrüllt wurden. Schilde wurden emporgehoben und übereinandergeschoben, wodurch sie eine mächtige goldene Kuppel aus Bronze, Holz und Leder bildeten. Schließlich war das hämmernde Prasseln zu hören, mit dem Abertausende von Schaftgeschossen einschlugen. Jeder der achthundert Schützen trug einen Köcher mit zwölf Pfeilen – dementsprechend bedeckten sie den Wall aus Schilden mit fast zehntausend davon. Es war eine ausgezeichnete Demonstration eines Manövers aus der Distanz, und es zeigte, wie viele Stunden konstruktiv im Verbund trainiert worden waren. Nur wenige Pfeilschüsse landeten im Nichts, und Kyros sah, dass Tissaphernes' Interesse geweckt war. Der Alte spendete der Attacke Beifall, indem er mit der Hand gegen die glatte Lederflanke seines Sattels schlug.

Auf dem Feld erhoben sich die Spartaner langsam aus ihrer kauernden Stellung. Das Gelächter und die zufriedenen Kommentare, die durchs Publikum gegangen waren, verstummten aufs Neue. Die Zuschauer spürten die unheilvollen Blicke, welche die Spartiaten zum persischen Regiment hinüberwarfen. Die bronzenen Helme drehten sich langsam, bis sie auf lachende persische Bogenschützen gerichtet waren. Kyros sah Spartaner über ihre Köpfe greifen, um Pfeile aus den Schilden zu ziehen. Er schluckte, als ihm klar wurde, dass die Spitzen die Bronzeplatten durchbohrt haben mussten, dass also zumindest einige der Geschosse nicht entschärft worden waren. Der Prinz wusste nicht, ob es sich hierbei schlicht um eine dieser Nachlässigkeiten handelte, die seine Regimenter plagten, oder eine Boshaftigkeit eines der persischen Offiziere war, der es darauf anlegte, ein paar tote Griechen auf dem Übungsplatz zu hinterlassen. Kyros beobachtete, wie die Spartaner den Angriff untereinander besprachen. Er war zum Hinstarren verdammt und hoffte, sie würden keine Vergeltungsmaßnahme erwägen. Die Krieger in den roten Umhängen standen in herausfordernder Haltung da, verspotteten den Feind, schnellten vor und zurück wie Kettenhunde. Sie schienen keine Verletzungen davongetragen zu haben. Doch jeder Einzelne ihrer finsteren Blicke fixierte die Bogenschützen. Kyros dachte an die überlieferten Worte, die König Leonidas bei den Thermopylen gesprochen hatte. Nachdem ihm die Perser seinerzeit zugesichert hatten, sie würden mit ihren Pfeilen den Himmel verdunkeln, sollte er sich nicht unterwerfen, hatte er die Schultern gezuckt und erwidert, dann werde er eben im Schatten kämpfen.

Während spartanische Offiziere die Verstimmten unter ihren Leuten zur Ordnung riefen, gluckste Tissaphernes angesichts des vermeintlich erhebenden Schauspieles, das sich ihm bot. Die langen Speerspitzen fuhren in die Höhe. Die Schilde wurden auf den Rücken festgezurrt. Abermals nahmen sie Marschordnung ein. Auf der anderen Seite des Feldes standen die persischen Bogenschützen noch immer in gelockerten Linien und klopften sich gegenseitig auf die Schultern, als wären sie auf einer Hochzeit oder einem Fest. Ihr Anblick ließ Kyros kochen. In diesem Moment hätte er sich sogar gewünscht, die Spartaner würden erbarmungslos zurückschlagen, um seinen Männern auf die harte Tour einzubläuen, niemals die Deckung aufzugeben, doch er wollte sich vor Tissaphernes keine Blöße geben. Es wäre so, als würde man Füchse ins Hühnergehege lassen, begriff er. Mochte es ihnen auch eine Lehre sein – es ginge nicht ohne Blutvergießen ab.

Tissaphernes schien das törichte Benehmen der persischen Schützen nicht zu bemerken. Da die Vorführung beendet war, saßen er und Kyros ab und übergaben ihre Pferde in die Obhut von Bediensteten. Tissaphernes streckte sich, gähnte und grinste den Prinzen verschlagen an. Der ältere Mann schnippte mit den Fingern, um einen weiteren eisgekühlten Erfrischungstrunk zu ordern, seinen inzwischen vierten, von denen jeder Einzelne einen Monatssold kostete – einen ganzen Gold-Dareikos. Das Eis wurde in riesigen Blöcken von den Bergseen hergeschafft und dann die Sommermonate über tief unter der Erdoberfläche gelagert. In einem einzigen blauen Glaskelch befand sich demnach nichts weniger als die Essenz von Reichtum und Zivilisation. Tissaphernes war geradezu süchtig nach diesen süßen Säften, in denen Türmchen feiner Eissplitter schwammen. Weitaus süchtiger noch war er nach dem Wohlstand und der Macht, die sie ihm an die Hände gaben.

»Das war eine famose Darbietung«, sagte er, schlürfte und seufzte genüsslich. »Es tut diesen Ausländern gut, eine Niederlage kennenzulernen, besonders von persischen Soldaten. Ich würde Eurem Bruder ungern berichten, dass Eure Griechen hinsichtlich ihrer Position auf dumme Gedanken gekommen sind.« Er äugte zu den geschlossenen Reihen hinüber und zog die Stirn kraus. »Ich sehe bei den Spartanern keinen Rücken, auf dem Striemen prangen. Ich frage mich, ob Ihr streng genug mit ihnen seid.«

Letzteres formulierte er wie eine Frage, und Kyros war gezwungen, sich seine spontane Antwort zu verkneifen. Der

Prinz war oberster Kriegsherr sämtlicher Heere Persiens. Tissaphernes wusste mit Sicherheit, dass Kyros in derlei Angelegenheiten erheblich erfahrener war. Darüber hinaus schien der Alte unbedingt gegen ihn sticheln und ihn permanent auf seinen seit ihrer letzten Begegnung gewachsenen Status hinweisen zu wollen, als genösse er die volle Zustimmung und das Vertrauen von König Artaxerxes. Der wahre Kern seiner Motive blieb zwangsläufig im Verborgenen. Kyros konnte ihn schwerlich unverblümt danach fragen oder einen Kundschafter an seinen Bruder senden. Folglich musste er die gehässigen Sticheleien und verhüllten Drohungen hinnehmen, ohne das leiseste Anzeichen von Groll zu zeigen. Soweit er wusste, war Tissaphernes aufgetragen worden, ihn zu prüfen, und genau das tat er auch.

»Die Disziplinierung der Spartaner überlasse ich im Großen und Ganzen ihren eigenen Offizieren«, erklärte Kyros. »Wenn einer aus ihren Reihen zum Beispiel faul ist oder zu viel frisst, bestrafen sie ihn mit erstaunlicher Härte und Grausamkeit und machen deutlich, dass er ihrer aller Leben gefährdet. Sie nehmen diese Dinge sehr ernst und betrachten sie als Angriff auf ihre Ehre – und die Ehre und den Ruf ihrer Heimatstadt.«

»Welch eine Überheblichkeit«, rümpfte Tissaphernes die Nase. »Als könnten Kerle wie diese wahre Ehre im Leib oder auch nur eine Vorstellung davon haben, was der Begriff bedeutet. Ich denke, Eurem Bruder würde es missfallen, von Eurer Bewunderung für sie zu erfahren. Oder leugnet Ihr diese?«

Wieder fühlte Kyros Wut in sich aufsteigen, sodass es ihm schwerfiel, mit ruhiger, sachlicher Stimme zu antworten.

»Ich werde sie keineswegs leugnen, alter Löwe. Genauso wenig, wie ich leugnen würde, dass der Himmel blau ist. Ich bewundere gute Soldaten. Die Spartaner haben nicht ihresgleichen.«

»Heißt das, sie sind besser als unsere Unsterblichen?«, presste Tissaphernes hervor.

»Von den Thermopylen wissen wir, dass sie es sind. Plataiai sagt uns, dass sie es sind. Sofern ich die Grenzen meines Bruders sicher und stark halten soll, brauche ich die Besten, um unsere Regimenter zu unterweisen.«

Das dämpfte Tissaphernes etwas, und er fingerte einen Augenblick lang an seinem Trinkgefäß herum, bevor er etwas erwiderte.

»Manche hielten es für besser, Plataiai nicht zu erwähnen, wo Sparta unsere Infanterie vernichtete und die im Lager Zurückgelassenen abschlachtete, Hoheit. Das war ein schwarzer Tag. Und doch lobt und rühmt und preist Ihr hier in meiner Gegenwart die Söhne und Enkel ebenjener Wilden und Schufte. Schaut sie Euch an, wie sie glotzen! Wäret Ihr ein anständiger Dienstherr, würdet Ihr einen ihrer Offiziere für die Unverschämtheit seiner Männer auspeitschen lassen. Ich muss gestehen, dass ich neugierig wäre, was Euer Bruder …«

»Artaxerxes weiß, dass im Reich Frieden herrscht«, unterbrach ihn Kyros, »und er weiß, dass Frieden durch starke Grenzen gesichert wird – und durch geschulte Armeen, jederzeit zum Marschieren bereit. Ich habe die Besten zusammengerufen, um unsere persischen Regimenter zu vervollkommnen. Als Wetzstein, um sie scharf zu halten. Das ist das Einzige, das von Bedeutung für ihn ist.« Statt noch mehr Verärgerung in seine Erwiderungen sickern zu lassen, biss Kyros sich auf die Lippe. Er war sich unschlüssig, ob Tissaphernes aufrichtig erzürnt über die Arroganz der Spartaner war oder ihn vielmehr zu einer Offenbarung provozieren wollte, die ihn vernichten könnte. »Wie auch immer, dies ist meine Angelegenheit.«

Tissaphernes wandte sich an einen der Offiziere, die seine Eskorte bildeten.

»Polemarch Behkas, siehst du diesen spartanischen Offizier? Derjenige, der ein Leopardenfell über der Schulter trägt. Genau, der mit dem Federschmuck am Helm, dort drüben. Befiehl ihn zu mir.«

Kyros spürte, wie ihm überrascht die Kinnlade herunterklappte. Er machte keinerlei Anstalten, den Befehl aufzuheben, denn das hätte seine eigene Würde aufs Spiel gesetzt. Der Offizier gehörte zu Tissaphernes' Leuten. Zweifellos war er nur einem Meister treu.

»Du glaubst, dir in meiner Kaserne Befehle herausnehmen zu dürfen?«, sagte Kyros stattdessen, während seine Gedanken sich überschlugen.

Tissaphernes drehte sich halb zu ihm um und schaute ihn an. Zu seinem Erstaunen sah Kyros, dass die Hand seines Gegenübers in unmittelbarer Nähe des Dolches unter seiner Schärpe ruhte, als zöge er in Erwägung, diesen zu ziehen. Plötzlich war der Tag in Schieflage geraten. Die Bosheit und Tücke des Mannes wurden offenbar. Kyros stellte fest, dass er ratlos war, als General Klearchos den beiden Reitern entgegentrottete, stehen blieb und mit einer schnellen Bewegung seinen Helm absetzte. Der Spartaner hatte die Beine bis auf Schulterbreite gespreizt und wirkte entspannt und gelassen. Wenn er überhaupt etwas erwartete, dann allem Anschein nach Lob. Als Tissaphernes wütend in seine Richtung gestikulierte, hoben sich seine Brauen.

»Die Überheblichkeit dieses Mannes missfällt mir«, verkündete Tissaphernes der Luft. »Als Stellvertreter und Generalbevollmächtigter von König Artaxerxes – gesegnet sei sein Name, lang möge sein Leben dauern – verlange ich, dass dieser Bursche ausgepeitscht wird, um für den Rest ein Exempel zu statuieren. Polemarch Behkas, kommandiere einen deiner kräftigeren Männer dazu ab, den Dreschflegel zu führen. Macht diesem Spartaner den Oberkörper frei und legt los. Ich werde laut mitzählen.«

»Das wirst du *nicht*«, zischte Kyros, dessen Verblüffung reinem Zorn wich. »Du hast hier keinerlei derartige Befugnisse.« Dem Offizier, der Anstalten machte, General Klearchos zu ergreifen, gebot er mit einem heftigen Wink Einhalt. »Halte Abstand zu jenem Mann. Wirf dich unverzüglich zu Boden!«

Der letzte Satz war ein Brüllen, und der Polemarch gehorchte. Zu Kyros' Empörung blieb Tissaphernes stehen, wenngleich er erbleichte und seine Beine zitterten.

»Hoheit«, sagte Tissaphernes gepresst, »Euer Bruder, der König, wünschte, dass es da keine Unklarheiten gibt. Ich spreche mit seiner Stimme, und darin wirkt die Macht des Rosenthrones höchstselbst, zumindest hier in diesem Rattenloch, so fernab der wirklichen Welt. Falls Ihr mir mein Gepäck bringen mögt, so habe ich in diesem sein persönliches Siegel verwahrt – sein heiliges Wort, gesetzt in goldenen Lettern. Ich bin sicher, Ihr wünscht keineswegs, einen direkten Befehl des Thrones zu missachten.«

»Du bist nicht der Thron – und du erteilst hier keine Befehle, Tissaphernes«, sagte Kyros mit von vor Verachtung triefender Stimme. »Ich befehlige die Heere des Großreiches. Ich allein. Was weißt du schon vom Kriegswesen?

Siehst du jene Spartaner auf dem Feld dort, mit Speeren und Kurzschwertern und ihren Kopis-Klingen im Kreuz? Wenn du ihren General anrührst, werden sie nicht untätig danebensitzen und zusehen. Wenn du ihm die Haut zerreißt, werde ich dich nicht vor ihrem Zorn schützen können, ebenso wenig wie deine Männer.«

»Ich verstehe«, sagte Tissaphernes. Während seine Anspannung wuchs, wich sämtliches Blut aus seinen Lippen, und er ließ die Maske amüsierter Langmut fallen. »Demnach flößen sie Euch mit ihrer Brutalität Angst ein! Höchst interessant. Ich frage mich wahrhaftig, wer hier der Herr ist, wenn Eure wilden Köter Euren Leinen so leicht entschlüpfen können.«

»Mit Verlaub«, meldete sich Klearchos zu ihrer beider Überraschung zu Wort. »Vergebt mir, doch Seine Hoheit, Prinz Kyros, liegt mit seiner Bemerkung falsch. Meine Spartaner werden nicht eingreifen, solange ich nicht den Befehl dazu gebe.«

Der Mann sprach flüssig und artikuliert. Sein höfisches Persisch war exzellent, mit einem Akzent aus dem südwestlichen Susa. Tissaphernes blickte ihn irritiert an, doch der Spartaner ignorierte ihn und verbeugte sich vor Prinz Kyros.

»Hoheit, sollten meine Männer den Stellvertreter Eures Bruders verärgert haben, dann werde ich die Knute selbstverständlich erdulden. Das steht außer Frage. Meine Männer werden auch kein Eisen als Antwort ziehen. Mit Disziplin sind wir vertraut – und sogar mit Gerechtigkeit. Ich glaube, es wird ihnen eine treffliche Lehre sein.«

Daraufhin wartete Klearchos ab und schaute Kyros ungerührt an, während der Prinz überlegte. Unter Tissaphernes' aufmerksamem Blick mussten beide Männer die Absichten des jeweils anderen erraten, ohne demjenigen, der sie beobachtete, den leisesten Hinweis auf ihr Zusammenspiel zu geben.

Nach langem Schweigen nickte Kyros.

»Nun denn. Es ist wahr, dass Tissaphernes etwas am Verhalten Eurer Männer zu beanstanden fand. Ich bitte Euch, den Brustpanzer und den Umhang abzulegen. Ihr werdet ausgepeitscht, um ein Exempel zu statuieren.«

Kyros stieß die Luft aus den Lungen, als der Spartaner auf ein Knie hinabsank und den Kopf beugte, bevor er sich wieder erhob und seine Gewänder auszog. Der Prinz wusste, dass der Mann es vorzog, sich zu verneigen, statt sein Knie in den Dreck zu drücken. Es war ein Zeichen, dass er die richtige Entscheidung getroffen hatte. Kyros bemühte sich, sich seine Erleichterung nicht anmerken zu lassen. Es war erst wenige Tage her, seit Klearchos ihm gesagt hatte, er habe nicht die Macht, ihn auspeitschen zu lassen, und nun war es so weit gekommen.

Als Klearchos nur noch Lederrock und Sandalen trug, schien er merkwürdigerweise größer geworden zu sein. Man hätte meinen können, der Mann wäre aus gigantischen Blöcken von Ebenholz geschnitzt. Die Muskelmuster, die der Schmied ins Metall seines Brustharnisches gehämmert hatte, waren tatsächlich weniger imposant als der echte Satz Muskeln darunter.

Draußen auf dem Exerziergelände verbargen die spartanischen Helme noch immer die Züge ihrer Träger. Gleichgültig sahen sie zu, ohne sich zu rühren. Jeder von ihnen hatte beobachtet, wie Klearchos seinen Oberkörper frei gemacht hatte. Der ließ sich durch nichts anmerken, dass ihm ihre Zeugenschaft bewusst war, als er zu den Besucherbänken hinüberschlenderte und auf einem weiß bemalten Pfosten die Hände übereinanderlegte. Tissaphernes registrierte das spartanische Muskelspiel mit säuerlicher Miene, hielt jedoch den Mund und bedeutete seinem Mann aufs Neue, einen Dreschflegel herbeizuholen, fest entschlossen, die Sache durchzuziehen. Irgendwie spürte er, dass der Höhepunkt, den er zu provozieren versucht hatte, ausbleiben würde, nichtsdestotrotz wollte er den Griechen aufschreien hören. Die Vorstellung, einen Spartiaten zum Schreien oder zum Weinen zu bringen, wäre eine angemessene Entschädigung für einen ansonsten unerquicklichen Tag.

Als der Offizier die Stränge entrollte, sah Kyros die Spartaner strammstehen. Klearchos richtete den Blick gen Himmel und murmelte etwas, das Kyros aus der Entfernung nicht verstehen konnte. Was er hörte, waren die Peitschenschnüre, welche die Luft durchschnitten, jede an der Spitze mit einer Bleikugel bestückt. Der erste Hieb klatschte auf alte Narben und hinterließ rote Striemen, aus denen wässriges Blut quoll, als der Offizier zurücktrat.

»Eins«, sagte Tissaphernes, dessen Lächeln einen seiner Mundwinkel zucken ließ. Durch das erzwungene Stehen schmerzte ihn der Rücken. Als die Peitsche ein zweites Mal niederfuhr, flüsterte Tissaphernes einem Sklaven etwas ins Ohr und nahm den Stuhl, der ihm daraufhin gebracht wurde, mit einem dankbaren Ächzen entgegen.

»Zwei«, rief er aus. »Oder waren das schon drei? Sollen wir von vorne beginnen?«

»Es waren zwei«, sagte Kyros. »Ich werde bis vierzig mitzählen. Bitte, labe dich doch an einem weiteren geeisten Saft.«

Es gelang ihm, das abschließende Angebot wie eine Beleidigung klingen zu lassen, sodass Tissaphernes errötete. Kyros wunderte sich, weshalb ihm die Heimtücke des Mannes früher entgangen war. War sie immer schon da gewesen oder irgendwie durch den Wechsel des Inhabers des Rosenthrons hervorgerufen worden? Über Dutzende von Jahren hatte Kyros ihn als Freund bezeichnet, doch vielleicht lag dies an dem Umstand, dass Kyros ein Prinz und Tissaphernes ein mittelloser Armeeoffizier und Lehrer gewesen war. Während der eine aufstieg und der andere stürzte, schien dies eine Verbitterung in dem älteren Mann zum Vorschein gebracht zu haben oder auch eine Schwäche, die möglicherweise schon immer Teil seines Charakters gewesen war.

Kyros sah zu, wie Klearchos Hieb um Hieb ertrug. Der Flegel verfügte über ungefähr ein Dutzend Riemen. Jeder Schlag zerschnitt seine Haut in einander überkreuzende Muster aus sich abschälenden Blutdiamanten, unter denen weißeres Fleisch aufleuchtete. Der Spartaner stützte seine Hände auf den Pfahl, und Kyros erkannte, wie Klearchos bewusst wurde, dass er ihn zu fest umklammerte. Der Mann stieß den Atem aus, lockerte seinen Griff und fand mit leicht gebeugten Beinen neuen Halt.

Es war äußerst schwierig, den Takt der Peitschenschläge einzuschätzen. Fuhren die Riemen herab, wenn Klearchos einatmete, drückte es ihm die Luft aus dem Leib. Kyros sah, wie er den Rhythmus abzustimmen versuchte, damit die Schläge zwischen den Atemzügen erfolgten, doch der Perser, der die Peitsche schwang, war kein Fachmann und seine Taktung demgemäß unregelmäßig. Mehr als einmal legte der Mann eine ewig andauernde Pause ein, um die Stränge mit den Fingern zu entwirren.

Als die Zählung bei dreißig anlangte, sah Kyros, dass der Spartaner schwitzte. Die Muskeln an seinen Seiten glänzten.

Sein Blut war dank der wirbelnden Peitschenriemen in sämtliche Richtungen gespritzt, sodass ein Kreis aus roten Klecksen ihn umgab. Mehr als eine der gebannt zuschauenden Familien hatte Tropfen auf ihrer Haut gespürt. Eine junge Frau hielt in entzücktem Grauen einen davon auf ihrer Fingerspitze empor.

Zwei weitere Mal musste Klearchos seinen verkrampften Griff um den Pfosten lösen, und jedes Mal schien es ihm sichtlich schwerer zu fallen als zuvor. Er gab keinen Schmerzenslaut von sich, abgesehen von dem Grunzen, das ihm zusammen mit seiner Atemluft entwich. Als der vierzigste Hieb sein zerfetztes Fleisch traf, schaute die Menge in ehrfürchtigem Entsetzen zu. An diesem Tag hatten sie etwas über Sparta gelernt, und an der finsteren Miene von Tissaphernes konnte Kyros ablesen, dass es seinem alten Lehrer ganz und gar nicht behagte.

Mit einem leisen Lächeln auf den Lippen wandte Klearchos sich dem Prinzen zu.

»Ich hoffe, mein Blut vergilt die Schmähung, Hoheit. Habt Dank für das Vertrauen, das Ihr in mich gesetzt habt – und in meine Männer. Ihr erweist uns Ehre.«

»Es ist vergeben und vergessen«, sagte Kyros, obgleich beide wussten, dass es das mitnichten war. »Kehrt bitte zu Euren Leuten zurück. Sagt ihnen, wie sehr Eure Tapferkeit mich beeindruckt hat.«

Der spartanische General sank auf ein Knie nieder. Mit steifen Bewegungen nahm Klearchos dann seine Kleidung und seinen Helm von dem ungläubig-staunend dreinblickenden Offizier entgegen, der sie verwahrt hatte. Er schloss sich wieder seinen Männern an, die ohne ein Wort über das Feld davonmarschierten.

Tissaphernes sah ihnen mit mürrischer Miene nach.

»Ich frage mich, ob solche wie sie die Ströme von Gold wert sind, die Ihr für sie ausgegeben habt«, sagte er.

»Ich glaube, das sind sie«, gab Kyros zurück und schüttelte über das, was er gerade miterlebt hatte, ungläubig den Kopf.

»Hm. Mir scheint, die lange Zeit in der Sonne hat mich geschwächt. Ich habe hier in der Stadt neue Handelsgeschäfte, ein Geschenk Eures Bruders als Belohnung für meine langjährigen Dienste. Morgen werde ich mich um sie kümmern und dann an seine Seite zurückkehren.«

»Wie ein alter Familienhund«, sagte Kyros. »Zahnlos und blind und mit knarrenden Gelenken, aber immer noch irgendwie am Leben.«

»Oh, keineswegs blind, Hoheit«, erwiderte Tissaphernes errötend. »Nicht im Geringsten blind.«

Mit kunstvoller Höflichkeit warf sich der Alte seinem Prinzen der Länge nach zu Füßen und verharrte reglos am Boden, bis Kyros ihm befahl, sich zu erheben. Keiner der beiden Männer schien glücklich über ihren Schlagabtausch, als sie auseinandergingen und die tratschende Menge sich zu zerstreuen begann.

11

Als die Sonne in einen wolkenlosen blauen Himmel emporstieg, ritten Tissaphernes und sein Gefolge ins Zentrum der Stadt. Den Perser begleiteten derart viele Hörner, Trommeln und flatternde Flaggen, dass es beinahe nach einer königlichen Stippvisite aussah. Ganze Stadtviertel von Sardes kamen zum Stillstand, um den mächtigen Herrn aus dem Osten zu sehen, der sich herabließ, sie zu beehren.

Die Jubelrufe lockten Kyros auf den hoch gelegenen Balkon seiner Palastgemächer. In der Ferne erhaschte er einen flüchtigen Blick auf Tissaphernes, bevor dieser aus seinem Sichtfeld verschwand. Der Perser ritt ein graues Ross und ließ seine Sklaven Silbermünzen in die Menge werfen, während Garden der Unsterblichen hinter ihm marschierten, deren Uniformen keinerlei Spuren von Kampfhandlungen oder harter körperlicher Arbeit aufwiesen. Kyros mahlte mit dem Kiefer und hörte seine Zähne knirschen, als er seine Hände auf kühlen Stein legte und die kühle Luft einatmete. Inzwischen hegte er keinen Zweifel mehr, dass Spione ihn beobachteten, gleichwohl ging er zusammen mit seinem Hausknecht Parviz hinunter zu den Ställen, wo der Lärm der Stadt und das stürmische Willkommensgeschrei deutlich gedämpfter waren. Kyros saß auf, und seine Laune besserte sich, als er die Stallpforten zur Linken verließ und sich weg von Tissaphernes in Richtung der Kasernen auf der anderen Seite der Stadt aufmachte.

In diesem Viertel von Sardes herrschte eine gänzlich andere Stimmung. Die Wachposten am Tor gaben ihm mit gesenkten Köpfen den Weg frei, und Kyros ritt in ein Gelände ein, in welchem fast vollkommene Lautlosigkeit herrschte. Nur ein paar junge Krieger im Hof waren zu sehen. Sie unterbrachen ihre Übungen und schauten zu, wie er abstieg. Parviz spürte die Bedrohung, die in der Luft lag, doch er hatte gelobt, Kyros zu beschützen, weshalb der kleine Mann das wütende Starren eines Kampfhahnes aufgesetzt hatte, wenngleich ihm jeder der Soldaten ohne Weiteres das Schwert hätte abnehmen können.

Kyros hielt den Kopf unter ihren feindselig prüfenden Blicken hoch erhoben. Falls ihre Posituren und funkelnden Augen eine Herausforderung darstellten, so rief sich Kyros die mahnenden Worte von Klearchos in Erinnerung, der gesagt hatte, alle jungen Männer seien Narren. Wenn sie Glück hatten, würden sie vierzig oder fünfzig Jahre leben, nur um sich zu wünschen, ihre Weisheit und Erfahrung wenigstens für einen einzigen Tag gegen diese glorreichen, unbekümmerten Jugendjahre eintauschen zu können.

Als er in die Düsternis der inneren Räumlichkeiten trat, hielt Kyros inne, damit sich seine Augen an die Verhältnisse anpassen konnten. Dank der gekalkten Wände boten die Kasernen eine lichte Atmosphäre. Es war sauber und duftete nach Stroh sowie nach einer der Reinigungssalben, von denen Kyros wusste, dass die Griechen sie für Blutergüsse und offene Wunden verwendeten. Aus dem Raum, der vor ihm lag, hörte er ein Stöhnen. Zwei Spartanern, die an einem steinernen Tisch saßen, nickte er zu. Sie hielten jeder einen kleinen

Becher, und er sah auf der Tischfläche verstreute Würfel und Häufchen von Kupfermünzen. Keiner der Männer machte Anstalten, sich in seiner Gegenwart zu erheben. Sie schauten kaum auf. Kyros fühlte, wie seine rechte Faust sich schloss. Eine spontane Anwandlung ließ ihn stehen bleiben, sich ihnen zuwenden und über den Tisch beugen.

»Grüßt ihr eure Offiziere nicht mehr? Was würde General Klearchos angesichts einer solchen Unverschämtheit sagen?«

Die beiden Männer wechselten einen raschen Blick und standen auf. Das Würfelspiel war vergessen. Kyros eilte an ihnen vorbei, als sie zum Kniefall ansetzten.

An der Schwelle zum nächsten Raum blieb er stehen und erblickte dort eine junge Frau, die gerade einen Faden durch den Rücken des Generals zog, sodass dessen Haut wie ein Leinentuch Falten schlug. Ein Dutzend saubere Nähte hatte sie bereits vollendet. Wie Würmer wanden sie sich über das Fleisch.

Klearchos drehte sich um und schaute ihn an. Eine Bewegung, die ein durch die Zähne gepresstes Zischen auslöste.

»Ich dachte, Spartaner empfinden keinen Schmerz«, sagte Kyros, während er näher trat.

Klearchos ächzte und kratzte sich die Stoppeln auf seiner Wange.

»Wer hat Euch denn das erzählt? Sind wir vielleicht aus Stein? Natürlich empfinden wir Schmerz! Wir *zeigen* nur nicht, dass wir ihn fühlen. Jedenfalls nicht vor Feinden.«

Kyros gefiel es, nicht als Feind betrachtet zu werden. Er lächelte, woraufhin Klearchos kicherte, wenn auch mit geschlossenen Augen. Er wirkte erschöpft.

»Paniea hier hat die ganze Nacht an meinem Flickwerk gearbeitet. Ich hoffe, Euer Freund war zufrieden.«

»Tissaphernes ist mitnichten mein Freund«, sagte Kyros ernst. »Ich bezweifle, dass er es je war. Seht, ich bin gekommen, um Euch zu danken. Ich weiß nicht, ob er mich einfach nur kränken oder mir seinen neuen Status demonstrieren wollte. Ursprünglich war er nichts als ein Lehrer, der Prinzen unterrichtete. Jetzt ist er ein vertrauter Gefährte des Großkönigs. Gleichzeitig werde ich deklassiert – mein Leben und meine Arbeit werden mir zwar nicht genommen, dafür aber alles andere. Tissaphernes' Wunsch war es, mir zu verstehen zu geben, dass das Ungleichgewicht der Waagschalen zu meinen Ungunsten ausfällt. Wenn Ihr Euch geweigert hättet …«

Kyros wandte seine Aufmerksamkeit für einen Moment der stillen Konzentration der jungen Frau zu. Klearchos bemerkte es und schüttelte den Kopf.

»Paniea ist taub, Hoheit. Sie kann Euch nicht hören. Was Nadel und Faden angeht, ist sie dagegen höchst talentiert.«

»Ich denke, ich werde ihr trotzdem die Kehle durchschneiden«, sagte Kyros und zog sein Messer.

Die junge Frau reagierte nicht, und er steckte die Klinge wieder weg. Klearchos runzelte die Stirn, und der Prinz seufzte, bevor er die Tür hinter sich schloss und einen Stuhl heranzog.

»Ihr habt mir ein paar Tage Luft verschafft, General. Dennoch gehe ich wirklich nicht davon aus, dass wir mit dem von Euch gewünschten Jahr rechnen können. Tissaphernes reist morgen ab – und was er berichten wird, kann ich nicht einschätzen.«

»Lasst ihn vom Balkon stürzen«, schlug Klearchos vor.

»Er hat bereits Rapport erstattet, mithilfe von Vögeln, die er aus Persepolis mitbrachte. Bei einer solchen Entfernung kann kein Mensch sicher sein, sein Ziel zu erreichen. Ebenso wenig kann ich sicher sein, dass sie es nicht tun. Wie auch immer, ich kann nicht voraussagen, wie mein Bruder sich verhalten wird, bis Tissaphernes an dessen Seite zurückgekehrt ist. Aus persönlichen Gründen sähe ich diesen alten Esel liebend gern aus höchster Höhe in die Tiefe fallen, aber ich brauche sogar jene drei Monate, die es ihn ungefähr kostet, zurück nach …«

Er ertappte sich dabei, eine alte Regel, eine eingefleischte Angewohnheit zu brechen. Das Herz des Großreiches war im Westen unbekannt, und es kostete ihn Mühe, den Namen der Hauptstadt seines Bruders vor einem Außenseiter auszusprechen. »Nach Persepolis zurückzukehren. Ich sollte wohl dankbar sein, dass er kein junger Mann mehr ist. Er wird der Königsstraße nur langsam folgen können.«

Die Frau legte Klearchos eine Hand auf die Schulter und bedeutete ihm mit ihrer Mimik, sich auf den Bauch zu legen. Kyros sah zu, wie sie Rotwein über ihre Naht goss, um ihr Wundheilwerk von getrocknetem Blut zu reinigen. Sie nahm ein Tuch, drückte es auf die schwarzen Linien und tätschelte den General wie einen Schoßhund. Klearchos lächelte sie an, woraufhin Kyros sich fragte, ob die beiden eine Liebschaft hatten. Er wusste, dass die Spartaner in diesen Dingen sehr offen waren – sie erkannten ein halbes Dutzend Spielarten der Liebe an. In dieser Hinsicht unterschieden sie sich stark von den Persern, wenn man all die Tabus bedachte, die Kyros mit der Muttermilch aufgesogen hatte.

Klearchos sah wieder ganz wie ein General Spartas aus, als er aufstand, die Beweglichkeit seiner Arme erprobte, Paniea schließlich zunickte und ihr einen goldenen Dareikos überreichte.

»Sehr gut«, lobte der Spartaner sie.

Sie schien hocherfreut und verneigte sich tief. Als durch die Bewegung ihre Brüste zum Vorschein kamen, ergriffen Kyros und Klearchos die günstige Gelegenheit, einen Blick darauf zu werfen.

Als sie unter sich waren, erhob sich auch Kyros.

»Tissaphernes ist mein Feind«, sagte er. »Mochte ich mir dessen zuvor nicht sicher gewesen sein, so bin ich es jetzt. Was auch immer er über meine Handlungen und Pläne denken mag, für wie harmlos er mich bislang hält, so wird er meinem Bruder doch ins Ohr flüstern, dass ein anderer Mann meinen Platz einnehmen sollte, vielleicht er selbst oder einer seiner Vertrauten.«

»Dann habt Ihr eine simple Entscheidung zu fällen«, gab Klearchos zurück. »Ihr könntet Euer jetziges Vorhaben abbrechen und ein einfacheres Leben beginnen, sagen wir in Athen oder auf Kreta oder irgendwo sonst abseits des persischen Einflussbereichs. Oder Ihr befehlt sämtliche von Euch bereits ausgehobenen Regimenter hierher und brecht schnellstmöglich auf. Wenn Ihr bezüglich Tissaphernes richtig liegt und konsequent handeln wollt, werdet Ihr den Männern ordentlich Dampf unterm Hintern machen müssen. Euer Bruder kommandiert gigantische Streitkräfte, Kyros. Ich glaube fest daran, dass wir sie schlagen können, würde es aber bevorzugen, ihnen vorzuenthalten, dass wir kommen. Der Überraschungseffekt ist zehntausend Soldaten wert.«

Für eine Weile versank Kyros in nachdenkliches Schweigen. Als er aufsah, funkelten seine Augen wild. Klearchos konnte sich die Frage offenbar sparen, welchen Weg er gewählt hatte.

»Mein Vater war nicht der älteste Sohn, habe ich Euch das je erzählt?«

»Ja, ich glaube, Ihr habt es erwähnt. Dreimal, soweit ich mich erinnere.«

»Er war nicht einmal der zweitgeborene Sohn. Jener Zweitgeborene ermordete den ersten – und dann trat mein Vater mit einem Bronzeschwert in seiner Hand aus der Menge und nahm Rache. Mehr will ich nicht, General. Gerechtigkeit und Rache. Und den Thron. Ich denke nicht, dass dies zu viel verlangt ist.«

»Schön, Hoheit. Ich werde sämtliche Bogenschützen und Falkner, die wir haben, in Ringen um Sardes aufstellen, damit sie alle geflügelten Botschafter abschießen, die Tissaphernes zurückgelassen hat, um seinen Spionen Bericht erstatten zu können. Jeden Flecken in der Stadt werde ich nach ihren Käfigen durchsuchen lassen. Und währenddessen schaffen wir die Armeen her, die wir in Eurem Namen zusammengestellt haben. Und Perser und Griechen, aus allen Städten Griechenlands, Männer aus Lydien und Ägypten, von überall her werden sie sich einschiffen, um sich Euch anzuschließen.«

Der General schwieg eine Weile. Ein Schatten huschte über sein Gesicht.

»Was ist?«, fragte Kyros ihn.

Klearchos schüttelte den Kopf.

»Ich glaube Euch, wenn Ihr sagt, sie vertrauen Euch, diese Männer, die Euch so lange schon kennen. Ich habe genug mit Euch erlebt, um überzeugt zu sein, dass Ihr recht habt. Sie werden ihr Leben für Euch geben, weil Ihr sie darum bittet – aber auch, weil Ihr seid, wer Ihr seid. Zum Teil herrscht und befehlt Ihr, da Ihr ein Prinz Persiens seid, ein getreuer Sohn Eurer Familie.« Wieder machte er eine Pause und atmete tief durch. »Wenn Ihr von solchen Männern verlangt, sich gegen den Thron selbst zu erheben, werden einige von ihnen meutern. Daran dürft ihr keinen Zweifel hegen. Ich kann dafür sorgen, dass wir auf diesen Augenblick vorbereitet sind. Ich kann die Regimenter von Offizieren unterwandern lassen, denen ich vertraue, die Euch einen persönlichen Eid geschworen haben. Ich könnte sogar die Geschichte von Eurem Vater, der einem älteren Bruder den Thron raubte, verbreiten lassen. Doch der Tag wird kommen, an dem ihnen klar wird, dass es gar keine Pisidier *gibt*, keine Bergstämme, oder zumindest keine, an denen uns irgendwie gelegen ist – dass der Rosenthron der Gegner ist, König Artaxerxes höchstselbst, Gebieter einer beträchtlichen Heerschar ihres eigenen Volkes. Wir könnten alles verlieren, bevor auch nur ein einziger Pfeil abgeschossen wird oder ein einziges Schwert gezogen ist. Das ist kein geringes Risiko, Hoheit. Möglicherweise solltet Ihr doch noch ein wenig eingehender darüber nachdenken, Euch auf einem schönen Anwesen zur Ruhe zu setzen, um Pferde und Söhne aufzuziehen. Da ich dies nun laut ausspreche, klingt es keineswegs nach einer so furchtbaren Vorstellung. Viele Männer würden nicht zweimal nachdenken, wenn es darum ginge, sich für den Weg zu entscheiden, der zum Frieden führt.«

Kyros lächelte. Es war ein kleines, trauriges Lächeln. Der Raum mit den weiß getünchten Mauern war zunächst kalt gewesen, doch dank der geschlossenen Tür war es drückend und stickig darin geworden.

»Ich bin nicht viele Männer, General. Ich bin ein Prinz des Hauses der Achämeniden. Am meisten zählt meine Einschätzung, dass mein ebenso verräterischer wie gelehrter Bruder untauglich ist, diesen Thron zu besetzen. Mein ganzes Leben lang war ich seinem Willen treu ergeben. Nun nicht mehr. Ich werde ihn zu Fall bringen. Ich bin der rechtmäßige König. So lautet meine Entscheidung.«

»Nun denn, Hoheit«, sagte Klearchos. »Dann werde ich Eure Armeen sammeln.«

Tissaphernes saß gemütlich in der privaten Amtsstube des wohlhabendsten Geldverleihers in ganz Sardes. Zwei enorme Reichssoldaten flankierten ihn, während er die Falten seiner Robe über dem Knie glättete.

Der Mann, der ihm gegenübersaß, war aufgrund seiner Einheirat ins Königshaus ein entfernter Vetter. Tissaphernes hatte Jamshid nie zuvor getroffen, wenngleich ihm dessen Wesen bekannt vorkam. Jamshid hatte seine Beziehungen zum Thron genutzt, um ein Handelsimperium aufzubauen, das sich von Indien bis Ägypten erstreckte. Da Jamshid das Vertrauen der Krone genoss, hatte er allein durch die Honorare der Regierungsaufträge ein enormes Vermögen angehäuft. Von Schiffen über Getreide bis zu Goldmünzen selbst hatte er bei jedem Geschäft seine Finger im Spiel – etwas davon wanderte stets in seine eigenen Taschen. Inzwischen war Jamshid Anfang sechzig, und dementsprechend kam es eher selten vor, dass er sich persönlich um seine Geschäfte kümmerte. Dies überließ er für gewöhnlich einem seiner sechs Söhne und Neffen, doch die Kunde von Tissaphernes' Ankunft in der Stadt hatte auch ihn erreicht, und er war quer durch die Stadt geeilt, um den Mann zu empfangen, der mit der Zunge des Königs sprach.

Auf dem Tisch zwischen ihnen lag das königliche Siegel. Es zog den Blick und das Licht an sich, sodass es zu leuchten schien. Das Symbol bestand in einer Kombination aus einem berittenen Edelmann und dem Adler des Königshauses. Falls es noch eines weiteren Belegs für die königliche Gunst bedurft hätte, wäre es die Anwesenheit der Kriegerkaste der Unsterblichen aus Persepolis gewesen. Jamshid konnte seine Aufregung bei dem Gedanken an einen Handel, der zweifelsfrei seine persönliche Intervention forderte, kaum bändigen. Er musste ausharren, als seine Diener Wein für Tissaphernes und einen dampfenden Glaspokal für ihn selbst brachten, dessen wohlriechender Duft den Geschäftsraum erfüllte.

Tissaphernes nahm einen vollen Kelch Rotwein in Empfang und reichte ihn dann weiter, damit einer seiner Begleiter ihn vorkostete. Der Kaufmann tat, als bemerkte er es nicht, wenngleich ihn die Ehrverletzung wie ein giftiger Stachel traf. Er wusste sehr gut, dass dies der Mann war, der befohlen hatte, einen spartanischen General auszupeitschen – die Nachricht hatte die gesamte Stadt in Aufruhr versetzt. Es schien, als wäre der Perser in der Tat eine Art Wespe.

Um sein Unbehagen zu verbergen, deutete Jamshid auf seinen eigenen Becher, aus dem noch immer der Dampf aufstieg.

»Kräuter für meine Verdauung, die jüngst schwerlich in die Gänge kommt. Ein Ziegel getrockneter medizinischer Blätter kam aus der chinesischen Provinz Yunnan hier an, zusammen mit vierzig Ballen roter Seide, gut genug für den Herrscher höchstselbst.«

»Das ist sehr großzügig, Jamshid«, sagte Tissaphernes mit sanfter Stimme. Er lächelte, als es dem Kaufmann nicht gelang, seine Bestürzung über den begangenen Fehler zu verhehlen. »Seine Majestät, König Artaxerxes, wird hocherfreut über ein solches Geschenk sein.«

»Natürlich«, erwiderte Jamshid. In der Tat, eine Wespe, wer einen solchen Stachel hat! Der Handelsmann nippte an seinem Becher und sog hörbar die Luft ein, als er feststellte, dass die Flüssigkeit noch immer zu heiß war. Er schaute zu, wie Tissaphernes den Wein leerte und sich aus demselben Krug nachschenken ließ. Beide Männer lehnten sich zurück, lächelten und musterten einander genau.

»Der Tratsch der Marktplätze besagt, dass Ihr morgen nach Osten zurückkehrt«, sagte Jamshid.

Tissaphernes neigte den Kopf.

»Die Weisheit des Marktplatzes liegt … selten falsch.«

»Ich hatte gehofft, Ihr würdet meinen Betrieb schon früher als heute beehren, Tissaphernes, mein Gebieter. Erlaubt mir die Bemerkung, dass es eine Freude war, mit den Kommissionären von König Artaxerxes Geschäfte zu machen. Die Abrechnungen sind bis auf die letzte Münze korrekt, Schulden und Zinsen werden pünktlich und akkurat beglichen. Die Welt ist wieder in den Fugen nach dem tragischen Hinscheiden seines geliebten Vaters, möge er im Himmel tausend Jahre lang regieren.«

»Diese Schulden …«, begann Tissaphernes und rieb sich mit einem Finger sein fleischiges Doppelkinn. »Ich vermute, Ihr habt in den letzten paar Monaten Gold und Silber an Prinz Kyros ausgezahlt? Man findet schwerlich Handelshäuser oder Geldverleiher, auf die das nicht zutrifft.«

Tissaphernes beobachtete, wie dem Mann das Blut aus dem Gesicht wich, zusammen mit seiner schlitzohrigen Selbstgewissheit. Ein solcher Mann benötigte nichts als einen kleinen Wink, um sich mit seinen sämtlichen Sklaven und Münzbeuteln in die Berge zu flüchten.

»Mein Gebieter, falls Ihr Neuigkeiten habt, die ich erfahren sollte, so sprecht bitte offen und deutlich«, sagte Jamshid, wobei seine Stimme fast zu kippen drohte. »I-ich habe Seiner Hoheit, Prinz Kyros, neunzigtausend Bogenschützen-Dareiken aus meinem Privatvermögen ausgehändigt. Bei jedem anderen wäre das ausgeschlossen gewesen, doch der Prinz ist Oberbefehlshaber der persischen Armee. Sein Kredit ist seit jeher unbegrenzt. In der Vergangenheit sind all seine Schuldscheine eingelöst worden, restlos alle! Bitte, habt Ihr etwas gehört? Die Dankbarkeit meines Hauses und sämtlicher Geldverleiher von Sardes wird Euch gewiss sein.«

Tissaphernes lehnte sich zurück und nippte an seinem Wein.

»Das Haus der Achämeniden begleicht selbstverständlich seine historischen Verbindlichkeiten«, sagte er. »Doch Zeiten ändern sich und finden ein Ende. Die Karrieren von Männern, vielleicht sogar die von Prinzen, sind im Auf und im Ab. Das ist lediglich der Lauf der Natur, so wie die Tage länger oder die Jungen alt werden.«

Er sah die Verwirrung in Jamshids Miene und seufzte theatralisch.

»Um es ganz offen zu sagen: Manche sind der Ansicht, Prinz Kyros halte es zu sehr mit griechischen Söldnern, auf Kosten unserer eigenen persischen Soldaten. Der König ist nicht länger bereit, die Schatzkammern griechischer Städte mit solch exorbitanten Unsummen zu füllen. Sind sie unsere Sklaven oder unsere Klientelstaaten? Nein. Warum sollten wir ihnen dann Gold in den Rachen stopfen? Mein Ratschlag an Euch, Jamshid, sowie an Eure Zunftkollegen lautet, dass ihr Euch nicht auf Dinge einlassen solltet, die jenseits Eures Verständnisses liegen. So. Ich habe bereits zu viel gesagt.«

Der Kaufmann blinzelte ihn an. Langsam erhob Jamshid sich, beugte sich über den Tisch und drückte seine Stirn auf das polierte Holz. Tissaphernes fiel auf, dass er zitterte.

»Habt Dank, Tissaphernes, mein Gebieter. Ihr seid ein wahrer Freund dieses Hauses, uns eine solche Warnung zukommen zu lassen. Tausendmal Dank.«

»Ihr seid ein treuer Unterstützer der Krone gewesen, Jamshid«, gab Tissaphernes zurück und klaubte das königliche Siegel auf. »Als Gegenleistung für Eure Dienste – und Euer Schweigen – dürft Ihr eine Gipskopie dieses Siegels anfertigen und über Eurer Pforte aufhängen. Jedermann wird wissen, dass Ihr in König Artaxerxes einen Gönner und den Segen seines Königshauses habt.«

Tissaphernes brach auf, während Jamshid und sein Personal noch auf ihren Bäuchen lagen und vor fassungsloser Beglückung weinend auf den Fußboden einschlugen. Danach suchte er einen weiteren Geldverleiher in der Stadt auf, über den man sagte, Jamshid würde ihn nicht vorwarnen, da die beiden einander hassten. Alle anderen Geldverleiher sowie sämtliche Kaufleute würden die Neuigkeiten vor Sonnenuntergang erfahren. Tissaphernes bedauerte einzig, nicht mehr vor Ort zu sein, um mitzuerleben, wie die ersten Zahlungsforderungen gestellt wurden und die ersten Fuhrwerke mit Nahrungsmitteln sich weigerten, ihre Höfe zu verlassen. Söldner mussten bezahlt werden. Es sollte eigentlich nicht lange dauern, bis Prinz Kyros sich gezwungen sah, seine Griechen fortzuschicken.

Tissaphernes kicherte vor sich hin, als man ihm half, sein Pferd zu besteigen. Der Bedienstete zu seinen Füßen ächzte unter dem Gewicht. Seine Lösung des Prinz-Kyros-Problems war ein Meisterstreich gewesen. Sie ließ Missfallen erkennen, ohne in eine offene Auseinandersetzung zu münden. Sobald Kyros herausfand, dass aus der persischen Staatskasse kein Gold mehr floss, würde er an den Hof seines Bruders zurückkehren müssen, um bezüglich seiner Stellung auf den neuesten Stand gebracht zu werden. Mit arrogantem Gehabe und spöttelnden Kommentaren des jüngeren Sohnes wäre es dann endgültig vorbei. Tissaphernes strahlte, als er sich im Sattel zurechtsetzte und zuschaute, wie die Reichsgarde sich um ihn herum formierte. Er inspizierte sie gründlich. Sie repräsentierten den Thron, genau wie er.

»Bringt mich nach Hause«, rief er und schüttelte entzückt den Kopf, als er sich ausmalte, wie er dem König erzählte, was sich auf seinem Ausflug zugetragen hatte. Es gab mehr als eine Methode, einen Hund bei Fuß gehen zu lassen.

Am Abend nach Tissaphernes' Abreise betrat Kyros den mit Jade ausgekleideten Speisesaal des Palastes, wo ihn ein Häuflein Männer in gedrückter Stimmung erwartete. Proxenos kannte er gut, ebenso wie General Netos den Stymphalier. Klearchos war da, seinen Leibdiener Parviz an der Seite, der eine Ledermappe an seine Brust drückte und auf seinem Stuhl vor und zurück schaukelte. Menon von Thessalien war einer derjenigen, die Kyros im Verlaufe der letzten Monate rekrutiert hatte, ein Mann, der keinerlei Schwierigkeiten damit zu haben schien, wenig Fragen zu stellen. Allerdings hatte Menon tausend griechische Hopliten sowie, einfach so als Begrüßungsgeschenk, achtzig Peltasten-Krieger mitgebracht. Die Speerwerfer trugen abgesehen von einem kleinen Schild keinerlei Rüstung und waren allesamt jung, in bester körperlicher Verfassung und schnell wie geölte Blitze.

Kyros war hocherfreut, da er wusste, dass ein Verband zuverlässiger Peltasten ein schwer bewaffnetes Kommando zu sprengen imstande war.

Soweit Kyros wusste, hatte weder Menon noch Sosis der Syrakuser, der neben ihm saß, eine Ahnung von seiner wahren Absicht. Sie hatten für sein Silber und Gold Männer angeworben und ausgebildet. Allmählich gewann er den Eindruck, in diesem Jahr jeden General und ranghöheren Offizier Griechenlands seinem Kommando unterstellt zu sehen.

Sein Blick fiel auf die zwei Perser, die am Tisch saßen. Beiden Männern war das Unbehagen anzusehen, welches die bis zur Ankunft des Prinzen mit größter Wahrscheinlichkeit auf Griechisch geführte Unterhaltung in ihnen ausgelöst hatte. Orontas war der ranghöchste General jener Perser-Gruppe, die Kyros in den vorangegangenen Monaten hatte in Form bringen lassen. Obgleich er dunkler und schmächtiger gebaut war als die restlichen Anwesenden, hätte Orontas eigentlich – so denn schiere Zahlen von Bedeutung waren – über allen anderen stehen müssen, da er weitaus mehr Soldaten befehligte als die Griechen. Die Wirklichkeit sah hingegen ein wenig anders aus, stellte Kyros fest. Orontas saß ein Stück abseits, sodass der Spartaner Klearchos auf subtile Weise den Vorsitz am Tisch führte.

Der andere Perser hieß Ariäus und war eine faszinierende Persönlichkeit. Kyros kannte ihn zunächst durch seinen exzellenten Ruf als Reitkünstler. Der Stellvertreter des kommandierenden Offiziers war ein General eigenen Rechtes. Kyros hätte lieber mit Ariäus als mit dem mürrischen Orontas kooperiert. Ariäus trug sein Haar bis auf die Schultern und konnte es der Leibeskraft nach – breite Schultern, muskulöse Beine – mit jedem Spartaner aufnehmen. Ihm wurde nachgesagt, die Gesellschaft junger Männer zu schätzen und des Abends Ghasel-Gedichte zu verfassen, in welchen er ihre Schönheit pries. Ohne jeden Zweifel zogen die Griechen ihn Orontas vor. Doch mit dreißig Jahren war er jünger als Orontas, und das Ansehen seiner Familie stand eine Stufe unter dem seines Vorgesetzten. Was auch immer der Prinz bevorzugt hätte, Orontas war nun einmal der oberste persische Offizier.

Bei Kyros' Eintreten erhoben sich alle. Die Griechen verbeugten sich. Ariäus tat es ihnen nach, als sei nichts Seltsames daran. Orontas nahm die Bewegung seines Kameraden aus dem Augenwinkel wahr, als er eine Hand auf den Tisch legte, um den Akt des Niederwerfens einzuleiten. Mit einer gewissen Resignation sah Kyros zu, wie Orontas zögerte, sich krampfhaft durch eine tiefere Verneigung von den anderen abzuheben bemühte und erst dann wieder vollständig zu sich zu kommen schien, als der Prinz allen bedeutete, Platz zu nehmen. Griechische Manieren verbreiteten sich in den Reihen der Perser wie eine ansteckende Krankheit. Sollte dadurch dasselbe Maß an Mut und Tapferkeit geweckt werden, war es immerhin ein fairer Tausch, fand Kyros.

Diener erschienen und brachten zahlreiche dampfende Schüsseln und Platten mit Speisen. Die Männer waren allesamt hungrig, doch Kyros entging nicht, dass sie untereinander Blicke wechselten und jeder von ihnen zu überlegen schien, wie dem Prinzen etwas, das er nicht hören wollte, auf die beste Art beizubringen sei. Parviz war praktisch den Tränen nahe.

»Genug mit diesem Schweigen, diesen verstohlenen Blicken!«, verfügte Kyros. »Was ist los? Irgendjemand möge sprechen!«

»Es sieht so aus, als hätte Lord Tissaphernes ein Abschiedsgeschenk hinterlassen, Hoheit«, sagte Klearchos. »Euer Kredithahn wurde zugedreht. Momentan können wir in Sardes keine einzige Silberdrachme verlangen. Ich muss Euch nicht erklären, dass zwölftausend Söldner unter Eurem Befehl stehen und am Ersten des Monats bezahlt werden müssen – was noch acht Tage hin ist.«

»Uns gehen die Nahrungsmittel aus«, sagte Parviz und hielt seine in Leder eingeschlagenen Dokumente in die Höhe, als könne Kyros quer über den Tisch die Zahlen lesen. »Unsere Geldmittel gestatten es, noch ungefähr eine Woche lang weiterzumachen wie bisher, aber ohne Sold sind die Söldnerverträge null und nichtig. Und ohne Essen verhungern die Männer. General Orontas hat errechnet, welche Mengen an Korn und Fleisch für achtzigtausend Krieger nötig sind, die ihre Einsatzbereitschaft trainieren. Es ist … unmöglich. Hoheit, wir können die Wechsel nicht einlösen. Das hat die Runde gemacht, und in ganz Sardes gibt es keinen Viehbauern oder Obstverkäufer, der uns auch nur einen einzigen Tag länger Kredit gewährt.«

Kyros war dabei, mit einem Messer Happen von seinem Teller aufzuspießen. Er warf es auf den Tisch und sprang auf.

»Tissaphernes ist an diesem Morgen abgereist. Vielleicht haben die Geldverleiher ihre Läden geschlossen, doch wie schnell können die Neuigkeiten sich verbreiten? Kann ich ihnen zuvorkommen? In Byzanz gibt es Gold, vier Tage schnellen Rittes in nördlicher Richtung. Mein Name und mein Siegel werden dort nach wie vor hochgeehrt sein. Wie viel brauchen wir?«

Die Männer am Tisch starrten ihn mit offenen Mündern an. Es war sein eigener Offizier, Orontas, der als Erster sprach.

»Hoheit, wenn Ihr der Krone weitere Schulden aufladet, wird ihr das *nicht* zur Ehre gereichen. Ihr werdet nicht nur die byzantinischen Geldverleiher in den Ruin treiben, sondern auch den Ruf des Königshauses beschädigen! Bitte! Es muss eine andere Möglichkeit geben.«

Kyros hörte mit zusammengekniffenen Augen zu. Kopfschüttelnd rief er sich ins Gedächtnis, dass Orontas nicht in seine wahren Ziele eingeweiht war und nichts von den Bedrohungen ahnte, welchen er entgegensah. Und dennoch war es schwer, dem Mann eine höfliche Behandlung zuteilwerden zu lassen.

»General Orontas, Tissaphernes' Verhalten geht weit über das Vertrauen hinaus, das mein Bruder, König Artaxerxes, in ihn setzte. Was auch immer für und gegen meine Entscheidungen sprechen mag, ich brauche Gold, um die Männer zu entlohnen. Die größere Schmach bestünde darin, ein Söldnerheer aufzulösen, welches überall verkündet, Persien könne seine Schulden nicht zahlen! Nein. Ich brauche …«, er hielt inne, um zu denken, »weitere neunzigtausend Bogenschützen-Dareiken für das, was mir vorschwebt. Falls möglich, das Doppelte. Eine solche Summe wird mir Luft verschaffen, genügend Zeit, um auf meinen Bruder einzuwirken und diese Angelegenheit zu regeln. Versteht Ihr?«

Der Perser überdachte seine vorausgegangene Entscheidung, sich zu verbeugen, und trat vom Tisch zurück, um sich Kyros zu Füßen zu werfen. Sein Kollege Ariäus sah ihm dabei mit einem Hauch von Belustigung zu.

»Das war mir nicht klar, Herr, verzeiht mir. Ich verstehe und diene Euch.«

»Wofür ich dankbar bin«, erwiderte Kyros trocken, wohl wissend, dass die Griechen die Szene beobachteten. »Klearchos? Ich werde eine offizielle Garde benötigen. Allein kann ich das Haus eines Kaufmanns in Byzanz schlecht betreten. Euch mit Eurem Rücken kann ich wohl kaum bitten …«

»Die Wunden werden beim Reiten heilen, Eure Hoheit«, sagte Klearchos bestimmt. »Das würde ich ungern verpassen.«

»Gut. Bringt ein Dutzend Eurer Männer her. Parviz? Du bist auch dabei. Lauf zu den Palastställen hinüber und bereite die Pferde vor. Falls eine Botschaft vor uns unterwegs ist, müssen wir diese überholen, ansonsten ist alles verloren.«

»Hoheit? Darf ich Euch begleiten?«, bat Orontas mit dumpfer Stimme.

Kyros sah auf ihn hinab und schüttelte den Kopf.

»Nein. Ich wähle General Ariäus. Macht Eure Männer abmarschbereit. Es geht los, sobald ich wieder da bin.«

Die Entscheidung ließ Ariäus strahlen. Er bedachte Orontas mit einem mitleidigen Blick, den auch Kyros mitbekam. Er ließ es ihm durchgehen, war in jenem Augenblick seiner eigenen Offiziere jedoch zutiefst überdrüssig. Manche von ihnen kümmerten sich stärker um ihre belanglosen Rivalitäten, statt ihm angemessen zu dienen.

12

Der stramme und zehrende Viertageritt hatte von ihnen allen seinen Tribut gefordert, doch von keinem mehr als von Klearchos. Trotz des legendären Durchhaltevermögens der Spartaner hatten seine Wundnähte nach nur wenigen Meilen auf einem bockigen Tier, das er nicht leiden und kaum unter Kontrolle halten konnte, zu nässen begonnen. Jeder Tag endete damit, dass Kyros die Pferde und Männer in ein am Wege gelegenes Wirtshaus beorderte und dann auf Klearchos wartete, der erst nach Mitternacht zu ihnen aufschloss. Aus Stolz und persönlichem Verantwortungsgefühl blieb Kyros am Straßenrand, bis Klearchos endlich bei ihm war. Jeden Tag schien dies länger und länger zu dauern, während der Spartaner immer fahler wurde und ihm das Blut durch den Verband auf den Rücken suppte. Doch er nahm alles klaglos hin, sogar morgens, wenn die Schmerzen am schlimmsten waren.

Die kleine Gruppe hatte keinerlei Schwierigkeiten mit Straßenräubern oder den Stadtwachen in Byzanz gehabt. Inzwischen machte jede zusätzlich verlorene Stunde Kyros nervöser, und er wäre schnurstracks zum reichsten Geldverleiher der Stadt geeilt. Zu aller Überraschung hatte, sobald sie innerhalb der Mauern waren, ein bebender Parviz die Zügel seines Herrn ergriffen und das Pferd zum Halten gebracht. Als der Prinz ihn verwundert ansah, ließ Parviz den

Zügelriemen fallen und verbeugte sich so tief, dass er drohte, aus dem Sattel aufs Pflaster zu kippen. Dennoch ergriff der Mann das Wort.

»Hoheit, Ihr seid mit Staub und Schweiß bedeckt. Vergebt mir, aber … Ihr tragt Eure Verzweiflung offen zur Schau, wo jedermann sie sehen kann. Ich bitte für meine Unhöflichkeit um Verzeihung, doch Ihr seid so weit gekommen. Ich will nicht mit ansehen, dass Ihr alles durch schiere Leichtfertigkeit wegwerft. Bitte, Herr. Euer Vater unterhält … unterhielt ein prächtiges Anwesen hier in der Stadt. Dort könnt Ihr baden und Euch so kleiden, wie es Euren Titeln und Eurer Familie geziemt.«

»Und wenn die Neuigkeiten aus Sardes an mir vorbeiziehen, während ich bade?«, brummte Kyros. »Dann wäre dieser ganze wilde Ritt verschwendet gewesen.«

Sein Leibdiener konnte nichts weiter tun, als den Kopf zu neigen, und Kyros packte die Zügel, wobei er mit seinem Daumen über die kunstvolle Naht strich.

»Ich bitte um Entschuldigung, Parviz. Natürlich hast du recht. Aber spute dich wenigstens.«

Kaum zwei Stunden später sprang der Prinz im Stadtquartier von Kaufmann Shaster flink vom Pferd. Er trug einen aus edlen Stoffstücken zusammengesetzten Mantel und eine Seidentunika. Der Dreck der Straße war von seiner Haut gewaschen. Während er sich vorzeigbar gemacht hatte, war Parviz vorgeschickt worden, um seine Anwesenheit zu verkünden, sodass sich die Tore vor ihm öffneten. Im Stillen war der Prinz sehr zufrieden damit, sich die Zeit zum Frischmachen und Umkleiden genommen zu haben. Kerzengerade schritt er voran und trug eine edelsteinbesetzte Schwertscheide an der Hüfte, die allein fünftausend

Dareiken eingebracht hätte. Es war wichtig, sich solcherart zu präsentieren.

Kyros war Shaster nie zuvor begegnet, den Namen hatte er im Laufe der Jahre allerdings ein Dutzend Mal gehört. Von allen Handelsleuten und Geldverleihern in Byzanz war Shaster derjenige mit den größten geschäftlichen Überlebenschancen im schlimmsten Verlustfall – wenn nämlich die Krone das Darlehen nicht bediente. Der Mann galt als ebenso reich wie Krösus, der alte König von Lydien.

Kyros strahlte vor Freude und streckte die Arme aus, als er den Hausherrn sichtete, und trat auf ihn zu, um dessen Versuch aufzuhalten, sich ihm zu Füßen zu werfen. Es gelang ihm, bevor das zweite Knie des Mannes die Kacheln berührte.

»Ich bitte Euch, Meister Shaster, ich bin Euer Gast. Unterwegs in dringenden Angelegenheiten des Rosenthrones. Ich bin nur dankbar, dass Ihr tatsächlich in der Stadt wart, als ich hier vorbeikam. Byzanz ist das Juwel des Westens. Es hätte mir missfallen, meine Sache bis nach Sardes weitertragen zu müssen.«

Kyros betrachtete sein Gegenüber aufmerksam, als er den Namen der Stadt erwähnte. Er und General Klearchos hatten sich auf diesen Wortlaut verständigt, um die Reaktion des Mannes zu testen. Der Kaufmann jedoch küsste ihm lediglich die Hand und presste seine Lippen auf die Knöchel des Prinzen. Kyros bezweifelte, dass man den Bart jemals getrimmt hatte, seit er zum ersten Mal gesprossen war. Bis auf Nase, Stirn und Augen bedeckte er vollständig Shasters Gesicht. Seine imposante Länge war zu Flechten gebunden, die von Bändern und kostbaren Edelsteinen durchwirkt waren, welche bei jeder Bewegung klirrten.

»Es ist mir eine große Ehre, Hoheit. Ich hatte schon viele, viele Jahre lang gehofft, Euch einmal zu begegnen. Meine Frau wird entzückt sein, wenn ich ihr erzähle, dass Ihr zu mir gekommen seid, zu uns, vor allen anderen.«

Kyros überkamen Schuldgefühle, als er sich die Worte von Orontas in Erinnerung rief. Es war nicht leicht, einem Mann in die Augen zu schauen und ihn in den Bankrott zu treiben, doch er zwang sich zu einem noch breiteren Lächeln. Sein Anlass war ein gerechtfertigter. Wenn er König war, würde er alles wieder geraderücken. An diese Überzeugung klammerte Kyros sich, um ihm dabei zu helfen, die leise vorwurfsvolle Stimme in seinem Herzen zum Verstummen zu bringen.

»Ich bedauere einzig, nicht bleiben zu können, um Eure Familie kennenzulernen, da mich die Nachricht von einem großen Aufstand in Thrakien erreichte. Ich habe zwölftausend Söldner unter meinem Kommando – die besten in ganz Griechenland. Solche Männer müssen bezahlt werden. Mein Bruder, König Artaxerxes, wird die Verbindlichkeiten selbstverständlich begleichen. Das werde ich mit meinem Ring besiegeln. Habt Ihr neunzigtausend hier? Ich habe Männer mitgebracht, um die Truhen zu tragen.«

Zu seinem Schrecken wickelte Kaufmann Shaster eine Bartlocke um seine Finger und wirkte unverkennbar bekümmert. Er hätte sich zu Boden geworfen, hätte Kyros ihn nicht am Arm festgehalten.

»Hoheit, so leid es mir tut, aber das ist eine gewaltige Summe! In meiner privaten Schatzkammer hier verwahre ich dreißigtausend in Gold. Gebt mir nur zwei Tage, und ich lasse den Rest zu Eurer Unterkunft bringen oder gar zu Euren marschierenden Truppen eskortieren. Verzeiht mir,

Herr und Gebieter. Mit ein wenig Vorankündigung läge es jetzt für Euch bereit.«

Kyros versuchte sich seine Enttäuschung nicht anmerken zu lassen. Er tätschelte dem alten Mann die Schulter.

»Macht nichts. Dreißigtausend sollten genügen. Bringt mir Wachs und Schreibgriffel. Ich werde einen Eintrag in Euer Kontobuch machen, fürs Protokoll.«

»Jawohl, Hoheit, natürlich. Es tut mir so leid …«

»Ich kann diese Sache nicht hinausschieben«, erinnerte Kyros ihn.

Der Kaufmann rannte aus dem Raum, als stünde er in Flammen, nicht ahnend, dass er sich soeben vor dem Bankrott gerettet hatte.

Für dreißigtausend Münzen waren zwei Karren notwendig, welche – von Spartanern auf Pferden umringt – die Stadt verließen, als der Mond aufging. Vier weitere Wagen wurden auf der Straße zurückgelassen, da sie überflüssig waren. Der kleine Trupp hatte sich von Kyros' schlechter Stimmung anstecken lassen. Der Prinz kochte innerlich vor Wut. Ihm war nicht klar, ob dies daher rührte, dass er zu einer Lüge gezwungen gewesen war oder dass er sich eine uneinbringliche Schuld eingehandelt hatte – oder weil er damit nur ein Drittel dessen erlangt hatte, was er brauchte.

Als am folgenden Morgen die Sonne aufging, kam ihnen auf der Straße aus der Richtung von Sardes ein Reiter entgegengetrottet. In diesem Teil des Großreiches herrschte Frieden, und dennoch ließ der Anblick einer derart schwer bewaffneten Truppe den Mann mit Vorsicht agieren. Er hatte sie schon aus der Entfernung entdeckt und ritt mit möglichst großem Abstand an ihnen vorbei. Im Gegenzug beäugten Klearchos und die Spartaner den ledernen Ranzen, den der

Mann um den Leib trug, und fragten sich, welche Botschaft dieser wohl enthalten mochte.

»Wollt Ihr, dass wir ihn ergreifen?«, fragte Klearchos den Prinzen.

»Nein. Lasst ihn«, antwortete Kyros über die Schulter hinweg. »Welche Neuigkeiten er auch bringt, es spielt nun keine Rolle mehr. Mein Kurs steht fest.«

Im Laufe der nächsten Tage begannen die Heere in Sardes zusammenzuströmen, die persischen ebenso wie die griechischen. Die Ebenen rings um die Stadt wurden mit Tausenden von Latrinengräben, Zelten und Lagerfeuern überzogen. Weizen- und Gerstenfelder wurden niedergetrampelt, womit die Ernte für dieses Jahr verloren war. Griechische Hopliten erreichten in wuchtigen Ruderschiffen die Küste, während von den Wüstenposten aus weitere persische Infanterie einmarschierte. Deren Kommandeure begrüßten Kyros mit Ehrfurcht und Freude. Ihre Begeisterung über die persönliche Begegnung mit dem Oberbefehlshaber und führenden Soldaten des Imperiums währte selten lange, sobald sie sich der wachsenden Heerschar anschlossen. Seinen engsten Führungskreis hatte Kyros so überschaubar wie nur möglich gehalten, doch die Bestimmung einer derartigen Flut gerüsteter Reihen konnte, wie Klearchos ihn gewarnt hatte, nicht verheimlicht werden. Jeder, der Augen im Kopf hatte, musste eher früher denn später erkennen, dass es auf der Welt keine Bergvölker gab, welche dieser Armee hätten Schwierigkeiten bereiten können. Weitaus kleinere Heere als jenes, das um Sardes herum wuchs, hatten schon über den Gewinn oder Verlust ganzer Nationen entschieden.

Kyros fand jede Nacht ein paar Stunden Schlaf, wenn die schiere Erschöpfung ihn auf einer Pritsche zusammenbrechen ließ, nur um sofort wieder aufzustehen, sobald Parviz ihn an der Schulter berührte. An den Abenden hatte der Prinz seine persischen Offiziere in Gruppen von jeweils einem Dutzend zu Gast, um ihnen auf den Zahn zu fühlen. Klearchos, Proxenos und Netos der Stymphalier waren bei diesen Gelegenheiten ebenfalls zugegen und beobachteten ihre persischen Kollegen mit irritierender Schärfe. Es kamen unvermeidliche Fragen auf, und Kyros verlor bei jeder von ihnen ein bisschen mehr von seiner Geduld. Nein, sie würden nicht in die freien griechischen Städte einfallen. Nein, er hatte nicht vor, den Namen ihres auserkorenen Feindes zu verraten, nicht bevor der richtige Zeitpunkt dafür gekommen war.

Klearchos war von seinen Verletzungen genesen, indem er den eiternden Teil seiner Schulter mit Gänsefett und Moos behandelt hatte, bis die Entzündungserreger vollständig abgeflossen waren. Er bot einigen der Perser an, ihnen seine Narben zu zeigen, doch diese reagierten zögerlich, von der Offenherzigkeit des sonderbaren griechischen Generals unbehaglich berührt. Es war Klearchos, der Abend für Abend als Letzter zurückblieb, wenn alle anderen Gäste sich bereits entschuldigt hatten. Gehörten sie zu jener Sorte, die so lange nicht aufbrach, bis die Gastgeber sich zur Nachtruhe zurückzogen, berief Kyros seine wenigen Vertrauten in einem anderen Raum ein, sobald es im Palast ruhig war und die Dienerschaft schlief.

»Für uns oder gegen uns?«, fragte Kyros jede Nacht.

Falls die Griechen sich geschmeichelt fühlten, dass Wert auf ihr Urteil gelegt wurde, so zeigten sie dies nicht, sondern tauschten verdrießliche Blicke, bevor sie antworteten.

»Dieser Bursche heute Abend wollte Euch partout nicht in die Augen schauen«, sagte Klearchos. »Und mir auch nicht, wenn ich versuchte, ihn in ein Gespräch zu verwickeln. Ich nehme an, er war kein von Euch Berufener?«

»Ihr habt recht«, sagte Kyros. »Er stammt noch aus der Zeit vor mir und wurde von meinem Vater auf diesen Posten erhoben. Unseligerweise ist er ein fähiger Offizier, auf den ich schlecht verzichten kann. Proxenos? Euer Urteil?«

»Ich mochte ihn nicht – und ich vertraue meinen Instinkten. Von daher würde ich ihm höchstens so weit vertrauen, wie ich spucken kann.« Der grobknochige Grieche begleitete seine Worte mit einem Achselzucken, das in Bewegung geratenen Bergen glich. »Im Gegensatz zu dem fröhlichen Kleinen vom letzten Abend. Für viele Menschen Eures Volkes seid Ihr ein Held, Hoheit, aber nicht für alle. Meiner Überzeugung nach sollte der Polemarch von heute Abend, dieser Arras oder Araz oder wie auch immer sein Name ist – er sollte hierbleiben oder mit irgendeinem Auftrag weggeschickt werden. Ich glaube nicht, dass er loyal sein wird.«

»Ich kann nicht jeden Mann wegschicken, der einen unfreundlichen oder treulosen Eindruck erweckt«, sagte Kyros mit Nachdruck. »Um mein Ziel zu erreichen, muss ich wissen, ob ich mich auf sie verlassen kann, auf ihre Kompetenz und ihre Erfahrung.« Er schüttelte heftig den Kopf, als Zorn ihn übermannte. »Mein Plan kann nicht gelingen, ohne dass ich meinen Offizieren vertraue, doch jeder von ihnen zieht nur mit, weil ich für den König spreche. Also sagt mir: Wie kann ich sie dazu bewegen, gegen meinen Bruder zu kämpfen? Ist es unmöglich?«

Der Prinz sah in die Runde der Männer, die sich in seinem Namen versammelt hatten. Die Wahrheit war, dass er den

Griechen, die er Monat für Monat bezahlte, um ein Vieles mehr vertraute als den Persern, die als Berufssoldaten des Großreiches zu ihm stießen. Die Griechen wollten siegen, und nur das zählte. Darüber hinaus schienen sie eine persönliche Abneigung gegen Tissaphernes und alles, was dieser repräsentierte, zu hegen. Sie gingen ihre Aufgabe mit einem fast unprofessionellen Enthusiasmus an, nachdem dieser spezielle Perser einen aus ihren Reihen hatte auspeitschen lassen, unabhängig davon, wie souverän Klearchos die Demütigung ertragen hatte.

Netos der Stymphalier räusperte sich. In dieser Spätphase der Unternehmung hatte Kyros es akzeptiert, dass die Griechen in den Plan eingeweiht sein mussten. Zwar ärgerte sich der Prinz darüber, seine eigenen Leute darüber im Dunkeln zu lassen, doch zumindest konnte er die Probleme mit seinen vertrauenswürdigsten Söldnern besprechen, ohne Spielchen treiben oder sie anlügen zu müssen. Er sah zu Netos und erinnerte sich, wie sie gemeinsam durch die Gärten von Sardes flaniert waren und über die schreckliche Bedrohung in Gestalt der Pisidier diskutiert hatten. Der Mann hatte keinen Augenblick lang daran geglaubt, was zumindest nahelegte, dass er über ein solides Urteilsvermögen verfügte.

»Hoheit, ich habe eine geraume Weile über das Problem nachgedacht. Mir fällt dabei auf, dass Ihr offenbar keinerlei Recht habt, statt Eures Bruders auf diesem Thron zu sitzen.«

»Vorsicht, Netos«, knurrte Klearchos, ohne aufzublicken.

»Damit wollte ich sagen, dass sich Eure persischen Regimenter nur für einen einzigen Mann auf der Welt gegen den wahren König erheben würden, und dieser Mann seid Ihr. Denn Ihr seid immerhin der Erbe des Thrones. Wenn wir König Artaxerxes im Gefecht gegenüberstehen und er stürzt –

sagen wir, sein Pferd stolpert, und er bricht sich das Genick –, dann bedeutet der Augenblick seines Todes, wenn ich es richtig sehe, dass Ihr König seid, oder?«

»Korrekt«, sagte Kyros.

Netos nickte.

»Dann habt Ihr wohl das Recht auf eine Herausforderung. Statt eine Armee einfallen und Vernichtung bringen zu lassen, erhebt Ihr Anspruch auf eine persönliche Vergeltungsaktion gegen Euren Bruder, für das Unrecht, welches er Euch antat. Eure Armee dient lediglich dem Zweck, ihn zu zwingen, die Kampfansage anzunehmen und Euch zu schützen, während Ihr die Euch zuvor verweigerte Gerechtigkeit einklagt. Meiner Kenntnis nach wurde Eure Leibwache ermordet, und Euch hat man in einer Zelle auf Eure Hinrichtung warten lassen. Ihr seid der betrogene Sohn, Hoheit. Sollten Eure Perser sich widersetzen, sollten sie es wagen, mit Meuterei zu drohen, würde ich ihnen dies sagen.«

Nachdem der Stymphalier geendet hatte, herrschte langes Schweigen im Raum. Klearchos' Augenbrauen waren derart in die Höhe geschossen, dass sie drohten, in seinem Haaransatz zu verschwinden.

»Netos, du alter Fuchs«, sagte Proxenos schließlich. »Exakt so muss es gemacht werden. Eure Kommandeure werden Verständnis für diese persönliche Angelegenheit zeigen, Hoheit. Sie als eine Sache von Familienehre, Wiedergutmachung und Vergeltung betrachten. Es könnte funktionieren.«

»Einige werden sich widersetzen, dessen bin ich mir sicher, Hoheit«, fuhr Netos fort. »Doch damit können wir uns beschäftigen, wenn es so weit ist – falls überhaupt. Vielleicht können wir ein paar der schlimmsten Nörgler und Jammerlappen aussortieren, bevor wir aufs Schlachtfeld ziehen.«

Der drahtige Grieche musste bei dieser Vorstellung grinsen und kicherte, als ihm Klearchos auf den Rücken klopfte.

»Nun denn«, sagte Kyros. »Ich habe nicht vor, auf jenen Rest zu warten, der noch nicht eingetroffen ist. Wir haben bereits Wochen verloren, um das Heer hier zu sammeln. Tissaphernes hat immer noch einen Vorsprung, deshalb müssen wir in Bälde aufbrechen, um überhaupt eine Chance zu haben.« Er schaute in die Runde und sah die Generäle Blicke tauschen. »Was noch?«

»Offen bleibt die Frage nach der Besoldung der Männer, Hoheit«, gab Klearchos zurück. »Die dreißigtausend Dareiken aus Byzanz sind so gut wie erschöpft. Sie gingen für Ausrüstung und Fuhrwerke drauf, für Essensvorräte, welche das Heer auf dem Marsch einen Monat lang ernähren müssen – bei Zweidrittelrationen würden sie auch sechs Wochen reichen. Es wird … nicht genügen.«

Zu ihrer aller Überraschung winkte Kyros gelassen ab und präsentierte ihnen damit jene Art lebhaften Selbstvertrauens, die sie seit fast einem Jahr an ihm vermisst hatten.

»Meine Herren, an dieses Problem habe ich meinerseits schon einige Gedanken verschwendet – und habe Botschaften an ein oder zwei meiner ältesten und reichsten Verbündeten geschickt. Bis wir bei Weizenkörnern und Quellwasser marschieren, werden ich, so glaube ich, alles haben, was wir benötigen. Ich weiß nicht, dass es wirklich keinerlei Notlagen und Entbehrungen geben wird, aber bei welchem Feldzug könnte man derlei je zusagen? Es gibt nur wenige Gewissheiten, und zu diesen gehört mein Versprechen, dass es Euch niemals wieder an irgendetwas mangeln wird, wenn Ihr mich über die Leiche meines Bruders zum König macht. Genügt Euch das? Ich schwöre es bei meiner Ehre und werde jedem meinen persönlichen Eid leisten, wenn Ihr gewillt seid.«

Einer nach dem anderen traten die Griechen vor und ergriffen seine Hand, wobei sie so fest zudrückten, dass das Weiße ihrer Fingerknöchel hervortrat, um seine Entschlossenheit auf die Probe zu stellen. In den Augen des Prinzen lag keine Spur von Zweifel. Angesichts dessen, was ihnen bevorstand, war Klearchos unschlüssig, ob dies gut oder schlecht war.

Der Sommer war bereits weit fortgeschritten, als sich die große Kolonne formierte, um gen Sardes zu marschieren. Das griechische Aufgebot hätte in der Heerschar der persischen Infanterie leicht verloren gehen können, hätte Klearchos nicht darauf bestanden, seine Spartaner die Vorhut bilden zu lassen. Der General begründete dies damit, dass sie bestimmt schneller vorankämen, wenn seine Männer das Tempo vorlegten, obgleich sich die anderen Griechen beschwerten, er stelle sich wieder einmal über sie alle.

Das persische Aufgebot belief sich, nachdem auch die Letzten eingetroffen waren, auf knapp über einhunderttausend Infanteristen. Es mangelte ihnen sowohl an Bogenschützen als auch an Schleuderern – an Ersteren hatten sie nur ein paar Tausend vorzuweisen. Kavallerie war ebenfalls spärlich vertreten, auch wenn Kyros dafür gesorgt hatte, dass der Athener Xenophon sich um die Pferde kümmerte und sie bei bester Pflege hielt. Der junge Grieche hatte sich sehr gut in seine neue Rolle als Oberstallmeister eingefügt und wirkte zufrieden, als Kyros an ihm vorbeigaloppierte. Alles in allem war es nicht ganz die Armee, die Kyros gegen seinen Bruder und die gigantischen Ressourcen des persischen

Großreiches in Stellung zu bringen im Sinn gehabt hatte. Er wurde das Gefühl nicht los, dass die gesamte Unternehmung überstürzt angegangen worden war. Von Anfang an war es nahezu ein Ding der Unmöglichkeit gewesen, ein Heer mit der leisesten Chance auszuheben, den Perserkönig zu überwältigen. Die Männer waren keineswegs so gut ausgebildet worden, wie es seinen Vorstellungen entsprochen hätte, obwohl Klearchos ihm versprach, diese Aufgabe während des Marsches weiterzuverfolgen – und ihre Kondition und Tauglichkeit würde sich mit Sicherheit Tag um Tag verbessern. Einhundertzwölftausend Soldaten sollten sich auf südöstlichem Kurs in die Wüsten hineinbewegen – weit weg von der Königsstraße und wachenden Blicken. Kyros stellte fest, dass er einen verzweifelten, fast schmerzlichen Stolz auf sie alle empfand.

Die ersten Späher und Peltasten-Plänkler brachen einen Tag vor der Hauptstreitmacht auf, in Trupps von jeweils einem Dutzend, die einander im Abstand von sechs Stunden folgten. Für die Krieger der Hauptkolonne würde es eine Art Wettkampf werden, die leicht bewaffneten Männer einzuholen. Die Offiziere wussten, dass derlei auf den mühseligen Wegen durch nichtssagende Landschaften die Stimmung hob, weshalb sie es nicht untersagten. Die Aussicht, eine Gruppe von Aufklärern zu erspähen, steigerte ihre Wachsamkeit und war die Quelle eines lebhaften Handels mit Wettmarken unter den Regimentern sowie natürlich auch den Spähern selbst.

Bei seiner finalen Inspektion hatte Kyros ihnen kein Ziel genannt, jedoch unmissverständlich klargemacht, dass sie keinesfalls trödeln würden. Sie mussten sich ihren Weg durch wilderes Gebiet als das von Tissaphernes durchreiste bahnen, und ihr Bestimmungsort lag dort, wo immer man Artaxerxes zwingen konnte, mit seinem Heer aufzulaufen. Der Gedanke an derartige Entfernungen war beängstigend, nicht zuletzt deshalb, weil sie alles, was sie brauchten, mit sich schleppen mussten.

Kyros mahlte angesichts der schieren Unzahl an Lagergefolgschaft mit den Kiefern. Er hatte Sardes für fast acht Monate zu seinem Hauptstützpunkt gemacht und seine Söldner mit Gold entlohnt, während die Perser ihren Sold von den Regiments-Quartiermeistern in Silber ausbezahlt bekommen hatten. In dieser Zeit beherbergte die Stadt Sardes Zehntausende von Soldaten, die allesamt Geld in den Taschen hatten. Die Geschäfte hatten floriert, von Schmieden, Theatern und Sattlern über exquisite Waffenmeister bis hin zu männlichen und weiblichen Bettgefährten, die zahlreich aufgekreuzt waren und ihr Brot mit einsamen Männern verdienten, die darauf warteten, in den Krieg zu ziehen. Einige dieser Mitläuferinnen und Nutznießer waren einzelnen Griechen und Persern sehr nahe gekommen. Andere bevorzugten kurzfristigere Arrangements oder nahmen, was sie kriegen konnten. Das Ergebnis waren rund weitere Zwölftausend, die sich von jedem Schlachtgetümmel fernhalten würden, unterwegs allerdings ebenfalls ernährt, eingekleidet und beschützt werden mussten.

Der Prinz rieb sich mit Zeigefinger und Daumen die Nasenwurzel und verfluchte mit einem unterdrückten Zischen den Namen Tissaphernes. Er hatte nicht damit gerechnet, ausgerechnet in diesem Sommer in Aktion treten zu müssen, wenn die Hitze tatkräftige Männer aus den Sandalen hauen konnte. Und schlimmer noch: Ihm seine Solvenz zu rauben war ein schwerer Schlag gewesen, zumal es nicht deshalb erfolgt war, weil der Alte an seiner Loyalität zweifelte, sondern aus niederer Rachsucht. In seinem ganzen Leben hatte sich Kyros dank des unendlichen Vermögens der königlichen Schatzkammer in seinem Rücken noch nie Gedanken über die finanziellen Schwierigkeiten eines Feldzuges machen müssen. Es war, als suchte man einen Ozean und fände ihn verschwunden vor – als hätte die Welt sich auf den Kopf gestellt. Zum allerersten Mal musste er lernen, mit Lieferanten zu feilschen, was er mit einer im Zorn geborenen Schärfe praktizierte, die ihn ebenso erstaunte wie sie. Er stellte fest, dass er es genoss, den Preis zu drücken. Es war eine Machtübung, die er zuvor nie verstanden hatte, eine Form der Auseinandersetzung ohne Blutvergießen. Für einen Prinzen von königlichem Geblüt war eine solche Vorstellung eine merkwürdige Sache. Kyros wusste, dass sein Heer sich ohne diesen Geld- und Zeitdruck niemals so zügig zur Kolonne formiert und auf den Marsch begeben hätte – und vor allem nicht ohne ihn. Er war stolz auf sie alle, sogar auf die Huren und sogar auf jene Männer, von denen er dachte, sie würden ihn letztendlich im Stich lassen und verraten.

Sie waren seinem Ruf gefolgt, mochten ihre Beweggründe nobel sein oder nicht. Der Zusammenschluss seiner Perser mit den Griechen hatte auf dem kahlen Boden einen eigenen Ozean gebildet, eine Kolonne, die sich über so viele Meilen erstreckte, dass ihr Anfang einen kompletten Tag Vorsprung vor dem Ende haben würde. Allein dieser Gedanke ließ ihm den Kopf schwirren und drohte, einen dumpf pochenden Schmerz hinter seinen Augen auszulösen.

Als sie bereit waren, brachten quer über die ausgedehnten Feldsegmente Hunderte von Pentekostien-Offizieren ihre je fünfzig Mann starken Einheiten lautstark zum Schweigen, um sie dann nacheinander antreten zu lassen. Kyros ritt mit Klearchos zum Kopf der Kolonne, wo man zwei weiße Bullen an in die Erde gehämmerten Eisenpfosten festgebunden hatte. Der Spartaner war einverstanden gewesen, zurückzubleiben und auf die letzten Gruppen von Hopliten zu warten, die von Kreta herüberkamen. Das Angebot eines Pferdes hatte Klearchos mit den Worten abgelehnt, das letzte Mal hätte ihm gereicht. Dennoch hatte er einen feierlichen Eid geschworen, diese Männer an Kyros' Seite zu schaffen.

Kyros atmete tief durch und roch Zitrone und Minze in der Luft, zusammen mit dem dahintreibenden Duft von Holzkohle. Seine Zeichendeuter standen bereit, in den Mustern des verspritzten Blutes zu lesen, und sämtliche Offiziere wussten, dass an diesem Abend ein fettes Stück Rind zu ihren Feuerstellen geschickt werden würde. Deshalb beobachteten sie die an ihren Fesseln reißenden Tiere in gespannter Erwartung. Kyros hob seine Hand, und für einen Moment herrschte völlige Stille, abgesehen vom Wind, der ihre Umhänge wie Flügel flattern ließ.

Als er die Hand senkte, durchschnitten die Wahrsager den Bullen die muskulösen Kehlen, aus denen sich gewaltige Blutfontänen ergossen, die zu einem nassen Teppich zusammenflossen. Durch diese Purpurpfützen würden sie alle marschieren und für eine Meile oder mehr rote Fußabdrücke hinterlassen. Es spielte keine Rolle. Blut war der Grund, aus dem sie gekommen waren. Niemand sammelte ein solches Heer, um Frieden zu stiften.

Der Klang von Hörnern heulte durch den anbrechenden Tag. Überall entlang der Kolonne und in den wartenden Einheiten erhoben sich Fahnen, die wild im Wind flatterten. Regimentstrommler, die ihre Instrumente um die Schulter trugen, begannen einen gleichmäßigen Takt zu schlagen, um das Marschtempo zu setzen.

Kyros sandte ein Gebet in den blauen Himmel, bat um Glück und darum, dass eine goldene Krone in seine Hände fallen möge. Der Fluss Mäander lag drei Tagesmärsche durch das grün bewachsene Lydien entfernt, die Stadt Kolossai noch einen weiteren Tag. Dort würde er auf Klearchos warten, der die Nachzügler brachte.

Vom Wegesrand aus schaute der persische Prinz zu, wie sich die Spartaner stumm und mit pendelnden Armen in Bewegung setzten. Diese ersten Tage würden Schwächen offenbaren, daran zweifelte er nicht: Planungsfehler, die Myriade von Dingen, welche man zurückgelassen oder gänzlich vergessen hatte. Doch sie würden ihnen auch vor Augen halten, was vor ihnen lag – und diejenigen, die den Rastplatz in Kolossai in guter Verfassung erreichten, würden gelernt haben, dass sie der Aufgabe gewachsen waren. Kyros wollte Lumpenpack und Geschmeiß, das aus einem Dutzend verschiedener Löcher gekrochen war, zu einer einzigen Klinge schleifen, Schritt für Schritt. Folglich lächelte er, als er sein Ross an die Kandare nahm und ihm die Sporen gab. Nur der spartanische General und ein Dutzend Wachen blieben zurück. Kyros sah, wie Klearchos seine Augen beschattete, und es kam ihm so vor, als könnte er den Blick des Mannes spüren. Er neigte den Kopf und beobachtete dann, wie Klearchos den Gruß erwiderte. Der Weg vor ihnen war frei, wohin auch immer er sie führen mochte.

13

Der große Heerzug erreichte den Fluss Mäander in zügigem Tempo. Anfänglich war es ein wenig chaotisch gewesen, mit Männern, die es nicht gewohnt waren, sechs oder sieben Stunden lang in Reih und Glied zu verbleiben, über ihre eigenen Füße stolperten und die Linien hinter sich aus dem Schritt brachten. Dennoch, insgesamt hatten sich die Männer am Beginn ihres langen Marsches wacker geschlagen und nicht über die Maßen gelitten. Jeden Abend mussten neue Blasen verbunden werden, wenngleich die meisten Betroffenen dem Ratschlag der Spartaner folgten, es sei besser, die Haut an der frischen Luft verschwielen zu lassen, statt nässende Wunden, Entzündungen und faulendes Fleisch zu riskieren.

Sie überquerten den Fluss auf einem behelfsmäßigen, aus sieben Fischerbooten zusammengezurrten Ponton, was viel Gelächter unter den Männern auslöste. Nur wenige Perser konnten schwimmen, krallten sich mit weißen Fingern krampfhaft an jedem Rumpf fest und konnten sich kaum überwinden, auf das nächste Boot zu klettern. Die Spartaner hingegen waren im Wasser in ihrem Element und genossen die kühle Erfrischung unter der sengenden Sonne. Manche planschten herum oder fischten, während sie warteten.

Nachdem die Truppen einen weiteren langen Tag marschiert waren, gab es erste Anzeichen dafür, dass die Männer abhärteten. Tatsächlich hatte es ein halbes Dutzend Verstauchungen und Verletzungen gegeben – es war unmöglich, Soldaten und Kampfmittel ohne herausgesprungene Kniescheiben oder versehentlich in Hinterteile gerammte Schwertspitzen querfeldein zu schicken. Entscheidend waren die geteilten Erfahrungen. Auf eben dieser gemeinsamen Geschichte hoffte Kyros seine Armee aufbauen zu können, damit seine persischen Regimenter, sobald sie erkannten, wer der Feind war, ihren Prinzen und Befehlshaber der Streitkräfte einem unbekannten Gelehrtenkönig vorzogen. Für einen Mann, mit dem sie monatelang Schulter an Schulter geritten und durch ein hartes Training gegangen waren, statt für einen Mann, der eigentlich bloß ein Fremder für sie war.

Ein gemächlicherer Start wäre kaum denkbar gewesen. Bei Kolossai ließ Kyros die Männer sieben Tage ausruhen, während er in den königlichen Parkanlagen der Jagd frönte. Von Klearchos sah er keine Spur, doch immerhin traf Menon von Thessalien mit weiteren vierhundert Mann sowie der Neuigkeit ein, Klearchos werde nicht mehr lange auf sich warten lassen und bis Kelainai aufgeholt haben. Aus den kaiserlichen Stallungen holte sich Kyros ein Dutzend Rennpferde und übergab sie Xenophon. Es waren noch immer zu wenige, doch schließlich konnte der Prinz keine ausgebildete Kavallerie aus dem Nichts herbeihexen und verfügte auch nicht über die flüssigen Geldmittel, mehr zu erwerben. Abgesehen von seiner sechshundertköpfigen berittenen Leibgarde wusste er um den Nutzen schneller Botschafter. Hätte er die notwendige Anzahl von Pferden besessen, wären alle Späher, die ihnen vorauseilten, mit Reittieren ausgestattet worden. Ohne sie konnte er nicht anders, als die riesige Armee als ein lahmes, schwerfälliges Etwas anzusehen, das einem

Überraschungsangriff oder einem Hinterhalt schutzlos ausgeliefert war.

Als sie von Kolossai aufbrachen, waren Blasen verheilt und überstrapazierte Muskeln kräftiger geworden. Abermals starteten sie voller Elan. Hornstöße brachten die Pferde zum Wiehern, während diese an den Rändern vorbeigaloppierten. Seine Wachen boten einen eindrucksvollen Anblick – die Reiter waren von ihren Tieren durch das Fell eines Leoparden oder einer Gazelle getrennt.

Kyros stellte fest, dass er die tagtäglichen Stunden auf dem Pferderücken genoss. Wann immer sie an eine Straße oder einen Pfad gelangten, folgten sie diesen. Dennoch ging es an den meisten Tagen quer über Felder und durch Täler, entfernten Orientierungspunkten und Grenzmarken entgegen, die sie im Blick behielten, ganz gleich, was ihren Weg kreuzte.

Seine Kondition wuchs spürbar, obgleich es ihn beunruhigte, wenn die vor ihnen liegenden Berge sogar ihre unüberschaubare Kolonne zwergenhaft erscheinen ließen oder sie von einem Pinienwald verschluckt wurde. Bei solchen Gelegenheiten schickte er Männer den Weg zurück, um nach Klearchos Ausschau zu halten, aber es gab nach wie vor keinerlei Anzeichen von ihm. Jetzt, fernab von Sardes, wurde dem Prinzen klar, wie sehr er auf den Spartaner angewiesen war und ihm vertraute. Ohne dessen verlässliche, Stabilität und Sicherheit spendende Präsenz erschien ihm plötzlich alles leer, so als spielte er nur mit der Möglichkeit, eine Krone zu tragen.

Von allen Kriegern kannte Kyros die Truppen seines Bruders im Osten am besten – sogar besser als Artaxerxes selbst. Sollte sein Bruder Kyros als echte Bedrohung ansehen und jedes Regiment unter seinem Kommando wohin auch immer beordern, konnte er mehr als eine halbe Million Soldaten aufs Feld schicken. Es war eine Zahl, welche Kyros mitten in der Nacht aus dem Schlaf hochschrecken ließ. Schlimmer noch war, dass der Reichtum von achtundzwanzig unterworfenen Nationen sowie die königliche Staatskasse seinem Bruder den Rücken stärkten. Der Großkönig würde nicht an Engpässen bei Nahrungsmitteln oder Feuerholz leiden. Artaxerxes würde jeden Abend Wein statt Wasser trinken, während er mit einem Kriegsvolk marschierte, das so zahlreich war wie sämtliche Sterne am Himmelszelt.

Die Festung von Kelainai am Fluss Marsyas lag nur drei Tagesmärsche von Kolossai entfernt. Dort wartete Kyros auf Klearchos und die letzten noch ausstehenden Männer. Er bereute, je zugestimmt zu haben, den General zurückzulassen. Am Ende eines jeden Abends fing der Prinz verwunderte Blicke auf, vor allem seitens der Perser. Sie sahen keine besondere Notwendigkeit darin, auf einen einzelnen Spartaner zu warten, welchen Rang auch immer er bekleiden mochte. Doch der Prinz blieb untätig, und die Tage zogen sich dahin, entgegen aller vorangegangenen Dringlichkeit und Eile. Das anfängliche Gefühl von Aufregung und Begeisterung verflüchtigte sich allmählich, während sich die Männer an das Feldlagerleben gewöhnten und in der nächstgelegenen Stadt nach Zerstreuung suchten. Von denen, die man hatte hängen müssen, vernahm Kyros nichts, ebenso wenig von der Massenschlägerei zwischen dem Stymphalier-Trupp und einem persischen Regiment. Derlei verschwieg man ihm, während er wartete.

Am vierzehnten Tag traf Klearchos ein, still wie eine Frühlingsbrise. Er führte achthundert Hopliten aus diversen Städten, zweihundert Peltasten mit Wurfspeeren und vierzig kretische Bogenschützen mit sich. Bei seinem Anblick verzieh Kyros ihm seine Verspätung unverzüglich, dennoch entschuldigte Klearchos sich und ging vor den Neuankömmlingen auf ein Knie nieder.

»Das sind die Letzten, Hoheit – und sie haben Glück, noch am Leben zu sein, da ihr Schiff auf der Überfahrt von Kreta kenterte. Sie haben tausend Geschichten zu erzählen, und ich hege keinen Zweifel, dass Ihr sie alle hören werdet, während wir weiterziehen. Von jetzt an sind wir auf uns gestellt. Auf uns folgt keiner mehr.« Mit bebenden Nasenflügeln schaute der Spartaner in die Ferne wie ein seine Beute witternder Jagdhund.

»Eine Weile glaubte ich, Ihr würdet nicht kommen«, sagte Kyros.

Klearchos sah ihn mit festem Blick an.

»Ich habe Euch mein Wort gegeben, Hoheit. Wer will, dass ich von Eurer Seite weiche, muss mich töten.« Als der Prinz lächelte, ergänzte Klearchos: »Was natürlich sehr gut passieren kann.«

Eine neue, erfrischte Stimmung, fast eine Urlaubseuphorie herrschte unter den Männern, als die Regimenter aufbrachen. Eine Zeit lang durchquerten sie eine Satrapie, eine Provinz, in der die Straßen gut befestigt waren. Die Soldaten genossen es, auf glatten Steinen zu marschieren, und mochte die Zukunft auch die Schlacht für sie bereithalten, lag diese doch so weit entfernt, dass sie ihre Sorgen problemlos ignorieren konnten.

Ihre Kommandeure teilten die allgemeine gute Laune nicht. Klearchos reagierte auf jeden unbeschwerten Kommentar, indem er sofort zurückblaffte. Er nahm seine Aufgabe ernst, und zumindest er spürte die Anspannung angesichts dessen, was vor ihnen lag, allmählich steigen. Kyros seinerseits zog sich zurück und verbrachte ganze Tage allein und in Schweigen, während sie zu Fuß oder auf Pferderücken tief ins Großreich vordrangen. Er musste ständig an Tissaphernes auf der Königsstraße denken und fragte sich, ob sie den alten Mann überholt hatten oder er immer noch einen Vorsprung hielt. Deren Steine hatten einst den ersten König Dareios getragen, um in Griechenland einzumarschieren. Und diese legendäre Straße hatte dessen Sohn Xerxes nach Westen geführt, in völliger Ahnungslosigkeit, dass sein Heer niedergemetzelt und seine Flotte in alle vier Himmelsrichtungen verstreut werden würde. Kyros hingegen war gezwungen gewesen, eine südlich davon gelegene Route zu nehmen, fernab von königlichen Kurieren, die bei der ersten Sichtung seiner Truppen heimwärts eilen würden.

Derlei Überlegungen schienen schwer auf Kyros zu lasten, während er viele Stunden am Stück unter der Sonne schwitzte. Er begann den Glauben an seine Leute als verlässliche, wendige Kampftruppe einzubüßen, als ihm klar wurde, dass es allein einen halben Tag in Anspruch nahm, ihnen eine einzige Mahlzeit zubereiten zu lassen. Sie waren eine Stadt in Bewegung, und in der Mittagspause schien diese Stadt aus gemächlich dahinrollenden Gespannen zu bestehen. Kochtöpfe klapperten, Feuerholz wurde gesammelt, und Sommerfeststimmung machte sich breit, bis hin zur Errichtung von Zelten, vor denen Männer Schlange standen, um darin ihr Geld für ein paar schnelle Fummeleien auszugeben. All das dauerte Ewigkeiten, und Kyros konnte nichts tun, als sich zu ärgern und mit schützend über die Brauen gelegter Hand den Stand der Sonne zu beobachten.

Wie Heuschrecken fielen sie über Tavernen her, wann immer sie auf welche stießen, ganz gleich, wie klein oder heruntergekommen diese sein mochten. Auf der Königsstraße gab es Etablissements, die auf kaiserlichen Befehl alle in der gleichen Bauweise und Machart errichtet worden waren, wie Kyros wusste. Dort warteten auf ermattete Reisende sämtliche Freuden und Segnungen der Zivilisation, wie Perlen auf einer Kettenschnur, die gesamte Wegstrecke entlang bis nach Susa.

Da Kyros' Armee derlei Schwelgereien und Luxus weitgehend verwehrt waren, fraß sie ganze Dörfer leer und riss sich alles unter den Nagel, was nicht vor den ausgehungerten Kriegern versteckt werden konnte. Ohne diese Extrarationen hätte das Heer tatsächlich darben müssen, doch Kyros war sich seiner schwindenden letzten Dareiken nur allzu bewusst, die ihm selbst beim Zählen durch die Finger zu rinnen schienen. Als er schließlich den Rest seiner finanziellen Mittel in einer Hand halten konnte, führte er den Zug sechzig Meilen übers Land zur Stadt Tyriäon im kleinen Königreich Kilikien. Dort legte er auf einem Anwesen, das er als Kind bestens gekannt hatte, eine Ruhepause ein.

Wie Kyros erwartet hatte, kam nach zwei Tagen Klearchos, den die anderen auserkoren hatten, um bei ihm vorzusprechen. Keines der griechischen oder persischen Regimenter war besoldet worden, und er hatte nichts mehr übrig, um die leeren Kassen zu füllen. Der Prinz saß auf einer Terrasse an einem Tisch in der Abendsonne und genoss Datteln und Weichkäse aus der Region.

»Ah, General, ich habe mir gedacht, dass sie Euch schicken würden. Bitte nehmt Platz und esst. Ihr werdet nirgends bessere als diese kosten.«

Klearchos sah genauso aus wie bei ihrer ersten Zusammenkunft, als könnte die Zeit ihm nichts anhaben. Er wiederum erblickte einen jungen Mann, den viel zu große Verantwortung ausgelaugt hatte.

»Danke, Hoheit«, sagte er. Er nahm eine süße Dattel, zerkaute sie und spuckte den scharfen Kern in seine Handfläche. »Sehr gut.«

Dann schwiegen beide. Kyros wartete ab und genoss es, seine Willenskraft mit der eines Spartaners zu messen. Sie verspeisten die restlichen Datteln, wonach ein Bediensteter eine Platte mit dünn geschnittenem Fleisch und gerösteten Knoblauchzehen brachte, die wie winzige weiße Eier darauf arrangiert waren. Klearchos liebte Knoblauch, nahm sich eine Handvoll und kaute knirschend.

»Hoheit …«, sagte er nach einer Ewigkeit.

Kyros fiel ihm kichernd ins Wort. »Ihr seid ein guter Mann, Klearchos. So sehr Euch solche Angelegenheiten auch verhasst sind, habt Ihr Euch doch freiwillig angeboten, derjenige zu sein, der mich nach der Entlohnung der Männer fragt. Ich sagte Euch bereits, dass ich Boten ausgeschickt hatte, nicht wahr? Aus diesem Grund habe ich uns derart weit abseits unseres Weges geführt. Ich habe einen Freund in Kilikien, der uns helfen wird.«

»Ihr kennt den König?«, fragte Klearchos und rülpste in seine Faust. Er prostete mit seinem Weinbecher den Göttern zu und nahm einen tiefen Schluck, um sich den Knoblauchgeschmack aus dem Mund zu spülen. Dabei bemerkte er, wie sich Kyros' Züge verfinsterten.

»Er und ich … sind keine Freunde. Ich kannte ihn, als wir beide sehr jung waren, doch wir zerstritten uns, und seitdem läuft es zwischen uns nicht gut.«

»Hat er sie Euch ausgespannt oder Ihr sie ihm?«, meinte Klearchos.

Kyros prustete in seinen Wein und verspritzte etwas davon auf dem Tisch.

»Müsst Ihr immer so … spartanisch sein, General? So unverblümt?«

Klearchos zuckte mit den Schultern.

»Mir scheinen solche Sachen meist einfacher, als wir denken.«

»Nun, wenn das so ist, dann ja, wir beide liebten dieselbe Frau. Und sie liebte mich, heiratete jedoch ihn! Kommt Euch das einfach genug vor? Hier geht es nicht um eine erbauliche Geschichte von zwei jungen Liebenden, Spartaner! Sie wählte den falschen Mann.« Die Erinnerung ließ den Prinzen aufseufzen. Seine Augen glommen dunkel in der untergehenden Sonne. »Ich vermisse sie noch immer.«

Klearchos richtete sich in seinem Stuhl auf, trank jedoch abermals seinen Wein aus und registrierte kaum, wie ein Diener heranrauschte, um nachzuschenken.

»Manche Männer können ziemlich engherzig und kleingeistig sein, sogar dann, wenn sie einen Sieg erringen. Und doch habt Ihr eine Armee auf sein Gebiet geführt – eine Armee, der er, wie ich vermute, nichts entgegenzusetzen hat. Geht es also um eine Eroberung? Wollt Ihr ihn töten?«

Kyros schaute den General lange nachdenklich an. Er rieb sich die Hände und spürte die Schwielen, die sich durch das tagtägliche Zügelhalten gebildet hatten.

»Wenn ich bewirken könnte, dass er vom Pferd fällt und sich den Hals bricht, würde ich es tun«, sagte er langsam. »Aber sie liebt ihn und hat ihm zwei Kinder geboren. Ich weiß, dass sie mich liebt, doch ihn hat sie *gewählt*. Man kann nicht zurück, Klearchos. Niemals.«

»Frauen«, gab Klearchos zurück, seinen Weinkelch hebend. »Sie sind für uns alle ein Quell des Erstaunens.«

Sie stießen mit ihren Bechern an und leerten sie. Beide spürten bereits die Wirkung des Alkohols.

»Ich liebe sie«, sagte Kyros. »Ich habe sie immer geliebt.« Er stieß die Luft aus. »Wir befinden uns am Rande Kilikiens, knapp jenseits der Grenze. Ich habe Mitteilung über meine Anwesenheit gemacht – und sie hat geantwortet. Ich weiß nicht, ob sie mir helfen wird, General, aber jemand anderen gibt es nicht.«

»Wird sie Euch aufsuchen? Oder soll ich Pferde kommen lassen?«

»Sie wird zu uns kommen, wie der Kurier sagte. Morgen. Am Nachmittag.«

»Und hat sie ihren Ehemann erwähnt … zumindest beiläufig?«, wollte Klearchos wissen.

Kyros schüttelte den Kopf, und der General hob die Augenbrauen.

»Nun denn, das klingt vielversprechend.«

»Nein. Sie liebt uns beide, doch sie entschied sich für ihn«, sagte Kyros bitter und nahm noch einen Schluck. Seine Zähne hatten vom Wein einen rötlichen Schimmer angenommen, und seine Augen waren glasig. Unvermittelt schlug Klearchos mit der flachen Hand auf die Tischplatte und riss den Prinzen aus dessen Träumereien.

»Dann werden wir ihr deutlich machen, was sie aufgegeben hat, Hoheit! Ich werde die Männer antreten lassen. Zeigen wir ihr den schneidigen jungen Prinzen, den Kriegsherrn. Ist ihr Gatte ein Despot? Grausam, alt, hässlich, zwergwüchsig?«

»Nein«, sagte Kyros abwinkend. »Er ist nur ein Mann wie jeder andere. Welche Tugenden ihm eigen sind, kann ich nicht erkennen, aber wie ich sagte, sie …«

»Entschied sich für ihn«, beendete Klearchos den Satz. »Überlasst die Sache mir, Hoheit. Und hört nun auf zu trinken, oder Ihr werdet morgen zu nichts zu gebrauchen sein. Mit Eurer Erlaubnis kehre ich wieder zu meinen Männern zurück.«

Kyros bedeutete ihm mit einer Geste, sich entfernen zu können, lehnte sich zurück und hob seinen Becher, um ihn ein weiteres Mal füllen zu lassen, wenngleich seine Augen geschlossen blieben. Klearchos gluckste und fragte sich, ob er sich in seinem Leben beim Trinken je derart hatte gehen lassen. Er verneinte es, schritt in die Dunkelheit und begann in Trab zu verfallen, während er an all das dachte, was zu erledigen war.

Kyros erwachte in der Morgendämmerung und erbrach endlose Ströme gelber Galle. Auf dem Grundstück des Anwesens befand sich ein See, in welchem er schwamm, und anschließend nahm er Eier und Käse zu sich, um seinen Magen zu beruhigen. Als er es schließlich geschafft hatte, sich anzukleiden und von seinen Bediensteten aufs Pferd helfen zu lassen, war es bereits später Vormittag. Die Sonne war hoch zur blauen Himmelskuppel aufgestiegen, und die zunehmende Hitze verstärkte seine Kopfschmerzen zu einem heftigen Pochen. Er verschaffte sich ein wenig Linderung, indem er das linke Auge geschlossen hielt, erreichte das Feldlager und wurde nach Namen und Begehr gefragt. Die Wachen traten erst dann respektvoll zurück, nachdem der protokollarische Ritus beendet war, obgleich sie ihn inzwischen natürlich alle vom Sehen kannten. Er hörte einen der Wachmänner eine vulgäre Bemerkung über schlimme Saufkopfkater machen, war jedoch weder gewillt noch in der körperlichen Verfassung, einen Tadel auszusprechen.

Als Kyros sich allmählich des Gewimmels und der Geschäftigkeit bewusst wurde, die um ihn herum herrschten, mutmaßte er, dass der spartanische General nicht eine Sekunde geschlafen hatte. Jedes Regiment war emsig mit Polituren, Bürsten, Lampenruß und Öl beschäftigt, und alle Mann brachten sich im Rahmen der Möglichkeiten geradezu unnatürlich auf Hochglanz. Verwirrt hockte Kyros auf seinem Ross. Hatte er eine Prachtparade befohlen? Er konnte sich nicht erinnern. Einige Einzelheiten des gestrigen Abends waren ihm abhandengekommen oder blitzten nur flüchtig wieder auf, um ihn vor Scham zusammenzucken und seine Augen aufreißen zu lassen. Er hatte mit einem General der Spartaner über die Liebe seines Lebens gesprochen! Kyros bedeckte sein Gesicht mit der Hand.

»Hoheit?«, erklang eine Stimme.

Kyros schaute hinab und erblickte den jungen Oberstallmeister. Den Athener. Während der Prinz ihn mit trüben Augen anstarrte, sprach Xenophon, der geradezu ekelerregend gesund und vergnügt aussah, weiter. »Wenn Ihr kurz absitzen würdet, Hoheit, könnte ich unseren Pasacas hier striegeln und ihm Mähne und Schwanz flechten, damit er bereit zur Beschau ist.«

»Zur Beschau?«, fragte Kyros in schleppendem Ton. Erinnerungsfetzen tauchten in seinem Schädel auf, und Schweiß rann ihm den Rücken hinab. Er sah zur Sonne auf und schluckte, als er erkannte, wie spät es war. Ihm war den Morgen über so übel gewesen, dass er kaum mehr hatte tun können, als zu schwitzen und zu ächzen. Dann kam es ihm wieder in den Sinn. Er betastete sein Kinn und fluchte leise, als er die Stoppeln fühlte.

»Xenophon, schicke nach Parviz, meinem Hausknecht.« Er stieg ab, rutschte dabei von seinem Pferd, als hätten ihm seine Beine den Dienst versagt, und stolperte gegen den Athener. »Ich muss rasiert werden und frische Gewänder anlegen. Parviz, werter Herr. So schnell du kannst.«

Xenophon lief davon und zog das Schlachtross dabei an den Zügeln hinter sich her. Kyros blinzelte in die Sonne. Er schwor sich, nie wieder zu trinken. Der Preis war einfach zu hoch.

»Da seid Ihr ja, Hoheit!«, war die Stimme von Parviz zu hören.

Der Mann, der einst eine Wüstenfestung bewacht hatte, war mit Stolz und Tatkraft in seine neue Rolle hineingewachsen. Kyros sah, dass Parviz einen Klappstuhl trug, in den er sich voller Dankbarkeit fallen ließ. Diener mit Schüsseln, Tüchern und Ölen sammelten sich um ihn. Parviz schärfte ein Rasiermesser, zunächst an einem Streifen Leder, dann an einem Stück rauem Stoff und schließlich im Wind selbst. Er gestattete niemandem sonst, den Prinzen zu rasieren, und es hatte sich für sie beide inzwischen zu einer Art Ritual entwickelt. Kyros schloss die Augen.

»Einen Schirm her!«, schrie Parviz in sein Ohr. »Bringt einen Schirm für den Prinzen. Und frische Kleidung. Schafft gefälligst ein bisschen Intimsphäre – sind wir hier etwa auf dem Marktplatz? Schafft diese Paravents herbei und stellt sie um Seine Hoheit herum auf.«

Es war eine enorme Erleichterung, Parviz das Ruder übernehmen zu lassen, und Kyros öffnete die Augen, als ihm ein

Becher in die Hand gedrückt wurde. Als er erkannte, dass sich nur gute, süße Milch darin befand, lächelte er erleichtert.

»Hab Dank. Bitte mehr davon, Parviz. Bring mir am besten die ganze Kuh.«

Als die Sonne ihre lange, langsame Wanderung über den Nachmittagshimmel antrat, verharrten die Regimenter in Karrees, die sich aus perfekt abgemessenen Reihen zusammensetzten. Jeder Soldat stand mit leicht auseinandergestellten Füßen da und erwartete die Beschau einer Königin. Die Krankentragenträger aus dem Lager der Gefolgsleute waren gekommen, da man wusste, wie schnell in der Sonne stehende Männer ohnmächtig werden konnten. Einige solcher Fälle gab es immer, und da sie umstürzten wie gefällte Bäume, ohne schützend die Hände auszustrecken, fielen die Verletzungen oftmals entsetzlich aus. Den Rest des Gefolgelagers hatte man drei Meilen zurückmarschieren lassen, damit der Königin die Aussicht nicht durch Freudenmädchen und Gossenkinder verdorben wurde.

Kyros konnte nicht stillsitzen. Er führte sein Pferd Pasacas die Frontlinien auf und ab, während er auf ihre Ankunft wartete. Sechs Jahre hatte er Epyaxa nicht mehr gesehen. In dieser Zeit war er zum Manne gereift. Davor, fast noch ein Junge, war er zu selbstsicher gewesen, überzeugt davon, dass sie ihn wählen würde. Sein Magen hatte sich beruhigt, und seine Kopfschmerzen waren fast völlig verschwunden, wofür er Gott dankte.

»Da ist sie! Sie kommt!«, rief Parviz neben ihm.

Kyros hob den Blick und sah einen Streitwagen, der von zwei schwarzen Pferden gezogen und von dahinrennenden Soldaten mit dunklen Brustpanzern und kurzen Beinkleidern aus Leder eskortiert wurde. An die achtzig Männer trabten an der Seite ihrer Herrin, und er wurde aufs Neue daran erinnert, dass sie eines anderen Mannes Weib und eine Königin war. Er legte seine Hände auf den Sattelknopf und harrte aus, wobei er sich fragte, ob sie noch aussah wie früher und was sie sehen würde, wenn sie ihn erblickte.

Durch die Reihen ertönten Hörner. Was die Bläser auf ihnen spielten, klang eher nach einer Willkommens- als nach einer Kriegsfanfare. Der Pferdewagen hielt auf den Prinzen zu, der vor allen anderen auf seinem Kriegsross thronte, beschrieb einen weiten Bogen und kam zum Stehen.

Königin Epyaxa von Kilikien streckte ihrem Wagenlenker die Hand entgegen und stieg aus. Kyros spürte einen stechenden Schmerz in seiner Brust, der nicht von der Unmenge an Wein herrührte, die er am Abend zuvor getrunken hatte. Ihr Haar war zu einem einzigen langen Strang gebunden, der ihr wie der Schwanz einer Katze über den Rücken baumelte. Der Zopf schwang hin und her, als sie ihre Füße auf den Boden setzte. Sie war noch immer ganz dieselbe, die Zeit hatte keinerlei Spuren bei ihr hinterlassen. Der Prinz saß ab und schaute zu, wie sie vor ihm knickste und sich tief verneigte. Als er auf ihren Nacken hinabsah, überlegte er, ob die Griechen die Bedeutsamkeit ihrer Geste verstanden. Im Großreich gab es achtundzwanzig Völker – und deren Könige und Königinnen hatten sich vor einem Mitglied der kaiserlichen Familie zu verbeugen. Wenn die Griechen es ihnen nachtaten, folgten sie damit ihrerseits der Etikette und den Gepflogenheiten von Königshäusern.

Kyros kniff die Augen zusammen und bemerkte, dass er ihr nicht die Erlaubnis gegeben hatte, sich zu erheben. Er konnte eine Rötung auf ihrem Hals erkennen, nur eine leichte, subtile Verfärbung. Sie dachte, er würde ihr nach wie vor zürnen.

»Bitte erhebt Euch, Epyaxa. Ich kann kaum fassen, wie wenig Ihr Euch verändert habt. Mir ist, als stünde ich als junger Mann vor Euch.« Bei seinen Worten ergriff er ihren Arm, ließ jedoch wieder los, als der Wagenlenker sich nervös nach vorne schob. Ihre Wachen waren es nicht gewohnt, ihre Gebieterin von irgendjemandem berührt zu sehen.

»Ah«, beruhigte sie ihre Männer lächelnd. »Prinz Kyros ist ein alter Freund. Ich befinde mich nicht in Gefahr. Hauptmann Raoush, Ihr habt mich sicher abgeliefert und dürft Euch jetzt entfernen. Ich werde Euch einen Boten schicken, sobald ich bereit bin.«

Der Hauptmann warf sich unverzüglich in den Staub. Seine Bauchlage war so ausgerichtet, dass er seiner Herrin ein klein wenig mehr Ehre erwies als Kyros, sie allerdings eindeutig beide berücksichtigte. Der Fuhrmann kletterte zurück auf den Bock und nahm die Zügel auf. Kyros betrachtete das Gefährt neidvoll und sprach, bevor der Lenker seine lange Peitsche entrollen konnte.

»Holde Dame, ich habe meinen bescheidenen Trupp von Männern antreten lassen, damit Ihr sie mustern könnt. Falls Ihr Eurem Wagenlenker befehlt, mit den anderen zurückzukehren, wäre es mir eine Ehre, seinen Platz einzunehmen.«

Die Königin neigte den Kopf, woraufhin der Fuhrmann ohne ein Wort des Protestes seine Peitsche und die Zügel niederlegte, Kyros allerdings einen giftigen Blick zuwarf, als dieser danach griff. Epyaxa öffnete eine kleine Einstiegstür, um zur gepolsterten Sitzbank im hinteren Bereich zu gelangen. Statt darauf Platz zu nehmen, lehnte sie sich eher dagegen. Für alles andere war die Sonne zu warm und die Brise zu wohlig auf der Haut.

Mit einem Grinsen straffte Kyros die Zügel, und der Streitwagen rollte schlingernd an und ließ die Wachleute der Königin auseinanderstieben, bevor sie unter die Räder gerieten.

»Verzeihung, ich muss mich erst daran gewöhnen …«, rief Kyros über die Schulter.

Seine Passagierin hielt sein Manöver richtigerweise für Absicht. Kyros schnalzte abermals mit den Zügeln, und die beiden Pferde verfielen in Galopp. Sie hörte, wie der Prinz sie anspornte. Schneller und schneller rumpelten sie davon, weit weg von der Armee, die er hatte antreten lassen, um sie zu beeindrucken. Das Tempo war gleichermaßen beängstigend und erregend. Es weckte Erinnerungen an Kyros und dessen Freund, die sich entlang der Ufer eines großen Flusses Rennen lieferten. Er hatte noch immer das richtige Händchen dafür, dachte sie. Während ihrer rasanten, gänzlich seinem Geschick und seiner Kraft überlassenen Fahrt inspizierte Epyaxa seinen Rücken und seine Balance und erinnerte sich an das Spiel seiner Muskeln, wenn er sie in den Armen gehalten hatte. Sie spürte, wie sich ihre Augen mit Tränen füllten, und hätte nicht sagen können, ob die Erinnerung an verlorene Jugend, an verlorene Liebe oder schlicht Wind und Staub der Grund dafür waren.

14

Nach dieser ersten wilden Rundfahrt quer über freies Feld fuhr Kyros mit gedrosselter Geschwindigkeit die Reihen der wartenden Regimenter ab. Er hielt sogar in regelmäßigen Abständen an, damit die junge Königin aussteigen und mit seinen höheren Offizieren sprechen konnte. Epyaxa schien sich in der Gegenwart von Griechen als auch Persern gleichermaßen sichtlich wohlzufühlen. Klearchos zeigte, wie Kyros sah, fast väterliche Anwandlungen – die breite Brust des Spartaners spannte sich noch imposanter, als er die Fragen der jungen Königin beantwortete. General Orontas errötete wie ein kleiner Junge, als sie seine Hand ergriff. Epyaxa strich ihnen über die Schultern, lächelte sie an und nahm beiden schnell ihre Befangenheit. An ihrer Seite stand der Prinz da, als hätte er sie höchstpersönlich herbeigezaubert, hocherfreut über den glücklichen Ausgang eines Tages, der doch so unerfreulich begonnen hatte. Er musste daran denken, wie anders sich sein Leben wohl entwickelt hätte, wäre sie jenes letzte Mal zu ihm gekommen, als er in einem Zypressenhain auf sie gewartet hatte. Es war die längste Nacht seines Lebens gewesen, und in der Morgendämmerung hatte er sich auf sein Pferd geschwungen und war davongeritten.

Jetzt brannte seit einer gefühlten Ewigkeit die Sonne erbarmungslos auf sie herab, ohne das geringste Fleckchen Schatten. Einige der Männer waren tatsächlich in Ohnmacht gefallen und unauffällig außer Sicht getragen worden, um wieder zu Kräften zu kommen. Kyros und die Königin fühlten sich beide seltsam erschöpft, als sie schließlich einen Pavillon erreichten, den Parviz für das abendliche Mahl hatte errichten lassen. Die Regimenter hatten wegtreten und die drei Meilen zurück zum Lager marschieren dürfen. Dort würden sie essen und sich von einem unter der Sonne verbrachten Tag erholen. Die Männer waren allesamt erhitzt und schwitzten, konnten sich aber dennoch ein Lächeln über die offenkundige Bewunderung, die der Prinz der jungen Frau an seiner Seite entgegenbrachte, nicht verkneifen. Viele von ihnen machten im Vorübergehen obszöne Gesten mit den Händen, allerdings nicht in Sichtweite eines Offiziers, durch dessen Befehl ihnen ebenjene Hände hätten abgehackt werden können.

Orontas, Ariäus und Klearchos schlossen sich den anderen Generälen an einer langen Tafel an, die just an diesem Tag zusammengezimmert worden war. Kyros und Epyaxa saßen jeweils an einem Ende, außer Reichweite voneinander. Klearchos fiel auf, dass der Prinz zwischen den Gängen seine rechte Hand mit der Handfläche nach oben auf das Tischtuch legte, als verlangte es ihn flehentlich nach etwas. Klearchos hätte nicht sagen können, ob Epyaxa bewusst darauf reagierte, doch sie ließ ihren linken Unterarm ausgestreckt auf dem Tisch ruhen. Es mochte ein Kontaktangebot sein, und der Spartaner lächelte in sich hinein.

Orontas widmete sich dem Essen mit sichtlichem Interesse. Kyros hatte für seine Gäste nur das Allerbeste auftragen lassen, und insbesondere die Perser seufzten entzückt angesichts von mit Safran, Kardamom und Rosenblütenblättern bedeckten Speisen – Gewürze, die viel zu teuer waren, um die gewöhnlichen Mahlzeiten und Brote, die an die Regimenter ausgegeben wurden, damit zu würzen.

Um die Tafel saßen auch die anderen griechischen Generäle, denen die Gesellschaft des Prinzen und seiner Besucherin gestattet worden war. Da war Proxenos, der einen Weinkrug bewachte, den er als seinen ganz persönlichen zu betrachten schien, obwohl Diener wie Kolibris ein und aus schwirrten. Netos der Stymphalier lachte brüllend mit Menon von Thessalien, bevor beide bemerkten, dass sie sich im Zentrum der Aufmerksamkeit befanden, und erschrocken dreinschauten. Der Wein floss in Strömen, und die Schmerzen und Sonnenbrände des Tages verblassten, wenngleich die Hälfte der Anwesenden spürte, wie ihre Haut Hitze ausstrahlte, als hätten sie sich einen Teil des Lichtes einverleibt. Sie alle waren lebenserfahrene Männer, und Klearchos war nicht der Einzige, dem die wie beiläufig wirkende Platzierung der Hände auf jenem Tisch auffiel. Demzufolge plauderten sie der Form halber zwanglos miteinander, aßen jedoch zügig und lehnten Nachschläge dankend ab. Die Offiziere leerten einer nach dem anderen höflich ihre Becher und säuberten ihre Messer an einem Tafeltuch, bevor sie aufstanden und sich reihum vor Prinz Kyros und der Königin verbeugten.

Der Prinz hatte an diesem Abend keinen Wein getrunken und behauptet, sein Magen würde es nicht verkraften, ein zweites Mal ruiniert zu werden. Nachdem der letzte seiner Generäle gegangen war, traten Musiker mit weich besohlten Pantoffeln ein und erfüllten die Luft mit einer zarten Weise und Lyraklängen. Spontan erhob sich Kyros, schritt zum anderen Ende des Tisches und setzte sich neben Epyaxa.

»So«, sagte er. »Ich glaube nicht, dass ich Euch über die Musik hinweg hätte verstehen können. Danke für Euer Kommen. Dies ist ein perfekter Tag gewesen – ein Juwel in einer Zeit der Mühsal. Ihr habt das Heer und die Männer gesehen. Mitunter ist ihre Gesellschaft eine recht raue. Das hier hingegen – es lässt mich die Gespräche vermissen, die wir einst führten. Erinnert Ihr Euch?«

»Natürlich«, entgegnete sie.

Er nahm ihre ausgestreckte Hand in seine und stellte fest, dass sie zitterte. Die plötzliche Intimität erlaubte es ihm, von anderen, dringlicheren Dingen zu sprechen.

»Ich wartete die ganze Nacht, bevor ich sicher war, dass du nicht kommen würdest. Eine ganze Weile lang redete ich mir ein, es wäre noch immer dunkel, bis ich das ganze Wäldchen um mich herum und die grünen Hügel jenseits davon sehen konnte.«

»Ich hätte dir jemanden schicken sollen«, sagte sie leise. »Es tut mir leid.«

»Nein, du trafst deine Wahl. Es war besser für mich, zu verschwinden und mein Leben weiterzuführen.«

»Du hast nie geheiratet«, sagte sie und beugte sich näher zu ihm vor.

Er zuckte die Achseln, wenngleich ihre Worte ihn wie ein Messerstich trafen. Er stieß ein gezwungenes Lachen aus.

»Ich konnte keine andere finden … die dir ebenbürtig gewesen wäre. Ist das nicht albern?«

»Keineswegs«, gab sie zurück. »Ich habe mich etliche Male gefragt …«

Er bemerkte ihr Zögern.

»Was hast du dich gefragt? Wir sind ganz unter uns, Epyaxa.«

»Ich habe mich gefragt, wie mein Leben wohl verlaufen wäre, wenn ich in jener Nacht zu dir gekommen wäre.« Sie drehte ihre Hand in seiner wie einen nestbauenden Vogel, entzog sie ihm jedoch nicht. »Syennesis ist ein kalter Mann. Du würdest ihn kaum wiedererkennen. Manchmal spricht er tage- oder wochenlang kein Wort mit mir. Wäre meine Wahl aber auf dich statt ihn gefallen, hätte ich meine Söhne nicht. Es ist verwirrend. Wenn es sie nicht gäbe, dann, denke ich …«

Sie schüttelte den Kopf und schloss die Augen, sodass eine Träne unter kohlrabenschwarzen Wimpern hervorquoll und über ihre Wange rann. Langsam zog er ihre Hand an seine Lippen, küsste sie und spürte den Schauder, der durch ihre Glieder fuhr.

»Ich habe jeden Abend bei Sonnenuntergang an dich gedacht«, sagte er.

»Bitte. Genug der Worte. Schicke die Diener weg«, flüsterte sie.

Am Morgen ging Klearchos die drei Meilen vom Feldlager bis zum Pavillon zu Fuß und fand Kyros und Epyaxa vor, die ihr Frühstück im Freien unter der frühen Sonne genossen. Die Luft war kühl und der Boden von Tau benetzt, auch wenn dieser bald weggebrannt sein würde.

»General! Ich hoffe, Ihr werdet Euch uns anschließen«, rief Kyros.

Klearchos verneigte sich vor beiden, begrüßte die Königin ausgesucht höflich, nahm Platz und bekam in Scheiben geschnittene Melone, Feigen und milden Käse serviert. In solcher Gesellschaft würde Klearchos sicherlich nicht die leeren Kassen erwähnen oder irgendeine Andeutung bezüglich ihrer Beziehung fallen lassen. Eine Weile aß er schweigend und beobachtete die Blicke, die das Paar sich zuwarf.

»Wenn du mich nach Hause bringst, werde ich später am Vormittag den Streitwagen und die Pferdegespanne zu dir schicken lassen, Kyros«, sagte Epyaxa. »Wie wir es … besprochen haben.«

Der Prinz griff nach ihrer Hand, als gäbe es für ihn nichts Natürlicheres auf der Welt. Die Gegenwart des Spartaners ließ Epyaxa erröten, doch Klearchos schien in jenem Moment ganz und gar von seinem Teller in Beschlag genommen.

Kyros stand auf und bot ihr seine Hand. Seine Augen schimmerten dunkel von all den Gesprächen der letzten Nacht, deren Inhalt Klearchos verborgen blieb.

»Komm, Liebste. Ich bringe dich zu deinem Ehemann und deinen Söhnen zurück.«

Als sie sich erhob, glitzerte etwas in ihren Augen – es mochten Tränen gewesen sein. Klearchos sah ihnen nach, als sie gingen, gedankenversunken an einem Stück Melonenrinde kauend. Er hoffte, all dies bedeutete, dass die Königin ihnen die so dringend benötigten Goldmünzen würde zukommen lassen. Er mochte Kyros, aber ein Anführer hatte seine Söldner zu bezahlen oder auf sie zu verzichten. Ein oder zwei Monate ohne Silber konnte man vielleicht durchgehen lassen, aber wenn es darüber hinausging, waren sämtliche Vereinbarungen gebrochen, und sie würden desertieren. Die Griechen waren sich ihres Wertes bewusst, und die Perser waren zu sehr daran gewöhnt, jeden Monat pünktlich besoldet zu werden. Kyros war für sie alle verantwortlich. Klearchos überlegte, was er getan hatte, um an das Geld zu gelangen, wenngleich der Prinz mehr als zufrieden wirkte. Auf jeden Fall deutlich entspannter, als der Spartaner ihn seiner Erinnerung nach je zuvor erlebt hatte. Es war interessant, über die zwei Mätressen nachzudenken, die an Kyros' Seite mit dem Heerzug gen Osten reisten. Soweit Klearchos es noch im Kopf hatte, sah eine von ihnen der Königin von Kilikien auffallend ähnlich.

Klearchos dachte an seine eigene Frau und an seine Söhne. Für ihn war es keine Liebesheirat gewesen, zumindest nicht am Anfang, obwohl er große Zuneigung zu seiner Kalandra empfand. Alle Spartaner waren verpflichtet, Kinder zu zeugen, bevor sie den Pfad des Söldners einschlagen konnten. Dies war lediglich gesunder Menschenverstand, wenn man die Gefahren und Risiken ihres Geschäftes in Betracht zog. Er seufzte. In den Jahren seiner Feldzüge hatte er ein- oder zweimal die Liebe kennengelernt. Es schien nicht länger so wichtig zu sein, wie es einst war. Nichtsdestotrotz konnte er sich gut daran erinnern, wie es sich angefühlt hatte, und er beneidete das junge Paar, mochten in ihren Blicken auch Trauer und Verlust liegen.

Als Kyros zurückkehrte, wurde er von einem halben Dutzend Karren und demselben Wagenlenker wie am Tag zuvor begleitet. Klearchos und Proxenos rannten mit Orontas um die Wette, damit sie den Inhalt der Truhen im Inneren der Gefährte in Augenschein nehmen konnten. Die drei ranghohen Offiziere wühlten mit den Händen in Gold und Silber und lachten vor Erleichterung. Es hatte geklappt. Unter den dreien war Orontas derjenige, der nichts über ihr Ziel wusste, doch der Perser war kein Narr. Er verstand sehr wohl, dass irgendetwas Wichtiges und Grundlegendes für den Prinzen schiefgelaufen war, wodurch dieser es sich mit dem Netzwerk der Geldverleiher verscherzt hatte. Das Geld bedeutete Nahrung, Reparaturen und Ausrüstung, doch außerdem bedeutete es monatelanges Marschieren, welches ihm sonst nicht möglich gewesen wäre. Die Münzen waren das Herz des Kriegswesens – sie garantierten, dass der Prinz das gigantische Heer, das er ausgehoben hatte, auch zum Einsatz führen konnte.

Für Klearchos und Proxenos stellten diese Schatztruhen die Chance dar, einen Prinzen auf den Thron eines Königs zu heben. Ein erheblicher Teil der Summe war für Bankiers in persischen Städten entlang der Königsstraße bestimmt. Auf deren Gutschriften, von Boten nach Westen übermittelt, konnten die Griechen überall an den Grenzen des Großreiches auf Gelder zugreifen. Diese Münzen sorgten dafür, dass Sparta geschützt und stark blieb und die Athener Schiffe bauen, Theaterstücke schreiben und im Rat debattieren konnten. Welches hehre Anliegen auch immer vorliegen mochte – die Wirklichkeit verlangte nach harter Währung in Gold und Silber.

Als die gewaltige Kolonne zwei Tage später aufbrach, wirkte Kyros deprimiert. Sie marschierten in östliche Richtung, weg von der Grenze zu Kilikien. Stundenlang tat der Prinz nichts anderes, als zuzuschauen, wie die Reihen an ihm vorbeizogen, als könne der Menschenstrom ihn hinter sich zurücklassen. In seiner Anwesenheit gingen sie mit durchgedrücktem Rücken und stolzgeschwellter Brust daher, doch seine Augen waren in die Ferne gerichtet, und seine Gedanken galten der Umarmung einer Frau, die ihm nur eine einzige Nacht hatte schenken können. Es hatte nicht genügt. Kyros hätte seine Armee zu ihrer Befreiung aufmarschieren lassen, wenn dies ihr Wunsch gewesen wäre. Er hätte ihren Gatten am Hals von seinen eigenen Mauern baumeln lassen und wäre ohne einen Blick zurück davongeritten. Doch sie hatte ihn nicht darum gebeten. Er ging davon aus, dass Epyaxa ihre Söhne liebte, möglicherweise auch den Mann, den sie geehelicht hatte. Das Herz einer Frau schlug kompliziert, dachte er. Sie hatte sich ihm für eine Nacht hingegeben, aber es hatte sich nicht wie ein Abschied angefühlt.

»Ich werde zurückkommen«, murmelte er bei sich. »Wenn ich meine Versprechungen erfüllt habe. Ich werde dich wiedersehen.«

In den folgenden drei Tagen brachte das Heer des Prinzen sechsundsechzig Meilen hinter sich. Der Marsch fiel leicht, das Wetter blieb heiter, doch Klearchos bestand darauf, dass jede Wassertonne und jede Feldflasche aufgefüllt wurden, wann immer sie an einen Fluss gelangten. Dies hatte zur Folge, dass ganze Nachmittage verloren gingen, wenn sie eine über fließendes Wasser führende Brücke erreichten, aber die Sommerhitze stellte eine permanente Bedrohung dar, und die Soldaten schwitzten so stark, dass sie den Flüssigkeitsverlust durch ununterbrochenes Trinken ausgleichen mussten. Wann immer sie einen Markt oder eine Stadt kreuzten, kaufte Kyros Salz. Der trocknende Schweiß der Männer zeitigte weiße Spuren, und die erfahrenen Kämpfer wussten, dass es sie davor bewahrte, schwächer und wirr im Kopf zu werden und nicht mehr mithalten zu können.

Die Truhen von Epyaxa verschafften enorme Erleichterung. Kyros hatte nicht gefragt, ob ihr Ehemann etwas dagegen einzuwenden hatte, dass sie ihrer Schatzkammer ein Vermögen entnahm und es einem alten Verehrer übergab. Der Prinz hatte vor, all seine Schulden zu begleichen, sobald er seinen Bruder konfrontiert hatte. Gerechtigkeit würde auf Rache warten müssen.

Während Kyros an der Seite von Klearchos und Proxenos oder auch – um auch ihnen die Ehre zu erweisen – Orontas und Ariäus dahinritt, neigte er den Kopf, sobald ihm der Geruch von Jasmin in die Nase stieg, als würde Epyaxa ihn auf seiner Reise begleiten. Vor seinem Halt in Kilikien war sie ein kaum spürbarer, halb vergessener Schmerz gewesen. Wenngleich er sie weit hinter sich zurückließ, war dieser Schmerz nun schärfer und schwerer beiseite zu schieben.

In Persepolis hatte Tissaphernes vor Sonnenaufgang ein Bad und eine Massage von kaiserlichen Sklaven genossen. Im sanften Schein von Laternen waren ihm die Segnungen der Zivilisation, an denen es einem Großteil der Welt so sehr mangelte, ausgiebig zuteilgeworden. Als er die Pferdetreppe zum Torhaus des Plateaus hinaufritt, war er kühl und erfrischt. Auf der anderen Seite der Mauern stieg die Sonne zum Himmel empor, sodass er sich im Schatten befand, während die Welt dahinter golden leuchtete. Oben angekommen, wandte sich Tissaphernes im Sattel um. Er rief sich in Erinnerung, wie er zusammen mit dreihundert Spartanern und einem jungen Prinzen auf jener letzten Stufe gestanden hatte, während Dareios im Inneren des Paradieses auf seinem Totenbett lag. Die Morgenbrise strich über ihn hinweg, und er lächelte darüber, wie die Lage sich verändert hatte. Er war nicht nur die Stufen emporgeklommen, sondern auch in anderer Hinsicht aufgestiegen, in Rang und Einfluss. Er saß zur Rechten des Großen Königs. Sogar Prinz Kyros hatte seine neu gewonnene Autorität gespürt und war von ihr in die Knie gezwungen worden.

Das Tor wurde von Soldaten geöffnet, die sich ihm zu Füßen warfen. Tissaphernes schätzte die Geste, obzwar sein offizieller Status unklar war. Seine eigenen Diener und Sklaven sprachen ihn selbstverständlich als »Lord Tissaphernes« an, aber in seinem Privathaushalt konnte ein Mann sich ansprechen lassen, wie immer er wünschte. Tissaphernes wusste jedoch nur allzu gut, dass er lediglich ein vertrauenswürdiges Mitglied des Hofstaates, ein Gefährte und Ratgeber war. Das Nichtvorhandensein eines förmlichen Titels quälte ihn wie ein unter die Haut geratener Dorn, und er hoffte, Artaxerxes würde diese Angelegenheit ins rechte Lot bringen, sobald er ihm Bericht erstattete. Sechs Monate lang war er dem Hof und allem höfischen Komfort fern gewesen. Eine solche selbstaufopfernde Strapaze verdiente ja wohl eine Belohnung.

Die Gärten waren wie immer perfekt gepflegt. Sklaven sammelten jedes abgefallene Blatt auf und schnitten jeden Busch derart makellos in Form, dass die Gewächse eher künstlich als natürlich gewachsen schienen. Tissaphernes trug weite Seidenroben und offene Sandalen. Er folgte einem Seneschall die schattigen Pfade entlang, wenngleich ihre Schritte sie nicht auf den Pavillon zuführten, in welchem der alte König verstorben war. Diesen hatte man abgerissen und an seinem Standort neuen Rasen aussäen, wässern und sprießen lassen. Sogar die Steine des Gehweges waren neu verlegt worden, fiel ihm auf. Derlei verschaffte ihm mehr als reine Zufriedenheit. Der Grad an Perfektion war so vollendet, dass es fast schmerzte. Ein so großer Teil der Welt verbrachte ganze Lebzeiten damit, im Dreck nach Nahrung zu wühlen, um des blanken Überlebens willen. Zu sehen, was Freiheit und unendlicher Reichtum bewirken konnten, war erhebend. Tissaphernes konnte sich kein besseres Leben vorstellen als das am persischen Hof. Für die gewöhnlichen Menschen waren die Mitglieder der königlichen Familie wie Götter. Er begriff, dass ihn dies zu einem Gefährten von Göttern machte, was ihn entzückte.

Etwas weiter vor ihm stand nun König Artaxerxes mit einem schwarzen Bogen aus Horn am Rande eines Feldes.

Die Pfeilspitzen waren vergoldet, und die gesamte Erscheinung der Waffe verkündete Unheil und Tod. Tissaphernes behielt das bösartige Ding im Auge, während er näher trat. Er legte eine Matte aus, um seine saubere Seide nicht zu ruinieren, warf sich darauf und hob als Ausdruck der Ehrerbietung die Hände zum Kopf. Artaxerxes hätte ihn an jedem Punkt des Rituales unterbrechen können, doch der König inspizierte lediglich den Schaft eines Pfeiles, bis es vollzogen war. Auch der Sohn war durch den Tod seines Vaters emporgestiegen. Artaxerxes forderte nach wie vor die formellen Gehorsamkeitsgesten ein, obwohl er zweifellos weiterhin behauptete, es der Würde des Thrones und nicht seines eigenen Vergnügens wegen zu tun.

Als Tissaphernes wieder auf den Beinen stand, hatte der König seinen Pfeil an die Sehne gelegt und schaute über das Feld zu sechs Sklavinnen hinüber, die mit über den Köpfen gestemmten spartanischen Schilden auf und ab gingen. Tissaphernes konnte erkennen, wie schön die Frauen waren, gekleidet in Tuniken, die ihre Beine bis zu den Oberschenkeln unbedeckt ließen. Er runzelte angesichts dessen die Stirn, aber schließlich war der König ein junger Mann und dieses speziellen Jagdtriebes noch lange nicht überdrüssig. Man erzählte sich, dass ihm aus allen Teilen des Großreiches Mädchen zugeführt wurden, auserwählt wegen ihrer Schönheit. Manche behielt er für sich, andere übergab er seinen Wachen als Belohnung.

Tissaphernes erinnerte sich, dass den in Ungnade gefallenen Frauen die Aufgabe erteilt wurde, die Schilde für die Bogenschießübungen des Königs zu tragen. Es war nicht direkt eine Bestrafung, aber allemal ein Zeichen von Unzufriedenheit oder eine Verwarnung. Tissaphernes seufzte. Sein

Herr und Meister war im Umgang mit Frauen nicht gerade zimperlich, würde jedoch im Laufe der Zeit sanftmütiger werden, wie es bei allen Männern der Fall war.

»Sieh dir das an, Tissaphernes«, sagte der König über die Schulter. Er spannte den Bogen, ließ den Pfeil dann ruhig los und schickte ihn in einem weiten Bogen zu dem am weitesten entfernten Schild. Er schlug mit dumpfem Donnern ein, was die junge Trägerin mit strampelnden Beinen zu Boden stürzen ließ. Der König grunzte befriedigt. Mit abgewandtem Blick streckte er die Hand aus, woraufhin ihm ein Sklave einen weiteren Pfeil reichte. Drei Schüsse lang, die alle ihr Ziel trafen, schwieg er. Es fiel zwar keine mehr hin, doch die Wucht der Aufschläge brachte sie ins Stolpern.

»Das ist ein wundervoller Bogen, Eure Majestät. Eure Fähigkeiten haben sich noch weiter verbessert. Ihr beherrscht diese Waffe wahrlich wie ein Meister.«

Tissaphernes war sich der Offensichtlichkeit dieser Schmeichelei bewusst, doch Artaxerxes hatte jeden Tag geübt und sich das Lob redlich verdient. Die meisten Männer hielten ihn noch immer für den weniger soldatischen der beiden Prinzen. Doch in Wahrheit hatte er in aller Heimlichkeit an seiner Kampfkraft gearbeitet. Besser als die meisten anderen Menschen wusste Tissaphernes, dass sich der König seiner Beherrschung von Schwert und Speer wie auch des Bogens nicht zu schämen brauchte. Manche waren zum Krieger geboren. Das wusste jeder. Man sah, wer mutiger, schneller und beweglicher war. Solche geborenen Kämpfer besaßen Fertigkeiten, die auf den Ungeübten wie Magie wirkten. Dennoch gab es einen anderen Weg, wenn dieser auch langsamer und unauffälliger verlief. Ein Mann konnte schlicht und einfach an sich arbeiten, Tag für Tag. Artaxerxes legte davon Zeugnis ab. War ein Mann diszipliniert genug, wurden seine Knochen härter, die Muskeln dick wie Seile, seine Ausdauer exzellent. Sein Körper konnte darauf trainiert werden, in unglaublicher Geschwindigkeit zu reagieren. Artaxerxes mühte sich jeden Morgen im Schweiße seines Angesichts ab. Neben seinen Sklaven hielt er Schwertkampflehrmeister am Hof, die ihn unterwiesen. Prinz Kyros war zum Krieger geboren worden, so sagte man. Artaxerxes hingegen hatte einen aus sich gemacht. Tissaphernes konnte es an der Art und Weise erkennen, wie der König sich bewegte. Der Mann, der ein Gelehrter gewesen war, hatte sich in einen Leoparden im Panzermantel verwandelt.

Nach einem weiteren Dutzend Schüsse rieb der König seine Unterarme aneinander, spürte das Spiel der Muskeln und zuckte leicht zusammen. Er händigte einem Sklaven den mörderisch aussehenden Bogen aus und wandte sich Tissaphernes zu.

»Nun denn, Tissaphernes. Erstatte mir Bericht. Erzähle mir, wie mein geliebter Bruder dort im Westen seine Wunden leckt.«

Der König begann umherzuwandern, während er sprach, sodass Tissaphernes sich eilen musste, um mit ihm Schritt zu halten. Sie ließen die Sklaven zurück und gingen quer über das grüne Feld, dorthin, wo der Rand des Plateaus den Himmel vom davor liegenden Land schnitt. Artaxerxes gab den Schildmädchen ein Handzeichen, woraufhin sie sich sammelten und zurückzogen, mit gesenkten Köpfen, um den König nicht zu verärgern. Tissaphernes konnte sich nicht verkneifen, eine oder zwei von ihnen anzuschauen, als sie an ihm vorbeikamen, mit goldenen Schilden auf den Schultern und langen gebräunten Beinen, die in der Sonne schimmerten. Er war schließlich erst zweiundsechzig Jahre alt, keine achtzig.

Artaxerxes spazierte bis zum äußersten Rand des Plateaus und stellte seinen rechten Fuß so, dass er zur Hälfte darüber hinaus und ins Leere ragte. Weiter unter ihnen zogen Vögel träge Kreise. Die erste Hauptstadt erstreckte sich zu Füßen Artaxerxes' in einem Labyrinth aus Straßen, Gassen und grünen Gärten, was aus solcher Höhe den silbrigen Fäden eines Spinnennetzes glich. In schmalen Säulen stieg Rauch von Herdfeuern und Bäckereien auf und vereinte sich zu einem Dunstschleier. Tissaphernes war von dem Bild, das sich ihm bot, verängstigt und bezaubert zugleich. Hier konnte man sehr tief fallen, so tief, dass der Verstand es nicht wirklich fassen konnte. Ein Teil von ihm kannte die Gefahr einer solchen Tiefe und brachte seinen Magen dazu, in seine Kehle hinaufkriechen zu wollen.

»Eure Majestät, ich traf Prinz Kyros am westlichen Rand des Imperiums, wo er noch immer Umgang mit Griechen und anderen Söldnern pflegt. Ich verbrachte zwölf Tage in Sardes und hatte etliche Gelegenheiten, ihn und sein Gefolge zu beobachten.«

»Und was sahst du, Tissaphernes? Ich schickte dich, weil keiner ihn besser kennt als du. Ist er nach wie vor vertrauenswürdig?«

Tissaphernes holte tief Luft. Er hatte seine eigenen Aufzeichnungen sowie die ihm übergebenen Berichte unterwegs mehrfach studiert. Um die Antwort auf genau diese Frage hatte er während der endlosen Heimreise auf jeder Etappe gerungen. Die vielen Monate, die den Westen und das Herz des Großreiches voneinander trennten, bedeuteten, dass sich zum Zeitpunkt seiner Berichterstattung bereits vieles verändert haben konnte. Dennoch hatte er so einiges gesehen.

»Ich glaube nicht, Eure Majestät«, sagte Tissaphernes.

Artaxerxes fuhr herum. Die spektakuläre Aussicht war vergessen, als seine Miene sich zu einem habichthaften Starren verhärtete, die den älteren Mann an seinen Vater erinnerte.

»Bist du dir sicher? Achte darauf, was du nun sagst, Tissaphernes. Deinen Worten folgt Krieg.«

Tissaphernes schluckte und fuhr fort.

»Majestät, ich sprach in Sardes mit drei Spionen. Alle informierten mich, dass der Prinz eine gewaltige Anzahl Soldaten zusammengezogen hat. Eine ungewöhnlich große Anzahl, Herr. An sich wäre dies keine große Überraschung – es wird viel von Bergstämmen und Aufständen geredet.«

»Und dennoch glaubst du, er hat sich gegen mich gewendet, gegen sein Haus?«

Tissaphernes neigte bedächtig den Kopf.

»Er hat ein Dutzend griechische Generäle um sich versammelt und dazu einige der unseren. Die Griechen sind meiner Ansicht nach der Schlüssel zu dieser Angelegenheit, Majestät. Die Perser paradieren auf großen Exerzierplätzen, wogegen die Griechen über den gesamten Westen verstreut sind. Mir liegen Berichte aus Kreta, Athen, Lydien und Zypern vor. Sie trainieren an jenen Orten, unterstehen aber dem Befehl Eures Bruders und werden mit persischem Gold bezahlt.«

»Wie viele sind es?«, fragte Artaxerxes. Die Neuigkeiten schienen ihn nicht zu irritieren. Soweit Tissaphernes es beurteilen konnte, war er erfreut.

»Keiner könnte dies mit Bestimmtheit sagen, mein Herr. Ich sprach mit einem Mann, dessen Schätzung sich auf dreißigtausend Griechen belief, während ein anderer von lediglich achttausend ausging. Darin liegt der Kern meines Verdachtes. Wenn Euer Bruder die Streitkräfte der Krone befehligt, warum hält er sie dann auseinander?«

»Deine Schlussfolgerung lautet also wie, Tissaphernes?«

»Ich denke, er hebt ein Heer aus, um hierherzukommen. Um sich den kaiserlichen Thron und das Großreich zu nehmen.«

Zum Erstaunen des Älteren warf Artaxerxes den Kopf in den Nacken, lachte und wischte sich die Augen.

»Ich wünschte … oh, ich wünschte mir, mein Vater wäre an meiner Seite und könnte dich hören. Er prophezeite es, habe ich das je erwähnt? Ich werde mit Hochgenuss meiner Mutter erzählen, was ihre unangebrachte Barmherzigkeit angerichtet, welch eine Schlange sie am Leben gehalten und uns alle dadurch in Gefahr gebracht hat.« Sein Ton wurde im Verlauf der Rede schroffer, der Humor verschwand.

»Na schön, Tissaphernes. Ich danke dir für deine Mühen. Du hast dich mir gegenüber bewährt, und dafür will ich mich erkenntlich zeigen. Möglicherweise hast du mir das Leben gerettet, weshalb ich dir den Titel eines Pir verleihe. Du bist nun einer der älteren Weisen, und alle rangniederen Männer werden dich als Lord, Herr, Mein Gebieter oder Pir Tissaphernes ansprechen. Mein Seneschall wird die Protokolle umschreiben und dir eine Kopie zukommen lassen.«

Tissaphernes warf sich der Länge nach auf den Bauch, ohne seine Matte auszurollen. Der staubige Grund ließ seine Augen tränen, was er unter den gegebenen Umständen für ganz praktisch hielt.

»Ich bin überwältigt, Majestät. Ihr erweist mir zu viel der Ehre.«

»Keineswegs, Tissaphernes. Sollte ich gute Neuigkeiten denn nicht belohnen?«

»Gute Neuigkeiten, Herr?«

»Natürlich! Es ist meine Aufgabe, die kaiserliche Armee ins Feld zu führen, ganz wie die Könige früherer Tage. Du wirst mich begleiten, Tissaphernes. Du hast immer so heldenhaft und begeistert von deiner Militärzeit gesprochen. Es wird mich erfreuen, dich diese goldenen Jahre deiner Jugend noch einmal wiederaufleben zu sehen.«

Tissaphernes blieb nichts anderes übrig, als in salbungsvollen Worten sein ewiges Entzücken über eine solche Aussicht zu deklamieren, obgleich er bei der Vorstellung, weitere Monate auf einem Pferderücken zu verbringen, am liebsten vor Missmut aufgeheult hätte.

Der König starrte auf die Hauptstadt hinab, die tief unter ihnen träumte.

»Wenn mein Bruder es wünscht, sich mir im Gefecht zu stellen, sollte ich ihm vielleicht eine Überraschung bereiten, oder?« Langsam schloss Artaxerxes eine Hand zur Faust, als schwöre er einen Eid, und hob dann den Arm zur Sonne. »Mein Vater wird über uns beide wachen, daran zweifle ich nicht. Wenn zwei Prinzen aufs Schlachtfeld treten, kann nur einer von ihnen übrig bleiben, Lord Tissaphernes. Der andere wird als Futter für die Milane und Krähen enden. So stehen die Dinge nun einmal.«

15

Bei Thapsakos ließ Kyros die Männer haltmachen, nachdem er sie über mehrere Tage hinweg unbarmherzig angetrieben hatte. Die Stadt war alt und reich, und er sehnte sich nach einem Bad und der Privatsphäre von Komfort und Macht. Ein riesiger weißer Rundbogen ragte über der Stadt auf, und in unmittelbarer Nähe ihrer Mauern verlief der Euphrat. Thapsakos war um ein großes Bett dieses vorzeitlichen Flusses gewachsen und ursprünglich ein Ort gewesen, an dem man Tiere getränkt und Handelswaren getauscht hatte. Über Generationen hatte sich die Stadt zu einem der bedeutenden Knotenpunkte der Region entwickelt. Gewürz- und Sklavenmärkte wetteiferten um Raum, und der Wohlstand war groß genug, um Straßenzüge und Parkanlagen sowie einen Statthalterpalast zu finanzieren. Es war der letzte Außenposten des Westens, die endgültig letzte Bastion der Zivilisation vor der atemberaubenden Hitze der Wüsten und Berge, die jenseits davon lagen.

Kyros führte seinen Heerzug in die Stadt und quartierte dort so viele Männer wie möglich ein. Die Markthändler verkauften nicht nur Safran, Zucker, Elfenbein und Eisennägel, sondern auch Neuigkeiten. Binnen einer Stunde hatte Kyros in Erfahrung gebracht, dass Tissaphernes vor einem Monat in Susa angekommen war und sich dort nur einen Tag ausgeruht hatte, bevor er wieder aufgebrochen war. Die Kolonne hatte zu dem Perser aufgeholt und seinen Vorsprung verringert. Das war ein gutes Gefühl.

Bis zum frühen Abend war jeder Stall, jeder Keller, jedes Lagerhaus und jede Privatwohnung in der Stadt mit Soldaten besetzt. Auch die königliche Parkanlage stopfte Kyros mit ihnen voll und gestattete seinen Regimentern, sich in Gärten zu entspannen, die sein Großvater angelegt hatte. Doch es waren immer noch zu viele.

Außerhalb der Stadtmauern stellten Lagerarbeiter Zelte und Karren in Ringform auf und richteten Schmiedewerkstätten, Reparaturbetriebe, Garküchen und Latrinen ein. In den Sommermonaten herrschte wenig Bedarf an Unterständen oder Dächern. Obwohl Windböen mitunter Staub aufwirbelten, schlief der Großteil der Kolonne unter freiem Sternenhimmel, zufrieden mit einer dünnen Decke oder dem eigenen Umhang.

Als die Sonne rote und fliederfarbene Schlieren über den Horizont malte, kamen die meisten von Prinz Kyros' höherrangigen Leuten über die Außenanlagen des königlichen Palastes zu ihm, ganz überwältigt von der sie umgebenden Pracht. Öl schwappte in goldenen Schalen, und in jeder Nische standen dicke Talgkerzen. Schon das Licht war ein Symbol von Reichtum und Macht, es verlieh dem Abend eine Atmosphäre intimer Festlichkeit oder gar den Glanz eines geheimen Rituales.

In der Festhalle stand Kyros ein wenig abseits, statt jedem Eintreffenden frontal gegenüberzutreten. Er schien zwanglos mit Klearchos zu plaudern, während sich nach und nach alle einfanden, in Wahrheit beobachtete und beurteilte er die Ankömmlinge allerdings genau. Die Halle war einer der wenigen Orte in Thapsakos, wo er zu allen seinen Generälen sprechen konnte. In den Städten Persiens gab es keine Theater, obgleich er vorhatte, welche bauen zu lassen, sobald er mit seinem Bruder fertig war. Wenn ein König einen ganzen Berg umarbeiten und -bauen konnte, war es seinem Sohn ja wohl mit Sicherheit möglich, ein Imperium neu zu gestalten.

Im Laufe der sechzig Tage, die Kyros auf der Straße unterwegs gewesen war, hatte er die Namen jedes in seinen Diensten stehenden Offiziers sowie die vieler Rangniederer gelernt. Im Rückblick erwiesen sich diese zwei Monate als ein erholsamer Traum – eine gemeinsame Reise ohne zwingenden Druck, mit wenig Ablenkungen und kaum Gefahr. Sobald sie erst einmal den langen Marsch gen Osten angetreten hatten, würde er seine Streitkraft nicht mehr vergrößern können. Und er konnte seinen Männern auch kein das zumutbare Maß übersteigendes Schritttempo aufzwingen. Sie waren auf Kurs wie ein abgeschossener Pfeil: unaufhaltsam ihrer Bahn folgend.

Wie Klearchos versprochen hatte, war die Grundausbildung auch an freien Tagen und Abenden fortgesetzt worden, doch hauptsächlich waren sie einfach nur gelaufen und gelaufen. Nach sechzig Seite an Seite verbrachten Tagen war es schwierig für einen Mann, anderen ein Fremder zu bleiben. Kyros spürte Bindungen, die in nicht wenigen Fällen wie im Feuer gehärtet zu sein schienen. Er hatte herausgefunden, mit welchen von seinen Offizieren er es bevorzugte zu verkehren und welche er besser mied.

Als er Männer wie Proxenos und Netos den Stymphalier eintreten sah, hieß er sie als Freunde und Mitstreiter willkommen. Die Verbindung zu seinen eigenen Leuten empfand er als deutlich schwächer, obgleich sie doch eine Sprache und eine Kultur teilten, die den Griechen auf ewig fremd bleiben musste. Aber Männer wie Orontas und Ariäus schienen Gefangene der Vergangenheit zu sein, Bewohner einer Welt, die er umzustürzen plante. Kyros verspürte einen Anflug von Abneigung, als die zwei in die Halle traten. Trotzdem lächelte er sie an. Manche glaubten, Loyalität könne nicht erzwungen werden, doch Klearchos vertrat eine Theorie, die in Kyros' Ohren sehr überzeugend klang. Egal was ein Befehlshaber seinen Untergebenen gegenüber in Wahrheit empfinden mochte – es war nicht schwer, ihnen ein goldenes Andenken zukommen zu lassen, das ihnen den Rest ihres Lebens bleiben würde. Ein königlicher Prinz stand so weit selbst über seinen ranghöchsten Generälen, dass nur ein Wort von ihm ihnen wie eine Klinge durch die Rippen fahren und ins Herz schneiden konnte. Falls er derlei gut hinzubekommen verstand, würden sie sich danach für ihn zu Tode schinden. So hatte der Ratschlag des Spartaners gelautet, und Kyros war nicht zu stolz gewesen, ihn probehalber zu befolgen.

Der Prinz zwang sich zu einem Nicken, während er zuschaute, wie sich Orontas und Ariäus synchron zu Boden warfen, neugierig beäugt von den Griechen. Ariäus grüßte einige der anderen, nachdem er erlöst wurde, nahm sich einen großen Trinkpokal mit Wein und gesellte sich zu denen, die er kannte und mochte. Orontas fehlte es an solcher Ungezwungenheit. Er nippte bloß an einem Becher Fruchtsaft. Von Anfang an hatte Kyros bei diesem sonderbaren Mann nichts als kühlen Gehorsam feststellen können. Er konnte keine Form von eingeschworen sein an Orontas feststellen, keinerlei Anzeichen von Brüderlichkeit. Neben Ariäus standen ein halbes Dutzend persische Offiziere, die Kyros ansahen, als würden sie von der Sonne geblendet. Er stieß einen lautlosen Seufzer aus. Bis jetzt war sein ranghöchster Mann ein eiskalter Fisch. Sollte Orontas an diesem Abend von der Stadtmauer fallen und sich den Hals brechen, so würde Kyros, dessen war er sich gewiss, den Verlust gut verschmerzen können. Unglücklicherweise trank der Kerl keinen Wein. Orontas war das Musterbeispiel eines enthaltsamen Persers. Nach dem Essen würde er wahrscheinlich den Rest des Abends damit verbringen, in einem Tempel zu Ahura Mazda zu beten. Kopfschüttelnd nippte Kyros an seinem Becher. Manche Männer kamen ohne das geringste Gespür für wahre Größe zur Welt, das war die simple Wahrheit. Orontas war fähig und bedachtsam, aber in seinem Gebaren fand sich kein roter Faden, kein tiefer Brunnen, nichts, was ihn über das reine Funktionieren hinaus antrieb. Und falls doch, hatte er sich offenbar entschieden, es seinem Prinzen nicht zu zeigen.

Menon der Thessalier traf in Begleitung von Sosis von Syrakus ein und schaute ehrfürchtig zur Gewölbedecke empor. Auch diese beiden bedachte Kyros mit einem Lächeln, was sich jedoch zum Teil der Erinnerung an einen jungen Spartaner verdankte, der Schwierigkeiten hatte, das »S« auszusprechen. Klearchos hatte ihn Sosis für einen Tag lang als Helfer zugeteilt, was ihn dazu zwang, seinen Vorgesetzten überall anzukündigen, wohin der syrakusische General ging. Irgendwann hatte Sosis sich an den Spartaner geklammert, während ihm die Lachtränen über die Wangen flossen, und der Junge zeigte sich von Stunde zu Stunde abweisender und weniger amüsiert.

Bereitstehende Diener führten jeden Gast zu seinem Platz am Tisch und nahmen ihnen den Mantel oder Umhang ab. Manche blieben zunächst stehen und unterhielten sich in kleinen Gruppen mit Freunden. Andere setzten sich unverzüglich und legten ihr Tafelmesser neben das bereits für sie eingedeckte Besteck. Kyros sah einen der Griechen mit verwunderter Miene einen seltsam geformten, scharf geschliffenen Melonenschneider beäugen, dessen Klinge er schließlich mit dem Daumen prüfte. Derlei belustigte den Prinzen, wenngleich seine Bewunderung für die Griechen sich nur noch weiter vertieft hatte. Sie schätzten Theaterstücke mehr als Dichtkunst, Disziplin mehr als Gehorsam, Worte mehr als Musik. Über die Jahre hatte er so viel wie möglich von ihnen gelernt – und dann in den Monaten, als sie unterwegs waren, eine stärkere persönliche Beziehung zu ihnen gespürt, als er bis dahin gekannt hatte. Auf Tuchfühlung mit Soldaten zusammenzuleben verschaffte ihm ungewöhnliche Einblicke, wie er festgestellt hatte. Inzwischen wusste er, wie sehr ihre Erfolge in der Kriegsführung mit persönlichem Stolz verbunden waren, mit der absoluten Gewissheit, die besten Kämpfer der Welt zu sein – und mit der Überzeugung, dass Griechenland nicht seinesgleichen hatte, wenn es um Schlachten oder die schönen Künste ging. Kyros zuckte unwillkürlich zusammen, als ihm der Abend einfiel, an dem er für seine Generäle persische Musik hatte machen lassen. Es war viel gelacht worden, und ihre Bemühungen, das Gelächter zu unterdrücken, hatten alles nur noch schlimmer gemacht.

Kyros hielt Orontas für den wahrscheinlich am wenigsten streitlustigen unter all seinen Generälen, doch die Kommentare der Griechen hatten den Mann förmlich zur Weißglut getrieben. Nur mit Mühe war er davon abzubringen gewesen, Proxenos zu einem Ehrenduell herauszufordern. Der Grieche hätte ihn vermutlich bei lebendigem Leibe aufgefressen.

In gewisser Hinsicht waren seine Griechen allesamt Barbaren, wie Kyros sich im Stillen eingestand. Doch sie kämpften wie die Dämonenscharen Ahrimans – und sie ergaben sich niemals. Darin lag der Schlüssel zu ihrem Erfolg, wie er befand. Ganz gleich, ob der Verlauf einer Schlacht sich drehte und ihnen Tod und Verderben ins Antlitz starrten, sie rannten einfach nicht davon. Jedes ihm bekannte persische Heer sah ein und akzeptierte, dass es Momente gab, in denen es einfach gesunder Menschenverstand war, in die Hügel zu flüchten: wenn die Schlacht eindeutig verloren war, die Offiziere tot waren und der Feind brüllend heranbrauste. Dies war tief in der kaiserlichen Kultur verwurzelt. Stolz auf Triumphe, Loyalität gegenüber den Offizieren – dies galt zwar, doch wenn man scheiterte, traten neue Regeln in Kraft. Wurde die eigene Seite überwältigt und niedergewalzt, konnte kein Sieg mehr errungen werden. Am Ende stand die unvermeidliche Niederlage.

Kyros flüsterte ein an Ahura Mazda gerichtetes Tischgebet, als er trank und zu seinem Platz am Kopf der Tafel hinüberging. Sofort kehrte Ruhe ein, alle standen an ihren Plätzen oder erhoben sich. Der Prinz schaute die gesamte Halle hinab und sah, wie die Generäle unaufgefordert Aufstellung genommen hatten. Auf einmal verärgert über sie alle, schüttelte er den Kopf.

Kyros begann zu sprechen, zunächst auf Griechisch, anschließend wiederholte er das Gesagte auf Persisch. Sprachunterricht war ebenfalls ein Teil ihres langen Marsches gewesen. Der Fortschritt in diesem Bereich war allerdings weitaus langsamer vonstattengegangen, als er erhofft hatte.

»Meine Herren, ist euch aufgefallen, dass eine Seite meines Tisches griechisch und die andere persisch ist? Ich bitte euch, ihr seid keine Feinde. Ich habe euch jetzt monatelang miteinander essen und trainieren sehen. Tauscht eure Plätze mit eurem jeweiligen Gegenüber.«

Unter erheblichem Gelächter folgten sie seiner Aufforderung. Es lief nicht ganz so erfolgreich, wie er es sich gewünscht hatte, da zu viele von ihnen letztlich wieder einander gegenüber landeten, doch immerhin hatte er die Stimmung aufgelockert, womit er sehr zufrieden war.

»Habt Dank«, sagte er. Kyros gab dem königlichen Seneschall das Zeichen, und alle Bediensteten strömten hinaus und überließen es der Tafelrunde, den Wein aus Krügen auf dem Tisch einzuschenken. Kyros beobachtete, wie einige der Männer dies auch sogleich taten.

»Wenn ich euch als Freunde beieinandersitzen sehe«, sagte er, »verleiht es mir Hoffnung für unsere Völker – und für die Zukunft. Wir verwenden unterschiedliche Münzen, doch jedermann weiß Gold und Silber zu schätzen, wie auch immer es geprägt sein mag. Das Metall zählt. Jene an dieser Tafel sprechen zwar verschiedene Sprachen, aber wir alle sind Krieger, Soldaten. Wir verstehen etwas von Ungerechtigkeit. Wir verstehen etwas von Ehrlosigkeit.«

Die Heiterkeit wich aus den Mienen, als sein Ton schärfer wurde. Alle Augen waren auf den Prinzen gerichtet. Kyros sprach leise, doch in der Halle war kein anderes Geräusch zu vernehmen, und sie konnten jedes Wort in beiden Sprachen verstehen.

Kyros' Blick streifte Klearchos, und er sah den Spartaner für den Bruchteil einer Sekunde den Kopf neigen. Dies war der Moment, auf den sie hingearbeitet, den sie vorbereitet hatten. Obgleich Kyros sein Herz rasen spürte wie das eines Vogels, hatte er eingesehen, nicht so lange warten zu können, bis sie die kaiserliche Armee Persiens auf dem Schlachtfeld sichteten. Er musste seinen Männern ihre wahre Bestimmung anvertrauen, wenn er nicht riskieren wollte, sie im denkbar schlechtesten Augenblick zu verlieren.

»Werte Herren, ich bin mit euch zusammen den gesamten Weg von Sardes hierher geritten und marschiert. Was auch geschehen mag, ihr seid an meiner Seite durch die Ländereien Babylons gezogen. Ihr habt den großen Euphrat gesehen, die Hauptschlagader des Reichs. Euch hier bei mir zu haben erfüllt mein Herz mit Stolz. Nichtsdestotrotz wird die Reise für einige unter euch möglicherweise an diesem Abend ihr Ende finden.« Er atmete tief durch. Jetzt verlangte jede noch so kleine Bewegung, jede Nuance nach genauer Überlegung und absoluter Kontrolle. Langsam stand Kyros auf, stützte sich auf seine Handknöchel und sah eindringlich in die Runde.

»Es ist nicht meine Absicht und war es auch nie, irgendwelche pisidischen Stämme in den Bergen aufzuspüren. In Sardes war es mir nicht möglich, meine Pläne in vollem Umfang preiszugeben, da dort zu viele neugierige Ohren lauschten. Ich hoffe, ihr könnt mir diese unvermeidlichen Täuschungsmanöver vergeben. Sogar heute Abend werden Spione anwesend sein, die genau zuhören und berichten. Dennoch habe ich euch versammelt.«

Er hielt inne, um einen Schluck Wein zu trinken. Klearchos starrte vor sich auf die Tischplatte, wie um seinen jüngeren Gefährten mit Willenskraft dazu zu bringen, die richtigen Worte zu finden.

»Mein Vater, König Dareios, war nicht der älteste Sohn. Er nahm seinem Bruder den Thron, als er entschied, dass dieser untauglich war. Er setzte sich die Krone auf sein Haupt, als sie noch nass von Blut war. Meine Herren …«

Er beugte sich weiter vor, und in diesem Augenblick schienen alle den Atem anzuhalten, und ihm war, als blickte er auf ein Gemälde. Der Gedanke ließ ihn lächeln.

»Meine Herren, ich halte meinen Bruder Artaxerxes für ungeeignet, den Rosenthron zu besetzen. Dass ich euch zusammenzog, euch exerzieren ließ und an diesen Ort führte, ist kein Ende, sondern der Beginn einer neuen Regentschaft.«

Die persischen Generäle schauten sich an und flüsterten zischend miteinander, sichtlich schockiert. Die Griechen hingegen mussten Verwunderung vortäuschen. Es gelang ihnen eher schlecht als recht, und Kyros fragte sich, ob es auch noch einen unter ihnen gab, der tatsächlich nichts von dem Zweck wusste, ein solches Heer in den Osten zu bringen.

»Ich bin Oberbefehlshaber der persischen Streitkräfte«, fuhr Kyros fort. »Ich bin der Sohn meines Vaters, in direkter Blutlinie des Hauses der Achämeniden. In diesem Moment bin ich der Thronerbe. Sollte Artaxerxes heute Nacht im Schlaf von einem Fieber befallen werden und sterben, bin ich schon am morgigen Tag König! Versteht mich bitte recht. Ich bin kein Usurpator, kein Verräter am Thron. Ich *bin* der Thron, der künftige König. Wie vor mir mein Vater fordere ich meinen Bruder auf dem Schlachtfeld heraus, wie es mein althergebrachtes Recht ist.«

Klearchos nickte und stieß ein kehliges Knurren aus, wie auch viele der anderen griechischen Generäle es taten. Sie klopften mit den Knöcheln auf den Tisch, gaben damit zum Ausdruck, dass sie ihn unterstützten, sprangen ihm lautstark und mit Nicken und Gesten bei und stimmten so nach und nach diejenigen um, zwischen denen sie saßen. Kyros sah, dass General Ariäus das Gleiche tat und die Seinen ankmurrte, den Prinzen anzuhören, während er seinen Becher nachfüllte. Das war eigentlich nicht weiter überraschend. Den Schwingungen in diesem Raum konnte man sich nur schwer entziehen, dachte er. Er betete darum, dass es sich wirklich so verhielt.

Der Prinz wagte es nicht, Orontas anzusehen, während er sprach, wenngleich sich jede Sehne in seinem Leib spannte, um sich wenigstens ein ganz klein wenig in dessen Richtung zu drehen und zu überprüfen, wie seine Worte ankamen. Als ranghöchster Offizier konnte Orontas sämtliche anderen Perser auf seine Seite ziehen. Genauso gut konnte er aber auch, falls er sich verweigerte, eine Saat säen, aus der vielleicht eine Weinranke wuchs, welche sie alle erdrosselte.

»Wollt ihr mir dieses Recht auf eine Herausforderung absprechen?«, verlangte Kyros von ihnen zu wissen.

Die Griechen, die beide Sprachen beherrschten, verneinten laut zweimal und vereinten ihre Stimmen zu einem Chor des Rückhalts. Wie Kyros erkennen konnte, schlossen immer mehr Perser sich ihnen an. Endlich gestattete er sich einen Blick auf Orontas und sah, dass viele andere den persischen General ebenfalls beobachteten und auf dessen Reaktion warteten, bevor sie entschieden, auf welche Seite sie sich schlugen. Kyros wurde endgültig klar, dass Orontas trotz seiner zierlichen Erscheinung und seiner alles andere als heißspornhaften Art ein echter Leitwolf war. Sie schauten ihn an, wie sie Klearchos anschauten, und niemand hätte sagen können, was diese beiden abgesehen von dieser schlichten Tatsache gemeinsam hatten.

Orontas erwiderte seinen Blick mit weit aufgerissenen Augen und leicht geöffnetem Mund. Er hatte, wie es schien, keine Ahnung vom wirklichen Zweck des großen Marsches gehabt. Kyros fühlte, wie seine Aufregung abebbte, als er erkannte, den Tisch noch nicht für sich eingenommen zu haben, nicht solange dieser Mann sich ihm widersetzte. Doch der Prinz war kein Feigling und reagierte mit einem direkten Angriff, indem er den Namen des Mannes über den Lärm hinweg schrie.

»General Orontas! Die Hand meines Vaters hob Euch auf Euren Posten. Ihr schwort einen Eid auf ihn – und auf mich, als Kommandeur des Heeres.«

»Und auf Euren Bruder«, gab Orontas zurück.

Die Antwort ging in dem lautstarken Geschnattere beinahe unter, doch Kyros klaubte die Worte aus der Luft. Seine Brauen zogen sich zusammen, und er spürte, wie sich seine Miene verfinsterte und ihm die Röte ins Gesicht stieg. Klearchos und Proxenos hatten besprochen, wie mit jedem zu verfahren war, der sich seinem Befehl verweigerte.

Kyros wollte Orontas nicht in dessen eigenem Blut liegen sehen, doch er mahlte mit den Kiefern und schwor sich, es anzuordnen, sollte er sich dazu gezwungen sehen. Es gab kein Zurück mehr. Er würde alles wiedergutmachen, sobald er König war. Falls nötig, würde er die Familie des Mannes für seinen Tod entschädigen. Es wäre nur eine weitere Schuld auf seinen Namen, ein Unrecht mehr, das wieder ins Lot zu bringen war.

»Wollt Ihr mir mein Recht auf eine Herausforderung absprechen, General?«, fragte Kyros leise.

Ein Teil des Lärmes erstarb, und Kyros sah Orontas seine Tischnachbarn taxieren, bevor er den Kopf schüttelte, dunkle Trauer statt Freude im Blick.

»Das will ich nicht, Hoheit«, erwiderte er.

Die Tischgesellschaft brach in Hurrageschrei aus. Von beiden Seiten wurde Kyros von Männern angerempelt, die euphorisch aufsprangen. Durch all das hindurch sah er, wie Orontas sich mit einer Hand über die vor Schweiß nass glänzende Stirn wischte. Mit gesenktem Blick und unangetastetem Weinkelch saß Orontas am Tisch. Der Mann hatte sich seinem Prinzen nicht verweigert. Es wäre Kyros lieber gewesen, er hätte es getan, um einen sauberen Schlussstrich ziehen zu können, mit einem gezielten und schnellen Schwerthieb. Stattdessen würde der Perser lebendig von der Tafel aufstehen, allerdings ohne das volle Vertrauen des Prinzen zu genießen. Es verlieh dem Jubel der anderen einen bitteren Beigeschmack. Mit gequältem Lächeln hob Kyros seinen Becher und prostete den Männern zu, die er an diesem Abend an diesem Ort versammelt hatte. Orontas nahm sich eine Schale Wasser, und gemeinsam tranken sie auf das Wohl des Königshauses der Achämeniden und die Herausforderung eines königlichen Prinzen. Er hatte sie. Mit Wein oder mit Wasser, bei Gott, er hatte sie alle.

König Artaxerxes ritt an den Frontlinien der Regimenter entlang, die sich bis in die Ferne erstreckten, weiter, als er durch den Dunst sehen konnte. Der Gedanke, dass auf sein Wort hin derart viele Männer aufmarschierten, ließ seine Brust vor Stolz anschwellen. Er war wie der Falkner, auf dessen Handschuh der Falke landete. Er befahl, und sie würden zerstören. Dies war die einzige, wahre Form von Macht auf der Welt, und er fühlte sich berauscht von ihr, als hätte er süßen Wein getrunken, der zu lange im Schlauch gegoren hatte.

Die Armee, die dem Befehl des Königs gefolgt war, bestand aus vier Teilen, jeder davon in der Bewohnerstärke einer Stadt. Wenn sie sich bewegte, glich es eher einer Völkerwanderung als einem Marsch von Regimentern. Artaxerxes hatte Kundschafter nach Norden, Süden und Osten, nicht aber nach Westen ausgeschickt. Er hatte seinen Bruder nicht alarmieren wollen, bevor es an der Zeit war. Stattdessen hatte das königliche Haus der Achämeniden ein Heer ausgehoben, so reich an Kriegern wie die Wüsten an Sandkörnern. Sie fraßen das Land kahl, während sie über das Großreich hinwegschwärmten, und ihre Anzahl wuchs stetig, da immer mehr sich ihnen anschlossen.

Der König entdeckte Tissaphernes, der ihm zu Pferd entgegenkam. Der Mann ruckelte herum wie eine Stallfliege, durch teilnahmslos dastehende Reihen kaiserlicher Wachen am Näherkommen gehindert. Artaxerxes bereute es, dem Kerl einen Titel und die damit einhergehende Autorität verliehen zu haben. Es war ein Moment belanglosen Glücks für ihn gewesen. Er hatte gewusst, dass sein alter Lehrmeister das liebliche Leben bei Hofe der Teilnahme an einem Feldzug vorzog. Der König hatte sich einen gewissen Spaß daraus gemacht, ihn ein weiteres Mal hinauszuschicken, sodass der Alte so tun musste, als gefiele ihm dies. Doch Tissaphernes hatte sich mit einem Enthusiasmus in seine Rolle gefügt, der den König einigermaßen überraschte. Tissaphernes kommandierte seinen Flügel des Heeres mit harter Hand, wies unnachgiebig auf falsches Aufstellen hin und nörgelte an den Formationen herum, bis sich ein halbes Dutzend Männer beschwert hatte. Artaxerxes hatte jene Offiziere auspeitschen lassen, wobei drei von ihnen gestorben waren, woraufhin die Beschwerden abrupt verklungen waren.

Artaxerxes stellte fest, dass er des organisatorischen Aufwands, derart viele Soldaten zu speisen, zu tränken und anderweitig zu versorgen, bereits überdrüssig war, ganz zu schweigen von den Rindern und den Pferden und den Schmieden und den Streitwägen und den Zelten … Er schloss die Augen. Nicht zuletzt hatte ihn sein Bruder bereits unvorstellbare Summen Goldes gekostet. Doch im Grunde musste ihn derlei gar nicht kümmern. Er war der Falkner. Und sie waren der Vogel, der mit dem Wind flog.

»Majestät?«, rief Tissaphernes und spähte an den breiten Schultern vorbei, die ihm die Sicht auf den König verstellten. »Einer meiner Kuriere kam heute Morgen an. Ein Vogel, Majestät.«

Artaxerxes ignorierte ihn. Er wünschte sich nichts als Stille. Im Herzen seines alten Lehrers herrschte eine gewisse Unruhe, ja geradezu Ungestüm. Der König fragte sich, warum ihm dies nicht schon früher aufgefallen war. Manche Männer pflegten eine große Seelenruhe und schenkten ihren Mitmenschen inneren Frieden. Tissaphernes erzielte das genaue Gegenteil und zog in seinem Kielwasser wütende Wellen nach sich. Dem König war bewusst, dass er den Mann mit einem einzigen Wort zu einer der Wachen hätte töten lassen können. Ohne das geringste Zögern würde man ihm die Zunge oder den Kopf abschneiden. Doch das war eine Demonstration von Macht und Gewalt, der er besser widerstehen sollte, wie Artaxerxes befand. Er war kein Kind, das aus einer Laune heraus um sich schlug. Nein, seine Antworten würden mit Maß erfolgen, was sie nur noch grausamer ausfallen ließe.

»Majestät … der Vogel hat Neuigkeiten von Eurem Bruder gebracht«, insistierte Tissaphernes.

Schließlich schaute der König hinüber zu dem fetten, knallrot angelaufenen Mann, der in der Sonne schwitzte. Artaxerxes machte eine ungeduldige Geste, und Tissaphernes wurde gestattet näher zu kommen. Auf dem Weg zupfte er an seinen Roben herum, um die durchgeschwitzten Stellen zu verbergen.

Der König wartete, während Sklaven dem Alten halfen, vom Pferd zu steigen und sich auf den Bauch zu werfen. Sie drückten ihn fest nieder, als er versuchte, einen direkten Kontakt mit dem sandigen Boden zu vermeiden.

»Dann berichtet mir, Lord Tissaphernes. Erzählt mir von Kyros.«

»Majestät, die Krone unterhält Vogelhäuser in Susa, Larisa und Mespila. Die Entscheidung Eures Vaters, dafür Sorge zu tragen, war ebenso glücklich wie weitsichtig. Seine Weisheit beschützt uns noch immer, Hoheit. Natürlich hatten die Vögel ihre Käfige in Persepolis, sodass ihre Botschaft nach ihrer Rückkehr nach hier draußen in die Wüste gebracht werden musste. Was sich als ein enormes Urteilsvermögen erwies …«

»Tissaphernes? Erzählt mir von meinem Bruder. Ich möchte mich ausruhen und ein Bad nehmen und verspüre keine Lust, Euch zuzuhören.«

»Selbstverständlich, Majestät. Nur einer der Vögel kam durch, doch dessen Nachricht spricht von einer großen Armee, angeführt von Prinz Kyros, ganz so, wie ich es vorhersagte, Majestät. Sie kommt von Westen, aus Sardes.«

»Was noch?«, sagte Artaxerxes.

Der Mann verbeugte sich.

»Mehr gibt es nicht, Majestät. Die Schriftrollen, die man den Vögeln anhängt, sind winzig, sonst könnten sie nicht fliegen. Es ist schon ein Wunder, dass eine der Tauben es bis Persepolis geschafft hat, bei all den Jagdfalken und Stürmen und merkwürdigen Zauberwesen der Wüsten.« Tissaphernes sah den Blick des Königs schärfer werden. Ihm dämmerte, dass er schon wieder zu viel redete, und er endete rasch. »Das ist alles, Majestät.«

»Sehr schön. Es genügt. Wir wissen, wo er vor ein paar Wochen war?«

Tissaphernes nickte.

»Gut. Ich habe ein ganzes Meer zusammengetragen, Tissaphernes. Ich werde dies wohl nicht noch einmal tun, und dafür bin ich dankbar. Dieses eine Mal habe ich die gesamte Waffengewalt Persiens einberufen – mit Ausnahme der Streitkräfte des Westens.«

Artaxerxes' Blick wanderte über die Regimenter, die mit zum Schutz vor Sand und Wind zusammengekniffenen Augen durch den Wüstenkessel marschierten.

»Ich sollte meinem Bruder dafür danken, mir diese Erfahrung zuteilwerden zu lassen. Ich werde versuchen, sie in meinem Gedächtnis zu verankern, sodass ich diese Bilder immer abrufen kann, wenn mein Gemüt einmal bedrückt ist, Tissaphernes. Es ist ... ein glorreicher, königlicher Anblick.«

Tissaphernes hob den Kopf, um seinerseits die in Schlachtordnung marschierenden Reihen in Augenschein zu nehmen. Ihm ging die romantische Ader ab, welche beide Söhne des Dareios geerbt zu haben schienen, doch er wusste die schiere Stärke dieses Heeres zu schätzen. Auf der ganzen Welt gab es kein anderes, das so zahlreich und mannigfaltig war. Er ritt an der Seite des rechtmäßigen Königs, um Verräter zu vernichten. Etwas Schöneres oder Erfüllenderes war schwer vorstellbar.

16

Sechzig Meilen außerhalb von Thapsakos verwandelte sich das Gelände im Laufe eines einzigen Tages zur Wüste, ging von Flechtengestrüpp und Gräsern in immer ausgedehntere reine Sandflächen über, bis sich schließlich echte Dünen vor ihnen ausdehnten, die in der Hitze flirrten. Kein Fluss durfte passiert werden, ohne sämtliche Fässer, Schläuche und Flaschen aufzufüllen, die sie besaßen. Die Karten, die sie bei sich trugen, zeigten die Flussverläufe als dunkle Fäden, waren jedoch nicht so exakt, wie Kyros es sich gewünscht hätte, da schließlich ihr Überleben davon abhing. In Babylon herrschte Spätsommer, und die Hitze war ein lebender Organismus, eine Flammenzunge, die unermüdlich an den marschierenden Kriegern leckte.

Klearchos hatte gespürt, wie sich die Stimmung in den Reihen verschlechterte, seit sie durch Thapsakos gekommen waren. Sie hatte sich in murrenden Soldaten und missgünstigen Blicken geäußert, die Kyros galten. Endlich war die Wahrheit enthüllt. Keiner dieser Männer, ob Grieche oder Perser, hatte sich verpflichtet und besolden lassen, um es mit den grenzenlosen Armeen des Großkönigs aufzunehmen.

Das Zusammengehörigkeitsgefühl, das sich in den Monaten des Trainings und Marschierens zwischen ihnen gebildet hatte, schien auszufransen wie zerschlissenes Leinen. Natürlich waren in den abendlichen Feldlagern ständig Kämpfe ausgebrochen. Die Kombination aus Männern, Goldmünzen, Wein und Waffen war eine brandgefährliche. Weitaus seltener kam es während des Marsches zu Schlägereien, einmal jedoch entwickelte sich daraus eine Massenprügelei, an der Hunderte von Männern beteiligt waren und in deren Folge zwei Perser und vier Griechen tot am Boden lagen. Schlimmer noch war, dass die Männer sich weigerten zu sagen, was den Tumult ausgelöst hatte. Klearchos war sich nicht einmal sicher, ob sie es selbst wussten. Sie waren wütend und wurden von Tag zu Tag wütender, das war der Kern der Sache. Abermals warnte er seine Offiziere vor der Hitze und vor dem, was sie bei ohnehin erhitzten Gemütern anrichten konnte. Ein übellauniges Regiment nach dem anderen belehrte er über die Notwendigkeit, sich den alten Schweiß von der Haut zu waschen, da ansonsten Blasen, Furunkel und Eiterbeulen drohten. Er gab Hunderte von Befehlen und zog ihren Groll auf sich, damit sie ihn weniger aufeinander richteten. Trotzdem wurde die Atmosphäre immer düsterer.

Weitere sechs Tage vergingen, an denen sie in südlicher und östlicher Richtung tiefer in die Wüste eindrangen und die letzten äußeren Anzeichen von Handel und Zivilisation hinter sich ließen. Am siebten Tag kam das gesamte Aufgebot der Griechen am Fuße eines Hügels jäh zum Stillstand und ließ die persischen Regimenter allein weiterstapfen. Ihre Offiziere ritten die Linien auf und ab und brüllten erstaunte Befehle. Die Reaktion der Griechen bestand darin, dass sie wie störrische Esel auf der Stelle verharrten, ihre Fersen in den Sand bohrten und die Zähne zusammenbissen. Die Perser schauten über ihre Schultern zurück, als sie voranschritten, bis man auch ihnen befahl anzuhalten und ihre Offiziere sich berieten, was zu tun war. Die Kolonne stand unter einer Mittagssonne, die einem Peitschenhieb auf blanke Haut glich. Die Regimenter der Griechen überhörten die Kommandos und Drohungen, die ihnen entgegengebellt wurden. Stattdessen setzten sie sich nieder, wenngleich der Sand auf allem, was er berührte, Blasen hervorrief.

Kyros kam von der Front zurückgaloppiert, vor der noch immer die Kundschafter umherstreiften. Er rief Ariäus zu sich. Verglichen mit Orontas war der Persergeneral bekannt dafür, in den Reihen sehr beliebt zu sein. Ariäus wurde für gewöhnlich von jungen Männern begleitet, die aufgrund ihrer körperlichen Schönheit ausgewählt worden waren. Ein solcher Bursche leistete ihm auch dieses Mal Gesellschaft und lief nebenher, als Ariäus sein Pferd zügelte und absprang, um sich seinem Prinzen zu Füßen zu werfen. Kyros gebot der Aktion mit einer Geste Einhalt.

»Wie steht es, Ariäus? Warum haben wir angehalten? Ich habe keine Befehle dazu gegeben.«

Ariäus kniete im Sand, obwohl dieser auf seiner Haut brannte, und schien mit einer Antwort zu zögern. Kyros verlor die Geduld.

»Antwortet mir! Steht gerade und sprecht.«

Der Perser keuchte, während er sich aufrichtete.

»Hoheit, ich wollte Euch nicht verärgern. Unsere Regimenter haben nur angehalten, weil die Griechen als Erste stehen blieben. Soweit ich es verstehe, haben sie die neue Information nicht besonders gut aufgenommen. Über unser … Ziel.«

»Wie bitte? Sie meutern?«, wollte Kyros schockiert wissen.

Das Wort brachte die härtesten Strafen mit sich. Früher waren im Großreich komplette Regimenter abgeschlachtet worden wie Vieh, nachdem ein einziger Mann einen Befehl verweigert hatte. Aufgrund dessen wurde der Begriff kaum je laut ausgesprochen, aus Furcht, allein das könne zu einem auslösenden Funken werden. Ariäus und sein Gefährte erbleichten. Erleichtert nahmen sie wahr, dass noch andere sich über die versengte weiße Ebene näherten. Alle drei wandten sich um, beschatteten ihre Augen vor der Sonne und erkannten Orontas, der in leichtem Galopp auf den Prinzen zukam, gefolgt von Klearchos, welcher hinter ihm herrannte und den Schwanz des Pferdes gepackt hielt.

»Sitzt ab und verneigt Euch vor mir, General«, fuhr Kyros den Perser an, bevor dieser etwas sagen konnte. »Ist es eine Meuterei?«

Er bemerkte, wie sich bei dem Wort das Gesicht des Spartaners kurz zu einer Grimasse verzog, doch Klearchos schüttelte in sofortiger Verneinung den Kopf, als er die Antwort übernahm.

»Lasst mich zu ihnen reden, bevor wir der Sache einen Namen geben, Hoheit. Natürlich hat es Unruhen gegeben. Es geht aber nicht über das von uns erwartete Maß hinaus …« Der Spartaner spürte die starren Blicke der beiden Perser und formulierte um. »Es geht nicht über das von Euch eingeplante Maß hinaus. Sie fühlen sich belogen und haben Angst vor dem, was vor ihnen liegt, davor, sich den königlichen Streitkräften zu stellen.«

»Hoheit«, sagte Ariäus. »Ein Wort von Euch, und ich lasse sie alle auspeitschen und dann einen von zehnen vor den Augen der anderen kastrieren. Danach wird es keine Marschverweigerung mehr geben, dessen seid gewiss. Man muss diese fremden Soldaten nur daran erinnern, dass Ihr der Erbe des Thrones, des Hauses der Achämeniden seid. Ihr habt jedes Recht, Euren Bruder zu fordern, Hoheit.«

Der Mann sprach, als tröffe ihm Öl aus dem Mund, dachte Kyros. Obwohl Ariäus seine Argumente bestmöglich gebündelt und prägnant auf den Punkt gebracht hatte, war es doch irgendwie widerwärtig.

»Sollte General Ariäus etwas Derartiges mit meinen Spartanern versuchen, werden sie das restliche Heer vernichten, Hoheit«, erklärte Klearchos.

»Vernichten?«, erwiderte Kyros und sah ihn herausfordernd an.

Klearchos hielt dem Blick stumm stand, immer noch außer sich über die Drohung des Persers. Es war Kyros, der als Erster wegsah. Er wandte sich an den persischen General.

»Ich muss sie in Marsch setzen, Ariäus. Und keine guten Männer vergeuden. Überlasst es der Hitze eine Zeit lang, sie zu bearbeiten. Sie haben sich für einen Halt am Mittag entschieden, wo es keinerlei Schatten gibt! Warten wir ein paar Stunden, und dann unterbreiten wir ihnen das Angebot, bis ins Tal zu wandern, das laut Karte vor uns liegt. Dort werde ich ihnen kühles Wasser schicken – und einen besonnenen Advokaten, sobald sie bereit sind, mich anzuhören.«

Klearchos hob fragend eine Braue, und Kyros nickte ihm zu, als er sich umdrehte. Ariäus war ein exzellenter Reiter, doch ein besonnener Advokat war er nicht. Kyros war der Ansicht, dass es garantiert zu einem weiteren Aufstand kommen würde, sollte er Ariäus entsenden, selbst wenn er diesem seine Kastrationsandrohung verbieten würde.

Menon der Thessalier kam aus den Reihen herbeigetrottet. Er hatte sich unlängst einen Hieb ins Gesicht eingefangen, und sein rechtes Auge war geschwollen und verfärbte sich schon dunkel. Proxenos war nicht weit hinter ihm, und der groß gewachsene, knochendürre Grieche leuchtete feuerrot, auch wenn schwer zu sagen war, ob wegen der Sonne oder aus Scham. Beide Männer verbeugten sich, und Menon begann zu sprechen, als der Prinz sich ihm zuwandte.

»Hoheit, ich würde gerne zu meinen Männern sprechen, bevor irgendeine Bestrafung in Erwägung gezogen wird. Wir wissen, dass es zu … Widerstand kommen könnte. Schließlich haben sie sich gemeldet, um Bergstämme zu bekämpfen, nicht imperiale Truppen. Trotzdem sind sie unschuldig, Hoheit, zumindest die meisten von ihnen. Ich nehme an, dass die Spartaner sie dazu angestachelt haben. Mein Regiment sucht bloß nach einer Möglichkeit, sich Euch hier anzuschließen, dessen bin ich mir sicher. Wenn Ihr mir erlaubt, zu meinen Offizieren zu sprechen, kann ich meine Jungs bestimmt vom Rest loseisen.«

»Euer Gesicht … was ist passiert?«, fragte Kyros.

»Ach das, äh, das war eine persönliche Meinungsverschiedenheit zwischen mir und einem anderen, Hoheit. Eine Wettschuld.«

Es war eine so offensichtliche Lüge, dass Kyros sie einer Erwiderung nicht für würdig hielt. Stattdessen sprach Klearchos.

»Es scheint, als wärt Ihr ins Gesicht geschlagen worden, Menon. Glaubt Ihr nicht, ich könnte meine Spartaner aus der Reihe treten lassen? Sie sind nicht bloß irgendwelche Burschen, die ich bezahlt und ausgebildet habe, sondern Männer, die ich mein ganzes Leben lang kenne! Ich habe vier Vettern und zwei Neffen in ihren Reihen!«

»Na und? Wärt Ihr Euch so sicher, hättet Ihr es bereits versucht, denke ich«, blaffte Menon zur allgemeinen Überraschung. »Und dennoch bilden Eure geliebten Spartaner keine Ausnahme, nicht wahr? Sie weigern sich weiterzugehen, genau wie die anderen. Ich sehe sie nicht losmarschieren, Ihr etwa? Vielleicht ist demnach nicht der passende Zeitpunkt für spartanische Prahlerei, Klearchos. Nur dieses einzige Mal, wisst Ihr, solange wir das hier klären.«

Die darauffolgende Stille war mehr als unbehaglich.

»Ich hege keinen Zweifel, dass Ihr beide Eure Männer aus der Kolonne lösen könnt«, sagte Kyros. »Gestatte ich Euch jedoch, ihnen mit dieser Absicht entgegenzutreten, werden Euch die anderen, sobald sie erkennen, was Ihr vorhabt, mit Sicherheit töten. Auch wenn Ihr richtig liegt, wären sie nicht aus freien Stücken gekommen. Ich kann keine Söldner gebrauchen, die sich als Sklaven fühlen!«

Beim Sprechen war seine Stimme lauter geworden, und beide Generäle ließen seinen Zorn in ihren eigenen stummen Kampf einbrechen.

Klearchos schaute zum Prinzen auf. Er sank auf ein Knie. Bei dieser Geste verdrehte Menon die Augen, und auch den anderen blieb sie nicht verborgen.

»Ich hatte früher schon mit derlei Dingen zu tun, Hoheit. Lasst mich als Erstes mit ihnen reden. Wenn ich scheitere, kann Menon versuchen, seine Truppe herauszurufen. Vielleicht funktioniert es, oder sie geraten sich in die Haare, was der Funke sein wird, an dem sich die Gewalt entzündet. Wie auch immer – gewährt mir zunächst eine Chance, allein.«

»Sie haben Ehrfurcht vor den Spartanern«, sagte Kyros. »All meine Leute kennen Euch – und all die Männer aus Griechenland schauen auf Euch. Ist also all das nur ein Mythos? Oder ist da noch etwas mehr außer Disziplin und Schwertkampfkunst?«

Klearchos lächelte.

»In Sparta haben wir keine Monumente errichtet, keine Standbilder und keine Stadtmauern. Wir sind die Mauern, Hoheit. Wir sind die Monumente. Ich bin Spartaner, und alle Spartaner kennen mich, da ich einer von ihnen bin.« Angesichts der ausdruckslosen Blicke um ihn herum zuckte er die Schultern. »Manche sind zum Führen geboren, Hoheit. Manche sind einfach nur geboren. Wir in Lakedaimon trainieren den Geist ebenso wie den Leib.« Er lächelte einen Moment lang, wie in Erinnerungen versunken. »Es wäre gut möglich, dass der Geist nicht weniger wichtig ist. Lasst es mich also erst einmal versuchen. Lasst mich das Problem besprechen. Bevor man sie zur Rede stellt, kastriert oder auspeitscht. Bitte. Reitet mit Euren Persern und dem Lagergefolge weiter bis zu dem Ort, an dem wir heute Abend haltgemacht hätten. Ich werde dort zu Euch stoßen. Ich gebe Euch mein Wort, bei Ares. Sofern ich nicht getötet werde, komme ich.«

»Nun gut«, sagte Kyros.

Die größte Ehre, die er Klearchos in diesem Augenblick erweisen konnte, bestand darin davonzureiten, als hielte er die Angelegenheit für erledigt. Die Tausenden Männer und Frauen im Lager hatten während ihrer Debatte zu ihnen aufgeschlossen und betrachteten irritiert die am Boden sitzenden Reihen, in denen bereits gestritten und gestikuliert wurde. Einige der Frauen riefen im Vorbeigehen nach Männern, die sie kannten, wurden jedoch nicht beachtet oder ernteten ein Achselzucken.

Jetzt sah Kyros, wie sich von den Flanken her ein paar Dutzend Pferde näherten. Er erkannte den jungen Xenophon und seinen Gefährten Hephaistos, die jeweils an deren Seiten ritten. Sie hielten die Tiere und ein Dutzend Gossenkinder wohlgeordnet, als sie stehen blieben und sich mit den sitzenden Griechen austauschten. Es war ein vollkommen alltägliches Bild, doch gleichzeitig war es neu und schrecklich. Seine Söldner hatten ihm den Gehorsam verweigert. Ein Loch schien sich in seiner Brust aufgetan zu haben, tief unter seinem Mantel, ein Gefühl der Übelkeit und Schwäche. Er schüttelte den Kopf, gab seinem Ross die Sporen und preschte vorwärts.

»Sonnenuntergang, General«, rief Kyros über die Schulter zurück. »Ich werde Wein trinken.«

Klearchos sah die anderen Generäle an und dann dem Prinzen hinterher.

»Ihr habt den Prinzen gehört, Jungs. Los geht's.«

Menon wollte etwas sagen, doch Proxenos stieß beim Vorbeigehen hart gegen seine Schulter, und die Gelegenheit war dahin. In höchst vielfältigen Stimmungen, welche von Zorn bis zu grimmiger Zustimmung reichten, ließen sie den spartanischen Befehlshaber zurück, sich allein den Griechen zu stellen.

Klearchos stand vor den Regimentern. Anfangs hatten ein paar mit Steinen nach ihm geworfen, um ihn zu vertreiben, doch seine eigenen Spartaner unterbanden dies mit zornigen Worten und Gesten. Es war schließlich Klearchos, der seinerseits eingreifen musste, damit auf dem sengenden Sand kein Kampf zwischen den Leuten ausbrach. Unter der unbarmherzigen Knute der Sonne waren sämtliche Männer inzwischen fast ausgetrocknet und hechelten wie Köter.

»Meine Herren«, sagte er beschwichtigend. »Kommt näher und hört mich an, doch vergießt kein Blut an diesem lebensfeindlichen Ort. Hier wächst nichts als Knochen. Wünscht ihr euch, für alle Ewigkeit auf einer solchen Ebene zurückzubleiben? Nein. Warum schreit ihr dann Männer an und bedroht sie, die noch gestern eure Brüder waren?«

Ein Lärmschwall brandete ihm entgegen, doch Klearchos sah erfreut, wie sie sich näher schoben. Er besaß eine wohlklingende, kräftige Stimme, die, wie er wusste, in Tausende von Ohren dringen konnte, jedoch nur, wenn sie wie ein Theaterpublikum zusammenrückten.

Er wartete ab und winkte sie immer weiter zu sich, während er nachdachte. Der Prinz war mit Orontas und Ariäus außer Sichtweite. Die anderen Generäle hatten sich ihnen angeschlossen und es allein dem Spartaner überlassen, die Männer bezüglich des Treuebruches, den sie empfanden, zu besänftigen. Angestrengt überlegte Klearchos, auf welche Weise er das bewerkstelligen sollte.

Zunächst herrschte ein ständiges lautes Geschnatter und Herumgezappel unter den Regimentern. Manche waren bereits erschrocken über das, was sie angerichtet hatten, während andere sich mit jedem weiteren Moment nur noch gerechtfertigter fühlten, da sich ihre Befürchtungen zu bewahrheiten schienen. Sie stritten, schrien sich an und drohten einander, doch um Klearchos begann sich ein Ring des Schweigens auszubreiten, bis sich schließlich alle Männer ihm zuwandten. Der Spartaner stand vor ihnen, Tränen rannen ihm über das Gesicht hinab. Als sie verstummten, wischte er sich mit einer fast zornigen Bewegung mit dem Unterarm über die Augen.

»Na? Was ist? Habt ihr etwa gedacht, ein Spartaner könne nicht weinen? Prinz Kyros wurde mein Freund, als ich fern meiner Heimat im Exil lebte und man mich wie einen Ausgestoßenen behandelte. Allerdings sehe ich mich gezwungen, eine Entscheidung zu treffen, da ihr euch weigert, mit ihm zu marschieren. Ich bin euer General, und ich bin sein Freund. Entweder muss ich diese Freundschaft aufkündigen und mit euch ziehen, oder ich gebe meine Loyalität zu euch preis und schließe mich ihm an. Ihr habt mich in eine unerträgliche Lage gebracht.«

Sie beruhigten sich, lauschten gebannt und fingen an, im Flüsterton Argumente auszutauschen.

»Ich weiß, dass ich mich für euch entscheiden muss«, sagte er. »Jawohl! Ich werde nicht zulassen, dass es über mich heißt, ich hätte Griechen in die Wüste geführt und dann für einheimische Soldaten verlassen. Da ihr mir nicht gehorchen wollt, werde ich neben euch gehen. Ich werde erdulden, was auch immer euch zustoßen mag, gemeinsam mit euch, an eurer Seite. Das ist das Mindeste. Ich habe euch an diesen Ort gebracht. Ich habe euch ausgebildet und bin ein Teil von euch. Ihr seid mein Volk – meine Freunde, meine Verbündeten. Ich werde euch jetzt nicht im Stich lassen.«

Einige jubelten ihm zu, andere wirkten bekümmert. Klearchos war nicht überrascht, als ein halbes Dutzend Männer aufstand, offenbar in der Absicht, ihm zu antworten, als stünden sie in der Agora von Athen. Griechen konnte man nicht einfach erzählen, dass der Himmel blau war, ohne dass sie dies diskutierten und zu einer eigenen Schlussfolgerung gelangten. Dafür liebte er sie, wenngleich er hin und wieder dachte, dass es sich dabei um eine Art von Wahnsinn handelte.

Die Thessalier drängten sich um ihn. Klearchos erkannte, dass ein paar der aufgebrachtesten von ihnen zu Menons Truppe gehörten, auch wenn ihm unklar war, ob das an Menons schwacher Führung oder einfach daran lag, dass nicht wenige

Hitzköpfe unter ihnen waren. Sie hatten natürlich nicht damit gerechnet, dass der Spartaner sich auf ihre Seite schlug, und sie strahlten ihn an und boten ihm einen Schluck warmen Wassers an. Geduldig hörte Klearchos drei Sprechern der griechischen Regimenter zu, die lediglich ihre Überzeugung wiederholten, betrogen worden zu sein. Ein junger Mann meinte das Ganze dann offenbar noch ein weiteres Mal ausführen zu müssen, indem er darauf hinwies, der Prinz habe sie aufgefordert, gegen Bergstämme zu kämpfen, nicht gegen den persischen König. Klearchos nickte jedes Argument ab, obwohl er den Burschen insgeheim für einen Narren hielt.

»Wie auch immer wir an diesen Punkt gelangt sind«, sagte Klearchos schließlich, als es so aussah, als würde der junge Grieche von selbst nie ein Ende finden, »wir sind jetzt hier. Wir können nicht zurück beziehungsweise Entscheidungen in der Vergangenheit ändern. Wir stehen hier, an diesem Ort ohne Schatten, an genau diesem Tag. Unsere größte Sorge sollte wahrscheinlich dem Mangel an Vorräten gelten. Wenn wir den Vertrag mit dem Prinzen brechen, haben wir für heute Abend kein Wasser und kein Essen mehr. Ich kann mir nicht vorstellen, dass er uns zum Abschied ein letztes Festmahl spendieren wird! Nein, Herrschaften. Der Prinz ist mir ein Freund gewesen, wie ich schon gesagt habe – und ein mächtiger Verbündeter Griechenlands. Sein Gold wird daheim eine Generation lang Söhne und Töchter großziehen. Sollte ich ihn allerdings als meinen Feind betrachten müssen, dann wäre ich lieber weit weg von ihm. Er ist uns zahlenmäßig zehn zu eins überlegen, und ich erwarte nicht, dass er uns einfach so davonziehen lässt, mit allem, was wir benötigen, um die Wüste zu durchqueren.«

Weiter Männer sprangen auf die Beine, um zu sprechen. Klearchos nickte, als sie die Rückkehr nach Griechenland forderten oder vorschlugen, Proviant aus dem Lagermarkt zu erwerben. Er konnte nur hoffen, dass es bei dieser Debatte noch weitere Vernünftige unter den Soldaten gab. Seiner Erfahrung nach waren oft diejenigen, die nichts sagten, die allerwichtigsten, solche, die gründlich abwägten und mehr Verständnis und Einsicht zeigten als diejenigen, die für ihn »die Matrosen« waren – Männer, die ihre Fahne in den Wind hängten. Es freute ihn, keine Spartaner unter den Sprechern auszumachen, obgleich sie ihn beobachteten und abwarteten. In einer Hinsicht hatte Menon nicht falsch gelegen. Unter passenden Umständen konnten die Spartaner den Rest anführen. Doch ein einziges falsches Wort würde alte Feuer entfachen, besonders unter den Männern Athens. Die Geschichte Griechenlands war die Geschichte fast stetigen Krieges, und alte Rivalitäten saßen tief.

Klearchos ließ sie sich in der Nachmittagssonne die Kehlen trocken reden und fügte seine eigenen Gedanken hinzu, wann immer ihnen die Argumente und großen Gesten ausgingen. Er hoffte, ihnen Stück für Stück aufzeigen zu können, wie armselig ihre Überlegungen und wie gering ihre Möglichkeiten waren. Sie hatten ihren kleinen Aufstand nicht geplant, sondern schlicht Unmut in spontanen Aktivismus umschlagen lassen, wie ein Kind, das aus Wut gegen eine Tür tritt. Die Wahrheit war, dass sie nicht einfach verschwinden konnten, ohne Spuren zu hinterlassen – und wenn man ihre Spur aufnehmen konnte, bestand die hohe Wahrscheinlichkeit, dass dieselben Männer, an deren Seite sie monatelang marschiert waren, sie angriffen. Das war keine besonders reizvolle Aussicht. Darüber hinaus hätten sie, falls sie loszogen, keine Nahrungsmittel und kein Wasser und keinerlei Transportmittel dafür. Auch das verhieß nichts Gutes. Punkt für Punkt sorgte Klearchos dafür, dass sie es begriffen, wobei er ihnen stetig versicherte, auf ihrer Seite zu sein. Der einzige Moment, in welchem er Einwände erhob, kam, als die Kopflosesten vorschlugen, die Armee des Prinzen zu attackieren und die Vorräte des Feldlagers zu plündern. Darüber schüttelte Klearchos seinen massigen Schädel und stellte klar, sich in einen derartigen Verrat keinesfalls verwickeln zu lassen, doch wenn sie darauf bestünden, würde er sie dabei unterstützen, einen neuen Anführer zu wählen. Die Option kam nicht durch, und die Diskussion ging weiter.

»Meine Herren und Freunde«, sagte Klearchos schließlich, als die Sonne tiefer über dem Horizont schwebte und die schauderhafte Hitze allmählich nachließ. Inzwischen hatten Fliegen sie entdeckt und tranken Salz von ihrer Haut und aus ihren Augen. Sie waren allesamt von der langen Zeit in der prallen Sonne krebsrot verbrannt. »Meine Herren, euch ist seit jeher bewusst gewesen, dass Risiko, Gefahren und sogar der Tod zum Leben eines Söldners dazugehören. Darin besteht unser Gewerbe – auch wenn wir es vorziehen, diese Dinge auszuteilen, statt einzustecken.« Er machte eine Pause, bis das kollektive Kichern abebbte. »Vielleicht habt ihr nicht erwartet, euch dem Bruder des Prinzen oder den persischen Unsterblichen stellen zu müssen, die wir einst bei Plataiai und Marathon schlugen. Für lebensgefährliche Dienste wird für gewöhnlich das Anderthalbfache bezahlt, oder? Anderthalb Dareiken pro Monat. Derart großzügig wurdet ihr noch nie zuvor besoldet, nicht wahr?«

Sie stimmten zu, dass ihnen noch niemand so viel Gold geboten hatte. Etliche Männer schienen durch die Summe ins

Grübeln gebracht worden zu sein. Kein fähiger Arbeiter konnte auch nur ein Fünftel dessen verdienen. Für die meisten von ihnen wäre es, als bekämen sie einen Drei- oder Vierjahreslohn für einen einzigen Feldzug. Klearchos musste nicht lange warten, bis einer der Korinther sich erhob.

»Wie wäre es, wenn wir dem Prinzen Unterhändler schicken würden, mit der Forderung, den Preis für lebensgefährlichen Dienst zu zahlen? Anderthalb Dareiken pro Kopf pro Monat? Würde er sich damit einverstanden erklären?«

Hunderte von Köpfen drehten sich in Erwartung seiner Antwort zu Klearchos.

»Davon bin ich überzeugt«, sagte der Spartaner nach einer Weile. »Aber er wird euch nicht vergeben, solltet ihr den Gefahrenzuschlag kassieren und euch dann weigern, für ihn zu marschieren. Wenn ihr dem zustimmt, muss damit endgültig Schluss sein. Wir werden es durchstehen, das schwöre ich. Ich werde dafür *sorgen*, dass ihr es durchsteht. Wir sind Griechen, meine Herren. Wir werden gut bezahlt, weil kein anderer an uns heranreicht. Allerdings wäre es möglicherweise keine schlechte Idee, die Höhe der Besoldung den Persern gegenüber nicht zu erwähnen.«

Diese Vorstellung löste schallendes Gelächter aus, und er lächelte ihnen zu. Dieser Augenblick war der Wendepunkt der Krise. Nacheinander standen die Regimenter auf und wischten sich den Sand von der Haut. Es war nicht um Gold gegangen. Vielmehr hatten sie ihrem Ärger und ihrer Verstimmung Luft gemacht, und Klearchos hatte zugehört. Als er seine Spartaner an die Spitze rief, formierten sich diese rasch in Reihen. Zunächst wagten sie es nicht, ihm in die Augen zu sehen, obwohl sie marschbereit standen.

»Stillgestanden, Spartiaten«, sagte Klearchos. »Kopf hoch, Augen zu mir. Sofort.« Er wartete ab, bis alle Blicke auf ihn gerichtet waren, und er erwiderte sie voller Zuversicht und Überzeugung.

»Wir werden kämpfen für Prinz Kyros, der seinen älteren Bruder auf dem Schlachtfeld herausfordert. Gibt es einen unter euch, der es vorzöge heimzukehren?«

Es folgte Schweigen, während die Abendbrise ihnen Sand um die Knöchel wehte und wohltuende Kühlung spendete. Die Spartaner standen Seite an Seite mit den Gefährten ihrer Jugend. Sie konnten ebenso wenig davonlaufen, wie vogelgleich davonfliegen zu können. Klearchos neigte den Kopf, beinahe so, als würde er sich vor ihnen verbeugen. Aus eben diesem Grund hatte er sie an die Spitze bestellt – und weil er überzeugt war, dass Spartaner immer die Führung übernehmen sollten. Danach würde es kein Gerede über Betrug mehr unter ihnen geben.

»Geht mit mir zum Lager«, sagte er. »Ich werde den Prinzen in eurem Namen um eine Audienz bitten. Ich werde den Gefahrensold für jeden Mann hier vereinbaren. Fürchtet keine Vergeltungsmaßnahmen für das, was heute geschehen ist. Das werde ich nicht erlauben.«

Aus seinem Mund klang es irgendwie nicht wie eine großspurige Behauptung. Klearchos hatte sich ganz allein einer wütenden Menge gestellt. Einmal mehr stapfte er durch den Sand, und die Griechen folgten ihm in perfekter Formation.

Kyros hatte festgestellt, dass er nicht einfach bei einer Schale Suppe und muffigem Brot im Lager warten konnte, während die Zukunft seines gewagten Unternehmens entschieden wurde. Stattdessen bat er seinen Leibdiener Parviz, ihm ein frisches Ross zu bringen, um Pasacas ausruhen zu lassen. Xenophon und Hephaistos hatten einen edlen Wallach geholt, der an langen Zügeln zwischen ihren eigenen Reittieren dahertrabte. Kyros fiel auf, dass der Jüngere inzwischen fester im Sattel saß, sodass seine Bewegungen mit denen des Pferdes in Einklang waren.

»Du bist ein besserer Reiter als bei unserer ersten Begegnung«, sagte der Prinz.

Der junge Mann errötete und nickte. Er saß ab und verneigte sich in einem Winkel, der nahelegte, dass er mindestens ein Prinz von königlichem Geblüt oder gar der König eines kleinen Reiches war. Kyros seufzte und stieg auf sein Pferd.

»Einer der Kundschafter hat eine Straußenherde entdeckt, östlich von hier. Ich werde Speere mitnehmen und jagen, während ich auf General Klearchos' Rückkehr ins Feldlager warte. Benachrichtigt mich unverzüglich, sobald er eintrifft.«

Der Prinz starrte zum Horizont, auf der Suche nach irgendeinem Anzeichen der riesigen Laufvögel, die röhrten wie Rotwild und erstaunliche Strecken zurücklegen konnten. Soweit er wusste, hatten sie dieses Gebiet bereits verlassen, doch er wollte ausreiten. Er hatte von seinen Persern erwartet, dass sie ihm Ärger bereiten würden, sobald sie erfuhren, dass sie seinem Bruder entgegentreten sollten. Es hatte ihn schockiert mit anzusehen, wie die Griechen sich seinem Befehl verweigert und seine sämtlichen Pläne über den Haufen geworfen hatten.

Dann kam General Ariäus durch das Lager herbeigeritten. Er schenkte den jungen Athenern keinerlei Beachtung und warf seine Zügel Xenophon entgegen, ohne ihn überhaupt eines wirklichen Blickes zu würdigen. Kyros wartete, während der General sich ihm zu Füßen warf.

»Hoheit, ich habe einige Männer ausgeschickt, mit der Aufgabe, die Griechen im Auge zu behalten«, sagte Ariäus. »Einer von ihnen ist soeben zurückgekommen. Er sagt, sie befänden sich wieder in Marschformation auf dem Weg.«

Der General schaute flüchtig zu den beiden Dabeistehenden. Hephaistos glotzte ihn an, als hätte er nichts als Wortsalat von sich gegeben, wohingegen der andere Mann die Information konzentriert aufgenommen zu haben schien. Ariäus drehte seine Schulter leicht ab, die Griechen demonstrativ ausschließend.

»Hoheit, könnten sie feindlich gesinnt sein?«, setzte er nach. »Soll ich das Lager gegen sie in Stellung bringen? Was, wenn sie kommen, um sich unser Wasser und die Vorräte anzueignen?«

»Ist General Klearchos ihr Gefangener?«, fragte Kyros.

»Ich glaube nicht, Hoheit. Der Junge meinte, er ging neben den anderen her.«

»Dann nein, sie sind willkommen zu heißen wie zuvor. Bringt Wein in mein Zelt, General. Ich habe dem Spartaner gesagt, ich würde einen Schlauch für ihn anstechen, wenn er käme. Auf Straußenjagd kann ich auch morgen noch gehen.«

17

Am Morgen erwachte Kyros unter etlicher Pein und drehte sich mit einem angeekelten Laut von dem Eimer weg, den man neben seinem Kopf platziert hatte. Den Großteil der Nacht hatte er damit verbracht, sich mit Klearchos bis zur Besinnungslosigkeit zu betrinken. Er erinnerte sich, ein Gedicht in höfischem Persisch rezitiert zu haben, und stöhnte vor Entsetzen auf. Der Spartaner wollte nicht singen, wie er sich entsann. Klearchos hatte erzählt, sein Volk würde nur singen, wenn ein neuer König inthronisiert wurde oder sie glaubten, sterben zu müssen. Der General war nicht so betrunken gewesen wie er, dämmerte es Kyros, der zusammenzuckte, als einzelne Bruchstücke blitzhaft in seinem Hirn aufzuckten. Hatte er tatsächlich vorgeführt, wie er als Kind einen Esel nachahmte und dem älteren Mann I-ah-Schreie entgegengekreischt, bevor er lachend zusammengebrochen war? Er betete, dass dieser Teil nur ein Fiebertraum war.

Kyros schlug die Wolldecke zurück und urinierte mit fest geschlossenen Augen in einer Ecke des Zeltes in den Sand. Die Luft dort war heiß und stank. Träge Fliegen stießen in ihrem Schlingerflug gegen ihn. Einen Moment lang dachte er, sich erneut übergeben zu müssen, und verwünschte sich selbst als Trottel. Er wusste, dass er sich frühestens am Abend wieder einigermaßen hergestellt fühlen würde. Ein kompletter Tag war von den Exzessen des Vorabendes ruiniert. Um seinen Magen zu beruhigen, hatte er Essen, Wasser und einen mehrstündigen harten Ritt nötig. In der Wüste gab es keine schützenden Dächer, und er wollte nicht jedes Mal, wenn er ein in den Sand gegrabenes kleines Loch brauchte, sein Zelt aufgebaut haben. Lockerer Stuhlgang war etwas Beschämendes bei einem langen Marsch und etwas, das in der Ausbildung eher selten zur Sprache kam. Kyros betete, sich keine Schmach zuzufügen. Sein Vater hatte ihm einst erklärt, dass die Männer denen, die sie anführten, alles vergeben würden, von zwei Dingen abgesehen. Das zweite war Feigheit.

Er stand in einem ausladenden Kübel, ließ sich von seinen Bediensteten abwaschen und gönnte es sich, danach in kühles Leinen gewickelt zu werden, während man ihn rasierte, sein Haar bürstete und es zurückband. Er legte sich auf einen Klapptisch, um sich massieren zu lassen. Dann saß er nackt auf einer Bank, während seine Unterkleider und seine Rüstung gebracht wurden. Fettige Datteln und weißen Käse lehnte er ab. Als er aus dem Zelt trat, stand die Sonne schon ein gutes Stück über dem Horizont. Als er mit Ankleiden fertig gewesen war, hatte er Stimmen gehört, die das Lager zur Ordnung riefen und die Männer zur Eile mahnten. Der Lärm schwoll an, sodass Kyros sein eigenes Leid beiseiteschob, als er ins Freie schritt und in die Ferne blinzelte.

Vor ihnen erstreckten sich die Wüsten, soweit das Auge reichte, doch hinter den Hügeln und Dünen versteckten sich Täler, Felsnadeln, Flüsse mit begrünten Ufern und sogar Dörfer. Obwohl sie allein zu sein schienen, erzählte der Horizont eine andere Geschichte.

Dünne schwarze Fäden stiegen vor ihnen in den Himmel auf. Kyros hatte seine Männer Richtung Osten geführt, immer gen Osten, zur Hauptstadt seines Vaters. Es war ihm bewusst gewesen, dass sich kein feindliches Heer Persepolis ungesehen nähern konnte, und er hatte es hingenommen, dass Artaxerxes irgendwann über ihre Anwesenheit Bericht erhielt. Allerdings waren die kaiserlichen Streitkräfte gewaltig, zu groß, um an einem Tag oder auch in einem Monat aufgestellt zu werden. Kyros biss sich beim Nachdenken auf die Lippe. Jedes Viertel des kaiserlichen Heeres war größer als die Truppen, die er hierhergebrachte hatte. Sein Plan hatte sich darauf gestützt, sich zu keinem Zeitpunkt anderen als den seinen Bruder umschwärmenden Eliteeinheiten stellen zu müssen.

Die Bedeutung des aufsteigenden Rauches schien ihm offenkundig, doch er war nicht überrascht, als Orontas sich seinem Zelt näherte, das gerade für den Marsch abmontiert wurde. Der General stieg von einem schwarzen Hengst ab, übergab sein Schwert einem Diener und legte sich dann mit dem Gesicht nach unten der Länge nach in den Sand, bis der Prinz ihm befahl, sich zu erheben und zu berichten.

»Hoheit, ich habe Kunde von den vorausgeschickten Spähern. Die am weitesten entfernten berichten von verbrannten Ernten und verlassenen Dörfern. Wenn wir den ganzen Tag marschieren, werden wir das erste davon an diesem Abend erreichen.«

Schweigend starrte Kyros auf die sich langsam drehenden, aus dieser Entfernung haarfeinen Rauchfahnen.

»Tissaphernes«, sagte er nach einer Weile. »Es scheint, mein alter Freund sah mehr, als ich gehofft hatte.«

Er warf Orontas einen Seitenblick zu, doch der Perser achtete sorgfältig darauf, in der Gegenwart seines Prinzen keine Regung zu zeigen. Kyros mochte sich schon in Sardes über seine endgültigen Absichten im Klaren gewesen sein, seine persischen Offiziere hingegen mit Sicherheit nicht.

»Hoheit, ich frage mich ...«, sagte Orontas. Er stotterte leicht, und seine Stimme verlor an Kraft.

»Was? Sprich offen und frei heraus.«

»Sollte Euer Bruder, König Artaxerxes, ins Feld gezogen sein, dann ist er noch nicht in der Nähe. Wären die kaiserlichen Reihen nahe, hätten wir sie inzwischen erblickt.«

»Fahrt fort«, sagte Kyros.

Orontas schien selbstbewusster zu werden, als die Worte aus ihm heraussprudelten.

»Vor einer anrückenden Invasionsarmee werden Dörfer und Getreide verbrannt – so steht es in der Dienstvorschrift für Offiziere, Hoheit. Aber man tut es, um einen starken Feind durch Aushungern zu schwächen. Ich überlege, ob dies nahelegt, dass Euer Bruder in diesem Areal nicht über die nötigen Kräfte verfügt, zumindest im Moment noch nicht.«

»Mag sein. Doch selbst wenn Ihr recht habt, kann ich nicht erkennen, was mir das nützt. Falls wir weiterziehen, ohne unsere Vorräte aufzustocken, haben wir Nahrung für, wie lange, eine Woche? Neun oder zehn Tage? So Ihr die Dienstvorschrift kennt, General, werdet Ihr wissen, dass sie eine oder zwei Verteidigungsstrategien gegen diese Taktik vorsieht. Wird das Land vor unserer Marschroute niedergebrannt ...«

»Nimmt man einen anderen Weg«, vollendete Orontas. »Was nichts an meinem Standpunkt ändert, Hoheit. Sollten König Artaxerxes und das königliche Heer noch nicht an Ort und Stelle sein, sehen wir uns vielleicht einer deutlich kleineren Streitmacht gegenüber. Es könnten bloß ein paar Hundert Brandstifter sein, die vor unseren Kundschaftern herumstreifen, in der Absicht, uns zu schwächen und so viel Schaden wie irgend möglich anzurichten. Wenn wir sie überwältigen können, bereiten wir dem ein Ende oder können zumindest ihr Werk verzögern und den Schaden, den sie anrichten, verringern.«

»Die Kundschafter?«, sagte Kyros. »Gäbe ich diesen Befehl, würden sie abgeschlachtet. Die meisten von ihnen sind Jungen.«

Diesen Moment wählte Orontas, um abermals niederzuknien und seinem Prinzen die Ehre zu erweisen.

»Hoheit, gebt mir hundert Männer von Eurer Wache, um unseren Weg von diesen Feuerteufeln zu reinigen. Nur hundert, wie ein einziger geworfener Speer. Ich werde weiter als unsere Späher reiten und sie überrumpeln, während sie zerstören und brandschatzen. Es braucht seine Zeit, um Vorräte zu vernichten, Hoheit. Ich kann sie schnappen, dessen bin ich mir sicher.«

Diesen Grad an Eifer und Leidenschaft hatte Kyros bei Orontas noch nie zuvor gesehen. Der Mann bebte buchstäblich, während er in die Ferne starrte.

»Erhebt Euch, General«, erwiderte Kayros mit verdächtig schimmernden Augen. Wäre doch nur Klearchos da gewesen, um das mitzuerleben. »Also schön. Reitet zügig und bringt mir die Köpfe jener, die im Lande meines Vaters Dörfer niederbrennen.«

Orontas kam wieder auf die Beine, verneigte sich jedoch über der Hand des Prinzen und drückte sie sich kurz an die eigene Stirn.

»Ihr ehrt mich, Hoheit«, sagte er.

Kyros wandte sich um, als ihm sein Pferd nebst einem Aufsitzblock gebracht wurde. Er fühlte sich noch immer widerlich und bis zum Hals voll saurer Galle, deshalb war er froh, die Leiter zu erblicken. Mit einem Grunzen schwang er sich hinauf und aufs Pferd, setzte sich zurecht und nahm die Zügel.

»Ihr sagt, mein Bruder könne nicht in der Nähe sein, General, er kann jedoch ebenso wenig noch allzu viele Tage entfernt sein. Ich werde das Heer in unser bestes Schritttempo bringen. Schickt heute Abend einen Reiter mit Euren erworbenen Neuigkeiten zu mir. Bis dahin möge Ahriman blind für Euch sein. Möge das Glück mit Euch sein, alter Freund.«

Während seines Gesprächs mit Orontas hatte die Kolonne sich formiert und wartete nur noch auf den Marschbefehl des Prinzen. Kyros ritt zur Spitze des Zuges, wo Klearchos ausgeruht und in bester Form auf ihn wartete. Der Spartaner hatte den Dialog beobachtet, und sein Blick folgte nun Orontas, als dieser aufs Pferd stieg und dann im leichten Galopp an der Flanke der Kolonne entlangritt, wobei er den Offizieren von Kyros' Leibwache Zeichen gab. Für diese Leute war Klearchos genau genommen nicht verantwortlich, allerdings ging er davon aus, dass sie grundsätzlich unter seiner Befehlsgewalt standen. Deshalb kniff er die Augen zusammen, als Orontas jetzt eine Truppe von Reitern zusammenstellte und zum Abritt fertig machte.

Der Spartaner kam nicht umhin, zu den beiden ihm mittlerweile bekannten Athenern hinüberzuschlendern. Der ältere, Xenophon, befand sich gerade mitten in einer Schimpftirade und spuckte Beleidigungen sowie Getreideklümpchen aus, während er den persischen Berittenen hinterhergestikulierte. An den Namen des anderen konnte Klearchos sich nicht erinnern.

»Dieser persische General, Orontas ... Wie ich sehe, hat er Eure freien Pferde übernommen«, sagte Klearchos. »Wofür braucht er sie?«

Xenophon verschluckte sich fast, als er den Sprecher erkannte. Er verneigte und räusperte sich und versetzte dann Hephaistos einen Klaps auf den Rücken, als der Jüngling einfach nur glotzend dastand.

»General Klearchos, es ist mir eine große Ehre«, sagte Xenophon. »Euer Ruf eilt Euch voraus.«

»Besagt dieser Ruf auch, geduldig mit Leuten zu sein, die meine Fragen nicht beantworten?«, wollte Klearchos wissen.

Xenophon schüttelte den Kopf.

»Nein. General Orontas wünscht, dem Heer voranzureiten – um die Brandschatzer aufzuspüren, die das Land vor uns abfackeln.«

»Warum seid Ihr dann so wütend?«

»Er ... der General wollte nicht, dass ich ihn begleite. Er meinte, er nähme keinen Griechen mit, da man uns nicht vertrauen könne.«

»Ich verstehe«, sagte Klearchos. Er rieb sich nachdenklich das Kinn. Orontas gehörte nicht zu der Sorte von Offizieren, die zu kopflosen Sturmangriffen neigten. Hätte er selbst einen geeigneteren Mann nennen sollen, wäre seine Wahl auf Ariäus gefallen. Etwas stimmte da nicht.

»Wie viele Pferde haben wir jetzt noch übrig?«, fragte er.

Xenophon stieß hörbar die Luft aus, als sein Ärger sich aufs Neue entfachte.

»Einschließlich der zwei Rösser, die Prinz Kyros reitet, sind es sechsundvierzig. Deswegen war ich auch so wütend, General. Ich bin der Oberstallmeister – und was hat er mir zurückgelassen?«

Klearchos nickte mit abwesendem Blick. Er beschloss, Prinz Kyros zu fragen, wenngleich er das höchst ungute Gefühl hatte, dass es bereits zu spät war.

Kyros beschattete seine Augen vor der Sonne, als ein persischer Offizier auf ihn zugeritten kam, die Zügel einem marschierenden Diener entgegenwarf und sich der Leibwache des Prinzen näherte, es jedoch nicht wagte, weiter als auf Armeslänge an sie heranzutreten.

»Ich bitte Euch inständig, mir ein Wort zu gewähren, Hoheit – es geht um Orontas, meinen Vetter.«

Kyros' Aufmerksamkeit war geweckt. »Er ist im Aufbruch begriffen. Was ist mit ihm?«, verlangte er zu wissen. Als er sah, dass der Mann vor Anstrengung keuchte, winkte der Prinz ihn zu sich.

In der Nasenpartie wies der Perser eine gewisse Ähnlichkeit mit Orontas auf, dachte Kyros. Er wartete, während der Mann niedersank und ihm ein gefaltetes Pergament entgegenhielt, welches ein Kyros wohlbekanntes Siegel trug. Orontas besaß einen geschliffenen Saphir, in den das Symbol seines Hauses eingraviert war, eine Weizenähre und ein Wildpferd. Das Siegel war in eine kleine Tonscheibe gepresst worden und zeichnete sich deutlich darauf ab. Kyros stellte fest, dass das Pergament an der Kante aufgeschlitzt worden war, und die Bedeutung dieses Umstands verfinsterte seinen Blick. Seine Gedanken überschlugen sich.

»Was ist daran so wichtig, dass Ihr es mir persönlich gebracht habt?«, sagte er und fürchtete die Antwort.

»Hoheit, mein Vetter verlangte von mir, dieses Dokument König Artaxerxes zukommen zu lassen. Darin steht, er werde einen Trupp Reiter von Eurem Heer wegführen – und er bittet den Großkönig, ihn nicht niederzustrecken, wenn er kommt. Er ist von meinem Blut, Hoheit. Doch wenn ich könnte, würde ich in meiner Schande alles aus mir herausschneiden, was uns eint.«

Kyros fühlte Kälte in sich aufsteigen. Er registrierte den auf ihm ruhenden Blick des Hauptmannes seiner Leibgarde und nickte kurz. Der Mann verstand sofort, was zu tun war. Der Reihe nach gab Kyros weiteren Männern Zeichen sowie den Befehl, sämtliche Aufbruchsvorbereitungen einzustellen.

In einiger Entfernung wandte General Orontas sich noch einmal um und sah sich die entstandene Unruhe erstaunt an. Obwohl er schon ziemlich weit weg war, meinte Kyros, Orontas etwas von dem Schrecken und der Furcht ansehen zu können, die er empfinden musste, möglicherweise an der Art, wie der Mann im Sattel saß.

Dies wäre eventuell der Moment gewesen, in dem der persische General hätte davongaloppieren können, obwohl er auf dem lockeren Sand nicht weit gekommen wäre. Der Hauptmann der Leibgarde hatte bereits Männer in verschiedene Richtungen ausgeschickt, um Orontas abzufangen, sollte er zu fliehen versuchen. Kyros beobachtete die Szene in Erwartung des Moments, in dem sein General begriff, dass er keine Chance hatte, in die Freiheit zu reiten.

Plötzlich ließ der General den Kopf hängen, sodass er auf sein Sattelhorn starrte, die Zügel fest umklammert. Kyros sah weiter zu, als man Orontas absitzen ließ und ihm die Hände fesselte. Dann band General Ariäus ihn an ein langes Seil, dessen anderes Ende er an seinem eigenen Sattel festschnürte. Kyros war zu weit entfernt, um hören zu können, was sie redeten, doch er sagte sich, dass er an diesem Abend jedes einzelne Wort in Erfahrung bringen würde. Schließlich setzte sich die Kolonne in Bewegung. Viele Köpfe drehten sich, um zu sehen, wie der General mit vor Schmach verzerrter Miene vorwärtsstolperte.

Prinz Kyros lenkte sein Ross neben den Heerzug. Tausende schritten an ihm vorbei, während er darauf wartete, dass Ariäus mit seinem neuen Sklaven zu ihm aufschloss. Zunächst hatte der Prinz vorgehabt, diesen Moment in stummer Verachtung verstreichen zu lassen, doch er spürte, wie sein Ingrimm wuchs. Mit einem winzigen Fingerzeig beorderte er Ariäus zu sich herüber.

Klearchos hatte sich zusammen mit Proxenos und Netos so weit genähert, um alles verfolgen zu können. Auch Menon von Thessalien war herangerückt, obgleich er und Klearchos damit die Marschordnung verlassen hatten, und er blieb auf Distanz. Dennoch waren sie alle gebannt und wollten wissen, was Orontas getan hatte und was Kyros im Gegenzug unternehmen würde.

Schwungvoll sprang Ariäus von seiner grauen Stute, sich ihrer aller Blicke wohl bewusst. Er hätte Orontas seinen Stolz lassen können, zog stattdessen jedoch kräftig an dem Strick, was den Mann direkt vor dem Prinzen auf dem Bauch landen ließ. Sofort stand Ariäus mit gespreizten Beinen über seinem Landsmann. Als Orontas sich aufzurichten bemühte, drückte ihm der persische General eine warme Messerschneide an die Kehle, sodass der am Boden Liegende sich nicht mehr rührte, überwältigt von der Erkenntnis, dass sein Leben von einem einzigen Wort eines Prinzen abhing, den er hasste – und vielleicht auch von der Gewalttätigkeit eines geckenhaften Kriegers, den er nie gemocht hatte. Orontas stellte fest, dass er ruhig bleiben konnte. Das hatte er viele Male bei Männern beobachtet, die dem eigenen Tod ins Antlitz blickten. Am Ende gab es keine Gegenwehr, kein Sträuben. Er atmete bedächtig aus, beglückt von der Aussicht, der Ewigkeit mit einem Rest von Würde entgegenzutreten.

»Keinerlei Aufbegehren, Orontas?«, fragte Kyros unvermittelt. »Keinerlei Rechtfertigung? Oder Einwände?«

Der General, der für die kaiserliche Familie Regimenter kommandiert hatte, wandte den Blick ab, dorthin, wo mit trauriger Miene sein Vetter stand.

»Es scheint, dass ich dem falschen Mann vertraute, Hoheit.«

»Da haben wir immerhin etwas gemeinsam«, fauchte Kyros.

Orontas zuckte mit den Schultern und richtete die Augen gen Osten.

»Hoheit … Nein, es spielt keine Rolle«, sagte er.

Kyros starrte ihn kalt an.

»Habe ich Euch auf irgendeine Weise verletzt, General?«

Stumm schüttelte Orontas den Kopf.

»Warum dann dieser Verrat? Bin ich nicht meines Vaters Sohn? Habt Ihr nicht geschworen, meiner Familie zu dienen?«

»Doch, Hoheit«, erwiderte Orontas. Sein Ton war vorwurfsvoll, und er hob die Stimme. »Ich habe einen Eid geleistet, der Krone zu dienen. Dem wollte ich nachkommen, indem ich mich Eurem Bruder, dem König, anzuschließen gedachte. Es … tut mir leid. Ich habe lange über mein Vorgehen nachgedacht. Ich wollte mich Euch nicht entgegenstellen, mein Prinz. Ihr wart nichts als gütig zu mir. Die Männer singen Loblieder auf Euch. Und doch … ich hatte nicht das Gefühl, so weitermachen zu können.« Er hob den Kopf. Tränen glitzerten in seinen Augen. »Ich habe meine Wahl getroffen, Hoheit. Ich akzeptiere die Konsequenzen.«

Für eine geraume Weile enthielt sich Kyros einer Entgegnung. Ihm war klar, dass er nur den Befehl geben musste, und das Leben des Mannes war zu Ende. Alle, die zusahen, erwarteten es von ihm. Dennoch suchte er nach einer Möglichkeit, Orontas am Leben zu lassen. Der letztlich kleinliche und belanglose Zorn, mit dem die Atmosphäre rings um ihn aufgeladen war, änderte nichts daran, dass Orontas ein guter Soldat war, der höchsten Respekt bei den Regimentern genoss. Hätte es ein Kommando oder ein einzelnes Wort gegeben, durch das Kyros seine Loyalität hätte gewinnen können, hätte der Prinz es auf der Stelle ausgesprochen. Er schaute zu Klearchos, auf der Suche nach etwas, das er nicht benennen konnte, irgendetwas. Sein Appell stieß auf Schweigen, und Kyros seufzte.

»Schafft mir diesen Abtrünnigen aus den Augen«, sagte er zu seinen Wachen. »Bereitet ihm ein schnelles Ende, mit einem einzigen Hieb – und behandelt ihn ehrenhaft, wenn er sich vorbereitet.«

Er wandte sich wieder dem Gefangenen zu. Kyros nahm ein Messer und durchschnitt die Seile, welche die Handgelenke des Mannes zusammenbanden. Orontas rieb sie gegeneinander und beobachtete den Prinzen, dem er nicht folgen konnte.

»Darf ich meiner Familie schreiben, bevor Euer Urteil vollstreckt wird, Hoheit?«

Kyros unterdrückte eine Woge von Zorn, als deren Resultat Orontas tot zu seinen Füßen gelegen hätte. Doch er war ein Prinz und der Sohn seines Vaters. Er beherrschte sich.

»Natürlich«, sagte er und kehrte dem Mann ein allerletztes Mal den Rücken zu.

Alle Anwesenden hörten Orontas aufatmen, ein Zeichen des Fügens in sein Schicksal. In diesem Augenblick fiel Orontas vor einem Prinzen des Hauses der Achämeniden auf

Knie und Bauch, obwohl sein eigener Tod schwer auf ihm lastete.

»General Ariäus?«, rief Kyros.

Der Mann erwartete seine Befehle bereits und küsste den Sand, bevor Kyros ein weiteres Wort sagen konnte. Als Ariäus sich wieder erhob, nickte der Prinz ihm zu.

»Ihr habt das Kommando über die persischen Truppen, General. Nehmt diesen Edelmann hier, der ein Vetter von Orontas ist, als Euren stellvertretenden kommandierenden Offizier. Befehligt alle bis auf die Griechen – und folgt den Befehlen von Klearchos. Habe ich mich klar ausgedrückt? Werdet Ihr mir unter diesen Bedingungen loyal zu Diensten sein?«

»Das werde ich. Ich werde diese Ehre mit ins Grab nehmen, Hoheit«, sagte Ariäus. »Ich werde Euch stolz machen.«

»Macht es einfach nur besser als der letzte arme Teufel«, sagte Kyros.

Er wendete sein Pferd, gerade noch rechtzeitig, um mitzubekommen, wie Klearchos den Kopf vor Orontas neigte, bevor er dem Tier die Fersen in die Flanken stemmte. Proxenos und Netos ritten an der Seite des Prinzen zur Kolonne zurück, mit Menon im Schlepptau. Die Griechen verhielten sich ernst, wie es sich beim Verlust eines Mitstreiters geziemte, aber keiner von ihnen hielt die Entscheidung des Prinzen für falsch. Bis zum Abend würde der Heerzug bis tief in die Wüsten vordringen. Sie würden den Leichnam von Orontas hinter sich zurücklassen, auf dass die Sonne ihn verdorren ließe und die Schnäbel hungriger Raubvögel ihn in Stücke rissen.

An jenem Abend suchte Prinz Kyros im Feldlager die Feuerstätten der Spartaner auf, um mit ihnen zu speisen. Er bereute es, nicht sein eigenes Essen mitgebracht zu haben, als er sah, wie wenig sie zu sich nahmen, zur Erfrischung von nichts anderem als kaltem Wasser begleitet. Nichtsdestotrotz hießen sie ihn willkommen, und er saß im Schneidersitz mit ihnen auf dem harten Boden. Er hob seinen Blick zu Klearchos, während beide Männer dünne Hafergrütze, Sauermilch, ein Stück Ziegenkäse und eine uralte Feige zu sich nahmen.

»Was führt Euch zu uns, Hoheit?«, fragte Klearchos, nachdem alle aufgegessen und ihre Schüsseln ausgewischt hatten.

»Orontas hatte die Absicht, zu meinem Bruder zu reiten«, erwiderte Kyros und starrte ins schwach brennende Feuer. Kurz kam ihm in den Sinn, sie zu bitten, Brennholz nachzulegen, bevor ihm einfiel, dass sie jeden Holzzweig mit sich durch das karge Ödland schleppen mussten. An solchen Orten war das Leben mühsam, ein ständiger Überlebenskampf, ohne Wasser und Wärme in der Dunkelheit. Der Abend wurde bereits frostig kühl, sodass seine Zähne klapperten, als er mit zusammengepresstem Kiefer weitersprach.

»Er glaubte, die königlichen Streitkräfte seien nahe. Er sagte mir, er wolle vorausreiten, um diejenigen auszuschalten, die Getreidefelder in Brand stecken und Brunnen vergiften. Es war eine gute Idee – und ist es immer noch.«

»Überlasst mir das, Hoheit«, sagte Klearchos. »Ich werde einigen meiner Jungs das Kommando übergeben. Oder vielleicht diesem Athener, der so verstimmt war, dass man ihm seine Pferde weggenommen hatte.«

»Ja …«, sagte Kyros. »Wir brauchen Augen, die sich weit vor uns umschauen, um in Erfahrung zu bringen, wo mein Bruder seine Zelte aufschlägt. Aber … ich bin mir bezüglich der Männer, die Orontas auswählte, nicht sicher. Könnten Verräter unter meiner eigenen Leibwache sein? Es scheint schwer vorstellbar. Wie kann ich ihnen jetzt noch vertrauen?«

Klearchos griff nach einem Beutel neben sich und zog eine Feldflasche heraus. Im Feuerschein wirkte sie wie aus gelbem Elfenbein. In die Oberfläche waren Figuren geschnitzt. In den flackernden Schatten konnte Kyros nicht genau erkennen, was diese Figuren taten. Es konnte etwas mit Sport zu tun haben, obgleich das eher unwahrscheinlich war.

»Mein letzter Vorrat, Hoheit. Vielleicht ist dies der passende Abend dafür.«

Der Prinz nahm die Flasche entgegen und nahm einen ordentlichen Schluck. Seine Augen weiteten sich, als die Flüssigkeit in ihm brannte.

»Wird das aus Trauben gewonnen?«, fragte er heiser.

»Aus den Schalen, glaube ich«, entgegnete Klearchos kichernd. Er hob die Flasche und schmatzte genüsslich.

»Hoheit, Orontas war ein Anführer. Ich weiß, dass ihn etwas mit einer Eurer Adelsfamilien verband, doch sein Aufstieg gründete in seinem scharfen Verstand, seiner Kampfstärke und seiner Überzeugungskraft – und er besaß dieses Format, welches anderen Männern als Vorbild dient.«

»Habt Ihr deswegen den Kopf vor ihm geneigt?«, fragte Kyros.

»Aha, das ist Euch also nicht entgangen, wie? Nein, Hoheit. Damit wollte ich ihm die Ehre dafür erweisen, wie er sein Todesurteil entgegennahm. Er nahm es wie ein Spartaner. Das ist selten. Ich habe erwachsene Männer erlebt, die sich bei den Ephoren beschwerten, weil der Hund eines anderen Mannes sie gebissen hatte. Wie Kinder! Wir sind Soldaten, Hoheit. Wir wissen, dass der morgige Tag der letzte sein könnte. Oder der Tag danach. Ein Soldat hat wenig Einfluss auf den Zeitpunkt oder die Art und Weise seines Todes. Er kann sich jedoch immer entscheiden, wie er ihm begegnet.«

Eine Weile schwiegen sie und reichten die Feldflasche hin und her, bis sie leer war. Kyros merkte, wie das Brennen nachließ und fast angenehm wurde.

»Und die anderen?«

»Die anderen waren der Ansicht, Eure Befehle auszuführen, Hoheit. Weitere Gedanken würde ich mir darüber nicht machen. Manche Männer erlernen das Führen – ich glaube nicht, dass es uns angeboren ist. Die meisten sind gewillt, sich führen zu lassen. Jenseits von Wein, Essen und ein wenig Wärme erwarten sie kaum etwas vom Leben – später dann vielleicht noch Kinder und ein eigens Heim. Sie wollen nicht an jeder Weggabelung entscheiden, welche Richtung einzuschlagen ist. Sie wollen nicht, dass andere schreiend zu ihnen gelaufen kommen und Antworten von ihnen auf Fragen verlangen wie ›Osten oder Westen?‹, ›Leben oder Sterben?‹ Dies bleibt hartgesottenen und einsamen Männern wie Euch überlassen, Hoheit.«

»Und Euch«, gab Kyros zurück.

»Ach, nun ja, ich bin ein Sohn Lakedaimons. Ich habe einen Schädel aus Silber und geschmolzene Bronze in meinen Adern. Ich bin über die Straßen Spartas geschritten und habe das Wasser des Eurotas gekostet, der durch ein trockenes Land fließt. Ich stand auf der Akropolis von Sparta und rief laut meinen Namen.«

Er lächelte bei seinen Worten, doch sie klangen wie ein Ritual und ließen den Prinzen erschauern.

Klearchos gähnte plötzlich und reckte sich wie ein kleiner Junge. Er sah zu den Sternen auf und schüttelte den Kopf.

»Es ist schon spät, Hoheit. Ich werde meine Jungs morgen auf Pferden losschicken. Wir werden diese Plünderer finden und aufhängen. Oder wir entdecken das Heer Eures Bruders und machen Kleinholz aus ihm. Dafür sind wir schließlich hergekommen. Orontas hätte ein kleines bisschen länger warten sollen.«

Der Prinz stand auf, beflügelt von dem unbekannten Getränk und den Worten des Spartaners. Er verneigte sich, wie Klearchos es vor Orontas getan hatte, und torkelte dann durch die Dünen davon, dorthin, wo er seine eigene Decke und sein Bündel unter den Sternen zurückgelassen hatte.

Klearchos erhob sich ebenfalls, streckte sich noch einmal und schaute dem Prinzen nach, bis dieser verschwunden war. Der Spartaner mochte den jüngeren Mann, trotz seiner Unsicherheiten und seines Bedürfnisses nach Bestätigung. Er würde einen ausgezeichneten König abgeben, sollte er je die Möglichkeit dazu erhalten.

18

Alarmhörner ertönten in der Finsternis. Bärtige Soldaten rollten sich unbeholfen aus ihren Decken, stolperten aus den Zelten und stellten sich mit schlaftrunkenen Augen auf, Schwerter und Schilde griffbereit. Die Luft war erfüllt vom Lärm galoppierender Pferde, begleitet vom Gebrüll der Polemarchen und Pentekontarchen, mit dem sie ihre Männer in Reih und Glied beorderten. Es kostete Zeit, die Beinschienen und Brustharnische anzulegen, trotzdem gerieten sie dabei außer Atem. In kleineren Gruppen saßen sie beisammen und zerrten an Knoten und Riemen herum. Noch drohte kein unmittelbar bevorstehender Angriff. Offiziere stolzierten zwischen den sitzenden Grüppchen umher, ermahnten sie, sich zu sputen, und erinnerten die Männer daran, die Stiefel zu schnüren und die Helme fest auf den Kopf zu setzen. Die knurrenden Laute hatten fast etwas Tröstliches bei diesen rituellen Verrichtungen, es waren Worte, die sie alle schon Tausende Mal zuvor vernommen hatten. Anderswo mochte Chaos herrschen, nicht jedoch in diesen Reihen. Vielleicht war es auch nur ein weiterer Beleg für den harten Drill, für welchen zweifellos dieser spartanische General verantwortlich zeichnete, der an solchen Übungen seine Freude zu haben schien, obwohl brave Männer eigentlich noch in tiefem Schlummer liegen sollten.

Ohne jede Hektik oder gar Panik bildeten sie Karrees, wobei sich jedes Regiment mithilfe von Rufen formierte, die durch die Dunkelheit hallten.

»Hier Spalier bilden, bei Demetrios von Athen!« oder »Die ersten vier zu den geflaggten Hörnern!« Regimentskommandeure riefen ihre Männer mit Namen und Dienstgrad aus und befahlen sie auf ihre in monatelangem Training gelernten Positionen. Das nahm einige Zeit in Anspruch, wenngleich es nur Momente zu sein schienen. Mit schroffen Abschiedsrufen und Erfolgswünschen zog sich die Lagergefolgschaft zurück, Liebhaber, Freunde und Dienstherren verlassend. Die Krieger Griechenlands und Persiens warteten nun ganz allein im Sand, aufgestellt in einer schier endlosen, gekrümmten Linie. Die Alarmhörner waren verhallt, die Aufgaben erledigt. Schweigend standen sie da, wenn auch nie wirklich in völliger Lautlosigkeit. Das Knarzen von Leder, ein nervös auf den Schild trommelnder Panzerhandschuh, das Quietschen eines von Sand und Hitze ausgetrockneten und nicht frisch gefetteten Harnisches – in der Summe erzeugten all diese Geräusche eine metallische Kakofonie in der Wüste, als wäre eine gigantische, düstere Kreatur aus Schuppen, Stein und Bronze erwacht und schüttelte sich nun den Schlaf aus den Riesengliedern, um in den Kampf zu ziehen.

Die erfahreneren unter den Männern hatten ihre Waffen nicht in Anschlag gebracht, doch ihre Hände öffneten und schlossen sich stetig Trost suchend um deren Knäufe. Wenn es an diesem Tag zum Töten kam, war jede erdenkliche Finte vonnöten, um ihre Kraft zu erhalten, bis die Sonne aufging. Inzwischen fürchteten sie deren heiße Strahlen. Alle hatten eine dunklere Haut als noch in Sardes oder Griechenland, und bei einigen schälte sie sich dort in großen Fetzen ab, wo sich die Sonne bis tief ins Fleisch gebrannt hatte. Viele waren aufgrund der kargen Essensrationen abgemagert, und ihre Haut spannte über den Knochen, von Sand und Fliegen- und Läusebissen zu Leder gegerbt.

Sie hatten einen langen Weg in den Fußstapfen des Prinzen zurückgelegt. Obwohl viele aufgeregt waren, tröstete sie die Anwesenheit der anderen, während sie alle gespannt waren, wer oder was die Hörner hatte erklingen lassen. Hunderte schlossen ihren Frieden mit den Göttern, berührten und küssten Amulette oder Andenken von daheim und flüsterten kurze Gebete. Dann wurden diese Gegenstände wieder weggesteckt. Sie pissten in den Sand unmittelbar vor sich, sodass Dampf aufstieg.

Banner erhoben sich hoch über den Regimentern, entrollt von jungen Burschen aus dem Lager, welche die Fahnenstangen mit großem Stolz trugen. Pegasus, Stier, Eule und das Lambda der Spartaner prangten über den Reihen der Griechen, während die persischen Regimenter unter Löwe, Falke, Greif und Sonne formiert waren. Weitere Jünglinge brachten jedem Wasser, der danach verlangte, oder hasteten zurück, um irgendeinen vergessenen Gegenstand zu holen. Die Soldaten schenkten ihnen erst dann Beachtung, wenn sie direkt vor ihnen zum Stehen kamen. Anfangs johlten und schrien die Jungen noch, doch ihre hohen Stimmen ebbten zu einem Flüstern ab, als sie zwischen den stehenden Reihen der Männer umherliefen und die Aura jener dunklen Armee unter dem Sternenlicht ihnen Ehrfurcht und Schauder einflößte.

Im Osten zeigte sich jetzt ein heller Lichtstreifen, der die erste schwache Brise des Tages mit sich brachte, als würde die Nacht von einer Sandschicht weggewaschen. Er offenbarte die enormen Konturen von Prinz Kyros' Heerkörper.

Sie schauten in Marschrichtung nach Osten, wie alle Männer es täten, zur Quelle des Lichtes, zur aufgehenden Sonne, die alle kindischen Ängste wegbrannte. Sie stellten sich diesem bleichen Band und warteten darauf, dass ihnen die ersten tastenden Finger der Wärme übers Gesicht strichen, statt des Furcht einflößenden Schreckens, geblendet zu werden, jeder Einzelne für sich zwischen seinen Kameraden.

Der Horizont war eine schwarze Klinge gewesen, die mit sauberem Schnitt Land und Himmel geteilt hatte. Jetzt, da sich die milchige Helligkeit horizontal über ihm ausbreitete, schrien diejenigen mit den schärfsten Augen warnend auf, während die Übrigen noch immer starrten und sich fragten, was passierte. Unter den Griechen und Persern gab es Tausende von Männern, die auf die Entfernung nichts als trübe Schleier erkennen konnten, in Schwertreichweite jedoch solide Kämpfer waren. Diese Männer packten sich jetzt Burschen aus dem Lager, drehten sie dem Licht entgegen und verlangten von ihnen zu erfahren, was sich dort draußen über jenen dunklen Hügeln befand.

Die Jünglinge kniffen die Augen zusammen und sahen den Horizont leicht wogen, als bewegte sich der Boden selbst. Sie zeigten darauf und riefen laut, als das erste Licht der Morgendämmerung die Spitzen von Fahnen aufblitzen ließ. All jene, die an der Seite von Kyros standen, hörten das Donnergrollen, welches ihnen entgegenrollte, obwohl es sich eher wie eine enorme Steinlawine anhörte, die in den fernen Bergen niederging, ein unausgesetztes Brummen und Dröhnen. In großer Entfernung erblickten sie eine zitternde Linie, als walzte das Erdreich aus eigener Kraft voran, doch das Bild löste sich schließlich in schwarze Schilde und den sich auftürmenden Staub von Pferdehufen auf. Die Armee von

Persien war aufs Schlachtfeld gezogen, um ihnen entgegenzutreten. Sie marschierten als das Heer der Heere, die Erde verdunkelnd.

Einige der Regimenter brüllten ihre Herausforderung und ihren Trotz hinaus, johlten gegen die Reichssoldaten an und entfachten gegenseitig die Glut ihres Kampfgeistes, ihres Schlachtrauschs. Zunächst nahm das Schreien zu, brach dann ab und erstarb, bis sie wieder in ehrfürchtigem Schweigen verharrten. Die Reihen vor ihnen waren kontinuierlich angewachsen, bis schließlich die ganze Welt von ihnen bedeckt war. Kein Mensch hatte je dermaßen viele Soldaten an einem einzigen Ort gesehen, ein unzählbares Menschenmeer.

Kyros hatte einhunderttausend Perser und zwölftausend Griechen hergeführt. Weitere Tausende standen entsetzt hinter seinen Regimentern, als nun das gesamte Lager Schritt für Schritt zurückwich. Leichten Herzens waren sie in die grünen Hügel Babylons gegangen und dann weiter, tief in die Wüste hinein, voller Selbstvertrauen, getragen von ihrer zahlenmäßigen Stärke. All das verflüchtigte sich nun angesichts der Massen, die gekommen waren, sie systematisch und gnadenlos zu vernichten. Die Männer, die von Sardes mit dem Prinzen hermarschiert waren, spürten, wie ihre Skrota sich zusammenzogen, ihre Mägen und Blasen schmerzten und ihnen kalter Schweiß über die Rippen rann. Sie verloren jeden Mut.

Kyros warf einem aus seiner persönlichen Leibgarde seinen Helm zu und gab dann seinem Pferd die Sporen. Sein Führungsinstinkt sagte ihm, dass er sich seinen Männern unbedingt zeigen musste. Mit offenem Haar ritt er los, über den sandigen Grund, wehende Banner, seinen Diener Parviz sowie sechshundert Reiter an seiner Seite. Er sah nicht zum Heer seines Bruders hinüber, sondern ließ seinen Blick vielmehr über die Reihen derjenigen wandern, die in seinem Namen den weiten Weg bis hierher auf sich genommen hatten. Sie waren seine Leute, gehörten zu ihm, auf eine Weise, die schwer zu beschreiben war. Sie hatten ihr Leben auf sein Wort gesetzt. Die Bande zwischen ihnen waren so stark wie in einer Familie, und was auf dem Spiel stand, übertraf ihrer aller Vorstellung.

Klearchos und die Griechen deckten mit dem rechten Flügel das Ufer des Euphrat ab, sodass sie nicht von den Flanken her angegriffen oder umzingelt werden konnten. In ihrer Mitte kam Kyros zum Stehen und hob sein persönliches Banner, ein riesiges juwelenbesetztes Quadrat aus Seide mit einem Falken darauf. Er blickte nach links und rechts und war stolz auf die vielen Hundert Symbole der einzelnen Regimenter – an Speerschäften präsentierte Lebensnerven des Heeres, Sinnbilder all ihrer Traditionen, für jedermann deutlich abzulesen.

Zu seiner Linken erstreckten sich die persischen Regimenter unter Ariäus. Kyros besetzte das Zentrum, weil seine Männer dies von ihm erwarteten. Doch als die Sonne aufging und er beobachtete, wie die Armee seines Bruders immer näher kam, hielt er in deren Mitte Ausschau nach dem Königsadler der Achämeniden – und konnte ihn nirgendwo entdecken.

Ein Laufbote kam durch die Reihen auf ihn zugerannt. Er glänzte bereits vor Schweiß, als er in rasender Geschwindigkeit etliche Pferde umkurvte und sich schließlich so nahe vor dem Ross des Prinzen niederwarf, dass er fast unter dessen Hufen verschwunden wäre.

»General Klearchos bittet um letzte Befehle, Eure Hoheit. Er wünscht, Euch mitteilen zu lassen, dass sämtliche Blätter des Waldes nichts gegen ein Schwert ausrichten können.«

Kyros fühlte einen seiner Mundwinkel zucken. Der Spartaner konnte dem Versuch nicht widerstehen, seine Stimmung zu heben. Bisweilen war Klearchos eine echte Vaterfigur für sie alle.

Bevor der Prinz etwas erwidern konnte, sah er seine Leibgarde nach links deuten, wobei die Männer ihre Augen mit den Händen vor der aufsteigenden Sonne schützten. Sie riefen den Namen seines Bruders. Kyros spähte nach Osten und schluckte, als er begriff. Sein Bruder befand sich im Zentrum seines anrückenden Heeres, das von derart gewaltigen Ausmaßen war, dass dessen Mitte weit jenseits des äußersten Randes von Kyros' Aufgebot lag. Zum ersten Mal spürte Kyros, dass er zitterte, und ihm stockte der Atem. Sein Bruder – oder möglicherweise auch Tissaphernes – hatte sein Vorgehen vorausgeahnt und erwartete ihn.

Er schaute über seine rechte Schulter und an dem auf Befehle wartenden jungen Griechen vorbei zu dem kompletten Flügel unter Klearchos, Proxenos und Netos. Menon von Thessalien war ebenfalls bei ihnen, wobei dessen Leute den Puffer vor den Persern bildeten, ebenso wie die am äußersten linken Rand – und damit, soweit Kyros es verstand, am wenigsten ehrenvoll – postierte Sektion der griechischen Truppen. Die Griechen stritten und fochten untereinander, fielen aus der Marschordnung und ins Lager zurück. Dennoch: Sie waren der Vorteil, den sein Bruder nicht besaß. Die eine Macht, welcher der Großkönig nichts entgegenzusetzen hatte. Mit geschlossenen Augen sah Kyros zur Morgensonne empor und sandte ein Gebet an Ahura Mazda.

»Hoch mit dir, Junge«, forderte er den Kundschafter auf. »Hier ist mein Befehl. General Klearchos soll mit dem gesamten rechten Flügel zügig vorrücken – weg vom Fluss, an der Stirnseite unseres Heeres vorbei, bevor der Feind in Reichweite ist. Ihr Angriffsziel soll der Mittelpunkt der königlichen Kampflinien sein, dort, wo sie Adlerbanner sehen – zur Linken meines eigenen Standortes. Wiederhole mir das.«

Das Persisch des Boten war makellos, als er die Worte ohne einen Fehler nachsprach, obgleich seine Augen weit aufgerissen waren. Am Ende verbeugte er sich und kniete halb nieder, bevor er mit schon wieder schweißglänzender Haut davonstürmte.

Mit einer fast makabren Faszination beobachtete Kyros, wie die Reihen seines Bruders näher kamen, wie jemand, der direkt unter einer Steinlawine steht und zu dem einstürzenden Berg hinaufsieht, jedoch wie angewurzelt stehen bleibt.

Klearchos bemerkte, dass der Bote zu ihm zurückgerannt kam. In den Reihen des rechten Flügels herrschte Stille, während sie stumm darauf warteten, dass der Feind in Reichweite von Stein und Speer kam. Die Stimmung war todernst, obwohl es den Söldnern aus Griechenland nicht an Selbstvertrauen mangelte. Sie hatten das durchschnittliche Gefechtsniveau persischer Soldaten an jenen erleben können, die mit ihnen exerziert hatten. Die Aussicht, in der Schlacht vergleichbaren Männern gegenüberzustehen, bereitete ihnen keine allzu großen Sorgen. Dennoch hatten deren schiere Anzahl Gelächter und Unterhaltungen erstickt. Der Anblick einer Armee, die ihnen entgegenstapfte wie die in eine Bucht rollende Flut, war eine ernüchternde Erfahrung.

»Ich … habe Befehle … vom Prinzen«, keuchte der junge Mann.

»Solltest du nicht besser in Form sein?«, gab Klearchos zurück. »Gut möglich, dass du den ganzen Tag lang nichts anderes tun wirst, Söhnchen.«

»Verzeiht, General«, japste der Jüngling. »Der Prinz sagt, Ihr sollt Eure Truppen ins Zentrum des Feindes vorrücken lassen, dort drüben, Herr.«

Der Laufbote wies in die entsprechende Richtung, obwohl sich Klearchos nicht die Mühe machte, seinen Blick der Geste folgen zu lassen. Proxenos war ganz in der Nähe und schien glücklicher im Sattel zu sitzen, als Klearchos dort je gewesen war. Klearchos bedeutete dem Boten, sich zu gedulden, während Proxenos nahe genug herankam, um fragend die Brauen zu heben.

»Prinz Kyros will, dass wir vor seinen Persern vorrücken und die Leibwache des Königs im Zentrum angreifen. Offenbar liegt unser Ziel links von uns. Ich kann es von hier aus nicht einmal sehen.«

»Weg vom Fluss?«, stieß Proxenos unverzüglich hervor. »Das ist … ein leichtsinniger Zug.« Er spähte in die Ferne und schüttelte den Kopf. »Der Feinde ist … sehr *nahe*, um etwas Derartiges zu versuchen, Klearchos. Ich weiß nicht, ob ich meine Männer überhaupt in Bewegung setzen kann, bevor sie über uns herfallen.«

In Gegenwart zuhörender Soldaten und des Boten, der Bericht erstatten würde, starrten sich die beiden Generäle schweigend an. Der Befehl war ein verzweifelter Schachzug, der sie wahrscheinlich alle das Leben kosten würde – oder der entscheidende Schlag, durch den die Schlacht gewonnen werden konnte, bevor sie überhaupt begonnen hatte. Proxenos sträubte sich eindeutig dagegen, doch Klearchos wusste, dass der General sich fügen würde, falls er den Befehl bestätigte. Die anderen Griechen durften und sollten Ratschläge äußern, doch was unterm Strich zählte, war einzig und allein Disziplin. Ihnen war bewusst, dass ein General oder ein Prinz Männer mitunter in den Tod schicken musste, um eine Stellung zu halten. Ihre Aufgabe bestand darin, den Befehlen zu folgen und ihre Haut so teuer wie möglich zu verkaufen, um einen Sieg zu ermöglichen. Das erforderte Vertrauen – und den festen Glauben an jene, die sie anführten. Mehr noch, es erforderte Männer, die sich im Klaren darüber waren, dass ihre Anführer falsch liegen konnten und sie aufgrund falscher Entscheidungen oder purer Eitelkeit in den Untergang geschickt wurden – und die sich dem Befehl dennoch fügten.

Klearchos schwieg eine Weile. Er sah, wie Menon der Thessalier sich reckte, um mitzubekommen, was vor sich ging, was ihn allerdings umso schneller zu einer Entscheidung brachte. Der Mann hatte törichte Dinge über Sparta gesagt, schlecht geredet über diese Stadt mit nur einem einzigen Theater und einem einzigen Fluss, der durch ein ausgedörrtes Tal floss. Wären sie keine Verbündeten gewesen, hätte Klearchos ihn sich längst zur Brust genommen. Das könnte er aber auch noch nach der Schlacht, sollte der Kerl sie überleben. Menon an die äußerste linke Seite des griechischen Flügels zu schicken war ein Akt der Degradierung gewesen, wenngleich der empfindliche kleine Mann dies nicht zu begreifen schien.

»Kehre zu Prinz Kyros zurück«, sagte Klearchos. »Sage ihm, wir werden vorrücken, wie er befohlen hat.«

Der Bote verneigte sich und sauste abermals los. Proxenos löste seinen Blick von den feindlichen Linien und richtete ihn wieder auf Klearchos.

»Wenn Ihr das Feld überquert, werden sie uns einkreisen, mein Freund. Die Armee des Königs überlappt unsere linke Flanke. Wenn wir dann auch noch die rechte einziehen, wird er seine Flügel einfalten und das … war's dann.«

»Ja«, sagte Klearchos. »Bevor wir die Mitte zerschlagen können, müssen wir den vorderen Flügel stutzen. Wenn uns dies schnell gelingt, können wir ins Innere zum König vordringen. Prinz Kyros soll nicht sagen, wir wären der Einladung nicht gefolgt, aber wir müssen nun einmal erst an all den anderen vorbei.«

Proxenos gluckste. »Ich mag Euch, Spartaner.«

»Das ist mir gleichgültig«, erwiderte Klearchos. Es war nicht ganz klar, ob er scherzte oder nicht, und Proxenos ließ sein Lächeln verschwinden. »Kehrt zu Euren Männern zurück. Sagt ihnen, sie sollen sich bereithalten.«

Klearchos schaute nach hinten zu zwei seiner Männer, die lange silberne Fanfaren trugen.

»Blast das Signal zum Vorrücken«, befahl er.

Er kontrollierte, ob sein Schwert geschmeidig in der Scheide und die Kopis-Klinge in seiner kleinen Rückentasche steckte. Das Gewicht seines Schildes fühlte sich gut an, ein alter Freund an seinem linken Arm. Er streckte eine Hand aus, woraufhin man ihm einen Speer reichte. Er hob ihn an, und als er lächelte, hatte seine Miene etwas Grausames.

Die Hörner erklangen, wieder und wieder. Die Spartaner brachen auf und führten den gesamten griechischen Heerflügel gegen die Armee der Perser. Sie marschierten mit dem Fluss an ihrer rechten Flanke und wehenden roten Umhängen.

Vor ihnen befand sich ein sich ständig verschiebendes Mosaik aus Reitern in weißen Mänteln und Bogenschützen. Die

Frontlinien bildeten Streitwagen, die von sich abquälenden Pferden durch den weichen Sand gezogen wurden. An den Karren waren mannshohe Sensenblätter angebracht, die auf festem Grund einen furchterregenden Gegner darstellten. Das Kommando über diesen Teil des persischen Heeres hatte der frischgebackene Lord Tissaphernes, in prächtig strahlendes Weiß gehüllt und im Sattel einer grauen Stute thronend.

Kyros sah die Griechen vorstoßen und segnete sie. Er beobachtete, wie sie sich von den stehenden Linien hinter ihm lösten, biss jedoch die Zähne zusammen, als er erkannte, dass sie nicht von ihrem gewählten Pfad abwichen. Die Position seines Bruders befand sich unverändert weit links von ihnen, doch sie marschierten stur geradeaus, als hätte Klearchos seinen Befehl nicht verstanden. Die Hände des Prinzen fuhren über den Schaft eines Wurfspießes. Sein Pferd schnaubte und scharrte unruhig mit den Hufen durch den Sand, als es seine Verdrossenheit spürte.

Der Fluss funkelte zu seiner Rechten, als die Strahlen der aufgehenden Sonne aufs Wasser fielen. Er hatte Verständnis dafür, dass sich Klearchos von einer derart riesigen Feindesschar nicht hatte einkreisen lassen wollen, doch Kyros war der Erbe des Thrones. Fiel sein Bruder, hätte er von einem Augenblick zum anderen das Kommando über das komplette Feld.

Er sah weiter zu, wie die Griechen Abstand zwischen sich und den Rest des Heeres brachten und der kaiserlichen Armee entgegenmarschierten, als wären sie die Angreifer. Es sah aus, als hätte ein kleiner Junge beschlossen, mit nichts weiter als einem Stock in der Hand ein ganzes Regiment zu erledigen. Kyros schluckte den Kloß in seiner Kehle hinunter. Sie hatten sich nicht verweigert oder die Flucht ergriffen, als er sie befehligt hatte. Er konnte es nicht ertragen, mit anzuschauen, wie sie vernichtet wurden.

»Blast das Signal zum Vormarsch! Alles rückt vor. Im Gleichschritt! Auf gegen den Feind!«

Durch sämtliche Schlachtreihen schmetterten Hörner, und die persischen Regimenter des Prinzen setzten sich mit einem Ruck in Bewegung, schwarze Viereckformationen, die im Vergleich zu ihrem Gegner winzig wirkten. Doch auch sie hatten Mut gefasst. Kyros nahm seinen Platz in den vorderen Linien des Mittelteiles ein, obgleich er wusste, dass sich sein Bruder, wenn die Streitkräfte aufeinandertrafen, niemandem gegenübersehen würde, den er bekämpfen konnte, so gewaltig war ihr zahlenmäßiger Unterschied. Kyros' einzige Chance bestand darin, sich vom Feld zurückzuziehen oder mit seiner stärksten rechten Flanke durch den schwächsten linken Flügel des Feindes zu fegen. Angestrengt spähte er voraus, wo die Banner mit jedem weiteren Schritt deutlicher erkennbar wurden. Inzwischen waren sie kaum achthundert Schritte voneinander getrennt, sodass Bogenschützen und Peltasten bereits ihre Arme und Schultern lockerten, um sich für den Angriff zu wappnen, während diejenigen, die ihm ausgesetzt sein würden, alle ihre Schilde bereit machten und beteten, nicht getroffen zu werden.

Kyros atmete tief durch, als er die Schlachtreihen um seinen Bruder herum sah. König Artaxerxes war hinter einer wogenden Wand aus Soldaten und Streitwagen verborgen. Seine Banner gruppierten sich geballt zur Linken des Prinzen: der goldene Adler der Achämeniden. Kyros hatte als Kampfansage seine Flaggen mit dem Falken mitgebracht. Einer der beiden Vögel würde abstürzen.

Klearchos schritt zügig voran, mit acht Reihen Spartanern sowie weiteren vier Reihen ihrer Heloten-Sklaven, jede davon zweihundertvierzig Mann stark. Dahinter folgten die Truppen von Proxenos und Netos mit dem murrenden Menon im Schlepptau. Finster musterte Klearchos die Streitwagen vor ihnen, deren Anblick, wie er wusste, allen, die sie zum ersten Mal sahen, gehörige Furcht einjagen konnte.

»Seht mal, wie schwer diese alten Karren im Sand zu kämpfen haben«, rief er der Reihe zu. »Sagt den Männern, einfach über diese Klingen hinwegzuspringen. Wir hüpfen schon im Gymnasion höher, Jungs.«

Seine Spartaner kicherten bei der Erinnerung daran, und Klearchos beschloss kurzerhand, den Persern den von ihnen begehrten Respekt zu verweigern.

»Männer Griechenlands!«, dröhnte er, während er weitermarschierte. »Wer sind diese Leute, die es wagen, sich uns entgegenzustellen? Niemand, trotz ihrer Aufgeblasenheit. Wir sind Krieger, die besten, welche die Welt je kannte. *Homaemon* – wir sind vom selben Blut. *Homotropa* – wir pflegen dieselben Bräuche. *Homoglosson* – unsere gemeinsame Sprache.« Seine Stimme war zu einem Crescendo angeschwollen und hatte gewaltig an Intensität und Wirkung zugenommen. »Und *Homothreskon* – dieselben Tempel und Götter. Deswegen werden wir siegen. Wir sind ein Volk, untrennbar. Heute sind wir keine Spartaner, keine Thessalier oder Athener. Wir sind Hellenen. Wir sind Männer Griechenlands. Sollen wir ihnen zeigen, was das heißt?«

Seine Spartaner stießen ein tiefes, lautes Knurren aus, und die Übrigen antworteten darauf. Mit gebleckten Zähnen schritten sie mit ihm. Ganz allmählich erhöhte sich das Tempo.

Ihnen war bewusst, schon bald in der Reichweite von Bogen und Steinschleudern zu sein. Es wurde Zeit.

Alle berittenen Männer sprangen ab und trieben ihre Reittiere durch einen kräftigen Klaps davon. Jungen, die neben ihnen hergelaufen waren, übernahmen die Zügel und führten sie zurück ins Feldlager, das inzwischen einige Meilen hinter ihnen lag. Mit ihren hohen Stimmen feuerten sie die Soldaten an.

»Verdoppelt eure Schrittgeschwindigkeit«, donnerte Klearchos.

Der Befehl wurde im weiter entfernten Teil der Schlachtlinie wiederholt, woraufhin das Heer wie aus einer Kehle ein Laut von sich gab, der mehr war als nur ein kollektiver Atemstoß. Es war eine Kampfansage. Tausende stimmten den Päan an, den Gesang des Todes.

»Schilde und Speere gefechtsbereit!«, rief Klearchos.

Mit einem Mal tauchte die Frontlinie der Perser gefährlich nahe vor ihnen auf, und die Luft füllte sich mit Tausenden von Pfeilen, die wie Grashalme in der Sonne flatterten.

»Schilde hoch! Im Gleichschritt!«, schrie Klearchos erneut. Dank des täglichen Lauftrainings war er kaum außer Atem. »Greift an! Bleibt in Formation! Haltet die Ordnung. Für Prinz Kyros. Für Griechenland. Für Athen. Bei den Göttern, für Sparta!«

Sein Schwall an Befehlen nahm kein Ende, während seine Männer die letzten Hundert Schritte mit dem Schwung eines Schwertstreiches hinter sich brachten. Der Päan endete nicht mit einem Kampfschrei, sondern mit einem eher traurigen Ton, dennoch ließ es dem Gegner Angst und Schrecken in die Glieder fahren. Pfeile prasselten auf ihre Schilde, doch die meisten flogen über sie hinweg, abgeschossen von Bogenschützen, die ihr Marschtempo falsch eingeschätzt hatten. Griechische Wurfspeere, die man bis zuletzt zurückgehalten hatte, rissen nun in unablässigem Beschuss ganze Reihen nieder. Heloten aus den hinteren Reihen warfen ihre Waffen unter angestrengtem Grunzen. Die vorstoßenden Spartaner hielten ihre Speere fast waagerecht vor sich ausgestreckt, ein Wall tödlicher Stacheln.

Die Perser unter Tissaphernes brachen auseinander, bevor die Griechen sie überhaupt erreicht hatten. Die Frontreihen zogen sich in großem Tohuwabohu zurück, während deren Männer vor den rot verhüllten Spartanern, welche den Tod in Händen hielten, zu fliehen versuchten. Streitwagen kippten um, als ihre Räder im Sand blockierten oder sie von den Pferden zur Seite gerissen wurden.

Klearchos frohlockte angesichts der Bresche, die sich vor ihm auftat. Seine Spartaner trieben den Feind wie Ziegen oder Rinder vor sich her und töteten jeden, der zu langsam war, um rechtzeitig den Weg frei zu machen, verblieben jedoch in disziplinierter Ordnung. Dennoch rief er die entsprechende Warnung aus – es war die ständige Befürchtung eines jeden Generals, seine Männer könnten trunken vor Schlachtwut aus der Formation ausbrechen. Er hatte schon erlebt, wie sich Armeen in wilde Meuten verwandelten. Es hatte jedes Mal ihren Untergang bedeutet.

Seine Spartaner waren die Speerspitze des Schutzwalles, sodass keiner der Hintermänner durchdrehen konnte, ohne an den eigenen Verbündeten vorbeizulaufen. Sie schritten stetig voran, mit erhobenen Schilden und stoßbereiten Speeren. Einige aus den hinteren Reihen hatten Messer gezückt, mit denen sie sich um verwundete Feinde kümmerten und jeden, der vor ihren Füßen auftauchte, abstachen, damit keiner plötzlich wieder aufspringen und von hinten Chaos verursachen konnte, sobald das Hauptfeld an ihnen vorbei war.

Der gesamte persische Flügel fiel auseinander. Das darauffolgende Gemetzel war grauenerregend, bis jeder Grieche über und über von fremdem Blut bedeckt war. Dass sich einige Perser überhaupt retten konnten, war dem Umstand geschuldet, dass so viele Kämpfer dieses Flügels beritten gewesen waren. Tissaphernes zog ein paar Tausend Männer aus der Reichweite der geschleuderten Spieße und Steine zurück und rettete im Rahmen dieses Manövers auch sein eigenes Leben. Klearchos und Proxenos konnten den Mann zwischen weißen Bannern auf seinem Pferd hocken sehen, doch er war ein gutes Stück hinter die Hauptlinien zurückgefallen und damit für Klearchos unerreichbar. Der Spartaner sah, dass die athenischen Reiter sich zum Aufbruch sammelten, doch Klearchos befahl ihnen, die Stellung zu halten. Amateure und Jünglinge stürzten sich auf überlegene Gegner. Profis ruhten sich zwischendurch aus und bezwangen den Berg Schritt für Schritt. Sie verfügten ohnehin nicht über genügend Pferde. Es würde keinen Einfluss auf den Ausgang der Schlacht nehmen, wenn sie ein Dutzend oder auch mehr zurückhielten.

Klearchos musste brüllen, um seine Männer zum Stehenbleiben zu bringen, als sie voranstürmten, die Vorhut durchbrachen und einen kurzen Blick auf den sich krümmenden Fluss und die offenen Ebenen dahinter warfen. Er brauchte Argusaugen, um nichts Entscheidendes zu verpassen. Sie hatten sich gut geschlagen, doch die Armee des Königs hatte lediglich Kratzer davongetragen und war nach wie vor so gigantisch, dass sie kaum Verluste erlitten zu haben schien. Die Toten ließ man, wo sie fielen. Die Leichen, auf die sie stießen, waren frisch, aber ihre Augen waren noch vor Entsetzen weit aufgerissen.

»Links schwenk marsch! Brecht durch bis zum Zentrum!«, rief Klearchos.

Er und seine Griechen würden die vorderste Front der persischen Schlange wie einen Teppich aufrollen, von einem Ende zum anderen. Das würde sie in unmittelbare Nähe der Position des Großkönigs bringen, genau wie Kyros befohlen hatte. Klearchos schüttelte seine Müdigkeit ab, die ihn überkommen hatte, nachdem die erste Welle der Erregung abgeebbt war. Das hier war Arbeit, die härteste Aufgabe, vor der er je gestanden hatte. Die Hitze nahm zu, und seine Zunge klebte ihm trocken am Gaumen. Wasserträger waren nirgends auszumachen, deshalb zuckte er nur die Schultern und nutzte die kurze Atempause, um sein Schwert zu säubern.

Er wandte sich um und schickte Proxenos mit einer Einheit kretischer Bogenschützen Richtung Flanke, für den Fall, dass Tissaphernes einen Angriff versuchte oder persische Bogenschützen zusammenscharte. Bis zu diesem Punkt hatte Klearchos nur sehr wenige Männer verloren, und er wollte, dass dies so blieb. Er hatte gesehen, wie einer der Kameraden vom Sensenblatt eines Streitwagens erwischt wurde, weil ihn seine Panik hatte erstarren lassen, wo jeder andere sich geduckt und überlebt hätte. Darin bestand die Lektion. Sie mussten in Bewegung bleiben. Hielten sie inne, würden sie überwältigt werden, genau wie ein Falke von einem Krähenschwarm niedergerungen werden konnte.

19

Kyros spürte, wie die Furcht nach ihm griff und das unwiderstehliche Verlangen weckte, mit seinem Ross vom Schlachtfeld zu rasen. Etwas Derartiges hatte er nie zuvor erlebt, es war, als hielte ihn etwas an der Kehle gepackt und schüttelte ihn. Er konnte nur flach atmen und fühlte sein Herz pochen, und zwar so laut, dass es mit Sicherheit auch für alle Umstehenden hörbar war und sie daher wussten, dass er Angst hatte. In den unermesslichen gegnerischen Schlachtreihen sah er seinen eigenen Tod und den metallischen Schimmer des Euphrat.

»Ich bin ein Prinz«, flüsterte er zu sich. »Ein Prinz des Hauses der Achämeniden. Ich bin ein Sohn von König Dareios, ein Enkel des Xerxes. Ich werde nicht vor dieser Sache davonlaufen. Ich *werde* standhalten.«

Weiter vor sich sah Kyros Klearchos die Griechen anführen, die wirkten wie Männer, die unter einer riesigen Welle rannten, bevor diese über ihnen zusammenschlug. Perser strömten rings um sie herbei, und sie wurden vor seinen Augen verschluckt, ohne vom Feind jedoch in ihrem Vorstoß aufgehalten zu werden.

Zu seiner Linken drohten die kaiserlichen Truppen seines Bruders, seine Flanke unter ganzen Regimentern untergehen zu lassen. Er verfügte nicht über genügend Männer, um sie daran zu hindern, ihn einzukreisen. Nichts machte die Kampfkraft zuverlässiger und zügiger zunichte als Männer, die wussten, dass man ihnen den Rückzug abgeschnitten hatte, dass sie nicht fliehen konnten und dass der Feind sowohl vor als auch hinter ihnen lauerte. Darin bestand die schlichteste Taktik der Achämeniden – so viele Soldaten in die Schlacht zu führen, dass sie alles unter sich begruben, was sich ihnen in den Weg stellte. Der ganze Sinn eines Krieges lag darin, Tod, Zerstörung und Verderben zu bringen, so schnell und gnadenlos wie möglich. Kyros schluckte, seine Kehle war plötzlich wie ausgedörrt. Das Heer seines Bruders würde sich wie eine Klaue um die Seinen schließen und zudrücken – und dann wäre alles vorbei.

Sobald er sich dem Schlimmstmöglichen gestellt hatte, fühlte Kyros seine Furcht schwinden. Wenn sein Bruder fiel, wäre er König. Das war alles, was zählte. Mochte Artaxerxes auch die gesamte Welt zu dieser Ebene am großen Fluss geführt haben, über den Ausgang entschieden trotzdem nur zwei Leben. Der Prinz spürte, wie Ruhe über ihn kam, gleich Staub in der Luft. Erneut atmete er tief durch. Es war nicht allzu schwer. Es war nicht besonders kompliziert. Ein Hieb würde alles beenden.

Sechshundert Reiter begleiteten den Prinzen als Leibwache, ihm alle erbittert treu ergeben. Diejenigen, die sich auf Orontas' Seite geschlagen hätten, spürten noch immer den Stachel der Scham und den Argwohn ihrer Mitstreiter. Sie waren verzweifelt bemüht, sich zu beweisen.

Als Kyros erkannte, dass die Reihen seines Bruders sie überrennen würden, wusste er, dass ihm nur noch eine Möglichkeit blieb. Sein Leben hing am Verlauf einer einzigen Stunde. Er wäre die Spitze des Speeres, doch war dieser Speer erst einmal geschleudert, stand dessen Flugbahn unwiderruflich fest.

»Parviz!«, brüllte er.

Der Mann schaute auf, sichtlich erfreut, zu etwas benötigt zu werden. Parviz ritt seine alte Mähre ganz souverän, war jedoch nicht die Art von Krieger wie die Leibwächter des Prinzen.

»Ziehe dich zurück«, befahl der Prinz ihm. »Dies ist kein Ort für dich.«

Der Prinz sah die Miene des Mannes vor Bestürzung förmlich in sich zusammenfallen, aber wenigstens würde er überleben. Kyros rief bereits nach einem anderen.

»Hauptmann Hadid!«

Der Hauptmann trat vor und neigte den Kopf, um Befehle zu empfangen, aber die Zeit lief ihnen davon. Die noch zwischen den Heeren klaffende Lücke drohte sich in Windeseile zu schließen. Stießen sie aufeinander, wäre kein Platz mehr zum Davonreiten.

»Leibwache, folgt mir!« Kyros gab seinem Pferd die Sporen, im Vertrauen, dass sie ihm folgten.

Für einen Moment preschte sein Ross den anderen voraus. Es bäumte sich auf, als er es mit heftigen Tritten antrieb. Mit einem Heulen holten die Männer zu ihrem Prinzen auf, der Richtung Norden über das Feld schoss. Er war die Schwalbe, die unter den Wolken dahinflog, um heimzukehren, ein königlicher Falke inmitten des Sturmes.

Kyros musste unwillkürlich grinsen, als der Wind zu einer peitschenden Böe wurde und der Rhythmus der galoppierenden Hufe unter ihm wie eine Trommel schlug. Er schlang ein Knie um das Sattelhorn und setzte sich aufrecht, bevor er sich tief über die Schultern des Pferdes neigte, in vollendetem Einklang mit den Bewegungen des Tieres. In einer Hand hielt er einen Wurfspieß, und in seinem Rücken hing sein Schwert, jederzeit bereit, gezogen zu werden.

Die Banner seines Bruders winkten ihm lockend zu, riefen nach ihm. Aus dem Augenwinkel sah Kyros seine Wachen in Keilformation neben sich reiten. Es war Wahnsinn, doch er konnte nicht anders, als den feindlichen Linien vor ihm seine Kampfansage entgegenzuschreien. Im Getöse der Hufe und anderen Rufe ging seine Stimme unter, doch sie artikulierte ohnehin keine Worte, sondern war nur ein unartikulierter Schrei und ein Racheversprechen. Angestachelt von Mut traten Kyros Tränen in die Augen.

Die Feinde wussten natürlich, wer er war. Sie hatten ihn im ersten Augenblick erkannt, als er aus den Reihen seiner Regimenter hervorgetreten war. Niemand sonst außer dem königlichen Prinzen der Achämeniden konnte sechshundert Reiter um sich sammeln. Die Männer des persischen Vorfelds bewegten sich ruckweise vor und zurück, während der Prinz in vollem Galopp auf sie zusteuerte, wenngleich Kyros nicht hätte sagen können, ob aus Furcht vor dem geballten Ansturm oder aus Furcht vor ihm. Als er sich unmittelbar vor ihnen befand, setzte er mit einem Sprung in ihre Reihen, bevor neue Befehle ihre Formation ändern konnten.

Einige von ihnen machten Platz, statt sich diesem Wirbelsturm aus Speeren und Berittenen entgegenzustellen. Dutzende wichen zurück oder warfen sich aus Angst zu Boden. Diejenigen, die mutiger oder zu behäbig waren, um zur Seite zu springen, wurden kurzerhand niedergerissen, die Leiber zerschmettert wie nach einem Sturz von einer Klippe. Kyros spürte, wie ihm die Wucht der Stöße in die Beine fuhr. Er sah Soldaten, die von den pflügenden Schultern seines Pferdes gerammt wurden und unter den blitzenden Hufen verschwanden. Er hörte ihre Schreie als dünnes Geheul hinter sich verklingen, während seine Leibwachen eine Lücke in den Schutzwall des persischen Königs trieben.

Die beiden königlichen Brüder erblickten einander im selben Moment, beinahe in einem Augenblick eingefrorener Stille. Kyros vergaß, dass er durch eine Masse bewegter Leiber galoppierte, und sah nichts als die erstaunt aufgerissenen Augen von Artaxerxes, dessen kunstvoll verzierter Helm sich in seine Richtung drehte. Der Mund seines Bruders stand offen und war rot. Seine Hand suchte nach dem Schwert, doch Kyros war zu schnell, zu entschieden, zu sehr verzehrt von der Rache, die er geschworen hatte. Sein Wurfspeer war ihm in der Brust eines Fremden abhandengekommen. Dafür hielt er sein Schwert in der Hand. Er hob die Klinge hoch in die Luft und schlug nach dem Hals seines Bruders, sodass der König zurücktaumelte, wild um sich schlug und entsetzt aufschrie. Das Schwert traf auf Metall, und der Rückstoß des Aufpralls schoss heftig in Kyros' Handgelenk, als die Schneide den Rand des Brustharnisches erwischte. Dennoch hatte er Blut gesehen. Es war ein Augenblick reinster Klarheit, die Luft süß und kalt. Kyros stieß die Luft aus in einem Gefühl, das Freude sehr nahe kam.

Klearchos hatte keine Zeit für Genugtuung. Die Phalanx der Griechen setzte den kaiserlichen Truppen unerbittlich zu und beraubte sie jeder Möglichkeit, sich wieder zu fangen und zu ordnen. Die Perser konnten nicht schnell genug reagieren. Bis ihre Offiziere überhaupt begriffen, wie ihnen geschah, waren die Spartaner durchgebrochen und hackten sich durch ein weiteres Regiment. Ungeordneter Rückzug wäre ein höflicher Terminus für das gewesen, was sich vor ihnen abspielte, als die Männer auf dem Fuße kehrtmachten und davonrannten, nur weg von dieser Wand aus roten Umhängen und blutig zuckenden Schwertern.

Klearchos focht mit Schild und Speer an der Seite von Männern, die er seit Jahren kannte. An jenem Tag waren sie alle vereint, auf dem Schlachtfeld von Kunaxa, am Fluss Euphrat, der großen Schlange, welche der Wüste Grün und Leben spendete.

»Was glaubt ihr eigentlich, was ihr da *treibt*? Haltet gefälligst ordentlichen Abstand zwischen den Reihen!«, brüllte Klearchos den Männern von Proxenos zu, die hinter seinen eigenen Leuten marschierten. Einsichtig ließen sie sich zurückfallen. Im Angesicht des Feindes wirkte sein Wutausbruch auf seltsame Art beruhigend. Wenn Klearchos die Muße dafür aufbrachte, Formationsmängel wahrzunehmen, war die Lage vielleicht nicht ganz so hoffnungslos, wie einige von ihnen glaubten.

Keiner von ihnen hatte jemals so viele Menschen an einem einzigen Ort gesehen, nicht im Dionysos-Theater von Athen und auch nicht in den immer überfüllten heiligen Hainen von Delphi. Es war mehr als ein flüchtiger Blick auf die Größe eines Imperiums, das größer war, als sie sich je vorzustellen vermochten, und sie konnten nur die Augen zusammenkneifen und staunend den Mund aufreißen und weiter vorandrängen.

Die Griechen verblieben in ihrer Formation einer geduckten Phalanx, mit zweihundertvierzig Spartiaten und deren Heloten an der Spitze sowie vierzig Schlachtreihen, die dahinter marschierten. Sie kämpften so professionell, wie es ihrer Art und ihrem Ruf entsprach, mit bedächtigem Furor. Keiner scherte aus der Reihe, um einem flüchtenden Gegner nachzujagen. Sie stapften voran, als folgten sie einem schmalen Pfad – und jeder auf diesem Pfad wurde niedergemäht. Die Feinde an seinen Seiten wurden ignoriert, es sei denn, sie griffen an. Die Schilde der Griechen waren bereits mit abgebrochenen Pfeilen gespickt und von Steinen verbeult. Der Feind sah nichts als Helme, die er nicht durchbohren konnte, darunter die runden Schilde und Schienbeinpanzerungen. Die Spartaner waren Männer ganz aus Bronze, ohne jegliche Schwachstellen. Griechische Speere schossen aus ihren Reihen wie vorschnellende Schlangenzungen. Beim Einholen glänzten sie blutrot.

Klearchos sah einen seiner Männer wanken. Etwas war über die dicht gedrängten Linien hinweggeflogen und hatte seinen Helm klingeln lassen wie eine Glocke. Das weckte die Aufmerksamkeit des Generals und brachte ihn dazu, seine Männer mit anderen Augen zu betrachten. Es war nicht zu leugnen: Die Frontreihen ermüdeten und verlangsamten sich.

»Proxenos, wollt Ihr meinen Leuten etwa den ganzen Ruhm überlassen?«, rief er.

»Lasst mich vorbei, und ich werde Euch zeigen, was Ruhm ist«, erwiderte Proxenos. »Warum müsst Ihr immer der Erste sein, Spartaner? Hat man Euch als Kind zu sehr drangsaliert?«

»Wahrhaftig, Ihr habt nicht die geringste Ahnung«, sagte Klearchos, wenngleich er dabei grinste und den Kopf schüttelte. Vor seinem zehnten Geburtstag hatte er drei Boxkämpfe gegen spartanische Jungen gewonnen, die größer und stärker gewesen waren als er. Den letzten Sieg hatte er mit gebrochener rechter Hand errungen. In Erinnerung daran rieb er sich die Knöchel.

»Spartiaten, gebt die Front frei. Zieht euch zurück! Ihr habt ihnen vorgemacht, wie es geht. Lasst Proxenos nun zeigen, was er gelernt hat! Sagt Menon, er soll links von uns vorrücken, in Sechzigerreihen. Und er soll Schritt halten!«

Die Mienen der Spartaner blieben hinter dem kalten Starren ihrer Helme verborgen, doch Klearchos wusste, dass sie ausgelaugt waren. Die Form seiner Männer war exorbitant, aber nichtsdestotrotz benötigten sie dringend eine Verschnaufpause. Nichts erschöpfte einen Mann mehr als kämpfen, obwohl Holz hacken erstaunlich nahe herankam. Klearchos musterte die Reihen, Ausschau haltend nach der geringsten Schwäche oder einer Unregelmäßigkeit in der Formation. Trotz seines eher lockeren Befehlstones war es mörderisch hart, dreitausend Männer in der Hitze der Schlacht rotieren zu lassen. Soldaten starben dabei, durch Unaufmerksamkeit oder wenn plötzlich der Feind vordrang, weil er meinte, eine Reihe löse sich auf. Doch wenn man sie nicht rotieren ließ, würden selbst die besten Krieger der Welt fallen. Nur Götter konnten ohne Atempause den ganzen Tag lang kämpfen.

Klearchos beobachtete, wie die Spartaner ihr schonungsloses Schritttempo reduzierten. Die Perser vor ihnen heulten auf, da ihre verhassten Feinde vermeintlich zu zaudern schienen. Klearchos knurrte wütend und verspürte den unwiderstehlichen Drang, ihnen ihre schrille Begeisterung auf der Stelle aus den Kehlen zu schneiden. Er sah schwarz gewandete Unsterbliche, die eine Art Aufstellung bezogen hatten, doch um sie würden Proxenos und Menon sich kümmern müssen.

»Ich übernehme, Klearchos«, rief Proxenos über die Schulter. »Geht und ruht Eure müden Knochen aus.«

»Ich bleibe. Ich wollte Menon schon immer mal in einer echten Schlacht kämpfen sehen. Schließlich redet er wie ein Held.«

Menon der Thessalier wandte sich um. »Der Feind ist da *vorne*, du spartanischer Windbeutel«, keifte er, was Klearchos zum Kichern brachte. Er mochte den Kerl wirklich nicht, aber in seinen Worten lag eine gewisse Wahrheit. Wenn Menon ähnlich gut zu kämpfen vermochte, wie er maulte und zickte, wäre er in der Tat ein Held – und Klearchos würde ihm alles andere nachsehen. Er empfände zwar keinerlei Sympathie für ihn, nähme ihn jedoch bei der Hand und füllte ihm den Weinbecher.

Über das Schlachtfeld hinweg erklangen Waffengeklirr und das Geräusch des Tötens wie ein fernes Beben in Klearchos' Ohren. Tod lag in der Luft, ein säuerlicher Hauch von Fäule in jedem Atemzug. Ein Schlachtfeld war ein Ort beständiger Furcht, das wusste er nur allzu gut. Ein guter Kommandeur konzentrierte sich ganz auf die Aufgabe, die vor ihm lag, und verschwendete keine sorgenvollen Gedanken an den Rest des Gefechtes. Seine Männer konnten einiges einstecken und waren zu Wundertaten fähig, man musste jedoch mit ihnen umgehen wie ein Geizhals mit seinem Münzvorrat – sparsam, nicht verschwenderisch. Prinz Kyros hatte knapp zwölftausend Griechen nach Babylon geführt. Ein erheblicher Teil der Schlacht würde sich zwischen Persern und Persern abspielen.

Kyros sah seinen Bruder vom Pferd fallen und frohlockte. Jedes zersetzende Gefühl von Angst und Schwäche schwand. Seine Leibwache trieb immer noch ihre Pferde mitten zwischen die aufgebrachten Krieger, die den Großkönig umringten, doch diese Gefechte spielten sich nahezu außerhalb seiner Aufmerksamkeit ab. Kyros war klaren Kopfes und entspannt, als er seinen Bruder auf dem Rücken liegen und Blut spucken sah. Artaxerxes war kalt und in vollem Galopp erwischt worden. Sein eigenes Ross regte sich kaum noch. Ein Fingerbreit höher, und Kyros hätte seinem Bruder die Kehle durchschnitten, und die Krone der Achämeniden wäre durch den Staub gerollt.

Der Prinz bemerkte, wie die Männer seines Bruders den Blick ihres Herrn und Meisters suchten, wenngleich Artaxerxes offenkundig benommen und nicht in der Lage war, Befehle zu erteilen. Kyros hielt nach bekannten Gesichtern Ausschau, nach solchen, die ihn in jenem Augenblick erkannten. Nun rückte er in ihren Blickpunkt – jener Mann, der es gewagt hatte, den König niederzuschlagen. Sie stürzten auf ihn zu, und zu seinem Erstaunen sah er Parviz angeritten kommen, um ihn zu schützen. Sein Diener hatte ihm den Gehorsam verweigert, um seinem Meister beizustehen. Und vor Kyros' Augen schaffte Parviz es mit seiner alten Mähre, drei kaiserlichen Wachen den Weg zu versperren.

Kyros sah nicht, wie der Speer geschleudert wurde. Ein Krieger des Königs war Zeuge des Angriffs auf Artaxerxes geworden und warf die spitze Stange in loderndem Zorn. In hohem Bogen kam die Waffe herangeflogen, und als Kyros sie wahrnahm und aufschaute, traf sie schon seine Wange, zerschnitt Haut und Fleisch, brach Knochen und riss ihn zur Seite. Er konnte nicht fassen, was geschehen war. Er hatte triumphiert, und dennoch drehte sich die Welt um ihn, zuckte die Sonne irrwitzig über den Himmel, als er stürzte und hart aufschlug. Er vernahm ein weiteres Knacken und rappelte sich auf. Blut ergoss sich nun aus seinem eigenen Mund. Die Wange hing in Fetzen und klaffte in einem gähnenden Loch. Er spürte Splitter auf der Zunge, wie Scherben von zerbrochener Keramik. Er schüttelte sich, doch die

Bewegung machte es nur noch schlimmer, sodass die Umrisse anrückender Unsterblicher verschwammen und flackerten. Kyros sah Parviz über sich aufragen, der kein Jota von der Stelle wich und einen Mann aus der Leibwache des Königs mit den sicheren und gezielten Hieben eines Festungssoldaten tötete. Einen Lidschlag später wurde Parviz in Stücke gehackt, fiel auf den sandigen Boden und starrte mit toten Augen darüber.

Kyros streckte den Arm aus, um sich hochzustemmen, schrie jedoch auf, als seine Gliedmaße sich weigerte, sein Gewicht zu tragen. Er starrte auf seine rechte Hand und konnte nicht begreifen, warum sie schlaff herabhing und sich nicht um den Knauf des Schwertes legen konnte, das vor ihm im Sand lag.

Als jetzt sein Gehör zurückkehrte, hatte er noch gar nicht realisiert, dass es ihm zeitweilig abhandengekommen war. Das Licht schien zu grell, und er vernahm ein lautes Klirren von Metall, das auf Metall schlug. Seine Wachen waren abgesessen, um ihn hier am Boden zu beschützen, und bildeten mit ihren Pferden einen dichten Ring um ihn. Die Unsterblichen seines Bruders grollten wie der Donner in den Bergen. Sie drängten heran, und Kyros sah etliche Männer unmittelbar neben sich fallen. Seine Sinne belebten sich wieder, und ihm fiel wieder ein, wer und wo er war. Er musste nur noch einen Moment Atem schöpfen, um die Kraft zu finden, seinem Bruder noch einmal entgegenzutreten.

Kyros sah, wie Artaxerxes sich erhob und ein ihm angebotenes Schwert entgegennahm. Das Kinn seines Bruders war mit dem Blut verschmiert, das er gespuckt hatte, und er stand leicht vornübergebeugt und hielt sich die gebrochenen Rippen. Erneut versuchte Kyros sich aufzurichten, doch vergebens. Er sah seinen Bruder auf eine seiner Leibwachen treffen, das Schwert des Mannes beiseiteschlagen und ihn mit drei wilden Hieben niederstrecken. Artaxerxes war der Gelehrte! Es ergab keinen Sinn, ihn auf diese Weise über das Schlachtfeld stolzieren zu sehen. Sein Bruder trug den Bart geölt und ungeflochten über einem mit dicht vernähten Schutzplättchen gepanzerten Mantel, der, wie Kyros sich erinnerte, einst ihrem Vater gehört hatte.

Direkt über ihm stehen blieb sein Bruder, und Kyros zog heimlich einen Dolch aus seinem Gürtel. Er versuchte zu sprechen, doch sein Mund war zu zerrissen und voller Blut. Er machte Anstalten, sich zu bewegen, doch der König setzte ihm einen Stiefel auf die Brust und drückte ihn nieder.

»Hab Dank, Bruder«, sagte Artaxerxes und hob sein Schwert. »Ich glaube, ich war nicht wirklich König, bis du dich mir entgegengestellt hast. Kannst du das verstehen? Du hast mir am heutigen Tag … ein großes Geschenk gemacht.«

Beim letzten Wort regte Kyros sich, aber er war zu langsam. Artaxerxes stieß zu. Das Schwert des Königs bohrte sich in Kyros' Kehle und durchtrennte sie beinahe vollständig.

Über den ersten Schmerz hinaus spürte Kyros nichts mehr, als sein Bruder wieder und immer wieder zustach und schnitt und hackte, bis er den Kopf vom Rumpf in die Höhe riss und jenen präsentierte, die vor Grauen erstarrt ringsum standen. Augen rollten, Lippen bewegten sich wie in einem Gebet, doch Kyros war blind und stumm.

Artaxerxes drehte den Kopf herum, um ihn anzuschauen, starrte ihn eine Zeit lang voller Staunen an und drückte dann einen fast zärtlichen Kuss auf dessen Lippen. Die Schlacht nahm weiterhin ihren Verlauf, doch das hatte ihn nicht zu kümmern. Das einzige Leben, das gezählt hatte, war das von

Kyros. Artaxerxes hatte es ihm genommen, genauso, wie er es seinem Vater vor so vielen Jahren versprochen hatte. Der König stellte fest, dass Tränen des Stolzes und der Erinnerung in seinen Augen schwammen. Sogar seine Mutter hätte nicht leugnen können, dass er im Rahmen seiner Rechte als König gehandelt hatte. Artaxerxes war herausgefordert worden, und er war höchstpersönlich ausgezogen, in voller Rüstung, sich dieser Bedrohung zu stellen. Kyros hatte ihn wahrhaftig an diesem Tag zum König gemacht, wie Blut und Erbe allein es niemals vermocht hätten. Spontan kniete Artaxerxes nieder, um zu beten. Als er den Kopf neigte, hielt er sich eine geschlossene Faust vor den Mund. In jenem Augenblick war er sich der Gunst Gottes sicher wie nie zuvor. Dann erhob er sich und warf dem Hauptmann seiner Unsterblichen den Kopf seines jüngeren Bruders zu.

»Steckt ihn auf einen Spieß und tragt ihn hoch. Lasst sie es sehen! Verlangt die Kapitulation aller, die mit und für Kyros herkamen. Stürmt ihr Lager. Die Schlacht ist vorbei. Danket Gott! Es ist vollbracht! Der Sieg ist unser.«

Geschrei erhob sich und schwoll zu einem gewaltigen, ebenso betäubenden wie berauschenden Tosen an. Plötzlich zog der König an seinem Brustharnisch, wo er eine Delle hatte, und drückte darauf. Er löste sich in zwei Teilen ab, ein Riss zog sich vom Hals bis zur Taille. Artaxerxes musste zwei seiner Männer herbeirufen, um ihm in den Sattel zu helfen. Sein Bruder hatte ihm einen fürchterlichen Hieb verpasst, und er wusste, dass einige Rippen gebrochen waren. In seinem Mund sammelte sich noch immer Blut, wenngleich er überzeugt war, dass es nicht von einer inneren Verletzung herrührte, sondern daher, dass er sich beim Sturz auf die Zunge gebissen hatte. Jedenfalls hoffte er es. Er durfte keinesfalls zusammenbrechen, nicht jetzt, mit dem Kopf seines Bruders auf einem Speer an seiner Seite. Es linderte das Stechen seiner Rippen, sich im Sattel etwas vorzubeugen, und er schloss erleichtert die Augen, als die Hörner ertönten. Artaxerxes wusste: Sein Vater wäre stolz gewesen, hätte er ihn jetzt sehen können.

Klearchos war so weit, die Spartaner abermals an die vorderste Front der griechischen Phalanx zu führen. Während die Mittagssonne zum höchsten Punkt emporgestiegen war, hatte Menon sich redlich geschlagen, obwohl es die Proxenos unterstellten Regimenter gewesen waren, die eher wie Spartaner gekämpft hatten, zumindest solange die echten Spartaner ihnen den Rücken freihielten. Klearchos hatte sie zu ihrer Form beglückwünscht. Sie waren ungefähr sechzehnhundert Schritte voranmarschiert, seit die Spartaner sich hatten zurückfallen lassen, um eine Ruhepause einzulegen, und kein einziger dieser Schritte war kampflos geblieben. Klearchos versuchte nicht an die Unzahl unverletzter Regimenter vor ihnen zu denken. Prinz Kyros und die Perser unter Ariäus hatten ihre eigenen Kämpfe zu bestreiten. Klearchos konnte nur hoffen, es würde die kaiserliche Moral untergraben, wenn sie merkten, sowohl von der Flanke als auch von innen attackiert zu werden. Der Trupp der Griechen hatte nicht genug Zeit gehabt, bis zum König vorzudringen, bevor die Heere zusammenstießen, doch Klearchos wusste, dass sie durch Tausende von Gegnern hindurchgeprescht waren und dem feindlichen Vorstoß sicherlich ein rasches Ende bereitet hatten. Und dennoch: Ihr Weg war alles andere als frei.

Großreichssoldaten in weißen oder schwarzen Umhängen stürmten von allen Seiten auf sie ein. Die vorderen Reihen fielen zurück. Jeder ihrer Versuche, die Stellung zu halten und sich zu sammeln, wurde im Keim erstickt. Kyros hatte berichtet, die Perser exerzierten Marschübungen, widmeten sich allerdings selten den Waffen, die sie trugen. Dieser Mangel an Praxis zeigte sich nun, als seine Männer wieder und wieder durchbrachen, Soldaten gegen Bauern mit Klingen. Schrecken machte sich breit, und Schlachtreihe um Schlachtreihe entschied, nicht diejenige zu sein, die den Vormarsch der Griechen stoppte.

Klearchos ging davon aus, dass dies nicht von Dauer sein würde. Es musste zumindest einen Offizier oder ein Regiment mit der Entschlossenheit geben, standzuhalten und bis zum Tod zu kämpfen. Sobald der Vorstoß der Griechen geblockt wurde, würden andere Kräfte um sie herum zusammenfließen. Er hatte einmal gesehen, wie eine Wespe von einer Kugel aus Tausenden von Bienen bedeckt und erstickt worden war. Keine einzelne Biene hatte dem Eindringling etwas entgegenzusetzen, nicht einmal ein Dutzend von ihnen im Verbund – doch durch schiere Masse und Grausamkeit rissen sie die Wespe dennoch in Stücke. Er hielt nach diesem Moment Ausschau, als er seine ausgeruhten Spartaner aufs Neue an die Front führte.

Vor ihnen erbleichten die imperialen Truppen beim Anblick der roten Umhänge und Bronzeschilde, die nun an die Spitze traten. Sie wappneten sich und begannen zu sterben. Schlagartig zog das Schritttempo an, und Klearchos fing an zu grinsen, während er zusammen mit den anderen vormarschierte. Trotz des völligen Irrsinns ihrer Lage und entgegen jeder ihm jemals beigebrachten Kriegsregel schien irgendeine Art von Sieg in Reichweite. Er konnte es spüren. Soweit er es überblickte, hatten sie seit dem Beginn der Schlacht keine hundert Männer verloren, ihrerseits jedoch Tausende getötet und verletzt. Sollten die Perser nicht imstande sein, mehr gegen ihre Rüstungen und ihre Fähigkeiten auszurichten, konnte der Tag nach wie vor gewonnen werden, sogar gegen die größte Armee, die er je gesehen hatte. Er fühlte Hoffnung in sich aufkeimen und wischte sich den brennenden Schweiß aus den Augen. Irgendwo auf dem Schlachtfeld erklangen Hörner und erhobene Stimmen. Klearchos legte sich seine Hand ans Ohr, um besser hören zu können, hoffend, dass es sich um Triumphgeheul handelte.

Mit dem in die Höhe gereckten Haupt seines Bruders ritt König Artaxerxes die Reihen ab. Das Nachspiel einer Schlacht hatte immer etwas Chaotisches, und die Männer seines Bruders würden seine Rache fürchten. Dazu hatten sie auch allen Grund, schwor er sich. Er würde persönlich die Massenexekution ganzer Regimenter beaufsichtigen, die es gewagt hatten, sich gegen die Krone zu erheben, jedenfalls sobald sie sich ergeben hatten und ordnungsgemäß entwaffnet und gefesselt waren. Er spürte sein Herz vor Stolz anschwellen. Seine Rippen schmerzten schlimmer, als er sich je hätte vorstellen können, doch seine Stimmung hob sich, und er war gelöst. Fanfaren wurden geblasen, und niemand konnte überhören, dass die in Schwarz gehüllten Regimenter der Unsterblichen und die Kavallerie in Weiß die Streitkräfte von Kyros dazu aufriefen, sich zu ergeben. Der Kopf auf dem Spieß wirkte Wunder, wenngleich nicht einer unter tausend sein Leben darauf verwettet hätte, dass dieses aufgequollene, übel zugerichtete Ding jemals zu einem königlichen Prinzen gehört hätte.

Im Zuge der diversen Manöver hatte sich das Schlachtfeld ausgedehnt, sodass zwischen dessen äußeren Rändern mehrere Stunden lagen. Doch die Neuigkeiten verbreiteten sich rasend schnell, während der Großkönig wie ein Komet durch die Einheiten kurvte, geschützt vor Wurfspeeren und Steinen inmitten von Hundertschaften siegreicher Reiter, die triumphierend aufschrien oder ihre Schwerter auf jene richteten, die das Königshaus verraten hatten, und entsetzten Soldaten Vergeltung androhten. Viele von Kyros' Leuten waren nicht einmal in Kampfhandlungen verwickelt gewesen, standen jedoch verdammt und zitternd vor Artaxerxes, welcher in kurzem Galopp das Feld überquerte und die königlichen Banner neben ihm im Winde flatterten.

General Ariäus hatte sich seit dem ersten Aufeinanderprallen der Schlachtreihen mitten im dichtesten Kampfesgewühl befunden. Sein Haar unter dem Helm war schweißnass, doch er wagte es nicht, ihn auch nur für eine Sekunde zur Kühlung abzusetzen, in Anbetracht derart zahlreicher Bogenschützen und Schleuderer, die es auf einen Hauptgewinn wie ihn abgesehen hatten.

Ariäus hatte jeden Gedanken an die Größe und Übermacht des Feindes verdrängt. Er hatte Prinz Kyros seine Loyalität und sein Leben verpfändet. Der einzige Eid, den er je gebrochen hatte, war der, den er dem Bruder dieses Mannes geleistet hatte. Damit hatte er nach wie vor zu kämpfen und konnte nur dadurch erlöst werden, dass Kyros König wurde und ihm verzieh. Die Welt war so simpel, wie Ariäus sie sah, weitaus simpler, als Orontas geglaubt hatte.

Die Schlacht hatte vom ersten Moment an keinen guten Verlauf genommen. In wachsender Sorge hatte Ariäus zugesehen, wie die Griechen dem Schwarm von Berittenen und Infanteristen unter Tissaphernes entgegengeschwärmt waren. Der General hatte Befehle hin- und hergehen sehen, weshalb er hoffte, dass es nicht um einen persönlichen Rachefeldzug ging. Bevor Ariäus seine eigene Formation ausrichten konnte, damit seine rechte Flanke nicht ungeschützt blieb, war der Prinz höchstselbst vor seinen persischen Regimentern entlanggaloppiert. Seine Leibgarde hatte kaum mithalten können.

Ariäus wusste sehr gut, dass ein Anführer im Angesicht des Gegners seine Pläne ändern konnte, dies sogar tun musste, falls die Umstände sich änderten oder das Gelände irgendeinen Vorteil offenbarte, den er nicht absehen hatte können. Kriegsführung war keine Angelegenheit für schwerfällige, entscheidungsschwache Männer, sondern für solche mit scharfem Verstand, die ein Risiko abschätzen konnten und es eingingen, während der Feind den entscheidenden Moment verschlief. Dennoch hatte er erlebt, wie ganze Schlachtpläne in den ersten Stunden der Tagesdämmerung in Fetzen gerissen und ins Feuer geworfen wurden. Statt an schnellen Manövern und Überraschungsattacken beteiligt zu sein, fand er sich als alleinig verantwortlicher Kommandant im Zentrum der Perser wieder – inmitten von hunderttausend Männern, die sich darauf verließen, dass er ihr Überleben gewährleistete. Mit finsterer Miene hatte er auf seinem Pferd gesessen, als die imperialen Truppen näher kamen, aber die Verbände gehalten und Lücken gefüllt sowie seine neue Flanke zum Fluss hin gesichert, auch wenn dies seine Kontingente weiter ausdünnte. Verdammt sollte Klearchos sein, dass er sie derart ausgesetzt und ungeschützt zurückgelassen hatte! Alles sprach dafür, dass die königliche Armee der Perser sich an diesem Tag um beide Flanken zusammenziehen würde – und dies würde ohne jeden Zweifel das Ende bedeuten.

Die Kämpfe nahmen ihren Anfang in barbarischen Gewaltausbrüchen, und eine Ewigkeit lang konnte Ariäus ein Ringen von Riesen mit ansehen, als die Bewohnerschaften ganzer Städte einander entlang einer Front, die sich wie das Ufer eines dunklen Sees in die Ferne erstreckte, zerhackten und durchbohrten. Staub stob in gigantischen Wolken auf, emporgewirbelt vom sandigen Grund. In Spasmen verdunkelte sich der Himmel, wenn Pfeile und Wurfspieße zwischen den wogenden Heeren hin und her flogen. Der Lärm war kolossal – das Keuchen einer Bestie, die vor- und zurückwich. Das Töten nahm kein Ende. Ariäus schaute auf und sah die Flaggen mit dem königlichen Adler sich in Bewegung setzen.

Zwischen kämpfenden Regimentern von Persern, die sich inzwischen zu sehr vermischt hatten, um Freund von Feind unterscheiden zu können, ritt Artaxerxes über das sandige Erdreich. An der Seite des Königs blickte ein Wachmann zu dem Speer hinauf, den er hielt. Seine weißen Zähne waren auch auf diese Entfernung gut zu erkennen, da der Kerl lachte und jubelte.

Ariäus überlief es eiskalt, als er begriff, was er da sah. Sie trugen den Kopf von Kyros, hoch über den Reihen. Übelkeit erregendes Entsetzen überkam ihn, doch dann starrte er mit einem anderen Blick auf das staubverhangene Schlachtfeld. Jetzt, da Kyros getötet worden war, wirkten die von Ariäus befehligten Truppen plötzlich kleiner. Die Griechen waren schon so gut wie verschwunden, so weit außer Sicht und Rückrufreichweite wie noch nie zuvor.

Ariäus schloss kurz die Augen und wünschte sich, Orontas hätte noch immer das Kommando, auch wenn er sich mit diesem stummen Appell selbst herabwürdigte. Es brach ihm das Herz, die Augen wieder zu öffnen und die Vernichtung ihren Fortgang nehmen zu sehen. Kyros war tot, und nichts auf der Welt war noch an seinem rechten Platz.

»Blast das Signal zum Rückzug!«, rief er unvermittelt. »Zieht euch geordnet nach Westen und Süden zurück. Der Prinz ist tot. Auf diesem Feld wächst kein Ruhm mehr.«

»Jawohl, General«, gaben seine Boten erschüttert zurück.

Als sie im Begriff waren, sich umzuwenden, bellte er ihnen abermals etwas zu.

»Schärft den Männern ein, nicht zu rennen! Der König wird uns alle töten, wenn wir uns jetzt nicht zurückziehen. Verschwindet in geordneter Formation, und wir werden vielleicht einen weiteren Tag erleben. Rennt, und wir sind allesamt verloren. Stellt sicher, dass sie das verstehen.«

Die Boten eilten davon. Ariäus schaute weiter dabei zu, wie die kaiserliche Armee seine Regimenter zermalmte. Es war vorüber. Alles, was ihnen nun noch zu tun blieb, war der Versuch zu überleben.

Mit bewusst durchgedrücktem Rücken lenkte Ariäus sein Ross weg von den Kämpfen.

»Ganz ruhig, Jungs. Marschiert mit mir – mit hoch erhobenen Köpfen. Unsere Sache ist verloren, doch wir sind es nicht.«

Die am nächsten stehenden Reihen waren sichtlich erleichtert, dem siegreichen Feind keinen weiteren Schritt entgegengehen zu müssen. Immer mehr stimmten in das Freudengeheul ein, als die Kunde sich verbreitete.

ZWEITER TEIL

»Welches Alter sollte ich zu erreichen hoffen? Ich werde nicht älter, wenn ich mich am morgigen Tag dem Feind ergebe.«

Xenophon

20

Über der Ebene von Kunaxa am Fluss Euphrat hing feiner Staub in der Luft. Die Füße von Hunderttausenden, die blutend durch den Sand marschierten, hatten ihn aufsteigen lassen. Klearchos befahl dem griechischen Karree anzuhalten, sobald eine Weile kein Gegner mehr in Sicht war. Zunächst dachte er, dies läge daran, dass seine Männer durch ein weiteres persisches Regiment gestürmt und auf freiem Feld gelandet waren, doch von irgendwo aus der Ferne drang Jubelgeschrei an seine Ohren, ein unmissverständliches, aber schwaches Geräusch, dessen Quelle nicht genau zu lokalisieren war.

Zum ersten Mal an diesem Tag kam ihm sein Orientierungssinn auf dem Gefechtsfeld abhanden. Zum ersten Mal in seinem Leben wünschte er sich ein Pferd, das ihm geholfen hätte, weiter zu sehen als seine Männer, die ihm in ihrer scheinbar grundlosen Ruhepause bereits Blicke zuwarfen und auf Befehle warteten. Um sie herum wurde noch immer gekämpft. Zu ihrer Rechten wurden Fanfaren geblasen, was keinerlei Sinn ergab. Niemand griff die Griechen an. Am Rande ihres Blickfeldes marschierten Reichstruppen vorbei, ohne in ihre Richtung zu schwenken. Hinter den Griechen waberte eine gigantische Wolke aus Staub und Vernichtung: all die Toten und Sterbenden, die ihren Pfad gekreuzt hatten. Von diesen war keine zweite Herausforderung zu befürchten.

Klearchos rieb sich das Kinn, spähte angestrengt in sämtliche Richtungen und hoffte darauf, dass sich die Lage irgendwie klärte, bevor er seinen Männern gestehen musste, keine Ahnung zu haben, was vor sich ging. Er hatte den linken Flügel der Perser durchbrochen, zweifelte allerdings nicht daran, dass ein Teil der Kavallerie sich irgendwo in der Nähe die Wunden leckte. Er hatte sich einen Weg durch die Reihen des kaiserlichen Heeres gebahnt, um zum Schlag gegen den Großkönig selbst ausholen zu können, doch dann fanden er und seine Getreuen sich inmitten eines Ozeans aus Leibern wieder, sodass sie sich nach allen Seiten verteidigen mussten. Über Stunden hatten sich die Griechen durchgekämpft – und Unzählige getötet.

Klearchos' Blick schweifte flüchtig über die Reihen. Trotz all der Toten kam es ihm so vor, als wären es immer noch zehntausend. Seine Spartaner hatten am längsten die Front gehalten, zugleich jedoch die geringsten Verluste hinnehmen müssen. Diese Tatsache ließ seine Brust anschwellen. Jeder Einzelne von ihnen war ihm bekannt und vertraut, weshalb jeder, der auf dem Schlachtfeld zurückblieb, wie ein verlorener Bruder oder Sohn war. Sie überschätzten sich nicht, dachte er mit Stolz. Klearchos nahm sich vor, dies Menon gegenüber zu erwähnen. Der Thessalier stapfte weiter hinten voran, mit der typisch griesgrämig-finsteren Miene des verbitterten alten Ziegenbocks, der er nun einmal war.

»Wie lauten die Befehle, General?«, fragte Proxenos, der sich an seiner rechten Seite befand.

Wären sie noch unter einem Angriff gestanden, hätte Klearchos unverzüglich eine Erwiderung geblafft. Doch vor und seitlich von ihnen bewegten sich große Marschformationen weg von ihnen, sobald sie nahe genug herangekommen waren, um die Banner oder die roten Mäntel der Frontlinien zu erkennen. Stellenweise waren die Staubwolken ungeheuer dicht geworden, weshalb Klearchos fast einen Anflug von Panik verspürte. Männer, die um ihr Leben kämpften, machten häufig die Erfahrung, während einer Schlacht die räumliche Orientierung zu verlieren, Gleiches galt selbst für die Generäle, die versuchten, die Verbände in Formation zu halten. Passierte dies jedoch inmitten der größten feindlichen Streitmacht der Welt, konnte dieser Fehler ihre Vernichtung bedeuten.

Klearchos sah Menon auf irgendetwas jenseits ihrer Flanke weisen. Der Spartaner knirschte mit den Zähnen und kniff die Augen zusammen, konnte aufgrund des dichten Staubes jedoch nichts erkennen. Jäh überkam ihn das Gefühl, nur noch von wirbelndem Chaos umgeben zu sein. Mit einem Grunzen kam er zu der Überzeugung, dass er anhalten und sich aufs Neue orientieren musste.

»Ares möge uns beschützen!«, knurrte er und hob dann seine Stimme zu jenem Exerzierplatzbrüllen, das die Männer von ihm erwarteten. »In *drei* … Schritten! Abteilung halt! Hellenen …! Halt!«

Die Spartaner kamen nach einem Ausfallschritt mit einem Ruck auf ihrem linken Fuß zum Stehen und zogen den rechten energisch parallel dazu. Alle Reihen nahmen Haltung an, während sandige Luft sie sanft umwirbelte. Dann kam von Norden her ein leichter Wind auf und wehte ihnen den hellen Staub ins Gesicht, sodass sie die Augen zusammenkneifen mussten. Keuchende Männer schmeckten Körner im Mund und fluchten leise. In jenem Moment schien sich das Land selbst gegen sie zu stellen.

Klearchos' Körper spannte sich, als Pferdeschnauben und Hufgeklapper ertönten, doch er kannte die Männer, die sich näherten, zumindest vom Sehen. Angestrengt versuchte er, sich an ihre Namen zu erinnern, konnte sie sich jedoch nicht ins Gedächtnis rufen. Beide hatten an der Schlacht teilgenommen, so viel war offensichtlich. Sie waren mit Blutspuren übersät, die allerdings nicht von eigenen Verwundungen herzurühren schienen. Der Edelmann wirkte grimmig, wie Klearchos feststellte, ein Gesichtsausdruck, der dem Spartaner höchst vertraut war. Der andere schüttelte dagegen strahlend vor Entzücken den Kopf, anscheinend fassungslos über das, was er an diesem Tag gesehen und getan hatte. Auch diese Reaktion kannte Klearchos und konnte sich ein Grinsen angesichts eines jungen Mannes, der gerade herausgefunden hatte, dass er den Krieg genoss, kaum verkneifen.

»Ich werde hier nicht zu Euren Füßen abwarten, als würde ich um Almosen betteln«, rief er den zwei berittenen Griechen zu. »Steigt ab und erzählt mir, was vor sich geht. Vergebt mir, ich kann mich nicht an Eure Namen erinnern.«

»Xenophon von Athen, General«, stellte der Erste sich vor, als er aus dem Sattel sprang und die Zügel hielt. »Mein lächelnder Gefährte heißt Hephaistos.«

»Was ist mit der Schlacht? Dem Prinzen? In all diesem Staub hat mich seit Ewigkeiten keiner meiner Kundschafter mehr erreicht.«

Klearchos schaute auf die Sonne, die dem Horizont entgegenkroch und sich rot färbte. Sie waren den ganzen Tag lang geritten und hatten gekämpft, und jetzt waren sie erschöpft. Lediglich die Aussicht auf einen jederzeit möglichen erneuten Angriff hielt sie wach.

»Prinz Kyros ist gefallen, General«, sagte Xenophon. Er wandte sich ab, statt mit anzuschauen, wie alle Hoffnungen des anderen Mannes erstarben. »Sein Bruder nahm sich seinen Kopf. Ich sah es, lange bevor ich zu Euch aufschloss. Danach ging die Schlacht … nun ja, Ihr wisst schon.«

Klearchos zeigte keine Spur von der Trauer und der Scham, die ihn überkamen. Die gesamte griechische Streitmacht brauchte jetzt eine stabile Führung. Die Neuigkeit breitete sich bereits unter ihnen aus, also schob er seine eigenen Empfindungen beiseite und lächelte, wenngleich er in jenem Augenblick zehn Jahre älter aussah.

»Ja, ich weiß es, mein Sohn, allerdings. Ihr habt Euch heute gut geschlagen. Das allein zählt.«

»Tatsächlich, General?«, fragte Xenophon. Seine Stimme klang bitter, und als Antwort bedachte Klearchos ihn mit einem Lächeln.

»Es bedeutet, dass Ihr am Leben seid, um morgen aufs Neue ins Gefecht zu ziehen. Was durchaus von Belang für mich ist, da ich nur wenige Pferde habe.«

Der General sah an ihnen vorbei und ein weiteres Mal auf die dunklen Umrisse von Marschregimentern in der Ferne, Figuren eines Brettspieles gleichend, dessen Regeln er nicht mehr verstand. Bei diesem Gedanken zog sich ihm der Magen zusammen. Seine Griechen waren fern der Heimat, umzingelt von der größten Militärmacht, die der Planet aufzubringen vermochte – angeführt von einem Gottkaiser, der allen Grund hatte, sie in kleine Stücke hacken zu wollen. Klearchos gluckste in sich hinein.

»Die Götter wollen uns wirklich auf die Probe stellen, nicht wahr?«, sagte er.

Xenophon schaute ihn argwöhnisch an und fragte sich zweifellos, ob der Mann den Verstand verloren hatte.

»Aufgesessen, Jungs«, fuhr Klearchos fort. »Wir befinden uns auf ungemütlichem Flachland, mit Feinden überall um uns herum. Alles, was wir im Augenblick tun können, ist, zu unserem Feldlager zurückzumarschieren. Ich habe dort einen kleinen Klapptisch stehen, den ich äußerst ungern morgen als Zierde eines persischen Zeltes wiedersähe. Also, die untergehende Sonne befindet sich genau hinter uns, weshalb wir jetzt wieder nach Osten blicken. Der Befehl lautet kehrtzumachen – und schleunigst zum Lager zurückzumarschieren. Jeder, der sich uns in den Weg stellt, wird angegriffen und getötet.«

Hauptmänner und Pentekostien-Offiziere wiederholten quer durch die griechischen Truppen den Befehl, ließen das Karree sich umdrehen und brachten es in Formation.

»Spartaner an die Front!«, schrie Klearchos.

Menon rief irgendeine verärgerte Erwiderung, doch dies war inzwischen schon fast eine Art Ritual zwischen ihnen. Klearchos nahm sich vor, ihm einen Fausthieb ins Gesicht zu verpassen, sollten sie beide überleben – oder ihm ein Getränk zu spendieren, je nachdem. Einige von Menons Leuten pfiffen, als die Spartaner an ihnen vorbeidrängten, um einmal mehr die Führungsposition zu übernehmen. Nein, entschied Klearchos. Er würde dem Mistkerl definitiv die Fresse polieren.

In der Zwischenzeit waren die Griechen fast am Ende ihrer Kräfte angelangt, was sich an stolpernden Schritten und hinter sich her geschleiften oder wie ein Hirtenstab als Gehhilfe eingesetzten Speeren zeigte. Nur die Spartaner hielten ihre

Waffen aufrecht und angriffsbereit an ihrer Seite. Deswegen hatte Klearchos sie an die Spitze beordert, obwohl sie den gesamten Tag über die Hauptlast des Kampfes getragen hatten. Seiner Einschätzung nach war ihre körperliche Verfassung weitaus besser als die der anderen. Dies war besonders am Ende einer Schlacht von Bedeutung, wenn den Männern Glieder und Füße schwer wurden, sodass sie sich nicht länger mit der Eleganz von Leoparden bewegten, sondern eher dahinschlurften.

In strenger und dichter Karree-Formation marschierten sie über das Schlachtfeld Richtung Westen. Unaufhörlich stoben Staubwolken auf, trübten die Sicht und verbargen den Feind. Zwischendurch schien es, als durchquerten die Griechen ganz allein eine unüberschaubar ausgedehnte und menschenleere Landschaft.

Klearchos und Proxenos hielten nach den persischen Einheiten Ausschau, die mit Kyros auf diese Ebene gekommen waren. Sie rechneten jeden Moment damit, auf General Ariäus zu stoßen, als sie an die Stelle gelangten, an der er früher am Tag mit seinem Trupp gestanden hatte. Doch das Feld lag unbelebt und karg vor ihnen.

Auf dem Rückweg zählte Klearchos im Stillen die Schritte mit, obwohl er wusste, dass derartige Zählungen in einem laufenden Gefecht bekanntermaßen unzuverlässig waren. Er konnte noch immer nicht herausfinden, wohin es ihn zuvor verschlagen hatte, als er auf das Feldlager zuhielt. Mehr als Zehntausend bevölkerten es nach wie vor, schutzlos und in Erwartung ihrer Rückkehr. Viele seiner Männer hatten Freunde und Geliebte darin, doch Klearchos trug die Verantwortung. Er konnte sie nicht einfach zurücklassen, um als Schlachtvieh, Vergewaltigungsopfer oder Sklaven zu enden, obgleich er es durchaus in Betracht gezogen hatte. Dies war nun einmal das Schicksal von Verlierern einer Schlacht, und Prinz Kyros hatte gewiss verloren, wenn die Kunde stimmte. Klearchos presste den Kiefer zusammen und weigerte sich, dem Umschwung vom Triumph zur Katastrophe prüfend auf den Grund zu gehen, solange die Situation noch so neu war. Seine Griechen hatten sich durch die gegnerischen Reihen gefräst. Er selbst war unantastbar gewesen, der Traum eines jeden ranghöheren Soldaten, der schon einmal Untergebene ausbildete – eine derartige militärische Übermacht zu erlangen, dass einem auf dem Schlachtfeld niemand etwas entgegenzusetzen hatte. Es war extrem grausam, genau im Moment dieses freudigen Überlegenheitsgefühls des Sieges beraubt zu werden. Er wollte einfach nicht daran denken, dennoch sagte ihm eine leise innere Stimme, dass genau dies seine Aufgabe war. Fürs Erste vernachlässigte er jedoch das große Ganze und konzentrierte sich auf eine einzige Sache wie ein Nachwuchsoffizier. Er würde zum Lager marschieren. Er würde das zivile Gefolge in Sicherheit bringen – und erst danach würde er sich dem Ernst ihrer Lage widmen, Tausende von Meilen von daheim entfernt, eingekesselt von Feinden.

Kein Mensch kreuzte während der folgenden guten Stunde strammen Marsches ihren Weg. Der Staub begann sich zu legen, doch auch die Sonne ging allmählich unter und drohte, sie wie blind zurückzulassen. Die beiden athenischen Reiter hatten ein halbes Dutzend ihrerseits berittener Kundschafter zusammengetrieben. Sämtliche Reiter aus der Leibgarde des Prinzen waren hingegen spurlos verschwunden, und abgesehen von jenen wenigen Spähern war die komplette übrige griechische Streitkraft zu Fuß unterwegs.

Klearchos hätte fast einen Befehl zum Angriff gegeben, als vor ihnen Schilde und Rüstungen auftauchten, doch es handelte sich um die Schlachtreihe von diesem Morgen beziehungsweise um deren Überreste. Männer, die im Sonnenlicht voller Stolz und Mut die Ebene von Kunaxa betreten hatten, lagen nun mit leeren Augenhöhlen und bereits gelber Haut erkaltet im Staub. Die erschütterten Griechen waren gezwungen, behutsam über die Toten hinwegzusteigen. An dieser Stelle waren die persischen Regimenter von Kyros erstmals mit denen von König Artaxerxes zusammengestoßen. Die Toten waren ununterscheidbar, obwohl sie verschiedene Banner aufs Feld getragen und einem jeweils anderen Bruder gedient hatten. Sie lagen vereint, im Tode derart verknäuelt, dass kein Mensch sie hätte auseinanderhalten können.

Ein oder zwei stöhnten noch heiser oder mit Stimmen, die zu einem Flüstern verkümmert waren. Sie verlangten nach Wasser. Die Griechen besaßen keines, und hätten sie welches mit sich geführt, wäre es ihnen nicht eingefallen, diese kostbare Ressource mit den Todgeweihten zu teilen. Ein Mann verlangte, ihn zu töten, und sein Gebet wurde von einem Korinther erhört, der ihm als Antwort die Kehle aufschlitzte. Keiner von ihnen würde jenen stummen Teil des Marsches je vergessen, kaum eine Meile lang, aber über einen von Leichenbergen gepflasterten Erdboden. Abgetrennte Finger lagen im Sand verstreut. Spontan klaubte einer der Griechen eine Hand auf, doch seine Gefährten schrien angeekelt auf und forderten ihn auf, sie wieder hinzuwerfen. Er tat es mit äußerstem Widerwillen. Viele andere sammelten Messer oder Helme ein, vor allem dann, wenn sie ihre eigenen verloren hatten. Trophäen gehörten zum Krieg, und

Klearchos musste ihnen mit sofortiger Hinrichtung drohen, als er sah, wie manche sich niederbeugten, um Toten Ringe von den Fingern zu winden.

Einer der raren Momente von Genugtuung kam, als sie auf eine Gruppe persischer Plünderer stießen, die mit den gleichen Leichenräubereien beschäftigt waren. Die Männer schauten entsetzt auf, als sie erkannten, dass die Truppen, die ihnen entgegenmarschiert kamen, nicht die eigenen Leute, sondern die verfeindeten Griechen waren, die sich dort vor ihnen erneut aus dem Staub schälten. Klearchos musste keinen Befehl erteilen. Seine Spartaner-Front walzte über sie hinweg und ließ sie in Gesellschaft derjenigen zurück, die sie hatten berauben wollen. Dennoch befürchtete er, im Lager auf ein ähnliches Szenario zu stoßen, weshalb er seine Männer zur Eile drängte.

Als sie Karren und Zelte vor sich erblickten, war bereits die Dämmerung über sie hereingebrochen. Das Lager befand sich einige Meilen hinter dem Schlachtfeld, und er und seine Männer waren in umgekehrter Richtung jenen Spuren gefolgt, die sie erst am Morgen selbst hinterlassen hatten, vor einer Ewigkeit und vor einer Tragödie.

Ihre Position war nicht unbemerkt geblieben, obwohl sich keine unmittelbar bedrohliche Situation ergeben hatte. Den Persern mangelte es nicht an Pferden, und Klearchos hatte beobachtet, wie sie in der Nähe vorbeiritten, durchzählten und abschätzten, was von ihrem Gegner übrig war. Dann waren sie eine Zeit lang verschwunden, zweifelsfrei, um ihrem Herrn und Meister Bericht über die noch immer auf dem Feld gegenwärtigen Griechen zu erstatten. Er hatte die Zähne zusammengebissen. Dagegen konnte er nicht das Geringste unternehmen. Nach einer Weile waren weitere Reiter aufgetaucht und in ein paar Hundert Schritten Entfernung neben ihnen her galoppiert. Bogenschützen oder Steinschleuderer schienen sie nicht zu fürchten. Klearchos hätte sie liebend gerne angegriffen, doch für seine Infanteristen wäre es auf nichts anderes als ein folgenloses Manöver der Überanstrengung hinausgelaufen. Ihr Ziel war das Lager. Es ging um Wasser und Nahrung – und um jeden Überlebenden, den es zu beschützen galt. Der Rest musste warten.

Der Spartaner schluckte den Kloß in seiner Kehle hinunter, während das Lager vor seinen Augen immer größer wurde, je näher sie ihm kamen. Zehntausend Männer, Frauen und Kinder – eine Stadt in der Wildnis, die gespannt auf Kunde von einem glorreichen Sieg und einem neuen König wartete. Es sollte nicht sein.

Die Luft dort war klarer, da das Kampfgeschehen nun ein gutes Stück hinter ihnen lag, allerdings brach allmählich die Dunkelheit herein. Klearchos empfand tiefe Erleichterung, während er auf die Feuerstellen und Zelte zuschritt. An den Prinzen durfte er nicht denken, nicht jetzt. Der Schmerz war zu frisch und der Verlust zu groß.

Beim Klang von Hörnern fuhr sein Haupt ruckartig in die Höhe. Über die vor seinen marschierenden Einheiten liegenden Hügel näherte sich eine dunkle Kolonne persischer Berittener, die offenbar genau die Absichten hegten, die er befürchtet hatte. Sie hatten keine Ahnung, dass die Goldreserven des Prinzen längst erschöpft waren. Vielmehr gingen sie davon aus, im Lager befänden sich die Reichtümer eines Königshauses. Andere waren erpicht darauf, die Jungen und Wohlgestalten zu ihren Sklaven zu machen. Der Rest würde aufs Grausamste abgeschlachtet werden.

Im trüben Dämmerlicht streckten und dehnten die Spartaner ihre schmerzenden Beine und schlossen die Fäuste fester um ihre Schwertknäufe. Die feindliche Kavallerie würde das Lager vor ihnen erreichen, und sie konnten schließlich weder fliegen noch durch einen Sprint die Kräfte vergeuden, die sie sich für den Kampf aufsparen mussten. Ihnen blieb nur übrig, ein möglichst schnelles Marschtempo vorzulegen. Erste Schreie waren zu vernehmen.

Klearchos sah die beiden jungen Athener an der Spitze des Kundschaftertrupps ihre Schwerter ziehen, während sie durch einen schmalen Bachlauf und ins Lager zwischen die Zelte galoppierten.

»Brave Jungs«, murmelte er. Sein Brustkorb schmerzte, und seine Beine wurden immer schwerer. Den ganzen Tag lang war er marschiert und hatte gekämpft. Achselzuckend ging er weiter. Es spielte keine Rolle. Nur der Tod konnte ihn aufhalten, und der ereilte schließlich jeden.

»Speere! Schilde!«, rief er seinen Spartanern zu.

Er glänzte vor Schweiß, der ihm in wahren Sturzbächen den Leib hinabrann, während die Hitze in seinen Lungen brannte. Die Griechen antworteten mit einem dröhnenden, heiseren Schrei, dann erreichten sie die Peripherie des Lagers, verteilten sich in sämtliche Gassen zwischen den Zelten und hielten Ausschau nach dem Gegner.

Die persischen Reiter hatten sich bis dahin eines Anblicks erfreut, wie sie ihn sich erfreulicher nicht hätten wünschen können: ein unbewachtes Lager mitten auf ebenem, trockenen Grund. Wie Jäger galoppierten sie hinein und feuerten sich dabei lautstark gegenseitig an. Dann sahen sie die Rotmäntel zwischen den Zelten auf sich zukommen und mussten feststellen, dass sie da nicht einfach hindurchreiten konnten. Auch die Möglichkeit zur Flucht war ihnen verwehrt: In welche Richtung sie ihre Pferde auch wendeten – es strömten immer neue Soldaten herbei, stießen ihnen Schwerter in die Beine und rissen ihre Gefährten mit Speeren aus den Sätteln. Es war wahrhaftig ein Gemetzel, aber mitnichten jenes, das sie sich ausgemalt hatten.

Klearchos hörte persische Offiziere neue Befehle brüllen. Sie bliesen zum Rückzug aus dem, was sie mittlerweile für einen Hinterhalt hielten. Die beiden Streitkräfte hatten sich dem Lager von entgegengesetzten Seiten genähert; die Perser nahmen jetzt den Weg, den sie gekommen waren. Sie waren nicht auf Gold gestoßen, trieben jedoch kleine Grüppchen schreiender Frauen und Kinder vor sich her im Versuch, sie zu einer größeren Schar zusammenzuführen. Die im Lager Gefangenen nutzten ihrerseits jede sich in dem Chaos auftuende Lücke, um davonzulaufen. Sie riefen aus vollem Hals um Hilfe, und Klearchos hielt seine Griechen in ständiger Bewegung. Er hatte keine Ahnung, mit wie vielen Gegnern sie es zu tun hatten. Seines Wissens nach tummelten sich in den umgebenden Hügeln einhunderttausend Reiter.

Nur der Angriffsschock hielt ihn in Schwung. Er stürzte sich auf Perser, die noch immer versuchten, Sklaven einzufangen, und sorgte dafür, dass die kleinen Grüppchen sich auflösten und zerstreuten. Viele Frauen wurden von ihren Bedrängern aufgespießt, statt sie in die Arme ihrer Retter flüchten zu lassen. Es war eine blutige Angelegenheit, und sie wurde mit jedem Moment schlimmer, da die Dunkelheit sie alle allmählich verschluckte.

Klearchos fand sich an der Seite von Proxenos wieder, was möglicherweise daran lag, dass sie ungefähr gleich alt waren und die Jüngeren flotter voranstürmten. Beide schnauften schwer wie Blasebälge, und beide hatten einen puterroten Kopf. Sie wechselten einen Blick, in dem zu gleichen Teilen Qual und Heiterkeit lagen. Sie konnten kaum noch stehen – doch da sie nicht einfach stehen bleiben konnten, liefen sie eben weiter.

Proxenos sah, wie direkt vor ihnen zwei junge Frauen von außergewöhnlicher Schönheit von einem Trio schwarz gewandeter Soldaten aus einem Zelt gezerrt wurden. Einer der Imperialen war mit erbeuteten Goldbechern und Juwelen behängt. Er warf den zwei vorstoßenden Griechen einen einzigen Blick zu, saß auf und gab seinem Pferd die Sporen.

In der nächsten Zeltgasse hetzte ein halbes Dutzend persischer Reiter an ihnen vorbei. Klearchos stöhnte auf, als sie einander zuschrien, was sie alles gesehen hatten. Angesichts eines solchen Anblicks von Reichtümern würden sie fraglos noch einmal wiederkommen. Bevor sie Verstärkung erhalten konnten, griff Klearchos den Perser, der jetzt gegen ihn ausholte, an und schlug dessen Schwert beiseite. Der Soldat sah sich gezwungen, das Haar einer der Frauen loszulassen, als der Spartaner seine Klinge in dessen Unterarm versenkte. Der Schrei des Mannes erstarb abrupt.

Die zweite Frau rannte in die Finsternis davon, die Dunkelhaarige jedoch blieb stehen. Sie keuchte, und das Weiß ihrer Augen trat deutlich hervor, während sie sich hektisch die Handgelenke rieb.

»Prinz Kyros wird Euch für meine Rettung belohnen«, sagte sie.

Klearchos seufzte und spürte erneut Trauer und Zorn in sich aufsteigen, bis ihn beides schier zu erdrücken schien.

»Nein, das wird er nicht«, gab er zurück.

Die Augen der Frau weiteten sich, und ihr Atem wurde flach. Sie trat einen Schritt von ihm zurück, und er streckte instinktiv die Hand nach ihr aus.

»Verratet mir Euren Namen, junge Frau. Meiner ist Klearchos.«

»Pallakis«, sagte sie. Sie wandte sich halb von ihm ab, um zu prüfen, ob der Weg frei war. Ihm war klar, dass sie flüchten wollte.

»Dort hinten sind Perser, Pallakis. Sie werden Euch nicht gut behandeln, wenn Ihr ihnen in die Arme lauft. Versteht Ihr mich? Ich bin wegen der Lagergefolgschaft zurückgekehrt. Ihr könnt mit uns kommen.«

Er beobachtete, wie sie gegen den Drang ankämpfte, vor all den blutigen Klingen und Gräueln um sie herum Reißaus zu nehmen. Er entsann sich, sie schon einmal gesehen zu haben, als sie in einen hauchdünnen Flor gehüllt gewesen war, der von ihren Formen ebenso viel verborgen wie offenbart hatte. Da Kyros nicht im Lager war, trug Pallakis ein schlichtes Kleid in Gold und Weiß, das bis knapp über ihre Oberschenkel reichte und an der Taille gegürtet war. Ihre Füße steckten in Riemchensandalen, und abgesehen von einem dunklen Konturstrich um die Augen war sie ungeschminkt und ohne Schmuck. Klearchos mochte den Stil ihres dienstfreien Tages lieber, vielleicht, weil er ihn an die Frauen daheim erinnerte.

Die Männer von Proxenos und Menon stürmten nach wie vor jedes Zelt und töteten jeden Perser, der gehofft hatte, sich darin vor ihnen verstecken zu können. Es war ein grausames und brutales Werk, permanent begleitet von erstickten Schreien und ständigem Kampfeslärm. Klearchos sah die Frau erschaudern, als sie ihn mit plötzlich festem Blick anschaute.

»Könnt Ihr mich retten, Klearchos?«, fragte sie.

Dem Spartaner war nur allzu bewusst, dass er eine Frau vor sich hatte, die Manipulation gewöhnt war. Sie legte einfach ihre Anziehungskraft in ihr Gesuch, ohne zu offensichtlich zu schauspielern oder zu flirten. Womöglich war sie deswegen die Mätresse eines königlichen Prinzen gewesen, ging Klearchos durch den Kopf. Sie setzte ihre Reize ein, ohne es darauf anzulegen, was die Wirkung nur erhöhte.

»Ich werde es versuchen, Lady Pallakis«, sagte er.

»Ich bin keine Edeldame«, erwiderte sie prompt. »Ich bin eine Gefährtin von …« Sie brach ab, unfähig, den Satz zu beenden.

Von zwischen den Zelten kam Menon herbeigetrottet. Dem General gelang es nicht, den Gefallen, welchen er an der schönen Frau fand, zu verbergen, und auch seine Verwirrung war ihm deutlich anzusehen, als er sich an Klearchos wandte.

»Es tut mir leid, Euch unterbrechen zu müssen, General. Einige von uns sind damit beschäftigt, das Lager zu sichern, falls Ihr Euch erinnern mögt.«

»Pallakis, das hier ist General Menon«, sagte Klearchos. »Er stammt aus Thessalien, einem nördlichen Teil Griechenlands. Man sagt seinen Bewohnern nach, dass sie es dort stark mit ihren Ziegen haben, wenn Ihr versteht, was ich meine.«

Menon klappte seinen bereits zu einer Erwiderung geöffneten Mund wieder zu, als zwei seiner Männer herbeigeeilt kamen, um Bericht zu erstatten. Auch sie bemerkten die junge Frau, und Klearchos sah, wie Pallakis ihre Hände vor der Brust verschränkte, als wolle sie eine Blöße bedecken.

Ihr dünnes weißes Kleid bot sehr wenig Schutz. Kurz verdrehte er die Augen, bevor er die Spange löste, die seinen Umhang zusammenhielt, und ihr das rote Tuch um die Schultern warf. Pallakis schaute ihn misstrauisch an, zog den Mantel jedoch eng zusammen.

»Ich befürchte, der Preis könnte zu hoch sein, Spartaner«, sagte sie leise.

Klearchos erkannte Verzweiflung in ihren Augen, während sie über ihr Schicksal nachsann. Als eine Gefährtin von Prinz Kyros hatte man sie gut behandelt und ihr alles gegeben, wonach sie verlangte. Dieses Privileg war ihr von einer auf die andere Sekunde geraubt worden. Überall wimmelte es von Männern, die nur zu gerne eine Stunde mit ihr verbracht hätten. Klearchos fragte sich, ob sie einen auswählen würde, um sie vor den Übrigen zu beschützen. Er dachte an seine Töchter, seufzte und registrierte erneut, wie Menon sie anstarrte. Dieser schien sein Missfallen zu spüren.

»Warum erhebt eigentlich *Ihr* Anspruch auf sie?«, wollte Menon wissen. »Etwa, weil Ihr glaubt, als Anführer das Recht zu besitzen, sie einfach so für Euch zu behalten?«

Klearchos musste einen Anflug von Wut unterdrücken. Für gewöhnlich empfand er Menons Verbitterung entweder als komisch oder als irritierend, doch an diesem Tage hatten sie alles verloren, und er war müde. Dann konnten seine Entscheidungen bisweilen recht simpel sein.

Ohne ein Wort trat Klearchos auf Menon zu und stieß den überraschten General, der gerade weiterreden wollte, mit der Brust einen Schritt zurück.

»Du kannst mich gerne herausfordern, wenn du magst, Thessalier«, knurrte Klearchos. »Bis es so weit ist, hast du deine Aufgaben zu erledigen. Versammle das Lagergefolge und bereite deine Männer zum Abmarsch vor. Ich werde nicht hier warten, bis uns noch mehr Feinde entdecken. Habt Ihr meinen Befehl verstanden, General? Seht Ihr Euch in der Lage, ihn auszuführen? Sollte die Antwort nein lauten, so nennt mir den Namen Eures stellvertretenden Kommandanten und lasst ihn herbringen. Ich will, dass er bezeugt, was mit Euch passiert. Ich wünsche keine Lektion zu *verschwenden*!«

Den letzten Satz sprach er mit wachsendem Zorn, wobei er Menon nur einen Hauch jener Rage vermittelte, die angesichts der Ereignisse des Tages in Klearchos brodelte. Die Welle würde über ihnen allen zusammenkrachen, sobald wieder Ruhe eingekehrt war, doch der Tag war noch nicht vorbei, noch nicht.

Menon stapfte ohne ein weiteres Wort davon, wenngleich er einen letzten Blick auf Pallakis warf, als wollte er noch etwas sagen. Sie beobachtete, wie der Spartaner einem halben Dutzend anderer Soldaten Befehle zubellte, und dann kehrte wieder so etwas wie Ruhe um sie herum ein. Die persische Kavallerie war vertrieben worden, sodass wenigstens die Schreie aufgehört hatten. An ihre Stelle waren Geräusche getreten, die ihr ziemlich vertraut waren – nämlich die eines Feldlagers, das sich zum Aufbruch bereit macht. Sämtliche Gassen zwischen den Zelten füllten sich mit von griechischen Soldaten zur Eile getriebenen Männern und Frauen. Zelte verwandelten sich von einem Moment auf den anderen in Leinenballen und Holzhaufen. Karren wurden beladen, doch nach einer Weile gab Proxenos den Befehl, den Großteil davon zurückzulassen. Sie hatten keine Ahnung, wann die nächste Truppe persischer Kavallerie auftauchen würde. Lautes Gejammer setzte ein, als Männer und Frauen mit Stößen in Bewegung gesetzt wurden und ihre Schätze zurücklassen mussten. Es ging keineswegs gerecht zu. Manche Familien behielten ihre gesamte Habe, während andere mit leeren Händen und tränenüberströmt loszogen.

Klearchos schien sie fast vergessen zu haben, obwohl sie Schulter an Schulter mit ihm stand und seinen Mantel trug. Pallakis betete stumm für Kyros' Seele, die sich bereits auf ihren Weg begeben hatte. Er war ein anständiger Mann gewesen, die dritte Liebe ihres Lebens. Sie dachte an die Juwelen, die er ihr geschenkt hatte, und fragte sich, ob man ihr erlauben würde, sie zu behalten.

»Stehe ich unter Eurem Schutz, Klearchos?«, fragte sie.

Der Spartaner drehte sich zu ihr und sah ihre Angst.

»Ja, das tut Ihr«, sagte er ohne zu zögern. »Falls Menon oder sonst jemand Euch belästigt, sagt ihnen, dass Ihr dem Prinzen gedient habt, dass Ihr seine Frau wart. Ich werde für seine Ehre eintreten, da er es nicht kann. Er war mein Freund.«

»Also … gehöre ich … Euch?«, fragte sie mit schwacher Stimme.

Klearchos hatte sich bereits wieder abgewandt. Er seufzte.

»Pallakis, wir sind kaum zehntausend Mann. Vielleicht noch einmal so viele bevölkern das Lager. Um uns herum, auf der Ebene und in den Hügeln, befinden sich Hunderttausende – zu viele, um sie zählen zu können. Sie sind alle einem Perserkönig treu ergeben, der unser erklärter Feind ist, begreift Ihr das? Ein Mann, der inzwischen sehr genau weiß, dass wir den ganzen Weg von Sardes bis hierher auf uns nahmen, um uns seinen Kopf zu holen.«

»Denkt Ihr, wir werden sterben?«, wollte sie wissen.

»Ich denke …« Wieder sah er ihre Furcht und änderte die Taktik. »Nun, der Großkönig ist kein Dummkopf. Er weiß, dass wir Söldner sind. Vielleicht wird er ja unsere Dienste kaufen, was? Nein, ich meinte … Eure Sorgen sind unangebracht. Ich habe zwei Töchter, beide ungefähr in Eurem Alter, Pallakis. Das verändert einen Mann, falls Ihr mich versteht. Von einem jungen Narren in einen weisen Mann, der von allen geliebt wird, die ihm begegnen. Mit Ausnahme von Menon, wie Ihr vielleicht gesehen habt. Dieser Mann lässt sich von seinem eigenen Zorn auffressen. Ich kann ihn nicht leiden.«

»Darf ich zu meinem Zelt, um nachzuschauen, ob meine Juwelen noch dort sind, Klearchos?«

Mit einem gedämpften Pfiff beorderte der General einen vorübergehenden Spartaner zu sich.

»Geh schnell mit Lady Pallakis. Beschütze sie mit deinem Leben«, sagte er. Sie erhob kein zweites Mal Einspruch gegen den Titel, sondern nahm ihn so, wie er gemeint war.

Klearchos sah ihnen nach. Prinz Kyros hatte immer guten Geschmack bewiesen, dachte er. Diese Frau war wirklich exquisit. Warum musste sie ausgerechnet Griechin sein? Diese dunklen Haare und die zarte Haut waren …

Er fing sich und gab ein Knurren von sich, während er sich bemühte, seine Gedanken wieder in geordnete Bahnen zu lenken. Im Alter von sieben Jahren hatte man ihn aus seinem Elternhaus direkt auf das Trainingsgelände verfrachtet. Mit zwölf war er den anderen Jungen ein Wolf geworden. Ein Mantel pro Jahr war alles, was sie bekommen hatten. Während seine alte Tunika zunehmend völlig verrottete, hatte er oft nichts weiter darunter getragen und bisweilen monatelang nicht gebadet. Er vermisste das Gewicht des Mantels auf seinen Schultern, fühlte sich andererseits aber auch leichter, als hätte sie mit ihm auch einen Teil der Qualen dieses Tages mit sich genommen.

Abermals erschien von irgendwoher Proxenos und kam zu dem gedankenversunkenen Klearchos herübergeschlendert. Der Spartaner und der Athener taxierten sich gegenseitig und versuchten, ihre ihnen verbliebenen Reste an Kraft einzuschätzen. Jegliche gute Laune war verflogen. Die hereinbrechende Dunkelheit hatte sie in ihrer Umarmung gerettet. Der Morgen würde einen Gegner zum Vorschein bringen, der nach wie vor versessen auf ihren Tod war.

»Einige der berittenen Perser sind davongekommen«, sagte Proxenos. »Unsere Bogenschützen haben keine Pfeile mehr und keine Möglichkeit, sich neue zu verschaffen. Die Steinschleuderer konnte ich nicht rechtzeitig ausschicken.«

»Demnach wird der Großkönig bald erfahren, dass wir im Lager sind. Bevor die Sonne aufgeht, wird er unseren exakten Standort kennen. Es ist gut möglich, dass der morgige Tag unser letzter ist, Proxenos.«

»Ist das Klearchos oder doch eher die Stimme Menons, die ich da höre?«, fragte Proxenos mit gerunzelter Stirn. »Ich dachte, Spartaner ließen sich nicht unterkriegen?«

Klearchos kicherte.

»Natürlich, Ihr habt recht. Wir sollten heute Nacht ausrücken. Sie werden erwarten, dass wir für den Rückweg denselben Pfad nehmen, den wir gekommen sind. Ich gehe davon aus, dass nach Westen hin alles blockiert wird. Das jedenfalls würde ich tun. Also werden wir nach Norden gehen.«

»Gut«, erwiderte Proxenos. »Euer Befehl lautet, die Männer in nördliche Richtung zu führen. Das Lagergefolge soll uns begleiten und so viel an Wasser und Nahrungsmitteln mitnehmen, wie sie tragen können.« Er entspannte sich ein wenig. »Menon will sie noch immer zurücklassen. Er meint, sie würden uns massiv verlangsamen.«

»Womit er recht hat«, sagte Klearchos. »Das werden sie. Aber ich sehe da keinen Ausweg, mein Freund.«

Zu seiner Überraschung ergriff Proxenos seine Schulter, eine zwischen ihnen höchst unübliche Geste.

»Das war ein schlimmer Tag. Etwas Schlaf wird Euch Erholung verschaffen. Die Probleme werden zwar dieselben sein, doch Ihr seid dann besser imstande, Euch ihnen zu stellen. Mit jenem General Klearchos werde ich morgen erneut sprechen. Er wird vor Ideen nur so sprühen, dessen bin ich mir sicher.«

Klearchos lächelte.

»Ihr seid ein guter Mann«, sagte er.

21

Die Nacht war nicht ohne Alarme vergangen. Zweimal schien das Getrappel von Reitern so nahe gewesen zu sein, dass sie fest mit einer Attacke gerechnet hatten, bis es dann doch wieder verklang. In der Wüste waren gewaltige Truppen unterwegs, entweder um sie zu jagen oder sie zu umzingeln. Es war schwer, nicht an eine sich langsam um sie zusammenziehende Schlinge zu denken, während der Mond quer über den Himmel kroch.

Auf ihrem Weg weg vom alten Feldlager war Klearchos daran erinnert worden, dass die Männer, Frauen und Kinder, die mit der Armee losgezogen waren, nicht wie eine solche marschieren konnten. Während er versuchte, möglichst viel Distanz zwischen ihren bekannten und jenen neuen Aufenthaltsort zu legen, an dem sie die Nacht verbringen wollten, begann sich hinter der Karree-Formation seiner Soldaten ein immer länger werdender Schwanz herzuziehen. Viele aus dem Gefolge waren noch immer fassungslos angesichts der unglücklichen Wendung, die ihr Schicksal genommen hatte. Sie stolperten und wankten dahin – Frauen, die Kinder auf den Hüften trugen, mit zusammengerafften Besitztümern bepackte Männer, die keine Karren mehr hatten, die sie hätten befördern können. Es war ein einziges Durcheinander. Alles Vertraute war ihnen auf einen Schlag entrissen worden.

In der ersten Stunde hatte Klearchos sich damit begnügt, Männer zu jenem Kometenschweif aus Menschen zurückzuschicken, um sie zu einem schnelleren Schritttempo anzuhalten. Als diese Strategie schließlich nur darauf hinauslief, dass sich wütende Stimmen erhoben und eine Frau einen seiner Spartaner anschrie, er solle gefälligst ihren kleinen Sohn tragen, ließ Klearchos die gesamte Gruppe haltmachen. In der Dunkelheit erteilte er neue Befehle. Seine Männer begriffen, was auf dem Spiel stand, und äußerten keinerlei Beschwerden. Es war Menon, der jeden, der es hören wollte, daran erinnerte, dass er dazu geraten hatte, nicht so viele von ihnen mitzunehmen. Sie brauchten keine Sklaven, sagte er. Wenn sie überhaupt eine Chance haben wollten, mussten sie so weit wie möglich vom persischen Heer wegkommen.

Klearchos entsandte tausend Spartaner und tausend Korinther zur Nachhut. Das Lagervolk musste von nun an mit dem Atem der sie vorwärtsdrängenden Griechen im Nacken weitermarschieren. Manche waren nur allzu gerne bereit, ihre Speere zur Unterstützung einzusetzen, und stachen nach jedem, der dumm genug war, sich zu beklagen. Auf diese Weise marschierten sie mehrere Stunden lang, bis das Elend so groß war, dass das Lagergefolge erneut aufmuckte und unter Geschrei darauf hinwies, sie müssten sich entweder ausruhen oder sterben und dass die Kinder nicht mehr weiterkönnten.

Klearchos gab den entsprechenden Befehl, und sie sanken nieder, wo sie standen. Er biss sich auf die Lippe, während er gegen die eigene Ermattung ankämpfte, und wählte die Wachleute aus den Reihen der jüngsten Krieger. Er wollte es seinen Spartanern ersparen, wach bleiben zu müssen, denn sie wären ihm erfrischt von weitaus größerem Nutzen, wenn die Sonne aufging. Der General gähnte und setzte sich in Bewegung, als auf einmal Pallakis an seiner Seite stand und ihm seinen Umhang entgegenhielt.

»Werte Lady?«, sagte er.

Sie neigte den Kopf.

»Er gehört Euch, General. In meinem Zelt habe ich eine Decke gefunden.«

Insgeheim dankbar nahm er das Kleidungsstück entgegen. Ein Mann vermisste seinen besten Mantel, wenn er weg war.

»Ich hoffe, dass eine Decke alles ist, was Ihr bei Euch habt. Denn morgen werde ich im Lager gründlich aussortieren lassen, edle Dame. Die Hälfte der Leute ist viel zu schwer beladen, um einen vollen Tag marschieren zu können. Ich habe einen Mann mit einem Sattel auf den Schultern dahintrotten sehen! Was glauben sie, wie weit sie mit ihren weltlichen Gütern auf dem Rücken wohl kommen werden?«

»Ihr habt die Hälfte der Wagen zurückgelassen, Klearchos. Sie sind verzweifelt und verängstigt«, sagte sie. »Manche von ihnen haben alles verloren. Wollt Ihr ihnen einen Vorwurf machen?«

»Dafür, dass sie in den sicheren Tod laufen, weil sie versuchen, ihren Lieblingsstuhl durch die Wüste zu schleppen? Allerdings, das kann ich.«

Sie trat hinter ihn, und er fuhr herum und ergriff ihr Handgelenk.

»Was macht Ihr da?«

»Ich dachte ... Kyros pflegte sich von mir seinen Nacken massieren zu lassen. Ihr seid erschöpft, Klearchos. Wir brauchen Euch wach und stark, mehr als jeden anderen.«

Er räusperte sich und schämte sich dafür, sie angefahren zu haben.

»Richtig. Ja, das wäre schön. Ich danke Euch.«

Er breitete seinen Mantel auf dem sandigen Boden aus und legte sich darauf, den Oberkörper leicht aufgerichtet auf die Ellbogen gestützt. Pallakis kniete sich neben ihn, und ihre Hände arbeiteten sich in die Muskeln seines Nackens und seiner Schultern. Es erstaunte ihn, wie schmerzhaft es war. Er hatte angenommen, eine Frau, die Kyros als Mätresse gedient hatte, wäre eine Expertin in solchen Dingen, aber vielleicht waren die Muskeln an jenen Stellen auch einfach nur ebenso in Mitleidenschaft gezogen worden wie sein Gemüt. Er hatte den gesamten Tag über gekämpft ... Der Spartaner war eingeschlafen, bevor er wusste, wie ihm geschah, und schnarchte leise, während Pallakis auf ihn hinabschaute und mit ihren Fingern sanft den Spuren alter Narben folgte. Er war ein gut aussehender Mann, dachte sie. Sein Alter war schwer zu schätzen, wenngleich sie auf um die fünfzig getippt hätte. Wäre er zwanzig Jahre jünger gewesen, hätte sie möglicherweise überlegt, diese glühende Asche zu neuem Feuer zu entfachen.

Sein Schnarchen wurde lauter, als sie zu ihrer Decke zurückkehrte. Der Großteil des Lagervolks lag in Familiengruppen zusammen oder um einen Karren herum. In ihrer Furcht klammerten sie sich aneinander, und sie spürte, wie Blicke ihrem Weg folgten, als sie durch das Lager schritt. Sie hatte natürlich keine Familie. An einem einzigen Tag hatte Pallakis alles verloren, was ihr Leben ausgemacht hatte. Sie rollte sich zusammen und legte sich einen Arm übers Gesicht, damit niemand ihr Weinen hörte.

Am Morgen erwachte Pallakis mit einem Anflug von Panik, doch die barschen Stimmen, die sie vernahm, gehörten den

Griechen, die alle weckten und zum Tagwerk trieben. Sie gähnte, streckte sich, sprang auf die Beine und sah Hopliten in Fünfzigertrupps, jeweils von einem Pentekostien-Offizier angeführt, an den Rändern des Lagers entlangschreiten. Einige steuerten auf die Hügel zu, um einen besseren Aussichtspunkt zu erlangen. Mehr von ihnen mischten sich jedoch unter die Frauen und Männer des Lagers und führten sie zu einem bestimmten Bereich am Rand, wo sie ihre Blasen und Gedärme entleeren konnten. Pallakis sah viele Leute ihr Geschäft dort verrichten, wo sie gerade aufwachten, sodass die Luft sich mit den Dünsten füllte – möglicherweise war es aber auch der Gestank der Angst. In jedem ausgemergelten Gesicht sah sie nervöse Anspannung und hörte sie im Schluchzen weinender Kinder. Einige hatten am Tag zuvor ihre Väter im Gefecht verloren, doch überwiegend reagierten sie nur auf die grimmigen Mienen und den Groll bei allen um sie herum.

Sie besaßen keine Spaten, um Latrinengruben ausheben zu können, sodass Tausende kleine Häuflein Exkremente hinterließen, wo sie gerade standen. Es war kein schöner Anblick, und in Anbetracht des Gestankes bestand Pallakis' einzige angenehme Aussicht in der Vorfreude, diesen Ort beim Weiterziehen hinter sich lassen zu können. Eine Zeit lang würden sie Nomaden sein, bis die Armee des Königs sie überrollte oder sie verdursteten. Wasser schien wesentlich knapper als Fleisch zu sein, da sie die Herden von Ziegen, Schafsböcken und Eseln mit sich trieben. Ein paar der verbliebenen Karren wurden gerade zu Feuerholz zerhackt, als sie den Blick über das Lager schweifen ließ. Sie würden zu essen haben, doch ihr Mund war wund und trocken.

Es dauerte nicht lange, bis die Soldaten ihnen zuschrien, sich entweder in Bewegung zu setzen oder zurückgelassen zu werden. Pallakis musste lächeln, als sie einen jungen Mann sah, der mit Werkzeug beladen war wie ein Packesel. Die Frau des Mannes schleppte nichts mit sich, ließ es sich allerdings nicht nehmen, der Mätresse des Prinzen einen bösen Blick zuzuwerfen, als diese vorüberging und den Kindern freundlich zulächelte. Diesem Gesichtsausdruck begegnete Pallakis inzwischen häufiger. Es schien, als hätte der Tod des Prinzen einigen im Lager gestattet, endlich zu zeigen, wie sehr sie die Frau verachteten, die ihm das Bett gewärmt hatte. Pallakis' Reaktion darauf bestand darin, lediglich die Zähne zusammenzubeißen und ihnen nichts von ihrer Einsamkeit preiszugeben.

Klearchos verstand etwas von seinem Geschäft, das war offenkundig. Während sich Pallakis verloren zwischen Tausenden ihr völlig Fremden einen Weg bahnte, stellte sie fest, dass griechische Soldaten hinter ihr eine dichte Reihe bildeten und die Leute erneut wie eine Viehherde antrieben. Einen Zielort hatte man dem Lagervolk nicht genannt. Mit jeder Stunde, die verging, verschlimmerten sich die Anforderungen an die Leute und verstärkten sich ihre Bedürfnisse, sodass klagende Stimmen laut wurden. Die Sonne ging auf und trocknete ihre Kehlen noch weiter aus. Selbst diejenigen, die am meisten litten, konnten kaum mehr tun, als nach Wasser zu krächzen.

Noch vor der Mittagsstunde gelangten sie an einen Fluss. Pallakis besaß weder Schüssel noch Krug, kletterte aber dennoch benommen zu einer Stelle hinab, wo das Wasser eine Spalte ins Erdreich geschnitten hatte. Sie kniete sich am Rande nieder und trank aus hohlen Händen, immer und immer wieder, als könnte ihr Durst nie mehr gestillt werden. Doch sobald sie sich vom Wasser entfernte, spürte sie, wie er sich erneut meldete. Schweiß glänzte auf ihrer Haut, und ihre Hände waren mit orangener Erde beschmutzt. Sie konnte sich nicht mehr mit den Fingern durchs Haar fahren und dieses einfach zu einer einzigen großen Garbe binden, denn es fühlte sich eher wie Stroh als nach der seidigen Mähne an, die ihr vertraut war.

Die Sonne brannte nach wie vor auf sie hinunter, doch sie gingen nicht weiter. Irgendwo an einem der Ränder der Gruppe fand eine Art Streitgespräch statt. Pallakis schloss sich einer Schar von Leuten an, die sehen und hören wollten, was da vor sich ging. Es überraschte sie nicht, Klearchos dort zu entdecken, umringt von den anderen Offizieren. Sie setzten auf den Spartaner, dass er sie rettete, vertrauten auf die Legende. Sie betete zu den Göttern, dass er sie durchzubringen vermochte. Wie sie dort stand und die Szene verfolgte, bemerkte sie, dass Klearchos sie ansah. Er hob grüßend die Hand, weshalb sich ein paar andere umdrehten, um zu sehen, wer seine Aufmerksamkeit auf sich gezogen hatte. Pallakis blickte sich nicht um, als sie in ihrem Rücken getuschelte Bemerkungen vernahm. An diesem Ort hatte sie keinen Beschützer.

Einer der jüngeren Männer lauschte Klearchos, seine Zügel locker um den Arm gewickelt. Ein edles Ross hatte ihm den Schädel auf die Schulter gelegt und es offenbar auf einen in seiner Faust verborgenen Leckerbissen abgesehen. Zweifellos war das Pferd genauso ausgehungert wie alle anderen, dachte Pallakis. Sie sah, dass der junge Mann sie bemerkte, und schenkte ihm ein Lächeln. Sie mochte Pferde. Sie symbolisierten so etwas wie Freiheit. Jedenfalls ein größeres Ausmaß an Freiheit, als sie zu Fuß je genossen hatte. Der junge Mann erwiderte das Lächeln, und Pallakis zwang sich, den Blick abzuwenden. Sie musste auf der Hut sein.

»Wir haben Wasser, wir haben Nahrung«, sagte Klearchos zu den Umstehenden. »Etwas weiter von hier werden wir auf Dörfer stoßen, dessen bin ich sicher. Es stimmt, dass diese Landschaft uns gewaltig fordert, doch wir werden ihr entkommen. Schutz – nein, den hat sie wahrlich kaum zu bieten. Immerhin sehe ich keinerlei Anzeichen eines aufkommenden Sturmes. Wenngleich ich einen solchen durchaus begrüßen würde, um mich endlich wieder einmal sauber zu fühlen.«

»So viele Menschen können wir nicht verteidigen«, sagte Menon, den es nicht kümmerte, ob diese seine Worte mitbekamen. »Allein könnten wir mit einem Eilmarsch innerhalb einer Woche außer Reichweite des Perserkönigs sein. Mit zehntausend Menschen Gefolge im Schlepptau schickt Ihr uns alle in den sicheren Tod.«

Klearchos trat einen Schritt auf den Thessalier zu.

»Wie, denkt Ihr, soll ich in Kriegszeiten mit einem Mann umgehen, dessen Moral und Kampfgeist schwächeln?«, fragte Klearchos.

»Zum Anführer wählte Euch Prinz Kyros, der ohne Kopf auf der Ebene hinter uns liegt. Haben die Götter entschieden, dass Ihr uns auf ewig führen sollt, Klearchos? Weil Ihr Spartaner seid und damit zu ihren Günstlingen gehört? Ich sage, wir sollten einen neuen Führer wählen. Und schlage mich selbst vor – und ich werde nur die tauglichsten und schnellsten aus dem Gefolge mitnehmen. Meckert nicht!« Letzteres war an die ihn umstehenden Männer gerichtet, die knurrend ihren Widerspruch anmeldeten. »Klearchos hat uns vor die Wahl gestellt, entweder einige zurückzulassen – oder den Tod jedes Mannes, jeder Frau und jedes Kindes hier in Kauf zu nehmen.«

»Ihr unterschätzt uns«, sagte Klearchos. »Doch wenn Ihr wünscht, sollten wir abstimmen. So Ihr denn mit meiner Führerschaft unzufrieden seid.«

Menon warf einen flüchtigen Blick in die Runde und erkannte an den wütenden Mienen der Generäle sofort, wie diese Abstimmung ausgehen würde.

»Nein«, gab er zurück. »Ihr seid nicht bereit, auf meine Worte zu hören, noch nicht. Ich werde nicht derjenige sein, der in Kriegszeiten zu lamentieren beginnt, wie Ihr behauptet. Spielt ruhig den Helden, Spartaner. Zeigt uns die Weisheit und das Urteilsvermögen, welche uns dazu brachten, einem toten Prinzen zu folgen, bis in diese Wüste, umringt von Feinden. Ich sage Euch: Ihr werdet uns *alle* in den Tod treiben.«

Proxenos legte Menon einen seiner massigen Arme um die Schultern und knurrte ihm etwas ins Ohr. Mit einem Fluch schüttelte Menon ihn ab. Dann stolzierte er von dannen und holte ein Wasserbehältnis aus gegerbtem Leder, um es im Fluss aufzufüllen. Die Menge teilte sich vor ihm, und Blicke wurden gewechselt.

Klearchos sah ihm nach, bevor er sich wieder dem Rest zuwandte, als hätte Menon kein einziges Wort gesprochen.

»Laut der letzten Karte liegt der Fluss Zapatas nördlich von hier, zwei oder drei Tagesmärsche entfernt. Die Hügel, die Ihr dort in der Ferne erkennen könnt, sind grün, und wo Wasser ist, sollte es Tiere und Vögel zu jagen geben. Wir werden das Zugvieh essen und die letzten Karren zurücklassen. Ich denke, unsere Jungs werden kein Problem damit haben, uns ein paar Wüstentrappen aus der Luft zu holen. Einige fähige Bogenschützen werden den Vögeln bloß folgen müssen. Sie können nicht weit fliegen und ermüden geschwinder als wir. Wir werden jeden Tag ein Festmahl genießen!« Er lächelte, obgleich seine Augen kalt blieben. »Entscheidender ist, dass der Fluss, wie man hört, eine starke Strömung hat. Ich würde gerne wenigstens einen Sturzbach hinter mir lassen. Ich gehe nicht davon aus, dass der persische König uns einfach so ziehen lässt, nicht kampflos.«

»Wie weit ist es bis außerhalb seines Herrschaftsbereiches?«, fragte Netos. Er hatte im Gefecht eine Verletzung davongetragen und sich seinen linken Arm fest vor die Brust gebunden. Von allen schien er am wenigsten marschfähig zu sein, und bei diesem Gedanken musste Klearchos ein Zusammenzucken unterdrücken.

»Wenn sie uns in Ruhe lassen, ungefähr zweitausend Meilen – siebenhundert Parasangen in etwa. Wir könnten versuchen, die Königsstraße zu erreichen.«

»Wo König Artaxerxes uns nur umso leichter überwältigen kann«, murmelte Netos, der nicht wirklich willens schien, darüber zu streiten.

Klearchos musterte ihn kurz, bevor er fortfuhr.

»Wenn wir nach Norden steuern, sollten wir in ungefähr einem Monat persisches Territorium verlassen haben und uns dann auf neutralem Gebiet bewegen. Vor Bergstämmen und Wilden habe ich keine Angst, meine Herren. Nicht gemessen am gesamten Heer Persiens. Die Wüste ist nicht endlos, und es gibt Flüsse. Wenn Ihr Euch meiner Führung anvertraut, bringe ich Euch nach Norden, im bestem Tempo, das wir vorlegen können. Am Ende werden wir nicht mehr viel Fleisch auf den Knochen haben, aber ich glaube, wir schaffen es.«

»Ein Monat ist vielleicht für Soldatentempo realistisch«, sagte Proxenos. »Im Lager gibt es jedoch alte Frauen und Kinder. Wie schnell wird es mit denen gehen?«

»Ihr stimmt Menon also zu?«, erwiderte Klearchos zornig. »Ihr würdet Griechen im Stich lassen, damit kreischende Perser sie vergewaltigen und abschlachten? Habt Ihr jemals den Mob einer Armee erlebt, Proxenos? Netos? Irgendeiner von Euch? Ich schon. Ich habe mit angesehen, wie eine Stadt geplündert und bis auf die Grundmauern abgefackelt wurde. Ich habe nämlich den Befehl dazu gegeben.«

Er presste die Lippen aufeinander und stand schwer atmend da. Langsam öffnete er seine rechte Faust und rang sich ein Lächeln ab.

»Nun, wir können die Vergangenheit nicht ändern. Alles in unserer Macht Stehende besteht darin, diese Leute, die uns ihr Leben anvertraut haben, zu beschützen. Wir können unsere wenigen Reiter ausschicken, den Gegner im Auge zu behalten, und wir gehen einem Gefecht aus dem Weg, solange wir können. Wenn sie sehen, dass wir nichts anderes beabsichtigen, als ihr Hoheitsgebiet zu räumen, lassen sie uns möglicherweise ziehen.«

»Das glaubt Ihr doch selber nicht«, warf Netos schwach ein.

Klearchos schüttelte den Kopf.

»Nein, ich denke, wir werden kämpfen müssen, zumindest einmal. Der König hat zu viele ungestüme junge Generäle – sowie einen alten fetten –, die es darauf angelegt haben, unsere Häute an eine Mauer zu nageln. Doch ich habe die Fähigkeiten unserer Männer gesehen, Generäle. Sie hatten am gestrigen Tag nicht ihresgleichen, jedenfalls nicht in den persischen Reihen. Unsere Phalanx ist über ihre viel gerühmten Unsterblichen, die Speerspitzen ihrer Legionen, einfach hinwegmarschiert. Wir haben sie ausgeweidet. Sie werden nun auf der Hut vor uns sein. Bei allen Göttern, sie haben auch jeden Grund dafür.«

Alle Männer vernahmen gleichzeitig den Ausbruch des Tumultes, sodass sich ihre Köpfe wie die einer Beute witternden Rotte von Jagdhunden der Quelle des Lärmes zudrehten. Inmitten der Menge fühlte Pallakis ihr Herz angstvoll klopfen, als Klearchos in gänzlich anderem Ton Befehle zu erteilen begann. Jetzt war er nicht mehr der barsche, aber freundliche Anführer. Sein Ton duldete keinerlei Widerspruch, und er schickte die anderen in schnellem Lauf davon. Sie wieselten auf ihre Positionen und zogen ihre Schwerter. Pallakis stellte sich auf die Zehen, um sehen zu können, was passierte, da aber alle anderen um sie herum das Gleiche taten und sie nicht besonders groß war, fiel ihr Blick lediglich auf die Rücken anderer. Dann spürte sie, wie sich die Hand eines verheirateten Mannes, der sie nur Augenblicke zuvor noch finster angestarrt hatte, auf ihren Oberschenkel legte. Pallakis schlug sie hart weg und zog sich tiefer ins Gedränge zurück. Noch gestern hätte ein solcher Mann niemals gewagt, sie zu berühren. Seine Dreistigkeit bewies, wie tief ihr Stern gesunken war, und das machte ihr Angst. Sie beschloss, sich ein Messer zu besorgen. Vielleicht würde Klearchos ihr eine Kopis borgen.

Während sie sich durch die Menge zwängte, spürte sie den Anflug einer Panikattacke in sich aufsteigen, als stünde ihnen unmittelbar ein Angriff bevor. Stattdessen sah sie, wie sich der dicht geschlossenen Phalanx griechischer Hopliten, die vor ihnen Stellung bezogen hatten, drei Berittene näherten. Pallakis stand zu weit entfernt, um verstehen zu können, was geredet wurde, doch sie erkannte, dass sie ihre geöffneten Handflächen vorstreckten, als wollten sie damit demonstrieren, unbewaffnet zu sein. Also ein Waffenstillstand. Nach all den Gräueln im Lager wagte sie kaum, das zu hoffen. Zu denen, die sie liebten, konnten die Perser sanft und freundlich sein. Doch denjenigen gegenüber, die sie als Sklaven oder Feinde betrachteten, waren sie unvorstellbar grausam. Sämtliche Ausländer befanden sich außerhalb ihrer Kasten, sodass sich der niederste Bettler von Persepolis als ihren Herrn und Meister und als jedem der Griechen ebenbürtig ansehen würde. Sie fragte sich, ob Klearchos verstand, dass dies ihre Art zu denken war.

Einige erkannten ihren alten Status noch an, weshalb die sich dicht zusammendrängenden Griechen Pallakis bis ganz nach vorne an die Spitze durchließen. Klearchos war bis zu diesem Teil des freien Platzes geschlendert und lächelte zu den Berittenen auf, als wären diese keine direkt vom Schlachtfeld kommenden Todfeinde. Pallakis fühlte, wie ihr der Anblick das Herz abschnürte. Wie war es möglich, dass ihr Prinz tot war? Wie war es möglich, dass Kyros nicht da war, in all seiner Jugend und Größe, mit seinen Visionen von einem neugeborenen Persien? Dutzende Male hatte er sie mit seinen Träumen begeistert, und nun war alles am Ende und sie allein. Sie merkte, dass ihr die Tränen kamen, und ignorierte das Glotzen derer, die es sahen und zu tuscheln begannen.

Klearchos schaute zu Tissaphernes empor. Der Perser saß im Sattel eines prächtigen weißen Rosses und grinste schief, als hätten sie kaum einen Tag zuvor nicht versucht, einander umzubringen.

»Ihr werdet es mir nicht glauben, Spartaner, aber ich bin froh, Euch am Leben zu sehen«, sagte Tissaphernes. »Sind die Narben der Peitsche verheilt? Ich könnte mir vorstellen, dass dies inzwischen der Fall ist.«

»Was treibt Euch dazu, mich zu belästigen, Tissaphernes?«, gab Klearchos zurück. »Es würde mir großes Vergnügen bereiten, Euch zu töten, ein Vergnügen, wie es nur sehr wenige Männer in meinem Leben in mir auslösten. Ihr seid kein Narr. Wollt Ihr Euch eine Ohrfeige einfangen?«

Tissaphernes sparte sich sein Theater und lächelte höhnisch auf ihn hinunter, sichtlich erfreut darüber, so hoch über den Griechen zu thronen.

»Ihr sprecht die Sprache des Königs mit dem Akzent eines Wilden, wusstet Ihr das, Spartaner? Ihr klingt wie ein Viehhirte oder ein Bediensteter. Ich kann es mir nur dadurch erklären, dass Euch ein solcher unterrichtete. Und es heißt Lord Tissaphernes. König Artaxerxes belohnte mich damit für das, was ich ihm über Eure Pläne berichtete. Habt Ihr dies schon begriffen? Ich bin derjenige, der den Großkönig überzeugte, mit dem Reichsheer anzurücken, um kampfbereit auf dem Schlachtfeld die Verräter aus dem Westen zu erwarten. Meine Warnung war es, die seinem rechtmäßigen Besitzer den Thron rettete. Ich könnte mir vorstellen, dass er mir einen Palast schenken wird, jetzt, da sich alles zu unseren Gunsten gefügt hat.«

Klearchos rieb sich über die Stoppeln an seinem Kinn. Ihm wurde klar, dass er sich einen Bart würde wachsen lassen müssen. Für eine ganze Weile gäbe es morgens keine Schlange mehr vor dem Barbier.

»Tissaphernes«, hob er an. »Ihr kamt hierher, um eine Waffenruhe zu erbitten. Dennoch scheint Ihr entschlossen, mich zu verspotten und meinen Zorn zu wecken. Wenn jemand Spielchen spielt, dann seid Ihr es. Also, warum sagt Ihr nicht einfach, was Ihr uns ausrichten sollt? Überlasst die Entscheidungen denen, die etwas davon verstehen.«

Tissaphernes lief rot an und rutschte unruhig im Sattel hin und her.

»Nun denn, Spartaner. Mir wäre es lieber gewesen, dies heute enden zu sehen. Ich hätte Euch von hunderttausend Männern in die Zange nehmen und Pfeile in Eure Kehlen jagen lassen können …«

»Habt Ihr vielleicht irgendeine Botschaft für uns? Vom König gar?«, fiel Klearchos ihm ins Wort, den die Gehässigkeiten des Mannes ermüdeten. Liebend gerne hätte er zugesehen, wie Tissaphernes seine Zunge verschluckte und daran erstickte, doch wenn der Kerl nur widerstrebend sprach, gab es eventuell etwas, das hörenswert war.

Tissaphernes starrte ihn eine Weile kalt an und sprach dann, als gäbe er etwas wieder, das einen unangenehmen Geschmack hinterließ, während es über seine Lippen drang.

»König Artaxerxes hegt keinen Groll gegenüber denen, die im Sold seines Bruders standen. Ihm ist bewusst, dass die Schuld beim Verräter, Prinz Kyros, liegt. Auf dem Schlachtfeld war der König Zeuge außergewöhnlichen Mutes seitens der Griechen. Er lädt die Generäle ein, sich darüber zu besprechen, wie man sie am besten ohne weiteres Blutvergießen nach Hause schicken kann.«

»Na bitte«, sagte Klearchos leise. Seine Gedanken überschlugen sich. »Das klingt schon besser. Wo hat der König sein Lager aufgeschlagen, Lord Tissaphernes?«

Die Nennung des Titels entging dem Mann nicht, er schüttelte dennoch den Kopf.

»Das Heer umstellt Euch, Spartaner. Und doch werde ich nicht verraten, wo mein König residiert, noch nicht. Gebt mir Eure Antwort, und ich werde sie ihm übermitteln und noch an diesem Abend zurückkehren, um Euch zum König zu geleiten.«

»Ich nehme das Angebot an«, erwiderte Klearchos.

»Die Einladung gilt für alle griechischen Generäle«, sagte Tissaphernes und blickte über Klearchos hinweg auf die Reihen von Soldaten und die Menge, die sich verrenkte, um sie hören zu können.

»Zwei oder drei würde ich gerne zurücklassen«, sagte Klearchos, als ihm in den Sinn kam, welchen Schaden Menon anrichten konnte, sollte er jemals vor dem Perserkönig stehen.

»General Klearchos, haltet Ihr mich für irgendeinen dahergelaufenen persischen Bauerntölpel? Für einen Naivling? Wir haben Männer verhört, die mit Euch von Sardes kamen. Mithilfe von Feuer und Eisen, bis sie all ihre Geheimnisse verpfiffen. Wir wissen, wie Kyros in Byzanz dem Ruf des Königs Schaden zufügte, indem er Gelder einzog, die nicht zurückgezahlt wurden. Wir wissen bis auf die letzte Tasse Korn, wie viel Ihr ausgegeben habt, wie viel Ihr schuldig seid, wie viele Ihr törichterweise zu schützen versucht. Der Großkönig bittet jene griechischen Offiziere zu sich, die seinen Truppen gestern solchen Schaden zufügten.« Der Perser setzte eine strahlende Miene auf. »Nun, ich sähe Euch zwar lieber an Ort und Stelle niedergemetzelt, doch ich beuge mich den Befehlen des Königs. Falls Ihr also Seine Majestät nicht erzürnen wollt, werden Euch Netos der Stymphalier, Menon von Thessalien, Proxenos, Xenias der Arkadier, Sosis von Syrakus, Pasion von Megara …«

Klearchos hob seine Hand.

»Schön, Tissaphernes. Ich werde kommen. Was die anderen angeht, so werden wir es besprechen.«

»Wer weiß«, sagte Tissaphernes. »Vielleicht werdet Ihr Euch weigern. Vielleicht werdet Ihr Euch entscheiden, meinen Meister ein *allerletztes* Mal zu verärgern. Ich erwarte Eure Antwort. Bis heute Abend, Klearchos.«

Die drei Reiter drehten gemeinsam ab. Klearchos schaute ihnen nach, bis sie zu Flecken am Horizont geschrumpft waren. Der Spartaner fluchte unterdrückt, und Proxenos, der es dennoch gehört hatte, musste kichern.

»Ihr haltet es für eine Falle?«, wollte Proxenos wissen.

»Ich kann mir nicht sicher sein«, gestand Klearchos. »Es wäre nicht ausgeschlossen. Ich bin ein bisschen ratlos, Bruder. Ich werde Menon nicht die Genugtuung verschaffen, irgendeinem seiner Vorschläge zuzustimmen, aber die Wahrheit ist, dass ich keine Möglichkeit sehe, diese Menschen an diesem Ort zu beschützen. Vielleicht hätte ich von vornherein stramm voranmarschieren und sie alle zurücklassen sollen.«

»Nein«, sagte Proxenos bestimmt. »Diesen Befehl hätte ich nicht befolgt. Ich will in meinen letzten Augenblicken nicht die Schreie dieser Kinder hören. Ihr hättet sie niemals im Stich gelassen.«

»Menon hätte es getan«, brummte Klearchos, ließ den Blick über die Menge schweifen. Abermals blieb er bei Pallakis hängen, die ihn unter all den fremden Gesichtern irgendwie an sich zu reißen schien.

»Ihr seid nicht Menon«, erwiderte Proxenos. »Ihr seid ein besserer Mensch. Ich werde Euch heute Abend begleiten. Wenn sie vorhaben, uns zu hintergehen, werde ich mir diesen dämlichen Fettsack vornehmen.«

»Es ist riskant«, sagte Klearchos. Er fällte eine Entscheidung, und die schreckliche Anspannung fiel von ihm ab. »Na schön, Proxenos. Ich stehe an Eurer Seite, was auch immer geschehen mag.«

»Wir könnten auch einfach davonrennen. Diesem Vorschlag bin ich ebenfalls nicht abgeneigt.«

Die beiden Männer betrachteten eine Menschenmenge, zu der kleine Kinder, Greisinnen und Greise, Lahme und Schwache gehörten. Seit Sardes war das Feldlager auf Karren dahingerollt. Zu Fuß würden sie keinen Tag lang überstehen.

»Was meint Ihr, wird es Wein geben, wenn man einen Waffenstillstand aushandelt?«, wollte Proxenos wissen.

Klearchos' Stimmung hob sich beträchtlich.

»Davon gehe ich schwer aus.«

22

Klearchos fuhr sich mit einem Finger über die Wange, wo ein Rinnsal von Schweiß ihn juckte. Er vermisste die Rituale und Routinen des geordneten Lagerlebens. Da jederzeit persische Reiter aus der Dunkelheit auftauchen konnten, schien es nur vernünftig, alles aufzugeben, was nicht unverzüglich zum Rollen oder Laufen zu bringen war. Wie erwartet, trotteten die verbliebenen Ochsen in einem derart lahmen Tempo daher, dass ein Kleinkind auf einem Esel sie hätte einfangen können, von kaiserlicher Kavallerie ganz zu schweigen. Wäre es einigermaßen problemlos möglich gewesen, das Fleisch zu transportieren, hätte er Befehl gegeben, sie zu schlachten und zu zerlegen. Jedenfalls fehlten ihm die geordneten Schlangen vor der Essensausgabe. Ihm fehlten die Zelte und die Diener, für die sein Komfort oberste Priorität besaß. Sie schienen allesamt verschwunden zu sein, entweder getötet oder versklavt. Er hoffte, dass es nicht Letzteres war. Die Perser behandelten ihre Sklaven schlecht, sodass diese selten lange lebten. Ihm war der spartanische Stil bedeutend lieber, in dessen Rahmen die Sklaven eines Mannes wertgeschätzt und gut ernährt wurden. Klearchos hatte vier seiner eigenen Heloten in seinen Reihen. Sie betrachteten ihn fast als eine Art Ersatzvater, zumindest war das sein Eindruck. Er ahnte, dass sie seinen Namen verfluchten, wenn er sie zum Exerzieren oder zu einem langen Lauf durch die Hügel zwang, doch sie mussten in guter Form sein. Es erforderte Kondition und Ausdauer, seine Ausrüstung zu tragen und ihm den Rücken freizuhalten.

Angesichts der Last der Entscheidungsfindung war Laufen an jenem Tag jedoch kein Thema für ihn. Einige von denjenigen, die das Lager zwischenzeitlich verlassen hatten, waren mit etwas Essbarem zurückgekehrt. Andere waren Strauße und Trappen jagen gegangen, und drei von ihnen kamen wie siegreiche Helden mit einem kapitalen Rehbock wieder. Schwieriger war es, genug Feuerholz zu sammeln, um das Fleisch zubereiten zu können. Eine der Familien musste in Schach gehalten werden, während sie mit ansah, wie ihr einziger Karren zerlegt wurde. Klearchos warf einen Blick auf den alten Knaben, der in seiner Rage noch immer wüst fluchte und obszöne Gesten machte. Die Götter waren launisch, wenngleich er nicht ausgerechnet jetzt daran erinnert werden musste. Der Spartaner fragte sich, ob die Empörung des Mannes etwas über die bewunderungswürdige Fähigkeit der Griechen aussagte, gegen das Schicksal und die Götter höchstselbst die Fäuste zu schwingen, oder ob es schlicht bedeutete, dass einige von ihnen nicht alle Tassen im Schrank hatten.

Diese Überlegung trug nicht dazu bei, seine Laune zu verbessern. Auf jeden Fall aber würde man den Generälen, die an diesem Abend zu einer Audienz bei einem König aufbrachen, ein saftiges Stück Wildbret braten. Der Gedanke daran ließ seinen Magen laut knurren.

Die Nachricht hatte sich rasch im Lager verbreitet, sodass alle zwölf ranghöchsten Offiziere zu ihm gekommen waren, um die Angelegenheit zu debattieren oder ihm Ratschläge zu erteilen. Ohne jeden Zweifel spielte auch der Duft des Wildfleisches eine Rolle dabei, doch Klearchos hieß jeden Einzelnen herzlich willkommen.

Menon traf als Letzter ein und wirkte mürrisch und gereizt. Inzwischen machte sich die Sonne ans Untergehen, und soweit Klearchos wusste, hatten die Männer den ganzen Tag über keinen einzigen Bissen zu sich genommen. Menon begegnete ihm mit sichtlicher Abneigung, und er bekräftigte seine Stimmung durch die ersten Worte, die aus seinem Mund drangen.

»Ihr würdet uns alle am liebsten auf den Knien antreten lassen. Ich verstehe, warum Ihr Euch so gut mit dem persischen Prinzen verstanden habt, Spartaner. Ihr seid genauso arrogant. Soll ich mich Euch zu Füßen werfen? Würde dies Eure Hoheit erfreuen?«

»Ich denke, Ihr solltet hierbleiben, Menon«, erwiderte Klearchos, die Sticheleien ignorierend. Er hielt Menon für engherzig und übellaunig, seine Männer hatten jedoch gut gekämpft. Abgesehen von seiner Feindseligkeit gegenüber gewissen anderen griechischen Gruppierungen verstand Menon tatsächlich etwas von seinem Handwerk.

Menon schaute Klearchos an, danach in die Gesichter der anderen. Er wusste, dass Proxenos und Netos wie Pech und Schwefel mit dem Spartaner zusammenhielten. Einer oder zwei der übrigen Männer hatten ihm im Vertrauen zugestimmt und erklärt, dass sie den Mann ebenfalls überheblich fanden, dennoch standen sie jetzt geschlossen vor ihm, als wäre Menon der Außenseiter.

»Ich diene seit nunmehr zwanzig Jahren als General«, sagte Menon. »Meinen letzten Informationen zufolge haben sich Eure eigenen Ephoren in Sparta von Euch distanziert. Ihr fandet einen Prinzen, der willens war, Euch Gold in den

Rachen zu stopfen, doch das macht Euch noch lange nicht zum Anführer, ganz gleich, was diese Narren denken mögen. Weshalb auch? Weil Kyros Euch dazu ernannte? Dann sollten wir es jetzt vielleicht vom Prinzen persönlich hören, oder? Hebt Eure Hand, Prinz Kyros, wenn Ihr meint, Klearchos solle über uns bestimmen. Nein? Nichts? Dann werde ich mein Schicksal in die eigenen Hände nehmen, Spartaner – und das Schicksal meiner Männer, die auf mich bauen.«

»Ihr seid wahrlich ein giftiger kleiner Mistkerl«, sagte Proxenos. »Klearchos bietet Euch einen Ausweg, Menon. Falls es heute Abend zum Verrat kommt. Begreift Ihr nicht?«

»Euer Freund ist ein Denker«, gab Menon zurück. »Mehr aber auch nicht. Und sofern es überhaupt etwas wert ist. Ich wüsste gerne, was die Perser ihm heute Morgen anboten, als sie im Namen des Großkönigs herkamen. Ich komme nicht umhin, mich zu fragen, ob General Klearchos wirklich alles, was sie sagten, an uns weitergegeben hat. Bewahrt Ruhe, Proxenos. Ich traue Euch nicht weiter, als ich Euch werfen kann.«

»Na schön!«, blaffte Klearchos. »Dann kommt mit uns. Wahrscheinlich wollte ich mir einfach nur Euer Gewimmer ersparen, Menon. Proxenos, Ihr solltet an seiner statt bleiben.«

»Nein, nicht ich«, sagte Proxenos sofort. »Ich werde Euch zur Seite stehen.« Sein Ton duldete keinen Widerspruch, doch Menon übertönte sie beide.

»Was auch immer Ihr zwei zusammen ausgeheckt habt, ich werde dahinterkommen. Worum geht es? Soll Proxenos mit dem Lager abrücken, während wir abgelenkt sind? Nein, ich will Proxenos auch an meiner Seite sehen.«

Klearchos stellte fest, dass er die rechte Hand zur Faust geballt hatte, und maß im Stillen die Distanz für zwei schnelle

Vorwärtsschritte, um den Thessalier bewusstlos zu schlagen. Es war eine befriedigende Vorstellung, doch er unterdrückte den Drang, sich gehen zu lassen, wie er es schon seit seinem siebten Lebensjahr zu tun pflegte. Die Lektionen Spartas waren streng und hart gewesen, hatten ihn aber mit einem eisernen Willen ausgestattet. Er lächelte Menon an und neigte den Kopf.

»Wie Ihr wünscht. Wir werden zusammen die Höhle des Löwen betreten. Und wenn wir darin verschlungen werden, wird Euer Name auf meinen Lippen liegen, Menon.«

»Ihr seid ein guter Redner«, sagte Menon achselzuckend. »Aber Ihr werdet mich nicht zurücklassen. Das kann ich Euch versprechen.«

Als der Abend sich über die Wüste legte und die Sonne aus dem klaren Himmel in die Welt darunter gezogen wurde, kam Tissaphernes. Alle zwölf Griechengeneräle erwarteten ihn, erfrischt und ausgeruht. Unter dem Schutz des Waffenstillstandes trugen sie keine Speere oder Schilde, doch jeder von ihnen hatte entschieden, sein Kurzschwert bei sich zu behalten, und Klearchos trug zusätzlich seine Kopis-Klinge im Kreuz.

Tausende kamen herbei, um sie aufbrechen zu sehen. Tissaphernes blickte auf die stumm dastehende Menge zurück und zog eine finstere Miene. Sie wirkten nicht besiegt oder verängstigt. Er konnte einfach kein Verständnis für solch merkwürdige Leute aufbringen, die nicht einmal zu wissen schienen, wann sie verloren hatten.

»Der Befehl des Königs lautet, dass Eure Anhängerschar während Eurer Abwesenheit hier verbleibt«, sagte der Perser mit einem Naserümpfen. »Mein Gebieter Artaxerxes wird eine Waffenruhe garantieren, solange sie sich an diesem Ort aufhalten, sie jedoch aufheben, sobald sie sich in gleich welche Richtung bewegen. Habe ich mich klar und deutlich ausgedrückt?«

Klearchos erwiderte eine Weile nichts darauf. In der Dämmerung schienen seine Augen unnatürlich hell zu leuchten.

»Wir haben verstanden«, sagte er schließlich. »Waffenruhe, wenn wir bleiben, Krieg, wenn wir uns rühren.«

Die Art, wie er sprach, ließ es mehr nach einer Drohung als nach einer Zusicherung klingen. Es war Tissaphernes, der den Blick abwandte und sein Pferd in Bewegung setzte.

Nachdem sie ungefähr dreißig Stadien hinter sich gebracht hatten – was einer Marschzeit von einer Stunde entsprach –, war die Dunkelheit endgültig über sie hereingebrochen.

»Was glaubt Ihr, wie weit ist es noch?«, fragte Proxenos auf Griechisch. »Meine Beine werden langsam steif.«

»Woher soll ich das wissen?«, entgegnete Klearchos. »Wenn sie steif sind, können wir von mir aus gerne eine Weile in Laufschritt verfallen.«

»Wohin sollen wir laufen? Vergesst nicht, dass ich verwundet bin«, schaltete Netos sich ein und wies auf seinen verbundenen Arm.

»Wie könnten wir das vergessen? Ihr redet doch die ganze Zeit davon«, sagte Menon.

»Außerdem kann man es kaum als Wunde bezeichnen. Meine Frau hat mir schon Schlimmeres zugefügt«, ergänzte Proxenos.

Netos drückte sich plötzlich an ihm vorbei. Sein verbundener Arm flatterte auf und ab.

Voller Verwunderung schaute Tissaphernes zu, wie ein Dutzend griechischer Generäle loszurennen begannen und einander dabei wie kleine Jungen bei einem Wettrennen beiseiteschubsten. Eine Zeit lang preschten sie so voraus, bis sie schließlich in gleichmäßigen Trainingstrab verfielen. Tissaphernes konnte ihr Gelächter und die Schimpfkanonaden hören.

Der Perser verdrehte die Augen gen Himmel und trieb sein Pferd an, um zu ihnen aufzuschließen. In einer Senke zwischen den vor ihnen liegenden Hügeln kamen die Feuer des königlichen Lagers in Sicht, und natürlich setzten die Griechen einander lautstark davon in Kenntnis. Nun musste ihnen nicht länger der Weg gewiesen werden. Sie steigerten ihr Tempo noch, sodass die Perser hinter ihnen zurückblieben.

Tissaphernes konnte die Blicke seiner Begleiter auf sich spüren, zwei ernste junge Männer, die noch nie zuvor Griechen begegnet waren. In ihren Blicken lag die Erwartung einer Erklärung, doch er konnte bloß mit den Schultern zucken.

»Sie sind verrückt«, sagte er hilflos. »Wer kann solche Männer schon begreifen?«

Die drei Perser schlossen zu den Griechen auf und zogen an ihnen vorbei, bevor diese die Peripherie des Lagers erreichten. Zu seinem Ärger musste Tissaphernes feststellen, dass er in der warmen Luft stark schwitzte. Die griechischen Generäle grinsten, als Diener kamen, um die Pferde zu übernehmen. Tissaphernes überlegte, seine Roben zu wechseln, bevor er dem König entgegentrat, doch seine Befehle besagten, sich auf der Stelle zurückzumelden. Er fragte sich dennoch, ob Artaxerxes ihn wohl schon so früh zurückerwartet hatte.

»Folgt mir«, sagte er in höfischem Persisch und wies ihnen mit einer Geste die einzuschlagende Richtung. Tissaphernes wusste, dass einige von ihnen die Sprache beherrschten, doch es entsprach seinem Gefühl von Überlegenheit, sie wie Kinder oder Schwachsinnige vor sich her zu scheuchen.

Die Griechen schritten ihrerseits geschlossen einher, angesichts der persischen Soldaten, die sie beobachteten, schwand ihre gute Stimmung jedoch. Dichte Reihen säumten zu beiden Seiten den Pfad, der ins Lager führte, und bildeten eine Allee aus Großreichstruppen. Verwirrt verfolgte Tissaphernes, wie Klearchos ausscherte und vor einem Bullen von Mann haltmachte, der glasig ins Nichts stierte. In nunmehr völliger Verblüffung sah Tissaphernes, dass der Grieche dem Mann die Tunika richtete und ihm ein paar Worte ins Ohr flüsterte, die dessen tief in einem schwarzen Bart verborgene Lippen amüsiert zucken ließen.

Diese Handlung schien auch die anderen Perser zu belustigen, und sie quittierten sie mit an den Spartaner adressierten Zurufen in ihrer fließenden Sprache. Die Prozession entlang des Pfades wurde zu einer Art Beschau, als hätten sich die Perser zwecks Abnahme durch die Griechen aufgereiht. Tissaphernes knirschte mit den Zähnen. Sie waren Barbaren, und vor allem waren sie an diesem Abend die Gäste des Königs. Er konnte nur verkniffen lächeln, sie weiterwinken und auf sie warten.

»Glaubt Ihr, der Fettwanst spricht Griechisch?«, meinte Menon.

»Irgendwer wird dessen fähig sein«, antwortete Klearchos. »Äußert nichts, von dem Ihr nicht wollt, dass es jemand mitbekommt.«

»Ihr seid ein weiser Mann, Spartaner. In vielerlei Hinsicht erinnert Ihr mich an meine Mutter.«

»Mir scheint, ich lernte sie einst kennen …«, begann Klearchos. Was immer er hatte hinzufügen mögen, ging in Trompetenstößen weiter vor ihnen unter. Der Durchgang zu einem großen Pavillon wurde aufgeschoben, sodass sich Licht in die sie umgebende Finsternis ergoss.

Die Griechen betraten ein königliches Zelt, welches erst an diesem Tag auf dem Wüstengrund errichtet worden war, und es fiel ihnen schwer, nicht bass erstaunt die Augen aufzureißen. Der Boden war keineswegs sandig oder von auf nackter Erde ausgebreiteten Teppichen bedeckt, sondern schien vielmehr aus poliertem Stein gefertigt. Über ihnen erhob sich in mannigfachen Kuppeln das Dach, und die Luft war geschwängert von kräftigen Wohlgerüchen und Duftstoffen. Tänzerinnen und Tänzer rekelten sich lässig im Takt eines Saiteninstrumentes, mit nichts als einem Lendenschurz bekleidete Frauen und Jünglinge, deren Haut mit Rouge und Kajal bemalt war. Hunderte von persischen Soldaten standen aufgereiht wie schwarze oder weiße Käfer an den Wänden, die Gesichter glänzend von Hitze und das Blut befeuernden Rauschgiften. Die Luft selbst war buchstäblich zum Schneiden, wenngleich schwer zu sagen war, ob dies von der Wärme der Wüste oder dem Duft von auf die nackte Haut geriebenen Ölen herrührte.

Die zwölf Griechen traten paarweise ein, mit Klearchos und Menon an der Spitze und Proxenos und Netos direkt dahinter. Menon hatte es sich nicht ausgesucht, den Platz zur Rechten des Spartaners einzunehmen, sondern fand sich schlicht dort wieder, während er mit offenem Mund ins Licht Tausender züngelnder Fackeln blinzelte. Sie steckten auf bronzenen Nägeln, welche aus in den Stein eingelassenen Löchern ragten, oder wurden von Sklaven gehalten, deren einzige Aufgabe darin bestand, Licht zu spenden, wo immer es gebraucht wurde.

Das Zentrum des Pavillons bildete eine bestuhlte, mit Messern und Schüsseln sowie blutrotem Tuch eingedeckte Festtafel. Ein riesiger Leuchter drehte sich träge über dem Tisch und ließ die Flammen weißer Kerzen kreisen. Die Tafel erstreckte sich vor den griechischen Generälen nach links und rechts, und hinter dem massigen Möbel standen persische Offiziere und behielten ihre Gäste im Blick. Klearchos verspürte eine seltsame Gefühlsmischung in sich aufwallen, als er Ariäus unter ihnen ausmachte. Seine erste Empfindung war Erleichterung, ihn am Leben zu sehen. Darüber hinaus sprachen das angespannte Lächeln und die zurückhaltende Miene des Mannes eine ziemlich deutliche Sprache. Es hätte Klearchos nicht überraschen dürfen, dass jemand wie Ariäus die Gunst seines Königs zurückerlangt hatte. Vor allem anderen war der Perser ein Überlebenskünstler.

Klearchos nickte Ariäus zu. Weitere Höflichkeiten war er dem Mann nicht schuldig, obgleich der Perser als Erwiderung den Blick zu Boden senkte. Anschließend richtete Klearchos seine Aufmerksamkeit auf den alles beherrschenden Hauptakteur der Szene, König Artaxerxes. Der Gottkaiser von Persien wies eine gewisse Ähnlichkeit mit Kyros auf, sodass bezüglich seiner Identität kein Irrtum möglich war, selbst wenn er nicht von Sklaven umringt und so überreich gekleidet und geschminkt gewesen wäre, dass er einem goldenen Teppich glich. Darüber hinaus war der König von wuchtigerer Statur, als Kyros ihn beschrieben hatte, eindeutig mehr Krieger als Bücherwurm. Artaxerxes hatte sich in locker fallende Gewänder aus dünnem Stoff gehüllt, die den Eindruck erweckten, er genieße trotz der Hitze im Zelt angenehme Kühle. Sein Bart war geölt und spitz zusammengeflochten. Klearchos stellte fest, dass der König unter den wallenden Stoffen einen ägyptischen Brustharnisch aus goldener Bronze und einen in seine Schärpe geschobenen Dolch trug. Artaxerxes lächelte beinahe verträumt, und nichts unmittelbar Bedrohliches lag in der Luft.

»Guten Abend, werte Herren«, sagte ein Mann und zog dadurch ihre Blicke auf sich. Der Bursche verbeugte sich, und Klearchos befand, er sähe aus wie ein hochrangiger Diener.

Es war keineswegs verwunderlich, mit einem Mal die griechische Sprache zu vernehmen. Dennoch kniff Klearchos für einen Moment irritiert die Augen zusammen, als man ihn in seiner Muttersprache ansprach, so weit weg von der Heimat und allem, was er kannte und liebte. Er gab sich Mühe, die erotischen Gestalten zu übersehen, die sich in seinem Augenwinkel sinnlich umeinander wanden, doch die Musiker und ihr Saitengezupfe konnten die Geräusche des Reibens und Aufeinandertreffens von Haut auf Haut nicht gänzlich übertönen. An diesem Ort lag eine gefährliche Atmosphäre in der Luft, ein Blutgeruch vielleicht, wenn auch überlagert von schwerem Parfum. Es war ein Ort der Hitze und der Begierde, keiner der Ruhe und Gefahrlosigkeit.

Klearchos erreichte die riesige Tafel, erstaunt über deren Ausmaße. Er ließ sich auf ein Knie nieder und den Kopf sinken. Auf der Basis dessen, was sie von Kyros wussten, hatten sie besprochen, wie der König am besten zu begrüßen war. Sie waren sich alle einig gewesen, dass Artaxerxes von ihnen erwartete, dass sie sich flach auf den Bauch legten, doch gleichzeitig hatte Proxenos eingeworfen, dies wäre ein Zeichen von Schwäche – und dass deren Zurschaustellung bei Männern wie dem König nur Gewalttätigkeit entfachen würde. Klearchos wusste, dass es ein Risiko darstellte, insbesondere vor den Augen des höfischen Gefolges und der königlichen

Huren. Er verneigte sich und hörte, wie ein zischendes Wispern durch den Pavillon ging, wenngleich er nicht hätte beurteilen können, ob es sich um ein erstauntes oder belustigtes Murmeln handelte.

»Tja, ich hab's Euch gesagt«, flüsterte Menon an seiner Schulter. »Ihr werdet uns noch alle umbringen.«

Ohne den Kopf zu heben, entgegnete Klearchos leise: »Werft *Ihr* Euch doch flach auf den Boden, Menon, wenn Ihr meint, es könnte Euch retten. Im Ernst.«

»Keinesfalls. Ich bin ein ebenso guter Grieche wie Ihr, Spartaner. Ein besserer noch.«

Klearchos erhob sich und lächelte den König an. Er sprach in flüssigem Persisch.

»Eure Majestät, wir kamen unter Waffenruhe zu Eurem Pavillon. Ich sehe, Ihr habt General Ariäus gegenüber Gnade walten lassen, und für diese Barmherzigkeit danke ich Euch. Ich bin Klearchos von Sparta. Ich hatte die Ehre, diese Männer durch Frieden und Krieg zu führen.« Einen nach dem anderen stellte er die Offiziere vor, die in seinem Rücken standen. Jene, die der fremden Sprache nicht mächtig waren, knieten sich still nieder, als ihre Namen fielen.

Der König verfolgte die gesamte Darbietung schweigend. Klearchos sah, dass sein Blick glasig und sein Gesicht gerötet war, als hätte Artaxerxes an diesem Abend bereits ordentlich gebechert. Der General wartete auf die Erlaubnis, sich setzen zu dürfen. Aus seiner Verbindung zu Kyros wusste er, dass es die Perser mit den Gepflogenheiten der Gastfreundschaft sehr ernst nahmen. Wenn er und seine Gefährten an die Tafel des Königs gebeten wurden, bedeutete dies, dass sie dessen Gäste waren. Anschließend konnten kleinere Verletzungen von Tischsitten und Gebräuchen vergeben werden.

Klearchos wartete weiter, spürte jedoch Schweißperlen von seiner Kopfhaut rinnen, die dunkle Flecken auf seiner Tunika hinterließen.

Tissaphernes rauschte an den Generälen vorbei, die er in dieses Zelt geführt hatte, warf sich zu Boden und nahm dann einen Platz am hinteren Ende des Tisches ein. Klearchos sah, dass er sich nicht ohne Erlaubnis zu setzen wagte, doch sein Eintreffen hatte die Spannung gelöst. Der Großkönig von Persien blinzelte träge, als kehrte sein Blick aus der Unendlichkeit an diesen Ort der Hitze und Süße zurück.

»Seid willkommen, Klearchos von Sparta. Eure Gefolgsmänner mögen sich niederlassen. An diesem Abend seid Ihr alle Gäste an meiner Tafel.«

Die unterschwellig herrschende Nervosität schwand aus dem Raum, als jeder persische Soldat die Worte vernahm und damit wusste, dass kein Angriffsbefehl auf die vermessenen Griechen bevorstand. Klearchos ließ langsam die Luft aus seinen Lungen weichen, obgleich er nicht viel darauf gab. Ihn hatten bereits zu viele Blicke von Männern gestreift, die glücklich gewesen wären, ihn tot zu sehen. Die Spartaner waren der berühmteste Gegner, dem Persien je gegenübergestanden hatte, der unbesiegbare Feind. Klearchos hoffte, der Legende von Kunaxa ein paar Zeilen hinzugefügt zu haben, als er demonstriert hatte, dass er sich auf dem Schlachtfeld völlig frei in jegliche Richtung bewegen konnte. Er war der festen inneren Überzeugung, dass sie das persische Heer zerschlagen hätten, wenn Kyros nicht so schnell gefallen wäre, obwohl es einen Monat gekostet hätte, bis auf den letzten Mann alle darin zu töten. Allerdings hielt er diese Ansicht an diesem Abend nicht für besonders tischgesprächstauglich.

Die Griechen wurden zu ihren Plätzen geleitet und ließen sich nieder. Ihr Unbehagen angesichts derart zahlreicher Fremder und Feinde um sich herum verbargen sie.

Klearchos schaute auf, dem König in die Augen. Unwillkürlich schätzte er die Breite des Tisches ab und befand sie als gerade eben zu ausladend, um mit der Kopis ausholen zu können. Dies war jene Sorte von Detail, die Kyros geliebt hatte, wie er sich erinnerte. Zweifelsfrei gab es eine Geschichte hinter der Konstruktion dieses monströsen Dings, doch wie es in eine Talsenke inmitten einer Wüste gekommen war, ging über seinen Verstand. In Anbetracht der Unmenge an Sklaven, die sich um den König scharten, konnte der griechische General nur staunen. Es leuchtete ein, dass das königliche Feldlager wahrscheinlich zehnmal so groß wie ihr eigenes war – ein wandelndes Sardes oder gar Athen. Gigantische Tafeln, Schenken, eine königliche Münzprägestätte, Goldschmiede und Weber, Steinmetze und Elfenbeinschnitzer. In einer einzigen Nacht hatten sie eine ganze Zivilisation in der Wüste errichtet, und nichtsdestotrotz fragte er sich, ob er je wieder die Sonne aufgehen sehen würde. Klearchos nahm einen tiefen Atemzug und lächelte. Er legte seine Hände vor sich auf den Tisch und sah erfreut, dass sie nicht zitterten.

»Trinkt Ihr zum Wohle der Gefallenen, Hellene?«, fragte Artaxerxes.

Klearchos nickte.

»Das tun wir, Eure Majestät, um ihnen die Ehre zu erweisen und die Reise ihrer Seelen zu beschleunigen.«

Der König gab ein Handzeichen, und Diener füllten jedem Mann den Trinkkelch. Menon beäugte seinen mit finsterer Miene, hütete sich jedoch davor, ihren Gastgeber durch Ablehnung zu beleidigen. Der König erhob sich, und alle zwölf

Generäle taten es ihm mit hocherhobenen Bechern nach. Anspannung machte sich aufs Neue breit, als die persischen Soldaten die Hände auf ihre Schwerter legten, bereit, sie bei der leisesten verdächtigen Bewegung zu ziehen.

»Mein Bruder Kyros war ein Verräter und … ein Narr. Doch er war der Sohn meines Vaters. Möge Gott ihm einen Platz in der Ewigkeit zuweisen. Auf meinen Bruder Kyros, edle Herren.«

»Prinz Kyros«, sagte Klearchos.

Er hörte Ariäus in den Rest einstimmen, als sie die Worte wiederholten und sich dann wieder setzten, sich der plötzlichen drohenden Gewalt nur allzu bewusst. Artaxerxes schien es nicht bemerkt zu haben. Er lächelte, als die ersten dampfenden Speisen hereingetragen wurden. Sein Interesse galt vor allem dem raffinierten Arrangement der Gerichte. Klearchos schaufelte sich die ersten Leckerbissen auf seinen Teller und gab sich damit zufrieden. Er verspürte keinen Appetit und konnte sehen, dass auch Proxenos nur ein Schüsselchen Suppe gewählt hatte, zusammen mit etwas in Maismehl Ausgebackenem, das hineingetunkt werden konnte. Menon häufte sich von allem auf seine Platte, was angeboten wurde, und zuckte bloß mit den Achseln, als er die missbilligenden Blicke der anderen bemerkte.

Sie aßen, bis jedermann die Diener wiederholt abgewiesen hatte und Klearchos es satthatte, wegen eines Nachschlages gefragt zu werden. Der König rülpste in seine Faust und leerte abermals seinen Weinkelch. Der Spartaner hatte mitgezählt und wusste, dass der König inzwischen zum achten Mal den Boden seines Bechers erblickte.

»Was soll ich nur mit Euch Griechen machen?«, sagte Artaxerxes unvermittelt.

Klearchos sah Tissaphernes von seinem Teller aufschauen, den er gerade mit einem Stück Fladenbrot sauber wischte.

»Wir sind Söldner, Majestät«, erwiderte Klearchos. »Gedungene. Männer, die ihr Werk gegen Sold verrichten. Wir wünschen nichts anderes, als uns zur Königsstraße zurückziehen zu dürfen.«

»Und doch kamt ihr als Invasionsheer nach Persien«, sagte Artaxerxes.

Die bedrohliche Atmosphäre hatte sich erneut in den Raum zurückgeschlichen, und Klearchos war froh darüber, nicht zu viel gegessen und sich dadurch träge gemacht zu haben. An den steifen Bewegungen bewaffneter, sich unbeobachtet wähnender Männer spürte er den Gefahrenpegel steigen. Diese Verstohlenheit steigerte die Bedrohlichkeit noch, und Resignation überkam ihn. Sie waren umzingelt. Falls der König ihnen etwas antun wollte, gab es nicht die geringste Chance, diesem Ort zu entkommen.

»Wir kamen des Goldes und Silbers wegen, Eure Majestät. Euer Bruder Kyros entlohnte uns dafür zu marschieren. Wir sind wie Sattler oder Tischler, nur ist unser Geschäft das Schwert. Wenn unser Dienstherr getötet wird, hoffen wir darauf, uns zurückziehen zu können. Ob Sieg oder Niederlage, wir hegen keinen Groll und sind nicht nachtragend.«

Artaxerxes lachte grunzend.

»Dann könnte hier eine Enttäuschung auf Euch warten. Wir in Persien haben ein gutes Gedächtnis, General. Ihr kamt in mein Land und trachtetet nach meinem Kopf, nach meinem Thron. Ihr wolltet alles zerstören, was ich verkörpere. Und dennoch erwartet Ihr, am Ende einfach davonspazieren und meine Hand in Freundschaft ergreifen zu können! General Ariäus hat mir die Wahrheit berichtet, wie er von meinem Bruder in dessen Dienste gezwungen wurde. Als Perser darf er dafür in die eigenen Reihen zurückkehren, damit meine Leibwachen mit ihm anstellen können, was immer ihnen Spaß macht.«

Klearchos warf einen Blick zu Ariäus hinüber und sah den Kummer und die Schmach in dessen Augen. Offenbar kein Begünstigter mehr. Für den Bruchteil einer Sekunde schüttelte Ariäus warnend den Kopf. In seiner Miene lag ein Ausdruck von Mitleid, und Klearchos spürte, wie sich sein Magen verkrampfte.

»Ihr hingegen …«, fuhr der König fort. »Wahrhaftig, es ist so, wie Lord Tissaphernes gesagt hat. Ihr Griechen seid allesamt Barbaren … ungezähmte Wilde. Das Mahl ist nun beendet. Versteht Ihr? Hat jeder von Euch sich satt gegessen? Könnt Ihr Euch etwa bei den Göttern darüber beschweren, ich wäre Euch mit Geringschätzung begegnet oder hätte Euch, meinen Gästen, gegenüber den Eid der Gastfreundschaft gebrochen?«

Im Pavillon herrschte absolute Stille. Sogar die sich zuvor lustvoll windenden Frauen standen da wie Statuen, und die letzten verklingenden Töne der Musik schienen noch lange in der Luft zu hängen. Ein kräftiger Arm schlang sich von hinten um Klearchos' Hals. Er zog seine Kopis und stieß dem Angreifer die Klinge ins Ellbogengelenk, woraufhin dieser ihm direkt ins Ohr kreischte. Doch Dutzende von Soldaten stürzten sich bereits auf die Griechen, die noch immer auf ihren Plätzen saßen. Proxenos brach einem von ihnen den Arm an der Tischkante, was den Mann aufschreien und zurückfallen ließ. Menon sprang auf und schlug einen weiteren Perser bewusstlos, bevor er niedergerungen wurde, schwitzend und mit jedem Atemstoß fluchend. Die Tafel erbebte und wurde im Gefecht fast umgerissen. Aber es konnte nur einen Ausgang nehmen. An diesem engen, kleinen Ort wurden die Griechen in wenigen Augenblicken niedergestochen und überwältigt.

Artaxerxes erhob sich abermals zu voller Größe und schaute auf seine gefallenen Gegner herab. Ein oder zwei wanden sich noch im Griff jener, die sie würgten oder auf sie einstachen. Er sah Erkenntnis im Blick des Spartaners, wenngleich dessen Gesicht so rot war wie die Umhänge seiner Volksgenossen.

»Wohin werden Eure Griechen nun gehen, General? Jetzt, da sie keine Führer mehr haben? Ich sage Euch, sie werden mein Land nicht lebend verlassen. Nehmt diese Gewissheit mit Euch in den Tod.«

Er dachte zunächst, Klearchos versuchte, etwas zu sagen. Erstaunt runzelte der König die Stirn, als er erkannte, dass der Mann lachte. Doch das Blut des Spartaners floss ihm bereits in breitem Strom über die Brust, und Klearchos war tot, bevor Artaxerxes ihn um eine Erläuterung bitten konnte.

23

Die Wachen scheuchten das Feldlager mit Fanfarenstößen auf, als sie hörten, wie Reiter sich näherten. Da sich der persische König, wie alle wussten, nur wenige Meilen entfernt aufhielt, erfolgte die Reaktion prompt. Die Hörner ließen Spartaner und Thessalier sich mit blankgezogenen Schwertern von ihren Decken aufrappeln, um der Gefahr entgegenzutreten.

Es war mitten in der Nacht, und man brachte Fackeln, um die Reiter ausmachen zu können. Hinter den Fackelträgern formierten sich Linien aus Männern mit Speer und Schild. Sie hielten ihre Gefechtsstellung, als sie sahen, dass lediglich ein paar Dutzend Männer zum Lager vorgerückt waren. Klearchos und die Generäle waren abwesend, und es gab niemanden, der sie auf ihre Decken zurückbefohlen hätte. Einem solchen Befehl wären sie ohnehin nicht gefolgt.

Zwei Hauptmänner, die zu Proxenos gehörten, stellten sich gezielt an die Spitze des Rests, als die Reiter auftauchten und anhielten. Sklaven rannten neben den Persern her und hielten die Fackeln so zur Seite, dass kein Öl auf nackte Haut tropfen konnte.

Pallakis stand jenseits des Lichtscheines und wagte sich nicht näher. Aufs Neue erkannte sie Tissaphernes und an dessen Seite einen düster dreinblickenden und kummervoll wirkenden Ariäus. Sie wusste nicht, ob der persische General ein Gefangener war, wenngleich Ariäus ohne Fesseln zu reiten schien. Es war Tissaphernes, der sich an die Hauptmänner wendete, die ihm den Weg versperrten – und dann seine Stimme erhob, um auch für all jene vernehmbar zu sein, die dahinter in der Dunkelheit kauerten.

»Ich komme unter Waffenruhe in dieses Lager und bringe gewichtige Neuigkeiten mit, die euch alle betreffen und bis zum Sonnenaufgang eine Entscheidung von euch verlangen. Eure Generäle sind tot. Sie haben König Artaxerxes verärgert und sind geköpft worden. Ihr habt die Anordnung, euch zu ergeben. Tut ihr es, könnt ihr vielleicht auf eine Form von Gnade hoffen. Ihr werdet als Sklaven dienen, doch die meisten von euch werden leben dürfen. Falls ihr eure Waffen bei Sonnenaufgang nicht niederlegt, werdet ihr gejagt wie Hunde und getötet, einer nach dem anderen, als Exempel für all jene, denen Silber mehr wert ist als Ehre. Der Großkönig hat für Söldner nicht viel übrig. Ihr habt Zeit bis zur Morgendämmerung, um eure Wahl zu treffen. Versteht ihr, in welcher Lage ihr euch befindet?«

Die letzten Worte richtete er an zwei Hauptmänner, die keine Silbe Persisch sprachen. Seinem Blick und Tonfall nach war ihnen eine Frage gestellt worden, weshalb sie die Köpfe schüttelten. Verdrossen verdrehte Tissaphernes die Augen und winkte Ariäus, der sein Ross näher heranlenkte und die Ansprache seines persischen Landsmannes für sämtliche Zuhörer ins Griechische übersetzte.

Pallakis bis sich auf die Lippe und spürte Tränen kommen. Vertrauensvoll hatte sich Klearchos in jenes Giftschlangennest begeben, das als des Königs Pavillon getarnt gewesen war. Ihn verloren zu haben, noch dazu so bald nach Kyros, weckte in ihr das Bedürfnis, sich zusammenzurollen wie ein

Kind. Für sie gab es keine Zukunft mehr. Sie stellte sich vor, die Sklavin eines persischen Soldaten oder Lords zu werden, und verzweifelte. Sie würde Griechenland niemals wiedersehen. Sie weinte geräuschlos und sah zu, wie Ariäus die Botschaft noch ein weiteres Mal wiederholte. Als Tissaphernes die Hand hob, zuckte Ariäus zusammen. Er mochte zwar kein Gefangener sein, war aber eindeutig nicht mehr der goldene General, den sie gekannt hatte.

Pallakis sah sie ihre Pferde wenden und zurückreiten, wobei das Licht ihrer Fackeln noch ein gutes Stück in der Finsternis zu erkennen war. Dann wischte sie sich die Tränen ab, die heiße Spuren auf ihrem Handrücken hinterließen. Das Kajal um ihre Augen war bestimmt verschmiert. Die Nachtluft war kalt, und obwohl ihr bewusst war, dass sie zitterte, half es, im Dunkel verborgen zu sein. Um sie herum setzten tausend geflüsterte Diskussionen ein, und sie beteiligte sich an keiner davon. Dennoch verfiel das Lager nach und nach wieder in Stille. Sie hatten in zu kurzer Zeit zu viele Schocks und Rückschläge erlitten. Der letzte, finale Schlag hatte sie alle wie betäubt zurückgelassen. Sie hatten ihre Generäle voller Zuversicht und Hoffnung aufbrechen sehen, und nun waren diese für immer verschwunden. Es war mehr, als man verkraften konnte. Die Sterne am Himmel leuchteten ihnen nicht mehr, und Pallakis war überzeugt, keinen Schlaf finden zu können. Schließlich war dies ihre letzte Nacht in Freiheit. Sie versuchte nicht daran zu denken, was die Sonne mit sich bringen würde.

Xenophon beobachtete, wie Ariäus und Tissaphernes davonritten. Er hielt sich ein paar Schritte von den Fackeln entfernt im Schatten und war deshalb für sie unsichtbar. Er hatte den Eindruck, das halbe Lager sei angetreten, um zu hören, was vor sich ging – wenn nicht gerade ihr eigenes Leben auf dem Spiel stand, waren Griechen für gewöhnlich sehr neugierig. Die Nachricht, dass Klearchos nicht zurückkehren würde, war wie ein Schlag in die Magengrube. Xenophon fluchte unterdrückt. Die Vorstellung, irgendjemand könne den Spartaner überwältigt haben, schien ausgeschlossen. Dennoch war der Ausdruck giftigen Triumphes auf Tissaphernes' Gesicht nicht zu übersehen oder zu missdeuten gewesen. Der Mann war eine Schlange, doch Männer wie er brachten es oft weit, wie Sokrates zu sagen pflegte.

Xenophon kehrte zu seiner Decke zurück, auf der er rücklings mit vor der Brust gefalteten Händen geschlafen hatte. Er überlegte, sich wieder hinzulegen, wusste jedoch, dass an Schlaf nicht mehr zu denken war. Etwas früher hatte er ein wenig gegessen, die Reste irgendeines armen Lasttieres, das aus mehr Knochen als Fleisch bestanden hatte. Er zupfte sich ein Stückchen davon zwischen den Zähnen hervor und schaute zum nachtklaren Himmel auf, über den sich die Sterne in einem breiten Band erstreckten.

Er zuckte heftig zusammen, als Hephaistos direkt neben ihm zu sprechen anhob.

»Was werdet Ihr unternehmen?«

»Beim Zeus! Musstet Ihr Euch in der Dunkelheit derart leise an mich heranschleichen?«

Hephaistos zuckte die Achseln. Er war im Mondlicht kaum zu erkennen. Xenophon starrte ihn wütend an. Er hatte dem athenischen Bandenführer das Reiten beigebracht, und seitdem suchte der junge Mann seinen Rat, als hätte er auf alles eine Antwort. Xenophon kaute auf einem Hautfetzen an seinem Daumen herum. Zuzugeben, nicht die geringste Ahnung zu haben, fiel ihm schwer. Er war immer noch von der Nachricht aus der Bahn geworfen, dass Klearchos, Proxenos, Netos, Menon und all die anderen nicht mehr da waren. Manche hatte er bewundert, während andere ihm fremd geblieben waren. Dass sie alle mit einem Mal ausgelöscht worden waren, erschütterte ihn zutiefst.

Ihm kam ein Gedanke, und er setzte sich in Bewegung. Hephaistos zögerte nicht lange, bevor er ihm folgte und zu ihm aufschloss.

»Was ist los? Habt Ihr etwas gehört? Was machen wir jetzt?«

Xenophon blieb stehen und atmete schwer. Er wandte sich dem Jüngeren zu, neunzehn Jahre alt und seit frühester Jugend durch ein von Gewalt und höchst unregelmäßigen Mahlzeiten geprägtes Leben gestählt. Es war nach wie vor ein Rätsel, warum Sokrates vorgeschlagen hatte, er solle Xenophon begleiten. Den meisten Herausforderungen begegnete Hephaistos mit den Fäusten, manchmal auch mit einem Stein darin. Er hatte sich als schwieriger Gefährte erwiesen, obgleich er, wie Xenophon zugeben musste, erstaunlich gut mit Pferden umging.

»Ich muss mit den Hauptmännern von Proxenos sprechen. Zwei von ihnen standen nahe bei den Persern.«

Mehr sagte er nicht. Er musste sich geradezu zwingen, den Mund zu schließen und den wilden Plan, der ihm vollständig ausgeformt ins Hirn gesprungen war, nicht auszuplappern. Jemandem wie Hephaistos wäre er wahnsinnig vorgekommen. Xenophon ging zu der Stelle zurück, wo Tissaphernes und Ariäus ihre Pferde angehalten hatten. Dort brannte noch immer eine Fackel, deren Stange tief im Sand steckte. Er sah, dass die beiden Offiziere ganz in der Nähe waren und in einem sorgenvollen Gespräch die Köpfe zusammengesteckt hatten.

Xenophon ging auf sie zu und sprach sie an, mit einer Stimme, die zunächst wie ein Krächzen, dann jedoch zunehmend ruhiger und fester klang.

»Wenn ich Wein hätte, edle Herren, würde ich auf unsere letzte Nacht anstoßen.«

Die beiden blickten finster in seine Richtung.

»So, meint Ihr?«

»Der König hat unsere Generäle umgebracht, Hauptmann. Das Gleiche wird er mit uns tun. Die Nacht geht vorbei. Wenn die Sonne aufgeht, werden wir sie kommen sehen, daran hege ich keinerlei Zweifel. Ich bin nur überrascht … doch nein, es ist zu spät.«

»Zu spät wofür?«, fragte ihn der Jüngere der beiden prompt, nach jedem Hoffnungsanker schnappend, an den er sich klammern konnte.

»Begeben wir uns widerstandslos in die Hände des Königs, ist für uns alles vorbei. Dies ist immerhin der Mann, der seinem eigenen Bruder den Kopf abschnitt. Was können wir von einem solchen König schon erwarten? Die meisten von uns werden getötet, der Rest versklavt. Niemand von uns wird je die Heimat wiedersehen. Und doch hat sich das halbe Feldlager wieder aufs Ohr gelegt! Ich dachte, da steckte noch etwas mehr Kampfgeist in ihnen. Schließlich blieben wir auf dem Schlachtfeld ungeschlagen. Nein, wir ertragen Hitze und Kälte und Erschöpfung besser als jeder Perser, und dennoch rechnen sie damit, dass wir ihnen einfach so unsere Schwerter und Schilde aushändigen und ihren Klingen unsere blanken Hälse entgegenstrecken?«

Weitere Männer kamen herbei, um Xenophon reden zu hören. Die beiden Hauptmänner fuhren misstrauisch herum, um zu sehen, wer es war.

»Glaubt ihr etwa, wir könnten dieses riesige persische Heer auf eigene Faust bekämpfen?«, sagte der ältere Hauptmann. »Mit einem zivilen Gefolge von zehntausend Menschen, die es zu schützen gilt? Mit Nahrungsvorräten, die höchstens für ein paar Tage reichen?«

Es lag kein Hohn in seiner Stimme, wie Xenophon bemerkte. Der Mann sprach auch ohne jeden Zorn, vielmehr klangen seine Worte fast nach einer ernst gemeinten Nachfrage. Er wollte aufrichtig, dass Xenophon eine Antwort darauf hatte. Und Xenophon antwortete, wie Sokrates es ihn gelehrt hatte, indem er seinen Gedankengang laut durchging, wobei seine Stimme besonnen und beruhigend blieb.

»Auf dem Feld waren sie nicht in der Lage, unsere Formation zu zerschlagen«, begann er. »Nicht ein einziges Mal. Zahlen schienen dabei wenig zu bedeuten. Trotzdem haben wir nur sechs Pferde, eindeutig zu wenig. Wenn sie also angreifen, spielt es keine Rolle, ob wir siegen: Wir können sie nicht verfolgen und anständig unter ihnen aufräumen. Und wenn wir verlieren, schicken sie ihre Reiter ins Lager, um unsere Leute niederzumetzeln. Ja, Kavallerie stellt die größte Bedrohung dar.«

Er legte eine Pause ein und schaute der Reihe nach das Dutzend Hauptmänner an, die ihm lauschten. Er musste sie dazu bringen, zu begreifen, worauf er hinauswollte. Er redete nicht, um den Klang seiner Stimme zu hören oder die Zeit zu überbrücken. Er hatte Sokrates einst gefragt, wie ein Mann leben sollte, und die Antwort des Philosophen hatte

»nachdenklich« gelautet, denn dies sei es, was uns von Tieren unterscheide.

»Jeder von Euch wurde von Proxenos oder Netos dazu ausgebildet und auf Eure Posten gesetzt, um Befehlsgewalt über andere auszuüben. Sobald wir einen Plan geschmiedet haben, werde ich mich Eurer Autorität unterstellen. Ich weiß, dass Ihr nicht einfach hier abwarten werdet wie Lämmer und Zicklein auf der Schlachtbank. Wir sind Griechen. Wir reden – doch danach schreiten wir zur Tat. Also …«

Er lächelte über ihr aufmerksames Zuhören, über die Art und Weise, wie sein Selbstvertrauen und seine Zuversicht Wirkung auf sie zu haben begann, sodass sie mit einem Mal aufrechter dastanden. Es war bedeutungslos, dass sich ihm vor Angst der Magen umdrehte, solange er es nicht zeigte.

»Bevor wir marschieren, müssen wir diejenigen unter uns heraussuchen, die mit Steinschleuder oder Bogen jagen. Wir müssen einen Weg finden, uns die persischen Reiter vom Hals zu halten, sonst kreisen sie uns ein und beschießen uns den ganzen Tag lang mit Pfeilen, um unsere Formation zu durchstoßen. In der Schlacht könnten sie dies nicht, aber wenn wir gezwungen sind, über offenes Gelände zu marschieren, werden sie uns nach und nach dezimieren. Nickt bitte, meine Herren! Lasst mich wissen, dass Ihr zustimmt, dass Ihr mir folgen könnt! Bis Sonnenaufgang sind es nicht mehr viele Stunden, und bis dahin müssen wir uns in Bewegung gesetzt haben. Warum sollten wir es jenen leicht machen, die bessere Männer an ihrer Tafel ermordet haben? Warum ihnen irgendetwas von dem geben, was sie verlangen? Nein, wir brauchen Schleuderer an den Rändern. Und an zweiter Stelle brauchen wir, um es mit Klearchos zu sagen, Lebensmittel und Schutz …«

»Das ist Wahnsinn. Ihr werdet uns alle in den Untergang treiben.«

Als die Stimme des ihm unbekannten Mannes ertönte, brach Xenophon ab. Andere murrten aufgrund der Unterbrechung und nannten ihm den Namen des Burschen. Xenophon bat mit erhobener Hand um Stille und freute sich, als sie eintrat.

»Apollonides, richtig? Vielleicht seid Ihr derjenige, der uns morgen anführen wird. Was schlagt Ihr vor?«

Der Mann errötete im Fackelschein und schien sich unbehaglich zu fühlen.

»Ich bitte nicht um Führerschaft, sondern würde den Perserkönig um Gnade für uns alle bitten. Ohne seine Zustimmung gibt es keine Chance auf Sicherheit. Wir befinden uns mitten in der Wüste, eingekesselt von seinen Städten und Regimentern. Wir werden nirgendwohin gehen, ohne sein Siegel darauf.«

Mit dem letzten Satz hatte er fast herausfordernd sein Kinn gehoben. Hephaistos beobachtete die beiden mit erstaunter Miene. Sie wollten einen Anführer, der sie aus einer ausweglosen Situation leitete. Sie brauchten einen Mann, der wenigstens den Anschein erweckte zu wissen, was er tat. Xenophon war wie nach einem Schluck Wein, der einem durchs Blut rauscht, dass sie auf seine Entgegnung warteten. Er vermeinte fast zu hören, wie Sokrates ihn auslachte, doch dann schüttelte er den Kopf, um alle alten Stimmen zu vertreiben. Möglicherweise sprach Hauptmann Apollonides ihrer aller Befürchtungen aus, dennoch konnte man sein Argument nicht so stehen lassen. Xenophon sah den Weg, den sie zu beschreiten hatten, klar vor sich. In dem Moment, als er zu sprechen begonnen hatte, war dieser Mann zu seiner Hürde geworden. Xenophon zwang sich dazu, die Luft auszustoßen und mit ihr all seinen Zorn. Er fragte sich, ob sich Klearchos wohl tagtäglich so gefühlt haben mochte.

»Ihr wart anwesend, als wir den Waffenstillstand mit dem König vereinbarten, Apollonides. Als Klearchos und Proxenos und all die anderen in gutem Glauben davonzogen, ohne ihre Schilde und Speere, auf das Wort von Artaxerxes vertrauend. Nun bete ich, dass sie wirklich tot sind und nicht von unseren Feinden gefoltert und entehrt werden. Ihr wollt, dass wir dem Wort eines Mannes vertrauen, der uns seine Falschheit bereits bewiesen hat? Sollen wir vor Tissaphernes die Knie beugen, der den Prinzen verriet?«

An der Körperhaltung der Hauptmänner konnte Xenophon ablesen, dass sie den Standpunkt seines Vorredners nicht teilten. Vielmehr funkelten sie Apollonides wütend an. Das wiederum ließ Xenophons Zorn erneut ungezügelt aufflammen. Er trat auf Apollonides zu und baute sich drohend vor ihm auf.

»Wenn das Euer Wunsch ist, dann sage ich: Ihr seid keiner von uns, Apollonides. Ich sage, dass Eure Schwäche all die das Leben kosten wird, die wir an diesen Ort gebracht haben. Das macht Euch zu meinem Feind, Apollonides – und ist eines Griechen unwürdig.«

Als der Mann zu stottern anfing, wandte sich Xenophon an die anderen.

»Die Entscheidung liegt bei Euch, werte Herren. Meiner Ansicht nach sollte dieser Mann degradiert und dazu gezwungen werden, Gepäck zu tragen, wenn wir in die Wüste aufbrechen.«

»Wie könnt Ihr es wagen, so mit mir zu reden?«, gab Apollonides zurück. Er machte Anstalten, das an seiner Hüfte hängende Kurzschwert zu zücken, doch ein anderer ergriff sein Handgelenk, sodass er den Mund aufriss und sich wand, aber bewegungsunfähig war.

Ein spartanischer Hauptmann namens Chrisophos griff nach Apollonides' Ohrläppchen und zupfte daran. Dieser zuckte zurück.

»Seine Ohren sind durchstochen wie die eines Lydiers«, sagte Chrisophos. »Ich war schon früher skeptisch ihm gegenüber.«

»Lydier? Ich bin Grieche!«, erwiderte Apollonides heiser. Er wehrte sich, als man ihm den Schwertgürtel abnahm, konnte es jedoch nicht verhindern und stand keuchend da.

»Geht in die Wüste«, forderte einer der anderen Hauptmänner. »Ich habe keine Lust, ständig über die Schulter schauen zu müssen und nach Spionen und Verrätern Ausschau zu halten.«

In stummem Appell drehte sich Apollonides zu den anderen um, doch auf deren Gesichtern lag nichts als unversöhnlicher Zorn. Er war zum Zentrum all der Verzweiflung und des Verrats in dieser Gruppe geworden und hatte keinerlei Erbarmen von ihnen zu erwarten. Mit einem giftigen Seitenblick zu Xenophon fuhr er auf dem Absatz herum und stiefelte in die Dunkelheit davon.

Als sie die Fackeln hoben, um ihm nachzuschauen, gab ihr Schein weitere Soldaten preis, deren Augen das Licht reflektierten. Jeder Hauptmann und Pentekostien-Offizier der griechischen Streitmacht war gekommen, um die Auseinandersetzung zu verfolgen. Sie waren auf der Suche nach Anführern, und erneut hatte Xenophon das Gefühl, einen Becher Wein geleert zu haben. Er war zum rechten Zeitpunkt am rechten Ort, das konnte er spüren. Von überall war Getuschel zu hören, doch als er jetzt seine Stimme erhob, verstummte es, und man hörte ihm zu.

»Wir wissen, dass unsere Generäle verraten wurden. Zwölf hervorragende Männer werden nicht aus der tödlichen Umarmung des Perserkönigs zurückkehren – einem Mann ohne Ehre. Doch dies bedeutet nicht das Ende. Unsere Hauptverantwortung gilt jenen, die auf uns bauen: den Soldaten und dem Lagergefolge. Es ist unsere Pflicht und Aufgabe, dem Gegner mit Gelächter und Gewalt entgegenzutreten. Zeigen wir ihnen, dass wir nicht mutlos sind! Ihr seid immerhin Offiziere. Zeigt ihnen etwas von der Tapferkeit, die Euch einen höheren Sold einbrachte!«

Er machte eine kurze Pause, damit sie kichernd murmeln konnten, so viel mehr sei es dann auch wieder nicht. Wenn es eines gab, woran Soldaten Vergnügen fanden, dann das Meckern über zu schlechte Bezahlung.

»Die Perser nahmen uns unsere Befehlshaber, weil sie dachten, ohne sie wären wir nicht mehr imstande zu handeln«, fuhr Xenophon fort. »Sie verstehen nicht, wie Griechen sind, Ihr edlen Herren! Vor der Morgendämmerung müssen wir neue Generäle unter denjenigen auswählen, die den Respekt der Männer genießen. Sie sind entmutigt in der Dunkelheit, ihre Wege haben ein Ende gefunden. Unsere Aufgabe wird sein, wieder Hoffnungen zu wecken, damit sie nicht länger ›Was wird mit mir geschehen?‹ fragen, sondern vielmehr ›Was kann ich tun?‹. Unser Auftrag ist es, ihnen jene beseelende Kraft zurückzugeben, die uns zum Schrecken ganzer Völker macht.«

Ein Knurren breitete sich in der Gruppe und dann tiefer in die Dunkelheit hinein aus. Jenseits des Ringes aus Fackeln standen Tausende, und es kamen immer noch mehr, um zu hören, was das Schicksal für sie bereithielt. Dennoch war Xenophon sich darüber im Klaren, nicht direkt zu jenen

Männern und Frauen sprechen zu können. Er hatte einen Stein einen Hügel hinabgestoßen und musste nun für eine Weile daneben herrennen.

»Ich habe schon zuvor erlebt«, sagte er, »dass jene, die darauf aus sind, ihr eigenes Leben zu retten, mit hoher Wahrscheinlichkeit zu denen gehören, die es verlieren. Jene hingegen, die nur danach streben, ehrenvoll zu kämpfen, gehören mit hoher Wahrscheinlichkeit am Ende der Schlacht zu den Überlebenden. Tatsächlich erreichen sie, wie ich selbst bezeugen kann, oftmals ein hohes Alter und verbringen ihre Jahre mit Philosophie. Die Gewalt ist dann nur noch eine Erinnerung.«

Er wusste, dass er wie ein Mann klang, der ein Leben lang Militärdienst geleistet hatte, wohingegen er in Wahrheit nichts anderes als Kunaxa mitgemacht hatte. Das allerdings war eine Katastrophe gewesen, weshalb es ihm keineswegs unangemessen schien, all jene, die dort in der Wüste standen, als echte Veteranen zu betrachten. Sie hatten das Orakel gesehen und in Blut gebadet.

»Daran gilt es zu denken, wenn wir den morgigen Tag überleben wollen.« Er deutete, sich am Nordstern orientierend, nach Osten. »Wenn wir das Tageslicht wiedersehen, müssen wir aufs Neue Regimenter sein, mit Generälen, mit Offizieren, mit Ordnung und Kommando. Missversteht mich nicht, wir werden größere Disziplin brauchen als zuvor. Mit der ganzen Welt als unserem Gegner können wir es uns nicht leisten, Befehle zu hinterfragen. Wir müssen zehntausend Griechen, zehntausend spartanische Generäle sein. Die Perser werden derlei niemals begreifen und schon gar nicht kopieren. Schaffen wir es, werden wir unsere Heimat wiedersehen. Wir werden Persien hinter uns lassen und nach Griechenland zurückmarschieren.«

Als er endete, hing das Schweigen schwer wie Hitze in der Luft. Xenophon hörte Männer atmen und nervös auf der Stelle treten, doch keine Stimme erhob sich mit der Forderung, den König um Gnade zu bitten. Es schien, als hätte er die richtigen Worte gefunden.

Durch den roten Umhang, den Chrisophos trug, hob er sich von den anderen Hauptmännern Proxenos' ab. Darüber hinaus hatte er zwanzig Jahre Militärdienst auf dem Buckel und gehörte nicht zu denen, die besonders viel Wert auf Zeremonielles und förmliche Umgangsformen legten, folglich räusperte er sich unverzüglich und lautstark.

»Bis zu diesem Augenblick kannte ich Euch nur als Athener und Berittener, Xenophon. Ich wusste gleichwohl, dass Prinz Kyros und General Klearchos Euch vertrauten. Ihr habt gut gesprochen. Habt Dank. Ich denke, die Hauptmänner sollten nun neue Generäle wählen, sodass wir bei Sonnenaufgang bereit für die Attacke der Perser sind.«

Zur Erwiderung neigte Xenophon den Kopf. Alles verstreute sich, und er spürte, wie sein Mut ihn verließ. Für einige wenige kostbare Momente hatte er den Eindruck gewonnen, von ihnen als Anführer auserkoren zu werden. Er wusste, dass er dazu befähigt war, ganz gleich, ob es ihm einfach angeboren war oder es sich um etwas handelte, das er durch seine Gespräche mit Sokrates gelernt hatte. Dennoch würden sie neue Generäle aus den eigenen Reihen wählen. Er war durstig und gekränkt, spürte Verletzungen, die er sich seiner Erinnerung nach nicht im Gefecht zugezogen hatte. Für eine kleine Weile hatte er sich durch ihr Vertrauen und ihren Glauben an ihn erhaben gefühlt, falls dies nicht nur ein Produkt seiner Fantasie gewesen war. Nun allein zurückgelassen zu werden, während die echten Soldaten loszogen, um

Anführer auszuwählen, lastete derart schwer auf ihm, dass er es kaum ertragen konnte.

Er fuhr zusammen, als er plötzlich eine behutsame Berührung an der Schulter spürte. Xenophon fuhr herum, und seine Augen weiteten sich angesichts der jungen Frau, die vor ihm stand und ihre Fingerspitzen noch immer auf seine Haut drückte.

»Ich finde, Ihr habt gut gesprochen«, sagte Pallakis. Ihre Stimme war kaum mehr als ein Flüstern, als könnten sie noch immer belauscht werden. »Ihr gabt ihnen Hoffnung. Das war ihrer Körperhaltung deutlich anzusehen.«

Er biss die Zähne zusammen und ließ den Kopf hängen. Sie nahm ihre Hand weg, und er stellte fest, dass der sanfte Druck ihrer Berührung nachwirkte.

»Ich danke Euch. Ich muss zugeben, einen Moment lang dachte ich …«

Näher kommende Schritte unterbrachen ihn, sodass er sich umdrehte und dabei nach seinem Messer griff, für den Fall, dass es der Mann war, an dessen Verbannung er mitgewirkt hatte. Stattdessen erblickte er Chrisophos und die anderen Hauptmänner dahinter. Sie schienen ein neues Anliegen vortragen zu wollen.

»Wir haben es diskutiert, Xenophon«, sagte Chrisophos. »Wir haben einen Spartaner, einen Arkadier, einen Stymphalier und einen Böotier. Wir haben Männer gefunden, die willens sind, uns anstelle derer zu führen, die getötet wurden.«

Der Mann schwieg kurz, und Xenophon schaute ihn verwirrt an.

»Und wir haben Euch zum Heerführer gewählt, Herr. Zum General. Ihr sollt unser Strategos sein.«

Xenophon merkte, wie sich langsam ein Lächeln über seinem Gesicht ausbreitete. Es lag jenseits seiner Kontrolle, wenngleich er ahnte, dass ein ernstes und resolutes Auftreten jetzt angebrachter wäre. Chrisophos musste bei dem Anblick kichern.

»Ich bin froh, dass die Entscheidung Eure Zustimmung findet, General Xenophon.« Er senkte leicht die Stimme. Seine Augen wanderten zu Pallakis, die mit offenem Mund neben Xenophon stand. Eine sehr gut aussehende Frau, dachte Chrisophos.

»I-ich … äh …«, sagte Xenophon.

»Nehmt Euch ruhig einen Augenblick Zeit, Herr. Offenbar wisst Ihr, was zu tun ist – und kein anderer ist vor Euch aufgestanden und hat sich erhoben. Nichts sonst zählt. Wir erwarten Eure Befehle. Ich werde dafür sorgen, dass sie ausgeführt werden, wenn Ihr so weit seid.«

In der Ferne war ein zartrosa Schimmer am Horizont auszumachen. Xenophon sah ihn und spürte sein Herz schneller schlagen.

»Der Tag kommt über uns, Hauptmann. Weckt das Lager. Unser Sieg oder unser Untergang hängt davon ab, wie wir diese Morgendämmerung begrüßen.«

Chrisophos machte Anstalten, ihm auf die Schulter zu klopfen, besann sich dann jedoch eines Besseren und verneigte sich stattdessen.

»Jawohl, General.«

»Chrisophos … glaubt Ihr, dass dieser Mann tatsächlich ein lydischer Spion war?«

»Apollonides? Wäre möglich. Jedenfalls hätte er bis zum Sonnenaufgang argumentiert und gestritten. So viel weiß ich ganz sicher.«

Der Spartaner grinste und schlug sich salutierend mit der Faust gegen den Brustharnisch, bevor er davontrabte und die Hände an die Lippen hob, um das Lager wach zu brüllen.

24

»Verbrennt die restlichen Karren. Wir müssen das Marschieren lernen, und die Karren und Wagen verlangsamen uns mehr als alles andere.«

Nachdem Xenophon den Befehl gegeben hatte, stellte er zu seiner Freude fest, dass sich die Proteste lediglich in einem durch die Menge gehenden Grummeln äußerten, eher ein kollektives Seufzen als ein geäußerter Einspruch. Jedermann im Lagergefolge hatte von dem Schicksal erfahren, das Klearchos, Proxenos und die anderen ereilt hatte. Mehr als je zuvor war ihnen bewusst, dass ihrer aller Leben auf dem Spiel und zu befürchten stand, dass die Strahlen der aufgehenden Sonne auf ihre Leichen fallen könnten. Die griechischen Soldaten mischten sich unter sie, auf der Suche nach sperrigen und schweren Gegenständen, die das Lagervolk zu verbergen versuchte. Alles Entsprechende warf man ins Feuer, und sie opferten ihren allerletzten Schafbock, um so vielen wie möglich eine anständige Mahlzeit zukommen zu lassen.

Als die Sonne die östlichen Hügel zu erhellen begann, hatten sie sich abmarschbereit und entschlossen aufgestellt. Nur sehr wenige hatten Xenophon vor diesem Tag gekannt, doch die Spartaner und die Hauptmänner, die unter Proxenos gedient hatten, hatten ihn akzeptiert. Seine Befehle waren klar und bestimmt, und die meisten von ihnen zeigten sich einverstanden, sich schlurfend in Reihen einzuordnen und zuzusehen, wie ihre Besitztümer verbrannten, mochten sie auch in der züngelnden Hitze der Flammen die eine oder andere Träne verdrücken.

Bevor sie aufbrechen konnten, tauchte eine Truppe von dreißig Reitern auf, mit einem unbekannten Offizier an der Spitze. Xenophon und Chrisophos schritten ihm entgegen und genossen seine unübersehbare Verwirrung.

»Mein Name ist Mithridates, werte Herren. Lord Tissaphernes schickt mich, um Eure Unterwerfung entgegenzunehmen.«

»Eurem Sprachgebrauch nach seid Ihr Grieche, oder?«, fragte Chrisophos. »Einer von uns? Wir haben dasselbe Blut, dieselben Götter gemein. Und dennoch treibt Ihr Euch mit Persern herum. Ihr dient einem König, der unsere Generäle ermordete. Das ist sehr seltsam, Mithridates.«

Rote Flecken traten auf die Wangen des Mannes, doch trotz seiner leichthin gesprochenen Worte sah ihn der Spartaner ungerührt an, mit der Ruhe einer Schlange vor ihrem Beutetier.

»Werdet Ihr Euch ergeben, Spartaner?«, fragte Mithridates. Er schaute nervös nach links und rechts in die ausdruckslosen Mienen der ihn flankierenden Perser. Tissaphernes war ein schlauer Mann. Zweifelsfrei sprachen einige von ihnen gut genug Griechisch, um jedes Wort berichten zu können.

»Wir haben Euer Angebot in Betracht gezogen«, sagte Chrisophos, »und wir sind übereingekommen, dass unsere Antwort Nein lautet. Stattdessen haben wir ein Gegenangebot für Euch. Wir verlassen die Ländereien des Königs und richten dabei so wenig Schaden an wie irgend möglich. Falls man uns angreift, werden wir kämpfen. Versteht Ihr mich, Verräter? Könnt Ihr diese Worte Euren Herren und Meistern dort jenseits des Berges übermitteln? Ich kann mir vorstellen, dass sie nicht weit entfernt sind.«

Wenngleich seine Rotfärbung sich vertiefte, versuchte sich Mithridates an einem Schulterzucken, um sich gleichgültiger zu geben, als er war.

»Ihr sprecht zu mir, doch der da spricht, ist ein toter Mann. Ihr …«

»Das war's dann wohl, Mithridates«, sagte Xenophon plötzlich. »Wir haben einen langen Marsch vor uns. Ich werde keine weitere Zeit mit Euch verschwenden.«

Er und Chrisophos ließen den Griechen mit offenem Mund stehen. Fluchend riss Mithridates seine Zügel herum und machte sich zurück auf den Weg, den er gekommen war. Erst dann drehten Xenophon und Chrisophos sich um und sahen ihm nach.

»Wir müssen uns schnellstens in Bewegung setzen«, sagte Xenophon. »Gebt den Befehl.«

»Ich gehöre nicht zu den erwählten Generälen«, gab Chrisophos zurück.

»Nun, das war Eure Entscheidung, Spartaner. Dann befehlt den Männern in meinem Namen, sich zum Aufbruch bereit zu machen.«

Chrisophos beugte den Kopf und lief davon. Noch immer knackten und flackerten quer durchs Lager Feuer und schickten öligen schwarzen Rauch in den klaren Himmel empor. Um die Lagerbewohner, die zerlumpt und abgerissen lose Reihen bildeten, formierte sich das Karree aus Hopliten. Einige Zivilisten trugen kleine Kinder vor der Brust oder auf den Schultern. Sie wirkten wie eine Parodie auf angetretene

Infanteristen, gleichzeitig allerdings auch hinreichend entschlossen. Xenophon drehte allem, was nun hinter ihm lag, endgültig den Rücken zu. Er sah, dass Hephaistos ihm sein Pferd gebracht hatte, und nickte.

»Danke, Hephaistos«, sagte er. Von dem jungen Mann, der auf den Märkten Athens ein Dutzend Raubüberfälle angeführt hatte, war in diesem Moment nicht mehr viel zu erkennen. Hephaistos hatte gelernt zu reiten und in Reih und Glied zu marschieren, während die Welt um ihn herum sich in die Hölle verwandelte. Den Großteil seiner Jugend – und damit seiner Jugendsünden – hatte er auf dem Schlachtfeld von Kunaxa zurückgelassen. Als er sich vorneigte, wirkte er vollkommen ernst.

»Seid Ihr zu führen imstande?«, sagte Hephaistos fast flüsternd. »Wirklich? Sagt mir, dass Ihr wisst, was Ihr tut, Xenophon. Sagt mir, dass dies nicht bloß irgendein Spiel für Euch ist.«

Xenophon überlegte. Er hatte die Bekanntschaft von Sokrates, Klearchos sowie einem persischen Prinzen gemacht und von ihnen allen gelernt. Er setzte seinen Fuß in die verschränkten Hände, die Hephaistos ihm hinhielt, und schwang sich in den Sattel. Vergangene Nacht hatte er erlebt, was schiere Verzweiflung war. Angesichts der absoluten Niederlage hatte Xenophon einfach zu ihnen gesprochen. Er hatte die Fragen gestellt, die offenlegten, was sie bereits wussten – und sie hatten ihn akzeptiert. Ihm war klar, dass er sie in ständiger Bewegung halten musste, um zu vermeiden, dass ihnen in den Sinn kam, was alles gegen die Wahrscheinlichkeit ihres Überlebens sprach. In diesem Augenblick begriff er, dass er seine eigenen Ängste mit niemandem teilen konnte.

»Ihr kennt mich, Hephaistos«, sagte er. »Natürlich kann ich führen.«

Hephaistos schien den Mann, der ihm so vieles beigebracht hatte, mit dem Blick seiner braunen Augen abwägen zu wollen, im unbedingten Willen, ihm Glauben zu schenken. Ruhig und gelassen schaute Xenophon auf ihn hinab. Nach einer Ewigkeit tätschelte Hephaistos dem Pferd die Schulter und trat zurück.

Xenophon bemerkte, dass Chrisophos die wortkarge Szene verfolgte, weshalb er wie zum Gruß den Arm hob und gleich wieder senkte, was den Startschuss bedeutete. Hinter ihnen würden Tissaphernes und der König von Persien über ihre Weigerung, sich zu unterwerfen, unterrichtet werden. Xenophon rief sich ein Heer in Erinnerung, das sich dahingewälzt hatte wie ein schwarzes Meer. Er hegte keinen Zweifel daran, dass die Reaktion grausam ausfallen würde, war aber immer noch stolz darauf, dass sie sich nicht einfach widerstandslos hatten in Gefangenschaft nehmen lassen. Sie waren weit weg von zu Hause, aber immerhin würden sie nicht kampflos von der Erde verschwinden.

Sie waren den ganzen Morgen und einen Teil des Nachmittages über marschiert, als die vier Späher zurückgeritten kamen und berichteten, ungefähr acht Meilen vor ihnen liege ein Dorf. Es war bloß ein ummauertes Gelände an einem Fluss, mit einigen Gersten- und Weizenfeldern, ein paar Bäumen sowie einem halben Dutzend knochiger Rinder. Solche Orte klammerten sich lediglich mit den Fingerspitzen an das Land und konnten sich nur mit Mühe halten. Es war ein ständiger Kampf ums blanke Überleben. Dennoch würden sie dort Nahrungsmittel finden, die sie dringend benötigten. Xenophon ermahnte seine Offiziere, die Menschen, auf die sie stoßen würden, nicht umzubringen oder zu versklaven. Ihr einziger Wunsch war es, der persischen Armee aus dem Wege zu gehen, weshalb sie keinen Grund hatten, sich weitere Feinde zu machen. Essen hingegen war natürlich lebensnotwendig – jedes Rindvieh oder Schaf würden sie mit dem verbliebenen Rest ihrer eigenen Herde weitertreiben.

Während sie vorandrängten, fest entschlossen, ihren Zielort vor Sonnenuntergang zu erreichen, sprach sich herum, dass der Feind ihrer Nachhut näher kam. Xenophon wendete sein Pferd und ritt mit Chrisophos an seiner Seite zurück. Gemeinsam starrten sie, die Augen mit den Händen vor der Sonne bedeckend, nach Süden.

»Weniger, als ich erwartet hätte«, sagte Chrisophos. »Wie viele haben sie dort zusammen, zweihundert Pferde? Diese Infanteristen da können nicht besonders stark bewaffnet sein, dafür sind sie zu schnell unterwegs. Meine Augen sehen nicht mehr so scharf wie früher. Tragen sie Wurfspeere?«

»Bögen«, raunte Xenophon finster. »Mithridates ist mit Bogenschützen und Kavallerie zurückgekommen, um uns aus der Distanz zu attackieren. Zweihundert Berittene … nicht mehr als vierhundert Bogenschützen.«

»Es sind bestimmt noch weitere ausgerückt, um uns abzufangen«, meinte Chrisophos. »Eine so kleine Streitmacht kann es nur darauf abgesehen haben, uns zu verlangsamen.«

»Wir *sind* bereits langsam«, erwiderte Xenophon. Er schüttelte den Kopf. »Wir müssen unbedingt dieses Dorf erreichen. Gebt sämtlichen Männern Anweisung, das Marschtempo zu erhöhen. Lasst unsere Schilde zur Nachhut schaffen. Bringt Eure Spartaner zum Einsatz, Chrisophos. Einem derartigen Aufgebot an Kavallerie können wir nicht davonlaufen, auch nicht Soldaten, die sich an den Schwänzen der Pferde festhalten und fast genauso schnell rennen wie diese. Aber wir können es ihnen erschweren, uns einzuholen. Dann gäben wir wenigstens kein so dankbares Ziel für sie ab.«

Chrisophos preschte los und befahl eine Reihe von Schildträgern ans Ende der Kolonne. Das geschah gerade noch rechtzeitig, da die persischen Reiter sich rasch näherten, sobald sie die griechische Formation in der Wüste erspäht hatten. Einige bewegten sich mit Männern im Schlepptau in leichtem Galopp voran. Andere näherten sich in einem schnelleren Reittempo und warfen Speere. Die Waffen trafen ihre Ziele mit großer Wucht, doch die Schilde hielten.

Xenophon blieb bei der Nachhut, schaute sich alles an, dachte nach und fluchte leise, als einer seiner Männer getroffen wurde und benommen und blutverschmiert weggetragen werden musste. Weitere Pfeile prasselten nieder. Manche wurden von griechischen Kriegern vom Boden aufgehoben und mit schonungsloser Treffsicherheit zurückgeschleudert.

Weitaus schlimmer waren die Bogenschützen, sobald sie nahe genug herangekommen waren. Die Perser schienen zu wissen, dass nach der Schlacht nur noch wenige kretische Bogenträger übrig geblieben waren. Fast wie auf einem Spaziergang schritten persische Schützen in breiter Front voran, machten im Gehen ihre Sehnen und Pfeile schussbereit und schickten die ersten Salven. Sie konnten ihr gemächliches Tempo beibehalten – der vor ihnen zurückweichende, schwerfällige Koloss war schlicht nicht zu verfehlen.

Xenophon bemerkte, wie Hephaistos neben ihm zurückschreckte, und fuhr zu ihm herum.

»Könnt Ihr wohl damit aufhören? Ihr blamiert mich vor den Männern.«

»Jawohl. Verzeiht«, sagte Hephaistos.

Er riss sich zusammen und verharrte reglos, als vierhundert Bogenschützen ihnen wie Wölfe nachhetzten und Pfeil um Pfeil in die Luft entsandten. Sie befanden sich noch knapp außerhalb von deren Reichweite, wofür Xenophon dankbar war. Wäre er Kommandeur der Perser gewesen, hätte er sie bis auf hundert Schritte aufschließen und erst dann schießen lassen. Bei über zweihundert Schritten hatten seine Männer genügend Zeit, die Pfeile kommen zu sehen. Die Schildträger in der hintersten Reihe schienen ihre Sache fast zu genießen und pflückten mit ihren Bronzeschilden Pfeile aus der Luft, als wäre es ein Wettkampf. Sie feuerten einander an, bis einer von ihnen sich einen sauberen Durchschuss im Hals einfing. Es bestand keine Chance, anzuhalten und die Leiche zu bergen. Der Rest verfiel in Schweigen, und sie ließen den toten Körper Schritt für Schritt zurück. Die persischen Bogenschützen jubelten, als sie sich auf den Leichnam stürzten. Die Griechen konnten nur zusehen, wie der tote Mann in die Höhe gerissen und in Stücke gehackt wurde.

»Benachrichtigt die letzten drei Reihen, dass sie sich bereithalten sollen, auf meinen Befehl hin anzugreifen«, sagte Xenophon zu Hephaistos. Er brauchte einen offiziellen Helfer, um seine Anweisungen weiterzuleiten, doch Hephaistos war alles, was er hatte. Er hatte den athenischen Bandenführer zum Reiter ausgebildet und fragte sich, ob er darüber hinaus auch einen Soldaten aus ihm machen konnte.

Mit offenem Mund starrte Hephaistos ihn an.

»Benachrichtigen …? Wie soll ich das anstellen?«

»Ihr sucht Euch einen General oder geht zu Chrisophos, dem Spartaner, der ebenfalls anführt, aber keinen Titel in

Anspruch nehmen mag – und dann wiederholt Ihr meinen Befehl. Sie geben ihn an die Hauptmänner und Pentekostien-Offiziere weiter, die ihrerseits wiederum den Männern Order erteilen.«

»Was, wenn sie sich verweigern?«, fragte Hephaistos. Er sah, wie sich Xenophons Miene verhärtete.

»Wir befinden uns im Krieg, Hephaistos, in direkter Konfrontation mit dem Feind. Wenn sie sich in einem solchen Moment meinen Befehlen widersetzen, haben sie ihr Leben verwirkt. Wie auch immer, sie werden sich nicht weigern. Sie wählten mich in der Überzeugung, dass vor allem anderen Disziplin der Schlüssel zu unserem Überleben ist. Wir müssen zehntausend Spartaner sein, versteht Ihr, Hephaistos? Sonst schaffen wir es nicht nach Hause.«

»Ich verstehe«, erwiderte Hephaistos.

»Dann gebt meinen Befehl weiter! Und reitet schnell. Das Dorf kann jetzt nicht mehr weit entfernt sein.«

Xenophon bestieg sein Ross und starrte eine halbe Ewigkeit über die Schulter zurück. Der Schmerz in seinem Nacken ließ erst nach, als er sein Pferd um dreihundertsechzig Grad kehrtmachen ließ, um die gegnerische Front überschauen zu können. Ihr Vorrat an Pfeilen schien gewaltig zu sein, dachte er missmutig. Anfangs hatte er gehofft, sie würden ihnen ausgehen, doch die Kavallerie trug offenbar Extraköcher mit sich. Wenn überhaupt, dann wuchs die Beschussquote eher, als dass sie abnahm.

Xenophon sah, dass ihn die letzten drei Reihen in Erwartung seines Befehles taxierten. Sie gehörten zum Trupp der Spartaner, was ihn mit Dankbarkeit erfüllte, da er wusste, dass sie seinen Anordnungen ohne Gezänk oder Diskussionen Folge leisten würden.

Einige der Hopliten in der letzten Reihe der Nachhut gingen mit vorgehaltenen Schilden rückwärts, während andere sie auf die Schultern geschnallt hatten und voranschritten, als säßen ihnen keine Feinde im Nacken. Die Spartaner trugen alle bronzene Helme, sodass sie über die anderen hinausragten und damit der Bedrohung im Rücken ihre Verachtung demonstrierten. Sie wirkten erholt und kräftig. Xenophon hoffte, dass sie es auch waren. Dennoch schenkte er den starren Blicken keinerlei Beachtung, bis einer seiner Kundschafter zurückkehrte, um ihn darauf aufmerksam zu machen, dass das Dorf nur noch eine Meile entfernt war.

Mit einer schnellen Handbewegung deutete Xenophon zweimale auf die feindlichen Bogenschützen. Daraufhin drehten sich alle Reihen der Nachhut plötzlich um und griffen an, neunhundert Mann, die sich in erstaunlicher Geschwindigkeit vom Rest lösten und losstürmten. Die persischen Pfeilschützen befanden sich zweihundert Schritte hinter ihnen und wussten, dass sie im Kampf Mann gegen Mann gegen schwer bewaffnete Hopliten nicht die geringste Chance hatten. Wie die Hasen stoben sie auseinander, sobald sie erkannten, was geschah.

Mit wachsender Wut schaute Xenophon zu, wie die Bogenschützen, die sie stundenlang gemartert hatten, Reißaus nahmen. Er sah, wie sich die Entfernung zwischen seiner vorrückenden Nachhut und dem Rest der Formation vergrößerte, von einhundert auf drei-, schließlich vierhundert Schritte, sodass ihre Staubwolken aufwirbelnden Gestalten allmählich kleiner wurden. Er schüttelte den Kopf.

»Hörner!«, rief er und fluchte unterdrückt. Er hatte auf ein überraschendes Gemetzel gehofft. »Holt sie zurück.«

Mit grimmiger Miene wartete er, während die Spartaner mit sichtlichem Widerwillen ihren Ausfall abbrachen. Xenophons Einschätzung nach wären sie über eine ausreichende Distanz in der Lage gewesen, die Perser niederzuwalzen, doch er durfte die Nachhut seiner Quadratformation nicht ungeschützt exponieren. Sie kehrten in geordneten Reihen zurück, doch bevor sie sich wieder dem Hauptfeld der Truppe anschließen konnten, ging ein neuerlicher Hagel von Pfeilen auf sie herab und verwundete drei von ihnen, die in den Schutz der Quadratformation getragen werden mussten. Xenophon knurrte enttäuscht. Er konnte genau vor sich sehen, an welchem Punkt er ein Kavallerieangriff hätte ansetzen müssen – hatte aber keine Pferde.

Die Dorfmauer aus Lehmziegeln war zwar nur etwas über mannshoch, bot aber dennoch ausreichend Sicherheit und Schatten. Entscheidender war, dass dadurch weder die persischen Bogenschützen noch die Reiter ihre Attacke fortsetzen konnten. Sollten sie bis auf eine bedrohliche Entfernung herankommen, befänden sie sich gleichzeitig in Reichweite der Wurfspieße oder eines anderen Überraschungsangriffs. So machten die Perser schweigend auf dem staubigen Grund außerhalb des Dorfes halt und sanken auf ein Knie, um sich auszuruhen. So verharrten sie eine Ewigkeit lang, doch beim ersten Anzeichen der Dämmerung gaben ihre Offiziere neue Befehle und ließen sie abmarschieren.

Auf dem Dorfplatz saßen griechische Soldaten und keuchten. Sie hätten einen direkten Angriff begrüßt, aber er war ausgeblieben. Die Sonne schwenkte allmählich gen Westen, und in der Ferne waren die Schatten von Dorfbewohnern auszumachen, die über die Felder davonrannten.

Die wenigen, die dageblieben waren, wurden auf Xenophons Befehl hin freundlich behandelt, was teilweise allerdings schlicht daran lag, dass es sich dabei um ein halbes Dutzend alter Damen sowie einen verkrüppelten persischen Jungen handelte, der nicht laufen konnte. Soweit es Xenophon anging, gab die vorangegangene Attacke ihnen das Recht, sich Sklaven zu nehmen und zu plündern, was immer sie begehrten, doch das Dorf war kein geeigneter Ort, um mit derlei anzufangen. Es gab Essen und Wein und genug Hafer für die Pferde, weshalb sie sich damit begnügten, Wachposten aufzustellen und sich auszuruhen.

Als Schlieren von Purpur und Rosa den Himmel zu überziehen begannen, ordnete Xenophon eine Versammlung sämtlicher Hauptmänner und Generäle an. Er kannte Chrisophos, jedoch keinen der anderen. Als sie es sich in der Mitte des Dorfplatzes bequem machten, wurde ihm klar, dass er die Stärken und Schwächen jedes Einzelnen in Erfahrung bringen musste, um sie angemessen und effizient einsetzen zu können. Sie nickten ihm zu, und es war offenkundig, dass sie ihn nicht für sein sinnloses Kommando an diesem Tag verantwortlich machten. Sie hatten mit ihrem Ausfall zwar nichts erreicht, aber er hatte gezeigt, dass er den Anforderungen seines Ranges gerecht zu werden verstand und sie nun wussten, worin die Dringlichkeiten bestanden, wollten sie ihren Kurs beibehalten. Er holte tief Luft und beugte sich etwas vor, damit ihn alle hören und verstehen konnten.

»Werte Herren, unsere größte Schwäche besteht in einem Mangel an Berittenen und Bogenschützen. Ich habe die Männer heute angreifen lassen, doch konnten sie es mit einer leicht bewaffneten, von Reitern unterstützten Gegnerschar nicht aufnehmen. Für heute Nacht genießen wir Schutz an diesem Ort, aber an jedem Tag, der noch kommt, wird eine Attacke erfolgen – und auf dem Marsch haben wir keinen Schutz und keine Verteidigung.«

»Wie also lautet Euer Lösungsvorschlag?«, wollte Chrisophos wissen.

Xenophon warf ihm einen kurzen Blick zu, sah jedoch, dass der Mann lächelte. Der Spartaner konnte einen schon wütend machen. Er war so eindeutig ein geborener Anführer, dass Xenophon sich fragte, warum er sich entschieden hatte, ihm zu folgen. Er hoffte stark, weil Chrisophos die gleiche Fähigkeit in ihm erkannte. Doch wenn der Bursche so griente, wie er es gerade tat, schien er sich lediglich einen Spaß zu machen.

»Ich sagte bereits, dass wir Schleuderer benötigen. Dieses Erfordernis ist jetzt absolut dringlich. Ich habe Männer aus Rhodos in unseren Reihen gesehen. Sie sind berühmt für ihr Geschick mit der Steinschleuder. Einige von ihnen müssen die entsprechende Fertigkeit haben und können die anderen trainieren. Ich will, dass bis zum morgigen Aufbruch für vierhundert Mann Schleuderriemen aus Leder geschnitten und so viele Übungsstunden wie nur möglich angesetzt werden. Die Reichweite einer Schleuder steht der eines persischen Bogens in fast nichts nach, aber sie müssen nicht besonders präzise und zielgenau sein. Schließlich werden wir nicht angreifen. Ihre Aufgabe besteht vielmehr darin, dass es sich der Feind zweimal überlegt, sich in unseren Schatten zu ducken und uns einen nach dem anderen zu dezimieren. Die wirklich guten Schleuderer können wir zwischen den Steinen der restlichen verbergen.«

Auf jenem Dorfplatz stand ein Olivenbaum, uralt und ausladend, mit einem Stamm, der so gewunden und knorrig war, dass er schon seit mindestens eintausend Jahren dort hätte stehen können. Ein Xenophon unbekannter Mann lehnte mit ausgestrecktem rechtem Arm dagegen. Er war ein langgliedriger, sonnengegerbter und kräftig wirkender Kerl, mit einem dichten braunen Bart, der dringend gestutzt gehörte. Dieser trat nun vor und nahm eine Position ein, aus der er alle anderen ansehen konnte. Xenophon erkannte ihn schließlich als einen derer, die ausgewählt worden waren, die ermordeten Generäle zu ersetzen. Er blieb stehen und wartete darauf, dass der Mann das Wort erhob.

»Ich bin Philesios von Thessalien. Neffe des Menon. Ich stehe hier für ihn.«

Xenophon spürte, wie Anspannung über ihn hinwegkroch, als wäre seine Hautoberfläche mit Lack versiegelt worden. Er hatte sich nicht damit einverstanden erklärt, die Führung gemeinsam mit einem Rat aus Generälen zu übernehmen. Während der Feind buchstäblich um sie herumschlich, konnten sie es sich nicht leisten, jeden Befehl zu diskutieren. Das würde ihre Vernichtung bedeuten.

»Einige von euch wissen, dass mein Onkel bisweilen ein schwieriger Mann war, wenngleich ich glaube, dass er häufiger richtiger lag als die meisten anderen. Nun, heute Nacht haben mich ein oder zwei aufgesucht und mir gesagt, ich solle führen. Ich spreche heute zu Euch, weil ich nicht schweigen will. Wir können dies hier überleben, wenn wir weniger Fehler machen als die Perser, die uns gern als Fressen für die Aasgeier sähen. Xenophon wurde als Erstes von den Hauptmännern Proxenos' ausgewählt, doch ich erkenne ihn an. Täte ich es nicht, würde ich es für mich behalten – denn das Einzige, was uns zu Fall bringen kann, sind kleinliche Diskussionen und Zank zwischen verschiedenen Fraktionen.

Wir sind von einem Blut, entstammen ein und derselben Kultur. Daher sage ich jenen, die flüstern und klagen, dass ich Euch gegenüber taub bin. Das ist alles, was ich mitzuteilen habe.«

Der Mann schlenderte zu dem Baum zurück und lehnte sich erneut dagegen. Seine Brust hob und senkte sich, als atmete er schwer, doch ansonsten zeigte er keine anderen Anzeichen von Anspannung. Xenophon neigte den Kopf, gleichermaßen verwundert wie erleichtert.

»Ich danke Euch, Philesios. Die … äh …« Er hielt einen Augenblick inne, um seine Gedanken zu sortieren. »Die alten Frauen aus dem Dorf erzählen, einen halben Tag von hier gäbe es einen breiten Fluss. Ich würde die Entfernung auf acht Meilen, also ungefähr sechzig oder siebzig Stadien schätzen. Sie sagen, dort gäbe es eine seichte Furt in der Nähe eines alten Olivenbaumhaines. Ich werde heute Abend zwei Männer ausschicken, dorthin zu reiten und die Stelle ausfindig zu machen. Morgen wird keine Zeit sein, um die Ufer abzuwandern. Unsere Steinschleuderer können die persischen Truppen vielleicht eine Weile in Schach halten, doch wir müssen einen Weg auf die andere Flussseite finden. Einstweilen gilt es, so reichlich wie möglich zu essen und sich auszuschlafen. Einen sichereren Ort als diesen gibt es derzeit nicht für uns – und diese paar Kerle, derer wir heute ansichtig wurden, werden einen nächtlichen Angriff unsererseits fürchten. Sie haben sich in ihrer Feigheit zurückgezogen, doch wir werden vor ihnen erwachen und uns auf dem Weg zum Fluss befinden.«

»Und danach?«, fragte einer der Hauptmänner.

Proxenos' Offiziere schienen eine Art Eigentumsanspruch auf ihn zu haben, da sie dazu beigetragen hatten, ihn auf diese Position zu setzen. Xenophon wartete ein paar Herzschläge ab, bevor er antwortete, fixierte den Mann jedoch mit starrem Blick und beobachtete, wie er rot anlief.

»Danach werde ich sehen, was vor uns liegt«, gab er zurück. »Und dann werde ich tun, was auch immer getan werden muss.«

Xenophon wandte sich ab, statt zu einer Debatte aufzufordern. Er sah Hephaistos, und in diesem Moment schien der Athener ein freundliches Gesicht auf jenem Platz zu sein. Xenophon steuerte, nur um ein Ziel zu haben, in seine Richtung. Erst als er schon fast bei ihm war, bemerkte er die Frau, die hinter ihm stand.

»Holde Dame«, sagte Xenophon und verbeugte sich.

Pallakis machte einen tiefen Knicks und präsentierte dabei ihren unter dem hochgesteckten Haar freiliegenden Nacken.

»General«, erwiderte sie. »Ich würde gerne eine Frage stellen …«

Sie ballte eine Hand zur Faust, und er runzelte fasziniert die Stirn. Natürlich zum Teil wegen ihrer unbestreitbaren Schönheit. Es war ihm schon seit geraumer Zeit klar, dass schöne Frauen in jeglicher Hinsicht interessanter für Männer sind. Die Wahrheit war, dass Schönheit immer um Hilfe bitten kann, ohne je unerhört zu bleiben. In einem kurzen Augenblick der Erleichterung ging ihm durch den Kopf, wie erfreulich es war, dass Männer einander nach anderen Kriterien beurteilten. Gewalttätigkeit, Geschick, Können, Kampfkunst und Taktik konnte man schließlich allesamt erlernen. Schönheit hingegen war rar, und mit ihr war es schwieriger.

»Ich wollte fragen … Manche Männer sehen, dass ich schutzlos bin. Sie bedrängen mich, ihnen beizuliegen. Mehr als einer. Ich bin keine Hure, General. Und mir ist keinesfalls danach, mich zu irgendetwas zwingen zu lassen. Wenn Ihr verantwortlich für uns seid, dann seid Ihr es, an den ich meinen Appell richte.«

Xenophon blickte zu Hephaistos hinüber und sah Schwärmerei. Eine rasche Antwort bot sich von selbst. Er hatte schwierigere Probleme zu lösen.

»Sagt ihnen in Zukunft, Hephaistos der Athener sei Euer Beschützer. Ich bin überzeugt, dass er zu Eurer vollsten Zufriedenheit Arme verdrehen und Löcher in Schädel schlagen wird – ohne im Austausch dafür *irgendeine* Gegenleistung einzufordern.«

Xenophon versah diese letzten an Hephaistos gerichteten Worte mit einer besonderen Betonung, woraufhin dieser sich hellviolett verfärbte. Pallakis machte einen neuerlichen Kniefall vor Xenophon. Er meinte, Enttäuschung in ihrer Miene zu sehen, doch vielleicht hatte er es sich auch nur eingebildet.

»Habt Dank, General«, sagte sie, als er an ihnen vorüberging.

Es war noch dunkel und die Kolonne startbereit. Sämtliche Vorräte des Dorfes waren geplündert und verteilt worden. Dörrfleisch und Brot hatte man den Kindern und Verwundeten gegeben. Es reichte nicht, nicht einmal annähernd. Die meisten von ihnen hungerten, doch die Spartaner beschwerten sich nicht, sodass auch der Rest stumm blieb, obwohl ihre Mägen schmerzten und laut knurrten.

Bevor es hell wurde, brachen sie in Richtung des Flusses auf, wobei sie sich an den Sternen orientierten. Der Späher hatte bestätigt, dass es nicht mehr als zwei oder drei Stunden strammen Marsches waren, und als sie unterwegs waren, ging die Sonne auf.

Hinter ihnen ertönte von der Außenflanke der Formation ein Warnruf. Xenophon fluchte und galoppierte um die Außenseiten. Er sah Chrisophos auf sich zukommen, irritierenderweise in Begleitung von Philesios. Xenophon bewunderte den Mann nicht wenig für die Ansprache, die er am Vortag gehalten hatte. Mit dieser einen Rede war es Philesios mit an Sicherheit grenzender Wahrscheinlichkeit gelungen, einen Aufstand abzuwenden, und dies aus dem edelsten aller Beweggründe. Xenophon neigte den Kopf und begrüßte ihn mit Namen, wenngleich ihrer aller Blicke auf die Streitmacht geheftet waren, die hinter ihren Reihen auftauchte.

Mithridates war die Nacht zuvor anscheinend weit und schnell geritten. Xenophon konnte sich des Gefühls nicht erwehren, dass noch immer ein gigantisches persisches Heer ihn verfolgte. Seine einzige Erleichterung bestand darin, dass die Perser nach wie vor die erforderliche Anzahl an Soldaten unterschätzten. Er erkannte etwa tausend Kavalleristen und viertausend Bogenschützen, was vermutlich alles war, was der König von Persien in einer einzigen Nacht hatte aufbringen können. Auch sie waren ohne Zweifel vom endlosen Marschieren ausgelaugt, wohingegen seine Griechen sich ordentlich ausgeruht hatten.

Ärgerlicher war die Tatsache, dass die Perser sich eine neue Taktik angeeignet hatten und diese nun in einer anderen Größenordnung anwandten. Sie fürchteten die Griechen nach wie vor, waren jedoch willens, ihnen wie lästige Straßenköter auf den Fersen zu bleiben, wobei sie Steine und Speere warfen. Das Ganze erinnerte Xenophon an die Banden, die ihn in Athen drangsaliert hatten, und zähnefletschend wünschte er sich nichts sehnlicher, als sie vernichtet zu sehen.

Doch er verfügte immer noch über keine Kavallerie. Seine sechs Kundschafter konnten einen solchen Feind nicht zur Strecke bringen. Es ätzte wie saure Galle in ihm, aber die Perser lagen alles andere als falsch. Genau für eine solche Art von Angriff war seine Truppe anfällig, wenn nicht gar wehrlos dagegen.

»Wir müssen es durchstehen«, sagte Philesios und starrte in die Ferne.

Ohne einen Schutzwall aus Berittenen bestand ihre Aussicht darin, Mann für Mann aus dem Weg geräumt zu werden. Allein die Hopliten hätten einem gegnerischen Verfolger zu Fuß standhalten können. Doch das Lagervolk war inzwischen noch langsamer geworden. Es war ein solches Marschtempo schlicht nicht gewohnt. Mit zunehmender Hitze gerieten sie ins Stolpern, brachen ohnmächtig zusammen oder schrien nach Wasser. Es halbierte die Geschwindigkeit der griechischen Einheiten.

»Menon wünschte, das Gefolge aufzugeben«, sagte Xenophon und musterte Philesios eindringlich. Der Mann war ungefähr in seinem Alter, erweckte allerdings nicht den Eindruck eines Jungen, der vorgab, ein Mann zu sein. Auch er hatte die Schlacht von Kunaxa mitgemacht und war ebenso Veteran wie Xenophon, wenn nicht mehr.

»Dann lag er falsch«, sagte Philesios leise. »Ich würde nicht einmal einen Feind den Krallen dieser Schakale überlassen, geschweige denn jene, die ihr Schicksal in unsere Hände legen. Solltet Ihr diesen Befehl geben, werde ich ihn missachten, General.«

Xenophon grunzte, als wäre er ungehalten. Er brauchte keine Freunde, rief er sich in Erinnerung. Er brauchte Männer, die folgten, ohne zu fragen. Er fuhr fort, als hätte Philesios nichts gesagt.

»Bringt die Schleuderer zur Nachhut. Die Spartaner werden sie mit Schilden schützen. Vielleicht können sie uns ein bisschen Zeit verschaffen.«

Die Überlegung, von Steinschleuderern, deren Befähigung auf dem Niveau von Dorfkindern lag, zu verlangen, rückwärts zu laufen und Steine über ihren Köpfen wirbeln zu lassen, grenzte an Verzweiflung. Aber er musste alles versuchen, was die Perser davon abhalten könnte, ihnen zu dicht auf die Pelle zu rücken. Bei der Durchquerung der Furt würden sie ohnehin ihr Tempo drosseln müssen, dessen war er sich sicher. An dieser Stelle konnte der Feind sie nach Belieben auseinandernehmen. Er presste die Kiefer zusammen und dachte über eine Lösung nach. Sokrates hatte ihn gelehrt, nach dem Kern eines Problems zu suchen – und dabei all die Banalitäten und Lügen, die Menschen einander erzählten, Schicht für Schicht abzuziehen. Am Ende, wenn die Wahrheit nackt dalag, konnte ein Mann auf der Grundlage dessen, was er dabei gelernt und erfahren hatte, zur Tat schreiten. Natürlich würde es trotzdem Leben kosten, möglicherweise auch sein eigenes. Doch sie hatten ihn zum Anführer gewählt, weil sie glaubten, dass er es konnte. Weil er glaubte, dass er es konnte.

»Meine Herren«, sagte Xenophon plötzlich. »Meine Befehle lauten folgendermaßen.«

25

Als der Fluss in Sicht kam, kamen die persischen Bogenschützen nahe genug heran, um Schüsse abgeben zu können. Schilde und Brustpanzer retteten vielen Griechen, die sie damit malträtierten wie ein Bremsenschwarm ein Pferd, das Leben. Doch nicht wenige Schäfte trafen auch ins Ziel. Verwundete wurden über die Köpfe der Marschierenden hinweg nach vorne durchgereicht und anschließend auf Krankenbahren weitertransportiert. Einige schrien vor Schmerzen, während jene, die bei ihrer Verletzung nur kurz zusammenzuckten, die Köpfe einzogen und weitermarschierten.

Die Furt maß in der Breite knapp zwanzig Schritte, ein uraltes Kiesbett, das binnen kürzester Zeit zu einem braunen Schlammloch aufgewühlt wurde, als die ersten Reihen hineinstapften. Hinter ihnen wurden die Perser wagemutig. Ihre Bogenschützen stürmten vor, und Xenophon hörte unzählige Pfeile durch die Luft zischen. Er sah Philesios den Befehl geben, und die Schleuderer reagierten schließlich darauf, indem sie mit allem, was sie hatten, zum Gegenbeschuss ansetzten. Anders als die Perser benötigten diese Männer nichts weiter als glatte Steine, die zu Tausenden entlang des Flusses herumlagen. Die Griechen ließen ihre Schleudern mit erstaunlicher Schnelligkeit schwirren und schickten ihre Steine im Akkord auf den Weg.

Die Bogenschützen stoben panisch auseinander. Nur ein Dutzend von ihnen wurde vom ersten Steinhagel getroffen, sie hatten jedoch bereits Bekanntschaft mit Schleudern gemacht, weshalb sie die Köpfe einzogen und sich zu Boden warfen. Natürlich waren es echte Steine, die auf sie niederprasselten, aber der entscheidende Effekt lag darin, dass die Perser sich in ihrer Panik einer wesentlich größeren Streitkraft gegenüber wähnten. Ihre Offiziere brüllten sie an, wieder aufzustehen und zu schießen, doch sie zögerten. Nur widerstrebend kamen die Schützen einer nach dem anderen allmählich doch wieder auf die Beine und erkannten nun, wie wenig Steine geflogen waren und dass nur eine Handvoll ihrer Mitstreiter tatsächlich verletzt worden war. Ihre Mienen verfinsterten sich, und sie brachten ihre Bögen aufs Neue in Anschlag.

Diese kostbaren Momente ihrer Unschlüssigkeit hatten die Griechen genutzt, um mit Gebrüll den Fluss zu überqueren. Als der letzte von ihnen das andere Ufer erreichte, zogen sich die erschöpften Schleuderer in die Reihen zurück. Die sich nun an hinterster Front befindlichen Hopliten senkten ihre Schilde, drehten sich um und begannen zu laufen. Hunderte schauten voller Furcht über die Schulter, während den persischen Kavalleristen klar wurde, dass ihr Feind Reißaus nahm. Mit sich überschlagenden Stimmen zeigten sie mit ihren Schwertern zur Furt und stießen ihre Speere in die Höhe. Die Bogenschützen mochten versagt haben, doch die Berittenen sahen die Rücken fliehender Feinde. Die Furt lag ungeschützt vor ihnen. Eine bessere Gelegenheit würden sie nie wieder bekommen.

Umgehend gaben sie ihren Pferden die Sporen, galoppierten ins flache Wasser hinein, dass es nur so spritzte. Vor ihnen hielten die zurückweichenden Reihen plötzlich an und drehten sich um. Die persischen Reiter feuerten einander kreischend an, sahen sich jedoch einer geschlossenen Linie von Kriegern in roten Umhängen gegenüber, die sich von ihrer noch kurz zuvor empfundenen Panik nichts anmerken ließen. Sie hielten auf die Spartaner zu, die ihre Schilde hoben und die Helme herunterließen – die makellose Bronze der Elitesoldaten Griechenlands. Die Kavalleristen begannen abzubremsen, obwohl sie von hinten durch wilde Schreie weiter vorangetrieben wurden.

Drei Reihen Spartaner kamen im Laufschritt auf die feindlichen Reiter zugestürmt, die Schilde einsatzbereit und die Speere in Hüfthöhe. Die Furt bildete eine perfekte Zugriffstelle, und Xenophon hatte sie richtig eingeschätzt. Seine besten Männer nahmen die persische Kavallerie in die Zange, während diese aus dem Flussbett geritten kam, und beraubten sie jeglichen Bewegungsspielraums. Auch die Bogenschützen konnten ihnen von der anderen Seite aus keinerlei Unterstützung bieten, da in dem Gewühl schließlich ihre eigenen Kameraden kämpften. Nach wie vor schwirrten Pfeile durch die Luft, aber die komplette Hälfte der persischen Kavallerie musste den Rückzug antreten und nicht nur Pferde im blutigen Wasser zurücklassen, sondern auch Hunderte ihrer Kampfgefährten, die gnadenlos niedergemetzelt wurden.

Es dauerte nicht lange, bis sich die Griechen ihrerseits in raschem Tempo zurückzogen. Sie hatten Verluste zu beklagen, unter ihren Verfolgern jedoch ein Fiasko angerichtet. Der Erdboden hinter ihnen war von Persern übersät. Viele waren mit vorsätzlicher Grausamkeit abgeschlachtet worden, um die Nachfolgenden in Angst und Schrecken zu versetzen.

Im Austausch für dieses riskante Manöver hatten sie Pferde gewonnen. Begeistert inspizierte Xenophon jedes neue Ross und teilte die Tiere jedem Freiwilligen zu, der angab, reiten zu können. Er ernannte Hephaistos zu ihrem befehlshabenden Offizier und nahm einem Athener, der Einwände erhob, sein Pferd wieder weg, was den Mann zu einer Entschuldigung zwang.

»Das war kein unbedeutender Sieg – das war ein Triumph«, rief Xenophon allen zu. »So angreifbar werden wir nie wieder sein.« Er schaute zu den Leichen am Fluss zurück und dann nach vorn, wo in der Ferne Berge auszumachen waren. Persien erstreckte sich über den halben Erdball, doch sie würden hinausmarschieren, das schwor er sich.

Während es am anderen Ufer von wutentbrannten Feinden nur so wimmelte, befahl Xenophon der Formation, sich wieder in Bewegung zu setzen. Es gab keine Möglichkeit, die Wasserschläuche aufzufüllen, nicht in Anbetracht lauernder Bogenschützen, die aufgrund der demütigenden Art und Weise, in der man sie genarrt hatte, vor Zorn rasten. Stattdessen zogen die Griechen mit trockenen Kehlen weiter, über Land, das Spuren von Grün aufwies. Den gesamten Tag lang stapften sie voran, und als die verbliebenen persischen Reiter schließlich in Sichtweite der Nachhut auftauchten, hatten sie Pferde und Wurfspieße, um sie abzuwehren.

Als die Sonne wieder einmal unterging, war ihnen die Begeisterung vom Morgen abhandengekommen. Hunger und Durst stellten die größten Probleme dar, immerhin sah es aber so aus, als gäbe es in dieser Nacht einen sicheren Unterschlupf für sie. Die Späher hatten von einer verlassenen Stadt berichtet, die gerade noch in ihrer Reichweite lag. Über Stunden sahen sie deren Mauern vor sich wachsen, bis sie durch eine alte Lücke darin über Geröll hindurchmarschierten.

Die Straßen waren staubig, und es gab keinerlei Anzeichen von Leben. Trotz seiner gewaltigen Größe herrschte vollkommene Stille an diesem Ort, auch wenn über jede Wand langschwänzige Eidechsen huschten, aufgeschreckt durch die Anwesenheit von Menschen in der schon seit Ewigkeiten andauernden Ruhe. Alle, die jagen konnten, strömten grüppchenweise aus und fingen um die Stadt herum alles Lebende ein, dessen sie habhaft werden konnten. Eine dieser Gruppen traf auf einen Leoparden und musste mit ansehen, wie ein Mann übel zugerichtet wurde, bevor sie die Raubkatze mit Speeren erlegten. Andere schossen Tauben, und quer durch die Stadt hallte das Prasseln von Steinen, als die Schleuderer ihr Training wieder aufnahmen, fest entschlossen, tatsächlich zu der Gefahr zu werden, die zu sein sie zuvor lediglich vorgetäuscht hatten.

Auf einem Platz mitten in der Stadt stieß Xenophon auf eine große, ungefähr sechzig Stufen hohe Pyramide. Er fand nirgendwo einen Zugang und hatte keine Erklärung für ihre Existenz oder Funktion. Einer seiner Hauptmänner reichte ihm etwas, das einfach auf der Straße im Dreck gelegen hatte und das offenbar eine gläserne Linse war, geformt und abgerundet wie das Auge eines Fisches. In einigen der Gebäude lagen Knochen, und hier und da stießen sie auf Teile von bronzenen Rüstungen, die einst einen Krieger geschützt hatten. Irgendwann in der Vergangenheit war das Unglück über diese Stadt hereingebrochen, doch das lag offenkundig unvorstellbar lange zurück.

Die Griechen hatten Gefangene am Fluss gemacht – ein Dutzend Männer war am Leben gelassen worden, um später verhört werden zu können. Xenophon befahl, den ersten als abschreckendes Beispiel für die anderen zu töten, und befragte sie den ganzen Abend über, während seine Soldaten an die Frauen aus dem Lager Nahrungsmittel verteilten. Feuer wurden mit uraltem Holz angefacht, das so trocken war, dass ein einziger Funke es knackend auflodern ließ. Beim Duft gebratenen Fleisches lief ihnen das Wasser im Mund zusammen, und obwohl es keinen Wein gab, fanden sie Tonkrüge, die früher damit gefüllt gewesen waren, sowie einen Brunnen mit frischem, klarem Wasser. Beides zusammen ergab eine Getränkemischung, die nicht gänzlich ungenießbar war und zumindest die Erinnerung an den Geschmack der Traube weckte.

Einer der Gefangenen behauptete, der Name der Stadt laute Larisa, während ein anderer meinte, sie heiße Nimrud, was einst eine Hauptstadt der Meder gewesen war. Alles musste von denjenigen übersetzt werden, die mit beiden Sprachen vertraut waren, und das Ganze ging ziemlich langsam vonstatten. Xenophon wanderte auf den Stadtmauern herum, während die Gefangenen unter ihm willig Einzelheiten über die Streitkräfte des Königs ausplauderten. Er hatte ihnen versprochen, sie nicht hinzurichten, im Austausch gegen alles, was sie wussten. Nacktes Überleben stand auf dem Spiel, weshalb er sich nicht im Mindesten schuldig fühlte, über Leben und Tod zu entscheiden. Genau das machte er ihnen auch ruhig und unmissverständlich klar. Da einer von ihnen bereits reglos auf den staubigen Steinen lag, glaubten sie ihm aufs Wort und sangen wie die Vögel.

Er vernahm ein Pfeifen und schaute auf, um Hephaistos und Pallakis zu erblicken, die über eine an der Seite eingelassene Steintreppe zur Mauerkrone heraufkamen. Xenophon seufzte im Stillen, lächelte ihnen jedoch entgegen. Klearchos hatte nie erwähnt, dass Männer mit Führungsposten so wenig Zeit für sich allein hatten, aber genau so schien es zu sein. Xenophon wusste, dass Sokrates die Gesellschaft anderer genoss. Der alte Mann schien in der Menge regelrecht aufzublühen und wurde fröhlicher. Xenophon hingegen fand einfache Unterhaltungen anstrengend. Er zog es vor, sich einem ernsthaften Gegenstand zu widmen, um mit seinem Verstand jedes anstehende Problem konzentriert zu lösen. Er dachte kurz daran, das Paar wegzuschicken. Doch wieder einmal stimmte ihn die Schönheit einer Frau um. Die Stadt war überwiegend ein Ort des Todes und der Stille, seit Jahrhunderten schon gespenstisch und unheimlich. Pallakis' üppige Lockenpracht umspielte ihren Kopf an diesem Tag wie ein Heiligenschein, was sie in der milden Brise beinahe aussehen ließ wie eine Medusa.

»Ich wollte Euch sprechen, Xenophon«, sagte Pallakis.

»Tatsächlich«, erwiderte Xenophon und warf Hephaistos einen Blick zu. Der junge Athener wirkte vernarrt wie ein Welpe. Zu seiner eigenen Überraschung verspürte Xenophon einen Stich von Eifersucht, als Pallakis den jüngeren Mann am Arm berührte. Er meinte, ihnen nichts davon preisgegeben zu haben, hegte allerdings den Verdacht, dass Pallakis wahrscheinlich ziemlich gut darin war, in Männern zu lesen.

Xenophon seufzte.

»Edle Dame, ich brauche …« Er konnte sich gerade noch fangen, bevor er etwas Beleidigendes von sich gab, indem er sich die Disziplin der Spartaner ins Gedächtnis rief. Er musste führen. Wenn das bedeutete, auf jegliche Privatsphäre verzichten zu müssen, würde er es akzeptieren. »Wie kann ich Euch helfen, meine Dame?«

»Indem Ihr uns Gesellschaft leistet, General«, sagte sie. »Die Leute haben Angst – und ängstliche Männer und Frauen geben keine guten Wegbegleiter ab. Ich würde gerne über unsere Aussichten reden.«

Xenophon gluckste und schüttelte den Kopf.

»Ich wäre ein schlechter General, wenn ich sagte, sie seien trübe, nicht wahr? Doch ich kann nicht in die Zukunft schauen, nicht einmal annähernd so gut wie das erbärmlichste Orakel.«

Sein Lächeln schwand, als er erkannte, unter welcher Anspannung sie stand. Sein Ton wurde ernster.

»Ich werde nicht aufgrund fehlenden Willens scheitern. Ich schwöre Euch, meiner Verantwortung für jeden Mann, jede Frau und jedes Kind, die an diesen Ort geführt wurden, nachzukommen. Es sind meine Leute. Es ist mein Volk, Pallakis. Klearchos hätte sie niemals im Stich gelassen, damit sie in der Fremde abgeschlachtet oder versklavt werden. Und das werde ich ebenfalls nicht tun, solange ich atme.« Er wartete ab, bis sie nickte und damit seinen Eid annahm. »Ich werde alles von ihnen fordern, was zu geben sie in der Lage sind. Denselben Anspruch stelle ich an mich selbst. Jenseits dessen …« Xenophon ließ seinen Blick in die Ferne schweifen und erstarrte, woraufhin Hephaistos und Pallakis sich beide zu der Quelle seiner Unruhe umdrehten.

In großer Entfernung war eine Einheit persischer Infanterie zu erkennen. Anscheinend hatte König Artaxerxes es aufgegeben zu erwarten, dass sie kapitulierten, oder sich darauf zu verlassen, dass ein kleines Aufgebot an Bogenschützen sie niederrang. Eine gewaltige Anzahl von Regimentern kam wie ein Sommersturm auf die verlassene Stadt zumarschiert.

»Wie viele Männer?«, fragte Pallakis mit leicht zitternder Stimme.

»Schwer zu sagen. Achtzig-, neunzigtausend? Selbst dann wären es nicht alle. Was seltsam ist.«

»Vielleicht ist der König in seine Paläste zurückgekehrt«, gab Hephaistos zu bedenken. »Schließlich hat er die Schlacht gewonnen. Er kann getrost heimkehren, zu seinen Paraden und Festessen.«

Xenophon ertappte sich dabei, dieser Auffassung zuzustimmen.

»Ich hoffe es. Wenn ja, wäre es von großem Vorteil für uns.« Ihm kam ein Gedanke, und er zuckte zusammen. »Solange er nicht ein genauso großes Heer auf der anderen Seite der Stadt aufmarschieren lässt. Würdet Ihr bitte loslaufen und nachsehen, Hephaistos?«

Der Mann, der ihn einst auf einem Athener Marktplatz verhöhnt hatte, rannte die Stufen hinab und verschwand ohne ein weiteres Wort. Das entlockte Xenophon ein zufriedenes kleines Lächeln. Nichts formte einen Mann mehr als Krieg, zum Guten wie zum Schlechten.

In diesem Augenblick wurde ihm klar, dass er zum ersten Mal mit der Mätresse des Prinzen allein war. Sie schien zu wissen, dass seine Gedanken nun um etwas Persönliches kreisten, obwohl er nach wie vor den sich der Stadt nähernden Feind beobachtete.

»Seid Ihr verheiratet, General?«, wollte sie wissen.

Xenophon hustete und lief rot an. »Äh, nein, Verzeihung. Nein, ich bin nicht verheiratet. Ich habe mein Leben ganz der Politik verschrieben, zur Unterstützung Spartas. Es war keine … besonders gern gesehene Entscheidung in Athen. Während dieser Zeit sind alle Gelegenheiten irgendwie an mir vorbeigerauscht.« Er blickte abermals mit zusammengekniffenen Augen in Richtung des feindlichen Heeres, um sich zu vergewissern, dass es die Stadt vor Einbruch der Dunkelheit nicht erreichen würde. »Ich habe mich bemüht … die sinnvollste Lebensweise zu finden, die beste Art, diese wenigen Jahre, welche die Götter uns schenken, zu verbringen. Zu diesem Zweck vertraute ich mich großen Lehrmeistern an und widmete mich Fertigkeiten wie der Reiterei oder der Verwaltung von Grundbesitz. Seit inzwischen vier Jahren bin ich ein Schüler von Sokrates.«

»Den Namen habe ich noch nie gehört«, sagte sie, was ihm einen leichten Dämpfer verpasste. »Doch dieses Nachsinnen, wie man sein Leben bestmöglich führt – habt Ihr eine Ehefrau nicht als Teil davon betrachtet?«

Sie schien aufrichtig erstaunt. Er errötete noch tiefer und räusperte sich in die geschlossene Hand.

»Nein. Darüber werde ich künftig nachdenken müssen, edle Dame.« Er schüttelte seine merkwürdige Stimmung ab und sprach mit mehr Bestimmtheit.

»Fürs Erste müssen wir uns darauf vorbereiten, eine tote Stadt entweder zu räumen oder zu verteidigen.«

Er nahm ihre Hand, und sie ließ sich von ihm zur Treppe führen. Als er sie ansah, lächelte Pallakis, fasziniert von einem Mann, der weitaus interessanter war, als sie erwartet hatte. Sie hatte sich entschieden, sein unübersehbares Interesse an ihr zu ermutigen, nicht zuletzt weil er ihr Sicherheit bieten und ihr Ansehen schützen konnte. Sie hatte nicht damit gerechnet, ein Flattern im Bauch zu spüren, als er ihre Hand ergriff. Es war sonderbar. Sie bewunderte Männer wie Kyros oder Klearchos. Die schienen bezüglich ihrer Stärke keinerlei Selbstzweifel zu hegen. Doch es waren Männer, die mit sich rangen, in die sie sich verliebte. Pallakis kannte sich selbst sehr gut, und während sie zum Stadtplatz hinunterschritt, ermahnte sie ihre innere Stimme zur Vorsicht. Die Wahrheit war, dass sie gebraucht werden wollte. Sie spürte, dass Xenophon schrecklich einsam war und sie gewiss dringend brauchte. Der Gedanke war berauschend.

Xenophon schlief auf der Mauerkrone. Sein Magen war ganz zusammengeschrumpft, und ein Pochen peinigte seinen Schädel, doch er war fest entschlossen, nicht zu jammern, während so viele andere hungerten. Die Reste der erjagten Beute waren an diesem Abend verteilt worden. Er hatte das Fleisch riechen können, geröstet über Feuern aus antiken Möbeln, die so trocken wie die Wüstenwinde gewesen waren, welche um die Stadt heulten. Von seiner Ruhestätte aus konnte er auch persische Lagerfeuer wie in der Schwärze versprengte Funken leuchten sehen.

Er drückte sich eine Faust in den Magen, als dieser zu tönen und zu knurren begann wie ein kleines Tier. Die erste Portion Fleisch war natürlich für die Soldaten gewesen, gefolgt von den Kindern, die über viel weniger Reserven verfügten und von Luft und Wasser nicht lange überleben konnten. Theoretisch kamen danach alle anderen an die Reihe, doch bis dahin waren kaum mehr als ein paar wenige Töpfe Fleischbrühe übrig gewesen, die so gut es ging gestreckt wurde, um so viele Mägen wie möglich zu füllen.

Dieserart in Gedanken hörte er plötzlich Schritte, und ein Lichtschein breitete sich aus, während jemand die Treppe heraufkam. Xenophon erhob sich, verärgert, sogar nach Mitternacht noch gestört zu werden. Unerklärlicherweise verspürte er Enttäuschung, als er den Spartaner Chrisophos erkannte.

Der Mann trug in einer Hand eine dampfende Schüssel und in der anderen eine Feldflasche.

»Ihr habt noch nicht gegessen, General«, sagte er.

»Ihr denn?«, gab Xenophon zurück.

Chrisophos zuckte die Achseln. »Ich bin Spartaner«, sagte er, als wäre dies Antwort genug.

Xenophon hob eine Augenbraue, wartete und ignorierte die Schüssel und die Flasche, die ihm hingehalten wurden. Chrisophos seufzte und lenkte ein.

»Als ich ein kleiner Junge war, hatten wir nie genug zu essen. Ich kann mich erinnern, mich in meinem Leben nur zweimal wirklich satt gefühlt zu haben, in beiden Fällen bei einem königlichen Festmahl. Man hat uns selbstverständlich ermuntert, Brot zu stehlen, aber darin war ich nie besonders gut. Ich glaube …«

»Man hat Euch zum Stehlen ermuntert?«, fragte Xenophon ungläubig.

»Wie ich schon sagte, wir waren nicht gut genährt. Wenn wir es hinbekamen, die Köche zu überlisten und ein kleines Extra zu ergattern, wurde das nie bestraft. Es sei denn, wir wurden erwischt – obwohl wir in diesem Fall dafür bestraft wurden, erwischt worden zu sein. Wir glauben, dass Hunger einen Jungen schnell macht, wohingegen er träge und dumm wird, wenn er vollgestopft ist. Ich denke, das stimmt wahrscheinlich.«

»Doch jetzt habt Ihr Hunger?«

»Natürlich. Wir widerstehen den Lockungen des Fleisches, General. Das Fleisch ist ein fettes und törichtes Ding, das uns zu kontrollieren versucht. Es ist ein lahmes Pferd, wenn Ihr mir folgen mögt – ein Pferd, das nicht begreift, warum es langsam ist. Doch missversteht mich nicht. Ihr müsst essen, weil Ihr morgen stark sein und alle Sinne beieinanderhaben müsst. Über einen gewissen Punkt hinaus bedeutet Hunger Leben.«

»Ich habe keinen Appetit, Chrisophos. Teilt Euch die Schüssel mit mir, dann werde ich trotzdem essen. Das ist ein Befehl.«

Der Spartaner schaute auf die Schüssel, die er ausgestreckt vor sich hielt. Er fuhr sich mit der Zungenspitze über die Lippen und gestattete sich, den Duft dessen zu genießen, was an Bohnen und Fleisch in den dicken Eintopf gewandert war. Er gestikulierte damit, und Xenophon nahm ihm die Schüssel und die Feldflasche ab, bevor er sich im Schneidersitz niederließ, um zu essen. Chrisophos zauberte einen kleinen Brotlaib unter seinem Arm hervor und brach diesen in zwei Hälften, von denen er eine weitergab. Beide Männer löffelten den Eintopf mittels Brotstückchen und aßen ihn langsam, tunlichst darauf bedacht, sich Zeit zu lassen beziehungsweise nicht den verzweifelten Drang zu offenbaren, am liebsten alles gierig hinunterzuschlingen. Xenophon aß sogar extra langsam, um auf keinen Fall eher fertig zu sein als der Spartaner, obwohl sein Leib förmlich nach Nahrung schrie.

»Wir können nicht an diesem Ort bleiben«, sagte Xenophon schließlich. »Wenn sie uns umzingeln, sind wir verloren. Gebt dies weiter, wenn Ihr wieder hinuntergeht, in Ordnung? Eine Stunde, höchstens zwei, keinesfalls länger. Wir müssen unseren Vorsprung vor unseren Verfolgern halten.«

»Das wird nicht einfach«, sagte Chrisophos leise. »Es gibt seit dem heutigen Abend keine Lasttiere mehr. Die Kinder müssen laufen oder getragen werden.«

»Dann lasst die Arbeit aufteilen. Ein Dutzend Männer und Frauen soll abwechselnd jedes Kind tragen. Wenn wir langsamer werden, fressen sie uns von hinten auf. Wir können nicht darauf hoffen, das Lagervolk zu beschützen und den Krieg zu den Persern zu tragen.«

»Nein?«, fragte Chrisophos. Er hatte gesehen, wie eine griechische Einheit fast nach Belieben über das Schlachtfeld gewandert war.

»Nein«, sagte Xenophon. »Ihr wolltet mich als Anführer, Spartaner. Stellt jetzt also nicht meine Befehle infrage. Unser Ziel ist, die Ländereien zu verlassen, die von König Artaxerxes beherrscht werden, und nicht, ihn dort herauszufordern, wo er am stärksten ist. Wir müssen nichts anderes tun, als ihm immer voraus zu sein.«

»Sie haben inzwischen eine beträchtliche Menge Kavallerie aufgefahren. Wir haben, tja, wie viele, zweihundert Pferde? Das scheint mir nicht ausreichend.«

»Es genügt, um die Nachhut abzuschirmen …«, entgegnete Xenophon. Er wusste, dass der Spartaner ein erfahrener Soldat war. Sosehr er es auch verabscheute, gedrängt zu werden, begriff er doch, dass es bis zu einem gewissen Grad sinnvoll war, so wie damals, als Sokrates ein Dutzend Male von ihm verlangt hatte, zu erklären, was Liebe sei.

»Wir sind langsam«, sagte Chrisophos und begann, an seinen Fingern abzuzählen. »Wir haben zu wenig Schleuderer, sodass wir auf Distanz angreifbar und ungeschützt sind. Wir konzentrieren uns darauf, uns in gleichbleibendem Tempo zurückzuziehen …«

»Sie werden keck werden«, gab Xenophon zu. »Sobald sie erkennen, dass sie uns nicht aufhalten können, werden sie uns vor sich her hetzen und uns an den Fersen kleben. Was gäbe ich nicht alles für die Leibwache des Prinzen! Diese sechshundert Reiter könnten sie einen Monat lang jagen und in Schach halten. Ohne sie …«

Er verstummte allmählich und starrte auf die Lichtpunkte in der Ferne.

»Diese Perser ziehen es vor, ihre Lager nicht in unserer unmittelbaren Nähe aufzuschlagen. Ich weiß nicht, woran das liegt.«

»Trotz ihrer Anzahl fürchten sie einen nächtlichen Angriff«, sagte Chrisophos. »Wir sind berüchtigt bei ihnen für unsere Kniffe und Schliche. Sie trauen uns nicht über den Weg, vor allem nicht, wenn wir ihnen nahe sind.«

»Wenn das zutrifft, bedeutet das, dass wir jeden neuen Tag vor ihnen starten«, sagte Xenophon. »Und wenn sie näher bei uns lagern, könnten wir einen Überraschungsangriff riskieren und ihre Pferde in alle Himmelsrichtungen auseinandertreiben.«

»Das ist der rechte Geist«, gab Chrisophos zurück. Dennoch zog der Spartaner eine grimmige Miene, und Xenophon deutete seine Stimmung richtig.

»Glaubt Ihr, wir könnten davonkommen?«

Eine geraume Weile blieb die Antwort aus, bis Xenophon schon dachte, der Mann würde nichts erwidern oder sei eingedöst.

»Was ich glaube, spielt keine Rolle«, sagte Chrisophos. »Wir marschieren, von Fluss zu Fluss. Vier- oder sechshundert Meilen – das ist nicht allzu weit. Doch sie werden versuchen, uns zur Strecke zu bringen wie die Hundemeute den Hirschen. Ob wir unser Ziel erreichen oder sterben, ändert nichts an dem, was wir tun müssen. Also werde ich frohen Herzens aufbrechen. Mein Volk ist bei mir, meine Feinde liegen hinter mir. Es wird ein guter Tag werden.«

Zu Xenophons Überraschung tätschelte Chrisophos ihm die Schulter, nachdem er aufgestanden war und seinen Rücken gestreckt hatte.

»Versucht zu schlafen, General. Ihr müsst morgen sehr früh aufstehen.«

»Ich komme und wecke Euch«, sagte Xenophon. Das Lächeln des Spartaners in der Dunkelheit spürte er mehr, als dass er es sah.

Die Spartaner im Karree kannten sich alle, als sie sich sammelten, um aufs Neue zu marschieren. Sie begrüßten Freunde und wechselten leise Worte über den langen Tag, der vor ihnen lag, oder die bizarre Stadt, die sie umgab. Die Nacht war so warm gewesen, dass man im Freien hatte schlafen können, was besser war, als in seit Urzeiten verwaisten Häusern die Bekanntschaft von Skorpionen zu machen. Sie leerten ihre Blasen und schlürften aus ihren Trinkschläuchen, ohne dass ihr ständiger Durst auch nur annähernd gelöscht wurde.

Als die gesamte Truppe aufbrach, hing der Mond noch am Himmel, und im Osten war noch kein Anzeichen der Morgendämmerung zu erkennen. Die Reihen des Lagervolks bildeten das unruhig schlagende Herz der Formation, zu allen Seiten von Soldaten umgeben. Sie ließen die Stadt hinter sich und wanderten mit der frühmorgendlichen Kühle geschuldeter Gänsehaut los. Manche schauten zurück, aus Sorge vor Kriegsgeheul oder dem Geräusch sich nähernder Hufe, doch da war nichts als die Stille der Nacht.

Bis endlich die Sonne aufging, hatten sie ein Dutzend Meilen zwischen sich und die Stadt gebracht. Xenophon befahl Hephaistos, sowohl hinter als auch vor sie Kundschafter auszusenden. Dank der Pferde konnten sie besser Ausschau halten und hatten eine deutlich größere Reichweite als zuvor. Doch von den Persern war keine Spur zu sehen, und es war der Hunger, der sie bei zwei Dörfern zum Halten zwang. Dort stießen sie auf eingepferchte Ziegen und ein Vorratslager für den Winter, voll mit Pistazien und Mandeln, bereit zum Verkauf. Die Dorfbewohner protestierten nicht, während sie zusahen, wie ihre Keller geleert wurden, wurden aber weder getötet noch versklavt. Xenophon hatte dies abermals ausdrücklich befohlen. Sie hatten schon genug damit zu tun, sich um ihr Lagergefolge zu kümmern, und konnten beileibe keine Neuzugänge gebrauchen.

Die Boten kamen herbeigaloppiert, noch bevor sie einen halben Tag im Dorf verbracht hatten, aber die Zeit reichte, um jedes taugliche Gefäß mit Wasser zu füllen und die kleinsten Kinder auf zwei von Eseln gezogene Karren zu verladen. Deren Besitzer schauten niedergeschlagen zu, wie die Griechen abzogen.

Noch vor dem Abend sahen sie die persische Kavallerie. Die allesamt groß gewachsenen und kräftigen Krieger ritten in einer Linie, beobachteten die Marschkolonne und hielten Schwerter und Krummsäbel in unverkennbar drohender Absicht in die Höhe. Nichts deutete auf die Anwesenheit des Königs oder seiner Lords hin. Xenophon war erfreut, keine Infanterieregimenter auszumachen. Mit Kavallerie allein war ihre Formation nicht zu brechen, das verhinderten die Speere. Er wagte sogar zu hoffen, der König habe inzwischen befohlen, sie lediglich aus seinem Land zu eskortieren.

In jener Nacht wurden sie von in der Nähe patrouillierenden Reitern wach gehalten. Sie hatten einen schmalen Flusslauf überquert und dann ihr Lager aufgeschlagen, doch an Schlaf war wegen des Geheuls und Geschreis, das durch die Finsternis hallte, nicht zu denken. Hephaistos wollte losreiten und Blut sehen, doch Xenophon lehnte es ab. Sie mussten gut auf die wenigen Pferde aufpassen, die sie hatten. Schlaf war weniger lebenswichtig als die Gewährleistung dieses Schutzes, zumindest vorläufig.

Die Sterne hatten ihr Lager umkreist, als Warnhörner erklangen. Kundschafter kamen herangerast, brüllten zusammenhangloses Zeug, was die Männer in ihrer unmittelbaren Umgebung dazu veranlasste, zu den Waffen zu greifen. Xenophon wachte auf und kratzte sich die Achselhöhle, wo sich ein juckender Hautausschlag gebildet hatte. Erschöpfung hatte ihn tiefer schlafen lassen, als ihm bewusst war, doch das Gähnen verging ihm, als er aufsah. Im grauen Vordämmerungslicht erblickte er einen Ozean schwarzer Soldaten, die sich in stummen Reihen näherten, kaum vierhundert Schritte von seinem Standort entfernt. Sie waren im Windschatten des letzten Atemzuges der Dunkelheit vorgerückt. Als das aufkommende Tageslicht golden zu schimmern begann, erkannte Xenophon, dass Tissaphernes der unendlichen Masse an Menschenleibern voranritt, gewandet in strahlendes Weiß.

Xenophon spürte sein Herz panisch pochen. Der Perser klopfte sich in spöttischem Salut gegen die Brust. Die feindlichen Reihen brüllten wie aus einer Kehle und griffen an.

26

Xenophon fluchte, als ihm Schweiß über eine Schnittwunde auf der Wange lief und dort brannte. Ursache für die Verletzung war ein Streifschuss durch einen Pfeil gewesen, aber sie hörte einfach nicht auf zu bluten. Jedes Mal, wenn er seine Ausdünstungen mit der Hand abwischte, riss die Wunde erneut auf.

Tissaphernes hatte seine gesamte Streitmacht gegen die Griechen aufgeboten. Er wollte die Verfolgungsjagd mit einem einzigen Schlag beenden, und er stand kurz davor, dies zu erreichen. Xenophon versuchte, nicht an die ersten Augenblicke der Grausamkeiten zu denken. Er hatte mit angesehen, wie eine Frau ihrer schreienden Tochter hinterhergerannt war, genau in den losbrechenden Angriff der Perser hinein. Mutter und Kind waren einfach überrannt worden und unter den Stiefeln der Krieger verschwunden.

Die griechische Flanke hatte offen gestanden, und hinter dem Karree der sich neu formierenden und voranstolpernden Spartaner waren etwa noch hundert Menschen zurückgeblieben. Wie Wölfe waren persische Reiter über die Zivilisten hergefallen und hatten vornehmlich die Alten und Kranken geschnappt. Männer, Frauen, jeden, dessen sie habhaft werden konnten. Einige übereifrige Perser wurden zwar von Hopliten niedergesenst, die umhersausten, um die Formation zu schließen, was aber kein Trost für jene war, die in die Fänge des Feindes gerieten. Die meisten wurden auf der Stelle getötet, während andere lebend über die Sättel hohnlachender Männer geworfen wurden, schreiend und mit ausgestreckten Händen vergeblich um Erbarmen flehend.

Die Griechen, von dem Angriff getroffen und in rasende Wut versetzt, schlossen die Formation und marschierten los. Xenophon spürte zornige Blicke auf sich und hätte Hephaistos am liebsten erwürgt, da dessen Warnung zu spät gekommen war. Er rief den Athener zu sich und stellte fest, dass der junge Mann genauso störrisch und düster dreinschaute wie damals in den Straßen seiner Heimatstadt.

»Wo wart Ihr?«, fragte Xenophon. Sein Ton war ruhig, unter anderem, weil die Verantwortung bei ihm lag, unabhängig davon, wie Hephaistos es sehen mochte. Er konnte es dem unerfahrenen Bandenführer kaum vorwerfen, nicht ordnungsgemäß Wache gehalten zu haben.

»Ich habe mich nach einer Stunde draußen vor dem Lager von den Spähern getrennt«, sagte Hephaistos.

Er ließ beim Sprechen den Kopf hängen und sah für einen Moment so aus, als würde er in Tränen ausbrechen. Stattdessen riss er sich mit einer Willensanstrengung zusammen, die Xenophon beeindruckte.

»Ich bin mit ihnen aufgebrochen, doch dann … ritt ich zum Lager zurück. Es tut mir leid.«

Xenophon betrachtete den Jüngling. Hephaistos konnte weder lesen noch seinen Namen schreiben. Das Reiten hatte er auf dem Marsch nach Osten gen Persien gelernt. Wenn jemandem eine Schuld zuzusprechen war, dann dem, der ihn alleingelassen hatte, ohne irgendwen, der ihn hätte beraten können.

»Erzählt mir, was passiert ist«, sagte er.

Hephaistos wandte den Blick ab. Er konnte seinem Gegenüber nicht in die Augen sehen.

»Die Reiter müssen auf uns gewartet haben – zusammen mit Bogenschützen.« Mit einer Handbewegung fuhr er schneidend durch die Luft. »Ein paar der Jungs konnten entkommen, aber wir haben viele Männer verloren. Sie kamen sehr schnell voran, Xenophon. Ich befand mich noch auf dem Rückweg. Bis ich Alarm schlagen konnte, hatten sie uns schon fast erreicht. Verzeiht mir.«

Er verstummte, bereit, sein Urteil entgegenzunehmen.

»Ich hätte Euch erfahrenere Offiziere zur Seite stellen müssen«, sagte Xenophon. »Der Fehler liegt bei mir, versteht Ihr? Ich gebe Euch nicht die Schuld für meine Fehlentscheidung.« In munterem Tonfall fuhr er fort, als sei die Angelegenheit schon vergessen. »Also, für morgen Abend gilt es, Kundschafter paarweise zu postieren, allerdings immer in Reichweite voneinander. Falls ein Reiter oder ein Paar überwältigt wird, kehren die restlichen schnell zum Lager zurück. Immer in Sichtweite, Hephaistos. Das ist die Lektion, die es hieraus zu lernen gilt.«

»Verzeiht mir«, wiederholte Hephaistos.

Xenophon sah ihn unverwandt an.

»Das müsst Ihr nicht. Lernt daraus. Sie haben ein kleineres Scharmützel gewonnen und daraus Mut gezogen. Es ändert nicht das Geringste! Wie weit sind wir schon gekommen? Alles, was wir tun müssen, ist, ihnen immer eine Nasenlänge voraus zu bleiben.«

Während er noch sprach, ertönten neue Rufe von jenen, welche die Perser in ihrem Kielwasser beobachteten. Als Antwort kam ein entsetztes Wehklagen aus dem Inneren des Karrees, ein Laut, den Xenophon nie zuvor von ihnen gehört hatte. Er presste die Kiefer zusammen, wütend auf sich selbst, aber auch auf einen Feind, der sie einfach nicht abziehen lassen wollte.

Als er an der Flanke des marschierenden Karrees entlang zurückritt, sah Xenophon eine große Anzahl Kavallerie wie bei einer Parade in sechs- oder achthundert Schritten Entfernung entspannt an den Griechen vorbeigaloppieren, allerdings außerhalb der Reichweite von Speeren oder Pfeilen. Die Perser blickten sich natürlich von Zeit zu Zeit nach ihrem Gegner um, jetzt aber ritten sie den Griechen dank ihres Vorteils hinsichtlich Geschwindigkeit und Mobilität voraus.

Xenophon sah Chrisophos neben sich auftauchen. Der Spartaner wirkte kerngesund und war trotz seines Brustharnischs aus Bronze und Leder kaum außer Atem.

»Irgendwelche neuen Befehle, General?«, rief Chrisophos.

Allmählich begriff Xenophon, wie der Mann dachte. Der Spartaner konnte mit Raffinessen und Andeutungen mehr anfangen, als Klearchos dies getan hatte.

»Im Augenblick nicht«, sagte Xenophon. »Fällt Euch irgendwas zu diesen Reitern ein?«

»Ich könnte mir vorstellen, dass sie vor uns einen Hinterhalt planen«, erwiderte Chrisophos. Genau aus diesem Grund hatte er sich zur Flanke begeben, um Xenophon diese Überlegung mitzuteilen. »Sie werden eine Stelle finden, an der sich der Pfad verengt, möglicherweise in den Hügeln. Sie werden Bäume fällen oder Steine und alles Mögliche andere in Bewegung setzen, um uns zum Anhalten zu zwingen. Gleichzeitig werden die anderen uns von hinten angreifen. So würde ich es jedenfalls machen.«

»Ich kann sie nicht daran hindern, uns vorauszureiten«, sagte Xenophon. »Genauso wenig können wir die hinter uns auseinanderjagen. Wenn wir anhalten und uns dem Kampf stellen, können sie sich im gleichen Tempo zurückziehen. Und wenn sie unsere Herausforderung annehmen, bleibt unser Lagervolk wehrlos zurück. Die Lagerleute sind unser zentraler Schwachpunkt.«

Er schloss die Augen, nachdem er das gesagt hatte, und empfand mit einem Mal völlige Aussichtslosigkeit. In Anbetracht der Blicke der Umstehenden schüttelte er leicht den Kopf und schob seine Befürchtungen beiseite. Ein Kommandant musste selbstsicher auftreten, sogar vor erfahrenen Männern wie Chrisophos. Er musste über Zweifel und Schwächen erhaben sein.

»Wir werden uns also nicht auf eine Auseinandersetzung mit diesen Persern einlassen. Wir haben gezeigt, dass sie auf dem Schlachtfeld kein ebenbürtiger Gegner für uns sind. Es wäre wenig ruhmreich, sie weiterhin zu quälen. Nein, unsere Pflicht ist es, ihr Territorium zu verlassen. Das gedenke ich zu tun, Chrisophos. Wenn sie sich in höheren Lagen positionieren, werden wir mit über die Köpfe gehaltenen Schilden unter ihnen durchmarschieren. Falls sie uns zu Fuß angreifen, werden wir sie so lange massakrieren, bis sie damit aufhören. Wenn wir müssen, werden wir kämpfen, aber unser Sieg wird darin bestehen, das Schwarze Meer zu erreichen. An der Küste im Norden gibt es griechische Städte. Wenn wir es bis zu ihnen schaffen, sind wir schon fast daheim.«

Chrisophos neigte im Gehen den Kopf.

»Vorwärts, Marsch. Verstanden, General.«

Dann grinste er wie ein kleiner Junge, und Xenophon spürte, wie seine Maske Risse bekam, als er ebenfalls lächelte. Er hatte die Probleme, die vor ihnen lagen, skizziert und eingeräumt, doch gerade dadurch, dass er sie laut ausgesprochen hatte, erkannte er, dass sie keineswegs unüberwindbar waren. Zum ersten Mal an diesem Tag war ihm froh zumute.

»Weitermachen«, sagte er.

Sie marschierten ein Dutzend Meilen bis zu einem Fluss, wo eine Holzbrücke über das reißende Wasser führte. Xenophon befahl, links und rechts davon haltzumachen, und prüfte den Übergang so eingehend, dass er nass wurde. Spartaner standen mit Schilden und Speeren für einen etwaigen Überraschungsangriff bereit, während die Angehörigen des Lagervolks sämtliche Trinkschläuche und Feldflaschen auffüllten. Obwohl die Wüsten nun hinter ihnen lagen, würden sie sich auch weiterhin zwischen Flüssen bewegen.

Derweil saß Tissaphernes die ganze Zeit über ein Stückchen entfernt auf seinem Pferd, inmitten einer Reihe von bärtigen persischen Kriegern, und beugte sich über sein Sattelhorn. Sie starrten zu ihren Feinden hinüber, als wären sie Wölfe und die Griechen Rehkitze, die zum Trinken an ihre Wasserstelle gekommen waren. Bei dem Gedanken musste Xenophon lächeln. Seine Männer waren Krieger, die ihresgleichen suchten, wie sie bei Kunaxa bewiesen hatten. Diese bittere Pille, die die Perser damals hatten schlucken müssen, war alles, was sie am Leben hielt.

Tissaphernes führte seine Männer bedrohlich nahe an jene heran, die darauf warteten, die Brücke zu überqueren, doch die Perser gingen nicht in Kampfaufstellung oder brachten Schilde und Schwerter in Anschlag. Nicht angesichts der Spartaner in ihren roten Umhängen, die schwatzend herumsaßen oder träge zu ihnen hinüberstarrten. Einige Griechen planschten im seichten Wasser und wuschen sich, bespritzten sich und lachten. Andere sangen oder sprachen einander

Gedichte vor. Sie wussten genau, dass ein solches Verhalten den sie fixierenden Gegner zur Weißglut brachte, doch die Unbekümmertheit seiner Landsleute hob auch Xenophons Stimmung. Warum sollten sie furchtsam den Blick senken, mochten sie sich noch so vielen gegenübersehen? Natürlich waren die Spartaner arrogant, aber es war eine verdiente begründete Arroganz, die sie sich schwer erarbeitet hatten.

Auch ohne ihre Kavallerie erstreckten sich die persischen Regimenter quer über den Horizont – es waren Zehntausende. Tissaphernes schien zu spüren, dass die Griechen ihre letzten Kalebassen und Schläuche gefüllt hatten und sich bereit machten. In den persischen Reihen kam Unruhe auf, Soldaten feuerten sich mit Sprechgesängen und Aufrufen gegenseitig an. Einige von ihnen kamen nahe genug heran, um Speere zu schleudern, und beim Anblick der schwarzen Stacheln, die sich in hohem Bogen näherten, stieß Xenophon einen unterdrückten Fluch aus. Er ordnete an, die Überquerung rasch abzuschließen, und ließ den Befehl unauffällig von Hauptmann zu Hauptmann durchgeben.

Die Perser steigerten sich immer mehr in einen Rausch, und zwei Pulks stürzten ohne jede Vorwarnung los. Der erste konnte gerade noch vor dem undurchdringlichen Wald auf sie gerichteter Speere bremsen. Sie spürten, dass die Spartaner nicht ausscheren würden, und blieben deshalb einfach vor den scharfen Spitzen stehen, brüllend und Klingen in die Luft stoßend.

Entlang der anderen Flanke lösten sich zwei Reiter aus den persischen Regimentern und kamen angaloppiert, duckten sich tief in den Sattel und warfen dann mit gewaltiger Wucht ihre Spieße. Beide fanden Lücken zwischen den Schilden und rissen Männer von den Beinen. Die Reiter heulten triumphierend auf und reckten in Richtung ihrer Kameraden die Fäuste.

Mit drei schnellen Schritten trat einer der Korinther aus der Reihe und schleuderte einen langen Speer. Er durchbohrte einen der Reiter, sodass dieser vom Pferd fiel und plötzlich reglos dalag, jeglichen Lebens und Lärmens von einer auf die andere Sekunde beraubt.

Jetzt war es an der Reihe der Griechen, zu lachen und zu spotten, während der Rest hastig über die Brücke drängte. Jeder weitere Schritt brachte die Perser dazu, ihnen enger auf die Pelle zu rücken. Xenophon ritt mit den letzten seiner Männer auf die Brücke, zeigte den Bogenschützen und Kriegern, die hinter ihm fauchend und zähnefletschend den Weg dicht machten, seine Kehrseite. Er erreichte die andere Seite, als hinter ihm die Hölle losbrach.

Die persischen Offiziere verloren alles, was ihnen an Selbstbeherrschung noch geblieben war. Mit gezückten Schwertern sprangen ihre Frontreihen auf die Brücke, während die letzten Griechen, sich mit vorgestreckten Speeren und hocherhobenen Schilden verteidigend, zurückwichen. Sie mussten Hunderte von Hieben einstecken, Eisenschwerter brachten ihrer goldenen Bronze Kratzer und klaffende Spalte bei, doch all das blieb bei dem Rückzugsmanöver unerwidert.

Xenophon reckte seine Faust in die Höhe, als sich die Brücke mit persischen Soldaten gefüllt hatte. Er senkte sie wieder, und die gesamte Konstruktion stürzte krachend in das reißende Gewässer. In den Stunden, in denen sie die Überquerung hinausgezögert hatten, waren die Hauptstützpfeiler durchgesägt und einfache Holzscheite in den Spalt getrieben worden. Ein paar feste Schläge auf seinen Befehl hin hatten genügt, sie wieder herauszuhauen. Die Brücke brach unter ihrem eigenen und dem Gewicht der über sie stürmenden persischen Soldaten zusammen, kippte und zerquetschte den Feind in voller Rüstung unter sich.

Xenophon wandte den Blick von ihrer Panik und ihrem Entsetzen und ließ ihn zu Tissaphernes hinüberwandern, der nach wie vor vom anderen Flussufer aus zusah. Der persische Lord schickte seine Antwort in Form von tausend Pfeilen. Er hatte im Geheimen Bogenschützen in Stellung gebracht, doch der Verlust der Brücke schwächte den Effekt erheblich. Dennoch schnellten Schäfte durch die Luft und zwangen die Griechen, sich unter die Schilde zu ducken, während Eisen mit ohrenbetäubendem Scheppern auf Bronze und Holz aufschlug.

Xenophon rührte sich nicht vom Fleck und vertraute auf das Glück, das ihn bis zu diesem Punkt beschützt hatte. Tissaphernes hatte es nicht gewagt, zusammen mit den ersten Truppen die Brücke zu überqueren. Das hätte den Tag perfekt abgerundet. Dafür würden sich der Perser und seine Männer nun irgendwo am Fluss eine Furt suchen müssen.

Xenophon blinzelte in die aufsteigende Sonne und zu den vorausliegenden Hügeln hinüber. In nördlicher Richtung war das Land grüner und weniger lebensfeindlich. Er wusste, dass dort ein Hinterhalt auf sie wartete, aber das war ein Problem, dem es sich an einem neuen Tag zu stellen galt.

»Beeilt Euch!«, rief er den Griechen zu, immer und immer wieder, bis er sicher war, dass jeder es gehört hatte. »Wir lassen sie alle hinter uns …«

Er zwang sich zu einem Lächeln und zeigte eine Zuversicht, die er nicht empfand. Er sah, wie viele aus dem Lagergefolge dahinhumpelten und -stolperten. Viele trugen durchgelaufene Stiefel und Sandalen, sodass sie sich Lumpen um die Füße wickeln mussten. Sie hatten Wasser, wofür er Poseidon dankte, aber kaum Nahrungsmittel. Er blickte nach vorne, wie auf der Suche nach vielversprechenderen Aussichten für sie. Seine Bestürzung entging ihnen, ebenso wie seine Angst vor dem, was Tissaphernes in den Hügeln für ihn vorgesehen hatte.

Sie schritten gleichmäßig durch den Nachmittag und eine Landschaft, die deutlich mehr Spuren von Leben zeigte. Zwanzigtausend Mäuler konnten niemals zufriedenstellend gestopft werden, doch wer einen Bogen oder die Schleuder zu nutzen verstand, schwärmte aus und schaffte alles heran, was getötet und zu Essbarem verarbeitet werden konnte. Sie schweiften weit um die Marschformation herum aus und wurden zu den Augen der griechischen Streitmacht, während das Gelände allmählich anzusteigen begann. Xenophon hatte seinen beißenden Hunger ignoriert, bis er sah, wie ein Dutzend Rehe, eine Herde kleiner Antilopen sowie etliche Hirsche herangeschleppt wurden. Seinen Männern war es gelungen, vierzig Tiere in einer Felsspalte zu überraschen und einzufangen. Mehrere waren der Falle durch gewaltige Sprünge entkommen. Es reichte somit lediglich dafür, dass einige an diesem Abend eine Mahlzeit erhalten konnten, doch es ließ auch neue Hoffnung aufkeimen.

Jede weitere Stunde Marsch offenbarte neue Höhenrücken und Schluchten, während die Sonne lange Schatten auf einen breiten, zwischen Felsen hindurchführenden Pfad warf. Xenophon schickte Hephaistos mit den verbliebenen Reitern voraus, um andere Routen auszukundschaften, doch es gab Tausende von Durchlässen, die in nichts als Fels und Geröll endeten, sowie nur einen einzigen großen Durchgang, der durch das Gebirge führte. Es war nicht allzu schwer zu erraten, wo der Hinterhalt lauern würde, was nicht hieß, dass er zu umgehen war. Ihr Ziel lag im Norden.

Sie schlugen ihr Lager in einem Apfelbaumhain auf, der sich in einem flachen Tal ans Leben klammerte. Der Weg erstreckte sich in Dunkelheit gehüllt vor ihnen. Keiner von ihnen wollte den Marsch vor dem nächsten Morgen und ohne Sonnenlicht fortsetzen. Das Lagervolk brach Äste von toten Bäumen und sammelte so viel trockenes Holz, wie es finden konnte. Die Jäger gaben das kostbare Wild an Frauen weiter, die es verstanden, die Kadaver aufzubrechen und zuzubereiten. Dutzende andere pflückten in den umliegenden Hügeln Kräuter und Gräser, von denen sie wussten, dass sie Leib und Seele zusammenhalten konnten. Entscheidender jedoch war, dass die Teilhabe an den Vorbereitungen ihre Chancen vergrößerte, einen Bissen abzubekommen. Die Jäger steuerten noch Fasane, Rebhühner und eine knochige alte Ziege bei, die blindlings vor ihnen weggelaufen war, bis ein Junge sie zu Boden gerungen hatte. Sie benötigten sie dringender als ihr Vorbesitzer, auch wenn sie noch immer einen Strick um den Hals trug. Eine spartanische Kopis zerteilte sie, bevor man das Tier über einer Kochfeuerstelle auf einem Schild röstete, während Kinder mit hungrigen Augen danebenstanden und verfolgten, wie der Braten zischte und brutzelte.

Zwar gab es keinen Wein, doch das Wasser war sauber und kühl und die Stimmung im Lager gelöst. Xenophon sprach zu den Offizieren über den folgenden Tag, aber sie konnten nur wenig konkret planen, solange sie nicht wussten, in welcher Form der nächste Angriff erfolgen würde. In gewisser Weise war dies der Hauptgrund für Xenophons gute Laune, wie ihm bewusst wurde, als er sich zum Schlafen niederlegte und zu den Sternen hinaufsah. Er glaubte inzwischen an den Scharfsinn und Einfallsreichtum seiner Leute. Sie taten nichts Überstürztes. Sie hatten die grässliche Neigung, krisenhaften Phasen mit endlosen Debatten zu begegnen, doch wenn sie in Aktion traten, geschah dies mit Bedacht, Entschiedenheit und Verstand. Er war auf sie alle mächtig stolz.

Erst als ein sanftes Drücken an seiner Seite ihn aufwachen und hochschrecken ließ, merkte er, dass er eingeschlafen war. Er schlug die Augen auf und erblickte Pallakis, die neben ihm auf dem Boden lag, in ihre eigene Decke gewickelt. Er setzte sich auf. Das Lager lag in Finsternis und tiefem Schlummer – Tausende von Menschen, deren Leben in seiner Hand lag.

»Meine Dame«, murmelte er. »Ihr braucht keinen zweiten Beschützer. Gewährt Euch Hephaistos keine Sicherheit?«

Er hörte, wie sie sich zu ihm umdrehte und so nahe kam, dass er ihren Atem auf seinem Gesicht spüren konnte.

»Es gibt mehr im Leben als Sicherheit«, sagte sie.

»Ja. Natürlich, Ihr wart die Mätresse von Prinz Kyros«, gab er zurück. Er merkte, wie sie sich versteifte. »Und danach wart Ihr, wie mir auffiel, eine ständige Begleiterin von Klearchos. Und nun seid Ihr hier, bei mir, obgleich ich Hephaistos mit der Aufgabe betraute, auf Euch achtzugeben.«

»Und dann habt Ihr ihn fortgeschickt«, sagte sie mit plötzlich unsicher klingender Stimme.

Er zuckte zusammen und fühlte sich von der Peinlichkeit der Situation unangenehm berührt.

»Weil er mein Oberstallmeister ist, Pallakis. Er kommandiert die Kundschafter, und ich schicke ihn so gut wie jede Nacht raus … Augenblick mal, hat man Euch bedroht?«

Unvermittelt setzte sie sich auf und kniete sich dann hin, um ihre Decke zusammenzulegen.

»Nein. Die Männer respektieren Hephaistos. Sie wissen, dass ich unter seinem Schutz stehe. Ich dachte … verzeiht mir.«

Xenophon spürte sein Gesicht ganz heiß werden, fand jedoch seine Sprache wieder, bevor sie in der Nacht verschwinden konnte.

»Dann bleibt doch, da Ihr schon einmal hier seid. Es kann nicht mehr lange bis zur Morgendämmerung dauern.«

Die dunkle Gestalt an seiner Seite gab keinen Laut von sich und starrte ihn an. Dann ließ sie sich abermals nieder. Eine geraume Weile lag er wach und aufmerksam da.

Als Xenophon am Morgen die Augen aufschlug, war Pallakis weg. Er überlegte kurz, ob sie ihm im Traum erschienen war, schob den Gedanken jedoch beiseite, als Hephaistos mit seinem gewohnten Pferd ankam, der das Tier getränkt und sein Zaumzeug kontrolliert hatte. Sämtliche Pferde sahen abgemagert aus, obwohl sie im Gebirge immerhin grasen konnten, was ihnen zuvor verwehrt gewesen war. Im Gegensatz zu den Männern kamen sie nicht weit, wenn sie nicht ordentlich gefüttert wurden, ein Tatbestand, der Hephaistos und Xenophon einige Sorgen bereitete. Ohne Kavallerie und Späher konnten sie nicht überleben, das war die schlichte Wahrheit.

Hephaistos wirkte mürrisch, als er ihm die Zügel übergab und ihm aufsitzen half. Der Athener reichte ein Schwert hinauf, das Xenophon umgürtete, während er überlegte, ob er ihm von seiner nächtlichen Besucherin erzählen sollte. Er hatte Hephaistos Pallakis nicht versprochen, das hätte auch gar nicht in seiner Macht gelegen. Doch ihm war nicht entgangen, dass der junge Mann sich in sie verguckt hatte, und er konnte keinen Ärger zwischen ihnen beiden gebrauchen. Xenophon entschied, nichts zu sagen. Er würde zu Pallakis auf Distanz bleiben, dann würde sich das Problem ganz von selbst lösen.

Die Perser wurden hinter ihnen gesichtet, bevor sie ihre Zelte abgebrochen hatten und abmarschbereit waren. Xenophon verspürte Tissaphernes gegenüber fast so etwas wie Dankbarkeit für dessen unfreiwillige Unterstützung dabei, den notorisch lahmeren Zivilisten Feuer unterm Hintern zu machen, sich eilig auf ihre vorgesehenen Positionen im Karree zu begeben und für einen weiteren Marschtag fertig zu machen. Das Karree im Karree, das er bevorzugte, war als Formation passé – der Durchgang durch die Berge war zu schmal für zwanzigtausend Leute in dieser Aufstellung. Trotz seiner Bedenken einigte sich Xenophon mit Chrisophos auf eine Kolonnenordnung. Der Spartaner agierte, als wäre er der offizielle stellvertretende Befehlshaber, und niemand machte ihm das Recht darauf streitig. Die anderen gewählten Generäle schienen sich damit zufriedenzugeben, ihre eigenen Männer zu kommandieren, und überließen die gesamtstrategischen Überlegungen ihm. Xenophon fragte sich, wie viele Fehler er noch machen durfte, bis sich dies änderte.

Der spartanische Trupp bestand darauf, die Kolonne durch die Felsen zu führen. Xenophon befahl, über die volle Länge der Reihen sämtliche Schilde bereitzuhalten, für den Fall, dass die Perser die Berghöhen über ihnen besetzt hatten. Beunruhigt ritt er an die Spitze und versuchte alles zu berücksichtigen, was möglicherweise schieflaufen konnte, aus Sorge, etwas Entscheidendes zu übersehen. Sie vertrauten auf ihn, und er fühlte die Last dieses Vertrauens, genoss jedoch gleichzeitig seine nie zuvor gekannte Autorität. Geringfügige politische Macht in Athen war nicht wirklich vergleichbar damit, eine Armee durch die Berge zu steuern.

Die Perser bedrängten sie von hinten und kamen nah an sie herangeritten, als die Griechen sich in Marsch setzten. An diesem Morgen bildeten die Stymphalier die Nachhut. Die Schleuderer und der überwiegende Teil der Pferde waren dorthin ans Ende abkommandiert, wo sie einen feindlichen Schlag am effektivsten abwehren konnten. Den in den letzten Reihen marschierenden Männern schmerzte schon der Nacken vom dauernden Sichumdrehen, aber das war nun einmal nicht zu ändern.

Vor ihnen vernahm Xenophon einen Schrei, woraufhin er die Flanke entlangtrabte und Soldaten wie Zivilisten zwang, ihm Platz zu machen und ihn vorbeizulassen. Der Weg maß in der Breite knapp sechzig Schritte und bot somit eigentlich reichlich Platz selbst für Fahrzeuge, allerdings nicht für ein komplettes Heer. Die vor ihnen liegenden Felsen bildeten jetzt eine Art Trichter, dessen Wände zu beiden Seiten des Weges steil aufragten – und dort, an den Hängen eines grün bewachsenen Hügels, wartete ein Trupp der Perser auf sie. Er verstand, warum Tissaphernes von hinten so viel Druck machte. Die Perser wussten, dass ihre eigenen Leute in der Nähe waren, und sie versuchten, die Griechen tiefer in den schmalen Durchgang hineinzutreiben.

Xenophon war der einzige Reiter an der Spitze. Er spähte in die Ferne, dann breitete sich langsam ein Lächeln auf seinem Gesicht aus. Die Spartaner marschierten unerschütterlich voran, bereit durchzustehen, was zweifellos auf sie wartete. Es konnte alles Mögliche sein, von Steinen über heißes

Öl bis hin zu in Gift getunkten Pfeilen. Die Spartaner begannen ihre Schilde in Anschlag zu bringen, doch Xenophon schüttelte den Kopf.

»Chrisophos. Wir können die Position der Perser überblicken. Sie haben sich für diese weitläufige und flache Stelle entscheiden, aber schaut einmal höher – über ihnen befindet sich festes Gelände. Das wir erreichen könnten.«

»Sie werden uns kommen sehen«, rief Chrisophos zurück, was weniger nach einem Einwand als vielmehr nach aufkommender Begeisterung klang.

»Dann müssen wir uns eben beeilen und rennen«, sagte Xenophon. »Sechshundert Mann zu mir – Eure leistungsstärksten. Wir rasen diesen Berg hinauf und fallen von oben über sie her, genauso, wie sie es mit uns vorhatten.«

Er lenkte den Schädel seines Pferdes weg vom Weg und hin zum bemoosten Rand der Felsböschung, die aufwärts führte. Hinter ihm rief Chrisophos knappe Befehle. Sechshundert Männer scherten aus und schlossen zu den beiden Anführern auf. Sie wirkten erfreut, sich einer Herausforderung stellen zu können.

»Soldaten!«, rief Xenophon ihnen zu. »Behaltet eines im Kopf: Was ihr auf euch nehmt, tut ihr für jene, die ihr retten werdet, aber auch, um Griechenland wiederzusehen. Ihr kämpft für eure Ehre – und dafür, euren Frauen und Kindern wieder in die Augen zu schauen. Haltet durch, und ihr werdet diese Perser von diesem Hügel werfen!«

»Ihr habt gut reden, Ihr sitzt auf einem Pferderücken«, erwiderte einer der Männer. »Ich kann kaum noch diesen Schild schleppen.«

Xenophon erstarrte. Seine gute Laune verflog. Bedächtig und vorsichtig stieg er vom Pferd und ging steifbeinig zu ihm hinüber. Sein Pferd senkte den Kopf, um Grasbüschel auszureißen. Xenophon baute sich vor dem Mann auf.

»Dann bleibt hier«, sagte Xenophon.

Er entriss dem Mann seinen Schild und sprintete den Hügel hinauf. Der Rest setzte sich mit einem Ruck in Bewegung, um ihm zu folgen. In rasendem Tempo erklommen sie den Abhang, während an dessen Fuß die Gefährten des Mannes ihren Unmut dadurch zum Ausdruck brachten, dass sie Steine auflasen und nach ihm warfen.

Xenophon rannte, sprang und kletterte, bis sein Gesicht rot glänzte und er heftig keuchte, doch schließlich war er mit den anderen zusammen auf dem Bergrücken angelangt. Er hielt den Schild gleich einer Trophäe in die Höhe und erntete dafür Jubel von unten. Die Perser, die gehofft hatten, sie in einen Hinterhalt zu locken, hatten ihren Posten bereits aufgegeben und über einen anderen Pfad den Abstieg begonnen, sobald ihnen klar geworden war, dass sie ihren Vorteil eingebüßt hatten. Das Triumphgeheul der Griechen hallte ringsum von den Bergen wider und erreichte auch die Ohren von Tissaphernes, dessen Regimenter durch das Tal schlichen. Er ließ seine Truppen anhalten. An einem Ort, dessen geografische Beschaffenheit den Vorteil zahlenmäßiger Überlegenheit zunichtemachte, war es sinnlos, seinen Gegner zu verfolgen. Xenophon kletterte nach unten und schloss sich wieder dem Hauptfeld an. Sie setzten ihren Weg fort, über den Pass und bis zu den Ebenen, die jenseits davon lagen.

27

Das flache Gebiet auf der anderen Seite der Berge war gut geschützt und zeigte mehr als nur ein paar deutliche Spuren menschlichen Lebens. Ein breiter Fluss glitzerte in der Ferne, während die Blicke der Griechen über Dörfer und steinerne Bauernhäuser hinwegwanderten. Sie konnten Holzrauch und eine Ziegenherde erkennen. Vielen von ihnen trieb das Bild einer Landschaft, die Nahrung und Wasser sowie die – zumindest vorläufige – völlige Abwesenheit des Feindes versprach, Tränen der Erleichterung in die Augen.

Xenophon rief Hephaistos zu sich, um die Späher zu koordinieren. Der junge Athener kam ihm schmallippig und schweigsam vor, ritt jedoch blitzschnell los, nachdem er seine Befehle erhalten hatte. Xenophon sah ihm mit einem Anflug von Ärgerlichkeit nach, aber wenn es nun einmal so war, würde er sich dem fügen. Sie waren schon in Athen keine Freunde gewesen, und er hatte größere Sorgen. Kaum war Hephaistos außer Sicht, als Chrisophos mit Philesios, dem neuen General, zu ihm kam.

»Danke, dass Ihr gekommen seid, meine Herren«, sagte Xenophon. »Ich habe überlegt, aus unseren fähigeren Kriegern eine kleine Sondereinheit zu bilden. Sollten wir durch enge Pässe und über Brücken gehetzt werden, brauchen wir eine starke Nachhut, bewaffnet mit den längsten Speeren und begleitet von unseren besten Schleuderern sowie einigen kretischen Bogenschützen.«

»Das ist eine sehr gute Idee«, meinte Chrisophos. »Ich werde sechs Kompanien zu jeweils hundert Mann auswählen und Hauptmänner ernennen, die sie anführen. Das müsste größtenteils ohne Belohnung funktionieren. Wenngleich ich bezweifle, dass es für eine so undankbare Aufgabe viele Freiwillige geben wird. Darf ich vorschlagen …«

»Die Spartaner dürft Ihr nicht vorschlagen, falls Ihr das sagen wolltet«, unterbrach ihn Xenophon. »So eindrucksvoll sie auch sind, sind sie doch besser in den Frontlinien aufgehoben, wie Ihr mir ja auch schon unzählige Male gesagt habt.«

»Also schön, General«, sagte Chrisophos und verbeugte sich. »Der eigentliche Grund meines Kommens liegt darin, dass General Philesios Euch zu sprechen wünscht.«

Xenophon sah den anderen Mann an und nickte widerwillig. Er hatte Philesios ein einziges Mal sprechen hören, als er das Wort zu seinen Gunsten an die Lagerangehörigen gerichtet hatte. Dennoch machte Xenophon sein plötzliches Wiederauftauchen misstrauisch.

»Ich verstehe. Während wir uns unterhalten, habt Ihr die Aufgabe, diese Dörfer zu erkunden, Chrisophos. Nehmt alles an Lebensmitteln, was Ihr findet, außerdem sämtliche Lasttiere, Schafherden und für unsere Zwecke brauchbare Karren. Wir benötigen auch Kochkessel und neue Trinkschläuche, um die kaputtgegangenen zu ersetzen. Darüber hinaus brauchen wir Schuhwerk – sollen diese Leute ruhig eine Saison lang barfuß laufen. Sie müssen schließlich kein Großreich durchqueren, mit einer persischen Armee im Rücken, deren Atemluft ihnen heiß in den Nacken fährt. Verstanden?«

Chrisophos sank auf ein Knie, und Xenophon ließ sein Pferd antraben. Er warf einen Blick zurück auf den Spartaner, doch Chrisophos war schon losgelaufen, um die benötigten Hauptmänner und Pentekostien-Offiziere zu berufen.

Auch Philesios sah dem Spartaner einen Moment lang nach, bevor er sich räusperte. Er war nicht glücklich darüber, Xenophon auf der Höhe von dessen Waden stehend ansprechen zu müssen, der Athener machte jedoch keinerlei Anstalten, vom Pferd zu steigen.

»Ihr wolltet mich sprechen?«, ermunterte ihn Xenophon.

»Ja … allerdings. Ich wollte darauf hinweisen, dass wir eine ganze Reihe von Hügeln und Bergen überquert haben, ohne eine Spur von Tissaphernes und den Persern zu sehen, vom König selbst ganz zu schweigen. Mir kam der Gedanke, dass, obwohl ich bislang kein Recht darauf hatte, mich einzumischen, nun der richtige Zeitpunkt gekommen ist, um zu besprechen, wie der freie Abzug der Soldaten am besten zu gewährleisten ist.«

»Das Lagergefolge nicht zu vergessen«, ergänzte Xenophon beiläufig.

»Jawohl, selbstverständlich, auch das Lagergefolge. Ich wollte sagen, dass keine große unmittelbare Gefahr mehr besteht, jedenfalls für den Augenblick. Ihr wisst, dass Menon mein Onkel war. Ich habe vierzehn Jahre lang in seinem Schatten gedient, während Ihr, soweit ich es richtig verstehe …« Er pausierte kurz, und seine Kaumuskulatur zeichnete sich unter der Haut ab. »Während Ihr weniger Erfahrung mitbringt.«

»Oh, beträchtlich weniger«, erwiderte Xenophon. »Obwohl ich feststelle, dass Euer Onkel Euch nicht zu seinem Stellvertreter ernannte. Nichtsdestotrotz habt Ihr die Gelegenheit ergriffen, als sie kam, und seine Männer haben Euch akzeptiert. Das war ein mutiger Schritt – und ich hatte noch gar nicht die Möglichkeit, Euch für Eure Unterstützung zu danken. Ich bin dankbar, Philesios. Ohne Männer wie Euch hätten wir es nicht bis zu dieser Ebene geschafft. Ohne Euren Mut und Eure Disziplin werden wir die Heimat nicht wiedersehen. Dessen bin ich sicher. Ohne den ausnahmslos absoluten Gehorsam sowohl der Männer, die Ihr befehligt, als auch aller Befehlshaber selbst, *jederzeit*, werden wir im Großreich Persien *krepieren* und niemals wieder den Wein und die Oliven Griechenlands schmecken. Wir werden nie wieder in den Genuss der Stücke des Euripides kommen oder auf der Agora von Athen Debatten verfolgen können. Schlimmer noch: Sollten wir hier scheitern, wird unser Volk uns vergessen.«

Er sprach beinahe wie in Trance und spann Worte zu einem Traum, der sie beide damit überraschte, welch starke Gefühle er weckte. Philesios schloss die Augen, während er sinnierte.

»Ich habe in Athen seine *Medea* gesehen. Euripides war persönlich anwesend, und das gesamte Publikum erhob sich, um ihm die Ehre zu erweisen. Es war … überwältigend. Als ich ging, war mir zumute, als wäre mir ein Gewicht von den Schultern genommen worden, das erste Mal seit Jahren.«

Philesios überlegte, das Gespräch wieder auf praktische Angelegenheiten zu lenken, entschied sich jedoch dagegen. Er hatte nie führen wollen, jedenfalls nicht wirklich. Sein Onkel hatte das verstanden, doch seine Hauptmänner hatten ihn dazu gedrängt. Mit einem schmalen Lächeln neigte er den Kopf.

»Nun denn, Strategos. Ich bete, dass Ihr uns alle wohlbehütet nach Hause bringt.«

»Nach nichts anderem steht mir der Sinn«, erwiderte Xenophon.

Er stieß sein Pferd an, das daraufhin in einen leichten Trab verfiel, und ritt davon. Hinter den Hügeln ging die Sonne unter und warf Schatten über die Felder. Xenophon merkte, dass er fröstelte. Die Ernte war bereits eingefahren, wie er bemerkte. Umso besser für die Männer, da sie kostbares Getreide aus den Vorratskammern holen konnten. Allerdings bedeutete es auch, dass die Zeit voranschritt und die Jahreszeit wechselte. Ein kalter Wind schien auf seine Gedanken zu antworten, und er schüttelte den Kopf. Was auch immer geschah, was auch immer auf sie zukam, sie durften nicht aufgeben. Das war er Klearchos schuldig.

»Wenn wir uns wiederbegegnen, Spartaner«, murmelte er wie in ein Gebet vertieft, »und Ihr mich fragt, was wir nach Eurem Tod taten, werde ich mich nicht schämen müssen. Das verspreche ich Euch. Ich werde sie zurückbringen.«

Er wusste, dass Philesios auf mehr Macht oder Mitspracherecht aus gewesen war. Xenophon schüttelte kaum merklich den Kopf. Sie waren sein Volk. Er war ein Edelmann aus Athen, der seine wahre Bestimmung gefunden hatte. Er würde sie niemals aufgeben, mochte da kommen, wer wollte.

Am Morgen schickte Chrisophos Hamstertrupps los, um Obst zu pflücken und die abseits der Dörfer gelegenen Bauernhöfe zu inspizieren. Sie waren nicht auf die Tausenden von Persern vorbereitet, die sich über einen weiteren Pfad durch die Berge ergossen, zu Fuß und Pferd, allesamt in rasendem Tempo darauf bedacht, die Hamsterer vom Rest des griechischen Heeres abzuschneiden. Männer und Frauen warfen mit Früchten gefüllte Tücher zu Boden und traten schnellstmöglich den Rückzug an, während Chrisophos die nächsten greifbaren sechzig Spartaner in die entgegengesetzte Richtung sprinten ließ.

Man hatte sie zur falschen Zeit am falschen Ort erwischt, und es entwickelte sich ein Laufkrieg, der einer Athener Straßenschlacht ähnelte, wobei beide Seiten versuchten, jeden Gegner zu erwischen, der ihnen schwächer vorkam als sie selbst. Die verzückten Perser hieben nach allem, was in ihrer Reichweite lag, bewaffnet oder unbewaffnet, und rasten dann weiter, statt sich Kämpfen zu stellen. Es war ein einziges Chaos, und Dutzende von Griechen fanden den Tod, bevor Xenophon mit der Haupttruppe zur Verstärkung aufzog. Der Anblick der vorstoßenden Linien verlieh den vor dem Feind Flüchtenden neuen Mut, und sie kehrten in die eigenen Reihen zurück. Hinter ihnen lagen Leichen auf den Feldern und dazwischen Matschhaufen aus zertrampelten Pflaumen und Feigen.

Angesichts der griechischen Haupttruppe zogen die Perser sich abermals zurück, in einem Manöver unter Einsatz einer gigantischen Anzahl an Pferden. Xenophons Blick wurde von einer Gestalt in Weiß angezogen, die all dem zusah, konnte jedoch nichts anderes tun, als Tissaphernes zu verfluchen. Xenophons Rache – so er sie denn je würde genießen können – bestünde darin, dass er als freier Mann davonging und den fetten persischen Lord hinter sich ließ, damit dieser sich mit der Frage martern konnte, was hätte sein können.

Das Ausplündern der Dörfer ging jetzt, da sie wussten, dass sie nicht mehr unbeobachtet waren, bedeutend zügiger vonstatten. Xenophon machte sich Vorwürfe, keine besseren Wachposten aufgestellt zu haben, doch damit war er nicht allein. Stundenlang lief Chrisophos im Lager herum und fauchte jeden an, der es wagte, sich ihm zu nähern. Sie hatten ihre Wache an einem feindseligen Ort im Stich gelassen, an dem der sich immer noch dort herumtreibende Gegner auf das leiseste Anzeichen von Schwäche lauerte.

Die nächste schlechte Nachricht war, dass ein großer Fluss ihren Weg blockierte. Der Pass durch die Berge hatte sie nach Osten und Norden geführt, doch nun konnten sie nicht weiter, ohne einen Gebirgsstrom zu überqueren, der tiefer war als die Speere, die man zur Probe hineinstieß. Xenophon verhörte Gefangene aus den Dörfern, und was er in Erfahrung brachte, war nicht so gut wie erhofft. Eine gewisse Nervosität machte sich in den griechischen Truppen breit, als ihnen klar wurde, dass auf einer Seite Berge sie begrenzten und ihnen auf der anderen ein unüberwindbarer Fluss den Weg versperrte. Einer der Griechen schlug vor, sich mithilfe von Schafsblasen ans andere Ufer treiben zu lassen, doch ein solches Unternehmen war ausgeschlossen, solange Tissaphernes und seine Kavallerie zuschauten.

Im Süden lagen Babylon und die Rückkehr ins Herz von Persien, in westlicher Richtung gelangten sie wieder durch die Berge. Der Fluss blockierte den Osten, und die Dorfbewohner erzählten Xenophon, dass in dieser Richtung Ekbatana lag, die Sommerresidenz persischer Herrscher und ein Ort so gut geschützt wie kaum ein anderer auf der Welt.

Xenophon rief all seine Offiziere auf einem Dorfplatz zusammen, während sich um das Lager herum Reihen von Hopliten formierten.

»Den Dörflern zufolge liegt nördlich von uns eine Bergkette, die sich so weit erstreckt, dass der Weg über Monate nach Osten und Westen führt. Sollten wir durchkommen, kommen wir nach Armenien. Von dort können wir dann weiter nach Norden und Westen, bis wir auf die griechischen Siedlungen am Schwarzen Meer stoßen. Ich weiß nicht, wie weit sie von den Bergen entfernt liegen, aber wir können sie nicht umgehen. Sie müssen durchquert werden.« Er machte eine Pause und wählte seine nächsten Worte mit Bedacht. »Die Stämme, die in diesem Gebirge hausen, sollen unsagbar grausam, wild und zahlreich sein. Das Oberhaupt dieses Dorfes spricht von ihnen wie von Rachegeistern. Er meint, wir würden einen Versuch nicht überleben.«

»Eure Ansprache ist nicht ganz so erbaulich, wie Ihr denkt, General«, sagte Chrisophos, woraufhin die Männer kicherten. »Dieser Bursche wollte uns Angst einjagen, aber welche Wahl bleibt uns, als uns diesen Karduchoi-Stämmen in den Bergen zu stellen? Wir sind schon enorm weit gekommen, aber vielleicht … können wir nicht ewig durchhalten.«

Xenophon hob die Hand, und Chrisophos verstummte augenblicklich. Eine Sache, die der Spartaner extrem gut beherrschte, war das Entgegennehmen und Befolgen von Befehlen.

»Der Fluss ist zu tief und zu breit. Mit der persischen Kavallerie am Rockzipfel riskieren wir, bei einem Überquerungsversuch abgeschlachtet zu werden. Nein, ich denke, die besten Aussichten haben wir noch immer im Norden – raus aus Persien auf dem schnellstmöglichen Weg.«

Er schaute sie der Reihe nach an, und ein Teil von ihm frohlockte innerlich. Trotz all der Bärte und sehnigen Muskeln, obwohl einige älter waren als er, waren sie nicht bloß seine Schäfchen, sondern seine Brüder und Schwestern, seine Söhne und Töchter.

»Man sagt von den Persern, sie hätten Angst vor diesen Karduchoi. Es ist durchaus wahrscheinlich, dass sie es nicht wagen werden, uns über die Pässe hinweg hinterherzuhecheln. Wir könnten ihnen endgültig entkommen.«

Xenophon schwieg kurz. Ihm war bewusst, dass ein Feind, den die Perser fürchteten, keine besonders willkommene Alternative darstellte.

»Wenn irgendjemand einen besseren Vorschlag hat, dann möge er jetzt sprechen. Anderenfalls werde ich uns nach Norden durch die Ebene und dann über die höchsten Gipfel führen. Sammelt alles zusammen, was Ihr an Decken und Mänteln auftreiben könnt. Wir können gar nicht genug davon haben.«

Er nahm schweigend Platz, während sie die Angelegenheit besprachen, wenngleich sie von vornherein wussten, dass sie zum selben Ergebnis kommen würden wie er. Die Geschichte des Dorfoberhaupts über ein persisches Heer, das acht Jahre zuvor diesen Pass überquert hatte, ließ Xenophon unerwähnt. Einhundertzwanzigtausend Soldaten hatten sich angeblich in die Festen der Karduchoi gewagt, und kein einziger hatte es lebend zurückgeschafft. Xenophon hoffte, der knittrige greise Dorfvorsteher würde sich derlei Horrormärchen nur ausdenken, um fremde Eindringlinge abzuschrecken. Im Gesicht des Burschen, runzlig wie eine Walnussschale, hatten ein milchig weißes Auge und lange braune Rattenzähne geprangt. Falls er die Wahrheit sagte – oder auch nur ein Fünkchen Wahres an seiner Geschichte war –, bestand durchaus die Möglichkeit, dass Xenophon den schwersten Fehler seines Lebens beging. Und dennoch hatte er keine andere Wahl.

Abseits des Dorfplatzes formierten sich die restlichen Griechen. Zwanzigtausend dicht gedrängte Männer, Frauen und Kinder schienen eine gewaltige Anzahl zu sein, doch innerhalb des Karrees wirkten ihre Reihen angesichts der Strecken, die sie zurücklegen mussten, geradezu zwergenhaft klein. Xenophon hatte auf drei Seiten vierzig Mann starke Kolonnen aufgestellt, mit achthundert Spartanern an der Spitze. Im Inneren dieser Anordnung fanden sich jeweils fast noch einmal so viele, obgleich das zivile Lagergefolge zunehmend zerlumpten Pilgern glich, die ein Orakel oder eine Kultstätte aufsuchen wollten, um sich heilen zu lassen.

Immerhin hatten zwei Tage ausreichend zu essen ihre Stimmung gehoben und ihr Befinden verbessert. Chrisophos hatte die Plünderungen der Dörfer geleitet und war dabei äußerst gründlich vorgegangen. Deren Bewohner würden in diesem Winter Hunger leiden müssen, doch Xenophon fand, dies sei eher Tissaphernes' Problem als seines. Hätte man es seinen Leuten gestattet, nach der Schlacht von Kunaxa in Frieden abzuziehen, wäre er nicht so brutal und erbarmungslos gegenüber den auf ihrem Weg liegenden Dörfern gewesen. Xenophons Gedankengang geriet ins Stocken, als ihm dämmerte, dass er die Zwanzigtausend als seine Leute bezeichnet hatte. Sie setzten all ihr Vertrauen in ihn, dass er sie am Leben erhielt, und in jenem Augenblick wusste er, dass er für die Erfüllung dieser Aufgabe sein eigenes geben würde. In Athen hatte er nach einer Bestimmung gesucht und keine gefunden. Kichernd schüttelte er den Kopf und überlegte, ob er je die Gelegenheit hätte, Sokrates von seiner Offenbarung zu berichten.

Bis die Offiziere ihre Diskussion über die künftig einzuschlagende Wegrichtung beendet hatten, stand die Sonne bereits hoch am mittäglichen Himmel, und in der Mitte der Quadratformation herrschte eine gewisse Ungeduld bei den dort Wartenden. Als die Hörner erklangen, nahmen alle ihren gewohnten Standort innerhalb der Formation ein, wobei sie sich an ihnen bekannten Gesichtern in der Nähe orientierten. Die Kräftigsten trugen in Tuch gewickeltes Fleisch oder Netze mit Hühnern und Wasserschläuche auf den Schultern. Viele andere schleppten dicke Bündel von Wintermänteln und Wolldecken. Kleine Jungen trieben zungenschnalzend und unter Zuhilfenahme langer dünner Stöckchen eine Herde Ziegen vor sich her.

Xenophon ritt an die Spitze, sobald Hephaistos und die Späher vorausgaloppiert waren. Da tauchte aus den hinter ihnen liegenden Pässen plötzlich die persische Armee auf. Sie kamen buchstäblich aus den Bergen herausgesickert wie Öl aus einem gesprungenen Krug. Ihre Blicke waren unheilvoll, doch sie machten keinerlei Anstalten anzugreifen. Die Griechen waren einigermaßen geschützt, solange sie zwischen Dörfern entlangmarschierten. Hütten und Straßen beraubten die Verfolger ihrer Überlegenheit. Xenophon wusste, dass die Ebene eine andere Geschichte sein würde. Das Dorfoberhaupt hatte gemeint, es wäre ein etliche Tage dauernder Marsch, einhundert Parasangen oder mehr. Xenophon setzte nach wie vor darauf, dass der Kerl darauf aus war, sie zu demoralisieren.

»Auf nach Norden«, rief Xenophon und fühlte sein Herz vor Stolz anschwellen. Seine Leute. Sein Volk. Seine Familie.

Die persischen Regimenter drängten nahe heran, als sie die Dörfer hinter sich ließen, doch tatsächlich wurden alle in der griechischen Truppe von Tag zu Tag durchtrainierter und leistungsfähiger. Haut und Muskeln wurden durch das ständige Marschieren fester und straffer, sodass auch diejenigen in der Mitte des Karrees allmählich das wolfsähnliche Aussehen der um sie Herummarschierenden annahmen. Schwäche konnte man den Griechen wirklich nicht nachsagen. Die war ihnen in den Wüsten ausgetrieben worden.

Immer wieder entsandte Tissaphernes kleinere Infanterieeinheiten, die bis zum Marschkarree aufschlossen und mit Widerhaken versehene Pfeile in die Menge schossen. Doch sobald sie in Wurfweite kamen, wurden sie im Gegenzug mit Steinen bedroht, deren Schleuderer von Tag zu Tag besser wurden.

Die persische Kavallerie stellte eine größere Bedrohung dar. In dichten Reihen kamen die Reiter herangaloppiert und warfen Speere, während die Nachhut sich damit abmühte, Schilde zu heben und in Bewegung zu bleiben. An diesem ersten Tag verloren die Griechen sechzig Mann, wie sie, als sie am Abend ihr Lager aufschlugen, bei der Abzählung feststellten. Sollte dieses langsame Ausbluten auf der gesamten Strecke Weg bis zu den Bergen anhalten, wären sie irgendwann zu wenige, um sich verteidigen zu können, und die verbliebenen Kämpfer gäben eine leichte Beute ab. Die Stimmung war gedrückt, als sie keuchend und mit schmerzenden Gliedern haltmachten.

Xenophon schaute zu, wie die Sonne den Horizont berührte und die Perser sich zunehmend zügelten und wieder in ihre Regimenter einreihten. Er wunderte sich noch immer darüber, dass sie bei ihrer Furcht vor nächtlichen Atta cken derartig große Abstände zwischen den Lagern ließen. Hephaistos zufolge, der sich ihnen zu Fuß an die Fersen geheftet hatte, hatten sie sich etliche Meilen zurückgezogen, bevor sie sich sicher genug fühlten, ihre Pferde anzupflocken.

Xenophon sah, wie Tissaphernes fast grüßend die Hand hob und dann sein Ross wendete. Das Licht fing allmählich an zu schwinden. Er dankte den Göttern für das Glück, einen Gegner wie den persischen Lord zu haben. Ein entschlossenerer Kriegsherr hätte die Angriffe mit der doppelten Durchschlagskraft führen lassen und nicht nachgegeben, bis die Griechen auf ein Minimum reduziert worden wären.

Xenophon dachte an die sechzig Männer, die er an diesem Tag verloren hatte, und fletschte in einem Anflug von Wut die Zähne. Es waren zu viele. Er wusste, dass einige der Soldaten es für richtig hielten, anzuhalten und sich dem Kampf zu stellen. Persischer Stolz würde Tissaphernes dazu zwingen, ihn aufzunehmen und den Griechen damit die Möglichkeit zu geben, sein halbes Heer abzuschlachten und den Rest zu vertreiben.

Es war verlockend, obwohl Xenophon im Kopf behielt, dass nichts sicher war. Sollte er auch nur ein Viertel seiner Hopliten einbüßen, würden die verbliebenen die anderen nicht mehr schützen können. Sie würden alle verlieren. Seine Generäle hatten diesem Argument zugestimmt, wenn auch widerwillig. Er war der Strategos, den sie zu ihrem Kommandeur ernannt hatten. Solange er nicht versagte, waren seine Befehle in Stein gemeißelt.

Zwölf Tage lang brachen sie morgens auf, sobald die über den Himmel wandernden Sterne den Anbruch der Dämmerung anzeigten. Sie schlachteten die Tiere und verschlangen jeden letzten Fetzen Nahrung, den sie gehortet hatten. Es war nie genug, und der Hunger kehrte rasch wie ein zwischen ihnen umherstreifendes Raubtier zurück. Nach einer Weile waren ihre Vorräte erschöpft, und sie mussten sich mit nichts als kaltem Wasser in Bewegung setzen.

Sie hinterließen gewaltige Haufen ihrer eigenen Fäkalien, durch welche die Perser sich hindurchlavieren mussten, was der einzige Trost dafür war, bärtig und stinkend durch die Gegend zu laufen. Der Dreck hatte sich während jenes Marsches tief in die Haut gefressen, und während sie ihre Blasen am Morgen noch in Ruhe entleeren konnten, mussten sie dies den Rest des Tages während des Marschierens erledigen. Die Frauen litten darunter am meisten, doch auf Schamhaftigkeit konnte man keine Rücksicht nehmen. Zunächst drehten sich die Männer noch ab, um ihnen wenigstens ein wenig Intimsphäre zu gewähren. Nach kurzer Zeit wurde das Urinieren jedoch zu einem derart gewöhnlichen Vorgang, dass keiner mehr Notiz davon nahm.

Die Nächte wurden bitterkalt, als sie in die Nähe der Berge gelangten. Zu ihrem Erstaunen fiel eines Nachts Schnee, sodass sie bedeckt davon erwachten, zitternd und klamm. Manche gerieten beim geringsten Anlass aneinander, wegen eines derben Wortes oder aus puren Nichtigkeiten. Hunger brachte einen unausgesetzt unter der Oberfläche kochenden Zorn ins Lager. Jeder morgendliche Aufbruch erfolgte unter Ächzen und Stöhnen, wenn die Muskeln unter Gejammer gelockert wurden. Nur die Spartaner starteten durch, als könnten sie ewig so weitermachen. Ihnen waren lange Bärte gewachsen, und ihre geflochtenen Zöpfe hingen ihnen bis tief in den Rücken. Und doch spülten sie ihren Mund mit einem einzigen Schluck Wasser aus und verzogen die rissigen Lippen zu einem Grinsen.

Jeden Tag tauchten hinter ihnen in der Ferne die Perser auf. Sie drängten in unbarmherzigem Marschtempo voran, um jedes Stück verlorenen Boden so schnell wie möglich wieder gutzumachen. Insofern war der Vormittag eine Art

Verschnaufpause, bis der Feind nahe genug heran war, um Speere und Steine abzufeuern. Die Griechen erwarteten diesen Moment, und es war beinahe eine Erleichterung, wenn er da war. Dann verfielen sie in ihren Trott quer über die Ebene, mit langsam wachsenden Bergen vor und toten Männern hinter ihnen. Am Abend losten sie ehrenhalber um die Nachhut, doch jene, die einen Tag konstanter Angriffe überlebt hatten, waren am Ende zu schwach, um zu sprechen, aufgerieben von Furcht und Zorn.

Am achtzehnten Tag marschierten sie wie Geister durch die Wildnis. Die Jäger schwärmten mit Schleuder und Speer aus, hatten überwiegend jedoch nur Wasser als Proviant bei sich. Vom ständigen Starren in die Ferne hatten sie blutunterlaufene Augen. Die Berge quälten sie, indem sie schon eine gefühlte Ewigkeit lang über dem Horizont zu schweben schienen. An jenem Morgen waren sie allerdings sichtlich näher an sie herangekommen, wenn auch die Landschaft mitnichten einladender wirkte als zuvor. Die Felswände und Abhänge waren grausam steil und stachen wie Dolche in die Höhe, statt als sanfte Schrägen aufwärtszuführen. Die höchsten Gipfel lagen unter einer Schneedecke und schienen sich endlos hintereinander aufzureihen.

Tissaphernes befahl eine Sturmattacke, während sie die Ausläufer durchquerten und ihr Ziel unverkennbar war. Von den Frontreihen konnte Xenophon tatsächlich schon in das erste Tal hineinblicken, wo Hephaistos einen Pfad erkundet hatte, ohne sich allzu weit hineingetraut zu haben. Es sah so aus, als würden die Perser sie nicht ohne neuerliches Blutvergießen aus ihrer Sichtweite entlassen. Die Regimenter hinter ihnen boten ihrerseits einen reichlich heruntergekommenen Anblick, nach vierhundert Meilen Verfolgungsmarsch in der Spur eines Feindes, den sie einfach nicht kleinkriegten.

Als die Perser sich in breiter Linie formierten, waren ihre Offiziere nahe genug, dass man ihre Rufe hören konnte. Xenophon gab Chrisophos ein Zeichen, und die Spartaner lösten sich aus dem Karree, um die Nachhut zu bilden. Einen Teil ihrer glänzenden Muskeln hatten sie wieder eingebüßt, und ihre Bärte wucherten wie Unkraut. Sie waren drahtige, wild aussehende Kerle, jedoch immer noch besser ausgebildet und trainiert als jedes persische Regiment. Ihr ungebrochenes Selbstvertrauen war unübersehbar, wenngleich die kalte Brise aus den Bergen ihre Zähne klappern ließ. Rote Umhänge rauschten, als die Perser anrückten. Mit den Bergen im Rücken hatte sich das Lagervolk in den Zugang zum Pass hinauf geflüchtet und nur die Hopliten zurückgelassen. Weiße Zähne blitzten auf, als sie ihre Schwerter zogen und ihre Speere hoben.

Chrisophos trug an diesem Tag keinen Schild. In seiner Rechten hielt er ein Kurzschwert, dessen Klinge nicht länger als sein Unterarm war. In der Linken befand sich die noch kürzere Kopis. Er wog das Gewicht beider Waffen ab und grinste dem vordringenden Feind entgegen.

»Vorwärts, Lakedaimon«, röhrte er über die Reihen hinweg. »Alles vorwärts! Dies ist eure einzige Chance, ihr Hurensöhne. Eine letzte prächtige Gelegenheit zum Spielen, bevor wir dieses Imperium für immer verlassen. Überlegt also nun, was ihr euren Kindern erzählen wollt.«

Die Perser stockten in ihrem Vormarsch, sobald sie die roten Mäntel ihres Erzfeindes erblickten. Ihre Offiziere befahlen sie weiter, und manche setzten kurze Stöcke ein, um sie vorwärtszuprügeln, wenn sie zögerten.

Vor sich sahen sie goldene Bronzescheiben und glänzende Helme und Beinschienen aus demselben Metall. Die Spartaner waren Männer ganz aus Gold und Rot, und zum ersten Mal seit langer Zeit wichen sie nicht zurück, sondern kamen angestürmt.

Die gegnerischen Reihen prallten aufeinander, und die Spartaner stürzten sich auf einen Feind, der sie gereizt hatte. Trotz der Schmerzen und ihrer Erschöpfung lachten sie dabei wie kleine Jungen, die endlich imstande waren, ein Wespennest zu zertrampeln. Geradezu vergnügt ließen sie Hiebe und Stiche über sich ergehen, um dann zurückzuschlagen, mit dem Speer, mit dem Schild, mit dem Schwert und schließlich mit der Kopis, deren schnelle Hiebe Finger abhackten und Leben nahmen.

Die Perser wichen zurück, doch Tissaphernes erkannte eine Gelegenheit und ließ seine Regimenter die spartanischen Flanken einkreisen und die Schwächeren, von denen einige kaum noch stehen konnten, von den Beinen holen. Ihre Warnschreie erreichten Chrisophos, der an der Spitze sein Werk der Vernichtung verrichtete. Er fluchte und versuchte angestrengt, etwas zu sehen. Gegen einen zehnfach überlegenen Gegner hätte er ohne zu zögern auf seine spartanischen Krieger gesetzt, doch Tissaphernes war mit achtzig- oder neunzigtausend Mann angerückt. Die Griechen konnten nicht gewinnen. Sie konnten sie lediglich bluten lassen.

»Zieht euch zurück, Spartaner. Haltet die Flanken. Nehmt unsere Toten mit. Denkt daran, wie viele ihrer Familien weinen und wehklagen werden, wenn sie an uns denken.«

Das Gelächter der Männer ließ ihn grinsen. Abermals hoben sie beim Zurückweichen ihre Schilde und Speere vom Boden auf, um sich gegen Reiter verteidigen zu können, wobei wutentbrannte Perser sie mit Flüchen überzogen und ihnen Rache schworen.

Tissaphernes fürchtete, seine Männer würden zu weit ins Gebirge gelockt. Er hatte von den Stämmen gehört, die auf jenen Gipfeln hausten. Das Großreich Persien hatte ganze Königreiche unter seine Fittiche genommen, von Babylon bis zu den Medern. Doch jene Felsregionen blieben isoliert und ungebändigt. Er betrachtete die sich zurückziehenden Griechen und die ausgestreckt daliegenden Leichen in ihrer Schneise. Das Karree schien sie regelrecht auszuspeien, während es sich in die Berge schob.

Einer plötzlichen Regung folgend, hob er seine Hand zum Abschied. Ein Tissaphernes unbekannter griechischer Offizier wandte sich zu ihm um. Der Fremde hob zur Antwort seinerseits die Hand und trabte dann in die Felsspalten davon. Tissaphernes schüttelte den Kopf. Er hatte gedacht, sie würden sich ergeben, nachdem er die Generäle beim Festmahl getötet hatte. Er hatte König Artaxerxes zugesichert, dass sie ohne Anführer hilflos wären. Stattdessen hatten sie neue ernannt und waren irgendwie durchgekommen. Ein seltsames Volk, dachte er. Er fragte sich, was die Karduchoi wohl von ihnen halten würden.

Dann wandte er sich seinem Stellvertreter Mithridates zu.

»Wollt Ihr mit ihnen gehen?«, fragte er.

Der Grieche schüttelte den Kopf.

»Nicht für eine Königskrone, Herr. Wir werden sie nicht wiedersehen.«

»Genau meine Meinung. Wenn ich zum König zurückkehre, werde ich ihm berichten, dass sie vernichtet wurden. Ist dies eine zutreffende Angabe, was meint Ihr?«

Der Grieche neigte den Kopf.

»Unbedingt, Lord Tissaphernes. Sie wissen es noch nicht, doch sie sind alle tot. Ihr habt sie in die Arme der Karduchoi getrieben. Das ist allein Euer Verdienst. Glückwunsch, Herr.«

Tissaphernes lächelte und steckte das winzige Messer wieder weg, das er in seiner Handinnenfläche versteckt hatte. Der letzte der Griechen war im Zugang zum Pass verschwunden, als hätten sie nie existiert. Die Gipfel hatten sie allesamt verschluckt.

Ganz plötzlich kamen ihm der Einfallsreichtum und das Improvisationstalent der Griechen in den Sinn. Mehr als einmal hatte er sie für hilflos gehalten, und doch hatten sie überlebt.

»Haben wir noch Tauben?«, wollte er wissen.

Mithridates nickte.

»Natürlich, mein Lord.«

28

Mit jedem Schritt nahm die Kälte zu, als der Pfad immer schmaler und steiler wurde. Die Hopliten hielten ihre Schilde einsatzbereit, benutzten ihre Speere jedoch als Gehstöcke, während sie über das unwegsame Geröll marschierten. Felswände ragten hoch über ihnen auf. Die Gipfel waren in Nebel gehüllt. Xenophon ließ Hephaistos bei der Nachhut, um aufzupassen, ob Tissaphernes ein letztes Mal versuchen würde, ihnen den Dolch in den Rücken zu stoßen. Allerdings hatte die Abschiedsgeste des Persers durchaus etwas Endgültiges gehabt.

Bald darauf waren die Ebenen nur noch eine Erinnerung. Sie halfen einander über Felsbrocken und fröstelten ununterbrochen, als die Kälte ihnen in die Knochen kroch. Xenophon begriff schnell, dass es ihm unmöglich sein würde, sein Pferd in die Berge der Karduchoi mitzuführen. Mit einem Seufzer saß er ab. Das Tier hatte ihm gute Dienste geleistet, und es fiel ihm nicht leicht, sich einen Hammer bringen zu lassen. Es war keine Kleinigkeit, ein Pferd zu töten, aber ihre Notlage machte es erforderlich. Einer der Korinther gab an, er sei in seinem früheren Leben Schlachter gewesen. Xenophon hielt die Zügel und zwang sich hinzuschauen, als der Mann das schwere Werkzeug niederkrachen ließ und das Pferd mit heraushängender Zunge zusammenbrach. Andere Männer und Frauen kamen näher, als könnten sie allein dadurch einen Happen Fleisch für sich beanspruchen, indem sie das Tier berührten.

»Alle zurück, verschwindet«, fuhr Xenophon sie an. »Der Hunger macht euch zum Affen. Wir haben ein Dutzend Pferde. Wir legen hier eine Rast ein und essen …« Er sah sich um, entdeckte jedoch kaum etwas, was als Feuerholz taugte. Ein paar verkrüppelte Bäume krallten sich ein ganzes Stück über ihren Köpfen in die Felsspalten, doch das reichte nicht, um für eine ausgehungerte Menschenmenge Fleisch zu rösten. Er schüttelte den Kopf. »Wir nehmen das Fleisch mit, bis wir an eine Stelle gelangen, wo es Holz gibt und wir die Möglichkeit haben, uns zu verteidigen.«

Das Versprechen schien sie zufriedenzustellen, wenngleich sie wie Wölfe dabei zuschauten, wie der Metzger große Batzen aus den Rippen des Tieres schnitt.

Der Pfad führte sie immer tiefer ins Gebirge, bis sie zu einer Gabelung kamen. Zur einen Seite zweigte etwas ab, bei dem es sich offenbar um einen Ziegenpfad handelte, kaum mehr als eine schmale weiße Linie, die hinter einer Biegung verschwand. In der anderen Richtung sah es eher nach einem Felssturz als nach einem Weg aus; die grauen Steine waren von Moos überwuchert und schienen seit tausend Jahren unberührt. Xenophon trat vor, ohne besser zu wissen als das verdreckte Kind, das eine Zeit lang an seiner Seite gegangen war, welcher Weg einzuschlagen war. Dennoch lag die Entscheidung bei ihm, weshalb ohne ein Zögern sein Befehl folgte. Es sollte den Felssturz hinaufgehen, damit sie zügiger in höhere Regionen gelangten. Sobald er ausgeredet hatte, lächelte ihn der kleine Junge mit großen Augen an.

»Wie heißt du, mein Sohn?«

»Adrios, Herr.«

»Du bist doch einverstanden, oder, Adrios?«, fragte Xenophon ihn.

Das Kind nickte. Xenophon lächelte und zerzauste ihm das Haar. Nach einer Weile kam die Mutter und hob ihn sich an die Brust.

»Verzeiht, Strategos. Sein Vater fiel in der Schlacht. Er sucht beständig nach ihm. Dauernd ist er irgendwohin verschwunden, zupft an fremden Ärmeln und fragt, ob einer ihn gesehen hat. Ich hoffe, er war Euch kein Plagegeist.«

»Nicht im Geringsten. Adrios und ich sind uns einig, was den rechten Weg betrifft, stimmt's? Er ist ein guter Junge.« Sie blinzelte erstaunt, doch Xenophon stellte fest, dass sich seine Laune gebessert hatte.

Es folgte eine Stunde massiver Kraftanstrengung. Männer und Frauen kletterten aufwärts und reichten einander die Hände. Einige hatten große Mühe, andere sprangen wie Bergziegen von Stein zu Stein. Dabei versuchten sie, die ganze Zeit über wachsam gegenüber einem Angriff zu bleiben, aber es war schlicht unmöglich, über lockeres Geröll zu steigen und gleichzeitig einen Speer kampfbereit zu halten. Xenophon warf einen Blick auf Hephaistos, während er sich vorarbeitete. Dessen verkniffener Miene war anzusehen, wie schwer es für ihn gewesen war, die verbliebenen Pferde aufzugeben.

»Ihr habt den Befehl gegeben, mein Pferd zu töten?«, sagte Hephaistos, als er nahe genug war. Es klang wie eine Herausforderung, und Xenophon reagierte unverzüglich.

»Allerdings. Sie können nicht klettern.«

Ein Schatten legte sich über das Gesicht des Jünglings. Hephaistos war weit weg von den Straßen der Stadt und deren Gegebenheiten. Er hatte genug gesehen, um zu wissen, dass Xenophon die einzig richtige Entscheidung getroffen hatte.

»Die Spartaner schlachten sie wie Schafe«, sagte er verbittert. »Sie haben keine Seelen, diese Kerle.«

»Wir haben keine Sentimentalität«, erwiderte Xenophon. »Das ist nicht das Gleiche.«

»Woher wusstet Ihr, welcher Pfad einzuschlagen war?«

»Ich wählte den, der aufwärtsführt. Wir müssen weit hinaufsteigen, um über diese Berge zu kommen, Hephaistos. Wenn es einen Pass gibt, dann auf Höhe der Gipfel.«

Hephaistos gönnte sich keuchend eine Verschnaufpause und starrte den Abhang hinter sich hinunter. Immer wieder war er erstaunt, wie weit sie es bereits geschafft hatten. Sie hatten schnell gelernt, dass häufige, wenngleich nur kurze Pausen sich lohnten. Auf diese Weise kamen sie schneller voran, als wenn sie sich bis zum Zusammenbruch verausgabt hätten.

Der gesamte Trampelpfad hinter ihnen wimmelte von erschöpften, aber noch lange nicht am Ende ihrer Kräfte angekommenen Menschen, die über lockeres Gestein und zerklüftete Felsen balancierten. Xenophon blickte mit Stolz auf sie, was Hephaistos nicht entging.

»Sie werden Euch nicht dafür danken, wisst Ihr«, sagte er. »Ich sehe, wie Ihr sie anschaut, als wärt Ihr ihr Vater. Ich befürchte, sie werden Euch am Ende das Herz brechen.«

Es war schon überraschend, derlei von jemandem zu hören, der einstmals Theaterbesucher ausgeraubt hatte. Xenophon lehnte sich ein Stück zurück und kniff die Augen zusammen, als wolle er den Athener gründlicher in Augenschein nehmen.

»Ihr seid ein nachdenklicher Mann, Hephaistos, obwohl Ihr dies gut zu verbergen wisst. Die Wahrheit ist, dass wir großes Glück haben, wenn wir es bis in die Heimat schaffen. Falls wir überleben, wird keiner von uns mehr derselbe sein. Und Ihr traut Eurem Volk zu wenig zu. Sie werden Euch noch überraschen, dessen bin ich sicher. So wie Ihr mich überrascht habt.«

Hephaistos errötete, erfreut über das Kompliment, und sie setzten ihren Weg fort.

Hoch über ihnen in den Nebelschwaden setzte ein seltsames Heulen ein, das eher dem Kreischen von Möwen oder Affen glich als etwas, das aus einer menschlichen Kehle hätte stammen können. Es wurde zwischen den Felswänden hin und her geworfen und erfüllte die Luft mit einer Kakofonie, bis jeder Grieche wie festgefroren dastand. Tausende starrten in die Höhe, fast wie Kinder in ihrer Furcht vor dem Unbekannten. Hephaistos und Xenophon wechselten einen ahnungsvollen Blick.

»Sie wissen, dass wir hier sind«, sagte Xenophon flüsternd.

Der erste Hügel führte in ein geschütztes Tal hinab, in welchem sich etwa dreißig Behausungen befanden. Alle waren verlassen, doch es gab Essbares und, das Allerbeste, Wein in tönernen, in die Erde eingelassenen Amphoren. Das Heulen in der Dunkelheit ging weiter und hielt zahlreiche Männer davon ab, zu viel zu trinken. Sie wollten nur noch so schnell wie möglich dieses Gebirge durchqueren und die Ebenen dahinter erreichen. Sie entzündeten Fackeln und gingen im Dorf Patrouille, kamen allerdings schnell dahinter, dass die Lichter Pfeile und Schleudersteine anlockten, die ohne Vorwarnung von irgendwo über ihnen kamen – und dass die

Karduchoi ziemlich geschickt waren. Drei Männer starben, bevor ihnen dämmerte, dass sie sich mit den Fackeln zu Zielscheiben machten. Diejenigen, die unter freiem Himmel nächtigten, blieben wach, und bevor die Sonne aufging, starben zwei weitere Hopliten. Schlimmer jedoch waren die Lagerfeuer, die in der Höhe wie gelbe Sterne leuchteten und nach Xenophons Einschätzung dazu dienten, alle Stämme und Clans der Karduchoi herbeizurufen. Er wurde das flaue Gefühl von Angst, das seinen Bauch ebenso zusammenkrampfte wie Hunger und Kälte, einfach nicht los. Immerhin ließ vor einem Feuer in einem der Häuser sein Frösteln etwas nach. Er aß besseres Essen, als er seit ihrem Aufbruch hatte genießen können, und angesichts des frischen Brotes und der gesalzenen, nicht ranzigen Butter traten ihm Tränen in die Augen. Es war ein bescheidenes Vergnügen, doch als er es um einen Becher jungen Rotwein ergänzte, wurde es fast überwältigend.

Am Morgen ging Xenophon mit einigen seiner Männer zum Ende des Tales. Dahinter öffneten sich die Berge, und sie konnten winzige Gestalten sehen, die sich über die höchstgelegenen Hänge bewegten, es war jedoch schwer zu sagen, ob sie herunterkamen, um anzugreifen, oder einen Hinterhalt vorbereiteten. Das pfeifende Kreischen hatte wieder eingesetzt und war im ganzen Tal zu hören, wobei aufgrund des Echoeffektes Entfernungen kaum einzuschätzen waren.

»Sobald wir auf sie stoßen, müssen wir uns Führer einfangen«, erklärte Xenophon ruhig. »In diesen Bergen gibt es zu viele Sackgassen – wir könnten ein Jahr lang hier herumirren.«

»Schön«, sagte Chrisophos. »Nehmt Ihr die Vor- oder Nachhut? Ich finde, in dieser Art von Gelände sollten meine Spartiaten die Führung übernehmen. Unsere heimatlichen Gebirge sind nicht viel anders. Ich muss fast wehmütig an die Spielplätze meiner Kindheit denken.«

Xenophon kniff die Augen zusammen, unschlüssig, ob der Mann scherzte oder nicht. Doch er hatte gelernt, Chrisophos zu vertrauen.

»Ich werde die Nachhut kommandieren. Die Späher sollen zwischen uns hin und her laufen – das wird sie heute ganz schön fordern, nach der langen Zeit zu Pferd. Geht nicht so weit voraus, dass wir getrennt werden.«

Chrisophos verneigte sich und hatte kein Problem damit, eine solche Belehrung von einem weitaus weniger erfahrenen Krieger entgegenzunehmen. Inzwischen mochte er den Athener ganz gerne und akzeptierte, dass Xenophon zu jener Sorte von Offizieren gehörte, denen daran gelegen war, dass ihre Soldaten am Leben blieben. Solche Männer schätzte Chrisophos weit mehr als jene, die bei jeder Herausforderung losstürmten, ohne auch nur eine Sekunde lang nachzudenken.

»Diese Engstelle hier wird an diesem Morgen einem anderen Zweck dienen«, sagte Xenophon und fuhr mit der Hand über das Felsgestein. »Hier können zwei oder drei auf einmal durch. Wir sollten die Männer auf so wenig Lasten wie möglich hin überprüfen, Chrisophos. Es ist wichtig, dass wir leicht und schnell sind.«

Der Spartaner grinste in Anbetracht der Vorstellung, das gesamte Lager unter Xenophons kritischen Blicken durch eine einzige schmale Lücke marschieren zu lassen. Es dauerte nicht lange, bis die Ersten am General vorbeischritten – und sich nur Sekunden später ihres mitgeschleppten Plünderguts entledigt sahen, das sich neben dem Pfad zu einem Haufen türmte.

Es war schon erstaunlich, dachte Xenophon, was die Soldaten und das Lagergefolge während ihres Marschs so alles aufgegabelt hatten – Unmengen. Neben Sattelzeug und antiken Waffen gab es Säcke mit Salz und Kräutern, Tuchballen und gegerbte Häute. Einer trug eine Tür, die Xenophon ihm jedoch ließ, als er beteuerte, sie sei ebenso nützlich wie ein Schild. Bei denen, die zwecklos gewordenes Zaumzeug oder ähnliches Pferdegeschirr bei sich hatten, war Xenophon unerbittlich und ignorierte alle Beschwerden und Gegenargumente. Das Szenario hatte mehr vom Gewühl auf einem Athener Markt als von einem ausgedünnten Heer, das sich seinen Abzug durchs Gebirge erkämpfte. Xenophon zog in Betracht, den Stapel abgelegter Sachen in Brand zu stecken, bevor die darüber gewiss höchst erstaunten Karduchoi sie in die Finger bekamen. Doch dann entschied er, dass ihm die Sachen als Opfergabe für die Götter dienlicher wären.

Auch ihre Sklaven ließ er seinen Soldaten, die sie im Laufe des Marschs eingesammelt hatten. Viele hatten sich Gespielinnen zugelegt, und es wäre grausam gewesen, diese bei den Gebirgsstämmen zurückzulassen. Und doch waren es weitaus mehr fremdländische Sklaven, als Xenophon für möglich gehalten hätte. Kein Wunder, dass sie Hunger gelitten hatten. Er schien halb Persien durchzufüttern.

Hephaistos gehörte zur Nachhut, er ging neben Pallakis und schien aufgrund dieser Nähe zu ihr irgendwie einen Anspruch auf sie geltend zu machen. Xenophon spürte, wie Pallakis' Blick ihn streifte, und seine Stimmung verschlechterte sich noch einmal. Er hatte sie abgewiesen, aber dennoch gehofft, dass sie sich nach wie vor nach ihm sehnte. Was nicht der Fall zu sein schien. Wie um seinen Verdacht zu bestätigen, strich Pallakis mit den Fingern über den Nacken des jungen Mannes, um irgendetwas wegzuwischen, und bei dieser vertraulichen Geste musste Xenophon die Zähne zusammenbeißen.

Als alle durch den Engpass hindurch waren und auf einem breiteren Hang standen, waren sie im wahrsten Sinn des Wortes erleichtert. Einige blickten sehnsuchtsvoll auf den Haufen von Wertsachen zurück. Doch Xenophon hatte seinen Standpunkt deutlich gemacht. Er genoss mehr Zustimmung, als ihm bewusst war, als er sich gereizt zur Nachhut begab und die Kolonne in Bewegung winkte.

Die Hopliten hoben Schilde und Speere und rammten sich Helme über ihre inzwischen überlangen, verfilzten Haare. Das Heulen über ihnen brach unvermittelt ab. Alle spähten angestrengt in die Nebelschwaden. Sie hatten sich an das Geräusch gewöhnt, sodass sein Verstummen fast noch furchterregender war, als würden die Berge selbst stumm auf sie herabglotzen. Xenophon erschauerte.

An der Spitze wurde Chrisophos beinahe im selben Augenblick angegriffen. Steine und Pfeile prasselten auf seine Männer nieder. Die Stammeskrieger der Karduchoi beschossen sie von schmalen Pfaden über ihnen aus, auf denen sie sich kriechend fortbewegten, und sie waren gute Schützen. Chrisophos' Gegenmanöver war klug. Er schickte die jüngsten und fittesten Spartaner auf die sie umgebenden Anhöhen. Sobald sie auf einen in die Höhe führenden Pfad stießen, folgten ihm hundert von ihnen in Höchstgeschwindigkeit. Sie fanden heraus, dass die grundlegende Taktik der Karduchoi darin bestand, einem direkten Angriff auszuweichen. Leichtfüßig wie Bergziegen sprangen sie über die

Felsen und ließen die Griechen hinter sich, die japsend stehen blieben und die fast senkrechten Bergstürze hinunterschauten.

Es wurde zu einem grausamen Spiel, dessen Regeln eindeutig die Karduchoi bestimmten. Immer wieder tauchten sechs oder zwölf auf einem Felsvorsprung auf und deckten die Griechen mit Pfeilen ein, die auf Schilde und Harnische prallten. Wenn sie Glück hatten, erzielten sie eine Verwundung oder holten einen Spartaner von den Beinen. Bevor Chrisophos dem etwas entgegensetzen konnte oder sie Spartaner sichteten, die ihnen über die Gipfel nachgejagt kamen, waren sie in leichtfüßigen Sätzen und mit Geheul schon wieder weg.

Es brachte die Griechen zur Weißglut, wenngleich die Verluste nicht besonders hoch waren, jedenfalls solange sie in Formation blieben und die Schilde zum Einsatz brachten. Denn in der Kolonne konnte ein einzelner Schild zweien oder dreien Schutz gewähren. Ohne diese Schutzmaßnahme und Disziplin hätten sie ein Gemetzel erlebt.

Bei der Nachhut entdeckte Xenophon, als er an einer Talöffnung vorbei gestapft kam, einen größeren Verbund Karduchoi. Ungefähr einhundert von ihnen hüpften mit ruß- oder blutbeschmierten Gesichtern drohend herum. Sie waren verlockend nah und bereit, ebenso schnell zu fliehen wie anzugreifen. Doch Xenophons Aufgabe war es, Chrisophos zu unterstützen, deshalb befahl er, zur Talöffnung hin die Schilde geschlossen zu halten, während Steine und Pfeile dagegenprasselten. Das meiste davon bekamen unmittelbar weiter vorn in der Kolonne Philesios sowie die Thessalier und Stymphalier ab. Doch sie waren zuverlässige, erfahrene Soldaten und gerieten nicht ins Stocken. Xenophon reihte sich wieder in die Formation ein, als sich weiter vorn der Marschrhythmus änderte.

Ohne Vorankündigung brachen Chrisophos und die gesamte Spitze aus der Kolonne aus und rasten einer offenkundigen Bedrohung hinterher. Xenophon blieb zurück mit der Aufgabe, die Nachhut weiter voranzuführen, und hatte keine Ahnung, was los war oder wo er nun gebraucht wurde. Er fluchte und rief Philesios zu sich.

Der Thessalier sah blass, aber entschlossen aus, und schlug sich zum Gruß einen Unterarm an die Brust.

»Wir müssen ein paar von diesen Leuten in unsere Gewalt bringen«, rief Xenophon über den unablässigen Lärm von Stiefelgetrampel und aufeinanderschlagendem Geröll zu seiner Linken hinweg. Philesios setzte zu einer Erwiderung an, da bekam ein Hoplit in der hintersten Reihe einen Pfeil durch den Kopf, als er hinter einem Schild hervorlugte. Ohne einen Aufschrei sackte er zusammen. Entsetzt starrten Xenophon und Philesios auf seinen Leichnam.

»Wir können hier nicht anhalten«, sagte Xenophon. »Beschafft mir einen Führer, Philesios. Diese Stämme kennen jeden Flecken ihres Gebirges. Sie werden uns immer wieder in die Zange nehmen, solange wir nicht wissen, wo es langgeht. Schafft einen Hinterhalt. Lockt sie hinein – mit Frauen oder einem Verwundeten.«

Kichernd brachte Philesios zwei unwillige junge Frauen zur Spitze. Eine befand sich in der Begleitung eines Hopliten, der ihr Liebhaber war und lautstark protestierte, bis er erkannte, dass es Xenophon war, der es angeordnet hatte. Trotzdem schaute der junge Soldat eifersüchtig zu, wie die beiden Frauen sich von der Schildreihe entfernten, als würden sie flüchten.

Das Prasseln der Pfeile endete unverzüglich. Gebärfähige Frauen übersah man niemals. Sofort sprangen acht Karduchoi vor, um sich die kreischenden Frauen zu schnappen. Im Gegenzug wurden sie von Griechen eingekesselt, die sich plötzlich vor ihnen aufbauten.

Vier der Karduchoi tötete man, als sie sich wehrten, und ließ sie einfach liegen. Die übrigen vier wurden gefesselt und ins Innere der Kolonne gezerrt, wo sie nicht befreit oder getroffen werden konnten. Die Kolonne marschierte weiter. Vor ihnen erhöhte das Lagergefolge sein Tempo, um zum Trupp unter Chrisophos aufzuholen, der in irgendeiner wichtigen Angelegenheit weit vor ihnen verschwunden war.

Xenophon wandte sich Philesios zu.

»Holt jemanden, der Persisch spricht. Je früher wir wissen, wo wir sind, desto besser.«

Er sah das Lagervolk kläglich voranstolpern, wo der Pfad eine Biegung machte. Sie waren den Karduchoi weitgehend wehrlos ausgeliefert, und er zweifelte nicht daran, dass diese in der Zwischenzeit von allen Seiten an sie herankrochen. Ohne jemanden, der sie zum Weitergehen antrieb, würden die Leute irgendwann aus lauter Angst einfach stehen bleiben. Xenophon konnte Chrisophos nur verfluchen, irgendwelchen Gespenstern gefolgt zu sein und sie verlassen zu haben. Er traf eine Entscheidung, auch wenn ihm dabei das Herz aus der Brust zu springen drohte.

»Vorwärts. Doppelte Geschwindigkeit. Formiert euch um das Lagervolk herum, so gut ihr könnt. Feindliches Terrain! Schilde hoch und Speere bereit. Keiner bleibt stehen, bis wir unsere Vorhut sehen. Niemand!«

Über ihnen konnte er dünne Reihen von Bogenschützen erkennen, die sich auf Felsvorsprünge robbten, welche kaum an diesem Grat hielten. Erneut pfiffen Pfeile und Steine durch die Luft, was ausreichte, schneller gehen zu lassen, wobei die Schilde ihnen Schutz boten. Während sie weiterdrängten, über Geröll kletternd und sich durch Engstellen quetschend, waren immer wieder Schmerzensschreie zu hören, wenn die Karduchoi auf Fleisch statt auf Bronze trafen.

Eine Meile lang trieb Xenophon sie so an. Mittlerweile keuchten alle, als wäre die Luft zu dünn zum Atmen geworden. Mit jedem Schritt stiegen sie weiter auf, doch niemals hoch genug, um dem Hagelsturm von oben ein Ende zu setzen.

Endlich kam die Nachhut der fünftausend Mann unter Chrisophos in Sicht, unter den gewölbten Buckel ihrer schützenden Schilde gekauert wirkten sie wie ein riesiger Käfer oder eine Schildkröte. Xenophon fühlte seinen Zorn wachsen, zügelte ihn jedoch wie ein guter Spartaner, indem er sich sagte, dass Chrisophos ihn nie ohne einen triftigen Grund ungeschützt zurückgelassen hätte.

Als die Nachhut der Griechen sich wieder unter unbeschreiblicher Erleichterung mit der Spitze zusammenschloss, ließ Chrisophos sich vor Xenophon auf ein Knie niedersinken, um sich zu entschuldigen. Eine Geste, die ebenso zählte wie Worte.

»Wo wart Ihr?«, sagte Xenophon in der Hoffnung, den Mann nicht falsch eingeschätzt oder ihm zu viel Befehlsgewalt zugestanden zu haben.

»Es tut mir leid. Es blieb keine Zeit, eine Nachricht zu schicken. Schaut, und Ihr werdet verstehen, was mich zum Lospreschen brachte.«

Er deutete in die entsprechende Richtung. In der Ferne konnte Xenophon den Pass durch die Bergketten erkennen, der sich zu einer schmalen Spalte verjüngte – und das Gewimmel von Stammesangehörigen, die dort auf sie warteten.

Chrisophos kniete noch immer.

»Ich sah sie die Abhänge runterkommen und begriff, dass sie versuchten, vor uns an jene Stelle zu gelangen. Ich weiß nicht, warum das von Bedeutung ist, nur, dass sie es extrem eilig hatten. Ich habe die Befehlskette unterbrochen, um sie aufzuhalten, General. Dafür bitte ich um Entschuldigung.«

»Erhebt Euch, Chrisophos. Ich bin erleichtert. Ich dachte, Ihr hättet den Verstand verloren. Habt Ihr Führer eingefangen? Ich habe vier, sodass ich Euch ein Pärchen leihen kann. Vielleicht gibt es einen Weg, der um diesen Pass herumführt. Ich würde ungern mitten da durch.«

Als Chrisophos aufstand, streckte der Spartaner die Hand aus, und Xenophon ergriff sie spontan. Mehr Worte mussten sie nicht wechseln.

»Ich habe selbst ein paar geschnappt, Strategos. Ich werde sie ausfragen. Oft gibt es schmale Nebenpfade, ausreichend für Ziegen und Schafhirten. So haben uns die Perser bei den Thermopylen überwältigt. Es würde mir sehr gefallen, hier auf einen solchen Pfad zu stoßen«, sagte Chrisophos.

»Bringt mir diese verdammten Karduchoi«, rief Xenophon Philesios zu. »Und einen Mann, der Persisch spricht.« Jetzt konnte er nur noch hoffen, dass die Stammeskrieger die höfische Sprache verstanden, andernfalls wären sie nutzlos für ihn.

Philesios trieb einen Griechen auf, der genügend Persisch konnte, um einfache Fragen zu stellen. Um der Dringlichkeit der Situation Nachdruck zu verleihen, ließ Philesios zwei der Karduchoi von seinen Thessaliern bewusstlos prügeln, bevor er sich den beiden anderen zuwandte und sie fragte, ob es einen weiteren Weg gebe.

Einer der beiden war um die vierzig Jahre alt, wettergegerbt und doch blass, als hätte sein Gesicht nie die Sonne gesehen. Er schwor, dass es in diesem Teil des Gebirges nur diesen einen Pass gab. Er gelobte bei Zoroaster und Ahura Mazda, die Wahrheit zu sprechen. Xenophon sah, wie sich die Augen des anderen Mannes bei diesen heillosen Schwüren weiteten.

»Schafft den Älteren weg«, sagte Xenophon, »und lasst ihn zusammen mit den zwei anderen unversehrt frei. Ich habe keine Verwendung mehr für sie.«

Er lächelte den verbliebenen Letzten, der ungefähr in seinem Alter war und ihn argwöhnisch beäugte, freundlich an.

»Sagt ihm, wir wissen, dass sein älterer Gefährte gelogen hat, verstehen aber den Grund dafür nicht. Sagt ihm, wir können gnädig oder grausam sein. Die Wahl liegt ganz bei ihm.«

Der griechische Soldat übersetzte die Worte ins einfachste Persisch, das er beherrschte, und der Jüngere biss sich nachdenklich auf die Lippe. Nach einer Weile brach ein Wortschwall aus ihm hervor, sodass der griechische Übersetzer kaum hinterherkam.

»Er sagt … der andere wollte Euch nichts über einen Pfad … durch die Hügel verraten, weil seine Tochter in jener Richtung ihr Haus hat, aber … es gibt ihn, einen schmalen Weg, der um den vor uns liegenden Pass herumführt. Er bittet darum, den Älteren zu töten, wenn man ihn noch nicht freigelassen hat, da er sonst den Stammesältesten berichtet … er wird sagen, dass er, also dieser junge Mann, einen Feind unterstützt habe, und damit wäre sein Leben beendet.«

Xenophon erteilte einen knappen Befehl, und der Mann, den sie gerade freilassen wollten, wurde stattdessen getötet. Der Jüngere grinste, als er dies sah, und entspannte sich sichtlich.

»Er sagt, der Alte sei ein Freund seines Vaters gewesen, und er wäre froh … ihn tot zu sehen.«

»Zeig uns, wo dieser Pfad beginnt«, sagte Xenophon.

29

Xenophon rief eine Truppe von Freiwilligen zusammen, nur die schnellsten und kräftigsten. Vier Hauptmänner und zweitausend Männer schienen ihm tauglich, und er erklärte ihnen ihre Aufgabe. Sie quittierten das Gehörte mit einem Grinsen – Anhöhen hinaufzustürmen war ihnen lieber, als mit dem Rest in Reih und Glied dahinzutrotten.

»Dieser Pass muss wichtig sein, sonst hätten sie nicht so viele zusammengezogen, um ihn zu verteidigen«, sagte Xenophon. »Ihr dürft in dieser Sache nicht versagen, werte Herren. Geht nun los …«

Während er sprach, begann Regen aus den Nebeln zu fallen, die sich wie eine Decke über das Tal gelegt hatten. Alle waren sofort bis auf die Knochen durchnässt. Xenophon fluchte unterdrückt. Regen würde alles erschweren. Die Nebelschwaden schienen mit jedem verstreichenden Moment immer weiter zu ihnen herabzukriechen, sodass die Gipfel nicht mehr zu sehen waren und auch der Pass sich nur noch als schwache Kontur vor dem helleren Himmel abzeichnete.

»Folgt dem Führer. Wir werden uns bereithalten«, sagte Xenophon.

Er schaute zu, wie zweitausend seiner besten Männer aus dem Tal liefen, zusammen mit dem Karduchoi-Führer, dessen Hände auf dem Rücken gefesselt waren. Er leitete sie zu einer Schlucht, wo zwischen dichtem Farn ein Wildwechsel verschwand. Es sah nicht so aus, als führte der Pfad irgendwohin, sondern schien sich einfach zwischen den Felsen zu verlaufen. Ohne den Gefangenen, das wusste Xenophon, hätten sie ihn nie entdeckt. Es verschaffte ihm eine gewisse Genugtuung, dass die von Chrisophos Gefangengenommenen nichts Brauchbares von sich gegeben hatten.

Eine Zeit lang war er zum Nichtstun verdammt. Es regnete unaufhörlich weiter, und seine Leute zitterten nach wie vor und waren trübselig. Ohne die Sonne war schwer einzuschätzen, wie spät es war, doch es musste schon bald Abend sein. Er schickte die Kolonne ein Stück voraus – nur so weit, um diejenigen, die am Pass auf sie warteten, wissen zu lassen, dass sie kamen. Dort ließ Xenophon sie rasten. Weder Pfeile noch Steine kamen von oben auf sie herab, möglicherweise waren auch die Männer dort vollkommen durchgeweicht vom Regen. Wie er wusste, beklagten sich Bogenschützen immer bitterlich, sobald sie gezwungen waren, mit nassen Sehnen zu arbeiten. Womöglich hatten sie aber auch die Schritte von zweitausend Griechen gehört und spürten, dass man ihnen nachjagte. Wie auch immer, trotz des Regens besserte sich seine Laune ein wenig. Es würde bald stockdunkel werden, und seine Leute würden eine kalte Nacht auf den Berghöhen verbringen. Er hoffte nur, dass der Nebel sich bis zum Morgen lichtete, damit er die von ihnen überraschten Karduchoi sehen konnte.

Frische Rinnsale und Bäche überschwemmten den Erdboden des Tals, und es gab nicht einen einzigen trockenen Flecken mehr. Xenophon sah, dass sich viele aus dem Lagervolk zu kleinen Gruppen oder paarweise zusammentaten, um Rücken an Rücken wenigstens einige Körperteile vor der

Feuchtigkeit zu schützen. Aber es würde dennoch eine elendige Nacht werden.

Pallakis setzte sich neben ihn, als das Tageslicht allmählich schwand. Sie nahm auf einem flachen Stein Platz und zog ihre Beine dicht an sich, um sich möglichst warm zu halten. Ihre Schlafdecke war bereits völlig durchweicht. Ihre Zähne klapperten, und er wünschte sich, ihr irgendeinen Schutz bieten zu können. Griechen und Kälte vertrugen sich nicht gut miteinander.

»Ihr seht aus wie ein halb ertrunkener Vogel«, sagte er mit einem Lächeln. Ihre dichten Locken hingen nun schlaff herab und klebten an ihrem Gesicht. Sie wirkte ermattet.

»So fühle ich mich auch«, gab sie zurück. »Bleiben wir denn die Nacht über hier?«

»Bis wir diesen Pass räumen können, müssen wir das.«

»Was, wenn wir es nicht schaffen?«

»Dann gilt es, einen schwierigeren Pass zu erklimmen. So oder so, morgen werden wir weiterziehen.«

In diesem Moment schien sich die Nacht endlos vor ihnen auszudehnen. Er bemerkte, dass er ebenfalls heftig fröstelte. Seine Zähne schlugen vernehmlich aufeinander, und seine Hände waren ganz weiß und zitterten.

»Ihr friert, Xenophon!«, sagte sie. »Setzt Euch zu mir. Meine Decke ist zwar nass, aber besser als nichts.«

»Wo ist Hephaistos?«, fragte Xenophon, ohne sich zu rühren.

Sie erstarrte, und auf der glatten Haut zwischen ihren Augen erschienen zwei steile Falten.

»Ich bin nicht die Seine, Xenophon.«

»Die Meine auch nicht, so viel weiß ich«, erwiderte er, bevor Verstand oder Gespür ihn daran hindern konnten.

Sie schwieg eine Weile und starrte ihn nur an.

»Ich … dachte eine Zeit lang, dies sei Euer Wunsch. Aber ich sah, dass Ihr stark gefordert wart, mit allem, was Ihr tun musstet, um unser Überleben zu gewährleisten. Das verstehe ich, Xenophon. Wollt Ihr mir jetzt sagen, dass ich zu Euch kommen soll? In Euer Bett? Spielt keine Spielchen mit mir. Sprecht oder seid still. Fragt oder verzichtet.«

Er schluckte. Ihm schien, er müsse es sagen. Und doch war das Wahnsinn, hier, mitten in einem unwirtlichen Gebirge umgeben von zahllosen Feinden. Ihm wurde klar, dass er eher den Anschein von Liebe wollte als deren Realität. Er wollte begehrliche Blicke mit einer schönen Frau wechseln, die nicht zu viel Zeit in Anspruch nahmen. In seinem Leben war kein Platz für müßige Plaudereien, für Lachen oder Musik. Alles, was er wollte, konnte er nun augenblicklich bekommen – doch obwohl er sich nach ihr sehnte, wäre das nicht genug.

Ihre Tage bestanden nicht aus Disziplin und Entscheidungen. Er konnte keine Zerstreuung für Pallakis sein. Und wenn sie ihn ablenkte, würden sie alle zugrunde gehen. Das Schweigen zwischen ihnen dehnte sich immer weiter aus, bis er realisierte, dass er die Antwort zu lange schuldig geblieben war.

»Da seid Ihr ja!«, sagte Hephaistos, der über den felsigen Grund auf sie zukam.

Der jüngere Mann legte Pallakis wortlos eine warme Decke über die Schultern. Einmal mehr erweckte er durch die Art, wie sein Arm dort verweilte, bei Xenophon den Anschein, einen Anspruch auf sie zu haben.

Xenophon wusste, dass Hephaistos sich durchaus bewusst war, in etwas hineingeplatzt zu sein. Hephaistos errötete und trat verlegen von einem Fuß auf den anderen.

»Weiter hinten gibt es ein bisschen was zu essen«, sagte er. »Gekochtes Dörrfleisch mit Kräutern. Einen Becher Wein. Schmeckt zwar alles nicht besonders gut, ist aber besser, als zu hungern. Mögt Ihr mitbekommen, bevor alles weg ist?«

Hephaistos richtete die Frage an Pallakis, die sich leichtfüßig erhob und in die trockene Decke hüllte. Sie blickte Xenophon noch einmal an und drehte sich dann um. Xenophon starrte auf den Boden zwischen seinen Füßen. Ein Ausdruck von Verzweiflung, fast Wut, huschte über ihre Züge, und sie presste die Lippen fest aufeinander. Dann nahm sie Hephaistos zu dessen Überraschung beim Arm, und sie gingen davon. Dunkelheit legte sich über die Anhöhen und Gipfel, und die Griechen schliefen oder dösten unter nasskalten Decken, immer wieder aufgeschreckt von den unausgesetzt über ihre Haut rinnenden Regentropfen.

Als die Nebel sich lichteten, hatte es aufgehört zu regnen, und ihnen öffnete sich der Blick auf mehr Bergspitzen als zuvor. Xenophon weckte die Nachhut, während Chrisophos die wie immer zu allem bereiten Spartaner an der Spitze zusammenzog. Sie waren alle halb verhungert, aber es gab kühles, sauberes Wasser, und dank des Regens stanken sie nicht mehr so. Einige dampften förmlich beim Auflockern, als ihre Körperwärme in der frischen Morgenluft kondensierte.

Das Heer der Karduchoi machte sich daran, in den Pass einzurücken. Sie bildeten keine Reihen und glichen deshalb in griechischen Augen eher einem aufgescheuchten Bienenstock. Es waren jedoch so viele dieser wie besessen herumhüpfenden schwarzen Gestalten, dass an ein Vorbeikommen nicht zu denken war. Die Griechen nahmen direkt vor ihnen Aufstellung, um sie mit der Bedrohung zu konfrontieren. Xenophon ließ sie mit gehobenen Schilden vormarschieren und dann wieder anhalten. Der feindliche Schwarm war noch weiter angewachsen. Griechen und Karduchoi funkelten einander an. Keine zweihundert Schritte lagen zwischen ihnen.

Xenophon dankte den Göttern, als von oben Fanfaren erklangen. Das Geräusch war gedämpft, hallte in ihm aber freudig nach. Er hatte die Sorge gehabt, die zweitausend Männer, die er vorausgesandt hatte, hätten sich im Dunkeln dort oben in den Berghöhen verirrt. Doch sie hatten die Nacht schlotternd und mit noch weniger Schutz vor dem Regen hinter sich gebracht und waren beim ersten Licht der Dämmerung in den Rücken des Gegners geschlichen. Er hätte sie dafür segnen können.

Die Karduchoi wirkten fassungslos und entsetzt. Sie verstanden sich auf Kriegsführung in den Bergen und fürchteten ganz augenscheinlich nichts mehr als einen Feind, der sich in einer höher gelegenen Position befand als sie. Als seine Leute den Hang hinunterdonnerten, schickte Chrisophos die Spartaner im Laufschritt los. Sie stimmten den Päan an, das Lied vom Tod. Es traf Xenophon sofort ins Herz, und er fiel aus voller Kehle mit ein.

Die Karduchoi gaben die Blockade am Pass auf und flohen wie Ratten. Jubelschreie brandeten unter den noch immer an den Flanken hinabstürmenden Griechen auf. Der geheime Wildpfad hatte sie direkt um den Pass herumgeführt, sodass sie sich bereits dem dahinter liegenden Tal näherten. Xenophon konnte nichts weiter tun, als mit der Nachhut geordnet voranzumarschieren, vorbei an abgeschlagenen Ästen und Dorngestrüpp. Die Karduchoi waren verschwunden, und das Geheul, das hinter ihm anhob, hörte sich eher nach Wehklagen als nach einer Kampfansage an.

Sonnenstrahlen durchbrachen die tief hängenden Wolken, als die Griechen den Pass hinter sich ließen, und fielen wie Fingerspitzen auf grasbewachsenen Boden. Xenophon sah Gruppen von Hütten sowie Ziegen- und Schafherden. Der Gedanke an gebratenes Fleisch ließ ihm das Wasser im Mund zusammenlaufen. Das Tal war zwar schmal, aber voller Grün. Offensichtlich war es ein fruchtbarer Teil dieses Gebirges, sein versteckter Mittelpunkt. Seines Wissens gab es etwas Derartiges in der gesamten Gebirgskette nirgendwo sonst. Er hielt Ausschau nach Pallakis, um ihr ein Lächeln zu schenken. Sie war jedoch außer Sichtweite, irgendwo weiter vorne, mit Hephaistos an ihrer Seite.

Am folgenden Mittag kam einer der Karduchoi-Ältesten zu dem Haus, das Xenophon sich genommen hatte. Der Fremde hatte Beulen, Striemen und Blutergüsse, die ihm die griechischen Wachposten zugefügt hatten, obwohl er die leeren Hände ausgestreckt, den Kopf geneigt und Demütigungen hingenommen hatte, um gehört zu werden. Xenophon ließ den jungen Krieger kommen, der ihnen den Geheimweg verraten hatte. Der schlug dem alten Stammesangehörigen ins Gesicht und grinste ihn anzüglich an. Xenophon musste ihn zurückpfeifen.

Der alte Karduchoi redete in ihrer Muttersprache, und als man den jungen Krieger mit einer Speerspitze anstupste, übersetzte er das Gesagte missmutig ins Griechische.

»Er bittet Euch, die Häuser nicht niederzubrennen. Er sagt, sein Volk will nur in Ruhe gelassen werden, aber er lügt.

Sie haben einen alten Mann geschickt, weil er wertlos ist. Tötet ihn, wenn Ihr wollt, es spielt keine Rolle.«

Der dürre Alte begann nach dem Jüngeren zu treten, lange bevor seine Worte übersetzt worden waren.

»Was soll das heißen? Was sagst du da?«, fragte Xenophon.

Der junge Mann zuckte die Achseln und murmelte etwas in seiner eigenen Sprache, während der andere ihm Beleidigungen entgegenzischte.

»Wir führen Krieg, um zu gewinnen. Es gibt keine Regeln. Wenn dieser alte Narr hier ist, würde ich Euch empfehlen, nach den Wachen zu schauen und sich zu vergewissern, dass niemandem da draußen ist, um ihnen die Kehle durchzuschneiden. Wir haben viele Krieger.«

Der alte Mann ergriff erneut das Wort, während Xenophon noch dem Übersetzer lauschte. Griechisch klang in seinen Ohren nicht nach richtigen Worten, sodass er einfach über diese Laute hinwegplapperte. Xenophon brachte ihn mit erhobener Hand zum Schweigen und knetete die Stelle zwischen seinen Augen. Er hatte gut gegessen und Vergnügen an den Vorräten gefunden, die diese Leute für einen langen Winter zusammengetragen hatten.

»Sagt ihm Folgendes. Wir wollen nichts weiter, als unseren Weg fortzusetzen. Ich werde seine Hütten nicht niederbrennen, wenn er uns unsere Toten zurückgibt, um sie zu bestatten und den Göttern zu weihen. Erklärt ihm das, mehr nicht.«

Störrisch tat der Karduchoi-Krieger, wie ihm geheißen. Obwohl der Übersetzer bei gewissen Teilen davon unverständlich blieb, ergriff der Alte am Ende dessen Hand und verbeugte sich. Xenophon winkte ihn hinaus, ihrer beider überdrüssig. Nachdem man sie hinausgebracht hatte, beschloss er, einen Kontrollgang an den Lagerrändern zu unternehmen, um zu überprüfen, ob die Wachen noch lebend auf ihren Posten standen. Er traute den Karduchoi nicht über den Weg.

An jenem Abend tauchten am Rande der Karduchoi-Siedlung die Leichname der Griechen auf. Die Wachen schlugen Alarm, als sie schattenhafte Gestalten bemerkten, fanden aber im Licht ihrer schnell gehobenen Fackeln nichts weiter vor als ihre auf der Erde abgelegten gefallenen Kameraden. Respektvoll brachten sie sie weg, als Brüder. In dieser Nacht schlief niemand, alles betete für die Toten. Die Leichen wurden von den Frauen gewaschen, gesalbt und dann wieder angekleidet. Wunden wurden zugenäht und Bärte geölt. Waffen waren nicht zurückgegeben worden, andernfalls hätte man diese an Freunde und Gefährten verteilt. Sie hoben ein einziges großes Grab aus und betteten die Toten hinein. Es war ein schrecklicher Anblick im Fackelschein, und Xenophon hörte die Frauen weinen und wehklagen. Er fragte sich, ob die Karduchoi verstanden, was sie da taten, oder ob sie das Grab wieder öffnen würden, sobald die Griechen weg waren. Er schob den Gedanken beiseite. Schließlich wurde das Massengrab zugeschaufelt und die Erde darauf behutsam festgetreten.

Die Sonne ging über einer Kolonne auf, die fest entschlossen war, dieses Tal endgültig hinter sich zu lassen. Sie ließen die Hütten unversehrt, und Sklaven waren hier keine zu machen, dafür rafften sie wieder einmal alles an Essbarem zusammen, dessen sie habhaft werden konnten, einschließlich Ziegen- und Schafherden, die sie in ihrer Mitte mit sich trieben.

Die ersten scharfen Angriffe begannen, bevor die Sonne über die Bergkämme geklettert war. Zu Tausenden krochen hoch über ihren Köpfen Karduchoi herum, und aus dieser Höhe konnte selbst ein geworfener Stein einen Mann von den Beinen holen. Schlimmer wurde es, als die Stammesleute anfingen, schwere Gesteinsbrocken die Hänge hinabrollen zu lassen, die hüpfend und sich überschlagend jeden zu zerquetschen drohten, der nicht schnell genug auswich. Immerhin konnte man diese kommen sehen. Die Nebel lichteten sich nach und nach, bis die höchsten Gipfel in der Wintersonne glänzten. Die Temperatur schien zu sinken, doch der Kampf hielt sie warm.

Xenophon und Chrisophos entwickelten ein Standardmanöver. Wenn die Karduchoi die Front der Kolonne attackierten, schickte Xenophon Männer von der Nachhut über Seitenpfade in die Höhe. Da die Karduchoi es am allerwenigsten mochten, Gegner über sich zu haben, zogen sie sich in diesen Fällen prompt zurück. Wurde Xenophon angegriffen, machte Chrisophos das Gleiche mit seinen Spartanern.

Es war anstrengend und brutal. Am Ende des Wintertages waren sie ausgelaugt und entmutigt. Die Karduchoi hatten sich entschieden, einen speziellen Gipfel zu verteidigen, möglicherweise, weil sie keinen Weg hinunter sahen. Mit knirschendem Schnee unter den Füßen hatten sie den Griechen den Fehdehandschuh hingeworfen. Zu ihrem Pech landete dieser vor den Füßen von fünfzig Spartanern. Sie hinterließen dem nächsten Trupp von Angreifern im blutrot verfärbten Schnee drei Karduchoi-Köpfe.

Als aufs Neue die Dunkelheit hereinbrach, war die Zahl der Toten erheblich gestiegen. Xenophon überlegte, ob man ihm einen weiteren Handel anbieten würde, um die Toten zurückzubekommen, er hatte allerdings keine Hütten mehr, die er im Gegenzug verschonen könnte. Sie wollten nichts von ihm, und als der Himmel aufklarte und eine grausame Kälte das Lager überzog, war nichts von ihnen zu sehen. Er fragte sich, wie viel länger sie das Ganze wohl noch durchstehen würden – und wie viele Meilen er und seine Männer an diesem langen Tag zurückgelegt hatten. Er legte sich nieder und schloss die Augen zum Gebet.

Er träumte von gesprengten Ketten und abgeworfenen eisernen Fesseln. Am Morgen ging er Chrisophos suchen, um ihm davon zu erzählen. Es musste ein gutes Omen, eine Botschaft der Götter sein.

Nachdem er Chrisophos schließlich davon berichtet hatte, sah er das vertraute alte Lächeln auf dessen Gesicht treten. Er vermisste die Freundschaft, die zwischen ihnen entstanden war, so getrennt voneinander sie innerhalb der Kolonne auch waren. Männer brauchten Momente der Wärme und des Lachens, sonst begannen sie zu verkümmern. Pallakis schien ihm aus dem Weg zu gehen, was bedeutete, dass auch Hephaistos nicht mehr zur Hand war. Nur Chrisophos war noch geblieben – und er sah erschöpft und abgemagert aus. Sein Bart war verfilzt und wies am Kinn eine große weiße Stelle auf.

»Das ist ein guter Traum«, sagte Chrisophos. »Ich werde ihn den Männern weitererzählen. Es wird sie ebenso motivieren wie Euch. Vielleicht sollten wir ein paar der erbeuteten Ziegen opfern.«

Xenophons Antwort ließ nicht lange auf sich warten. »Wir lassen sie als Opfergabe ausbluten, doch das Fleisch nehmen wir mit. Es wird jetzt nicht mehr lange dauern, Chrisophos.«

Im Verlauf der nächsten beiden Tage erfolgten die Attacken eher sporadisch. Die meisten Pfeile wurden von Schilden abgefangen. Am zweiten Morgen fand ein Spartaner durch einen Schaft den Tod. Um ihn herum errichtete man eine improvisierte Grabstätte aus Steinen, da es kein Erdreich gab, in dem man ihn hätte vergraben können.

In der Nacht konnte der junge Karduchoi-Krieger seiner Gefangenschaft entfliehen. Er hatte die Stricke, die ihn fesselten, entweder zerkaut oder durchgescheuert. Xenophon dachte an seinen Traum von fallenden Fesseln und hoffte, dieser habe nicht bedeutet, dass sein Gefangener entkam.

Am dritten Morgen nach dem Tal – und dem siebten, seit sie in das Gebirge vorgedrungen waren – erreichten sie eine Spalte auf ihrem Pfad, von der aus ein steil abfallender Geröllhang in eine ausgedehnte Ebene führte. Von dort aus konnten sie einen kompletten Tagesmarsch überblicken. Kaum eine halbe Meile vom Fuß der Steilwände entfernt verlief ein breiter Fluss.

Jenseits davon, wo es grün und golden leuchtete, wartete eine Armee auf sie. Auf der Ebene kampierten Kavallerie-Regimenter, und die Rauchsäulen ihrer Lagerfeuer stiegen wie dunkle Regenfäden in den Himmel. Auf flachen Hügeln glänzten die Rüstungen von Infanterie. Chrisophos rief Xenophon an die Spitze, nachdem er die letzte Passhöhe erreicht hatte. Trotz des sie erwartenden Feindes legten sie sich die Arme um die Schultern und lachten. Die Berge waren bezwungen.

»Ich wundere mich über einen Satrap, der im Winter auf uns wartet«, sagte Chrisophos. »Er muss den Persern eine Menge schuldig sein, um so lange hier draußen zu frieren.«

Xenophon verbarg seine Enttäuschung. Er hatte Fesseln abgeworfen, jedoch gehofft, mit den Bergen auch Krieg und

Blutvergießen hinter sich zu lassen. Der Gedanke, aufs Neue kämpfen zu müssen, war zermürbend.

»Wir müssen über diesen Fluss, wenn wir nach Hause wollen«, sagte er.

»Ihr werdet einen Weg finden«, erwiderte Chrisophos. Xenophon sah ihn an, doch auf seiner Miene war keine Spur von Spott oder Ironie auszumachen. »Habt Ihr zuvor schon.«

30

Schweigend schlitterte die griechische Kolonne die Abhänge hinunter. Einige aus dem Lagergefolge gerieten ins Stolpern, im Gegensatz zu den Hopliten, die ihre Schritte mit Bedacht setzten. Die Nachhut bewegte sich für den Fall eines weiteren Angriffs zunächst sogar noch langsamer voran, bis die Euphorie auch sie erfasste. Sie hatten es geschafft. Sie lebten. In großen Sätzen fingen sie an zu springen und zu rennen, schneller und schneller. Sogar die Luft schmeckte süßer als die nasskalten Nebel der Berge. Sie lachten und jauchzten, als ihre Füße warme, weiche Erde berührten. Die oft messerscharfen Felswände der Karduchoi ragten wie Klingen hinter ihnen auf. Aber sie waren der Reichweite dieser Klingen entkommen.

Xenophon marschierte die Flanken auf und ab und ermahnte seine Leute, sich zusammenzureißen und wieder in korrekter Formation zu marschieren. Er vermisste sein Pferd. Alle Männer waren einmal kleine Jungen gewesen, die zu ihren Vätern aufschauten. Er fragte sich, ob der simple Akt, ihren Kopf zu heben, solche prägenden, frühesten Erinnerungen wachrief und maßgeblich dafür mitverantwortlich war, dass sie gehorchten. Jedenfalls war es einfacher, einen derartigen Menschentross auf einem Pferderücken zu kommandieren als auf Augenhöhe.

Nun hatten sie wieder genügend Platz für ihre alte Formation des Karrees im Karree. Es hatte fast etwas Tröstliches, die vertrauten Reihen um sich zu sehen, wenn auch allzu viele bekannte Gesichter fehlten. Hunderte waren im Gebirge getötet und ein Dutzend Frauen im Kampfgetümmel geraubt worden. Ihre Schreie waren kaum zu ertragen gewesen. Die Erinnerungen daran würden die Überlebenden ein Leben lang verfolgen.

Xenophon fühlte sich, als wäre er um zehn Jahre gealtert. Mit dumpfer Wut sah er zu dem Heer auf dem anderen Flussufer hinüber. Er wusste nicht, wer sie waren oder warum sie in dieser Ebene standen. Er war zornig auf sie, weil sie ihm im Weg standen – und Leute, die es wagten, ihm den Weg zu versperren, hatte er inzwischen gründlich satt.

Die Spartaner standen in akkuraten Quadern hinter Chrisophos, und alle warteten geduldig auf ihre Befehle. Sie wirkten nach allem, was sie durchgemacht hatten, ziemlich verwahrlost. Es lag nicht nur an den Bärten und Zöpfen, sondern auch an einer allgemeinen Ermattung, die sie ausstrahlten, als könnten selbst diese nicht ewig weitermachen. Ein beunruhigender Gedanke, wie Xenophon fand. Viele Spartaner trugen dunkelrot getränkte Verbände. Heloten-Sklaven standen stumm zwischen ihnen und trugen Schilde und Speere. Gemeinsam bildeten sie eine Elite, und Xenophon wusste, dass er ohne das Blut, das diese Männer vergossen hatten, niemals bis an diesen Ort gekommen wäre.

Ohne jeglichen Groll sahen sie ihn an, und er hielt ihren ausdruckslosen Blicken stand. Sie hatten ihren Teil der Rolle ausgefüllt, er jedoch auch den seinigen. Xenophon blickte über den Fluss. Die feindliche Armee, zu der immer noch Regimenter von Fußsoldaten stießen, war durch die Anwesenheit ihres Gegners in blutdurstige Unruhe versetzt. Sie war drei- bis viermal so groß wie die der griechischen Hopliten, es mussten um die dreißigtausend Mann sein. Jemandem, der nicht in Kunaxa angetreten war, erschiene dies vielleicht als ein großes Heer. Jetzt deutete er über den Fluss und zuckte die Achseln.

»Wer sind diese Narren, dass sie es wagen, sich uns entgegenzustellen?«, sagte Xenophon mit vor Zorn bebender Stimme. »Uns, die wir durch das Heer des persischen Königs marschiert sind! Uns, die wir die Berge der Karduchoi lebend durchquerten! Es sieht so aus, als hätte Lord Tissaphernes Kuriervögel in seiner Tanztruppe. Jene Männer auf der anderen Seite des Flusses haben noch nie einen Griechen zu Gesicht bekommen. Sie haben *keine Ahnung*, was auf sie zukommt.« Er grinste. »Stellt euch ihre Gesichter vor, sobald es ihnen dämmert!«

Selbst die eher grimmig gestimmten Spartaner ließen diese Worte nicht kalt. Sie gestatteten sich wenige Vergnügungen, aber sich das Entsetzen eines gänzlich verwirrten Feindes auszumalen gehörte definitiv dazu.

Hinter Chrisophos' Reihen wartete das große Karree der Griechen. Sie sahen angeschlagen und abgemagert aus, kräfte- und willensmäßig zermürbt. Zu lange hatte es zu wenig zu essen gegeben – und zu viele Tage, an denen sie um ihr Leben kämpften. Die Klingen ihrer Schwerter waren stumpf geworden, und nicht einer von ihnen hatte sich seit über einer Woche waschen können. Dennoch war Xenophon so stolz auf sie, dass es ihm fast den Brustkorb sprengte.

Wieder starrte er über den Fluss. Er hatte sie hierhergeführt. Es lag eine Last auf ihm, aber er würde sich ihrer nicht entledigen für die Möglichkeit, schon in dieser Nacht in Athen etwas zu trinken und in seinem eigenen Bett zu schlafen.

»Begleitet mich zum Flussufer«, rief Xenophon Chrisophos zu. »Nehmt Eure längsten Speere und zur Absicherung ein paar Schildträger mit. Wir suchen eine Furt und zeigen diesen Vasallen eines persischen Königs, wer wir sind.«

Der kleine Trupp schritt mit ihm voran. Xenophon sah ihm unbekannte Banner auf der anderen Seite des Flusses im Wind flattern. Die Männer dort trugen lange Harnische wie die Perser, doch schienen sie von kleinerem Wuchs zu sein, und auf ihren Flaggen prangten seltsame Symbole.

Der Fluss war sehr viel breiter, als er gedacht hatte, mindestens einhundert Schritte vom einen Ufer zum anderen. Die Strömung war stark und bildete Wellenkronen, die einem dahinfliegenden Gänsezug glichen. Was einige unverfrorene feindliche Bogenschützen – ungefähr dreißig an der Zahl – dennoch nicht davon abhielt, so nahe wie möglich ans Wasser zu treten und die Entfernung zur anderen Seite zu testen. Xenophon musste hinter zwei spartanische Bronzeschilde zurücktreten und sich beherrschen, nicht auf das Aufschlagen und Zischen eiserner Pfeile zu reagieren, die töten sollten.

Zwischen den Salven stießen sie probehalber Speere ins Wasser, ohne jedoch eine seichte Stelle zu finden. Als einer der Männer von einem Pfeil getroffen wurde, zogen sich die Griechen ein Stück zurück. Xenophon spürte Chrisophos' Blick auf sich ruhen. Er hob fragend die Augenbraue, unschlüssig, wie er weiter vorgehen sollte. Er hatte angenommen, die feindlichen Kräfte wären mit dem Flusslauf vertraut. Stattdessen sah es so aus, als hätten sie im Auftrag ihrer persischen Dienstherren einen weiten Weg auf sich genommen, ohne das Gewässer besser zu kennen als ihr Gegner. Doch gleichgültig, ohne eine Stelle, an der er hinüberkommen konnte, war er nicht imstande, auf ihre Kampfansage zu reagieren.

Xenophon fühlte sich ein wenig ernüchtert, während er zu den wartenden Griechen zurückging. Sie würden weitersuchen müssen. Von oben hatte er gesehen, dass es keine Brücken gab, so weit das Auge reichte. Es war keine angenehme Vorstellung, in einer solch kahlen Ebene die Nacht verbringen zu müssen. Inzwischen war der Wind heftiger geworden und zerrte an Haaren und Gewändern. Vor allem aber mussten die Griechen etwas essen.

»Wir sollten Jäger in die Ausläufer der Berge schicken. Vielleicht finden sie wenigstens Vogeleier«, schlug Chrisophos vor, als hätte er die Gedanken seines Befehlshabers gelesen.

Xenophon blickte bereits zu den graugrünen Felswänden hinüber, und Bewegung auf dem höchsten Pass erregte seine Aufmerksamkeit.

»Das werden sie uns wohl nicht gestatten«, sagte er kopfschüttelnd und deutete hinauf.

Dort, wo die Griechen den Bergen entkommen waren, hatte sich eine gewaltige Anzahl Karduchoi versammelt – mehr, als Xenophon je angenommen hatte, dass sie aufbringen konnten. Tausende von ihnen stachen heulend mit Speeren und Bögen in die Luft, obwohl die Distanz und der Wind das Geräusch abdämpften.

»Aha. Demnach können wir weder vor noch zurück«, meinte Chrisophos. »Andererseits könnten wir durchaus einen Tag zum Regenerieren gebrauchen, Herr. Um die letzten Reste Nahrung und Wein zu uns zu nehmen. Um die Wunden ausheilen zu lassen. Außerdem haben einige Männer Fieber, und viel zu viele liegen auf Tragen. Lasst die Karduchoi auf ihren Gipfeln herumjaulen. Während sie damit beschäftigt sind, ruhen wir uns aus und sammeln neue Kräfte.«

»Ich werde Athene bitten, uns den Weg zu weisen«, sagte Xenophon.

Chrisophos neigte den Kopf, als der Name fiel.

»Wir verehren sie. Schutzgöttin, Herrin des Krieges und der Weisheit. Wie könnten wir nicht? Sie ist eine sehr spartanische Göttin. Vielleicht hat sie Euch ja den Traum von den gesprengten Ketten gesandt.«

»Das kann ich mir gut vorstellen. Er gab mir in einem Augenblick neue Hoffnung, als ich kurz vor der Verzweiflung stand.«

Chrisophos stutzte.

»Kurz vor der Verzweiflung? Davon war Euch nichts anzumerken.«

Xenophon wandte den Blick ab.

»Lassen wir es dabei bewenden, dass ich froh bin, aus diesen Bergen raus zu sein. Es kommt mir vor, als hätten wir das Totenreich durchquert und wären erst jetzt wieder in die Welt der Lebenden zurückgekehrt. Versteht Ihr?«

»Natürlich«, erwiderte Chrisophos. »Aber wir sind durchgekommen.«

»Ich … es ist mir eine Ehre gewesen, Spartaner in den Krieg zu führen«, sagte Xenophon verlegen.

»Ja. Das ist es immer. Ich sah Euren jungen Freund, diesen Hephaistos. Die Mätresse von Prinz Kyros scheint ihm den Kopf verdreht zu haben … Wie heißt sie doch gleich?«

»Pallakis.« Das Wort kam fast nur wie ein Hauch über Xenophons Lippen, und Chrisophos entging die Bedeutung nicht.

»Sollen ihm ein paar der Jungs eine kleine Warnung zukommen lassen? Wenn sie irgendjemandem gehört, dann Euch.«

Xenophon schüttelte den Kopf.

»Nein. Ich will sie nicht zwingen. Entweder sie kommt freiwillig oder gar nicht.«

»Sie schienen *sehr* vertraut«, sagte Chrisophos.

Xenophon fuhr zu dem Spartaner herum, was diesen auflachen ließ.

»Verzeiht, ich necke Euch nur ein bisschen.«

»Ich dachte, Spartaner lachten nicht«, gab Xenophon zurück, unwillig, das komisch zu finden.

»Wer hat das je behauptet? Würden wir nicht lachen, zumindest über die Liebe und den Krieg, wäre die Welt ein trister Ort. Ich sah einmal, wie sich ein Leopard auf einen Mann stürzte. Seitdem sind zehn Jahre vergangen, aber die Erinnerung an seinen Gesichtsausdruck vermag mich noch immer zu erheitern.«

In dieser Nacht schlief Xenophon unruhig und wachte ein halbes Dutzend Mal auf, sodass er bei Sonnenaufgang das Gefühl hatte, überhaupt nicht geschlafen zu haben. Nach sieben Tagen zwischen hohen Felswänden genoss er den Anblick der Morgendämmerung über der Ebene. Der Fluss war ein goldenes Band, und selbst die persischen Vasallen, die ihren Weg blockierten, hatten in diesem Licht eine gewisse Erhabenheit. In solchen Momenten bekam man eine Ahnung davon, was es wirklich bedeutete, am Leben zu sein, dachte er. Über Freude hinaus war es etwas so Wunderschönes, dass es ein ehrfürchtiges Schaudern auslöste. Er bemühte sich, den Gedanken zu bewahren, in der Absicht, ihn Sokrates darzulegen. Er würde dem alten Gauner so vieles zu erzählen haben! Vor allem anderen war da jedoch der Wunsch, dem Philosophen für seinen Vorschlag, Athen zu verlassen, zu danken. Die Stadt war Xenophon fremd geworden. Nach Kunaxa, nach ihrem langen Marsch durch Persien konnte er endlich verstehen, wie klein seine alte Welt und seine Besorgnisse darin gewesen waren. Jetzt konnte er wieder seinen Frieden damit machen und all die zerstörerische Wut ablegen, die an ihm genagt hatte.

»Guten Morgen, General«, sagte Chrisophos. »Ich habe hier zwei junge Männer. Ich denke mir, dass Euch interessieren könnte, was sie zu sagen haben.«

Xenophon unterdrückte ein Gähnen und rieb sich die Augen. Erst vor wenigen Wochen war nahezu unbemerkt sein siebenundzwanzigster Geburtstag gewesen. Angesichts der jungen Spartaner fühlte er sich jedoch viel älter. Sie trugen kaum mehr als ihre Sandalen. Einer trug seinen Schwertgürtel wie einen Lendenschurz, während der andere gänzlich nackt war und nichts dabei zu finden schien. Wie ungewöhnlich gesund sie wirken, dachte Xenophon und rieb sich die Stoppeln am Kinn.

»Aber ja, meine Herren. Ich war gerade dabei, mich an der Morgendämmerung zu erfreuen. Sprecht einfach.«

»Mein Bruder und ich suchten nach Kleinholz, Strategos. Und sind gestern Abend dafür ein oder zwei Stunden flussabwärts gelaufen. Als es dunkel wurde, sahen wir einen alten Mann und eine alte Frau, die ihre Kleider zwischen den Steinen auf der anderen Seite des Flusses versteckten. Sie hatten Brot und Käse bei sich. Wir dachten, wir könnten hinüberschwimmen, also …«

Sein Bruder fiel ihm vor Aufregung ins Wort.

»Also klemmten wir unsere Messer zwischen die Zähne und wateten los, doch das Wasser ging uns den ganzen Weg über nie weiter als bis zur Hüfte. Als wir am anderen Ufer anlangten, war das alte Pärchen verschwunden, also kehrten wir um.«

»Hat man euch gesehen? Habt ihr die Kleider in Unordnung gebracht?«, fragte Xenophon, auf einmal hellwach.

Er sah, das Chrisophos grinste, ignorierte ihn aber. Die beiden Brüder schüttelten den Kopf. Triumphierend ballte Xenophon eine Hand zur Faust.

»Dann schulde ich euch beiden Dank.«

»Gut gemacht, Jungs. Geht nun zurück und prüft eure Ausrüstung. Ich glaube kaum, dass wir uns heute ausruhen werden«, sagte Chrisophos.

Xenophon lächelte.

»Ich habe einen Plan, Chrisophos.«

»Selbstverständlich habt Ihr den.«

Die Vorräte waren zur Neige gegangen, weshalb jede weitere Verzögerung die Kolonne nur geschwächt hätte. Es kostete ein wenig Zeit, das Lagergefolge auf die Beine zu bekommen, doch die Sonne stand noch nicht hoch am Himmel, als Chrisophos die gesamte Streitmacht am Flussufer entlangführte. Die zwei Brüder fungierten als Führer. Die Furt war kaum zwei Meilen entfernt, doch die eigentliche Gefahr lag im Moment der Überquerung. Bis zu den Hüften im Wasser und gegen die starke Strömung ankämpfend, würden sie schrecklich angreifbar sein. In der Geschichte Griechenlands gab es mehr als eine Armee, die bei einem solchen Unternehmen vernichtet worden war.

Vom anderen Ufer aus verfolgten die feindlichen Truppen ihren Abmarsch und schienen unschlüssig, was zu tun war. Einheiten ihrer Kavallerie begaben sich entlang des Ufers in den Windschatten der Griechen, während die Tausendschaften von Fußsoldaten ihren vorteilhaften Posten auf den Hügeln offenbar nicht aufgeben wollten und blieben, wo sie waren.

Auch die Karduchoi auf den Bergen in ihrem Rücken wurden aktiv. Sie schwärmten auf die hohen Bergkämme aus, um alles beobachten zu können. Xenophon behielt sie seinerseits von der Nachhut aus im Auge. Er wusste noch immer wenig von diesen Stammesleuten und hatte keine Ahnung, was sie anstellen mochten.

Sobald unverkennbar war, dass Chrisophos die Truppen abzog, wagten sich die Karduchoi tiefer die Abhänge hinab und rutschten und sprangen fast bis zum Beginn der Ebene. Selbst wenn sie möglicherweise keine Angriffspläne hegten, würden sie sich auf die Griechen stürzen wie ein Rudel Wölfe auf eine Herde Frühlingslämmer, sobald sich eine Gelegenheit dazu bot. Sie hatten in ihren eigenen Bergen eine schwere Niederlage hinnehmen müssen, woran ihr Stolz nach wie vor zu fressen hatte.

»Halt, Hellenen!«, rief Xenophon.

Die Offiziere wussten, was er vorhatte. Der Übergang war einfach zu schmal und ungeschützt, um eine Überquerung einem schwer bewaffneten Heer entgegen zu versuchen. Hinzu kam, dass die Griechen unleugbar geschwächt waren; selbst ein ganzer Monat ordentlichen Essens und Ausruhens hätte kaum ausgereicht, um sie wieder in Kampfform zu bringen.

Auf der Gegenseite walzten Tausende von Reitern heran. Boten galoppierten vor und zurück, und der Rest bellte sich Befehle zu, in offenkundiger Verwirrung oder Furcht angesichts der Möglichkeit einer nahe gelegenen Übergangsstelle. Xenophon hielt seine Hand über die Augen und versuchte, den Rest des Feindesheers in der Ferne zu erspähen. Vielleicht hielten sie das Ganze für ein Täuschungsmanöver oder eine List. Vielleicht hatte Tissaphernes sie vor der Hinterhältigkeit der Griechen gewarnt.

»Nachhut! Hauptmänner und Pentekostien-Offiziere … auf mein Kommando … jetzt!«

Die ersten Reihen stürmten mit Chrisophos in den Fluss, die aufspritzenden Wassertropfen wurden vom Sonnenlicht eingefangen wie glitzernde Flügel.

Im selben Moment machten in der Nachhut unter Xenophon die Hälfte der Hopliten kehrt und *rannte* am Ufer entlang in die entgegengesetzte Richtung zurück. Sie drängelten, rempelten sich gegenseitig an und brüllten einander zu, als befänden sie sich in einem Wettrennen – was den erstaunlichen Effekt hatte, dass sie buchstäblich wirkten wie eine griechische Lawine. Nur noch das Lagervolk blieb wie angeordnet an Ort und Stelle wartend am Ufer zurück. Manche trugen Schwerter und Speere, für den Fall, dass sie sich verteidigen mussten. Das war die schwerste Entscheidung gewesen, doch Xenophon hatte letztendlich den Befehl dazu gegeben. Keine Armee konnte aufs Schlachtfeld ziehen und gleichzeitig zehntausend Zivilisten beschützen. Xenophon betete zu Athene um Sicherheit für das Lagergefolge, während er selbst rannte wie ein kleiner Junge und dabei über die Seltsamkeit des Ganzen lachen musste.

Am gegenüberliegenden Ufer brach nun Chaos aus. Die Kommandeure der Kavallerie vermuteten in der plötzlichen Umkehr und dem Davonrasen von fünftausend Griechen eine Finte, die nur durch Schnelligkeit zu vereiteln war, ihrem einzigen Vorteil. Die Hälfte der Reiter, die zusammengerückt waren, um die erste Durchquerung durch Chrisophos zu verhindern, galoppierte jetzt zurück und Xenophons rennenden Männern voran. Auch marschierende Bogenschützen-Regimenter, die an der Furt zusammengeströmt waren, wurden in diese Richtung zurückgeschickt und spannten im Laufen ihre Bögen.

Die Griechen unter Xenophon hatten es offensichtlich auf eine andere Furt weiter flussaufwärts abgesehen. Sollten sie es auf die andere Seite schaffen, konnten sie auf zwei Fronten angreifen. In den dunklen Reihen in Xenophons Windschatten auf der anderen Flussseite herrschte ein heilloses Durcheinander. Bereits in Bewegung gesetzte Regimenter stießen mit anderen zusammen, denen man befohlen hatte, entlang des Ufers anzuhalten, sodass Männer umgerissen wurden und Kommandeure einander widersprechende Befehle brüllten.

Xenophons Atem ging ruhig und gleichmäßig. Er war gut in Form, wenn auch etwas abgemagert. Irgendwie gab ihm die absolute Verwirrung, die er gestiftet hatte, das Gefühl, den ganzen Tag lang rennen zu können. Das war seine Finte: Es gab keine zweite Furt.

»Macht Lärm! Hebt Eure Schwerter und Speere!«, brüllte er seinen Offizieren zu.

Fünftausend Griechen konnten ganz schön laut grölen, stellte er fest. Sie konnten den Himmel zum Erzittern bringen. Beim Rennen wusste Xenophon, dass er die richtige Einschätzung treffen musste. Er war zurückgekommen, als wollte er eine andere Überquerungsstelle nehmen. Dennoch wollte er seine Männer nicht bis zur völligen Erschöpfung treiben. Früher oder später würde er aufgeben und sie die gleiche Strecke zu der Furt zurückkehren müssen, welche die Brüder entdeckt hatten. Seine Aufgabe hatte darin bestanden, den Gegner bis dahin von Chrisophos wegzulocken. Die Spartaner mussten den Fluss überquert haben, bevor er seine eigenen Männer wieder dorthin schicken konnte.

»Macht euch bereit!«, rief er ihnen zu. »Wir haben uns gerade erst aufgewärmt, Leute. Seht das Resultat dort drüben. Macht euch jetzt bereit, zur Furt zurückzukehren.«

Gelächter erklang in den Reihen. Sie waren in übermütiger Stimmung und genossen die Konfusion, die sie auf der anderen Seite verursachten.

Aus dem Augenwinkel heraus nahm Xenophon Bewegung wahr und fluchte leise. Ihre List diente dazu, den Feind lange genug zu verwirren, um den Fluss überqueren zu können. Der unberechenbare Teil des Planes bestand im Verhalten der Karduchoi. Wie er befürchtet hatte, sahen sie, dass seine Truppen getrennt agierten. Sie witterten eine Schwachstelle und kamen, außer sich vor Rachedurst, auf die Ebene gestürmt. Xenophon füllte seine Lungen bis zum Rand mit Luft.

»Auf mein Zeichen haltmachen! Hellenen … Halt!«

Sie kamen aufeinanderprallend zum Stehen, und das Lachen blieb ihnen im Halse stecken, als sie die heulenden Karduchoi die Berge herabströmen sahen.

»Ihr Griechen! Männer von Korinth und Stymphalos, von Thessalien und Arkadien, von Rhodos, von Kreta und Theben. Formiert euch. Hört auf eure Hauptmänner – und denkt daran: Wir haben uns den Karduchoi in ihren Bergen schon einmal gestellt. Jetzt treten sie uns auf einer Ebene entgegen. Sie haben noch nie eine Gefechtslinie aus Schilden samt Speeren und Kurzschwertern gesehen! Lasst sie nur kommen, mit all ihrem Jaulen und Heulen. Wir werden sie wie die Hunde behandeln, die sie sind – und sie niedermähen!«

Die letzten Worte brüllte er, und sie brüllten zurück. Zu seinem Entzücken sah er einige der angreifenden Karduchoi zögern. Abseits vom Schutz ihrer Hügel spürten sie die weite Leere der Ebene.

Angesichts dieses gefährlichen Auftrags bildeten die Griechen jene Formationen, die ihnen in Fleisch und Blut übergegangen waren. Und beruhigten sich gegenseitig, indem sie ihre Vorder- und Nebenmänner mit den Fingerspitzen berührten, um den perfekten Abstand zueinander zu finden.

»Wo ist mein Schild?«, fragte Xenophon.

Einer der spartanischen Heloten brachte ihn, wobei er sich tief verneigte. Er war nicht mit den anderen an der Spitze vorgeprescht, sondern zurückgeblieben, um zu dienen. Erleichtert dankte Xenophon ihm wie einem freien Mann, schlang dann seinen linken Arm durch die Lederschlaufe, zog den Riemen fest. Die Waffe fühlte sich an wie eine Verlängerung seines Arms, und er schwang sie in Vorfreude durch die Luft.

»Ruhig, Hellenen!«, rief er über ihre Köpfe hinweg. »Wir haben noch Zeit. Rückt im Anschluss sechzig Schritte vor und stoppt dann. Speere zur Abwehr bereithalten! Ruhig!«

Die Karduchoi sahen sich einem massiven Karree aus fünftausend Griechen gegenüber, mehr Metall als Fleisch, einer gigantischen Bestie, einer todbringenden Riesenschildkröte aus Bronze. In deren Innerem galt es diesmal kein Lagervolk zu schützen. Die Griechen waren zwar abgemagert, schmutzig und erschöpft, aber sie *hassten* die Karduchoi.

Zwei- oder dreitausend Stammeskrieger krachten gegen die griechische Formation wie Hagel gegen eine Steinmauer. Sie wurden entlang der gesamten Linie in Stücke gehackt.

Sie sprangen und schrien, kamen jedoch gegen die Disziplin einer Schildreihe nicht an und vermochten an keiner einzigen Stelle durchzubrechen. Xenophon sah dem Schauspiel voller Ehrfurcht zu und jubilierte innerlich, als die Überlebenden und die Nachzügler, die angesichts dieser unbezwingbaren Formation und ihrer blutig niedergemetzelten Leute langsamer geworden waren, zurückwichen.

»Sechzig Schritte vor! Marsch!«, befahl Xenophon.

Mit einem Ruck setzten sich die Reihen in Bewegung, und die Karduchoi liefen im Kreis und duckten sich weg wie verwundete Hunde, noch immer wild, aber ängstlich. Immer mehr von ihnen wichen zurück die Hänge hinauf, und Xenophon wollte ihnen nachsetzen. Doch dann sah er, wie Hunderte dort anhielten, sich auf ihre Speere stützten und die Griechen einfach nur beobachteten. Es gab keinerlei Anzeichen für einen erneuten Angriff. Heilfroh schüttelte Xenophon den Kopf.

»Jetzt haben sie uns kennengelernt!«, brüllte er. Seine Griechen antworteten mit einem Triumphschrei, dessen Echo von den Bergen widerhallte.

»Sie werden nicht noch einmal angreifen, und falls doch, dann wissen wir, mit wem wir es zu tun haben. Zurück zum Fluss. Zurück zur Furt. Gebt Euer Bestes, die Herren.«

Einige ächzten, und er lachte sie aus.

»Was denn? Ihr hattet eure Erholungspause! Ihr hattet hier schließlich euren Spaß, oder? Nun gilt es, ein weiteres Mal zu rennen, oder wollt ihr den Spartanern den ganzen Ruhm überlassen?«

Die Männer knurrten ihre Zustimmung, und dann waren sie wieder unterwegs. Hinter ihnen waren die Karduchoi endlich still.

Kurz vor der Mittagsstunde kehrten Xenophons Fünftausend staubig und grinsend zur Furt zurück. Das Lagervolk empfing sie mit Jubelrufen und klopfte ihnen anerkennend und dankbar auf Schultern und Helme. Die Erleichterung war förmlich mit Händen zu greifen. Zum ersten Mal seit Kunaxa war das Gefolge von seinen Beschützern allein auf feindlichem Grund zurückgelassen worden.

Xenophon erfuhr, dass die Spartaner es ohne nennenswerten Widerstand auf die andere Seite geschafft hatten und anschließend jeden am Ufer beseitigten, der dumm genug war, es mit ihnen aufnehmen zu wollen. Überall auf der gegenüberliegenden Seite lagen Banner auf dem Boden. Xenophon konnte den von Chrisophos eingeschlagenen Weg an den Leichen erkennen, die dieser hinterlassen hatte. Er fragte sich, wo der Spartaner abgeblieben war. Der Plan hatte gelautet, die Übergangsstelle abzusichern und dann auf ihn zu warten, um das Lagervolk sicher hinüberzuschaffen. Der Feind besaß zu viel Kavallerie, um unter Kontrolle zu sein.

Xenophon fröstelte, als er in die Strömung schritt, schöpfte eine Handvoll eiskaltes Wasser aus den Fluten und wusch sich damit das Gesicht. Er war bestürzt, Chrisophos nicht anzutreffen. Er musste sich daran erinnern, dass er dem Spartaner vertraute, nach den Karduchoi-Bergen mehr noch als zuvor. Wenn Chrisophos entschieden hatte, das Areal rund um die Furt zu verlassen, würde es einen guten Grund dafür gegeben haben.

Ein Dutzend Hopliten stand im Fluss, um den Verlauf der Furt zu markieren. Sie leiteten das Lagergefolge mit Gesten und aufmunternden Rufen hinüber, behielten aber dabei gleichzeitig wachsam die Umgebung im Auge. Xenophons

Fünftausend waren in großer Eile als Erste vorangegangen und hatten das Gelände gesichert.

Xenophon blieb in der Furt, wenngleich seine Beine allmählich taub wurden. Er hatte eigentlich nicht lange dort stehen wollen, doch Hunderte der Vorbeikommenden bedankten sich bei ihm und spendeten ihm Segen, bis er sich wie benommen fühlte.

Als alle unbeschadet am anderen Ufer angelangt waren, ließ er die Hopliten erneut um sie herum Aufstellung beziehen. Die Flanken waren ohne Chrisophos zwar ausgedünnt, doch Xenophon ließ alle vom Fluss aus den nächsten Hügel hinaufmarschieren und erblickte so selbst zum ersten Mal den anderen Teil der Ebene.

Reglos standen die Regimenter der persischen Vasallen auf den Rücken flacher Hügel, nicht weit von Xenophon entfernt. Er sah, dass einige der Fußsoldaten, die er von der anderen Flussseite aus gesichtet hatte, noch immer auf ihrem Posten waren. Sie hatten Stellung auf erhöhtem Terrain bezogen und waren entschlossen, diese zu halten, ohne Rücksicht auf die Spielchen, welche die Griechen am anderen Flussufer spielten. Er beobachtete, wie sich ihnen ein kleiner Trupp über die Hänge näherte. Er erkannte die Männer auf der Stelle, und sein Herz erfüllte sich mit Stolz und Sorge.

Die Spartaner glänzten golden wie der Panzer eines exotischen Insektes. Sie hoben ihre Schilde zu einem undurchdringlichen Wall, während ein schwarzer Regen aus Speeren und Pfeilen auf sie niederprasselte. Dies war Krieg, wie sie ihn kannten, und Xenophon beorderte seine Leute dorthin. Der Feind würde nicht wissen, wie viele untrainierte Männer und Frauen sich in seiner Truppe befanden, son dern lediglich einen Massenvorstoß sehen. Er lächelte bei diesem Gedanken und spürte, wie seine Erschöpfung verflog.

Während sie voranmarschierten, fiel Xenophon auf, wie stark die Ebene sich geleert hatte. Große Teile der Kavallerie schienen verschwunden zu sein. Überall entlang des Flussufers lagen Banner, zu viele, als dass sie auf das Konto selbst der Spartaner hätten gehen können. Alles deutete auf einen Gegner hin, der das Schlachtfeld verließ. Er wagte es kaum zu hoffen.

Die verbliebenen feindlichen Kräfte bildeten kleine Inseln auf den Anhöhen. Zuvor waren sie ihm dort klug positioniert erschienen, jetzt jedoch, nachdem so viele andere geflohen waren, wirkten sie isoliert.

Er sah zu, wie die Spartaner jetzt den Hügelkamm erreichten und sich ihren Weg durch die Feindesreihen schlugen, als äßen sie Bissen für Bissen ein Blatt. Schwarze Gestalten flohen in sämtliche Richtungen die Hänge hinab. Die vor den goldenen Schilden und roten Umhängen davonkrabbelnden Soldaten ließen ihn an die von Kindern aufgescheuchten Babyspinnen denken, die er einmal gesehen hatte.

Die Wintertage waren kurz, weshalb es nicht lange dauerte, bis die Sonne ein Messingstreifen am Horizont war. Chrisophos kam den Kamm herab, den er eingenommen hatte, und seine Männer trugen die gesamte Ausrüstung jener Armee, die sie in panischem Chaos zurückgelassen hatte. Von Gefangenen erfuhren sie, dass es sich bei dem Oberkommandanten, der vom Feld geflüchtet war, um den armenischen Satrapen Tiribazos handelte, einen Kindheitsfreund des persischen Königs. Eine Freundschaft, die den Mann ein Vermögen gekostet hatte. Chrisophos übergab Xenophon eine

Truhe, welche die beiden Brüder herbeibrachten, die die Furt aufgespürt hatten. Sie war voller Silbermünzen, die Entlohnung für all die Söldner, die Tiribazos aufgeboten hatte.

»Die meisten sind verschwunden, aber die auf dem Hügel blieben an Ort und Stelle. Ich beschloss nachzuschauen, was sie dort hielt, während der Rest davonrannte«, erklärte Chrisophos.

»Die richtige Entscheidung«, bestätigte Xenophon, dem Mann damit die Absolution erteilend.

Erleichtert neigte Chrisophos den Kopf. Er war besorgt gewesen, dass Xenophon ihn dafür rügen würde, das Lagervolk alleingelassen zu haben.

An diesem Abend rief Xenophon die Offiziere zusammen und hob mit ihnen Becher, die mit frisch erbeutetem Wein gefüllt waren. Das Lager des Satrapen Tiribazos war voller Lebensmittel und Getränke gewesen. Die Griechen genossen ein üppiges Mahl, und auf der Ebene wurden riesige Freudenfeuer aus Speeren und Bögen errichtet, deren Prasseln und Knistern wie Gelächter klang.

31

Zwei Tagesmärsche brachten dreißig Meilen zwischen sie und die Berge, in einem gemäßigten Schritttempo, das dem Lagergefolge entgegenkam. An der Quelle des Tigris legten sie eine Rast ein und liefen dann sechzig Meilen weiter bis zu den Ufern des Stromes Teleboas. In dieser Zeit begegnete ihnen kein einziger Soldat, und in dem Gebiet, durch das sie zogen, gab es Dörfer und Städte und sogar einen Palast, der dem Satrapen gehörte. Von Tiribazos war keine Spur zu sehen, also begnügten sie sich damit, seine Schätze zu plündern. Die Griechen nahmen sich Karren, Maultiere und Sklaven, wann immer sie die Gelegenheit dazu bekamen. Vor allem die Karren waren innerhalb kürzester Zeit schwer beladen. Xenophon versuchte erst gar nicht, ihren Aneignungen Einhalt zu gebieten. Sie stießen auf Tempel, die seltsamen fremden Göttern geweiht waren und wo Pilger jahrhundertelang Opfergaben hinterlassen hatten. Diese Opfergaben begleiteten die Griechen, als sie weiterzogen.

Je weiter sie gen Norden marschierten, wurde das winterliche Klima rauer, doch sie gewöhnten sich daran, während sie durch Landschaften kamen, die von bestellten Äckern, Wäldern oder Weinanbau geprägt waren. Freundschaften und Ehen wurden geschlossen. Xenophon hegte gewisse Zweifel an der Haltbarkeit Letzterer, behielt dies aber für sich, denn diejenigen, die ihre Gelübde ablegten, schienen glücklich zu sein, und die Feiern bescherten allen einen Moment der Freude.

Für den großen Rest war es die reine Mühsal, ihre Leiber über das Angesicht der Erde zu schleppen laugte sie völlig aus. Die Männer schnitten sich die Bärte in groben Büscheln ab, so sie sich denn überhaupt die Mühe machten. Sie wuschen sich, so oft sie konnten, doch wenn sie ihre zerlumpten Kleider abwarfen, kamen Körper zum Vorschein, die so mager waren, dass man jeden einzelnen Knochen zu zählen vermochte. Sie aßen alles, was sie in die Finger bekamen, doch es war nie genug.

Über eine sechzig Meilen lange Strecke, die sie vier Tage lang durch Sanddünen führte, fand sich Xenophon in der Nähe von Pallakis und Hephaistos wieder. Sie gingen dicht nebeneinander, und er fand, sie sähen wie Liebende aus. Es war schwer, sich da sicher zu sein. Tausende Male hatte er ihren Blick auf sich gespürt und sich gewünscht, dass sie auf ihn wartete, bis nicht mehr die Last so vieler zu behütender Seelen auf seinen Schultern ruhte. Er war es gewesen, der Hephaistos gesagt hatte, sich um sie zu kümmern! Damals war er irgendwie stärker gewesen, zu abgelenkt von all denen, die ihn brauchten. Immer wieder ertappte er sich dabei, wie er verstohlen zu ihr hinüberschaute, und redete sich ein, dies geschähe nicht häufiger, als es bei jeder anderen Frau der Fall sein könnte. Er hatte das Gefühl, dass es ihr nicht entging. Frauen wussten oft Bescheid, wenn Männer von ihrer Schönheit in Bann geschlagen wurden und vergeblich versuchten, nicht zu starren.

Er schüttelte sich und stellte sich vor, wie Sokrates lachen würde, wenn er davon hörte. In der Liebe sind alle Männer Narren, pflegte er zu sagen. Genau aus diesem Grund hatte man den Wein erfunden.

Weiter vorn gab es einen Tumult, der Xenophon von seinen Grübeleien ablenkte. Er blinzelte in die schwache Wintersonne, auf der Suche nach seinen Spähern, die vorausgegangen waren und einen Abhang erklommen hatten, um den besten Weg auszukundschaften. Als Xenophon ihre winzigen Gestalten in etwa zwölfhundert Schritt Entfernung entdeckte, krallte sich eine eisige Klaue in seine Brust. Sie sprangen auf und ab und wedelten mit den Armen. War es ein Angriff? Er sah in alle Richtungen, sah aufs Neue, wie zerlumpt seine Leute waren. Nach ihrem unendlich langen Marsch glichen sie weniger einem Heer, sondern eher dem Exodus eines Nomadenvolks. Er begann, sich im Geiste Befehle für Chrisophos zurechtzulegen, doch dann sah er, dass ein paar Männer vorgeprescht waren, offenbar herbeigerufen von den Kundschaftern. Auch sie begannen zu rufen und zu winken, und er verstand, was sie schluchzend riefen: »*Thalassa! Thalassa!*« – das Meer. Das Meer.

Xenophon warf sich sein Marschgepäck von den Schultern und rannte mit Hunderten anderen zusammen auf den Hügelrücken, während die Rufe vor ihm immer weiter anschwollen. Das Meer. Seit den Wüsten hatten sie es sich erträumt. Vor ihnen lagen griechische Siedlungen, griechische Städte und vor allem griechische Schiffe, die sie bringen würden, wohin sie wollten. Xenophon sah Männer und Frauen auf die Knie fallen und vor Erleichterung einfach in Tränen ausbrechen. Er selbst stand da wie vom Donner gerührt und musste unzählige Umarmungen über sich ergehen lassen. Männer wie Frauen dankten ihm für alles, was er getan, dafür, dass er sie gerettet hatte. Er spürte ebenfalls Tränen über seine Wangen fließen, wischte sich die Augen und versuchte, seine Fassung wiederzugewinnen.

»Hierher! Bringt ihn zum General!«, hörte er und drehte den Kopf, um einen Hirtenjungen zu erblicken, der auf ihn zu geführt wurde. Er sah griechisch aus, doch als er tatsächlich in dieser Sprache zu reden begann, entfuhr Xenophon ein Freudenschrei, den niemand in der Nähe überhören konnte.

»Ich bin ein freier Grieche«, sagte der Junge. »Ältester Sohn des Lykos. Ihr dürft mich nicht gefangen nehmen.«

Xenophon schüttelte den Kopf.

»Niemand wird dir oder deinen Ziegen etwas antun, das verspreche ich. Doch erzähle mir von Griechenland. Gibt es Neues aus Athen? Wir waren mehr als ein Jahr lang fort, mein Junge. Steht die Stadt noch?«

Der Junge glotzte die wild aussehenden Männer und Frauen an, die ihn ihrerseits voller Staunen anstarrten.

»Sie steht noch, Herr. Der Orator Polyemis wurde hingerichtet, ebenso Sokrates. Der Rat hat die Stadtmauer, die die Spartaner niedergerissen haben, wiederaufgebaut und die Tempel auf der Akropolis wieder in Ordnung gebracht. Glaubt nicht, wir wären hier irgendein rückständiges Provinznest, Herr! Wir sind Griechen wie Ihr, eine der tausend Städte. Unsere Wälle könnten auch in Arkadien oder Thessalien stehen.«

Der Junge strahlte, während er seine Kenntnisse unter Beweis stellte, doch das Strahlen schwand, als er Xenophons aufgerissene Augen und Totenblässe bemerkte.

»Herr? Habe ich etwas Beleidigendes gesagt?«

»Nein, mein Junge. Du sagtest, Sokrates sei hingerichtet worden?«

»Oh, Ihr kanntet ihn, Herr? Es war ein legendärer Prozess. Sie sagten, er würde nicht an die Götter glauben – und dass die Jugend von Athen ihn lieber sprechen hörte, als zu arbeiten. Sie boten ihm an, künftig zu schweigen oder verbannt zu werden, doch der alte Narr wählte stattdessen den Tod! Man erlaubte ihm, Gift zu nehmen, Herr. Mit Polyemis verhielt es sich anders, wie mein Vater sagte. Er …«

Xenophon wandte sich von dem redseligen Jungen ab und drängte sich durch die Menge. Eine Zeit lang fühlte er sich völlig leer vor Trauer, als könnten keine Gedanken zu ihm durchdringen. Er hatte einen so weiten Weg zurückgelegt und hatte so viel gelernt. Wenn Sokrates nicht mehr da war, von all dem zu hören … Er weinte und machte dieses Mal keinen Versuch, seine Tränen zu verbergen. Er saß für sich allein, abseits der fröhlichen Menge, in jeder Hinsicht von ihnen getrennt.

Irgendwann hörte er Schritte und öffnete die Augen. Er hatte Chrisophos erwartet, doch es war Pallakis. Er schaute zu ihr hinauf, mit rot geäderten Augen und bleichen Wangen.

»Ich wünschte, Ihr hättet ihn kennengelernt«, sagte Xenophon. »Er war wahrhaftig ein großartiger, ein ungewöhnlicher Mann. Und doch glaube ich, dass er nie etwas niederschrieb! Könnt Ihr Euch das vorstellen? Was sind schon Worte? In einem Jahrhundert wird er vergessen sein. Es gibt keine Standbilder von Sokrates. Die Menschen werden niemals wissen, dass er existierte.«

»Vielleicht könnt Ihr ja aufschreiben, was Ihr erinnert«, sagte sie. »Ich könnte mir vorstellen, dass er Euch dies anvertrauen würde. Es ist offenkundig, dass Ihr ihn liebtet.«

Sie setzte sich neben ihn, und Xenophon kämpfte gegen eine Welle der Trauer an und war versucht, sein Gesicht in ihrer Schulter zu vergraben. Er widerstand diesem Drang und spürte seinen Willen zurückkehren. Sie war nicht die

Seine, doch immerhin war sie zu ihm gekommen. Möglicherweise gab es doch Anlass zur Hoffnung.

»Was werdet Ihr nun tun?«, fragte sie. »Wir haben Silber und Gold. Werdet Ihr es unter den Männern verteilen? Oder …«

Er kniff die Augen zusammen, als ihm eine Idee kam. Umgehend hatte er seine Trauer an einem anderen Ort tief in sich verstaut. Er würde Sokrates mit Wein und dem geschriebenen Wort würdigen, das schwor er sich, doch in diesem Augenblick bot sich die Chance für etwas weitaus Größeres an.

Xenophon rieb sich mit den Händen übers Gesicht und kehrte zu der Gruppe zurück. Er rief Chrisophos zu sich, in dessen Miene aufrichtiges Mitleid lag, was Xenophon jedoch nicht weiter beachtete.

»Ranghöhere zu mir!«, befahl Xenophon. »Hauptmänner, Pentekostien-Offiziere, Generäle. Auch Ihr, Hephaistos.«

Er führte sie ein Stück abseits den Hang des Hügels entlang bis zu einem Olivenbaum, dessen Wurzeln sich in den Sand krallten, gewachsen aus einem Samenkern, der um die halbe Welt hierhergelangt sein konnte. Er tätschelte den Stamm.

»Werte Herren, dieser Baum kommt von weit her – und schlug hier Wurzeln. Wie die Griechen an der Küste des Meeres, das vor uns liegt, haben wir an diesem Ort den Samen für eine Stadt. Schaut Euch nur an, wen wir alles hierhergebracht haben! Wir haben Soldaten und Frauen, Kinder und Sklaven. Wir haben Gold und Silber und lauter fähige und geschickte Männer. Wir haben alles, um an diesem Ort eine Stadt Griechenlands aufzubauen. Genau hier. Sollen wir uns in alle Winde zerstreuen, nach allem, was wir zusammen durchgemacht haben? Ich kann Euch sagen, dass ich mich Euch brüderlicher verbunden fühle als irgendwem oder irgendetwas zuvor. Empfindet Ihr nicht alle ebenso? Wenn wir zurückkehren, dann zu alten Leben und alten Belangen. Warum nicht die Saat für einen neuen Staat sein? Unsere Kinder könnten ein Großreich erben aufgrund dessen, was wir hier und jetzt entscheiden. Warum denn nicht? Unsere ganze Sorge, unser gesamtes Interesse galt unserem Überleben und es bis hierher zu schaffen. Nun sind wir da, warum also nicht darauf aufbauen? Wir sind zahlreich genug, um Mauern und Häuser in einem Tal bei einem Fluss zu errichten.«

Er sah Chrisophos aufmerksam an.

»Wir könnten ein neues Sparta, ein neues Theben sein. Wenn wir einen Fluss wählen, der ins Meer mündet, können wir ein neues Athen sein. Vielleicht werden wir in selbst gebauten Schiffen dorthin segeln.«

»Würdet Ihr uns anführen, falls wir uns entscheiden zu bleiben?«, fragte Chrisophos leise.

»Wenn Ihr das wünscht und mich wollt, ja, dann würde ich es tun. Es wäre die größte Ehre und Sinn und Zweck meines Lebens. Ich dachte, er bestünde darin, Euch sicher hierherzugeleiten, doch vielleicht ist dies erst der Anfang.«

Chrisophos nickte.

»Wir werden die anderen fragen müssen«, sagte er. »Ihr versteht sicher, dass eine solche Entscheidung nicht ohne vorherige Diskussion getroffen werden kann.«

»Ja … natürlich …«

Xenophon verstummte und sah über den Sand hinweg auf das schimmernde Meer. Er vermisste Athen, doch wer wäre er dort schon? Keinesfalls der Mann, der sie gerettet hatte. Nein, er wäre erneut ein Unbekannter, nicht gefragter als zuvor.

Ohne Sokrates war die Stadt seiner Geburt nicht mehr seine Heimat.

»Ich bitte Euch, entscheidet mit Bedacht, Chrisophos. Dies ist die einzige Chance, die wir jemals dafür bekommen werden. Wir alle sind Griechen, mein Freund. Außer uns könnte niemand sonst etwas Derartiges auch nur in Erwägung ziehen.«

Sie blieben drei Tage lang an diesem Ort. Xenophon wartete darauf, dass sie zu einem Entschluss kamen. Er beantwortete all ihre Fragen, so ehrlich er konnte. Schließlich schickten sie Chrisophos, um das Ergebnis zu verkünden, und Xenophon wusste nicht, ob dies gut oder schlecht war.

Mit einem nervösen Gefühl im Magen erhob er sich, um den Spartaner zu begrüßen. Chrisophos schritt auf ihn zu und legte dem Edelmann aus Athen, der sie sicher durch ein Imperium geführt hatte, eine Hand auf die Schulter.

»Es tut mir leid, Xenophon. Wir wollen nur nach Hause.«

Es war wie ein Dolchstoß zwischen die Rippen. Xenophon ließ den Kopf hängen, räusperte sich und stellte fest, dass er zitterte.

»Natürlich, ich … Nun denn, mein Freund. Ihr müsst das Gold und Silber unter ihnen verteilen. Es sollte mehr als ausreichen, jedenfalls um nicht hungern zu müssen, bis sie alle eine Arbeit finden.«

»Werdet Ihr nicht bei uns bleiben?«, fragte Chrisophos.

Seine Augen waren dunkel vor Trauer, und Xenophon wusste, dass dies ein Ende für sie bedeutete. Er schüttelte den Kopf.

»Nein, ich denke nicht. Ich habe ein kleines Stück Land auf dem Peloponnes geerbt, nicht weit von Sparta entfernt. Der Gutsverwalter dort züchtet Pferde für mich. Nach so langer Zeit meint er wahrscheinlich, alles würde ihm gehören.

Nein, Chrisophos, ich werde nicht bleiben. Ich bin nicht gut in Abschieden, mein Freund. Ich werde allein dorthin aufbrechen. Vielleicht kommt Ihr irgendwann einmal vorbei und bringt eine Feldflasche Wein mit. Das … fände ich schön.«

Chrisophos ergriff seine Hand.

»Mein Wort darauf, Strategos. Und seid bedankt. Ich werde Euch wiedersehen, versprochen. Dann werden wir anstoßen, auf die alten Zeiten – und auf abwesende Freunde.«

»Wir haben es geschafft, Spartaner«, sagte Xenophon und lächelte mit tränenglänzenden Augen. Es war genug. Ohne ein weiteres Wort schlug er Chrisophos auf die Schulter und lief leichten Schrittes den Hügel hinab, Richtung Meer.

HISTORISCHE ANMERKUNGEN

Xenophons Schrift *Anabasis*, auf Deutsch zum Beispiel 1999 in Reclams Universal-Bibliothek erschienen, kann grob als »Hinaufmarsch« übersetzt werden. Sie erzählt die Geschichte von Prinz Kyros' Rebellion gegen seinen Bruder, des Heeres, das er aushob, der verlorenen Schlacht bei Kunaxa – und schließlich von der entsetzlichen Lage, in der die griechischen Söldner sich wiederfanden. Sie waren weit weg von zu Hause und von Feinden umzingelt, aber noch immer eine solche Elitestreitkraft, dass sie nicht ohne Weiteres vernichtet werden konnten. Das Ganze ereignet sich achtzig Jahre nach der Schlacht bei den Thermopylen und ungefähr siebzig Jahre vor Alexander dem Großen.

Zum historischen Kontext Persiens: König Dareios von Persien fiel 490 v. Chr. in Griechenland ein – und wurde bei Marathon geschlagen. Er war dabei, eine weitere Armee zusammenzustellen, um es noch einmal zu versuchen, als er starb, sodass es sein Sohn Xerxes war, der sich auf den Weg über Land und Meer begab. Xerxes ist der König, den die Spartaner bei den Thermopylen bekämpften. Tatsächlich drang er bis nach Athen vor und brannte es nieder, doch die Athener Marine gewann eine außerordentliche Schlacht gegen seine Flotte und schränkte damit seine Bewegungsfähigkeit ein.

Xerxes flüchtete in die Heimat und überließ es seinem General Mardonius, einer von Spartanern geführten Landstreitmacht entgegenzutreten. Trotz ihrer zahlenmäßig enormen Unterlegenheit schlachteten die Griechen ihren Gegner ab – und Xerxes wurde 465 v. Chr. von seinem eigenen Leibwächter getötet. Sein Sohn Artaxerxes wurde König und war so klug, die Griechen in Ruhe zu lassen, weshalb er bis zu seinem Tod um 424 v. Chr. eine friedvolle Regentschaft genoss.

Dieser König Artaxerxes hatte drei Söhne. Der älteste war ein paar Wochen lang König, bevor er vom zweiten ermordet wurde, den wiederum der dritte tötete: Dareios II. Dareios II. hatte zwei Söhne – Artaxerxes und Kyros, womit wir am Beginn dieser Geschichte angelangt sind.

In Griechenland gelang es Sparta, die Herrschaft über die tausend Städte zu erringen, Athen zu besiegen und einen spartanischen Rat aufzustellen, bekannt als die Dreißig. Der junge Xenophon war ein Athener Adliger, der die Spartaner mehr bewunderte als seine streitlustigen und argumentationsverliebten Athener, die ein Dutzend einander widersprechender Positionen aufstellen konnten, wenn es um die Entscheidung ging, was zum Abendessen gekocht werden oder welches Theaterstück man anschauen sollte.

Xenophon war zwar ein Schüler von Sokrates, doch im Gegensatz zu Platon, dem berühmteren Schüler, interessierte er sich weniger für Seinsbegriffe oder das Ideal einer perfekten Gesellschaft, sondern für die praktische Anwendbarkeit von Philosophie. Xenophon war einer jener Athener, die durch reinen Willen ein gutes und richtiges Leben zu gestalten versuchten, die ergründen wollten, was ein lebenswertes Leben ausmacht. Spartanische Disziplin und Selbstaufopferung fand er bewundernswert, sodass er zeit seines Lebens ein zwischen zwei Kulturen hin- und hergerissener Mann war.

Zu den Entfernungen und Maßeinheiten. Die Perser benutzten zu jener Zeit die »Parasange« als Einheit für Zeit, die in griechischen Texten verwirrenderweise aber ebenso als ein Entfernungsmaß vorkommt. Ein modernes Äquivalent wäre etwa »eine Stunde entfernt«. Herodot schätzte die Parasange auf ungefähr dreißig Stadien oder 3,5 bis 3,75 Meilen. Ich habe im Text hin und wieder Meilenangaben verwendet, um den Leserinnen und Lesern, die mit Parasangen und Stadien weniger vertraut sind, eine klarere Vorstellung von den Entfernungen zu vermitteln.

Auf seinem Weg nach Osten ist Kyros mit seinen Männern laut Überlieferung zwischen zweiundzwanzig und vierundzwanzig Meilen am Tag marschiert – um die sieben Stunden, Pausen eingeschlossen. Dieses Schritttempo entspricht jenem der späteren römischen Legionen sowie strammem Gehen in großer Hitze. Es ist interessant, diese Strecken mit den von Xenophon später dokumentierten zu vergleichen, als sie ein ziviles Lagergefolge haben. Von da an waren eher fünfzehn Meilen am Tag üblich. Es wirkte sich aus, dass an jedem Fluss gehalten werden musste, um die Wasservorräte aufzustocken.

Die Episode in Kilikien mit Königin Epyaxa – in der sie dem pleitegegangenen Kyros finanzielle Unterstützung zukommen lässt und dann die Nacht mit ihm verbringt – ist eine faszinierende Begebenheit. Ich wünschte, wir wüssten mehr, doch Xenophon ist die einzige Quelle. Er beschrieb einen Scheinangriff, der inszeniert wurde, um die Königin zu beeindrucken, und der zur Folge hatte, dass Kyros versehentlich einen Teil seiner eigenen heimischen Truppen verlor. Er berichtet darüber hinaus von einem längeren Treffen in Tarsus, bei dem auch ihr Gatte, König Syennesis, anwesend ist. Bei Tarsus handelt es sich, nebenbei bemerkt, in einem späteren Jahrhundert um den Geburtsort von Saul von Tarsus, dem späteren Apostel Paulus.

Es ist unmöglich, all diese historischen Details in einen Roman zu packen. Xenophon mag ein Scharmützel auf einem Hügel in drei Zeilen schildern – ich benötigte dafür ein ganzes Kapitel. Bezüglich der Einzelheiten, die ich vernachlässigen musste, empfehle ich die *Anabasis*, insbesondere jenen Leserinnen und Lesern, die sich dafür interessieren, wie die Griechen dachten und agierten. Der Text hat verdientermaßen mehr als zweitausend Jahre überdauert. Manchmal kann ein einziges Buch der Schlüssel zu einer ganzen Welt sein.

Xenophon gibt die Größe der Armee von Kyros mit einhunderttausend, die des Heeres von Artaxerxes jedoch mit 1,2 Millionen Soldaten an, zuzüglich zweihundert Streitwagen und sechstausend Kavalleristen. Wir können diese Zahlen nicht überprüfen, dennoch habe ich mich für eine geringere Schätzung von ungefähr sechshunderttausend Mann entschieden – das ist noch immer eine gigantische Zahl, neben der die Horden des Dschingis Khan geradezu bescheiden wirken.

Vier Kommandeure beziehungsweise Satrapen befehligten das persische Heer: Abrokomas, Tissaphernes, Gobrias und Arbakes. Abgesehen von Tissaphernes spielen sie keine große Rolle bei mir, da ich fürchtete, mein Lesepublikum abzuschrecken, wenn zu viele unbekannte Namen und Figuren auftauchen. Mir geht es darum, die Geschichte zu erzählen. Wie E. L. Doctorow es formulierte: »Der Historiker erzählt, was geschah. Der Schriftsteller erzählt, wie es sich anfühlte.« Meine Absicht war in diesem Fall natürlich, beides zu leisten.

Apropos: Die Meuterei, die General Klearchos unterband, wurde von Xenophon detailliert beschrieben. Sie ereignete sich, als die Kolonne herausfand, welcher Gegner sie erwartete – die Generäle mochten davon gewusst haben, nicht aber die einfachen Soldaten. Klearchos brach vor ihnen in Tränen aus und zog eine interessante theatralische Nummer ab. Er sagte, sie würden ihn zwingen, den Prinzen zu verraten, aber auch, dass er sie niemals im Stich lassen würde.

In einem historischen Roman sucht der Autor nach zentralen Beziehungen. Wenn man also liest, dass Klearchos einen Boten zu Kyros schickte, mit der Nachricht, sich keine Sorgen zu machen, weist dies auf echte Freundschaft hin. Der Spartaner brachte Meuternde mithilfe von Argumenten und seiner Überzeugungskraft zurück auf seine Seite. Er appellierte an Emotionen und Pflichtgefühl – und erhöhte ihren Sold, was letztlich zum Erfolg führte.

Die Schlacht von Kunaxa stammt aus einer einzigen Quelle – der Schilderung von Xenophon, der Augenzeuge war. Er spricht an einer Stelle von sich in der dritten Person, wenn er ein paar Worte mit Prinz Kyros wechselt, bevor sie sich ins Getümmel stürzen. Wir können nicht wissen, ob diese Szene tatsächlich stattfand oder einen literarischen Kunstkniff darstellt, durch welchen Xenophon sich in seinen eigenen Bericht einbringt.

Prinz Kyros schickte die Griechen in die Schlacht, doch gegen die schiere Masse des gegnerischen Heeres kamen sie nicht an. Tissaphernes hatte König Artaxerxes davon überzeugt, diese Armee auszuheben – weshalb das gesamte Unternehmen wahrscheinlich von Anfang an zum Scheitern verurteilt war. Schwer zu sagen. Einem Prinzen oder König ist es durchaus möglich, einem Pfeil zu entgehen. Auch Cäsar und Dschingis Khan gehörten zu jenen Heerführern, die mit ins Gefecht zogen, und das vielleicht Erstaunlichste an diesen Männern ist, dass sie dem Tod so oft ins Auge sahen und dennoch überlebten.

Kyros erkannte, dass die Schlacht mit einem einzigen Streich gewonnen werden konnte. Er und seine Leibwache ritten quer durch die gegnerischen Truppen, aus heutiger Sicht ein reichlich waghalsiges Manöver. Er schaffte es bis zu seinem Bruder und konnte ihn verwunden, wurde aber von einem Wurfspieß niedergestreckt. Es ist verlockend, sich sein Leben als großes ungelebtes vorzustellen – zu mutmaßen, dies sei einer jener historischen Momente gewesen, durch den eine Dynastie zu wahrer Größe hätte aufsteigen können, wäre es anders gelaufen. Es sollte nicht besonders viele Jahre dauern, bis die Armee von Alexander dem Großen diese Achämeniden-Grabstätten plünderte. Möglicherweise hätte der Griechenkönig das Reich des Kyros respektvoller behandelt.

Xenophon berichtete, wie der Kopf des Prinzen zum Beweis seines Ablebens auf einen Speer gespießt und den Soldaten präsentiert wurde. Die Größe des Schlachtfeldes wird durch das demonstriert, was folgte. König Artaxerxes ritt mit seiner grässlichen Trophäe hindurch. Klearchos und die Griechen ahnten noch nicht, dass Kyros gefallen war. Sie schlugen nach wie vor ihre Schneise durch die feindlichen Reihen und glaubten an ihren Sieg. Dann ereilten sie die Neuigkeiten, woraufhin ihnen plötzlich dämmerte, dass sie ziemlich in der Klemme steckten. General Ariäus zog mit den von Prinz Kyros nach Kunaxa geführten einheimischen Truppen ab, was als Überlebensstrategie verständlich war, die zehntausend griechischen Verbündeten jedoch komplett ungeschützt zurückließ. Nur die außergewöhnliche Überlegenheit dieser Soldaten ließ sie am Leben bleiben. In Sequenzen, die an Leonidas bei den Thermopylen erinnern, konnten sie durch die feindlichen Formationen hindurchmarschieren und kamen am anderen Ende unversehrt wieder heraus. Die Perser konnten ihnen schlicht nicht das Wasser reichen, gleichgültig, ob es Taktik, Ausrüstung oder Disziplin betraf. Dies führte zu den merkwürdigsten Szenen, in denen die Griechen zahlenmäßig bei Weitem unterlegen waren und dennoch marschieren konnten, wohin sie wollten.

Der zweite Teil beginnt mit einer besonderen Situation. Die Griechen sammelten sich im Lager, insgesamt zehntausend Soldaten und noch mal so viel an zivilem Lagergefolge. Sie befanden sich über tausend Meilen von Griechenland entfernt, ohne Schutz, Nahrung oder Wasser. Die Debatte, die auf die Aufforderung der Perser folgt, die Griechen sollten sich ergeben und die Waffen niederlegen, ließ ich weg. Die Griechen führten darin an, dass sie entweder Verbündete und in diesem Fall mit ihren Waffen wertvoller waren – oder sie waren Feinde, und dann würden sie ihre Waffen umso dringender brauchen. So oder so: Sie würden sie keinesfalls abgeben. Dies ist nur ein Beispiel für griechische Logik und Dickköpfigkeit, ein Charakteristikum der Gesellschaft jener Zeit.

Aufgenommen habe ich dagegen einen Gedankenaustausch, in dem den Griechen für den Fall, dass sie sich bewegten, mit Krieg gedroht und eine Waffenruhe versprochen wurde, wenn sie an Ort und Stelle blieben. Als Erwiderung erklärten sie, sie verstünden das, wiederholten die beiden Begriffe aber auf eine Art, dass sie den Anschein einer Drohung hatten: »Waffenruhe, wenn wir bleiben, Krieg, wenn wir uns rühren.« Das Selbstbewusstsein von Elitesoldaten scheint durch zweitausendfünfhundert Jahre.

Den letzten Monat im Leben von Klearchos, bevor er im Alter von ungefähr fünfzig Jahren starb, habe ich verdichtet. Zu dem Waffenstillstand, den er mit Tissaphernes aushandelte, gehörten etliche Tage, an denen nicht das Geringste geschah. Andere Griechen beschworen Klearchos, einen Ausfall zu wagen, doch er lehnte ab, wohl wissend, dass er über keinerlei nennenswerte Kavallerie verfügte – und der persische König sie mit seinen Reitern und Streitwagen überrollen würde.

Im Gegensatz zu meiner Version eines prompten Verrates eskortierte Tissaphernes die Griechen viele Tage lang nach Kunaxa und erlaubte ihnen, sich in den Dörfern mit Lebensmitteln einzudecken. Sklaven durften sie keine nehmen. Die Griechen kamen sogar an einem persischen Heerestrupp vorbei, der noch auf dem Weg zur längst gelaufenen Schlacht war und alles verpasst hatte. Das gegenseitige Misstrauen wuchs, doch Klearchos erwies sich in seinen späten Tagen als eine großartige Führerfigur. Davon konnte ich hier lediglich einen groben Eindruck vermitteln.

Tissaphernes überzeugte Klearchos, zusammen mit fünf Generälen und zwanzig Hauptmännern an einem Abendessen teilzunehmen, zuzüglich ein paar Hundert Soldaten, die anschließend Proviant mitnehmen sollten. Im Zelt wurden sie alle getötet. Ein sterbender Mann schaffte es bis ins Lager zurück, wodurch der Verrat aufgedeckt wurde.

Die Griechen griffen zu den Waffen, und Ariäus forderte erneut ihre Unterwerfung. Die unmittelbare Gefahr eines Blutvergießens verringerte sich im Laufe der Nacht. Doch hatte man die Griechen ihrer Führer beraubt. Wer war jetzt noch übrig, der sie befehligen konnte?

Den Namen des Spartaners, der Xenophon in einem kritischen Augenblick Hilfe leistete, habe ich geändert – laut Überlieferung heißt er Chirisophos, aber für mich sah Chrisophos irgendwie besser aus. Das mag banal sein, aber es ist eben kein Fehler, sondern eine bewusste Entscheidung. Chirisophos muss ein interessanter Mann gewesen sein, da er die Menge dazu bewog, Xenophon zu akzeptieren. Er hatte möglicherweise eigene Führungsambitionen gehegt, doch Xenophon hatte als Erster gesprochen. Er hatte die Idee gehabt, ein Karree im Karree zu bilden. Er war es, der in ihrer fehlenden Kavallerie ihr größtes strategisches Problem sah. Kurz: Er war der Strategos und wusste, wie man in einer Krisensituation die Führung übernahm. Das Ganze ist ein Beleg dafür, dass der Mord an den griechischen Generälen ihre Moral nicht zerstörte oder sie entmutigte. Sobald sie davon erfuhren, wählten sie neue Befehlshaber – und sollten den Persern nie wieder über den Weg trauen.

Auch die Geschichte von Xenophon, der mit seinen Männern einen Hügel hinaufhetzt, um einen Hinterhalt überblicken zu können, findet sich im Originalbericht. Ein Mann namens Soteridas entgegnet Xenophons mit heroischem Pathos vorgetragenen Anordnungen: »Du, Xenophon, hast gut reden: Dich trägt dein Pferd, und ich erliege fast unter der Last des Schildes.« In einem Wutanfall entriss Xenophon ihm den Schild und rannte damit los, während andere den Mann mit Steinen bewarfen.

Die bedrängten Griechen schüttelten ihre persischen Verfolger erst ab, als sie in das Gebirge der Karduchoi eindrangen. Die Geschichte von einem riesigen Perserheer, das einst dort abgeschlachtet wurde, stammt aus Xenophons Bericht, wenngleich kein Beleg dafür existiert. Es ist die erste Erwähnung der Karduchoi überhaupt. Möglicherweise handelt es sich um die Vorfahren der neuzeitlichen Kurden im Nordirak, in Iran und Syrien. Xenophon beschreibt Dörfer, Tierhaltung und Landwirtschaft – und ebenso einen gnadenlosen und unerbittlichen Feind, der ein schwieriges Terrain beherrschte. Es dauerte sieben Tage, diese Berge zu überqueren. Xenophons Schilderungen der Kämpfe von einer Bergspitze zur nächsten und der Strategien, welche die Griechen den Vorteilen der Karduchoi entgegensetzten, sind wirklich außergewöhnlich.

Nach den Kampfhandlungen, um über den Fluss zu gelangen, wird der Marsch durch das winterliche Westarmenien äußerst grausam. Es gibt heftige Schneefälle, und die Folgen sind Erfrierungen, abgestorbene Zehen und Schneeblindheit. Jede Nacht starben Menschen, und die gesamte Unternehmung drohte zu scheitern, nicht von einem Gegner bezwungen, sondern von der schlimmsten Kälte, mit der sie jemals konfrontiert waren. Besonders bemerkenswert ist Xenophons Ratschlag, gegen Schneeblindheit etwas Schwarzes vor den Augen zu tragen. Er berichtet von Soldaten, die sich einfach in den Schnee setzten und sich weigerten weiterzugehen, woraufhin man sie zum Sterben zurückließ. Manche baten darum, getötet zu werden. Nur die Bedrohung durch eine feindliche Streitmacht hinter ihnen trieb sie voran.

Die nächsten zweihundert Meilen legten sie in Etappen von fünfzehn Meilen pro Tag zurück. Dann folgt die berühmteste Stelle aus Xenophons Bericht, in der die vorausgeschickten Späher eine Küste mit griechischen Siedlungen sichten und »*Thalatta! Thalatta!*« rufen – das Meer, das Meer. Die Betonung liegt auf der ersten Silbe, und obgleich Xenophon es im athenischen Griechisch als *Thalatta* schrieb, bevorzuge ich die alternative Dialektversion *Thalassa*. Die Griechen fielen einander weinend in die Arme. Sie waren endlich wieder daheim.

Bei Xenophon endet die Odyssee nicht an diesem Punkt. Vielmehr führt seine Reiseschilderung weiter durch das Land der Makronier, wo sie einige ihrer dort ansässigen Krieger verabschieden. Anschließend gingen sie weiter nach Trapezus, eine griechische Stadt, in der sie sich rund dreißig Tage lang ausruhten und einige Sportwettkämpfe veranstalteten – Ringen, Boxen, Kurz- und Langstreckenlauf. Dort erfuhr Xenophon, dass Sokrates hingerichtet worden war, ein Mann, der den Tod der Verbannung vorzog: »Ein Leben, das nicht kritisch untersucht wird, ist es nicht wert, gelebt zu werden.« Es stimmt, dass Sokrates nichts niederschrieb – alles, was wir von ihm wissen, stammt von Xenophon und Platon, seinen Schülern.

Bei Trapezus bestiegen die Griechen Kriegsschiffe und gingen entlang der Küste auf Plünderungsstreifzüge an Land, entschlossen, von dort mitzunehmen, so viel sie transportieren konnten. Xenophons Anteil erlaubte es ihm, ein Anwesen zu erwerben, das an der Straße von Sparta nach Olympia lag und wo er den überwiegenden Teil seiner Geschichte schrieb.

Dieses Nachspiel, das auf das Erreichen des Meeres folgt, habe ich weggelassen, weil es im Grunde den Höhepunkt der Geschichte abschwächte. Xenophons Traum von der Gründung einer Stadt musste ich allerdings aufnehmen – wie auch die Tatsache, dass die Griechen nach allem, was sie miteinander durchgemacht hatten, seinen Vorschlag ablehnten. Es erschien mir das richtige Ende für dieses absolut außergewöhnliche Unternehmen zu sein – den Marsch von zehntausend Menschen aus Persien heraus.

Conn Iggulden